《姐妹连》编辑委员会

长篇电视连续剧文学剧本

姐妹连

上册

章轲　等◎著

总编剧　章　轲

编　剧　陈剑冰　祝舒波　吴斯佳

天津出版传媒集团

百花文艺出版社

图书在版编目（CIP）数据

姐妹连 . 1 / 章轲等著 . -- 天津 : 百花文艺出版社，
2022.3
ISBN 978-7-5306-8271-5

Ⅰ . ①姐… Ⅱ . ①章… Ⅲ . ①长篇小说－中国－当代
Ⅳ . ① I247.5

中国版本图书馆 CIP 数据核字 (2022) 第 033527 号

姐妹连（上册）
JIEMEI LIAN（SHANGCE）
章轲　等　著

出 版 人：薛印胜
责任编辑：魏　青
装帧设计：書點文化
出版发行：百花文艺出版社
地址：天津市和平区西康路 35 号　邮编：300051
电话传真：+86-22-23332651（发行部）
+86-22-23332656（总编室）
+86-22-23332478（邮购部）
主页：http://www.baihuawenyi.com
印刷：成都蓉军广告印务有限责任公司
开本：880 × 1230 毫米　1/32
字数：350 千字
印张：27.25
版次：2022 年 3 月第 1 版
印次：2022 年 3 月第 1 次
定价：152.60 元（全 2 册）

如有印装质量问题，请与成都蓉军广告印务有限责任公司联系调换
地址：成都市金牛区振兴路 66 号
电话：028-88451797　邮编：610036

目　录
CONTENTS

第一集

1-1 海滩 夜 外

青岙岛的夜空圆月如盘，海面波光粼粼，静谧夜色中只闻海浪拍岸，夜潮汹涌，大片沙滩被徐徐淹没。

一只小螃蟹钻出沙洞老穴，急匆匆向别处转移。这时一顶钢盔从天而降，一下扣住了小螃蟹，一只满是沙粒的大手伸入钢盔，小心地捉住了它。

一个年轻女子的脸露了出来，脏兮兮但透着英气，她是姐妹连副连长王凯男，正趴在海滩上仔细观察着自己的猎物，面露得意神色。

排长赵彩花匍匐着爬过来：“凯男，你在干什么？”

王凯男咧嘴一笑：“抓住了一个‘小喽罗’。”她戴上钢盔，把小螃蟹放回沙滩，任其溜走。

赵彩花：“那条‘大鲨鱼’还会来吗？”

王凯男：“张网等待吧。”

镜头拉开，礁石后一群全副武装的大嫂女民兵正严密戒备。

1-2　一组镜头　夜　外

海湾。一艘海警的缉私艇悄无声息地停在岩壁遮挡的海面上。

缉私艇上。一位海警军官用望远镜瞭望，他的身边是全副武装的海警官兵。

海滩。王凯男的望远镜里，一艘机帆船渐渐迫近。

1-3　海滩　夜　外

女民兵们猫起腰，紧张地盯着海面上驶来的机帆船。

王凯男转身下令："姐妹们，可疑目标出现在 3 号海域，准备出击！"

赵彩花："凯男，海警那边还没有指令呢。"

王凯男观察着海面，神情有些急躁："怎么搞的？他们还不发信号，都游到我嘴边了。"

赵彩花："是啊，他们怎么还不给信号啊？"

王凯男下定决心："我们是来立功的，不能站在岸上当啦啦队。大家听好了，'鲨鱼'已进入口袋，全体出发，包饺子！"

女民兵们纷纷跃出。

1-4　海上　夜　外

女民兵的几艘快艇分头扑向目标，卷起几条白色的浪花，迅速靠上了目标船。

一束灯光投射到目标船上。

王凯男手持话筒威严喊话："停船接受检查！"

女民兵身手敏捷地纷纷跳上渔船，王凯男也紧随其后上了船。

1-5　渔船船舱　夜　内

王凯男带着女民兵冲进船舱。船舱里只有两男一女，女子大着肚子满脸痛苦，快要临产了，两个男子一个是络腮胡，另一个是胖子。

胖子有些惊恐："你……你们是谁？"

王凯男："姐妹连女民兵！谁是船老大？"

胖子："我。"

王凯男："停船检查，船上的人全部集中到这儿。姐妹们，给我仔细搜！"

几个船员也被带到船舱里。几个女民兵警惕地看着他们，另外的女民兵正四处搜查，而那个孕妇捧着大肚子，脸色惨白，不时痛苦地呻吟着。

王凯男见状问道："你怎么了？"

络腮胡男人："我老婆快要生了！我们住的岛上连个像样的医院都没有，没办法，只能连夜赶到县城去。"

孕妇的呻吟更响了，哀求地看着王凯男。

女民兵刘月仙跑了过来："报告，没发现可疑物品。"

王凯男轻声嘀咕一声："难道看走眼了？"略一犹疑，"月仙，用快艇送这位大嫂去医院，其余的人收队。"

1-6　姐妹连操场　夜　外

姐妹连操场上，一道光束投在白墙上，正在播放老电影《海霞》中女民兵捉特务的一幕。

年已七十的海奶奶坐在藤椅上，神情感动地在看着，她就是姐妹连创始人陈海妹。旁边一个放映员正在操作老式放映机。电影结束了，“剧终”二字浮现出来，海奶奶依然意犹未尽地望着白墙银幕。

放映员：“海奶奶，放完了。”

海奶奶站了起来：“辛苦你了，小王。”

放映员取出胶盘递给海奶奶：“您都看了十几遍了呢。”

海奶奶用包袱把胶盘小心包好，笑了笑：“这可是我的宝贝呢，天天看都看不厌。”

1-7　海上　夜　外

刘月仙和络腮胡男子扶着孕妇上了一艘小快艇，月仙发动引擎快速离去。另一边，王凯男带着其余的人驾着小快艇离开。

赵彩花狐疑地：“我怎么就觉得，这孕妇的肚子……”

王凯男：“你说什么？”

赵彩花：“不太像。”

王凯男：“怎么不早说？”

赵彩花：“鼓得不太对劲儿，肚子痛，喊那么响，头上却没一滴汗……”

王凯男一跺脚：“糟了！快追！”

而在刘月仙的小快艇上，络腮胡男子拔出一把手枪顶住了刘月仙的太阳穴。

刘月仙大吃一惊，瞪圆了眼睛："你……"

络腮胡男子："往公海开，快！"

孕妇迅速脱掉外衣，解下一个背包式的假肚子。

王凯男的快艇在后面快速追赶，她举枪瞄准前方，但海浪剧烈颠簸，令她不敢贸然开枪。

刘月仙突然掉转方向，假孕妇和络腮胡男子上去抢夺方向盘，三人厮打起来。

王凯男再一次瞄准，但见刘月仙的身影在晃动，犹豫了一下。

络腮胡男子被刘月仙扑倒在地，手里的枪跌落一旁。男子抱住刘月仙的腿，刘月仙挣扎着去捡枪，可就在这时，假孕妇抢先一步夺到了枪，对准刘月仙开了一枪，刘月仙跌落海中。

王凯男的枪响了，浪很大，没有命中目标，很快，前面的小快艇消失在茫茫月色之中。

赵彩花和王凯男驾驶的小快艇开到刘月仙刚才跌落的地方，借着月光，看见水面上被鲜血染红了一大片，王凯男大喊一声"月仙"，猛地跳了下去。除了海浪在翻滚，根本看不到王凯男的身影。

赵彩花慌了神，神情焦灼地四下搜寻："凯男！凯男！"

突然，王凯男的脑袋猛地冒出了水面，她托着刘月仙，奋力游向小快艇，在赵彩花的帮助下，两人终于把刘月仙抬上了小快艇。

赵彩花探了探刘月仙的鼻息，惊恐地：“月……月仙她……”

王凯男发疯地狂喊一声，发泄似的扣动了扳机，一梭子弹向嫌犯逃逸的方向呼啸而去。

1-8　姐妹连操场　夜　外

海奶奶独自站在姐妹连营区操场上，凝望着旗杆上的连旗，沉思着什么。这时，一辆轿车急急驶来，停在操场上，车门猛地打开，青岙县人武部曹部长神情凝重地从车里跳了出来。

曹部长大声地：“海奶奶！海奶奶！”

海奶奶：“小曹，怎么啦？”

曹部长摇摇头：“行动……失败了！”猛地蹲了下来，“月仙……没了。”

海奶奶大吃一惊，不由得踉跄了一下。

1-9　国防大学礼堂　日　内

雄壮的军乐声中，在职军官的硕士学位颁证仪式正在举行。主席台上站着威严的国防大学校长，下面前几排坐着穿硕士服的军官，后面坐着穿军装的师生。

校长声音响亮地：“韩燕！”

一个三十多岁的年轻女子身着硕士服，大步流星应声走上台，向校长敬了个军礼，接过证书，转过身，又向台下敬了一个礼。她正是南方某省军区的年轻副处长韩燕。

1-10　国防大学餐厅　日　内

取得硕士学位的韩燕等人，举起香槟酒围着校长。

校长："同学们，今天是一个值得记住的日子，在你们的人生道路上，它是你们一段学业的结束，同时也是新事业的开始。来，为了今天，和你们美好的未来，干一杯！"

大家碰响酒杯，一饮而尽。

校长微笑着看看韩燕："韩燕，回去别忘了向你婆婆陈海妹连长问好。"

韩燕笑了："现在啊，人们都管她叫海奶奶了。"

校长："是吗？都成了奶奶了？真快，一晃几十年了。大家知道吧，韩燕的婆婆可是个了不起的人物，东海边青岙岛，有一支名声响亮的女民兵叫姐妹连，就是韩燕的婆婆当年创建的，她可是军民联防的全国模范啊！"

大家发出了惊叹的声音。

1-11　山路上　日　外

哀乐响着，伴着一阵阵的啜泣声，一支送葬的队伍向山头走去。

海奶奶走在女民兵队伍的前列，脸上饱经风霜的几道皱纹此刻显得格外醒目，神情淡定却难掩悲哀，山风吹拂起她黑白相间的头发。

1-12　小快艇上　日　外

王凯男驾着小快艇出海，在刘月仙出事的海域，小快艇绕着圆圈。

王凯男嘶声喊叫：“月仙——月仙——”接着，放声大哭起来。

1-13　女民兵宿舍　日　内

海奶奶站在刘月仙的宿舍里。

一女民兵指指一张下铺：“这是月仙的床。”

刘月仙的床上，被子叠得整整齐齐，棱角分明。海奶奶看了看床头柜上刘月仙养的一盆仙人掌，俯下身轻轻抚摸月仙的军被，一声叹息，老泪纵横。几个女民兵站在一旁，眼圈红红的，泪水止不住涌了出来，转过身，轻轻擦去。

阿丁嫂走了进来，神情有点儿不对：“海奶奶……”

海奶奶转身看着阿丁嫂。

阿丁嫂吞吞吐吐地：“凯男她……她……”

1-14　山顶岗哨　日　外

山顶布置着雷达设施，前面有一间两层石屋，石屋外墙有铁梯通向二楼岗哨，而一楼则是临时禁闭室，此时一楼门外围着赵彩花等几个女民兵。

赵彩花拍打着门：“凯男，你把自己关起来干什么？开开门，我知道你很难受，我们大家也很难受，你出来，好不好？”

海奶奶与阿丁嫂远远走来。

赵彩花跑了过来：“海奶奶！”

海奶奶：“凯男人呢？”

赵彩花：“她把自己关在石屋里，怎么说也不肯出来。”

海奶奶发火了：“太不像话了，要关的话，也应该是我关她。”

赵彩花：“要不您去看看，劝劝她。”

海奶奶想了想，摇摇头：“让她一个人关着吧，这样她好受些。”

1-15　禁闭室　日　内

王凯男把自己关在这个空荡荡的小房间里，坐在地上，抱着双膝，呆滞地看着靠在一旁的冲锋枪，一动不动。

1-16　姐妹连操场　日　外

女民兵们全都站在操场上，围着赵彩花嚷嚷着说话。

阿丁嫂：“彩花，行动出了岔，训练也停了，到底咋办好？”

一女民兵：“现在乱哄哄的，不如先散了回家听消息吧。”

赵彩花脸一板：“谁说散了？每年的常规训练，该怎么练就怎么练，怎么好说散就散？”

一女民兵：“凯男自关禁闭了，谁带大伙儿练？”

其他人也应和着："是啊……"

赵彩花："有海奶奶在，你们操什么心？现在就集合，我带你们练。"

赵彩花吹响集合哨，女民兵们迅速集合列队。

这时，赵彩花的手机不合时宜地响了，她尴尬地掏出手机接听："喂，我在训练呢……噢，李总啊，对不起对不起！"

1-17 李总办公室 日 内

李总坐在老板桌前，赵彩花赔着笑脸站在他跟前。

赵彩花："李总，你叫我立即回来什么事啊？"

李总："回车间上班。"

赵彩花："我们连队训练，我不是已经向你请假了吗？"

李总："对，我批的假条。但眼下姐妹连都成了是非之地，你还待在那里干什么？当然要回来上班了。"

赵彩花焦急地："李总，训练还是照常的，再说我可是个排长呢……"

李总不悦地打断她的话："你们那个姓王的副连长，闯了祸，死了人，岛上都传得沸沸扬扬了，说不定姐妹连要关门大吉了，还训练什么？把劲头用到工作上行不行？"

赵彩花神色一变："李总，你不可以这样说姐妹连。"

李总："反正我不同意请假，你在我这里上班，我是你老板，我的生产最重要，想赚钱就回去干活儿吧。"

赵彩花不高兴了："老娘要是死了，你的生产就不动了？"

李总吃了一惊："你……敢这样跟我说话，是不是想炒鱿鱼了？”

赵彩花：“鱿鱼你自己留着当下酒菜吧，我不干了，我辞职。”转身扬长而去。

1-18 曹部长办公室 日 内

曹部长与海奶奶面对面坐在沙发上。

海奶奶惊讶地看着曹部长：“什么？缩编为一个班？！”

曹部长沉重地点点头：“会上是这样决定的。”

海奶奶激动地：“这次协助行动的机会，是我争取来的，本来想让凯男带女民兵们练练兵，谁想到出了这事，责任我来负。但姐妹连是我们的老旗帜、老品牌，有着光荣的历史，不能这样处理，缩成一个班还不如干脆撤掉。”

曹部长：“海奶奶，我知道，您的压力大。常委会的意见嘛……是少数服从多数。”

海奶奶：“不行，我找高书记去。”

海奶奶迈步准备出门。

曹部长忙起身叫住海奶奶：“海奶奶，等等。”

海奶奶停住脚步。

曹部长：“这事找高书记也没用，是常委会的集体决议。高书记、梁县长他们压力也很大，给姐妹连的财政费用本来就紧，现在造成负面影响，也不能再花在这儿了。”

海奶奶沉默了。

曹部长：“好事不出门，坏事传千里，就在刚才，省军区都打电话来向我了解情况啦。”

1-19　海奶奶家堂屋　夜　内

海奶奶站在堂屋墙壁前，看着墙上的照片，有海奶奶与几代女民兵的合影，还有海奶奶的全家福。

1-20　一组镜头　日　外

铁路上。一声汽笛鸣响，一列火车长蛇般从一个隧道中飞驰而出，冲向喷薄而出的朝阳。

火车上。韩燕坐在回程的火车上，难以掩饰兴奋的心情，她看着窗外，却无心欣赏风景，只对着窗玻璃整了整军容。

汽车上。海奶奶坐在去省城的汽车上，神情严峻。

1-21　省军区大门口　日　外

省军区门口。警卫持枪肃立，气势威严，海奶奶站在那儿凝神打量着。

警卫走过来：“老人家，这里是省军区，请赶快离开。”

海奶奶：“我找人。”

警卫：“找谁？”

海奶奶：“赵大勇。”

警卫茫然地：“找大勇？他是哪个部门的？”

海奶奶："你们赵司令员赵大勇。"

警卫吃惊地："老人家，司令员哪能想见就见，您有什么事跟我说吧。"

海奶奶点点头："行，请你给大勇打个电话，告诉他陈海妹来了。"

警卫笑了："您开什么玩笑？"

海奶奶淡淡一笑，掏出手机走到一边给赵司令员打电话。不一会儿，赵司令员快步出来。

海奶奶："大勇！"

赵司令员亲切地抓住海奶奶的手："老姐姐，你怎么搞突然袭击？来之前也不打个电话。"

海奶奶一声叹息，警卫则看得目瞪口呆。

1-22　省军区大院　日　外

赵司令员陪着海奶奶走在省军区大院的绿化道上，远处不时有军官走动。

海奶奶苦笑一下："大勇，我是来负荆请罪的。"

赵司令员："言重了，老姐姐，你是功臣，我可没资格接受你负荆请罪呀！"

海奶奶叹了口气，沉默无言。

赵司令员："今天我陪你参观参观，你多住几天。韩燕这两天就回了，让她陪你逛逛西湖，散散心。"

海奶奶："我哪有心思散心，我这次来，是想请你这位大司令帮帮忙。”

赵司令员：“什么大司令？我在你面前，永远是个小兵，我的枪法，都是你教的，说起来，你还是我的师父呢。”

海奶奶苦笑着：“大勇，姐妹连发生了这次事故，县里要撤销。你也知道，连队是我一手创建起来的，我舍不得啊！”

赵司令员神色凝重地点点头：“我明白你的来意了，姐妹连的大旗，得扛下去，这个事我帮你们出面。”

海奶奶感动地：“谢谢！”

赵司令员：“但连队的担子，您老人家就自己扛着吗？”

海奶奶：“这把年纪了，哪里还扛得动？你也看到了，年轻人做事不牢靠，关节眼上捅出了大娄子。”

赵司令员：“你需要一个合适的人选吗？”

海奶奶：“人选？王凯男出了事，别的人还顶不上呢。”

赵司令员：“一般人选是入不了你法眼的，嘿嘿，我倒有一个人选。”

海奶奶：“哦，能入你法眼的人，我绝对看得中。”

1-23　火车站前　夜　外

天色黑了，火车站前街灯明亮。

走出火车站的韩燕背着一个旅行包，钻进了一辆出租车，旋即徐徐驶走。

1-24　韩燕家客厅　夜　内

黑暗中，电灯亮了。

韩燕进了家门，久久打量着空荡荡的客厅，然后放下旅行包，拿起鸡毛掸子搞起了卫生。

她给挂在墙上的几个相框擦灰尘，这里有韩燕三代四口的全家福、韩燕的戎装照、陈涌涛伫立在军舰上的照片，还有海奶奶与女民兵的合影照。她想了想，从旅行包里取出自己戴硕士帽穿硕士服的照片，把海奶奶与女民兵的合影照摘下来，再把自己的硕士照挂上，静静看着，露出一丝笑意。

当韩燕把目光转到陈涌涛的照片上，笑意收起，神情沉重起来。

［闪回］

1-25　韩燕卧室　日　内

韩燕与陈涌涛面对面站着。

陈涌涛："孩子和家事，我哪有时间管？我是个军人，不像你这么清闲。"

韩燕神色一变："你说什么？请再说一遍。"

陈涌涛不理她。

韩燕发火了："你是军人，我是闲人，对吗？告诉你陈涌涛，我韩燕也是一个军人。"

陈涌涛："什么是真正的军人？你待在省军区坐坐办公室，

我这舰长可是风里来浪里去的。”

韩燕火气更大了：“一个不合格的父亲、丈夫，又怎么会是合格的军人呢？告诉你陈涌涛，我受不了你了，我要跟你离婚！”

陈涌涛一下子惊呆了：“你……你开什么玩笑？”

韩燕气呼呼地夺门而去。

［闪回结束］

1-26　韩燕家客厅　夜　内

韩燕沉思良久，把陈涌涛的照片拿在手里，用面巾纸擦去上面的灰尘。

1-27　军舰甲板上　日　外

全舰官兵列队在甲板上，舰长陈涌涛面向他们站着，这时陈涌涛的手机响了。他掏出手机，见是韩燕的电话，犹豫一下后关了手机。

陈涌涛审视全舰官兵：“你们都想留下，都想当我的兵，好啊，那得拿出真本事，别拖后腿，做不好，就不要在军舰上头枕着波涛了，不要吹牛说自己是海量中的海量了。不管你是老兵油子还是新兵蛋子，好兵我就请他喝酒，孬兵我就请他吃蛋……滚蛋的蛋……明白吗？”

全体官兵异口同声："明白！"

这时勤务兵跑过来："报告！"

陈涌涛盯了勤务兵一眼："什么事？"

勤务兵："您的电话。"

陈涌涛不悦地训斥勤务兵："你没看到我在干吗？"

勤务兵有些犹豫，压低声音："是您爱人。"

陈涌涛面色有些尴尬："你怎么公私不分？爱人电话这会儿也不能接，你去告诉她，就说我不在。"

勤务兵立正敬礼："是！"转身跑走。

1-28　省军区大院　日　外

晨光洒在韩燕身上。她站在省军区大院里，神情有些失落。

省军区女干事小林走了过来，惊喜地："韩燕姐是你呀，你回来了？"

韩燕："小林你好，我昨晚回来的。"

小林："韩燕姐，听说你这次镀金归来，前程看好。"

韩燕淡然一笑："镀什么金呀，学习嘛，学完后做几个成功的军事选题研究，是我现在最大的想法。"

小林："哎，你站这儿发呆，是为你婆婆的事吧？"

韩燕不解地："我婆婆什么事啊？"

小林："你还不知道？你老家的姐妹连出事了，你婆婆昨天都来找司令员了。"

韩燕神情骤变。

1-29 赵司令员办公室 日 内

赵司令员坐在办公桌前，韩燕站在他面前。

赵司令员：“是的，是出事了。连队在协助行动中，放跑了贩毒船，还牺牲了一个女民兵。”

韩燕吃惊地：“天哪！我婆婆一定担心死了。”

赵司令员：“是啊，风尘仆仆跑来，又风尘仆仆赶回去，老太太心里着急呀，姐妹连那一摊子事，她又要亲自操劳了。”

韩燕：“她老人家都这把年纪了，不是还有个王凯男吗？”

赵司令员：“正是这个王凯男出了大差错。”

韩燕不吭声了，担忧地想着什么。

赵司令员站了起来，在办公室里慢慢踱步：“小韩，你回来得正是时候，军区想给你一个新岗位。”

韩燕微露笑意，一挺胸：“服从安排！嗯，司令员，我调到哪个部门？”

赵司令员审视着韩燕：“青岙县人武部副部长，兼姐妹连连长。”

韩燕神情愕然，有点儿不知所措：“司令员，您……开玩笑吧？”

赵司令员严肃地：“军中无戏言！”

韩燕：“司令员，那个……那个姐妹连……我不能去。”

赵司令员：“为什么不能去？怕人家说你去接你婆婆的班？长江后浪推前浪，一浪更比一浪高，有什么不可以？”

韩燕支吾着：“司令员……赵叔叔，我能这样喊您吗？”

赵司令员：“当然可以啊，从小你就喊我赵叔叔。”

韩燕的情绪有些激动：“赵叔叔，我怎么能去带一群女民兵呢？”

赵司令员：“你是青岙人，了解姐妹连的历史，这可是一支光荣的连队。”

韩燕：“可是……可是，我就想当个职业军人，而不是民兵……民兵我带不了。”

赵司令员一笑：“保家卫国有区别吗？民兵也是兵，不带怎么知道带不了？”

1-30　舰长室　日　内

陈涌涛坐在桌前，沉思着，伸手拿起手机想打电话，犹豫着，又放下了。他站了起来，忽然晃了一下，头痛病又犯了。他捶着头打开抽屉，拿出一个药瓶，打开却是空的。他把空瓶扔进垃圾篓，忍痛走了出去。

1-31　军舰甲板上　日　外

陈涌涛走出舰长室，走到甲板上，阳光在头上晃着一轮一轮的光圈，头痛病发作的他一阵晕眩，倒了下去。

1-32　医院放射室　日　内

陈涌涛躺在放射床上，医生正在调整设备拍脑部X光片，勤务兵神情焦急地站在一旁。

1-33 医院脑科 日 内

陈涌涛坐在一个中年男医生对面。

医生："你这个病呀，一定要注意休息。"

陈涌涛点点头。

医生皱了皱眉头："海浪颠簸，对你这病可不好。"

陈涌涛："没这么严重吧？"

医生："医生的话就是命令，你可不要讨价还价，健康可是自己的，待会看过X光片，才能排除某些疾病。"

勤务兵跑了进来，把X光片递给医生。医生把X光片放到灯光屏上观察，忽然神情一变，翻来覆去地审视查看着，然后扭头看着陈涌涛，神色有些古怪。

陈涌涛："怎么样？"

医生迟疑着，欲言又止。

陈涌涛笑了笑："头痛不算病，开点儿止痛片就行了。"

医生严肃地："你得请你的爱人与领导过来。"

陈涌涛愣怔一下，向勤务兵挥挥手："你出去等我。"

勤务兵走了出去。

陈涌涛："医生，不会是什么大病吧？"

医生迟疑了一下："脑瘤。"

陈涌涛大吃一惊。

1-34 一组镜头 日 外／内

省军区大院。韩燕沉重地走出办公大楼，失魂落魄地走向大门口。

街头。韩燕低着头走着，差点儿撞在行人身上。

公交车上。韩燕坐在最后一排靠窗位置，一动不动地盯着窗外发呆，公交车一站一站地停，车上的乘客都下车了，最后剩下她一个人。

1-35　幼儿园门口　日　外

韩燕心事重重地站在幼儿园门口，朝着园内张望，小朋友们一个个都走了出来，她没见到儿子小海，神情开始焦急。这时，幼儿园王老师从里面走出来。

韩燕走过去："王老师，我家小海呢？"

王老师："小海被他爸爸接走了。"

1-36　韩燕家客厅　日　内

小海在客厅地上摆了几个海陆空士兵玩具，玩具叽叽喳喳地响着，做着立正、敬礼的姿势。陈涌涛站在窗前，神色严峻沉重，这时韩燕开门进来。

小海跑了过来："妈妈！"

韩燕蹲下来搂着儿子："小海，妈妈想死你了，刚才去幼儿园接你没接到。"

小海笑了起来："爸爸来接我的。妈妈，我也想你了。今天就不住李阿姨家了吧？"

韩燕："李阿姨替妈妈照顾小海那么长时间，也该让她歇歇啦。"

小海拍着手掌："真好真好，今天爸爸妈妈一起回来啦！"

韩燕看向陈涌涛："你怎么回来了？"

陈涌涛："我回来……有点儿公务，顺便回趟家。你是昨天晚上到的？"

韩燕："嗯，我打你电话，你怎么不接？也不回？"

陈涌涛看看韩燕，一时不知如何回答。

1-37　韩燕家客厅　夜　内

陈涌涛端详着韩燕的硕士照，他见海奶奶与女民兵的合影照被摘下来搁在一边，向儿子房门口瞄了一眼，取下自己在军舰上的照片，把海奶奶的相框又挂上了。

陈涌涛坐下来，点上香烟，心事重重地吸着。

韩燕从儿子房里走了出来："你不是戒烟了嘛，怎么又吸上了？"

陈涌涛不吭声，把烟灭了，欲言又止地："我……"

韩燕："什么？"

陈涌涛："没……没什么。"

1-38　韩燕卧室　夜　内

陈涌涛习惯性地拉开他的行军床。

韩燕走了进来：“你睡大床吧。”

陈涌涛不太明白地看着韩燕。

韩燕：“我去陪儿子睡。”说完走了出去。

1-39 连长办公室 夜 内

姐妹连连长办公室内，海奶奶眉头紧锁地坐在那里。

赵彩花推门进来：“海奶奶，您怎么还不回家？”

海奶奶：“哎，凯男出来没有？”

赵彩花：“没有，我们磨破嘴皮子，好话歹话说了一大筐，就是没用，看样子非您出面不可！”

海奶奶：“这头犟驴，要把自己关到什么时候呀？得赶在新连长上任前让她出来啊！”

赵彩花一惊：“新连长？谁啊？”

1-40 韩燕家客厅 夜 内

陈涌涛从卧室出来，用打火机点火吸烟时，竟见韩燕蜷坐沙发上看着他，不由吃了一惊，忙打开旁边的落地灯。

陈涌涛：“你灯也不开，一个人躲在这里吓不吓人？”

韩燕：“我在这个房间也待不了几天了，你还不让我待？”

陈涌涛在她身边坐下：“这话什么意思？”

韩燕：“请把烟灭掉。”

陈涌涛把吸了一口的香烟摁灭在烟灰缸里：“你刚才的话

我怎么听不懂？”

韩燕不吭声。

陈涌涛：“怎么不说话？”

韩燕：“我无话可说，奋斗了这么多年，却要说拜拜了。”

陈涌涛：“怎么啦？”

韩燕面无表情：“高升了。”

陈涌涛：“怪不得你一副任重道远的样子。”

韩燕冷淡地：“任重道远，说得多好。”忽然冷飕飕地瞟了陈涌涛一眼。

陈涌涛：“你别这样看我，怪不舒服的。”

韩燕：“司令员下令了，让我去当……姐妹连连长。”

陈涌涛一愣：“哪个姐妹连？”

韩燕：“还有哪个姐妹连？”

陈涌涛不解地：“怎么会……派你去锻炼锻炼吧？提拔之前都要下基层锻炼的。”

韩燕冷淡地看着陈涌涛：“哪有这种锻炼法？你不觉得奇怪吗？司令员说了，海燕要飞在大海上。”

陈涌涛嘀咕着：“海燕飞在大海上……这话有点儿耳熟。”

韩燕：“你妈的话。”冷不丁又冒出一句，“让暴风雨来得更猛烈些吧！”

陈涌涛：“这跟我妈有什么关系？”

韩燕：“你妈昨天来省城找了司令员，今天我就接到了命令。”

陈涌涛：“什么意思？”

韩燕："没什么意思，反正我的理想、事业、前途都泡汤了。"说着，她站了起来，准备回卧室。

陈涌涛叫住她："燕子……你不想去，完全有理由不去嘛。"

韩燕："那你给我一个理由。"

陈涌涛迟疑着："如果你我……分开了，你就不用调去青岙当什么姐妹连连长了。"

韩燕直视丈夫："分开？什么意思？"

陈涌涛犹豫了一下，掏出一份离婚协议书放在茶几上："你上次提出离婚，我同意，只要你签上名字就可以了。"

韩燕大吃一惊："你……"

1-41 山顶岗哨 日 外

赵彩花站在山顶岗哨下的禁闭室门外，重重地敲门。

赵彩花边敲边喊："凯男，凯男，出大事了。"

王凯男："什么大事？是不是毒贩抓到了？"

赵彩花："海奶奶的儿媳妇韩燕要来当连长了。"

王凯男："听谁说的？"

赵彩花："人武部杨干事说的，据说是海奶奶的意思。"

屋内的王凯男沉默了。

赵彩花："你说句话呀。"

王凯男："海奶奶决定的事，自有她的道理。彩花姐，你是连里的元老，一定要撑住局面。"

1-42　韩燕办公室　日　内

韩燕坐在办公桌前，桌上摊着那份离婚协议书，她神色伤感而灰暗。好一会儿，她沉重地拿起水笔签名字，落笔写了一横，眼泪无声地流了下来。她把离婚协议书扔进抽屉，擦去眼泪，木然地站起来。

1-43　赵司令员办公室　日　内

赵司令员站在窗边思考，办公室房门开着，门外站着韩燕。

赵司令员头也不回："进来吧。"

韩燕走了进来，站在赵司令员背后。

赵司令员："我一直在等你，想通了吗？"

韩燕："没想通。"

赵司令员转过身来，审视着韩燕："思想不通，还当什么省军区的干部？"

韩燕："但我决定了，我去，马上去。"

赵司令员："这才是军人所为，但思想要通，才能一通百通。"

韩燕："军令如山倒，我能不去吗？通不通都得去。"

赵司令员："小韩，不要有思想包袱，要带着军区干部昂扬的精神状态下去。"

韩燕忽然仰起脸："请您告诉我，这……是不是我婆婆提出来的要求？"

赵司令员严肃地："小韩，别去瞎猜测。人民大众是我们的铜墙铁壁，是国防建设的坚强后盾，想当年，解放战争就是靠老百姓的小车推出来的。你此行的担子可不轻。”

1-44 人武部门前 日 外

海奶奶与曹部长边走边谈。

海奶奶：“小曹，凯男这次失职的责任，我们商量一下，把处理结论定下来吧。”

曹部长：“您怎么个意见？”

海奶奶：“必须严肃处理，给凯男和其他人都敲敲警钟，记大过、留职察看，都可以。”

曹部长想了想：“交给韩燕处理吧。”

海奶奶：“不能拖了，还是我们来处理好。”

曹部长：“韩燕明天就到了呀。”

海奶奶一愣，停住脚步：“明天就到？”

曹部长：“对啊！她打电话跟我是这么讲的，她跟您也说了吧？”

海奶奶尴尬地：“哦，哦，说过的，说过的。小曹，凯男的处理，一定要按我的意见办，不能轻了。”

1-45 西湖边 日 外

韩燕与陈涌涛坐在石椅上，一动不动地盯着湖水发呆，身后凉亭里隐约传来老头老太太唱越剧的声音。

陈涌涛打破沉默："燕子，其实我不是那个意思，我是想让你有个不去姐妹连的理由。"

韩燕："什么也不要解释，只要你需要，我随时都可以签，你也不急在一时吧？"

陈涌涛解释不清："当然不是，我……我怎么会想离呢？"

韩燕："我约你出来，是要告诉你，我明天就去青岙上任了。"

陈涌涛："哦！"

韩燕："妈对我有恩，我是为了妈去的，我们的情况，你我都不能让她知道。"

1-46　海奶奶家堂屋　日　内

黄昏，海奶奶正在准备家宴，迎接韩燕归来，赵彩花与阿丁嫂在帮海奶奶张罗，又是擦桌，又是端菜，忙得不亦乐乎。

赵彩花："海奶奶，我和阿丁嫂俩人，一大圆桌的菜都能搞得定，您就坐着指挥指挥吧。"

阿丁嫂拉海奶奶坐下："就是，您歇着。"

海奶奶："好，好，那我就歇着。"

1-47　长途车上　日　内

韩燕神情落寞地坐在开往青岙方向的汽车上。

1-48　海奶奶家小院子　夜　外

海奶奶家的小院子，中间是块空地，两边种着几垄青菜。这时，院门无声地推开了，韩燕拉着一个拉杆箱，跨进门来。

海奶奶从堂屋里快步出来："燕子！"

韩燕不自然地："妈！"

海奶奶："燕子，你怎么一个人回来？小海呢？"

韩燕："小海上学。"

海奶奶："涌涛怎么不送一下你？"

韩燕淡淡地："我又不是小孩子。"

海奶奶伸手去拉韩燕的行李箱，韩燕却不松手。

韩燕："不用您麻烦，我自己来。"

赵彩花与阿丁嫂跑了出来。

海奶奶连忙介绍："燕子，这是彩花，这是阿丁嫂，她俩都是女民兵骨干。"

韩燕礼貌地点点头："你们好！"

赵彩花笑着："韩燕，以前我们见过面的。"

韩燕淡淡地："记得，彩花姐还是老样子。"

阿丁嫂见状，识相地："海奶奶，韩燕，那我们先走了。"

海奶奶："忙了半天了，一起吃吧。"

赵彩花："不了，我们回家吃。"

韩燕："二位在这儿吃吧。"

海奶奶上前拉住赵彩花与阿丁嫂："留下，燕子也叫你俩留下呢。"

海奶奶又把赵彩花拉到一旁，耳语了几句。赵彩花点点头，快步出门。

1-49　禁闭室　夜　内

禁闭室里漆黑一片，王凯男一动不动面壁站着。

窗外传来赵彩花的声音："凯男，门开开。"

王凯男一动不动。

窗外又响起赵彩花的声音："凯男，海奶奶叫你去家里吃饭，你一定得去，她今晚是为韩燕接风的，你不去，海奶奶会失望的，韩燕还以为你不给她面子呢，开开门，我们一起去。"

王凯男："彩花姐，我没脸见海奶奶。"

1-50　海奶奶家堂屋　夜　内

八仙桌摆了满满一桌菜肴，海奶奶坐在主位，韩燕坐在一侧，阿丁嫂坐在下首。

海奶奶："燕子，彩花马上回来，我们先吃。"

韩燕："还是等会儿吧，妈，是不是还有别人？"看看桌上五副碗筷。

海奶奶微笑着："都是自家人，不要紧，先吃后等。"

阿丁嫂拿起酒杯："韩连长，我先敬你。"

韩燕："你叫我什么？"

阿丁嫂："韩连长呀。"

韩燕反应过来，淡淡一笑："不好意思，我不会喝酒。"

阿丁嫂尴尬地缩回手。

海奶奶："对对，燕子不大会喝酒，喝点儿饮料吧。"

这时赵彩花跨进门来："海奶奶，我回来了。"

海奶奶连忙站起身，朝门外看去，不见王凯男，便询问地望着赵彩花。赵彩花摇了摇头，海奶奶缓缓坐下，神色有点儿失落。

1-51　韩燕房间　夜　内

韩燕正在重新布置自己的房间，墙上已经挂上了全家福与她的硕士照。她把原先的窗帘、床单、被套撤下来，换上了自己带回来的窗帘、床单、被套，统一的色彩，花纹十分时尚。

海奶奶推门进来，见状不由一怔："燕子，在弄房间呀？"

韩燕："哎！"把撤下叠好的窗帘等递给海奶奶，"妈，这些您拿回去。"

海奶奶："都是新的，你放着。"

韩燕："不用，我在省城也都用这种颜色。"

海奶奶表情有些不自然："哦，这样啊，行！行！"

1-52　海奶奶家小院子　夜　外

海奶奶站在小院子里想着什么。

韩燕从屋里走了出来："妈。"

海奶奶扭过头："坐了一天车，怎么不早点儿睡？"

韩燕："睡不着呢。"

海奶奶："是不是床不舒服？要不明天换张席梦思。"

韩燕："不是，是我习惯晚睡。"

海奶奶点点头："噢！"

韩燕沉默着。

海奶奶没话找话："燕子，涌涛最近忙不忙？要是回来一家大团圆就好了。"

韩燕淡淡地："他呀，一舰之长，军舰为家，偶尔回家里也是这任务那任务的。"

海奶奶愣了一下："唉，海上生活，也没办法，现在岛上渔民出海捕鱼，也是个把月进一趟港，船大的更久了。涌涛没当兵的话，也是个渔民。"

韩燕："涌涛和我走上这条道路，还不是靠您。"

海奶奶："一家人嘛，孩子靠父母，老人靠子女，人老了，也想儿女在身边。"

韩燕看着海奶奶的白发，沉思着。

海奶奶："像你们学历高的人，道理懂得多，妈没读过几年书，以前带女民兵，凭的是有没有两把刷子。"

韩燕："哎！"

海奶奶："但妈呀，把她们当家人看待，现在妈老了，这些家里人呀，得有人带着她们，这个家才不会散掉。"

韩燕一语双关："子女是父母手中的风筝，不管放得多远，收收线就拉回来了，我不就回来了嘛。"

1-53 禁闭室 日 内

王凯男席地而坐，双目无神地望着地面。这时，远处传来姐妹连的集合号声，王凯男精神一振，条件反射似的弹身起来，伸手去抓枪，猛又触电般缩了回来，然后望向窗外，神色又变得黯然。

1-54 姐妹连操场 日 外

天空飘着毛毛雨，女民兵队伍已集合好，迷彩服中夹杂着许多花色便服，中老年妇女的比例特别多，加起来有一两百人。

海奶奶神采飞扬，一身戎装地站在台上，旁边站着曹部长与面无表情的韩燕，韩燕依然穿着省军区的军便服。

队伍后面，又有几个五十几岁的中年妇女匆匆忙忙地跑进来，韩燕不由皱起了眉头。

海奶奶拿着手提扩音喇叭，大声地：“立正！稍息！”

女民兵们跟着指令立正、稍息。

海奶奶清了清嗓子：“今天全连大集合，退连的老民兵也来了，虽然天气不好，但我们精神状态很好，召之即来，来之能战。这次姐妹连是跌了个跟斗，但还得爬起来，冲上去，这就是姐妹连的精气神。今天哪，我有个重要事情跟大家宣布，姐妹连新连长上任了，来跟大家见个面。”指指韩燕，“她，就是新任县人武部副部长……这个这个，兼……姐妹连连长韩燕。”

热烈的掌声响了起来。

海奶奶示意掌声停下："韩燕是省军区干部，大家也知道，我儿媳妇，她当连长跟我当连长没啥区别，但我还得跟韩燕讲一句，要多向老前辈学习。"转向曹部长，"小曹，你讲几句。"

曹部长微笑着摇摇头："今天你们是主角。"

海奶奶："下面请韩燕为姐妹连全体民兵讲讲话，大家欢迎！"她把手提扩音喇叭递给韩燕。

女民兵们又鼓起掌来，韩燕微笑着向大家点头示意，安静下来后，女民兵们充满期待地凝视着韩燕，等她讲话。

韩燕向女民兵们敬了一个礼，大声地："王凯男出列！"

女民兵们左右张望着，无人出列。

海奶奶连忙低声告诉韩燕："凯男不在，这孩子自责呀，在哨所自个儿关禁闭呢。"

韩燕一怔，接着向队伍说话："嗯……大家好！很高兴看到这么庞大的阵容，从今天起，我就是姐妹连的连长，一起努力吧……全体解散！"

韩燕随便讲了一句话就喊解散，让所有人都出乎意料，女民兵们窃窃私语着，曹部长与海奶奶也面面相觑。

第二集

2-1　山顶岗哨　日　外

韩燕站在山顶岗哨下的禁闭室门外，砰砰砰地敲门，门却依然紧闭。

韩燕：“王凯男，开门，我是韩燕。”

门打开了，王凯男站在门口，两人互相打量着。

韩燕：“今天集合你不在，我来看看你，你出来呢还是我进去？”

王凯男：“你就是韩燕？新来的连长？”

韩燕：“是呀，难道你不欢迎？”

2-2　禁闭室　日　内

韩燕进了门，扫了一眼禁闭室，又看向王凯男。

韩燕：“王凯男，你的名字很有气势。”

王凯男一愣：“什么？”

韩燕：“王者归来的王，凯旋的凯，谁说女子不如男的男。”

王凯男苦笑着：“别笑话我了，我是输了归来的，你又不是不知道。”

韩燕：“是，我知道，输就输了，要输得起，才对得起你自己的大名。”

王凯男摇摇头：“你不懂。”

韩燕：“我懂。”

王凯男：“你没在姐妹连待过，你怎么会懂？”

韩燕：“因为我的心情跟你一样。”

王凯男不解地：“跟我一样？”

韩燕：“以你王凯男在姐妹连里的成绩与资历，如果这次行动没出意外，海奶奶给你的行动机会，就是一个锦上添花的礼物，也就用不着我站在这里了，你也不会把自己关这儿面壁反省。”

王凯男：“没错，我王凯男流年不利，可和你的心情有什么关系？”

韩燕：“好多女民兵在议论我，到底干什么来了？怎么从省军区调来这儿当姐妹连连长？说实在的，我也纳闷，我的心情可想而知，反正我已经跟你绑在一块儿了。”

王凯男不吭声。

韩燕：“要不要叫人把这房间好好布置一下，你好长期住下去。”

王凯男不悦地：“你什么意思啊？谁说我要长期住？”说后夺门而去。

2-3　山顶岗哨　日　外

韩燕大步跟上前面的王凯男。

韩燕：“王凯男！”

王凯男停住脚步：“还有什么事？”

韩燕：“你接下去怎么打算？”

王凯男苦笑着：“我能怎么打算，现在你是连长，得我问你对我怎么打算。”

韩燕：“你能这样想就好。还有，我初来乍到，什么也不了解，想听听你的意见。”

王凯男：“客气什么，海奶奶是姐妹连的活历史，有她在就行，按她的意见做事，错不到哪里去。”

韩燕奇怪地：“哦，姐妹连搞成家庭式，不好吧？”

王凯男：“姐妹连本身就是大家庭，女民兵们都是姐妹，海奶奶是女民兵们的大家长。”

2-4　曹部长办公室　日　内

海奶奶与曹部长面对面站着。

海奶奶惊异地：“什么？韩燕主动提出她来处理凯男？”

曹部长点点头：“是的。”

海奶奶：“韩燕刚来，想马上进入状态，这是好的，但凯男的事还是我们商量个结果，跟韩燕讲一下不就行了嘛。”

曹部长：“海奶奶，这件事可是韩燕的权责范围。”

海奶奶：“我知道，上次也说了，对凯男记大过、留职察看都应该，要不就这样定吧？”

曹部长从桌上拿起一张报告：“韩燕已拟了报告报上来了。”

海奶奶接过文件看，脸部肌肉轻轻抽动了几下：“什么？免除凯男的职务，以普通女民兵的身份留连察看，这不行。”

曹部长：“您有您的道理，韩燕有韩燕的道理，要不你俩沟通一下？”

2-5　营房草坪上　日　外

赵彩花、阿丁嫂等几个女民兵坐在草坪上议论。

一女民兵：“韩燕是省军区来的干部，会不会瞧不起我们？”

赵彩花大声地：“咱们可不能瞧不起自己，咱们跟驻军比枪法，他们照样竖大拇指。”

一女民兵：“昨天开会，好多老民兵还从各个岛上赶来，她一句话就把大家给打发了，这不是给海奶奶和曹部长难堪吗？”

阿丁嫂远远跑来，边跑边喊：“彩花！彩花！”

赵彩花：“干什么大呼小叫？”

阿丁嫂气喘吁吁地：“凯……凯男回来了。”

2-6　连长办公室　日　内

王凯男正在收拾自己的东西，赵彩花与阿丁嫂跨门进来。

赵彩花兴奋地："凯男，你终于下山了。"

王凯男："彩花姐，阿丁嫂，让你们为我担心，还为我送饭，辛苦了！"

阿丁嫂："我不辛苦，彩花帮你代理了一阵子，她最辛苦。"

赵彩花："自家姐妹，什么辛苦不辛苦的，凯男，现在韩燕当连长，她可从来没当过女民兵，我们怎么办？"

王凯男："该怎么办还怎么办，海奶奶是姐妹连的主心骨，她在就好了。"

王凯男把自己的东西装进塑料袋里。

阿丁嫂："你这些东西搬哪里去？"

王凯男："我得给韩燕腾地方，东西放到宿舍去。"

赵彩花："凯男，你傻不傻呀，好歹你还是副连长，你让什么？"

王凯男不吭声了。

阿丁嫂："就是嘛，不要搬。"

王凯男犹豫了一下："其实我马上就不是副连长了。"

赵彩花与阿丁嫂互相看看，有些吃惊。

2-7　海奶奶家门外　日　外

一辆小货车停在海奶奶家院门外，几个小工模样的男人正把车上的许多盆花往车下搬，直接搬进院门内。海奶奶走回家，刚好见到这一幕，不由一脸困惑。

2-8　海奶奶家小院子　日　外

韩燕在指挥，几个男子正在种花草、摆花盆，海奶奶跨进院门，吃惊地看着。

韩燕回过头来："妈，您看看，菜园变花园了，这样您养老就有个好环境。"

海奶奶不自然地："哎，挺好的，挺好的，你……怎么不跟我先说一声？"

韩燕："您不觉得惊喜吗？"

海奶奶有些无奈："惊喜惊喜，菜园也留着点儿吧。燕子，我想跟你商量一下凯男的事。"

韩燕捋了下头发："嗯，我也正要告诉您，凯男出来了，自关禁闭结束了。"

海奶奶："是吗？好，好，哎……燕子呀，凯男的副连长不能免。"

韩燕不解地："为什么？"

海奶奶："凯男在姐妹连十年了，没功劳也有苦劳，怎么好一笔勾销呢？再说，她是块料，连队的事熟，在女民兵中也有威信，她给你当副连长你就轻松多了。"

韩燕："妈，我知道您疼惜凯男，可这次责任事故不可能不严肃处理，正因为考虑到您刚才说的，才让她留在连队里。"

海奶奶："妈当然疼惜凯男，也疼惜姐妹连每个人，处理凯男的事，还是听我的吧，我也是为你这个新连长着想啊！"

韩燕淡淡一笑："妈，我这样处理凯男，就是顾着您呢。"

海奶奶不解地：“顾着我？”

韩燕：“凯男是您的得意门生，假如处理太轻的话，我怕人家会说您一碗水没端平。”

海奶奶叹了口气：“这么说，你已经决定了。”

韩燕：“是的，我希望凯男能重新站起来。”

2-9 海滩 日 外

王凯男站在海滩上看着远处的海鸥。

海奶奶提着一个纸袋走过来：“凯男！”

王凯男：“海奶奶！”

海奶奶望向海面：“瞧，渔船又要出海了，渔民靠海吃海，大风大浪习惯了，我们女民兵也要这样。”

王凯男看了海奶奶一眼，点点头：“海奶奶，我没有做好，让您失望了。”

海奶奶慈祥地：“孩子，摔了跤站起来继续走，路还远着呢，韩燕来当连长，以后好多工作还得靠你帮她。”

王凯男迟疑了一下，没吭声。

海奶奶：“不管什么时候，心里有委屈就倒出来，咱娘儿俩什么都可以说。”

王凯男：“嗯！”

海奶奶把纸袋递给王凯男：“给。”

王凯男接过纸袋，见是一只大海螺，不解地看着海奶奶。

海奶奶微笑着：“拿出来，吹吹看。”

王凯男拿着海螺吹了一下，却没吹响。

海奶奶：“我那一代的老民兵，每个人都有这么一个大海螺，一吹号就知道哪里有个什么事，我这个海螺号就送给你了。”

王凯男再次捧起海螺使劲儿吹，终于吹响了。

2-10　女民兵宿舍　日　外

赵彩花与阿丁嫂坐在宿舍里擦枪。

阿丁嫂：“彩花，韩燕把凯男免了，会不会还要赶出连队呢？”

赵彩花：“别胡扯……不过，也不是没可能，好些人在传呢，我们得想办法打打预防针。”

阿丁嫂：“找海奶奶吗？”

赵彩花想了想：“韩燕是海奶奶儿媳妇，叫海奶奶怎么说呢？”

2-11　连长办公室　日　内

韩燕站在书柜边翻书，书柜中摆了很多书。赵彩花提着一个塑料袋，与阿丁嫂一起站在门口，敲敲敞开的门。

韩燕：“哟，是彩花姐、阿丁嫂啊，进来坐。”

赵彩花：“韩连长，这么多书啊，是不是要开图书室呀？给我也办本借书证呗。”

韩燕笑了起来："不是，是我自己的书。"

阿丁嫂："彩花，你以为你是秀才呀，人家韩连长才是大秀才，我们只会打靶操练。"

赵彩花："嘿嘿，我女儿可以看。"

韩燕："你们……有什么事吗？"

赵彩花把手中的塑料袋往桌上一倒，倒出一大堆红色的荣誉证书。

韩燕困惑地："这是什么？"

赵彩花："你看看，这些都是凯男获得的荣誉，这么多年什么都没得到，就这些。"

韩燕一本本翻阅着，钦佩地点头。

赵彩花："韩连长，你说人会不会犯错误？"

韩燕："是人都有犯错误的时候。"

赵彩花："凯男入连队多年了，她以连队为家，立过无数次功，可因为这次的事，她就这样离开连队……那就太冤了。"

阿丁嫂："韩连长，你就网开一面，放过凯男吧！"

韩燕把凯男的证书合上，淡淡一笑："你们听到什么风声了？凯男的事嘛，该怎么处理就怎么处理，你们先回去吧。"

赵彩花失望地和阿丁嫂对视了一眼。

2-12　姐妹连操扬　日　外

女民兵集合列队，握着冲锋枪，只有王凯男没有持枪，韩燕站在队列前，打量着站在前排的王凯男。

韩燕："王凯男出列！"

王凯男向前跨出一步。

韩燕："你为什么不带枪？"

王凯男语塞："我……"

赵彩花："报告！"

韩燕："什么事？"

赵彩花："报告韩连长，凯男没带枪事出有因。"

韩燕："事出有因？看看，全连就你王凯男一个不按指令带枪，你这个头儿怎么带的？"

王凯男："报告韩连长，现在我是个小兵。"

韩燕："听说你是神枪手，没有枪的神枪手难道改练空手道了？"

赵彩花不满地："韩连长，凯男真的是神枪手，不信可以比比。"

2-13 姐妹连靶场 日 外

韩燕、王凯男、赵彩花、阿丁嫂及其他女民兵们站在靶场上。韩燕把一支枪递给王凯男，王凯男机械地接住枪，有点儿不知所措。

赵彩花扯扯王凯男，附耳低声地："打起精神来，杀杀她的威风。"

韩燕趴在地上瞄准远处靶牌，乒乒乓乓地射击。王凯男犹豫着，笨拙地趴下，双手发着抖，半天不闻声响。

韩燕站了起来："王凯男，还在等什么，再等下去，铁树都要开花了。"

赵彩花跑到韩燕跟前："我跟你比。"接着趴倒在地。

阿丁嫂也猛地趴倒："还有我。"

赵彩花与阿丁嫂也乒乒乓乓地一阵射击。

王凯男满头大汗不敢扣扳机，已完成射击的赵彩花与阿丁嫂焦急地盯着她。凯男眼前又隐约出现了刘月仙的身影，她痛苦地摇了摇头，似乎无法摆脱那恐惧的阴云。大家都在盯着她，这样的气氛同样使王凯男感到恐惧。王凯男忽然喊了一声，闭起双眼，一勾扳机，把子弹都射了出去。

靶牌那头，报靶员在大声报靶："韩连长 89 环，彩花 95 环，阿丁嫂 93 环。"

赵彩花与阿丁嫂得意地看着韩燕。

韩燕大声向靶牌那头喊："王凯男呢？"

报靶员迟疑地："凯男……全部脱靶。"

一下子，王凯男本人及韩燕、赵彩花等人都怔住了。

2-14　女民兵宿舍　日　内

王凯男独自靠在床上发呆，韩燕提着几个食盒进来，放在她的床头柜上。

王凯男愣怔一下："怎么是你……"

韩燕："我不是给你送饭，是看你跟饭过不去，我这连长得管管，趁热吃，我也吃了。"打开食盒，自己拿了一个坐下吃了起来。

王凯男自言自语地："怎么都脱靶了呢？"

韩燕："嘀咕什么呀，我看你是副连长免掉了，心里有气乱打一通。"

王凯男叹了口气："你不免我，这副连长我也不会当了。"拿起食盒吃饭。

韩燕："好，那就当好普通女民兵，可别一下来就不行了。"

王凯男："我当副连长，也不是像你这样一步到位，我是从普通女民兵一步一步当上来的。"

韩燕："那作为一个女民兵，枪都不会打，怎么办呢？"

王凯男一下子说不出话了，把食盒一搁，又发呆了。

韩燕已吃好了饭，擦擦嘴，又把王凯男挂在墙上的枪取下来递给她："它可是你的朋友，拿好它。"

王凯男端详着手中枪，若有所思。

2-15　海奶奶房间　夜　内

电视正在播放动物世界，海奶奶则在想着心事。

韩燕推门进来："妈，您还没睡？"

海奶奶："没睡，看电视呢。"

韩燕看了一眼电视："妈，您对动物世界感兴趣？"

海奶奶："自个儿找乐子，人老了，很多东西看不懂，看看大象、犀牛多轻松啊！"

韩燕："对对，您可以参加老人协会，活动活动，那些老同志，十有八九都是您的粉丝。”

海奶奶一笑：“什么粉丝？我去了还不成猪肉炖粉条了。”

韩燕也笑了：“您也该好好享受享受人生了。”

海奶奶点点头：“我想把小海接回来，让他在青岙上学，我看着孙子享受人生。”

韩燕：“妈，省城学校质量高，小海以后是要念小学中学大学的，怎么好回来？”

海奶奶：“现在青岙的学校质量也不错的。”

韩燕：“再说吧。嗯……妈，今天我替您报了个欧洲游。”

海奶奶愣了一下：“什么油？”

韩燕：“去欧洲旅游，让您老出国考察考察。”

海奶奶摆摆手：“不去不去！”

韩燕：“妈，市里旅行社搞欧洲游优惠，我给你报了个名，钱都交了。”

海奶奶不吭声了，但明显不乐意。

韩燕：“妈，您这一辈子没出过国，应该出去玩玩儿，散散心，开开眼界。”

海奶奶：“妈这么大年纪了，还出什么国？”

韩燕：“这是我尽的一份孝心嘛。您出了国，回来给女民兵们说说，多好呀，说不定外国也有海岛女民兵呢。”

2-16　旅行社门外　日　外

一个挥着小旗的女导游，正在与旅行团的游客们说着什么，韩燕与海奶奶站在边上说话。

韩燕：“是呢，比枪法，我输给彩花她们了。”

海奶奶笑了：“她们的枪法是我教的，燕子，带女民兵，没几把刷子可不行。”

韩燕：“我知道，有刷子没刷子跟枪法无关，我当连长，又不是当神枪手。”

海奶奶：“哦，那这个训练可不能停下，你交给凯男去抓，她内行。”

韩燕：“我知道。妈，您到了之后，叫导游小姐帮您打个电话给我，这样我也放心。”

海奶奶点点头：“一出了国，外国话叽哩呱啦的，妈听不懂，想找个讲青岙话的也难。你记着，连里有什么事，家里有什么事，你也打个电话跟妈说说。”

2-17　姐妹连靶场　日　外

王凯男一个人躲在靶场，趴在地上端着枪瞄准靶牌射击。韩燕悄悄走到王凯男身后，默默看着。王凯男射击完毕，站了起来，望着靶牌。

韩燕：“打得不错，今天要不要再同我比比？”

王凯男瞄了一眼韩燕：“没劲，不比。”

韩燕：“凯男，我问你个问题，你说说，姐妹连的主要力量是什么人？”

王凯男：“彩花、阿丁嫂这帮骨干分子就是主要力量。”

韩燕：“十年二十年以后呢？铁打的营盘流水的兵，你有没有考虑过，怎么让年轻一代顺利接班？”

王凯男：“招新民兵嘛。”

韩燕：“对，所以接下来我要做整编工作，需要你支持我。”

王凯男：“整编？”

韩燕：“对，整编，中年女民兵全部退连。”

王凯男大吃一惊：“什么？！”

韩燕：“她们可能会想不通，我希望你帮我做做她们的思想工作。”

王凯男：“照你这样说，彩花姐、阿丁嫂她们都要退连吗？”

韩燕：“是的！”

王凯男大声地：“她们个个都是好手，枪法你也见识了，她们不能退连。”

韩燕：“好手、骨干也有退伍的时候，你看她们多大年纪了，难道一定要让她们当到海奶奶这样的年龄？”

王凯男：“你这样做，会把整个连队拆散了的。”

韩燕：“不是拆散，是整编。”

2-18　曹部长办公室　日　内

曹部长坐在办公桌前看韩燕的整编方案，韩燕坐在他对面。

曹部长看着方案，面色变得严峻起来：“韩燕……你这方案……”

韩燕：“怎么样？”

曹部长:“三十岁以上及高中学历以下全退连,面太广了。”

韩燕：“曹部，我们这群女民兵，年纪都不轻了，还要参加训练，真不容易，该考虑让年轻一代接班了，否则可要青黄不接了。”

曹部长：“海奶奶什么态度？”

韩燕：“我希望海奶奶安享晚年，跟她一商量，又得让她劳碌了。”

曹部长：“韩燕啊，连队的一些事情，多听听她的意见总是对的，你说呢？”

韩燕：“她回来我会跟她沟通的，但是……现在是我当连长。”

曹部长：“她去哪儿了？”

韩燕：“去欧洲旅游去了。”

2-19　海奶奶家小院子　日　外

韩燕推着自行车走进院子，见堂屋大门敞开，海奶奶坐在屋内，一下愣住了。

2-20　海奶奶家堂屋　日　内

海奶奶神色严峻地坐着。

韩燕大步进门：“妈，您怎么回来了？”

海奶奶看了她一眼：“不回来，就要出事了。”

韩燕："怎么回事？旅行社推迟出国了？"

海奶奶："我不去了。"

韩燕困惑地："为什么呀？"

海奶奶："问你呢！"

韩燕："我怎么知道您为什么回来？妈，这要浪费钱的。"

海奶奶气呼呼地："浪费的钱我负责。燕子，你把妈支走，想干吗？"

韩燕愣了："妈，您怎么这样说？什么事把您气成这样？"

海奶奶不满地："还不是给你气的。"

韩燕："您不是开玩笑吧，我怎么会气您？"

海奶奶瞥了她一眼："这么大的事情，为什么不跟我商量？"

韩燕还在装糊涂："什么事情？"

海奶奶："你提交给曹部长的整编方案。"

韩燕："他都告诉您了？"

海奶奶："重大事情他肯定会征求我的意见。"

韩燕："妈，您都退休了，我怎么好意思让您操心？"

海奶奶："你是怕妈反对？"

韩燕："妈，看您的样子，好像不赞成我的方案？"

海奶奶："燕子，改革我赞成，但这个方案动摇了连队的根本，你知道吗？"

韩燕："我认为，趁现在改到位是个时机。"

海奶奶："你大刀阔斧我欣赏，但这个整编方案有风险，老民兵不能一下子走光啊！"

韩燕："怕风险的话，姐妹连还能发展到今天？"

海奶奶：“有很多人是姐妹连的骨干，她们还年富力强，姐妹连离不开她们，一刀切了以后，整个连队等于散架了。”

韩燕:“骨干可以培养,但年轻化都做不到,还怎么发展?”

海奶奶：“燕子，妈打个比方，姐妹连现在的女民兵，就是一笔祖业，你这样做，就是把祖业随便扔了，知道吗?”

韩燕：“妈，您放心，我不是败家子，但是，这个时代，光守业不创业行吗?不行!”

海奶奶：“燕子，妈把话挑明了，你这样做，我不同意!”

2-21　姐妹连操场　夜　外

王凯男独自在操场上游荡，这时，赵彩花与阿丁嫂摸黑跑入操场。

王凯男：“谁?”

赵彩花：“你怎么不睡觉?我俩跑来找你的。”

王凯男：“烦，睡不着。”

赵彩花：“是不是因为韩燕要你退连?”

王凯男：“不是……也算是……”

阿丁嫂：“看，果然被我说中了吧，韩燕这样做也太过分了。”

王凯男：“对不起!我真是不想看到这种局面，可是我一点儿办法都没有。”

赵彩花：“傻瓜，你说对不起干吗?该说对不起的应该是那个姓韩的，她想赶你退连，哼，放心，你彩花姐和阿丁嫂一定会给你撑腰的，我就不相信，她会不卖我们这些老民兵的面子？”

阿丁嫂：“说得对，凯男，你千万别担心，大不了，到时候我们拿集体退连来对付她，谅她也不敢走到这一步。”

2-22　县委会议室　日　内

县委会议室内，正在专题讨论姐妹连整编的问题，会议桌边坐着高书记、曹部长、韩燕及其他领导。

韩燕：“民兵民兵，是兵更是民，这一代中年女民兵，兵的印记很深，她们愿意待在连里一直到老，这对她们的人生及她们的家庭来说，是不够圆满的。我在省军区时，就想研究现代国防与当代青年的课题，到了姐妹连，却发现是个严重的问题，二十来岁的女民兵太少了。姐妹连这个连队，以前以自己的价值影响过几代年轻人，但现在呢，对年轻人的影响力明显衰退了……”

2-23　县委会议室门口　日　内

海奶奶站在会议室门口，缩回要推门的手，站在门口听了起来。

韩燕的声音传了出来：“就算老民兵的单兵素质再怎么好，如果与这个时代最年轻的一代人失去了联系，无法去影响当代青年的生命价值，姐妹连本身也就没有了持久生命力。所以，建立一支年轻化、知识化的姐妹连，已经是迫在眉睫。”

2-24　县委会议室　日　内

各位领导也都提了各自的意见。

曹部长：“整编归整编，对老民兵的退连处理，我看不宜一刀切，应该把部分优秀的老民兵留下来，以老带新。我转达一下海奶奶的话，她说，这些老民兵是姐妹连的本钱，本钱不能丢。”

高书记：“姐妹连这面旗帜，老连长扛了几十年了，早就成为我们的海岛文化了。新老民兵要交替，红色基因要传承，姐妹连也有她的时代性。今天韩燕提出了新的思路，我认为应该试一试，不然怎么叫新时代的女民兵呢？”

2-25　街头　日　外

海奶奶步履沉重地走在街头，她明白，整编的事已改变不了了。

2-26　姐妹连操场　日　外

操场上乱哄哄的炸了锅，赵彩花、阿丁嫂等几十个女民兵，正在议论纷纷。

赵彩花：“没想到她韩燕新官上任三把火，是要烧我们姐妹连，要把我们一锅端了。”

一女民兵：“我们都走了，她一个人能干什么？”

阿丁嫂：“哪有把我们这帮人全部退光的啊？我看她想解

散姐妹连，好早点儿回省城去。”

一女民兵：“韩燕的搞法，跟海奶奶不一样，彩花，我们就让她这样烤我们？”

赵彩花：“她这把火，把我们心里头的火也烧起来了，我们也要烧烧她。”

一女民兵：“找她去。”

另一女民兵：“对，找她去。”

大家群情激愤地往外走，王凯男不知从哪里钻出来，拦住了她们。

阿丁嫂：“凯男，你什么意思？”

王凯男：“你们这样怒气冲冲的不能去，大家先冷静一下。”

2-27　女民兵宿舍　日　内

王凯男、赵彩花、阿丁嫂站在宿舍里。

赵彩花怀疑地：“凯男，你早就知道要整编了，为什么不告诉我们？”

王凯男语塞：“我……”

阿丁嫂：“对啊，韩燕一直想弄掉你，这次她弄掉我们大家，倒把你留下了。”

赵彩花：“你说。”

王凯男：“我怎么知道？”

阿丁嫂：“凯男，你不会做叛徒了吧？”

王凯男吃了一惊：“彩花姐，阿丁嫂，不是这样的。”

赵彩花："韩燕是不是跟你有什么承诺，你就帮她了？"

王凯男着急地："没有，我……我为难啊！"

赵彩花激动地："你知道吗？为了你的事情，我们找韩燕给你说情，你倒偏偏跟她合演双簧来哄我们。"

王凯男："彩花姐，你别乱猜测，没有的事情。"

阿丁嫂："那她为什么单单就留下你，好像专门为你设的条件。"

王凯男："你不信拉倒，你可以自己去问韩燕。"

赵彩花生气地："我会去问的。好，你心向着她，你搬去跟韩燕同宿舍好了，别跟我们一块儿。"

王凯男："彩花姐，别这样。"

阿丁嫂："我们心都凉了。"

赵彩花："你不搬，我们搬，阿丁嫂，我们搬别间去。"

两人卷起被铺。

王凯男上前拉住："不要走。"

赵彩花瞪了王凯男一眼，甩开她，与阿丁嫂抱着被铺出门，王凯男一个人站在那儿呆若木鸡。

2-28　路上　日　外

韩燕骑着自行车去军营，赵彩花带着女民兵们从军营赶来找她，刚好逮个正着，大伙儿堵住韩燕，都以愤怒的目光盯着她。

韩燕见气氛不对，微笑上前："彩花姐，你们是找我吗？"

赵彩花冷冷地："不找你还找谁？"

大嫂兵们围过来。

一女民兵：“你凭什么让我们都退连？”

另一女民兵：“说呀！说呀！”

声音越来越杂：“我们不退连……不退……要退你退。”

韩燕尽量平静地：“我理解你们的心情，让三十岁以上的女民兵退连，也是为了民兵队伍的年轻化，为连队综合素质的提高，不是同谁过不去。”

阿丁嫂：“告诉你，我们就代表姐妹连的素质，哪年军民比武不是我们夺得荣誉的？”

赵彩花：“韩连长，请问你今年几岁了？”

韩燕：“三十五。”

一女民兵：“那你也得退连。”

韩燕：“我是连长，当然，以后也会交给更年轻的人来接班。这个事情，我们心平气和谈一谈，好不好？”

赵彩花：“韩连长，你当然心平气和了，因为退连的不是你呀，我们现在心平不下来，气也不顺，你一纸文件拆了姐妹连，想过我们的感受没有？”

韩燕：“我理解你们，但你们也想想，当兵也要退伍呀，我们女民兵也不可能干一辈子。”

阿丁嫂：“我们不干一辈子，再干个三年五年没问题吧，我们不退连。”

韩燕：“退连很正常，大家不要大惊小怪，要理解，我这也是为姐妹连的发展负责任。”

赵彩花：“还负责任？简直是来拆台的，太不负责任了。”

阿丁嫂：“就算你新官上任三把火，也不能这烧法。”

韩燕：“姐妹们有气冲我发，我都接受，我们回连里慢慢说吧。”

2-29　海奶奶家小院子　日　外

海奶奶正在弯腰浇菜。

曹部长快步走入：“海奶奶，您还浇什么菜，女民兵们都炸锅了，需要你去灭火呢。”

海奶奶无奈地：“这火，得让她们烧，你总不能让她们憋死吧？”

曹部长：“万一韩燕摆不平，您不出面，事情会闹大的。”

海奶奶：“放心，姐妹连的兵，我心中有数。”

2-30　路上　日　外

女民兵们闹哄哄地堵在路上，造成了交通堵塞，两头车辆的喇叭拼命响着。

韩燕着急地：“交通堵塞了，快散开！”

在场女民兵却没人听韩燕的话。

王凯男开着摩托车驶来，她下了车，吹起集合哨，女民兵们这才朝路两边散开。韩燕立即站在路中央，当起临时交警，挥着手势指挥车辆，车辆渐渐疏散开来。

王凯男走到赵彩花跟前：“彩花姐，大家堵在这里不是个事，跟韩燕讲也没用，她这人软硬不吃。”

赵彩花怀疑地审视着她。

王凯男：“彩花姐，我们姐妹多少年的交情了，你别怀疑我。这件事我是提前知道了，韩燕还让我做你们思想工作，我拒绝了，我心里难受啊，不知道怎么跟姐妹们讲。”

阿丁嫂：“你现在到底要站在哪一边？”

王凯男：“我们从来是站在一起的，你们退连的话，我跟你们一起退，我领你们找海奶奶去。”

赵彩花：“好！姐妹们，走，我们找海奶奶去。”

一行人跟着王凯男走了。

2-31　海奶奶家小院子　日　外

海奶奶的小院子内与院门外，挤满了女民兵。

王凯男：“海奶奶！”

赵彩花上前抓住海奶奶的手：“海奶奶，您得为我们做主啊！”

海奶奶安慰地拍拍赵彩花手背，又深情地看着众人：“大家都来了，我知道，你们对姐妹连感情深，舍不得离开啊！”

王凯男：“海奶奶，姐妹们正壮年，还年轻，不想这么早退连，请您帮大家留下来。”

海奶奶：“我没能帮你们争取留下来，我心里也很内疚，不知该说什么，大家都是老民兵了，为连里做了很多贡献，这一次，也得为大局着想。”

女民兵一听，都纷纷议论起来。

赵彩花大着喉咙："海奶奶，这大局我不是很懂，到底韩燕一个人大，还是全连这么多姐妹大？这道理明摆着，韩燕是您儿媳妇，您要一碗水端平。"

海奶奶一愣，一时说不出什么话。

王凯男拉拉赵彩花，低声地："不好这样跟海奶奶说话。"

阿丁嫂："海奶奶，不是我们跟您儿媳妇过不去，是她跟我们过不去。"

赵彩花："我们只想听您一句话，我们该不该退，不该退就该留下，该退我们也无话可说。"

海奶奶："不该退，但是必须退！"

女民兵乱哄哄的声音又响了起来。

海奶奶伤感地："说实在，我也扭不过弯，也想站到你们这边，支持你们不退连，可是这样对我们连队不利啊，县里领导已同意全面整编，你们说我该怎么办？"

赵彩花忽然哭了起来。

海奶奶上前拉住赵彩花的手："彩花！"然后，转向女民兵，"许将军担任南京军区司令员时，他还到基层连队去当过伙夫，还要求班里安排他站岗，说自己是个老战士，站岗经验比别人丰富。我们大家都要学一学。走，我带你们站岗去。"说罢向院门外走去。

2-32　山顶岗哨　日　外

山顶岗哨外站满了站岗的大嫂兵们，中间有人唏嘘起来，海奶奶捧着一面红旗，走到女民兵们跟前。

海奶奶："凯男，你来帮我一把。"

王凯男过来帮海奶奶把红旗展开，只见这面陈旧的姐妹连连旗上，密密麻麻地签满了名字。

海奶奶："那一年也是一次大整编，你们入连，她们退连，她们的名字都写在这面旧连旗上。"指指红旗上的名字，"当时，那些老姐妹拉着我的手，流着眼泪说，我们要留在连里，一辈子都不退连，后来还是为了顾全大局，服从组织退连了。"

赵彩花她们无语了。

海奶奶："把这面连旗传给大家看看。"

王凯男把连旗递给赵彩花、阿丁嫂，她们看后又传给旁边的人……默默无声地传着，看着。

海奶奶大声地："凯男，彩花，升旗。"

王凯男与赵彩花马上立正，捧着连旗，走向旗杆，这面签着老一辈女民兵名字的连旗徐徐升了起来。

2-33 海奶奶家堂屋 夜 内

海奶奶缓慢地埋头吃饭，韩燕则已吃好饭，静静坐在餐桌边。

韩燕瞄了一眼海奶奶："妈，谢谢您！我知道，您也很难，她们跟了您那么多年了。"

海奶奶："不提了，谁都有离开姐妹连的一天。"

韩燕："下一步工作还很难做，凯男、彩花她们对我意见很大，我又消不了她们的气。”

海奶奶：“这都正常，你让人家退连，她们能高兴吗？总要让人家发泄一下。凯男嘛，我相信不会为难你的。”

韩燕：“是吗？”

海奶奶：“我了解她，燕子，以心换心才能让人理解。”

韩燕：“哪有这么容易？”

海奶奶：“像彩花，你了解吗？她对姐妹连比对她老公女儿还好。为了这次训练，因为请不出假辞了工，现在又退了连，彻底失业了，这事你不知道吧？”

韩燕一愣，缓缓摇摇头。

2-34　海滩　夜　外

王凯男、赵彩花、阿丁嫂坐在沙滩上，久久凝望着海面。

赵彩花：“凯男，你不能退连，绝对不能退。”

王凯男：“你们都退了，我待着也没劲。”

赵彩花：“正因为我们都退了，你才更要留下来。凯男，我们错怪你了，别生气了。”

王凯男：“我没生气，我是认真的。”

阿丁嫂：“你走了，她一人独大了，谁还帮大家说话。”

王凯男：“我都一个小兵了，还能不让她独大？连海奶奶，现在都靠边站了。”

赵彩花：“所以你更不能走了，你留在姐妹连，就是维护海奶奶。”

阿丁嫂：“对啊，我们都是海奶奶的兵，凯男，你也退了，海奶奶以后真成光杆司令了。”

王凯男不吭声了。

赵彩花：“凯男，你怎么想？”

王凯男：“不退，就算她让我退我也不退，我比她年轻，要退也是她先退。”忽然掩面哭了起来。

阿丁嫂：“凯男，别哭，你怎么也跟老娘儿们一样了？”

王凯男：“呸，你才老娘儿们呢。”

赵彩花：“我们本来就是老娘儿们，怕什么，回家做家庭妇女去。”

2-35　码头　日　外

陈涌涛站在码头上望着海上的军舰。

勤务兵跑了过来：“报告舰长！政治处管主任来电话找你。”

陈涌涛：“什么事？”

勤务兵：“不知道，他请你马上去趟政治处。”

2-36　管主任办公室　日　内

政治处管主任与陈涌涛坐在沙发上。

管主任：“涌涛，你这个头痛病有点儿麻烦，你得去做个全面检查。”

陈涌涛笑着：“不查了，小毛病，疲劳了，休息一下就没事了。”

管主任：“你就不要瞒了，纸是包不住火的。”

陈涌涛一怔。

管主任：“组织上决定给你调个岗位。”

陈涌涛：“调岗位？调什么岗位？”

管主任：“到后勤处去。”

陈涌涛站了起来：“不，我还年轻，不能这么舒坦地趴着。”

管主任：“后勤处人家想去还去不了呢。你想到哪个部门？你也讲讲，我看看能不能考虑，尽量给你安排好。”

陈涌涛：“做后勤工作我不行，我想……待在海上，军舰上。”

管主任：“那绝对不允许，你这病不合适海上工作，为你的岗位与你的身体两方面考虑，你必须到陆地上工作。”

两人一阵长久的沉默。

好半天，陈涌涛才开口：“管主任，如果不能留在军舰上，我申请……转业回老家工作。”

2-37 码头大排档 夜 外

王凯男请赵彩花、阿丁嫂等一帮退连女民兵在码头的大排档喝酒。

王凯男给各位大嫂兵倒满了酒：“先说好，今天光喝酒吃菜，谁也不许哭鼻子。”

阿丁嫂：“我现在就想哭。”

赵彩花：“要不你先哭，等你哭好了我们再喝酒。”

这时韩燕却不合时宜地来了："各位姐妹，我来晚了。"

王凯男她们理也不理她。

韩燕拉了张椅子坐下，给自己斟满酒："真的很抱歉……"

王凯男打断了她的话头，自顾自地说话："我请大家吃告别饭，我很难受，这么多年的老姐妹了，这份感情我们自己知道。"她看着韩燕，"韩连长，你一来，姐妹们都不说话了，这气氛不好啊！"

韩燕尴尬地站了起来："我来敬一下大家，敬了我就走。"

王凯男："感情深一口闷，感情浅舔一舔，你随便意思一下就得了。"

阿丁嫂不屑地："韩连长不喝酒，她喝饮料的。"

韩燕端起酒杯："我今天喝酒。姐妹们，不管你们怎么想，但我从省军区调到姐妹连来，那是我们有缘，我喝了。"

韩燕大口大口喝光，却没有人响应韩燕。

韩燕又倒了第二杯："第二杯敬你们，你们入连比我早，都是姐妹连的老姐妹们，我是敬重你们的。"

赵彩花等人的神色已有些不耐烦了。

韩燕倒了第三杯："第三杯，说声抱歉，退连这件事，希望你们理解我。"

2-38 军舰休息舱 夜 内

水兵们正在睡觉，《军港之夜》的旋律在响着，陈涌涛给一个水兵拉好被角，看着这些年轻的面庞，不由神情凝重。

2-39　军舰甲板上　夜　外

陈涌涛拿着拖把，一个人在清洁甲板。

2-40　海奶奶家门外　夜　外

韩燕扶着院门，站立不住，差点儿摔倒在地。

海奶奶闻声出来，扶着韩燕："燕子，怎么喝成这个样子了，你不会喝酒干吗强出头？"

韩燕："我……我去送彩花姐她们……一高兴就喝醉了，不，我不高兴……"趴在海奶奶肩头，忽然又是一声呕吐，吐在海奶奶身上。

2-41　码头大排档　夜　外

几个酒杯"砰"地碰在一起，王凯男她们正喝到酒酣人醉情浓时。

赵彩花的舌头有些打结："我们……老姐妹连的，才正宗，以后的……新鲜玩意儿，不见得会……正宗。"

阿丁嫂："不是看海奶奶面上的话，今晚就灌死韩燕，让她拆散我们。"

王凯男："我们自己喝，她在煞风景。"

赵彩花："就是说嘛。凯男，本来……是你当连长的，可惜运气不好。"

王凯男："没有你们这帮姐妹在，就是当营长团长也没意思。"不觉眼圈红了，泪水在眼眶里打转，忍不住落了下来。

赵彩花笑她："大家看，这假小子刚才还叫我们别哭，她倒先哭了。"

不料阿丁嫂忽然放声大哭起来，其他女民兵的眼圈也红了，有人跟着抽泣起来，连赵彩花也拿餐巾纸擦起眼泪。

王凯男："大家不要哭，高兴点儿，来，喝酒喝酒，彩花姐你唱个歌嘛。"

赵彩花："我哪会唱歌，不行不行。"

王凯男："一定得唱，大家安静，听彩花姐唱歌。"

赵彩花跑调地哼了两句渔歌："大船大浪，小船小浪，一网一船，着绸着缎……"然后就不唱了，"我就会这两句。"

2-42 码头 夜 外

王凯男与大嫂兵们互相搀扶着。

王凯男说话也打结了："你们……回家，我……回连队。"跌跌撞撞向前走。

赵彩花她们互相扶着站在那里，望着王凯男的背影，不料王凯男又转身跌跌撞撞地走到大家面前。

王凯男突然大喊一声："敬礼！"挺直身子向大家敬礼。

赵彩花她们也向王凯男敬礼，酒醉后敬礼的军姿虽然很不整齐，但却令人感动。

第三集

3-1　海奶奶家堂屋　日　内

韩燕坐在桌前吃方便面。

海奶奶走上前："燕子，妈给你烧几个菜吧。"

韩燕："不用……妈，她们走了，怎么好像是我赶走她们似的？您也这么看吗？"

海奶奶："你少做了一件事情。"

韩燕："什么事？"

海奶奶："化解她们的情绪。"

韩燕沉思着。

海奶奶坐了下来："燕子，接下来的招募有点儿难度，妈想……"

韩燕："妈，您这几天跑前跑后，也累了，下班了我们就不谈工作吧。"

海奶奶淡淡一笑："是啊是啊……不过我得提醒你，我们要想点儿办法。”

韩燕：“您放心，让女民兵们推荐推荐，我再把宣传工作做到位，不会有问题。”

海奶奶点点头：“那我也推荐一个，给女民兵们带个头。”

韩燕：“我不就是您推荐的嘛，您再荐一个的话，荐一个我的接班人好了。”

3-2 赵彩花家客厅 日 内

赵彩花家住在一个老小区一楼，内部十分简陋陈旧，小套间完全是个毛坯房。此刻，赵彩花与丈夫叶定富、女儿叶苗苗坐在那里，神色都不大好。

赵彩花叹了口气：“复读三年，今年高考又考砸了，古时候三年都考上状元了，你就这么不争气。”

胖胖的叶苗苗嘟囔着：“考状元的都是男人。”

赵彩花瞪了她一眼：“还顶嘴！”

叶定富：“要不别考了，找个工作吧。”

赵彩花：“一个高中生，只能去厂里做工，公司白领都要招大学生的。”

叶苗苗：“妈，爸，复读这三年，我一年比一年胖，你们知道为什么吗？”

赵彩花：“是你贪吃。”

叶苗苗：“是你们给我的压力太大了，压力大才贪吃。”

叶定富：“我和你妈把希望都寄托在你身上，你懂吗？”

叶苗苗：“可我不是读书的料，复读复读，读到哪年哪月？”

赵彩花站了起来：“别废话，你看书去。”

3-3　某工厂门口　日　外

赵彩花拦住李总的车，李总摇下了车窗玻璃。

赵彩花赔着笑脸：“李总，再给我一次机会吧，我一定好好工作。”

李总：“赵彩花，还记得当时我怎么说的吗？我说，机会只有一次。”

赵彩花：“记得记得，当时我……没把握住机会，这次一定把握住。”

李总：“你对我说，鱿鱼自己留着当下酒菜，记得吧？我看你还是当女民兵去吧，哦，听说来新连长了，你民兵也当不成了是吧？”

李总一踩油门，轿车向外开走了，赵彩花看着远去的轿车，神色失落。

3-4　赵彩花家门口　日　外

韩燕站在赵彩花家门口，按响了门铃，没有人开门，她又按了一遍。

3-5　叶苗苗卧室　日　内

叶苗苗躲在房间里，捧着手机玩儿《王者荣耀》，正玩儿得起劲，连门铃声都没听到，等第二遍门铃响才听见，她以为是妈妈赵彩花回来了，吃了一惊，赶紧收了手机去开门。

3-6　赵彩花家门口　日　外

房门打开，叶苗苗探出头来。

韩燕："请问，这是赵彩花的家吗？"

叶苗苗："哟，吓了我一大跳，还以为是我妈搞突然袭击查我岗呢。"

韩燕笑了："放心，不是查岗的。哎，你妈是赵彩花吧？"

叶苗苗："对啊，你找她？"

韩燕："她不在家？"

叶苗苗："她去姐妹连了，值完岗就回来。"

韩燕疑惑地："哦？是吗？"

叶苗苗："你哪位？"

韩燕："我是韩燕。"

叶苗苗笑了："知道知道，如雷贯耳，原来让监狱长抓狂的人就是你。"

韩燕不解地："监狱长？"

叶苗苗："我妈就是监狱长，我是她的犯人，我叫叶苗苗，你进来坐。"

3-7 赵彩花家客厅　日　内

韩燕坐在椅子上，叶苗苗端出茶水、零食。

叶苗苗："韩连长，你找我妈怎么跑家里来了？"

韩燕："苗苗，我跟你妈有点儿小误会，想和她沟通沟通。"

叶苗苗："你跟她沟通不了，不如跟我沟通。"

韩燕笑了起来："苗苗，那你怎么是你妈的犯人呢？"

叶苗苗："我妈逼我高考，可我老考不上，高考复读班待了几年了，明日复明日，复读再复读。"

韩燕："你妈是为你好。"

叶苗苗："我实在不想读了，压力好大，越读越胖，体重减都减不下来。"

韩燕看着电脑前的一些游戏装备，随口问："你喜欢玩儿游戏？"

叶苗苗："嗯，但现在都在手机上玩儿《王者荣耀》。"

韩燕："我以前也玩儿一些射击游戏，像CF穿越火线之类。"

叶苗苗双眼一亮："这个我也玩儿，要不玩儿一局？"

韩燕笑了摇摇头。

3-8　公路上　日　外

一辆敞篷轿车在路上行驶，车上响着激情的音乐，开车的是打扮酷酷的时尚女孩方贝贝。身着便装的韩燕，在另一头骑着自行车过来，方贝贝开车转弯时也不减速，在转弯处差点儿撞上韩燕。韩燕慌忙躲闪，自行车一歪，一下子倒在地上。

方贝贝刹住车，脑袋探出车窗：“美女，没事吧？”

韩燕爬了起来，责问贝贝：“你怎么开车的？”

方贝贝：“没事就好，有事找我，本小姐行不改名坐不改姓，方贝贝是也。”语音刚落，呼地开车走了。

韩燕生气地：“都什么人啊？”无奈地拍了拍身上的泥土，扶起自行车。

方贝贝的轿车驶向远处，这时后面有两辆轿车追上来，一辆车上的小胡子青年向方贝贝抛飞吻，贝贝不理他，加速甩了他，这辆车又追上来，与贝贝的车并排行驶。

小胡子：“神气什么？不就哪个老板送你的好车呗，嘿嘿，二奶中的成功人士。”

方贝贝气得脸都变形了：“你一定姓王。”

小胡子厚着脸皮：“本王子恭喜你猜对了。”

方贝贝：“你一定姓王本名王 ××。”

小胡子一听，把车超上去挡在前面，与后面那辆车前后夹住贝贝的轿车。

方贝贝慌忙拿起手机打电话求援：“喂，江湖救急……”

3-9　叶苗苗卧室　日　内

赵彩花推门进来，见叶苗苗躺在床上玩儿手机。

赵彩花：“好哇，又在开小差儿了。”

叶苗苗急忙拿起了书：“人家才玩儿一会儿嘛，都看了好长时间书了，调剂下总可以吧。”

赵彩花直摇头。

叶苗苗：“妈，我就奇怪，你明明在连里上岗，你们连长怎么跑家里来找你了？”

赵彩花：“什么？韩燕来过了？”

叶苗苗：“对呀。”

赵彩花：“她找我什么事？”

叶苗苗：“我哪知道？”

赵彩花：“别理她，你看你的书，我给你做饭去。”不悦地进厨房做饭去了。

叶苗苗见赵彩花情绪不好，嘟囔着：“连长也玩儿家访？”

3-10 观察哨 夜 内

今晚王凯男在观察哨值班。观察哨在姐妹连营房中最高的塔楼顶层，一架大型的哨所观察镜架在观察窗口，可以瞭望到遥远的海面。

王凯男看见楼下有个人打着手电筒靠近塔楼，就大声喝问：“谁？”

来人回应：“我，韩燕！”

王凯男一听是韩燕，神色一变，没好气地哼了一声。

一会儿，韩燕进了观察哨，见王凯男背向她不理不睬：“还在生气？”

王凯男：“生气？至于吗？”

韩燕："我去过彩花姐家了，可惜没碰到。"

电话铃响了，王凯男听完把话筒交给韩燕。

韩燕："我是韩燕……你好周所长……什么？好，我马上过来。"放下电话，急忙转身匆匆出门。

3-11　派出所门口　夜　外

韩燕骑着自行车，在派出所门口停下。

3-12　派出所笔录室窗外　夜　内

韩燕与周所长站在笔录室窗外。

周所长指指屋内站着的方贝贝："今天这个群殴的案子，这个当事人说她是你们的女民兵，所以请你来认领一下。"

韩燕愣住了："她？"

周所长："是她。"

韩燕："哦，我想单独和她谈谈。"

3-13　派出所笔录室　夜　内

韩燕推门进去，打量着方贝贝。

方贝贝："你谁呀？咦，好像有点儿面熟。"

韩燕："你不就是行不改名坐不改姓的方贝贝吗？"

方贝贝："噢，我想起来了，今天在路上我们近距离接触过。大姐，你千万不要给我雪上加霜，你要是伤着了，我们可以私下沟通。”上去搂搂韩燕肩头，以示歉意。

韩燕拨开方贝贝的手：“方贝贝，你是女民兵？”

方贝贝：“是……是啊！”

韩燕：“胆子挺大嘛，敢假冒女民兵斗殴。”

方贝贝愣怔一下：“你到底是谁啊？”

韩燕：“你既然是女民兵，又怎么会不认识我呢？”

方贝贝：“喂，别装便衣女警好不好？你是出什么事进来的？跟我讲讲，不严重的话，我把你担保出去。”

韩燕忍不住笑了：“女民兵，我可是你的领导，姐妹连连长韩燕。”

方贝贝吃惊地张大嘴巴：“啊？”

韩燕神情严肃起来：“你为什么要冒充女民兵？”

方贝贝脸上白一阵红一阵，赶紧解释：“大姐，不，韩连长，我……我错了，我也是没办法才假冒的。”

韩燕：“又没人逼你，怎么个没办法？”

方贝贝：“我被小流氓欺侮，我得自我保护啊，我打出女民兵的牌子，为的是杀杀他们的威风。”

韩燕：“你怎么不跟派出所讲。”

方贝贝为难地：“我怕说了会麻烦嘛。”

韩燕站了起来：“你不讲，我帮你讲吧。”

方贝贝：“韩连长，我老爸公司跟你们姐妹连是共建单位，你就放我一马吧。”

韩燕：“你爸是谁？”

方贝贝：“昌业公司董事长方昌业。”

3-14　方贝贝家客厅　夜　内

方昌业坐在沙发上吸烟，年轻的妻子唐美雅则在做瑜伽，旁边一只波斯猫和一只牧羊犬在玩儿。

方昌业："我真是操透心呀，你看，贝贝手机关了，人不回家。"

唐美雅："你女儿哪天不是半夜回来，不回来也好，家里清静。"

方昌业："以前她妈妈还能管住她，自从我和她妈妈拜拜了，她是彻底自由了。"

唐美雅起身走过来，从身后搂住方昌业脖子："老方，干吗还提我前面那位？你明不明白，系统都升级了，老旧的软件就得删除。"

方昌业："对对对，系统要常常升级，旧软件要及时删除。"

唐美雅："不，到我为止。"

这时，方贝贝蹑手蹑脚地进来，牧羊犬亲热地扑了上去。唐美雅松开手，走到一边。

方贝贝摸着牧羊犬的头："方世玉，今天你不在，好惊险啊！"

方昌业："贝贝，你又去哪儿了？"

方贝贝："老爸，我不汇报行不行？"

唐美雅："你爸等你很久了，为你担心。"

方贝贝："我爸为我担心，也不关你的事。"

方昌业站了起来："对你阿姨怎么说话的？"

方贝贝拍了一下牧羊犬脑袋："方世玉，上楼。"

牧羊犬嗖的一下跑在贝贝前面，蹿上楼梯。

3-15 海奶奶房间 夜 内

海奶奶正捧着收音机在听昆曲。

韩燕走了进来："妈，您快看青岙台。"拿起遥控器打开电视。

电视上正在播放招募姐妹连女民兵的军旅时装秀，海奶奶看得皱起了眉头。

韩燕："妈，这台军旅时装秀表演，是给招募女民兵做宣传的。"

海奶奶神情不悦："招募女民兵还要搞时装秀？这种花架子能弄出什么名堂来？"

韩燕："妈，军装也是一种时尚，军旅时装秀不是花架子，它是一种风貌。"

海奶奶气哼哼地不说话，拿起遥控器关掉电视机。

3-16 海奶奶家小院子 日 外

一大早，海奶奶坐在藤椅上沉思。

韩燕从屋里出来，推上自行车："妈，我去连队了。"

海奶奶"嗯"了一声，也不说话，明显还在生气。

这时，叶苗苗跑着进来嚷嚷着："韩连长，韩连长，我来报名了。"

韩燕："叶苗苗？"

海奶奶嘀咕着："那不是彩花的女儿吗？"

叶苗苗拉住韩燕："韩连长，我妈一路追来了，你得帮我挡驾。"

韩燕："怎么回事？"

赵彩花气喘吁吁跑进来，叶苗苗马上躲到韩燕身后。

韩燕迎上去："彩花姐！"

赵彩花不理韩燕，拉了叶苗苗的手想走。

海奶奶站了起来："彩花，我知道你对连队有感情，自己走了就送女儿来。"

叶苗苗："是啊，我妈宁愿自己不当，也要送我来。"

赵彩花对叶苗苗猛使眼色："你一边待着去。"又对海奶奶笑笑，"海奶奶，我家苗苗又胖又懒，什么也做不好，哪是当女民兵的料啊？今天她硬是要来看热闹。"

叶苗苗："妈，你真是谦虚，放心，我一定不会比你差的。"

赵彩花："美得你！给我闭嘴！"

海奶奶："彩花呀，我看苗苗入连接你的班，也不错嘛。"

韩燕："彩花姐，放心把苗苗交给我吧，我来训练她。"

赵彩花不屑地："交给凯男，也不交给你。"

3-17　姐妹连大门口　日　外

海奶奶与王凯男站在姐妹连营房大门口。

海奶奶："用走秀方式招女民兵，我很不放心，还是分头想办法吧……凯男，你去鹿栖岛再宣传宣传。”

王凯男点了点头。

3-18　渡船上　日　内

渡船驶入鹿栖岛港口，王凯男坐在渡船上，看见船窗外不远处停着一条机动小舢板，小船上有个长辫子姑娘正在唱歌。

3-19　海上　日　外

长辫子姑娘叫阿兰，她坐在机动小舢板上唱着一首老歌《渔家姑娘在海边》——

大海边嘞，沙滩上嘞，
风吹榕树沙沙响，
渔家姑娘在海边嘞，
织呀织渔网，
织呀嘛织渔网……

3-20　乡民政办　日　内

王凯男走进鹿栖乡民政办。

民政办黄大姐站了起来：“哟，是凯男啊，什么风把你吹来了？”

王凯男：“黄大姐，你好！我想请你们帮点儿忙。”递上一沓广告单。

黄大姐看了看广告单：“招女民兵你跟乡人武部接头呀。”

王凯男：“早落实了，现在想扩大一些宣传，请你们支持一下。”

黄大姐点点头：“好的好的。”

这时阿兰跑了进来。

黄大姐：“阿兰，你来得刚好，又有事做。”

阿兰：“好的。”

王凯男：“咦，你就是船上唱歌的姑娘呀，唱得真好听。”

阿兰不好意思地笑了。

黄大姐：“阿兰是民政办的临时工，工作十分负责，这事交给阿兰你就放心吧。”

王凯男点点头：“好，好，那就辛苦阿兰了。阿兰，你愿不愿意当女民兵？想报名就来找我。”

阿兰笑了笑：“嗯！”

3-21　医院走廊　日　内

海奶奶走在走廊上，刚好与急匆匆走来的护士秋霞碰上。

秋霞收住脚步：“海奶奶！”

海奶奶：“是秋霞啊，我来开点儿降压药。”

秋霞：“您的血压不是正常了吗？怎么又高了？”

海奶奶：“唉，招女民兵招得闹心，连血压也上来了。秋霞，你脸色不好啊！”

秋霞：“我姐……又流产了。”

3-22　医院妇产科手术室门口　日　内

秋霞扶着虚弱的春霞从妇产科手术室出来。

春霞难过地：“秋霞，我怕是习惯性流产了。”

秋霞：“姐，别灰心，先养好身体，你还会怀上的。”

春霞：“阿祥盼孩子都盼疯了，可惜我的肚子不争气。”

3-23　码头　日　外

春霞的丈夫阿祥出海回来，站在码头上，脚边地上放着一大筐鲜鱼。他拿着手机打电话，没人接，又拨了一回，还是没人接。

两个渔民走到阿祥身边。

一渔民：“阿祥，怎么，老婆没来接船？”

阿祥一声不吭，神色恼怒。

一渔民：“把鱼货放一放，先喝酒去，走吧。”

两个人连拉带拽地把阿祥拉走了。

3-24　街头　日　外

方贝贝牵着牧羊犬方世玉，与一帮无业朋友在街上溜达，被方昌业的轿车拦下。方昌业下了车，很不友好地瞪着贝贝的那些朋友。

方贝贝：“爸！”又向朋友们猛使眼色，这帮人吹着口哨溜了。

方昌业：“你老实说，又在外面闯什么祸了？”

方贝贝：“没，没有啊。”

方昌业：“没有？那人家周所长都冤枉你了？”

方贝贝：“老爸，是别人欺负你女儿，你知道吗？”

方昌业痛心地：“贝贝，你都老大不小了，怎么就不学好呢？”

方贝贝：“你管你的公司，管你的唐老鸭，我的事情不用你操心。”

方昌业：“贝贝，你太任性了，你打算怎么办？”

方贝贝：“没打算。”

方昌业：“公司正在组织员工报名参加女民兵，要不你也去锻炼一下？”

方贝贝：“亏你想得出来，不去！”

方昌业：“我也是为你着想，免得你在家里不自在，到了外面还惹事。”

方贝贝：“是唐老鸭的意思吧？”

方昌业：“你是方家的继承人，我得培养你，你去锻炼锻炼，以后老爸的位置就是你的。”

3-25　昌业公司车间　日　内

青年女工郭小琴正在流水线上工作，神情疲惫，上下眼皮老是打架，车间主任陪着方昌业在察看生产情况，方昌业看到了郭小琴的样子，皱了皱眉头。

一女工赶紧将郭小琴摇醒：“是不是在做发财梦？”

郭小琴揉揉眼睛：“啊？！”

另一个女工冲着郭小琴做了个怪脸：“小琴，你惨了，偏偏方总来的时候打瞌睡。”

郭小琴吓傻了：“啊？！”

3-26　方昌业办公室　日　内

郭小琴唯唯诺诺地站在方昌业跟前。

方昌业：“怎么？没睡好？上班还打瞌睡？”

郭小琴吓坏了：“对不起，方总，对不起，下次再也不敢了。”

方昌业：“这样吧，给你换个工作？不用待在厂里。”

郭小琴脸都白了：“不……方总，求求你，千万不要开除我，我以后再也不敢了，我一定好好工作，再也不上班打瞌睡了。”

方昌业笑了起来：“我是想安排你离开工厂，但是这不叫开除。”

郭小琴拼命摇头：“开除、下岗都是一样的。方总我求你了，千万不要赶我走啊！”

方昌业：“好了，别担心了。我已经从刘主任那边了解过了，你连续上了三个夜班，太累了才打瞌睡的。”

郭小琴低头绞着衣襟。

方昌业：“小琴，我直接跟你说吧，我打算从厂里选个把女工去姐妹连当女民兵，你去不去？”

郭小琴张大了嘴：“我？”

方昌业：“你去当女民兵，厂里的工资照发。”

郭小琴这才松了一口气。

方昌业：“不过，小琴，我给你额外安排了一个任务，当然了，这个任务完成得好，我会另外给你补贴的。”

3-27　春霞家二楼　夜　内

春霞家住的是石头房子，此刻她正躺在床上休息，这时手机响了。

春霞拿起手机接电话：“喂……什么？阿祥喝醉了……”

3-28　石板小街　夜　外

石板小街上，春霞吃力地拉着板车回家，醉后的阿祥死猪一般躺在板车上。

3-29　春霞家二楼　夜　内

春霞使劲儿把阿祥弄到床上躺下，帮他脱了鞋子，又下楼端了脸盆上来，给阿祥擦脸。阿祥的手胡乱一扬，把一盆水打翻在春霞身上。

3-30　吴大婶杂货店　日　内

吴大婶的杂货店坐落在鹿栖岛码头附近，是一间铁皮简易屋，她正在守店，阿兰提着一袋水果进来。

吴大婶惊喜地：“阿兰！”

阿兰放下水果：“大婶，前两天我帮乡里招募女民兵，都住在宿舍那边。”边说边麻利地帮她整理货架。

吴大婶开心地：“没关系，你回来就好，走，上家里去。”起身打算关门。

阿兰：“大婶，我马上要走，还要去走一圈，落实参加女民兵的人选。”

吴大婶：“你就是喜欢管别人的事，再忙饭还是要吃的，走。”

阿兰有些为难，但还是听话地跟着吴大婶走了。

3-31　吴大婶家　日　内

吴大婶麻利地准备做饭。

阿兰吞吞吐吐地：“大婶，我有个事想征求你意见。”

吴大婶：“哦，说吧。”

阿兰：“我想去参加女民兵。”

吴大婶惊讶地：“你好端端的，参加什么女民兵？”

阿兰:“大婶,我从小到大没有离开过这里,这次机会挺好。”

吴大婶：“傻孩子，你在乡里也不错的，当了女民兵，离我就更远了。”

阿兰：“我有空会经常回来看你的。”

吴大婶自言自语：“孩子大了，都要远走高飞了。”

3-32　姐妹连操场　日　外

操场上立着一块“姐妹连新民兵报名处”的牌子，一排长桌前，坐着人武部杨干事、王凯男和其他几个女民兵排长，好些女孩正在填表报名。

郭小琴坐在桌前磨磨蹭蹭地填表格，王凯男走到她身后看着。

王凯男：“你叫什么名字？”

郭小琴：“郭小琴。”

王凯男拿过表格看,发现下面还有一张写着方贝贝的名字:“好哇，学雷锋学到这里来了。”

郭小琴一下子吓得呆在那儿。

王凯男：“她为什么自己不来？好大的架子，别以为我不知道，不就方家大小姐吗？”

郭小琴犹豫地点了点头。

王凯男一把将郭小琴填的方贝贝表格捏作一团,扔进纸篓:“作废了！”

3-33 春霞家 日 内

春霞躺在楼下的躺椅上休息。

阿祥从楼上走了下来：“哎，昨晚谁把我送回来的？”

春霞：“我用板车把你拉回来的。”

阿祥：“哦，那船上的鱼拉回来没有？”

春霞：“没有，他们都醉了，没人告诉我。”

阿祥：“你笨死了！鱼要紧还是人要紧？快！马上去拉回来。”

春霞：“阿祥，让我歇一会儿吧，我等会儿去。”

阿祥一把将春霞拉了起来，自己坐到躺椅上：“渔民家不养懒婆娘，我回来了，就该你去干活了。”

3-34 姐妹连操场 日 外

方贝贝牵着牧羊犬，在新民兵报名处的桌子前坐下来，郭小琴跟随在后面。

方贝贝看着王凯男：“我就是方贝贝。”

王凯男不悦地：“幸会啊，不过你来晚了，劳你明天再来吧。”

方贝贝：“行个方便吧，我刚才有点事，这不，急急忙忙赶来了。”

王凯男：“有事？有事还牵着狗？”

方贝贝：“我到哪儿都带着它。”

王凯男：“这里是军营，严禁携带宠物。”

方贝贝："哟，还军营？不就民兵嘛，一大串的规矩。"

王凯男："你到底想不想报？"

方贝贝："想啊！"

王凯男："那你就先把你的宝贝狗给我牵回去。"

方贝贝："你这人怎么这么不肯通融啊，我下次不带来不就结了？"

王凯男："对你啊，就是没有下次。"

方贝贝不悦地："我可没得罪你。"

王凯男："你是没得罪我，只是我觉得你不该到我们这里来受罪。"站起身，转身走开。

3-35 春霞家门口 日 外

春霞出门要去拉鱼货，刚好碰上秋霞前来。

秋霞："姐，你去哪里啊？"

春霞："昨天的鱼没拉回来，现在去拉。"

秋霞："你刚做完手术，怎么能去干这种体力活，姐夫还是不是人啊？"

阿祥听到声音，赶了出来："春霞，快去！"

秋霞一把拉住春霞："姐夫，你怎么这么没心没肺的，你是不是想存心害死我姐啊？"

阿祥不悦地："你这叫什么话？"

秋霞不满地："我姐昨天流产了，半夜又去拉你回家，你又叫她干这干那的，像不像话？"

阿祥愣怔一下："什么？又流产了？"

春霞："嗯！"

阿祥懊恼地："春霞，你怎么回事啊？真的让我好失望。"

秋霞："失什么望啊？不就身体不好嘛，你还不好好疼她。"

阿祥："你帮着你姐，那你去给你姐把鱼拉回来。"

秋霞："你自己去。"

阿祥："你指派起我来了？"

春霞："好了，别吵了，我去！"

秋霞拉住春霞："别去，姐！"

阿祥："生不出孩子，还不干活儿，我养你有什么用？今天我不给你一点儿颜色看看，别人还当我阿祥不是男人了。"走过来，举手要打春霞。

秋霞一把抄起边上的扁担，挡在春霞前面："阿祥，你敢动我姐一个指头，我就跟你拼命！"

3-36 连长办公室 日 内

韩燕把王凯男叫到办公室。

韩燕把桌上的一份表格递给她："她是你招来的吧？"

王凯男："是啊，怎么了？"

韩燕指指学历这栏："你给她放水了吧？"

王凯男："我了解了，阿兰读高中了，毕业考时照顾病人没赶上，毕业证书没拿到，再说幸亏阿兰我才招来这么多人。"

韩燕摇摇头："谢人家可以请来吃个饭，招女民兵是有硬条件的。”

王凯男不悦地看着韩燕，这时曹部长走了进来。

韩燕：“曹部来了。”

王凯男招呼也不打，转身走了。

曹部长：“怎么啦？”

韩燕：“没啥，刷了她一个熟人。”

曹部长：“哦，晚上一起吃饭。”

韩燕：“怎么？曹部要慰劳我？”

曹部长笑着：“请你尝尝部里的食堂菜。”

3-37 人武部食堂 夜 内

人武部食堂内，很多人在吃快餐，曹部长、韩燕、方昌业也拿了快餐盘，坐在一张长条桌边吃饭。

曹部长：“方总的公司是姐妹连的共建单位，这次他要赞助我们三十万。”

韩燕：“那我代表姐妹连谢谢方总！”

方昌业：“企业支持军民联防，这也是我的义务。不过……我的女儿性格好动，我想你们女民兵正在招募，正好送女儿来锻炼锻炼。”

韩燕：“方总，你赞助还有条件呀，这不合适吧。”

方昌业：“当然是两码事。不瞒二位，我女儿去报名了，被王凯男轰走了。”

曹部长：“方总，令千金可是你的掌上明珠啊，你怎么舍得让她来受这份罪？”

方昌业：“我想，让她到姐妹连里磨练磨练，以后好接我的班，所以这件事拜托二位了。”

曹部长看向韩燕：“韩连长，你看方总的态度，可见这次的招募宣传工作做得不错。”

韩燕：“我们这次招募，面向全社会，方总的女儿想入连，当然欢迎，不过得过五关斩六将，如果吃不了苦不守纪律，照样会淘汰的。”

这时方贝贝牵着牧羊犬过来。

方昌业：“贝贝，你怎么搞的，现在才来？”

方贝贝在旁边坐了下来：“我吃过了，你们吃。”

方昌业：“贝贝，这位是曹部长，这位是韩连长。”

方贝贝：“我跟韩连长认识，嘿嘿，韩连长，它能不能跟我一起入连？”指指她的牧羊犬。

韩燕一笑：“你应该带它加入宠物俱乐部。”

3-38　吴大婶杂货店　夜　内

吴大婶准备关店门打烊，却见阿兰神情沮丧地出现在门外。

吴大婶吓了一跳：“阿兰，出什么事了？”

阿兰：“我报名被刷下来了。”

吴大婶：“为什么？”

阿兰摇摇头：“不知道。”

吴大婶：“算了，不参加就不参加了，这样也好，我还舍不得你去呢。”

阿兰惋惜地：“多好的机会。”走进店里，坐着发呆。

吴大婶见她这副样子，有些心疼：“你真的想当女民兵？”

阿兰没有反应。

吴大婶打开柜门，拿出一个小包袱放到阿兰面前：“我没什么好给你，就这个东西送你。”

阿兰：“什么呀？”

吴大婶不答，看着包袱在想着什么，阿兰打开包袱，见是一个大海螺。

阿兰不解地：“大婶，你藏着这海螺干吗？”

吴大婶：“这是海螺号，当年的老民兵都用这个，也许能帮上你的忙。”

阿兰将信将疑：“海螺号能帮什么忙？”

吴大婶：“把它交给那个王凯男，也许会给你带来点儿运气。”

3-39　姐妹连大门口　日　外

王凯男与阿兰面对面站着，阿兰手里提着一个塑料袋。

王凯男:“阿兰,真对不起！你想当女民兵,我却帮不上忙。”

阿兰有些遗憾，从塑料袋里拿出海螺号：“凯男姐，当不了女民兵就算了，这个海螺送给你做纪念。”

3-40　女民兵宿舍　日　内

王凯男把这个海螺搁在床头柜上，与海奶奶送的海螺放在一起，窗台上则摆着刘月仙的那盆仙人掌。她倒了杯水正喝着，海奶奶走了进来。

王凯男："海奶奶！"

海奶奶："你从鹿栖岛拉了好些渔村姑娘来报名，好苗子不少。"

王凯男："韩燕不一定录用。"

海奶奶神色严肃起来："韩燕以前都听我的，现在省城待久了，有主见了，可我担心，她招城里姑娘当女民兵，吃不了苦，她自己就得吃苦头了。"

王凯男："海奶奶，那个帮我们忙的阿兰，人家真心想来，被韩燕一个条件卡在门外，你看，这海螺就是她送我的。"

海奶奶拿起海螺看了一下，见海螺内有字，便掏出老花眼镜细看，竟发现海螺内隐约刻了三个小字"姐妹连"。

3-41　海滩　日　外

海奶奶站在海滩上望着海面，秋霞和春霞扛着渔网，从另一头走过来。

秋霞："姐，绝不能让他再欺侮你了。"

春霞："现在没孩子，阿祥心情不好，你我也要理解他。"

秋霞："他打你，你还理解他，养成了习惯，你不就得一辈子吃苦头了，我只有你一个亲人，你挨打，我心疼，下次叫他来打我，我不怕他。”

春霞：“他打我也不会下死手，谁叫我是他老婆，谁叫我没给他生孩子。”

秋霞：“姐，你这性格，我得天天和你在一起，护着你才放心。”

春霞：“你要上班，管不过来的。”

秋霞：“得把你送到哪里保护起来。”

春霞看到了前头的海奶奶：“秋霞，你看，海奶奶。”

秋霞喊了起来：“海奶奶！”

两人把渔网放了下来。

海奶奶走过来：“春霞，你身体太虚，重活儿不能干，怎么又出来干活儿了？”

秋霞嘴快：“还不是我姐夫逼着她干活儿，海奶奶，阿祥这人，一提起就让人来气。”

海奶奶：“怎么啦？”

春霞忙扯扯秋霞：“没什么，渔民嘛都差不多。”

海奶奶：“春霞，秋霞，看到你们这对姐妹花，我就想到以前老民兵中的一对姐妹花。”

秋霞：“海奶奶，如果我两姐妹来当女民兵，行不行啊？”

海奶奶笑了：“太欢迎了！你们想来，我给开绿灯。”

3-42 海奶奶房间 夜 内

海奶奶正在翻看旧照片，回忆往昔，不由得长叹一声。

韩燕推门进来："妈，您还没睡呀？"

海奶奶："没睡，燕子，你过来坐。"

韩燕坐到海奶奶身边："妈，这些老照片可都是您的宝贝。"

海奶奶："是啊！"

韩燕指着一张年轻海奶奶吹海螺号的照片："这是您吧？"

海奶奶微笑着点点头，韩燕拿起照片仔细端详。

海奶奶："燕子！"

韩燕："嗯！"

海奶奶："凯男说的那个阿兰，一定得收下。"

韩燕一怔："妈，您不能帮凯男开后门。"

海奶奶指指照片中的海螺号："跟王凯男没关系，我得认这个海螺号。"

韩燕不解地看着海奶奶。

3-43　春霞家　夜　内

秋霞帮春霞一起剖鱼鲞，边干活儿边聊天。

阿祥跨进门来："又在背后编派我了？"

春霞："没人编派你，你累了一天，坐下歇会儿。"

阿祥看了春霞姐妹一眼，噔噔噔地上楼去了。

秋霞："什么德性！"

阿祥又噔噔噔地下了楼，要出门去。

春霞："阿祥，你又去哪里？"

阿祥："男人的事情，你管这么多干吗？"

秋霞：“喂，你怎么能这样呢？”

阿祥：“嚷什么？小姨子也想管姐夫？”跨出门去。

秋霞:“姐,你看,你再宠着他,他都不知道自己姓什么了。”

春霞叹了一口气。

秋霞：“姐，你是觉得他这样很好，还是希望他改变？”

春霞：“当然希望他改变，可是他怎么变得了呢？”

秋霞坚定地：“要想改变他，先得改变自己。”

春霞茫然地：“改变自己？”

3-44　方贝贝家小花园　夜　外

方贝贝正在与牧羊犬打闹玩儿。

方昌业走了过来：“贝贝，你不要老是玩儿狗好不好？”

方贝贝：“玩儿狗不好，那你告诉我玩儿什么？”

方昌业忽然叹了口气：“不玩儿就不行吗？你的事都玩儿黄了。”

方贝贝：“当女民兵我本来就不想去，是你摊派给我的。”

方昌业：“可我的面子往哪儿搁？”

方贝贝：“老爸，你的面子不够大，但我有面子入连，你信不？”

方昌业：“你的面子比我大？”

方贝贝：“我有办法帮你把面子挣回来，你可要说话算数，让我接班当董事长。”

方昌业：“好啊，老爸就盼着你能接班。”

3-45 水果摊前 日 外

叶苗苗走到水果摊前，放下提包挑水果，一个小青年走过来，趁叶苗苗不备，拎了包就跑。

叶苗苗吓了一跳，半天才回过神来，大叫："抢劫啦！"一边叫，一边追了上去。

3-46 小巷 日 外

小青年逃进了一条小巷子，叶苗苗笨拙地追着。

叶苗苗："小偷，站住！"

小青年见叶苗苗追来，嚣张地转身："胖妞，你快追啊，瞧你这熊猫样，你追得上我，就奖个金牌给你，哈哈！"

方贝贝等在前头，小青年从方贝贝身旁跑过，二人使了个眼色。

叶苗苗在后面气喘吁吁地："抓……小偷！"

方贝贝赶紧追了上去，小青年在前面跑，方贝贝在后面追，叶苗苗跟在方贝贝后面。

方贝贝眼看着就要跑不动了，她跑到一个小巷的拐弯处，叶苗苗还没有跟上来。

方贝贝低声叫道："慢点儿！"

小青年放缓了脚步，方贝贝追了上去，一把抓住小青年手上的包，小青年顺势松开了手，没想到包带子在他手上绕了几圈，一时没法儿脱手。正在纠缠的过程中，叶苗苗赶了上来。

说时迟，那时快，方贝贝扯下包带，小青年拼命往前跑去。

原来这个小青年是方贝贝的狐朋狗友，这个假抢劫也是方贝贝设计的。

方贝贝得意地举起包：“我夺回来了。”把包还给跑来的叶苗苗。

叶苗苗一脸大汗地喘粗气：“谢……谢谢你！”一屁股坐在地上，上气不接下气。

方贝贝：“以后小心点儿！你叫什么？”

叶苗苗气喘吁吁地：“叶……苗苗。”捡起一片树叶，“这个……叶，苗条……的苗。”

方贝贝笑了起来：“哦！够苗条的！”

叶苗苗：“不苗条……我要减肥，我都报名当女民兵了。”

方贝贝惊喜地：“嘿，我也报名了。”伸出手，“交个朋友。”

叶苗苗握住方贝贝的手，站了起来：“你叫……”

方贝贝：“方贝贝，方贝贝的方，方贝贝的贝。”

3-47　姐妹连操场　日　外

海奶奶站在操场上望着远处，王凯男带着阿兰过来。

王凯男：“海奶奶，我把阿兰找来了。”

阿兰：“海奶奶！”

海奶奶微笑着掏出海螺号：“阿兰，我问下你，你这个海螺是哪里来的？”

阿兰：“吴大婶给我的。”

海奶奶一惊："吴大婶叫什么名字？"

阿兰："叫吴小妹。"

海奶奶嘀咕着："不对呀。"问阿兰，"吴大婶当过女民兵吗？"

阿兰："没当过吧。"

海奶奶："她有没有说过这海螺哪里来的？"

阿兰："没说过。"

王凯男："海奶奶，这海螺有啥问题？"

海奶奶摇摇头。

阿兰小心地："海奶奶，我……能当女民兵吗？"

海奶奶点点头："能！能！"把海螺号递给阿兰，"这海螺号还给你，你要保存好。"

第四集

4-1　叶苗苗卧室　日　内

叶苗苗还在床上呼呼大睡。

赵彩花一把掀开叶苗苗的被子嚷嚷："起床啦！"

叶苗苗猛地惊醒，吓了一跳："妈，你想谋财害命啊！"

赵彩花："我谋你财还是小偷谋你财啊？快起床！"

叶苗苗："干什么？"

赵彩花："去谢谢人家，妈都给你准备好了！"展开一面锦旗，上面写着"见义勇为"。

叶苗苗差点儿没笑岔气："妈，这多老土啊！"

赵彩花："老土？你管他土不土，心意到了就行，快！"

叶苗苗："要去你去，这么老土的事情我才不做呢！"

赵彩花揪着叶苗苗的耳朵："人家帮了你大忙，你送面锦旗都不肯，还是不是我赵彩花的女儿啦？快起来！"

叶苗苗无奈地从被窝里爬起来。

4-2　曹部长办公室　日　内

方昌业炫耀地举着锦旗，曹部长、韩燕站在他面前。

方昌业：“我女儿虽然顽皮，但见义勇为摆在这里，还能差到哪里去？我说过，姓方的都不赖！”

曹部长：“没想到，方总女儿还不错嘛。”

方昌业：“曹部长，韩连长，我的女儿贪玩儿是贪玩儿了点儿，但她不会辱没姐妹连的名声。”

韩燕与曹部长对视了一眼。

韩燕：“方总，你话都说到这份上了，我也没什么好说的，我答应方贝贝加入姐妹连。”

方昌业笑了起来：“这就对了，我们是共建单位，我女儿当了女民兵，就是亲上加亲。”

曹部长：“老方，你还得明白，入了连不等于就是正式女民兵了，以后还有训练、考核这些关。”

方昌业愣怔一下。

韩燕：“既然我同意方贝贝入连，就一定要把她训练成合格的女民兵，绝不允许她半途而废。”

4-3　春霞家　日　内

阿祥提了个大包要出门。

春霞拉住他，指指供着观音、龙王、妈祖的神龛：“给菩萨上上香。”

阿祥：“今天不用上香。我不出海，修船要半个来月，修好后赶鱼汛，到时再请龙王拜菩萨，走了。”

春霞：“我送你。”

阿祥皱皱眉头：“不用，什么时候肚子大了，送我才体面。”大步走出门去。

4-4　姐妹连操场　日　外

韩燕与海奶奶走在操场上。

海奶奶：“方昌业的女儿方贝贝当女民兵，你答应了？”

韩燕：“我答应了。”

海奶奶担忧地：“我担心这个方贝贝会给你惹麻烦。”

韩燕：“妈，您放心，进入训练营，我会改变她。”

海奶奶：“江山易改，本性难移。你不知道，连她爸爸都拿她没办法。”

韩燕：“妈，就算部队里的新兵，这样的人也会有。”

海奶奶：“部队归部队，不一样，现在一些女孩子娇生惯养的，真不合适当女民兵，像阿兰这样的，我就很放心。”

韩燕：“那就是了，你同意阿兰入连，我同意方贝贝。”

海奶奶：“阿兰这样的人要多一些才好，燕子，我还有一个人选。”

韩燕：“哦，这次不会又是拿海螺来报名吧？”

4-5　春霞家门口　夜　外

春霞点上三炷香，俯身拜了三拜，插到门口的香炉里。

这时，海奶奶出现在她身后："春霞！"

春霞转过身："哟，海奶奶！"

海奶奶望着香烟袅袅："春霞，我看你该换个环境。"

春霞："换个环境？"

海奶奶："对，我来是想跟你说件事。"

春霞："什么事？"

海奶奶："你还是去当女民兵吧，秋霞口头上帮你报了个名。"

春霞一愣："我？"

4-6 春霞家 夜 内

海奶奶坐在桌前喝鸡蛋茶，春霞坐在旁边。

海奶奶放下汤匙："春霞，你的鸡蛋茶我喝了，我说的事你怎么想？"

春霞低头拨弄着衣角，神色中显露出顾虑。

海奶奶："你有什么顾虑呢？"

春霞："海奶奶，您看得起我，我很高兴，但是，我毕竟不是姑娘家，就怕……就怕阿祥不同意。"

海奶奶："阿祥假如有意见，我帮你出面，你看行吗？"

春霞有些心动了。

海奶奶："春霞，你看阿祥一出海就是几个月的，你一个人在家里也是闲着，不会有什么影响。"

春霞迟疑着："我想想……"

海奶奶："想当年，我招第一代女民兵的时候，招的都是像你这样的渔家姑娘和渔家媳妇，她们让人放心，我相信，你也一定能成为这样的女民兵。"

春霞望着海奶奶，犹豫着点了点头。

4-7　渡船码头　日　外

韩燕站在渡船码头登船处的队列中，上方牌子写着"鹿栖"，她上了渡船，不一会儿，渡船离岸，向远处开去。

4-8　乡民政办　日　内

鹿栖乡民政办的黄大姐正要出门，与韩燕在门口碰个正着。

黄大姐："哎，你找谁？"

韩燕微笑地："向您打听一个人。"

黄大姐："谁？"

韩燕："阿兰。"

黄大姐打量着韩燕："你是？"

韩燕："我是姐妹连的连长韩燕。"

黄大姐："是韩连长啊，坐，坐。"

韩燕坐了下来，黄大姐又赶紧给她倒茶。

黄大姐："韩连长，打听阿兰，你还真找对了人。"坐到韩燕边上，"你干吗打听她？"

韩燕："阿兰在我们那儿报了名，我来了解一下她。"

黄大姐点点头："阿兰平时帮我们民政办做点事，算是……临时工吧，也算我们对她的一点儿照顾。"

韩燕不解地问："照顾？她的父母家人呢？"

黄大姐叹了口气："她没有家人，她……是个弃儿。"

韩燕："噢……那她怎么长大的呢？"

黄大姐："婴儿时被人捡到，送到民政办，民政办把她送到孤儿院，后来吴大婶掏钱让她念书，阿兰再自己打点儿零工补贴学费。"

韩燕点了点头："噢！"

黄大姐："阿兰这孩子，特别的善良，吃苦耐劳，不多话，真没的说。"

4-9　吴大婶家　夜　内

阿兰在给吴大婶梳头、打辫。

吴大婶嘱咐阿兰："阿兰，进了姐妹连当女民兵，是有规矩的，不要触犯那些条条框框，高压线不能碰的。你这孩子老实，容易吃亏，要机灵一点儿。"

阿兰："知道了，大婶。"替吴大婶打好两根有些灰色的辫子，又拿了镜子给她照。

吴大婶："阿兰呀，我真放心不下你。"

阿兰想了想："大婶，您的海螺还真神，听凯男姐说，海奶奶看到了马上同意我入连了。"

吴大婶叹了一口气，若有所思。

4-10 海奶奶家小院子 夜 外

韩燕在浇花，海奶奶在浇菜。

韩燕："妈，我今天去了趟鹿栖岛，顺便了解下阿兰。"

海奶奶："怎么样？"

韩燕："我向民政办的黄大姐了解了一下，原来阿兰是个弃儿。"

海奶奶："哦！"

韩燕："那个吴大婶对阿兰特别好，把阿兰当女儿看待。"

海奶奶点点头："吴大婶……你见着了？"

韩燕："没有。妈，吴大婶您熟吗？"

海奶奶："不熟。"

韩燕："嗯，那个海螺号是怎么回事呢？"

海奶奶想了想："这海螺号呀，对我们这些姐妹连的第一代女民兵很重要，每个人都有一个，它既是军号，又是通信工具，一声两声三声，长声短声，都有不同的含义，后来用不上了，我们还是把它当宝贝一样珍藏着，因为呀，它就象征着我们的姐妹情。"

韩燕："哦，那我下回去，找吴大婶详细了解一下。"

海奶奶："我还有个承诺，见海螺号如见本人，以后谁的后辈拿这海螺号来参加姐妹连，可优先考察，所以这次阿兰拿这海螺来，虽然不知道是谁的，但我得兑现当年的诺言。"

韩燕："原来是这样呀，妈，您该早点儿跟我说，我也会帮您兑现诺言！"

4-11　海奶奶家门外　日　外

王凯男不知不觉地走到了海奶奶家院门外，徘徊着，海奶奶正巧从屋子里出来，看见了王凯男。

海奶奶："哟，凯男。"

王凯男："海奶奶……"

海奶奶："怎么站在门口不进来？"

王凯男迟疑着："我……"

海奶奶笑了："你这孩子，心事都写在脸上，有话说呗。"

王凯男："那个方贝贝，仗着家里有钱，拿赞助来做交易，海奶奶您说这算什么？"

4-12　方昌业办公室　日　内

海奶奶把一张存折放在方昌业的办公桌上。

方昌业吃了一惊："海奶奶，您这是做什么？"

海奶奶："方总，你给姐妹连的什么赞助费呀，我先退你一部分。"

海奶奶径自走了。

方昌业："海奶奶……"抓起存折追出去。

4-13　曹部长办公室　日　内

曹部长与韩燕坐在那儿，中间的桌子上放着海奶奶的存折。

曹部长："韩燕，你忙招募的事吧，海奶奶的工作我来做。"

韩燕摇摇头："不，这事我避不了，还是我跟她谈吧。"

4-14　海奶奶家小院子　日　外

海奶奶正坐在椅上抱着老式收音机听昆曲。

韩燕推着自行车进来："妈，在听哪一出戏？"

海奶奶话里有话地："唱哪一出，我就听哪一出。你今天怎么这么早就回来了？"

韩燕："去人武部有点儿事，办了事就回来了。"坐到椅上，"妈，今天是什么日子知道吗？"

海奶奶："还能什么日子，人老了，就这么一天天过。"

韩燕一笑："就是今天这个日子，您送我离开青岙去当兵的，您忘了？"

海奶奶想了想："噢！记得记得，燕子，那时的你……还是个孩子，嘿嘿！"

韩燕："时间真快，现在都成孩子的妈了。"从包里取出一个包装着的 MP3 放在桌上，"妈，这个送给您。"

海奶奶："什么？"

韩燕："索尼 MP3，您喜欢听昆曲、京剧，这个比您的老收音机好得多，带在身上也方便。"

海奶奶："哦！"

韩燕打开 MP3 的包装，把耳塞递给海奶奶："妈，您听听看。"

海奶奶迟疑地把耳塞塞到耳朵里，韩燕按了一下按键，海奶奶听了起来。

海奶奶露出笑意："好听！好听！"

韩燕掏出海奶奶的那张存折放到海奶奶手里，海奶奶一愣，取下耳塞，审视着韩燕。

韩燕："妈，您收回去。"

海奶奶有些不悦："我可是给了方昌业的，怎么到你手里了？"

韩燕："您自己的钱，人家怎么好收？他交还给曹部长，曹部也为难呀。"

海奶奶："谁都为难，都做好人，这坏人我来做也不行？"叹了口气，起身走进屋内。

4-15　海奶奶家堂屋　日　内

海奶奶站在墙边，看着墙上的老姐妹连照片，韩燕走进来站在旁边。

海奶奶："姐妹连的声誉远比三十万重要，人家怎么说你知道吗，说这是交易。"

韩燕："县里财政紧张，姐妹连也要走自己的路，共建单位赞助，本来也很正常的。"

海奶奶语重心长地："妈不是老古董，妈也知道这是正常的事情，可是坏就坏在他的女儿方贝贝也要进咱们姐妹连，给了人家口实。"

韩燕："妈，您多虑了，当女民兵也不是什么挤破头的事，没什么利益，再说那三十万块钱赞助给的是连队，入的是人武部的账。”

海奶奶：“收赞助和收方贝贝，我看只能答应一件，再说方昌业这女儿，哪能当女民兵呀？你这连长怎么好开后门？”

韩燕笑着：“妈，看来方贝贝的名声不小呀，我倒想见识一下，她是孙悟空呢，还是牛魔王？后门嘛，您提的几个人选，我不也都从后门放进来的？”

海奶奶无语了，神色有些失望。

韩燕：“共建单位的赞助是一码事，方贝贝入连是另一码事，我不管她是谁女儿，一切都按姐妹连的规则办，您不会这点儿也不放心吧？”

4-16　海奶奶家门外　日　外

陈涌涛从一辆吉普车上搬下好几个行李箱，小海看了看院门，跑了进去。

4-17　海奶奶家小院子　日　外

海奶奶与韩燕闻声跑了出来，吃惊地看着小海。

海奶奶：“小海？”

小海：“奶奶！妈妈！”

韩燕：“小海，你怎么来的？”

小海：“搬家来的，我跟爸爸一起蚂蚁搬家呢。”

海奶奶："什么搬家？你爸爸呢？"

陈涌涛提着两只大箱子走了进来。

4-18　海奶奶家堂屋　日　内

陈涌涛面对海奶奶与韩燕，故意轻松地笑笑。

陈涌涛："我转业了，来青岙县海洋局当副局长。"

海奶奶看了韩燕一眼，张了张嘴，欲言又止。

韩燕看了一眼陈涌涛，转身出门，向院子内的小海走去。

海奶奶望望韩燕背影，转过头："涌涛，你怎么就转业了呢？"

陈涌涛："妈，晚转业早转业都一回事。"

海奶奶："回来也好，妈也想一家人在一起，但你转业也不跟家里打个招呼，燕子那儿你要好好说。"

4-19　韩燕房间　夜　内

韩燕拉开折叠的行军床摆好。

陈涌涛一怔："我来吧。"

韩燕冷淡地："不用，在省城你睡行军床，在这儿我睡。"

4-20　海奶奶房间　夜　内

海奶奶靠在床上，怜爱地看着熟睡的小海，然后转过头，望着墙上的全家福沉思。

4-21　韩燕房间　夜　内

韩燕躺在行军床上，陈涌涛靠在大床上。

陈涌涛打破沉默：“燕子，你怎么不问……我转业的事？”

韩燕：“我倒是想问，可我们现在的关系算什么？”

陈涌涛：“当然是夫妻呀，你呀，不要太较真。”

韩燕：“难得糊涂是吧？我连调回来当姐妹连连长也是稀里糊涂的。”

陈涌涛：“其实姐妹连连长也没啥不好，起码有兵带。”

韩燕：“你羡慕我有兵带，你又何必转业？”

陈涌涛不吭声了。

韩燕过了一会儿问他：“是你跟妈商量好了的对吗？”

陈涌涛：“没有的事，别冤枉妈。”

韩燕猛地坐起：“我冤枉你们？你陈涌涛那么爱你的军舰，爱你的大海，一转眼说转业就转业了，你葫芦里到底卖的什么药？我看你不算个真正的军人，军人才不这样孬种！”

陈涌涛也坐了起来：“你……”

韩燕:“还有,你把小海办了退学,带回青岙,是谁的主意？”

陈涌涛：“什么谁的主意？你我都回来了，小海这么小，就算住校也不能一个人待省城呀。”

韩燕：“我是他妈妈，他一直都是我在照顾，你为什么不问我？”

陈涌涛：“你不是在忙招募嘛，我怕给你添乱。”

韩燕：“你这样才添乱。”

4-22　海洋局大院　日　外

陈涌涛依然一身戎装，由海洋局办公室胡主任陪着，向大楼走去。

胡主任："陈局，唐局他们已经在会议室等您了。"

陈涌涛："是嘛，不好意思了，胡主任，以后我们就是同事，多指教。"

胡主任笑了："我得听您指教。"

4-23　海洋局会议室　日　内

海洋局的班子领导们坐在会议室里等陈涌涛，胡主任与陈涌涛走进来，大家都站了起来。

胡主任介绍："这位就是唐局长。"

陈涌涛见是个五十多岁的女局长，有些发愣，马上又反应过来，一个敬礼："唐局长，陈涌涛向您报到。"

唐局长笑了："陈涌涛同志，欢迎你，保持军人作风，好，好！"伸出手同陈涌涛握手，"没想到唐局长是个女人吧？"

陈涌涛："哪里，哪里，我从小就是被女人领导的。"

大家都笑了起来。

唐局长："陈局转业到我们局里，从此我们的班子领导中，有了一位军转干部，还是位海军舰长，这让海洋局增色不少啊！"

陈涌涛："海洋局，顾名思义就是管着一片大海洋，不管多大的船，都是在大海里航行的。”

唐局长：“以后局里的行政、后勤工作，相信你这位舰长会抓得很好。”

陈涌涛一怔：“行政后勤？”

唐局长点点头。

4-24 姐妹连操场 日 外

韩燕与王凯男等人坐在报名处接待报名，韩燕心不在焉，一副心事重重的样子，一个白裙女孩神情木然地坐在韩燕前面，盯着表格发呆，旁边的王凯男看着发呆的白裙女孩与韩燕，有点儿不耐烦。

王凯男：“喂，填呀，还报不报名？”

女孩在表格名字栏填了“史茗”二字，就不往下填了。

韩燕转过神来，打量着史茗：“你不是青岙人吧？”

史茗：“嗯！”

韩燕：“对不起，我们只招募本县人，你是……”

史茗站起来就往外走。

韩燕：“哎，我还没说完呢。”

史茗头也不回地离开了。

4-25 连长办公室 日 内

王凯男拿了一沓资料递给韩燕。

王凯男："招募的女孩子里，我筛选了一遍，这是名单。"

韩燕仔细看着名单："嗯，辛苦你了……咦，方贝贝呢？"

王凯男没吱声。

韩燕："我问你呢。"

王凯男："我拿掉了。"

韩燕："为什么？"

王凯男："本身不合格，更不能因为她爸的赞助开后门。"

韩燕神色不悦地："你就不能同我统一认识吗？认识不一样，也不用向海奶奶汇报吧？"

王凯男："海奶奶是老连长，我不汇报，你也应该汇报。"

韩燕："你要搞清楚，连队是我在主持工作，怎么做我有分寸，你让她老人家清闲清闲不行吗？"

王凯男："连队工作我也主持过蛮久时间，你不用教我，我心里有数。"

韩燕："有数就好。"

王凯男气呼呼地转身走了。

4-26　码头　日　外

王凯男独自走在码头上，海奶奶牵着小海远远走来。

海奶奶大声地："凯男。"

王凯男转身见是海奶奶，迎了上来："海奶奶。"

海奶奶："怎么一个人跑到这儿来了？有心事？"

王凯男有点儿语塞："没……没什么。海奶奶，您孙子呀，虎头虎脑的。”

海奶奶笑着点头：“小海，叫凯男阿姨。”

小海：“阿姨，你是姐妹连的吗？”

王凯男：“是的。”

小海笑了：“我妈妈也是。”

王凯男尴尬地笑笑。

4-27　海奶奶家堂屋　夜　内

海奶奶、韩燕、陈涌涛、小海一家人正在吃晚饭。

海奶奶：“小海上学的事，我跟章校长说好了，就是以前教过你们的章老师。”

陈涌涛：“您见章老师了，他好吗？”

海奶奶：“好，好着呢。”

韩燕想了一下：“妈，小海去市实验小学幼儿园吧，我来联系。”

海奶奶：“哎呀，章校长在海岛小学，小海先上海岛小学幼儿园，下半年直接上海岛小学，多好！”

陈涌涛：“嗯，可以的。”

韩燕摇摇头：“小海原来上省城幼儿园，各方面条件都挺好的，现在到海岛小学，差距也太大了，不好！”

海奶奶：“海岛的孩子不上海岛小学，怎么成海岛人呢？没什么小学能跟海岛小学比。”

陈涌涛：“妈，您说的有道理。”

韩燕："学校的质量、设施，关系到小海的前途。"

海奶奶："燕子，你和涌涛可都是海岛小学出来的，前途还不是呱呱叫，这么多年下来，海岛小学的质量、设施已经非常好了，再说我也舍不得小海离得太远。"

陈涌涛笑着："燕子，小海上学，就按妈的意思办吧。"

韩燕的脸色有点儿阴沉。

小海："爸爸妈妈也念海岛小学吗？"

海奶奶："你爸爸妈妈小时候，都在海岛小学念书，后来爸爸就当了海军舰长，妈妈就当了省军区……嗯，姐妹连连长。"

小海兴奋地："我和爸爸妈妈做同学喽。"

小海这一嚷，韩燕有点儿哭笑不得，气氛总算暂时缓和了些。

4-28　韩燕房间　夜　内

陈涌涛站在屋内，嘴里叼着根没点火的香烟，韩燕坐在行军床上。

韩燕心结未解，冷冷地："小海上什么学校你毫不关心，你这父亲怎么当的？"

陈涌涛："妈都已经安排了，我们怎么好变呢？"信手点上香烟。

韩燕："别在房间里吸烟。"

陈涌涛吸着烟走进洗手间。

韩燕："你说不好变是吧，我们的生活一直都是妈安排的，从当兵、结婚到回家乡工作，没有一个地方少了妈的影子。”

陈涌涛在洗手间里答：“妈是为我们好。”

韩燕：“但我们的生活呢？”

陈涌涛在洗手间里答：“生活生活，生龙活虎，就够了。”

韩燕：“还生龙活虎？那是在沉溺中挣扎。”

陈涌涛走了出来，有些不悦：“你怎么这样说话？过头了。”

韩燕站了起来：“是过头了，你签离婚协议时怎么就不这样想？”

陈涌涛：“那个离婚协议的事，是我不对，但也是你先提出来的。”

韩燕愤怒了：“我讲了句气话，让你有理由了对吧？陈涌涛，你早就想好了对吧？”

陈涌涛：“好，我错了，燕子，不愉快的就忘了吧。”

韩燕愤愤然向门口走去。

陈涌涛一把拉住她的手臂：“燕子。”

韩燕用力挣开，不慎把桌上的金鱼缸碰落地上，“砰”的一声砸得粉碎，金鱼在地上挣扎，韩燕与陈涌涛一下子怔在那里，不知所措。

这时海奶奶在门外敲门：“涌涛，燕子，怎么啦？”

陈涌涛转过神来：“没……没事。”

夫妻俩慌忙清理鱼缸碎片，把金鱼捡到脸盆里，又收起行军床。

4-29　韩燕房间门外　夜　内

海奶奶刚转身要回去，门开了，只见陈涌涛与韩燕穿着睡衣站在门内朝海奶奶微笑。

4-30　陈涌涛办公室　日　内

陈涌涛打量着自己的副局长办公室，沉思着，又走到一个鱼缸前看着。

胡主任捧着一沓文件走了进来：“陈局，这些都是你要的上级指导性文件，你还需要什么？”

陈涌涛接过文件：“不需要了，谢谢你胡主任！”

胡主任笑笑：“有需要你尽管说。”转身要出门。

陈涌涛：“胡主任，麻烦你叫人把那鱼缸抬走吧，我不会养鱼，这鱼呀应该养在海里河里。”

胡主任笑了笑：“那是为了营造点儿海洋局特有的办公氛围……嗯，那我回头喊人来搬。陈局，在海里养鱼，我们这个海岛县可是这个。”竖起大拇指。

4-31　盘山公路　日　外

一辆吉普车在傍海的盘山公路上缓缓开着。

4-32　山腰　日　外

吉普车在山腰上停下，陈涌涛与胡主任从车里出来。

胡主任指着远处的一片海田："你看，那边就是养殖区。"

陈涌涛向远处眺望着，转身折回车里，拿出一个望远镜来观察。

胡主任笑了："陈局，你这样子完全像个指挥官。"

陈涌涛："我本来就是指挥全舰官兵的舰长呀，我们把干工作也要看成打仗，一仗一仗打得漂亮才行。"

胡主任:"那是那是,你们领导指到哪里,我们就打到哪里。"

陈涌涛笑了起来："胡主任，你安排一下，我想改天跟养殖户聊聊。"

胡主任："陈局，你又不管这方面业务，有这必要吗？"

陈涌涛想了想，不吭声了。

胡主任："你想了解养殖户的事，局里有资料，我给你找出来。哎，陈局，你刚来那天，唐局说让你管行政后勤，你好像还感到有点儿意外？"

陈涌涛："噢，本来部队让我换个岗位，到后勤处工作，我说还是转业回老家吧，没想到又是这个后勤。"

胡主任明白了，点点头，想想不太对头儿的心思，又笑着摇摇头。

陈涌涛:"你观察得挺细致嘛,"转身走向吉普车,"走吧,上山去。"

4-33 海边悬崖 日 外

吉普车开到海边悬崖的空地上停下，陈涌涛下了车。

胡主任有点儿困惑："陈局，到这里来干吗？"

陈涌涛："看看我们管理的海洋。"

陈涌涛望着脚下的大海，掏出香烟，递了一根给胡主任，点上火吸了起来。

胡主任："你好像很喜欢大海？"

陈涌涛："嗯！"

胡主任："海钓你喜欢吗？"

陈涌涛："海钓？"

胡主任："船开出去在海上钓鱼呀。"

陈涌涛摇摇头："那干脆当渔民好了。"说着向另一边走去。

远处悬崖边，史茗站在那儿，似乎也在看海，海风把她白裙子与长发吹得飘扬起来。陈涌涛停下脚步，望着远处的史茗。

胡主任紧紧跟上陈涌涛："这女人挺会挑地方看海嘛。"

只见史茗向悬崖边缓步走去。

陈涌涛一惊，大声喊："喂，危险！"

话音刚落，史茗已张开两臂跃出悬崖，像一只白色大鸟扑向大海。

4-34 海上 日 外

悬崖下的海面溅起一柱浪花，陈涌涛也跟着跳了下去，奋力向即将淹没的史茗游去。陈涌涛抓住了不省人事的史茗，托起她，向岸边游去。

4-35　韩燕房间　日　内

韩燕把一沓整齐的换洗衣服放进箱子。

海奶奶推门进来：“燕子，你干吗呀？”

韩燕：“新民兵集训马上要开始了，我得住到连队去。”

海奶奶：“涌涛在家呀，要不你白天在连队，晚上回家。”

韩燕：“这样不太好，工作没做好不好交代，还是住连队吧。小海也上学了，涌涛局里的事一定也忙，家里就交给您管了。”

4-36　营房路上　日　外

韩燕骑着自行车，驮着箱子，驶入姐妹连营房。

王凯男迎面跑来：“韩连长，出事了。”

韩燕刹住车：“出什么事了？”

王凯男：“你爱人出事了，跳海……昏过去了，人在医院。”

韩燕大吃一惊。

4-37　医院病房　日　内

陈涌涛醒了，从病床上坐了起来。

旁边的胡主任连忙过来：“陈局，你醒了，真吓死我了。”

陈涌涛反应过来：“那姑娘呢？”

胡主任：“已经脱离危险了，倒是你，到了医院就一下晕倒了。”

陈涌涛下了病床："我一大男人怎么会晕倒？真是的，这事跟谁也别提，人家要笑话的。"

4-38　医院走廊　日　内

韩燕跑了进来，和端着托盘的秋霞撞了个满怀，把托盘里的东西散了一地。

韩燕连连道歉："对不起！对不起！"但眼睛在四周搜索。

秋霞蹲下捡东西，不高兴地："你这人怎么这样？"抬头见韩燕面熟，"你是……姐妹连的韩连长？"

韩燕："对，我找陈涌涛，你知道他在哪儿吗？"

这时，陈涌涛和胡主任远远走过来。

韩燕："涌涛！"

陈涌涛看见韩燕，有点儿吃惊："你怎么来了？"

胡主任："是我打电话的。"

韩燕："说你跳海昏倒了，到底怎么啦？"

陈涌涛呵呵一笑："胡主任没说清楚，不是我，是我救的女孩昏倒了。"

4-39　海洋局大厅　日　内

陈海涛走进海洋局，见大厅里站了一圈海洋局同事，大家热烈鼓掌，让他有点儿不自然。

唐局长："我们的英雄回来了。陈局，你见义勇为，给海洋局争了光啊！”

陈涌涛：“这个事算不了啥，换了任何人都会这么做。”

唐局长：“陈局这个事迹呢，要宣传，胡主任你抓好这方面的工作。”

胡主任：“是是，唐局长。”

唐局长：“不但在我们系统里宣传，县里市里的电视台、报纸都要重点宣传，这不仅是陈局的荣誉，更是我们海洋局的荣誉。”

陈涌涛不解地：“给我宣传？又没牺牲，宣传什么？”

大家都被逗乐了，哈哈大笑起来。

胡主任：“陈局，这荣誉可够高的啊，咱们唐局当了这么多年局长，都没这待遇。”

陈涌涛：“我看还是算了吧。”

唐局长：“好了好了，陈局，别推了，这事儿也是给我们海洋局争光嘛！”

陈涌涛无奈一笑。

4-40　海奶奶家小院子　日　外

海奶奶一边拿着手机通电话，一边向外走去。

海奶奶：“燕子，涌涛到底怎么样？凯男刚跑来告诉我……哦，没事就好，那涌涛人在哪儿？”

海奶奶刚走到门口，陈涌涛跨进门来。

海奶奶：“涌涛？”拉过涌涛，上下左右地细看。

陈涌涛困惑地："妈，您干吗？"

海奶奶："你救人有没有伤着？"

陈涌涛："没有，您看，没有。哎，这消息传得可真快呀！"

4-41　韩燕房间　夜　内

陈涌涛和衣躺在床上休息。

海奶奶端着人参汤推门进来："来，喝点儿参汤补补。"

陈涌涛坐起来，接过参汤："妈，您呀，还把我当小孩儿宠着。"

海奶奶笑着："你是妈的儿子，在妈眼里当然是小孩儿嘛，快趁热喝。"

陈涌涛捧碗喝下参汤。

海奶奶："那姑娘到底为什么跳海啊？"

陈涌涛摇了摇头："天知道，只有等她醒过来才能知道了。"

海奶奶："嗯……涌涛，要不叫燕子回家住，陪陪你。"

陈涌涛："不用，让她安心工作，我也图个清静。"

海奶奶白了他一眼："什么话？"

这时陈涌涛的手机响了，他掏出手机接听。

4-42　医院走廊　夜　内

陈涌涛小跑着穿过幽静的医院走廊，皮鞋声在走廊里发出空荡的回音。

4-43 医院病房 夜 内

陈涌涛推开病房门，见史茗半躺在病床上，秋霞站在她身旁，在给她量体温。史茗看到陈涌涛进来，吓了一跳，蜷缩到被子里去。

秋霞看到陈涌涛，松了口气：“她从醒了到现在，就一句话都没说过，不管跟她说什么，她都不理，所以就给你打电话了。”

陈涌涛走到史茗床边，史茗惊恐地看着他。

陈涌涛：“你好，我叫陈涌涛。”

史茗还是用茫然的眼光看着他。

陈涌涛：“你叫什么名字？”

史茗害怕地往被子里蜷缩。

秋霞：“你怕什么啊？他是你的救命恩人呢！”

史茗睁大眼睛，无辜地看着陈涌涛。

陈涌涛和秋霞对视一眼。

秋霞：“不会吧，长这么漂亮，难道是个哑巴？”

史茗脱口而出：“不！”

陈涌涛一靠近史茗，史茗又本能地往后退缩。

史茗：“这是哪里啊？”

陈涌涛：“这里是医院。”

秋霞：“你干吗跳海？要不是陈局救了你，你早就喂鲨鱼啦！”

史茗一片茫然：“跳海？我跳海了？”

陈涌涛示意秋霞不要再说："她情况怎么样？"

秋霞："明后天就可以出院了。"

陈涌涛转向史茗："我来接你出院，好吧？"

4-44 街头 日 外

陈涌涛与史茗出了医院，俩人走在大街上。

陈涌涛："我到现在还不知道你的名字呢。"

史茗思忖着："名字？我好像也不知道了，叫海鸥？或者浪花？"

陈涌涛笑了："你真幽默，不说也没事，那你为什么……跳海？"

史茗："我想，我是想游泳吧，可是不太会游，我得谢谢你！"

陈涌涛问不出什么，只好耸耸肩："算了，我不问了，但还得问你一句，你准备去哪里？"

史茗："回家呀，你送我去火车站好不好？"

陈涌涛点点头。

4-45 火车站售票处 日 内

陈涌涛和史茗走到列车时刻表前，史茗看着时刻表一脸茫然。

陈涌涛："是哪个地方？我给你买票去。"

史茗茫然地看着陈涌涛，摇摇头。

陈涌涛笑了："不会又不想告诉我吧？"

史茗把头摇得像个拨浪鼓："不是的，不是的。"

陈涌涛："那你是怎么个意思？"

史茗神情忧急，两手抱头："头痛，不能想，一想就头痛。"

陈涌涛有点儿不耐烦了："喂，姑娘，你到底怎么啦？"

史茗哭了："我……我……什么都想不起来。"

4-46　医院脑科　日　内

陈涌涛站在一个老医生的跟前，神情困惑，从通向内室的侧门望进去，史茗正躺在里间的检查床上。

陈涌涛压低声音："您说失忆？"

老医生肯定地点点头。

陈涌涛："那该怎么治疗？需要住院吗？"

老医生摇摇头："药物起不了根本作用，住院不需要，回家去吧，或许不久就恢复了，或许得久些。"

陈涌涛忽然担忧地："会不会恢复不过来呢？"

老医生沉思未语。

4-47　海奶奶家小院子　日　外

韩燕推着自行车进来，神情不悦。

韩燕大声地："小海，小海，你出来。"

海奶奶从屋里走了出来："大声嚷嚷干吗呀？"

小海躲在门里探头探脑。

韩燕："我看见你了，你还不出来。"

小海只好低着头出来，躲在海奶奶身后。

海奶奶："燕子，你吓着孩子了。"

韩燕："妈，您知道吗？他闯祸了，在幼儿园跟小朋友打架。"

海奶奶笑了："有什么样的爸爸，就有什么样的儿子，涌涛小时候也是调皮捣蛋的主儿。"

这时韩燕的手机响了，她掏出手机走进屋里接听。

4-48　韩燕房间　日　内

韩燕在接听电话："你说什么？带回我们家里住？陈涌涛，这算什么呀？儿子的教育不管，却要把一个陌生女子带到家里住，像什么话？不行，坚决不行！"一把挂了电话。

4-49　海洋局大院　日　外

胡主任快步走出大楼，陈涌涛从吉普车里出来，迎了过去。

胡主任："陈局，什么事？"

陈涌涛："我们局里的那个招待所，你给我安排个房间。"

胡主任："是哪里的来客住呀？"

陈涌涛犹豫了一下，指指车内坐着的史茗："就是那个女孩儿。"

胡主任一看："哦，你救的美人鱼呀。陈局，我们招待所对外就是宾馆，住房要付钱的，你看……”

陈涌涛：“我付。”

4-50 韩燕房间 日 内

韩燕生气地瞪着小海。小海胆怯地看一眼韩燕，低头往墙角躲。韩燕一把拉过小海，扬起手来就往他屁股上拍。

韩燕：“我叫你打架，我叫你打架！”

小海哇哇大哭起来，海奶奶闻声跑进来，一把抱过小海，用自己的身体护着他。

海奶奶：“燕子，你这是干什么？发这么大火干吗？”

韩燕：“妈，您别护他，这么小的孩子就和别人打架，我让他长点儿记性。”

海奶奶：“就是小孩子才打架啊，长大了懂事了谁打架啊？燕子，你今天怎么了啊？别拿孩子撒气啊！”

韩燕赌气地坐在床边，一旁的小海扑在海奶奶怀里哭。

4-51 海奶奶家小院子 日 外

海奶奶牵着抹眼泪的小海从屋里出来。

海奶奶心疼地哄着小海：“乖！别哭，奶奶疼你。”

陈涌涛走进院门：“怎么啦？”

海奶奶不高兴：“你还问我怎么啦？得问你，问燕子，孩子是要疼的，不是打的。”

4-52　韩燕房间　日　内

韩燕坐在卧室里生闷气，陈涌涛走了进去。

陈涌涛：“别生气了，燕子，小孩子嘛。”

韩燕：“陈家的小孩让人气，大人更让人气。”

陈涌涛：“别自寻烦恼了。”

韩燕：“对，我是自寻烦恼，自找气受，活该！哪像你活得这么潇洒。”

陈涌涛叹了口气：“哎，好了，那女孩子的事，我也烦恼。”

韩燕：“她不是已经出院了吗？你还想怎样？”

陈涌涛：“我本来想给她买张火车票送她回家，可没想到，她居然失忆了，根本就不知道自己家在哪里，也不知道自己叫什么。”

韩燕：“一个陌生人，说自己失忆你就相信了啊？”

陈涌涛：“医生确诊了。”

韩燕：“那你怎么安置她？”

陈涌涛：“怎么安置？带家里住你不肯，我只好把她放在海洋局的宾馆了。”

韩燕：“你陈局长把一个年轻女子放在宾馆里，别人背后会怎么说你？”

陈涌涛：“别人爱怎么说就怎么说吧，你不说我就可以了。”

第五集

5-1　姐妹连操场　日　外

操场上空飘扬着姐妹连大旗，两个女民兵队列站在那儿，一边是整编后留下的少量女民兵，穿着陈旧迷彩服，另一边是新招募的大批女民兵，穿着自己的服装，脸上充满新鲜感，在东张西望，窃窃私语。

韩燕面对队伍，发出口令："全体立正！向右看齐！向前看！稍息！"

新民兵们的动作明显很不整齐，有些乱。

韩燕："今天是新民兵第一次集合，也许大家还不习惯，还没互相熟悉，没关系，我相信大家一定很快会适应的……王凯男出列！"

王凯男迈步出列。

韩燕："王凯男，你来向大家介绍一下姐妹连。"

王凯男一愣："我？"

韩燕："你是老民兵，当过副连长，你来介绍连队最合适。"

王凯男不乐意地面向新民兵："我是王凯男，当了十年女民兵了，跟你们比我是个老民兵，我欢迎你们的到来！姐妹连的历史，上网搜一下就知道，不用我多说。"向女民兵们敬了一个军礼，转身回到队列。

韩燕不满地看了眼王凯男："现在新民兵点名，叶苗苗！"

叶苗苗把手高高举起："这儿。"

韩燕："点到名喊'到'。"

叶苗苗："好的，到！"

韩燕："林春霞！"

春霞："到！"

韩燕："吴阿兰！"

阿兰："到。"

韩燕："方贝贝！"

没人应答。

韩燕的目光在队伍中搜索，再点了一遍："方贝贝！"

还是没人应。

韩燕继续点名："郭小琴！"

郭小琴的声音像蚊子一样："到！"

韩燕看着郭小琴："大声一点儿！"

郭小琴涨红着脸，声音响了一些："到！"

这时大门口传来方贝贝的喊声："小琴——小琴——"

郭小琴扭过头去，条件反射似的跨出一步。

韩燕低喝一声："郭小琴，站好！"

郭小琴连忙收回脚步，低下头去。

5-2　姐妹连大门口　日　外

方贝贝坐在轿车上，在同门口站岗的女民兵交涉。

方贝贝："大姐，你有没有搞错啊，我是来报到的，好歹我们马上在一个锅里吃饭了。"

女民兵："外来车辆未经允许不得入内，这是规定。"

方贝贝："死脑筋，你不怕我投诉你？"

韩燕走了出来："怎么回事？"

女民兵向韩燕敬了个礼："报告连长，她想把车子开进去。"

韩燕转向方贝贝："又是你啊？方贝贝，姐妹连有规定，车子不能随便进入，你不是来报到的吗，还不给我下来。"

方贝贝不情愿地钻出车门。

韩燕皱起眉头训斥方贝贝："怎么回事？第一天报到你就迟到，赶紧入列站好。"

5-3　公交车上　日　内

秋霞坐在公交车前排，她后排坐着一个叫丁刚的年轻军人。

公交车开在马路上。突然，司机把不住方向盘，车子东扭西歪地剧烈摇晃起来，乘客们惊叫着，幸好最后刹住了车，但司机歪倒在驾驶座上，满头冷汗，痛苦万分地捂着腹部。

丁刚连忙上去："咋啦？"

秋霞上前一看："这师傅得了急病，来，帮个忙，把他抬下来。"

丁刚与秋霞等人把司机从驾驶座抬了下来，平躺在公交车地板上。

秋霞把了一下司机的脉，面向乘客：“我和大家商量一下，这位师傅有危险，要立即送他到医院，这趟公交车没法送你们了。”

乘客甲：“没事，救人要紧。”

乘客乙：“谁来开公交车？”

丁刚：“俺。”

丁刚快速跳进驾驶室，发动了公交车，一踩油门，向前开去。

5-4　姐妹连操场　日　外

方贝贝已进入队列，站到郭小琴身边。

韩燕走到王凯男面前：“我宣布，叶苗苗、春霞、阿兰、郭小琴、方贝贝编入一班，班长由王凯男担任。”

王凯男一愣：“你让我当班长？”

韩燕：“对！”

王凯男：“我不想当。”

韩燕：“你难道没信心？”

王凯男：“笑话！”

韩燕：“副连长都当过了，还怕当班长吗？这是命令！”

王凯男的脸顿时阴沉下来。

5-5 连长办公室 日 内

韩燕与姐妹连的三个排长站在一起。

韩燕："你们三个排长是商量好的吗？"

一排长："不是的，韩连长，凯男姐以前是我们的头儿，我管不了她。"

韩燕看向二排长、三排长："你们呢？"

二排长、三排长连连摇头："管不了。"

韩燕："这么说，一班还没人接收了？"

三个排长都不吭声了。

韩燕想了想："那一班就作为独立班，我亲自管。"

三个排长如释重负。

5-6 女民兵宿舍楼前 日 外

女民兵们聚在宿舍楼前窃窃私语，她们前面放着一张长桌，桌子上摆着几个盘子，标着"一班""二班""三班"等字样，旁边放着几箱作训服，另一边摆了好几张空椅子，旁边站着几个理发师。

韩燕站在长桌边："训练在即，大家必须遵守规定。现在把你们的手机关机，放到这里，交我统一保管，然后各班排队理发，再领取新式作训服。"

王凯男："头发怎么理？"

韩燕："前不盖眉，中不盖耳，后不过肩。"

方贝贝：“啊，我不要！”

大家纷纷附和。

王凯男：“以前都没要求理发，我们民兵有这个必要吗？”

韩燕：“谁说民兵就不是兵了，到了训练营，第一个任务就是理发。”

方贝贝：“怎么像犯人啊？”

韩燕：“什么犯人？你们是女民兵。现在把手机交上来。”

女民兵们排着队把手机分别放在标着各班标示的盘子里。

5-7　医院门口　日　外

公交车停在医院门口，几个医护人员把急病的司机抬上了担架车，秋霞跟着担架车跑了进去。乘客们也都下车离去，只剩下丁刚一人，他四顾车上，发现秋霞的女士包落在车上，便捡了起来，打开包找证件，却什么证件也没找到。

5-8　女民兵宿舍楼前　日　外

春霞、阿兰、叶苗苗、郭小琴坐在椅子上理发，王凯男站在边上监督。

叶苗苗：“我剪个蘑菇头。”

阿兰：“我这根长辫留了十年了。”

王凯男：“别心疼了，头发剪了还会长，剪掉的就当是三千烦恼丝。”

方贝贝嘀咕着："又不是当尼姑。"然后悄悄想开溜。

王凯男一把拉住方贝贝："怎么？想溜？"

方贝贝："我……等会儿。"

王凯男一把将方贝贝摁到椅子上："等什么，你这个爆炸头，非剪了不可。"顺手拿起剪刀，就是狠狠一剪。

方贝贝跳了起来："你不要乱剪，我叫师傅剪。喂，你咋不剪？"

王凯男坐下来："我剪个更短的，男式的，方贝贝，你敢不敢？"

方贝贝："谁怕谁！"

5-9　一班宿舍　日　内

王凯男穿上了崭新的作训服，剪了男式短发后，更显英姿飒爽。她正在窗台前给仙人掌浇水，一班女民兵们则看着叶苗苗的蘑菇头，忍不住笑了。

叶苗苗："笑啥笑？我这发型多可爱！"

方贝贝愣愣地站在镜子前，看着剃了短发的自己，像个男孩子。

王凯男："大家还不赶紧换衣服？"

郭小琴拿着方贝贝的作训服走过去："贝贝，你的。"

方贝贝满脸不高兴："小琴，你觉得好看吗？"

郭小琴："什么？"

方贝贝："发型呀。"

郭小琴："挺好的。"

方贝贝："哼，丑死了，上了王凯男的当了。"

郭小琴看了一眼王凯男："这衣服好看，老神气了。"

叶苗苗走了过来，拍了一下方贝贝肩膀："贝贝，我们现在是一个班的，真有缘！"

方贝贝含糊地"嗯"了一声。

王凯男："你俩认识？"

叶苗苗："我的包被小偷抢了，是贝贝帮我夺回来的，贝贝，我都没好好谢你呢。"

方贝贝做了个潇洒的动作："今后都是姐妹了，谢什么呀。"

王凯男怀疑地打量方贝贝。

方贝贝感到浑身不舒服："看什么看啊？"

王凯男："就凭你？也能抓住小偷？鬼才信！"

方贝贝："你别小看人！"见有点儿不妙，连忙转移话题，"苗苗，你玩儿《王者荣耀》吗？"

叶苗苗："玩儿！"

方贝贝搂着叶苗苗肩膀："那我们是王者战友。"

叶苗苗："你什么段位？"

方贝贝尴尬地："青铜，马上白银了。"

叶苗苗："太菜了！我钻石，以后我罩着你。"

5-10　连长办公室　日　内

韩燕站在办公桌前，把手里的电话筒放回原处。

韩燕不悦地自语："一个军人，怎么能这样不守时呢？"

这时门外传来一个男人声音："报告！"

韩燕转到桌前坐好："请进！"

背着挎包的丁刚推门进来，向韩燕敬了一个军礼："报告韩连长，丁刚前来报到。"

韩燕站了起来："是丁排长来了。"抬腕看看手表，"哎！你是不是迷路了？"

丁刚不好意思地："俺是在路上碰上了点儿事情，来晚了。"

韩燕："噢，丁排长，坐下说。"

丁刚坐了下来："韩连长，叫俺小丁吧。"

韩燕给丁刚倒了一杯水："好的，小丁，这次请你来担任姐妹连的新民兵教官，可要辛苦你了。"坐了下来。

丁刚憨厚地笑笑："辛苦俺不怕，就是那个啥，俺以前带的新兵都是男兵，没带过女兵。"

韩燕："男兵女兵也没什么特别的，反正都有规定，只是方式上可能要有所调整。"

丁刚："嗯，俺知道。韩连长，俺在公交车上捡到一个包，请你帮忙找找失主。"从挎包里取出一个女士包。

5-11　姐妹连操场　日　外

统一穿上作训服的女民兵，列队站在韩燕与丁刚的面前。新民兵们很不自在地互相打量，时而还看看丁刚。海奶奶站在不远处看着，似乎不大放心。

方贝贝摸了摸自己的脑袋，同郭小琴嘀咕：“王剪刀下手真狠，怪不得嫁不出去。”

王凯男低声制止：“别嘀咕！”

韩燕扫视着新民兵们：“不错，像点儿样子了，你们要知道，这不单单是换了一身行头，而是身份上的一种改变，希望大家要有点儿新的气象。好了，我现在向大家介绍一下——”指了指丁刚，“这位是来自驻军部队的丁排长，他将担任大家的军训教官，大家欢迎！”

女民兵们鼓掌。

丁刚向女民兵们敬了一个礼：“俺叫丁刚，北方人，俺娘对俺说，要做个好人，当个好兵，俺今天来姐妹连当教官，就是和大家一起当好兵，请大家多指教！”

丁刚的东北口音，让女民兵们忍不住窃笑起来。

方贝贝趁机学着丁刚的口音起哄：“俺代表大家，欢迎丁教官！”

韩燕喝了一声：“严肃一点儿！”

大家忍住笑，强做严肃地看着韩燕。

韩燕：“正式训练马上要开始了，这是你们成长的一个历程，一定要珍惜机会，认真训练，坚持下去，我们新时代的姐妹连，要有新的面貌，也要有新的口号——奋斗、奉献、拼搏……”

海奶奶快步走来：“还有——传承、坚守。”

韩燕不自然地迟疑了一下：“对！我们的口号就是——奋斗！奉献！拼搏！传承！坚守！”

5-12 海奶奶家小院子 日 外

黄昏，海奶奶正在浇花，韩燕推着自行车进门。

海奶奶：“回来了。”

韩燕立好自行车：“有些资料在家里的电脑上，我来拷一下。妈，我帮您浇。”接过洒水壶浇花，“您养花的技术挺不错，都要赶上园艺师了。”

海奶奶：“人老了，养养花草打发日子。”

韩燕：“妈，这不叫打发日子，是享享清福。”

海奶奶：“妈还能发挥点儿余热，可不想享清福。燕子，那个丁排长怎么样？”

韩燕：“不错，军事素质挺好的。”

海奶奶迟疑了一下：“丁排长来做女民兵教官，好是好，但他一个男娃，不大方便吧？”

韩燕：“没事，我会安排妥当。”

海奶奶：“要是凯男做教官，就没这问题了，她的军事素质也挺过硬的。”

韩燕：“凯男跟丁排长还差点儿距离，姐妹连新民兵，一开始就得正规化训练。”

海奶奶：“丁排长也住女民兵宿舍楼？”

韩燕：“没，他单独住在平房那边。”

海奶奶松了一口气：“噢，噢。”

5-13 一班宿舍 夜 内

丁刚正在指导一班的女民兵整理内务，一班的新民兵围在旁边，王凯男交叉双手，远远靠在墙边看着。

丁刚示范叠被子：“四叠三折，有棱有角，四四方方，就像豆腐块儿。你们按照俺的示范去叠一遍。”

大家都去各自的铺位认真叠被，只有方贝贝走到边上像个闲人似的看着。

丁刚：“方贝贝，你咋不叠？”

方贝贝：“叠，叠。”走过去乱叠起来。

丁刚皱着眉头:“方贝贝,你是不是从来不干家务活儿的？”

方贝贝：“女民兵训练，跟家务活儿有什么关系呀，又不是干保姆。”

丁刚：“连内务都做不好，还当什么女民兵？你看你，叫你叠豆腐块儿，你叠成豆腐渣了。”

方贝贝：“丁教官，什么东西都是学了才会的，不然还要你教吗？”

这时，门外有别的班女民兵在喊：“丁教官！”

丁刚走了出去。他刚一出门，方贝贝立即把自己的被子与小琴叠好的被子掉了一个包。

郭小琴：“贝贝，那是我的。”

方贝贝低声地：“什么你的我的，别忘了你是我的生活助理。”

郭小琴不吭声了，连忙去叠被子；阿兰与春霞听了方贝贝的话，神情困惑，互相看着；叶苗苗含了一口水，细细地喷在被子上，然后给被子做起了棱角，这一幕让大家都颇感惊奇。

王凯男喊了起来：“喂！你们当我是透明人啊？方贝贝，你凭什么换小琴的被子？”

方贝贝搂住郭小琴肩膀：“我们是姐妹，互相帮助嘛。”

王凯男：“这必须自己去做，刚才你说什么生活助理？”

方贝贝：“你听错了，是生活自理。”

王凯男：“换回来，自己叠，大家都自个儿叠吧。”

方贝贝只得把自己的被子拿回来，低头去叠，叠来叠去叠不好。

王凯男把叶苗苗拉到一边，压低声音：“是你妈教你的对吗？”

叶苗苗：“你说什么啊？”

王凯男低声地：“小声点儿，喷水叠被子是不是你妈教的？”

叶苗苗低声地：“你都知道了，还问什么？”

王凯男瞪了叶苗苗一眼：“这种小聪明以后不要耍。”

5-14 一班宿舍门外 夜 内

方贝贝拉着郭小琴出了宿舍，四顾无人，她掏出一部手机塞到郭小琴兜里。

郭小琴：“你手机咋……”

方贝贝连忙掩住郭小琴的嘴，低声地：“放你上铺，藏好！”

郭小琴也压低声音：“你没上交呀？”

方贝贝得意地笑了，悄声道：“我有两个，不然《王者荣耀》没得玩，抖音微信没得刷，闷死了。”

5-15　韩燕房间　夜　内

韩燕坐在电脑前工作，陈涌涛从外面进来，脸色微红，一下躺到沙发上。

韩燕：“又喝酒了？”

陈涌涛：“就一点儿。”

陈涌涛顺手掏出一支烟点上，抽了一口，不由得咳嗽起来。

韩燕夺过陈涌涛手里的烟，掐灭了：“你是副局长，怎么坏毛病一堆？”

陈涌涛拿起烟灰缸出了房间，韩燕无意中看到床头柜上的烟盒有异，拿起一看，又继续在电脑前工作。

陈涌涛进来时，韩燕冷不防问道：“你抽的烟怎么改牌子了？”

陈涌涛：“香烟店的老板说，这个牌子的烟比较实惠，我买来试试。”

韩燕：“好了，别找借口了，老实说，你的工资奖金都用到哪儿去了？”

陈涌涛：“你查我账呢？”

韩燕：“我没这么无聊，只是奇怪，一个没什么开支的副局长，连抽烟都要精打细算了。”

陈涌涛：“燕子，你先支我点儿钱吧，最近确实很穷。”

韩燕：“要多少？”

陈涌涛："三千吧。"

韩燕："钱可以给你，但必须回答我刚才的问题。"

陈涌涛："还不是你的原因。"

韩燕："你穷还是我造成的？"

陈涌涛点头："跟你说实话吧，你不同意那女孩儿住我们家里，我只能安排她住宾馆，我的钱够她住几天啊？"

韩燕生气地："还没把她送走？你为什么瞒着我？"

陈涌涛："送不走啊，不说你不高兴，说了你也未必高兴，你让我怎么做人？"

韩燕："这事交给民政部门，他们会安排的。"

陈涌涛："人是我救的，我随便把她往外一推，这不是不负责任嘛。"

韩燕："不是说她失忆了吗，你该不会想照顾她一辈子吧？"

陈涌涛："管不了这么多，先把她的住宿费解决了再说吧。"

韩燕："你以为我是你的提款机啊，我没钱。"

5-16　宾馆总台　日　内

陈涌涛站在宾馆总台前，神情有些惊愕。

陈涌涛："什么？你说她退房了？"

总台小姐："嗯，退了。"

陈涌涛："她退房时有没有说要去哪里？"

总台小姐摇摇头："是一个三十来岁的女军人帮她退房的。"

陈涌涛愣怔一下，若有所思。

5-17　连长办公室门外　日　外

韩燕与丁刚正站着说话，陈涌涛远远跑了过来。

丁刚看见陈涌涛：“你是……”

韩燕：“陈涌涛，你有什么事？”

丁刚：“你们认识？”

陈涌涛：“认识，认识十几年了。你一定是丁教官了，我叫陈涌涛。”

丁刚有点儿茫然。

韩燕：“他是我爱人。”

丁刚尴尬地：“不好意思，你们聊。”转身走了。

陈涌涛有点儿异样地打量着韩燕。

韩燕：“你干吗这么看我？”

陈涌涛：“是你帮那女孩儿退房的对吧？”

韩燕：“你凭什么说是我啊？”

陈涌涛：“除了你还有谁？你把她送哪里去了？”

韩燕淡淡一笑：“哦，还急成这样子，我知道也不告诉你。”

陈涌涛：“好了，告诉我。”

韩燕：“我让她回去了。”

陈涌涛急了：“回去了？你让她回哪里去了？”

韩燕：“她想去哪里就去哪里，我管得了人家吗？”

陈涌涛生气了：“燕子，你……你太不负责任了，你明明知道人家失忆了呀。”

韩燕两手交叉胸前，无所谓地：“怎么？想兴师问罪啊？”

陈涌涛焦急地："你什么态度啊？不跟你说了，找人要紧。"转身就走。

韩燕并不阻拦："陈涌涛，如果你老婆失踪了，你也会急成这样子吗？"

这时，办公室的门打开了，史茗吃惊地站在门口。

陈涌涛看见史茗，停下脚步："燕子，你就这么开玩笑呀？"

韩燕："你一来就认定我把她送走了，我有什么好说的。"

史茗走过来："韩燕姐让我住在这儿，有这么多女民兵在一起，比住宾馆好。"

陈涌涛尴尬地："是我错怪你了，晚上请你下馆子，给你赔个礼。"

韩燕："免了，这下你放心了吧？请回吧！……告诉你，她叫史茗。"

陈涌涛："史茗？你怎么知道她名字？"

韩燕："她之前来新民兵招募点报过名。"

陈涌涛："那她的具体资料呢？"

韩燕摇摇头："就填了个名字。"

5-18　陈涌涛办公室　日　内

陈涌涛刚走进办公室，胡主任便悄悄进来，把门关上。

陈涌涛："胡主任，有事吗？"

胡主任："陈局长，外面有传闻，说你……"

陈涌涛："我？我会有什么传闻？"

胡主任："嗨，你别去理会就是了。"

陈涌涛不满地："我说你这人怎么说话遮遮掩掩的，干脆点儿不行吗？"

胡主任："他们说陈局你在外面金屋藏娇。"

陈涌涛一拍桌子，把胡主任吓一跳："胡说八道！"

胡主任："是的是的，我们谁都不信。"

陈涌涛："我怎么回事，一开始就跟局里汇报过，唐局都很清楚。"

胡主任："对对，陈局，你放心，有风吹草动，我就向你汇报。"

5-19　姐妹连操场边上　日　外

陈涌涛站在操场边的路上，望着操场上的女民兵训练。

丁刚跑过来："陈局长您好！"

陈涌涛："你好！"

丁刚笑着："之前不认识你，真不好意思。"

陈涌涛："这有什么，你我都是当兵的，不在乎芝麻绿豆的事。"

丁刚惊喜地："您也当过兵？"

陈涌涛："我转业前在东海舰队当舰长。"

丁刚立即一个敬礼："陈舰长好！青岙岛驻军排长丁刚向你敬礼！"

陈涌涛笑了起来："今后我们就是朋友了。"

丁刚："不敢，长官就是长官，兵就是兵。"

陈涌涛："哎，你一个毛头小伙儿，训练这群女民兵一定头痛吧？"

丁刚笑着："是啊，俺从没带过女兵，总提心吊胆的。"

陈涌涛："女兵又不是老虎，还怕吃了你不成？以后碰到什么麻烦，我可以帮你支支招。"

丁刚："好，俺在部队，也找俺们指导员支招，俺把你也当成姐妹连指导员吧。"

陈涌涛笑了："那不行，韩燕连长，我指导员，那不成夫妻老婆店了？"

这时，韩燕出现在身后："哟，在说什么夫妻老婆店？"

丁刚一看见韩燕："韩连长，俺去训练了。"小跑着离开。

韩燕："我倒是想不明白，我这个小小的姐妹连，怎么就魅力这么大呢？妈三天两头往这儿跑还好说，怎么你也往这儿跑了？"

陈涌涛嘿嘿一笑："那是我老婆有魅力。"

韩燕没好气地："就你那点儿小心思，我还不知道？我们这是女民兵连，你老往这儿跑不妥，史茗我会把她安顿好，你就放心吧！"说后转身离去。

陈涌涛无可奈何地摇摇头。

5-20　连长办公室门外　日　外

王凯男大步向站在门外的韩燕走去。

王凯男："韩连长，你找我什么事？"

韩燕："我安排一个人住到你们一班宿舍。"

王凯男："谁？"

韩燕用下巴点一下窗口，王凯男看向窗内，只见史茗坐在那里。

王凯男："韩连长，不妥吧，一班宿舍可不是旅馆。"

韩燕："我这个连长也不是开旅馆的，她呀，就是不久前，报纸上讲的那个落海被救的女孩儿。"

王凯男："哦，就是你爱人救的？"

韩燕点点头："单独安置她不合适，我想还是交给你们一班比较好，照看一下，别让她出什么事，这也算是任务。"

5-21 一班宿舍 日 内

女民兵们正在休息，王凯男领着史茗走进来。

王凯男："大家过来，这位是史茗，她以后就和我们住在一起。"

叶苗苗："哇，美女！你怎么才报到？头发也没剪？"

史茗不解地看着叶苗苗。

王凯男："她只是在这里暂住。"

方贝贝："为什么？"

王凯男："这是连长的安排，我只是遵照执行，别这么多为什么了。"指了指一个铺位："史茗，你就睡这儿。"

史茗点点头。

王凯男指着女民兵们向史茗介绍："春霞，苗苗，阿兰，小琴，贝贝。"

史茗朝大家笑笑。

春霞："史茗，你哪里人？"

史茗愣了半天："我……我记不得了。"

郭小琴笑了起来："自己哪里人怎么会记不得？"

方贝贝："这叫忘我境界。"

史茗着急地："真的……"

5-22　女民兵宿舍楼前　日　外

一班的女民兵们围着王凯男。

方贝贝："班长，你一碗水可要端平，我的头发都这样了，她居然还有特权，连长太不公平了。"

王凯男："你嚷嚷什么，你是来当民兵的，她是来做客的，这一样吗？"

方贝贝："哼，你要是怕连长，就承认呗，找什么理由嘛！"

王凯男："你说什么，小心我处罚你。"

叶苗苗："好了好了，凯男姐，你别在意，不过，咱们一班来了这么一个主儿，不是拖累我们吗？"

王凯男："她是陈局长救上来的，韩燕交代了，我们一定要照顾好她，这是任务。"

春霞："要不我们几个轮班吧？"

方贝贝："我声明一下，你们轮班，我和小琴不参加。"

王凯男：“姐妹连是个集体，你少在这儿搞个人主义，我命令你明天轮班照顾她，你第一个。”

方贝贝：“什么？我照顾她，我长这么大还没有照顾过任何人呢。”

王凯男：“正好，明天你就有机会了。”

方贝贝：“我不干！”

王凯男冷笑：“等你当班长了再做主吧。”

方贝贝：“我已经委曲求全了，你别欺人太甚！”

王凯男：“你受不了啦？好啊，你可以回家去，现在。”

郭小苓小声：“贝贝，要不我帮你照顾她？”

方贝贝：“去，没你什么事。”

阿兰：“大家别吵了，史茗……就交给我吧，我来照顾她。”

王凯男：“交给你？”

阿兰点点头：“嗯！”

5-23　姐妹连食堂　日　内

食堂里，每班一桌，都围着桌立正着，每个人面前的桌上，摆着盛了饭菜的快餐盘。史茗站在一班这一桌，正莫名其妙地左看看右看看。

丁刚喊了声口令：“坐下！”

全体坐了下来，开始默不作声地吃饭。史茗碗里的伙食明显比别人好，其他人是两素一荤，史茗是两素两荤。叶苗苗挤眉弄眼地做着鬼脸，王凯男瞪了她一眼，叶苗苗吐了吐舌头老实了，方贝贝看了一眼史茗的菜碗，又皱着眉头看着自己的菜碗不动筷。

史茗奇怪地看着她们：“你们怎么啦？怎么不说话？”

王凯男低声地：“吃饭不准说话！”

史茗笑了起来：“吃饭不准说话？好奇怪的规矩啊！”

方贝贝拿着一根筷子挑着碗里的肥肉，忽然嚷了起来：“这饭怎么吃啊？”

其他桌的女民兵都扭头看向一班。

王凯男低声地：“不许瞎嚷嚷！”

方贝贝瞪了王凯男一眼：“我就嚷，为什么就我这碗全是肥肉？这不是欺侮我吗？”

王凯男霍地站起身：“你给我滚出去！”

方贝贝：“出去就出去。”端起盛着肥肉的菜碗“啪”地倒扣桌上，转身要走。

王凯男一把揪住方贝贝：“你敢撒泼！”

丁刚快步过来拉架：“放手！放手！”

韩燕走了进来，盯着她们。

方贝贝恶人先告状：“韩连长，她打人。”

韩燕走到贝贝跟前：“把菜给我拣回来。”

方贝贝不动。

韩燕声色俱厉：“方贝贝，我是给你机会，把桌上的菜、肉全部拣回到碗里去。”

在韩燕的监督下，方贝贝无奈地用勺子把桌上的菜弄回碗里。

韩燕："都坐下，继续吃。"转身离去。

大家都加快速度吃饭，方贝贝坐着一动不动，泪花在眼眶里打转。

5-24　连长办公室　日　内

韩燕站在窗口沉思。

王凯男气呼呼地闯进来："韩连长，我一班不要方贝贝，你让她离开一班吧。"

韩燕转过身："不要她？你以为在菜场买菜？"

王凯男："为什么非要她不可？你是不是碍着方家的情面？"

韩燕："这是什么话？你是她的班长，一个班长随便放弃手下的兵，算什么？"

王凯男："你去问问，我以前当班长、排长、副连长，我放弃过谁？从来没有。可方贝贝这个千金大小姐她不一样，她是颗老鼠屎，扔在一班的汤里，这汤让我怎么喝？"

韩燕："她是一个需要改变的新民兵，不是老鼠屎，你之前不是还说小菜一碟吗？"

王凯男："要么你把史茗弄走，今天事情的起因都是因为她的特殊化。"

韩燕："不行，你有责任带好新民兵，照顾史茗也是我交给你的任务，以后她的伙食同其他女民兵一样。"

5-25 姐妹连操场 日 外

女民兵们正在练习站军姿，韩燕与丁刚在她们面前转来转去。

韩燕看了看手表："稍息！休息五分钟，解散！"

女民兵们马上散开，方贝贝、郭小琴、叶苗苗、春霞、阿兰跑到操场一角坐下。

方贝贝："饿死了！"

郭小琴："你饭也没吃，那怎么办？"

方贝贝："就当减肥呗。"

春霞："贝贝，我们是一个班里的，谁犯错都会影响大家，以后还是守点儿规矩。"

方贝贝不悦地："我拖累你们了吗？你们怎么不责怪王剪刀？"

叶苗苗："王剪刀是什么玩意儿？"

方贝贝笑了起来："就是你的凯男姐呀。"

叶苗苗："不要给人起绰号，小心别人给你起。"

方贝贝："我有绰号，说起来吓死你们，社会上的朋友叫我方大小姐。"

大家笑了起来，这时集合哨吹响了。

方贝贝嘀咕着："这么快啊！"

春霞她们起身跑向操场中心，方贝贝只得也站了起来，跟在后面跑去。

5-26　海奶奶家堂屋　夜　内

海奶奶、陈涌涛、小海围着饭桌吃饭，海奶奶夹了块红烧肉给小海。

小海吃着红烧肉："真好吃！"

陈涌涛："妈，您烧的红烧肉，就是不一样，酒店里的也没您烧的好吃。"

海奶奶笑着："煮红烧肉，妈是拿手的，你多吃点儿。"海奶奶挑了一块瘦肉往陈涌涛碗里夹。

小海："把妈妈叫回来吃红烧肉吧。"

陈涌涛："妈妈是连长，新兵训练，她得和她的战士们在一起。"

小海有点儿不开心："奶奶，你不是说我也是个小战士嘛。"

海奶奶笑了："对，我家小海是小战士，奶奶是老连长，我训练你。"

小海："我长大了要像爸爸一样当个舰长，可是……爸爸现在不是舰长了。"

陈涌涛与海奶奶有点儿尴尬，都不吭声了。

5-27　连长宿舍　日　内

天蒙蒙亮，韩燕已经起来了，这时门外有人敲门，打开门，见海奶奶提了个饭盒站在门口。

韩燕："妈，您怎么来了？"

海奶奶走进门："我给你带了点儿红烧肉。"顺手把饭盒放在桌上。

韩燕："谢谢妈！"打开饭盒，抓了块红烧肉吃，"好吃！"

海奶奶："训练新兵挺辛苦吧？"

韩燕："还好，我也好久没训练了，就当是健身。"

海奶奶："妈也想训练，要不是年纪大了……"

韩燕笑了："妈，您不说我差点儿忘了，我给您办了张老年健身卡，有空去活动活动，当成训练嘛。"掏出一张卡给海奶奶。

海奶奶不自然地："这么洋气的活动我不行，妈要活动就来姐妹连。"

韩燕："妈，我不在家，你带小海也挺辛苦，记得注意身体。"

海奶奶："放心，妈健朗着呢。"

5-28 姐妹连食堂门口 日 外

韩燕与丁刚站在食堂门口迎接吃早餐的女民兵们，女民兵们排成队列，唱着军歌进食堂。一排长领着一排女民兵唱着《士兵小唱》齐步走进食堂——

起床洗脸，吃饭集合，排队上操场，

稍息立正，昂首挺胸，报告班长，

向右看齐，不要把头低，

报数，八七六五四三二一，齐步走，一二一……

二排长领着二排女民兵唱着《一二三四歌》齐步走进食堂——

一二三四，一二三四，像首歌，
绿色军营，绿色军营，教会我，
唱得山摇地也动，
唱得花开水欢乐……

三排长领着三排女民兵唱着《军中姐妹》齐步走进食堂——

一二三四，向右看，一二，一二三四
蓝天大道上彩云在追，
年轻的我们歌声在飞。
陆海空天亮丽的星，
共和国女兵军中姐妹……

轮到独立班一班唱了，王凯男领着一班女民兵唱起《打靶归来》——

日落西山红霞飞……

韩燕挥着手喊停："停！大清早的，唱日落西山，好像是吃了晚饭赶睡觉似的，换个歌吧。"

王凯男不满地瞪着韩燕。

海奶奶走过来："唱个《娘子军连歌》吧。"

王凯男领着一班女民兵唱着《娘子军连歌》齐步走进食堂——

向前进，向前进，
战士的责任重，
妇女的冤仇深，
古有花木兰替父去从军，
今有娘子军扛枪为人民……

5-29　姐妹连操场　日　外

一班女民兵站在全连女民兵前列，丁刚正在训练她们，王凯男站在丁刚旁边。

丁刚："向左转！……向右转！"

一班女民兵跟着口令向左转、向右转。

丁刚忽然觉得有点儿异样，目光看向叶苗苗与方贝贝的胸脯，两人胸脯明显高了许多。

方贝贝："报告！"

丁刚："啥事？"

方贝贝："请你过来一下。"

丁刚走了过来。

方贝贝低声地："你眼睛别乱看，小心我向韩连长投诉。"

丁刚的脸唰地红了。

王凯男疑惑地看着丁刚："她说什么？"

丁刚尴尬地："没啥没啥。"

方贝贝与叶苗苗挤眉弄眼，两人哈哈大笑起来。

韩燕从女民兵队列后面冒了出来："方贝贝、叶苗苗出列。"

方贝贝与叶苗苗跨步出来。

韩燕："你俩面对面站好。"

方贝贝与叶苗苗转身面对面站着。

韩燕："你俩不是喜欢笑吗？今天我就让你俩笑个够，笑！"

方贝贝与叶苗苗面面相觑地看着。

韩燕："我命令你俩笑，再不笑我可要重罚了。"

方贝贝无奈地假笑了几声，叶苗苗感到滑稽，不由得笑了起来，两人对看着，对笑着。

韩燕："大声笑！"

两人笑得有点儿声嘶力竭，眼泪都笑出来了，笑着笑着，叶苗苗忽然哭了，方贝贝受到感染，也哭了起来。

5-30　营房一角　日　外

王凯男带着方贝贝与叶苗苗走到一个墙角。

王凯男："你俩还好意思哭，一班的脸都给你俩丢尽了，靠墙站好，立正！"

叶苗苗与方贝贝连忙立正。

王凯男："稍息！"左右看看无人，"你俩把外衣脱下来。"

方贝贝与叶苗苗吃了一惊。

叶苗苗："干吗？"

王凯男："明知故问，脱！"

方贝贝："不脱！"

王凯男："你现在不脱，我就带你到韩燕和丁刚面前脱。"

方贝贝迟疑地解着纽扣，两人脱掉外衣，胸口内衣处竟各塞着两个馒头。

王凯男："两个饿死鬼，丢人。"

叶苗苗把馒头拿在手里啃了起来："凯男姐，我真的很饿，在这地方，我迟早得饿死。"

王凯男看着方贝贝："那你呢，你也饿？"

方贝贝："我？我怕苗苗不够，就帮她拿两个。"

王凯男一把将叶苗苗手里的馒头夺了过来："吃吃吃，就知道吃，告诉你，你妈特意关照我的，必须帮助你减肥。"

叶苗苗噎住了，脖子像公鸡一样直着，说不出话。

王凯男："以后再违规，我就把你俩交给韩燕，她一定会罚你俩一人吃一脸盆馒头，撑死你们。"

王凯男盯了叶苗苗与方贝贝一眼，转身离开。

方贝贝恼怒地："敢逼本小姐脱衣服，我会让你知道本小姐的厉害。"

5-31　一班宿舍　夜　内

大家全副武装，背包放在脚边，在等待着什么。

叶苗苗不停地打着哈欠："史茗，你的消息可靠不可靠啊？是不是真的有紧急集合啊？"

史茗："我听到韩连长和丁教官在说的，错不了。"

郭小琴耷拉着眼皮："困死了。"

除了史茗，只有王凯男一个人脱了衣服躺在床上睡觉。

王凯男："瞧你们这点儿出息，不就紧急集合嘛，我一分钟就能打点好。"

叶苗苗崇拜地："哇！凯男姐好厉害！"

方贝贝："吹牛！"

这时韩燕推门进来："你们这是干吗？"

春霞："听说……有紧急集合，我们就先准备着。"

韩燕："这都谁在散播小道消息啊？"

大家都低头不语。

韩燕："没有的事，大家睡吧！"随后走了出去。

叶苗苗一头倒在床上："史茗，被你害死了。"

5-32　一班宿舍窗外　夜　外

下半夜，月光洁白，大家在宿舍睡得正香，隐隐约约能听到叶苗苗的呼噜声，史茗的喃喃自语声，还有方贝贝不安分的翻滚声。

5-33　一班宿舍　夜　内

尖利的集合哨声突然响了起来。

王凯男翻身起床：“快，大家快点儿出去集合！”

女民兵们纷纷起床。

阿兰：“韩连长不是说不集合吗？”

方贝贝：“上当受骗了！”

宿舍里一片忙碌，响着乱哄哄的声音，大家手忙脚乱地穿衣服，王凯男东找西找却找不到衣服了，女民兵们一个一个跑出去了，只剩下了王凯男。

5-34 姐妹连操场 夜 外

韩燕与丁刚站在操场上，丁刚手里拿着秒表计时，女民兵们陆陆续续跑到操场上，排成队列。韩燕扫视着队列，见好多人还在扣纽扣、系皮带、系鞋带，队伍很不整齐，有点儿乱哄哄。

丁刚大声地：“安静！”

女民兵们静了下来，但还有窃窃私语声。

韩燕：“乱哄哄的，以为菜市场啊？瞧瞧你们的狼狈样，像女民兵吗？”扭头问丁刚，“丁教官，集合总共用了多少时间？”

丁刚：“6分25秒。”

韩燕看着女民兵们久久沉默，忽然怒吼了：“你们是干什么吃的？！”

大家吓了一跳，一下子鸦雀无声。

韩燕：“光起床、穿衣、到操场，用了6分25秒，而很大一部分人衣服还没穿整齐，拖拖拉拉……紧急集合，规定3

分钟，要完成起床、穿衣、整理内务、打好背包、集合整队，你们行吗……你们都问一下自己，准备好了没有？你们都要准备脱几层皮，抽去懒惰筋，消灭自由散漫的念头。”忽然盯着一班队列，“咦，王凯男呢？”

5-35 一班宿舍 夜 内

王凯男穿着内衣内裤正在宿舍里盲目乱转。

韩燕快步走了进来：“王凯男，你不来集合，不穿衣服，还像个班长吗？”

王凯男哭丧着脸：“我……我的衣服都不见了。”

5-36 姐妹连靶场 日 外

天色蒙蒙亮时，王凯男的衣服找到了。只见靶场一棵高树的鸟巢边，挂着凯男的钢盔与训练服，丁刚、王凯男、史茗及一班女民兵站在树下，翘首看着。

王凯男：“到底是谁干的？”目光在众人身上扫了一下，落在方贝贝脸上。

方贝贝若无其事地看看树上，看看大家。

王凯男：“难道真的是衣服长了翅膀？喂，方贝贝，你说这是谁的杰作？”

方贝贝：“班长，你本事最大，是不是你自己的杰作我们也不知道。”

王凯男气得脸色铁青，刚要说什么，却见丁刚噌噌噌爬上树去，顺利取下衣服，然后嗖的一下滑下了树，把衣服递给王凯男，这一番迅速的动作把一班女民兵都看呆了。

春霞：“哇，太厉害了！”

叶苗苗：“丁教官，你简直神了。”

丁刚把衣服递给王凯男：“小意思！”

5-37　女民兵宿舍楼屋后　日　外

郭小琴看看四下无人，拿出一个用藤条做成的鸟笼，笼中有只脚上包扎绷带的小鸟，她拿了米粒和水喂着小鸟。

王凯男闪了出来：“郭小琴！”

郭小琴慌忙想藏起鸟笼。

王凯男：“我都看到了，你还藏什么？”

郭小琴怯怯地：“班长……”

王凯男：“在训练营里养鸟是要受处罚的。”

郭小琴：“它受了伤，我……我……”

王凯男：“我可以不处罚你。”

郭小琴：“谢谢凯男姐！”

王凯男：“别套近乎，你这只小鸟是靶场那棵树上捉来的对吧？”

郭小琴愣怔一下：“是……是天上掉下来的。”

王凯男：“鸟从天上掉下来，衣服从宿舍里飞上天，真好玩儿。”一手搭上小琴肩膀，“谁干的？说，是方贝贝对不对？”

郭小琴不语。

王凯男眼一瞪："说！"

郭小琴惊慌地："是……是我。"

王凯男："你？"

郭小琴迟疑了一下，咬牙点点头。

王凯男不相信地："你是不是想替方贝贝担责任？"

郭小琴低下头："我……我想……和你开个玩笑。"

王凯男发火地："玩笑开大了！"

方贝贝从墙角走了出来："喂，你欺侮小琴算什么英雄？是我干的，跟小琴无关。"

王凯男走过来："方贝贝，你胆子真大，竟敢整蛊你的班长，马上向我道歉。"

方贝贝："别嚣张，姐妹连不是你家的，你有个海奶奶把你捧着，你就是爷了？哼，她也已经退居二线了。"

王凯男："方贝贝，我警告你，对海奶奶尊重些，不然的话……"

方贝贝无所谓地："不就是一个退休老太婆嘛。"

王凯男顺手一巴掌，"啪"地打了方贝贝一记耳光。

方贝贝惊呆在原地，忽然"哇"地哭出声："你打我，你……你等着！"疯了似的跑走了。

第六集

6-1　曹部长办公室　日　内

曹部长、韩燕还有方昌业坐在办公室里。

方昌业怒气冲冲地："竟然打我女儿？你们说，这件事情怎么处理？"

韩燕："方总，这件事情我们一定会调查清楚，妥善处理的。"

方昌业："我把孩子交给你们，是对姐妹连的信任，我女儿被人欺负那可不行，我方昌业也是个有头有脸的人。"

曹部长咳嗽了一声："这事出在连队，家里人最好不要介入，让连里解决。"

方昌业："让连里解决？那你们打算怎么解决啊？"

韩燕站了起来："我是连长，这事情我也有责任，既然发生了，我来处理，我会给你一个说法，当然这种事以后绝不会发生了。"

方昌业："说法？什么说法？我倒要听听看。"

韩燕：“王凯男向方贝贝道歉，在班里检讨。”

方昌业：“就这么简单？”

曹部长:“方总,这件事情是方贝贝引起的,你说该怎么办?你不是希望女儿好好磨练嘛，还是由韩燕来处理吧。”

方昌业：“好，你们这样说了，那我就等你们的说法。”转身走了。

曹部长：“韩燕，你可给自己出难题了，王凯男倔得像个铁疙瘩，要她道歉，难！”

韩燕：“她要当铁疙瘩，那她就让我失望了。”

6-2 姐妹连操场 日 外

操场上。韩燕与王凯男面对面站着。

韩燕:“王凯男,你这么大的人了,还和一个小姑娘计较?”

王凯男不说话。

韩燕：“你知道你打了方贝贝一巴掌，有什么后果吗？”

王凯男冷冷的：“韩连长，这事儿我自己扛。”

韩燕：“你扛？你怎么扛？你一个当过副连长的女民兵，竟然对姐妹动手，丢不丢人？”

王凯男：“没啥丢人的，我一个有处分案底的人，你可以再加顶处理的帽子。”

韩燕发火了：“你什么态度？王凯男，你都三十的人了，怎么还那么幼稚？不就是衣服被方贝贝藏起来了，也犯得着打人？”

王凯男嘴唇嗫嚅了一下，没出声。

韩燕："你倒是出个声，别装哑巴！"

王凯男："我无话可说。"

韩燕："你给我向贝贝道歉去！"

王凯男脱掉外衣扔在地上。

韩燕："你干吗？"

王凯男："你不是要惩罚我吗？那我接受惩罚，要不撤了我的班长，我……我再跑一百圈，够了吧？"说完跑走了。

韩燕气不打一处来，吼道："王凯男，你给我站住！"

王凯男还是自顾自绕着操场跑圈。

韩燕追了上去，一把拉住王凯男："叫你站住，听到没有？这是命令！"

王凯男原地站住了。

韩燕："去向方贝贝道歉。"

王凯男气愤地："她说海奶奶坏话，她就该挨打！"

6-3 连长办公室 日 内

韩燕与方贝贝站在办公室里，方贝贝一脸的委屈与怒气。

韩燕："贝贝，这个事情我调查清楚了，凯男动手打你，她绝对错了，我会处理的。来，坐下说。"

韩燕坐了下来，但方贝贝负气不坐，也不吭声。

韩燕："事情发生后，你应该首先向我报告，而不是打电话给你爸，这让你爸多担心呀。"

方贝贝："我想打回来。"

韩燕："你打回来，她把你衣服也挂树头去，然后两个人被连里除名，这样好吗？我们是姐妹连，是有组织性纪律性的，就算在社会上，闹大了，你俩还不进派出所？"

方贝贝："她就看我不顺眼，我不能跟她待在一个班，你把我或她调离一班吧。"

韩燕站了起来："你怕她？"

方贝贝："才不怕呢！"

韩燕："姐妹连就是自家姐妹，一家人有矛盾得好好解决，而不是互相报复，不相往来，你既然进了姐妹连，也要有觉悟。"

6-4　海奶奶家小院子　日　外

海奶奶捧着唱着昆曲的收音机走出屋门，见韩燕站在院子里。

海奶奶："燕子，你怎么回来了？"

韩燕一笑："没事，我就回来看看。"

海奶奶："你不是给我办了个老年健身卡嘛，浪费怪可惜的，我准备健身去。"

韩燕："要不我陪您去？"

海奶奶："不用了，你忙你的。"向外走去，又回过头来，"凯男这事，你处理得对，她不服的话，我去说她。"

韩燕："不用，这事得她自己有个深刻理解，不然的话……"

海奶奶："咋样？"

韩燕："她要是不接受，对她对连队都不好。"犹豫了一下，"我想带一班的女民兵们去连史馆看看，受点儿教育，您没事的话，我想请您……一块儿去。"

海奶奶看了一眼韩燕，点点头："好！"

6-5 连史馆 日 内

连史馆全称为"姐妹连军事博物馆"，韩燕与一班女民兵及史茗正在馆里看着，海奶奶走了进来。

王凯男："海奶奶，您来了？"

海奶奶点点头："想过来看看，刚巧，你们也在这儿。"

韩燕指指一幅海奶奶年轻时手持钢枪的照片："这幅照片，首都军事博物馆也有。"

郭小琴："这是谁呀？"

王凯男："笨！海奶奶也不认得？"

海奶奶在一旁乐呵呵地笑着。

春霞："那时海奶奶真年轻！真帅！"

海奶奶："老了老了。不过跟你们在一起，就感觉自己也年轻了。"

阿兰："海奶奶，您经常来连队，跟我们一起吧。"

王凯男："就是，我们也需要您。"

海奶奶呵呵一笑："百年修得同船渡，大家在姐妹连同吃同住同训练，不知要几世才能修来。"

叶苗苗搞笑地："缘分啊！"

大家走到老姐妹连的图片橱窗前。

韩燕："妈，您可是姐妹连的活历史了，哎！你们那时的老姐妹们拍照片也这么开心，感情都很深吧？"

海奶奶："我们这些老姐妹啊，在一起风风雨雨很多年，感情好得不得了。在连队是好姐妹，平时搞生产也是好姐妹，那时起了好些什么什么姐妹的名字，你们听说过吗？"

王凯男："我知道，有海带十姐妹、红旗十姐妹……"

海奶奶："对，那时姐妹连里有无数姐妹班，我们以前那个一班，就是最好的姐妹班，大家不是姐妹胜似姐妹，又是姐妹又是战友。你们这个班也叫一班，也要当最好的姐妹班，不管发生什么事，姐妹之间不好动手，有了矛盾也要尽量解开。"

海奶奶看了一眼王凯男与方贝贝，王凯男面露尴尬之色，低下了头。

韩燕："对，我们大家又是姐妹又是战友，要珍惜这缘分。以后，你们也别叫我韩连长，叫我韩燕姐吧。"

叶苗苗笑着："韩燕姐！"

韩燕也笑着拍拍她。

叶苗苗忽指着一张照片："大家看，这是凯男姐。"

韩燕："凯男那时的年龄，跟贝贝一样，她已经当班长了。"

史茗："以后阿兰、春霞、苗苗、贝贝、小琴的照片，都能上去吗？"

韩燕："能，但要大家一起努力。"

史茗："哇！太羡慕你们了。"

6-6　一班宿舍　夜　内

王凯男站在窗前，阿兰靠在床上，两人都好像在想着什么。

叶苗苗：“凯男姐，今天是什么日子？”

王凯男扭过身：“什么日子？我不知道。”

叶苗苗：“噢，我看你和阿兰这么深沉，还以为今天是什么日子呢。”

王凯男：“瞎扯。”看着阿兰，“你在想什么？”

阿兰笑了一下：“没想什么。”

史茗：“阿兰本来就话不多的。”

王凯男：“春霞和贝贝呢？”

郭小琴：“韩燕姐派她俩去海滨岗亭站岗去了，你怎么忘了？”

王凯男：“对对，我们去看看，贝贝站岗我不放心。”

6-7　海滨岗哨　夜　外

海滨岗哨处有个小岗亭，前面就是大海，后面有条山径直通姐妹连营房，旁边有横路通向其他地方。此时春霞在岗亭外站岗，方贝贝则坐在旁边地上，神情十分不悦。

春霞：“贝贝，你还在生凯男的气呀，算了吧，毕竟她是我们班长。”

方贝贝：“哪条规定说班长可以打人了？我从来没吃过这种亏。”

春霞：“那你想怎么办？”

方贝贝：“我想打回来，她会让我打吗？不处理好，我咽不下这口气。”

春霞：“大事化小，小事化了，大家都是一个班的姐妹。”

方贝贝：“还姐妹？除非她认错。”

春霞不说了。

方贝贝站了起来，又坐了回去：“这么大的海风，脸都吹皱了，站什么岗呀？”掏出一支火山灰面膜膏，在脸上涂了起来。

春霞吃惊地：“贝贝，你这是做什么？”

方贝贝：“面膜。”

春霞：“怎么黑乎乎的？”

方贝贝：“火山灰，很贵的。来，我给你一个方便的贴贴。”掏出一张面膜贴，撕开包装，站起来给春霞贴。

春霞犹豫地：“我都已经结婚的人了，不贴了。”

方贝贝：“不贴面膜的人，老得快，以后你老公会不喜欢你的，贴面膜，就是把青春留住。”

两个人似乎都戴上了面具，一黑一白，月光一映，看上去挺吓人的。

王凯男带着阿兰、叶苗苗、郭小琴前来，看到这一幕吃了一惊，小琴更是吓得尖叫起来，凯男忙用手电筒在她俩脸上照着。

春霞：“别照了，刺眼死了，你们怎么来了？”

王凯男：“天哪！活见鬼了。”

阿兰三人都笑了起来。

叶苗苗："哈哈！春霞姐，贝贝，你俩莫非是江湖上的顶尖杀手黑白双煞？"

春霞不好意思地取下面膜，但又舍不得扔掉，折叠起来，从兜里取出包装袋，装了回去。

王凯男走到方贝贝跟前："方贝贝，有你这样站岗的吗？"

方贝贝不高兴："怎么？看不惯我，又想打我了？"

王凯男："你……"

方贝贝："哼！以大欺小的最熊，狗熊的熊。"

方贝贝气呼呼的样子，因为涂了面膜而显得格外可笑，叶苗苗忍不住笑了起来。

方贝贝："笑什么笑？有什么好笑的？"

叶苗苗："贝贝，你自己照照镜子再说吧。"

方贝贝："我怎么啦？"

叶苗苗嘀咕着："像个恶鬼！"

两个人闹成一团。

王凯男拉开她们："别闹了，方贝贝，把你的脸洗干净，别三更半夜装鬼吓人，小琴胆小，会被你吓死的。"

大家哄笑起来。

6-8　营房草坪上　日　外

史茗一个人在草坪上跳舞，叶苗苗、春霞、阿兰、方贝贝、郭小琴跑了过来，坐到草坪上休息。

方贝贝趴在草坪上："小琴，帮我捶捶背。"

郭小琴低声地：“贝贝，捶背可是额外的工作，能不能有奖励？”

方贝贝：“小心掉钱眼儿里出不来。”

郭小琴轻轻给方贝贝捶背：“你放心，我不要钱，我帮你捶一次，你让我涂一次火山灰。”

叶苗苗：“我也想涂。”

方贝贝：“你应该涂涂减肥药。”

叶苗苗叹息着：“好羡慕史茗啊！”

方贝贝：“史茗是 SYR，你羡慕什么？”

史茗：“什么意思？”

春霞：“贝贝，说什么鸟语，英文你不是史茗对手。”

郭小琴：“什么叫 SYR？”

方贝贝：“失忆人呗。”

史茗不悦地看了一眼方贝贝，转身走了。

阿兰站了起来：“贝贝，你胡说什么？”

方贝贝：“不知道自己家在哪里，不知道自己是谁？这不是 SYR 是什么啊？”

阿兰：“韩燕姐交代过，要照顾好史茗，不要提她失忆的事，你哪壶不开提哪壶啊？”转身去追史茗。

方贝贝嘟囔着：“人家脱口而出嘛！”

而此时王凯男独自待在远处，她靠在一棵树上，拿着一个小本本，写了“检讨书”三个字，又撕下来揉成一团。

6-9　一班宿舍　日　内

女民兵们拖着疲惫的脚步走进宿舍，各自斜躺在床上，上铺的人都横躺在别人下铺，叶苗苗也一屁股坐到凯男的床沿上。

王凯男：“苗苗，洗脸去，看你的脸都成花脸猫了。”

叶苗苗：“我没力气了，等一下。”

王凯男捧着脸盆出去洗脸，大伙也捧着脸盆出去洗脸，宿舍只留下方贝贝、郭小琴、叶苗苗与史茗。

郭小琴给方贝贝捶着背：“贝贝，今天几号？”

方贝贝：“25号。”

郭小琴：“今天是发工资的日子。”

方贝贝：“你个讨债鬼，催啥催，我会支付宝转给你。”

叶苗苗与史茗听到了，惊奇地看着她俩。

史茗：“怎么还发工资呀？”

方贝贝得意地：“本小姐外号钱多多。”

叶苗苗：“那给我也发点儿。”

方贝贝：“你要是能帮我拿下王凯男，就给你发个大奖。”

叶苗苗：“去！”

郭小琴拿了脸盆出门：“贝贝，你歇着，待会儿我给你打盆水。”

6-10　女民兵洗漱间　日　内

女民兵们正在洗脸，叶苗苗也拿着脸盆走进来，挤到郭小琴边上去洗，冲她嘿嘿笑着。

6-11 一班宿舍 日 内

王凯男与春霞、阿兰洗好回来，躺到床上，忽然看见被子上爬着两只甲壳虫，吓得脸色大变，“哇”地叫了起来，一下窜出老远。

春霞：“怎么了？”

王凯男脸色都白了：“有虫子！”

大伙见王凯男怕虫子，都一脸奇怪，方贝贝则幸灾乐祸地笑了。

这时郭小琴也回来了，还给方贝贝打来一盆清水。

方贝贝故意讲：“小琴，你就是纸老虎！平时看起来凶得要死，天不怕地不怕的，结果看到个小虫子吓得恨不得钻回娘肚子里。”

郭小琴委屈地:“我从来不凶的,我胆小,但我不怕小虫子。”

王凯男怀疑地瞪着坐在床沿洗脸的方贝贝：“你站起来！”

方贝贝：“干吗又骚扰我？”

王凯男：“你干的好事，还想装蒜？”

方贝贝：“喂，你什么意思？”

王凯男指指床上的甲壳虫：“方贝贝我告诉你，别以为我不知道！你先是藏我衣服，又把虫扔我床上，你到底想怎样？”

方贝贝：“不是我！”

王凯男：“哼！有胆子做，干吗没胆子承认？我用脚指头想想就知道，只有你方贝贝才做得出这种事情来。”

方贝贝也不服输：“姓王的，你少冤枉人！”

王凯男横眉怒目：“你还想抵赖？”

春霞：“别吵了，待会儿韩燕姐又要批评我们一班了。”伸手要去抓甲壳虫。

就在这时，叶苗苗回来了，一眼看见甲壳虫，叫了起来，“小东西，怎么在这里呀？”慌忙把甲壳虫捡了起来，放进口袋。

王凯男不由得一愣：“苗苗，这床上的甲壳虫……”

叶苗苗笑着：“是我的小宠物。”

方贝贝恼怒地：“叶苗苗，你差点儿害我又挨打。”

王凯男一下子有点儿骑虎难下，生气地呵斥：“苗苗，给我扔掉！”

叶苗苗不知情况，傻站在那里。

6-12　宿舍洗衣槽边　日　外

长长的洗衣槽边，好多女民兵都在洗衣服，方贝贝提着一个装着脏衣服的大塑料袋过来，交给郭小琴。

方贝贝低声地：“我的内衣都是真丝的，洗的时候小心点。”

郭小琴点点头。

这时，王凯男走了过来，方贝贝赶紧从郭小琴的盆里拿过一件衣服，很不像样地装成洗衣服的样子。王凯男走到方贝贝身旁，看着她洗衣服。

方贝贝：“喂，别看人家洗衣服好不好？洗衣服也是有隐私的！”

王凯男：“贝贝，你来一下，我有话跟你说。”

方贝贝："什么话？就在这儿说吧，我忙着呢。"

大家都好奇地看着王凯男和方贝贝。

王凯男像是下了很大决心，大声地："方贝贝，我向你道歉！"

方贝贝愣住了，停下手中的活儿，有点儿没反应过来，其他人也都扭头看着她们。

王凯男："昨天冤枉你，我道歉，还有打了你一巴掌，我也道歉，我错了！"

方贝贝一下子不知道说什么好，傻傻地站在那里。

王凯男对大家呵斥："看什么看，快点儿洗衣服。"

6-13　一班宿舍　夜　内

方贝贝见一班姐妹们坐的坐，躺的躺，聊天的聊天，便爬到郭小琴的上铺，躺在她边上，跟她使了个眼色，从小琴枕头下掏出手机，在支付宝操作了一下。

方贝贝把手机递给郭小琴看，低声地："工资发给你了。"

郭小琴看了神色一变："咋少了两百？"

方贝贝："扣了！"

郭小琴："啊？"

方贝贝低声地："叫你帮叶苗苗偷馒头，你不敢，叫你把王剪刀的衣服挂树上，你还反对我，当然要扣，看你表现吧，表现好的话，扣款还你，还有奖励。"

王凯男走进来："你俩在干啥？"

方贝贝连忙把手机塞进怀里："没啥，聊天呢。"

王凯男："都下来，坐好，我们开个班会。"

大家安静下来，上铺的都爬下来，各自坐好。

王凯男掏出一张纸，脸色不大自然，念了起来："我的检讨书，我向……方贝贝和一班检讨……"

方贝贝："等一下。"掏出手机拍视频。

王凯男皱起眉头："你怎么留着手机？"

方贝贝愣怔一下："我……我暂时取回来，要……要给姐妹连建个抖音账号。"

王凯男："哦，那你现在要干什么？"

方贝贝："你向我检讨，我拍个视频当证据。"

王凯男脸色涨红："你不能拍。"

方贝贝："不让我拍就是没诚意。"

王凯男："我当着全班检讨，怎么没诚意？"

方贝贝不依不饶："我拍你，你害怕了？"

王凯男："我不怕！"

韩燕突然推门进来，扫了一眼众人，看向方贝贝手里的手机，方贝贝心里连连叫苦，尴尬极了。

韩燕向方贝贝伸出手："给我。"

方贝贝只好乖乖地把手机交给韩燕，韩燕也不点破她两个手机的小伎俩。

韩燕微笑着："姐妹连的抖音我已建了，不麻烦你。要拍视频也行，用我的手机拍。"拿出自己的手机递给史茗，"史茗你来拍吧。"

史茗接过手机。

韩燕："你们继续开会。"转身走了。

王凯男咳嗽一声，清清嗓子："我，王凯男，向方贝贝和一班检讨，我不应该动手打人……"

史茗拿着手机在旁边拍着视频。

6-14　路上　日　外

秋霞提着一袋苹果朝姐妹连走去，丁刚从后边跑过来，经过秋霞身边。秋霞认出了丁刚，赶紧追了上去。

秋霞："喂，站住！"

丁刚没有听见，依然向前跑去。

秋霞上气不接下气："站……站住！"

秋霞见喊没有用，便拿出一个苹果朝前扔去，刚好扔在丁刚的背上。丁刚停下脚步，转过身，见秋霞气喘吁吁地朝他跑来，忽然脚下一绊向前跌倒，丁刚连忙上前扶住，抱了个满怀，秋霞手里提着的苹果也滚了一地。

秋霞甩开丁刚："叫你站住，你为什么要逃？"

丁刚一愣："俺在跑步，没听见，你啥事啊？"

秋霞："哼！没听见？那天在公交车上，是你拿了我的包对不对？"

丁刚认了出来："是你啊？对的对的，包是俺拿的。"

秋霞："亏你还是个当兵的，赶紧还我包。"

丁刚："那天俺还有急事，没时间到处找你，后来俺把包交给姐妹连韩连长了，请她帮忙找，她也没找到你，幸好俺俩今天碰上。”

秋霞一怔：“韩连长你怎么认识？”

丁刚：“当然认识，俺是女民兵的教官。”

秋霞恍然大悟：“你就是丁刚？”

丁刚开心地笑了：“呵呵，你知道俺名字呀。”蹲下来帮忙捡苹果。

秋霞不好意思地：“丁教官，真不好意思，这袋苹果送给你了，算是赔罪，洗一洗，干净的。”

丁刚：“俺不要。”

秋霞：“拿着呗。”

丁刚拿了一个：“那俺就拿一个意思一下。”

6-15　女民兵宿舍楼前　日　外

丁刚与秋霞走到宿舍楼，女民兵都奇怪地看看他俩。

春霞远远看见：“秋霞！”

秋霞：“姐！”

春霞：“你怎么和丁教官在一起？”

秋霞：“唉，一下子说不清楚。”

丁刚一愣：“春霞，她是你妹妹？”

春霞：“是啊，你们怎么认识的呢？”

6-16　连长办公室　日　内

办公室内坐着韩燕、丁刚、春霞、秋霞。

韩燕笑着："呵，还有这么一个精彩故事呀。"

秋霞："那天也多亏丁教官帮忙，我们才救了那公交车司机一命。"

丁刚不好意思地："人是你救的。"

韩燕："小丁那天一过来，就把秋霞的包委托给我了，我没及时查出失主是谁，是我的责任。"

秋霞："韩连长你别说了，我都误会丁教官了。丁教官，对不起了！"

丁刚笑着："没啥没啥，你扔苹果的准确度很高。"

大家都笑了起来。

6-17　姐妹连操场　日　外

丁刚手里拿着那只苹果，喜滋滋地走过来，一边走还一边闻着那只苹果。

远远的，有人叫了丁刚一声："喂，丁教官！"

丁刚循声望去，见方贝贝在冲他挥手。

方贝贝跑了过来，一眼就看见了丁刚手中的那只苹果："丁教官，你怎么带头犯规啊？"

丁刚："什么？"

方贝贝："姐妹连条令，训练期间不准吃零食。"

丁刚脸腾地红了："这……这不是零食。"

方贝贝："丁教官，你可是错上加错了，带零食是错，不承认更是错，这苹果不是零食是什么？"

丁刚："纪念品！"

方贝贝大笑起来："丁教官，那不如把这纪念品送给我吧。"趁丁刚不备，一把抢过苹果跑走了。

6-18 一班宿舍 夜 内

宿舍里已经熄灯，大家都沉入梦乡。

方贝贝探头看看大家已熟睡，向上铺的郭小琴打着手势，郭小琴悄悄爬下来，钻到下铺的方贝贝被窝里，把头也蒙了起来，然后两人捧着大苹果，你一小口我一小口，悄无声息地啃着，像两只偷吃的大老鼠。

好一会儿，两人揭开被子，见床两边围着几个黑影，吓得惊叫起来。灯"啪"地亮了，只见王凯男、春霞、阿兰、叶苗苗、史茗诧异地站在旁边。

王凯男："你俩在干什么？"

郭小琴掩饰着："睡觉，睡觉。"

王凯男："你怎么睡到贝贝床上来了？"

方贝贝："是啊，小琴，怎么睡到我床上？你一定是稀里糊涂睡错床了。"

郭小琴打个哈欠："太困了，方便回来一沾床就睡着了。"爬起来，手里还捏着苹果核儿。

王凯男："你手里拿着什么？"

郭小琴："没什么没什么。"

王凯男一把夺过，仔细一看，恍然大悟。

6-19　女民兵宿舍楼前　夜　外

方贝贝与郭小琴被罚站在门外。

方贝贝："人倒霉，吃个苹果还罚站。"

郭小琴："站不怕，就怕夜里看见鬼。"

方贝贝："鬼你个头，你还对上对子了，真是饿得穷开心了。"

6-20　海滩　日　外

礁石丛中，女民兵们正在匍匐训练。

丁刚在前，匍匐在地，喊着口令："低姿匍匐！"

丁刚缓缓向前爬进，女民兵们跟在后边，向沙滩爬去，韩燕背着手站在高处，两眼扫视地上的女民兵。

韩燕呵斥了一声："要像蛇一样贴在地上。"

丁刚又喊起口令："滚进！"随即在地上滚动前进。

女民兵们却滚成了一堆。

丁刚："起立！"迅速站起。

女民兵们也纷纷起立。

丁刚又喊："卧倒！"一下子扑在地上。

女民兵们扑倒时小心翼翼，好多人姿势不对。

韩燕："是卧倒，不是跪着，不是趴着躺着。"

卧倒的女民兵中，忽然响起了呼噜声，大家一看，原来是叶苗苗。

韩燕大步走过去，把叶苗苗推醒："站起来，你以为这是床板呀？"

大家哄笑起来。

6-21 一班宿舍 日 内

训练结束了，女民兵们走进宿舍，摘下头上钢盔。

王凯男："苗苗，你怎么搞的，训练都能睡着？"

叶苗苗："都怪贝贝、小琴两个人。"

方贝贝："你睡着了关我和小琴什么事？"

叶苗苗："你俩昨夜偷吃苹果，害得我也想吃，一夜睡不着，今天才困得要命。"

其他人笑了起来。

叶苗苗忽然喊了声："卧倒！"

大家都转头看向叶苗苗。

王凯男："你发什么神经？"

叶苗苗笑了笑："讲个笑话给你们听：班长教士兵投手榴弹，班长说，手榴弹投出去后，一定要马上卧倒，如果不卧倒，你们知道会怎样？"她卖了个关子，看着大家笑。

王凯男："还用说，要爆炸嘛。"

叶苗苗摇摇头："新兵齐声说，班长会骂。"

女民兵们哄笑起来。

王凯男也笑了起来："你啊，真的该骂。好了，大家梳洗一下，养精蓄锐，明天要五公里负重越野跑了。"

6-22　野外　日　外

韩燕、丁刚跑在前面，其他人后面紧跟。

韩燕边跑边喊："保持队形，不要掉队。"

王凯男一边跑，一边拉扯一把叶苗苗。

叶苗苗气喘吁吁地："累死了。"

王凯男："不准掉队，跟上，跟上！"

叶苗苗抹了抹汗，咬牙继续跑。

韩燕停了下来，看着不断跑过去的女民兵，为她们打气："加把劲，不能停下，不能泄气。"

队伍中的春霞忽然有些晕，跌跌撞撞的。

韩燕跑了上去："怎么啦？"

春霞脸色惨白："没事。"继续向前跑，没跑几步，却软软倒在地上，又挣扎着起来跑。

韩燕赶紧上去摘下春霞的背包背在自己肩上，朝前面喊道："王凯男！"

王凯男跑了回来。

韩燕："春霞交给你，你陪着她。"说完便向前面跑去。

王凯男扶着春霞："没事吧？"

春霞："没事，我能跑。"继续向前跑去。

王凯男放慢速度，跑在春霞身边。

6-23 公路上 日 外

队伍跑上了公路，落在最后面的方贝贝跑着跑着便把背包取下，先是提在手上，然后又塞给跟她一起的郭小琴，郭小琴一下子多了个背包，速度比方贝贝都慢了。

韩燕朝后面一挥手：“快点儿跟上！”

方贝贝望着前面远远的队伍尾巴，消失在一个拐角，便停了下来，一屁股坐在地上。

方贝贝：“不行了，打死我也跑不动了。”

郭小琴背着一个背包，胸前还挂了一个背包，也停下来喘气。

方贝贝看着郭小琴笑了起来:“小琴,你这样子,像三明治。”

郭小琴低头看看自己，也笑了，一屁股坐在方贝贝身边，刚坐了没一会儿，方贝贝看见一辆小四轮从公路那头开过来，眼珠子一转，顿时就有了点子。

方贝贝忙跑到路中央挥手：“哎……停一停！”

小四轮刹住车，司机伸出头：“喂，干什么？”

方贝贝靠上前去:“师傅,麻烦你把我们送到姐妹连营房。”

司机皱眉摇摇头：“不去！”开动了车要离开。

方贝贝喊了起来：“给你一百元，送不送？”

司机立即刹住车，眼睛发亮：“上来吧。”

方贝贝摸摸口袋，才想起手机上缴了：“我没带现金，小琴你身上有现金，借我一百。”

郭小琴迟疑了下，然后一边掏钱，一边嘀咕：“太贵了。”

方贝贝一把夺过郭小琴手中的一百块钱，塞给了司机，然后爬上后斗，对有些犹豫的郭小琴招招手，郭小琴只好爬了上去，小四轮开动了。

6-24　陈涌涛办公室　日　内

陈涌涛背对门口站着，正在看一份资料，史茗轻轻走了进来。

陈涌涛听到脚步声，头也不回："胡主任，招标的事你催一下，时间必须抓紧，质量必须保证，不管有什么背景，都得按招标程序来。"

史茗不声不响地站在陈涌涛身后。陈涌涛等了一下，不见答话，皱着眉头猛地转身。

陈涌涛见是史茗："哟，史茗，怎么是你？来，来，坐吧，我给你倒杯水。"

史茗："我不喝。"在沙发上坐下。

陈涌涛在史茗对面坐了下来："你怎么跑出来了？"

史茗听了有些不高兴："我又不是犯人！"

陈涌涛笑着："我不是这个意思。"

史茗："那你们怎么不让我出来？阿兰还老跟着我呢。"

陈涌涛："嘿嘿，把你当国宝大熊猫供着，你还不高兴？"

史茗："可是，我不喜欢有人整天跟着，还号称是照顾我，我不需要照顾。"

陈涌涛："你身体还在恢复中，确实需要有人照顾，别多想了。"

史茗："我觉得这样的照顾不太正常，她们是在防备我。"

陈涌涛："又在瞎想了，这可不好。"

史茗有点儿不好意思："你跟韩燕姐说说，我真的不需要照顾，我又不是生活不能自理。"

陈涌涛："你干吗不直接跟她说？"

史茗："我……我不太好开口。"

6-25　山路上　日　外

上山的路上，叶苗苗坐了下来。

阿兰："苗苗，快跑呀。"

叶苗苗："我的脚底痛得不行，好像受伤了。"

阿兰："解开看看。"蹲下帮她解鞋带。

叶苗苗将鞋子脱下，袜子上都是水，还有血迹，阿兰想脱下她的袜子，叶苗苗疼得哇哇叫。

韩燕跑过来一看："不要脱，是脚底的泡破了，先回营再说。"

叶苗苗带着哭音："可我没法走了。"

韩燕："阿兰，我们一人一边，扶她回去。"

叶苗苗一手抓住阿兰肩膀，一手抓住韩燕肩膀，脚跟点地，向山上走。

6-26　姐妹连大门口　日　外

韩燕、丁刚带着疲累不堪的女民兵们，跑进了姐妹连，躲在暗处的方贝贝、郭小琴趁大家不注意，钻了出来，跟在队伍后面。

6-27　姐妹连操场　日　外

女民兵们跑到操场后，都纷纷坐在地上，方贝贝、郭小琴却气息平稳，若无其事，方贝贝还优哉游哉地在躺倒的女民兵中间转悠。王凯男走到方贝贝面前，狐疑地审视着她，方贝贝避开王凯男，拉了郭小琴走到一边坐下。

丁刚摸着脑袋："这两人，还真能跑。"

韩燕在一旁皱了皱眉头。

6-28　一班宿舍　日　内

女民兵们坐在床沿，脱了鞋袜，把脚伸进脚盆的温水里泡脚。

叶苗苗："我脚都破了，不能泡。"

王凯男："拿热毛巾敷敷。"

韩燕走了进来，拿着一小瓶药水与一团药棉："脚破了的涂上药。"

叶苗苗："我破了，是不是不能跑了？"

韩燕："轻伤不下火线，等脚底长上老茧就不会这样了。"

方贝贝："长上老茧难看死了。"

王凯男："谁会看你脚底？"

韩燕在叶苗苗跟前蹲了下来，拿起她的脚看了一下：“我给你擦擦药水。”

叶苗苗：“我自己来。”

韩燕抓住叶苗苗的脚：“别动！”一边打开药水瓶，一边小心地给叶苗苗擦上药水，又去看别人的脚：“还有谁破了？抬起脚来，我看看。”

阿兰、春霞、方贝贝、郭小琴都抬起脚板。

韩燕看着方贝贝与郭小琴：“连我的脚底都起泡了，贝贝、小琴的嫩脚板可真厉害，不输给凯男，真佩服你俩。”

方贝贝与郭小琴慌忙躲开韩燕的目光。

韩燕站了起来：“凯男，你来给她俩开开小灶，带她们去操场跑步，直到跑出泡来。”

王凯男：“好啊！”

方贝贝低声地：“小琴，我们落入魔爪了。”

6-29　姐妹连操场　日　外

方贝贝与郭小琴在跑步，王凯男在旁边监督。

方贝贝跑到凯男跟前：“我跑不动了。”

王凯男：“继续跑，不跑加罚。”

方贝贝：“为什么光让我们两个人跑？”

王凯男：“你说呢，别以为能瞒天过海，跑吧！”

方贝贝与郭小琴只得无奈地跑了起来。

6-30　连长办公室　日　内

韩燕拿了块热毛巾，正在敷脚。

阿兰闯了进来：“韩燕姐……”

韩燕“什么事？”

阿兰紧张地：“史茗找不到了，整个营房找遍了，一定是出去了。”

韩燕连忙穿上鞋子：“赶紧集合！”与阿兰一起跑了出去。

门外响起了集合哨的声音。

6-31　山坡　日　外

外面下起了大雨，天色越来越暗。

阿兰与女民兵们边找边喊：“史茗——史茗——”

阿兰哭了起来。

6-32　海洋局大院　日　外

陈涌涛和韩燕打着伞站在那里。

陈涌涛：“什么？史茗丢了？这么大的姐妹连，这么多人，怎么看个史茗都看不住？”

韩燕：“我也很着急，到处派人找呢。”

陈涌涛想了想：“她今天还来过我这里。”

韩燕：“她来找你干什么？”

陈涌涛："她嫌你老派人跟着她，大家都不把她当正常人，不敢跟你说，就来找我了。"

韩燕："不敢找我？她对你倒是很信任啊，什么事都会跟你说。"

陈涌涛："都是你安排的事情，她怎么跟你说呢？"

韩燕："都到你这儿了，还没看住她，让她一个人乱跑？"

陈涌涛："我想有阿兰跟着，当然放心了。"

韩燕："怎么可能？阿兰一天都在越野跑。"

陈涌涛："啊？"

韩燕："快同我一起找去吧。"

两人跑了出去。

6-33 海滩 日 外

天色黑下来了，女民兵们及陈涌涛冒雨在海滩寻找，却没有看到史茗的身影。

阿兰大声喊："喂，我是阿兰，史茗你在这儿吗？"

陈涌涛也大声喊："史茗——"

女民兵们齐声喊："史茗——"

史茗从一个礁石缝里钻了出来，吃惊地看着大家："阿兰……"

阿兰跑上去抱住史茗，哭了起来，韩燕心里的石头落了地，四顾大家，都如落汤鸡一般。

6-34　一班宿舍　夜　内

一班女民兵正在脱下湿衣服，史茗悄悄地走到阿兰身后，把手搭在她肩上，阿兰泪眼婆娑地回头看了看史茗。

史茗：“阿兰，对不起！我……我就是突然想一个人来海边待着。”

阿兰：“韩燕姐让我照顾你，可是你突然间就失踪了，叫我怎么向大家交代啊？”

史茗低头不语。

王凯男：“史茗，你得向阿兰和我们保证。”

史茗：“保证什么？”

叶苗苗：“保证以后不躲起来。”

史茗：“行，我保证，以后决不一个人躲起来，要躲就和阿兰一起躲。”

阿兰被史茗逗得破涕为笑。

6-35　连长办公室　夜　内

韩燕与陈涌涛默默无语地坐着。

好一会儿，韩燕才开口：“史茗的来历到底有没有线索？你查了这么长时间怎么就查不到？”

陈涌涛：“怎么？史茗在这里给你添麻烦了吗？要不现在我带走，我来安排她。”

韩燕：“这是你希望的结果吗？你有没有想过，如果她的来历无法查明，记忆也无法恢复，你打算怎么安置她？”

陈涌涛:“这很简单,让她在海岛落户,好歹她是个正常人,自食其力没问题吧。”

韩燕：“你的意思现在就可以让她离开连队了？”

陈涌涛:“我知道,在你这儿牵扯你很多精力,真要没办法,我来安置就是了。”

韩燕：“你这是什么话？你一个大男人带一个女孩子像话吗？再说你能安排她住哪里？”

陈涌涛：“那我怎么做才好？你给指个方向。”

韩燕：“继续查她的来历，安置问题目前没什么，连队就是她的家。”

陈涌涛：“她似乎不喜欢现在这样。”

韩燕：“你多虑了，我们是姐妹连，我就不信她跟这个集体格格不入。”

6-36　姐妹连操场　日　外

丁刚领着女民兵们在跑步，韩燕站在操场边看着。

方贝贝一脸憔悴地跟在队伍中间，完全没了往日的劲儿。忽然，她跌跌撞撞地冲出队伍，跑到一棵树边，抱着树干靠在那里，出操的队形一下子有些乱了，丁刚见状，吹了一下哨子，队伍停了下来。

韩燕急步走到方贝贝身边：“你干什么？”

方贝贝没有回答，丁刚、王凯男也跑了过来。

韩燕见方贝贝面色微红，便摸了摸她的前额："哟！发高烧了。"

王凯男不以为然地："八成又是装的。"

方贝贝怨愤地看了王凯男一眼。

韩燕："凯男，送贝贝去医院。"

王凯男走过来搀起方贝贝的胳膊。

方贝贝甩开王凯男，朝郭小琴招手："小琴，你来扶我。"

6-37 医院内科 日 内

方贝贝坐在椅子上，头靠在郭小琴身上，郭小琴看着方贝贝虚弱的样子，眼泪扑簌簌往下掉。

医生举着体温表细看："39℃。"

王凯男不相信地接过体温表又看了一下。

6-38 王凯男家后门 日 外

王凯男一手拿着菜刀，猫着腰，正在追逐一只老母鸡。老母鸡敏捷地躲开了，她扑了个空，差点儿摔倒在地。

王凯男捋了捋袖子："咯咯咯，听话，别跑！"

王凯男一扑，又扑了个空："跑也是一死，不跑也是一死。还不如咱们都省点力气。对不？看在我养了你这么久的份儿上，就配合一下吧？"

王凯男第三次扑了上去，终于把鸡抓住了。

6-39　一班宿舍窗外　日　外

王凯男捧着一个保温饭盒站在窗口外，冲着春霞招手。春霞从宿舍里走了出来，凯男把她拉到一边。

王凯男把保温饭盒递给春霞："春霞，这是鸡汤，你拿去给方贝贝，这次她真病了，要补补身体。"

春霞："凯男，我看还是你自己给她送过去吧。"

王凯男："我送？她肯定以为我在鸡汤里下毒。"

6-40　一班宿舍　日　内

方贝贝躺在床上，额头上敷着毛巾，有气无力的样子，郭小琴和其他姐妹，都守在方贝贝身旁。

春霞捧着保温饭盒走进来："贝贝，这是刚煲好的老母鸡汤，可香了，你闻闻。赶紧趁热喝了吧。"

方贝贝的眼睛亮了亮，郭小琴扶着她慢慢地坐起来，给她支了个枕头垫背。方贝贝捧过饭盒，揭开盖狠狠地咽了下口水，叶苗苗在旁边深吸了一口鸡汤味道，露出陶醉的样子。

春霞："喝吧，贝贝。"

方贝贝感激地看着春霞："春霞姐，你真好！"

春霞："这汤实际上是凯男煲的……"

方贝贝瞪圆了眼睛："什么？王凯男的？"

春霞："是啊，凯男特意为你做的，给你补补身子。"

方贝贝："哼！她猫哭耗子假慈悲。"

春霞把饭盒递给方贝贝，不料方贝贝赌气一推，春霞没有拿稳，饭盒失手掉在了地上，鸡汤洒了一地，大家都傻了眼。

春霞：“贝贝你……”

王凯男气呼呼闯了进来：“方贝贝，你不要太过分了，别以为你是一病号我就不骂你了。”然后一甩手走了。

春霞：“贝贝，这是凯男家唯一的鸡，她们自己家都舍不得吃……”

方贝贝听后愣怔住了。

6-41　连长办公室　日　内

韩燕、丁刚、王凯男站在办公室。

韩燕：“医院结果出来了，贝贝高烧引起轻微肺炎，先安排她回家养病吧。”

第七集

7-1　姐妹连大门口　日　外

阿祥在姐妹连门口被一个女民兵拦住。

阿祥面红脖子粗：“我老婆在里面，你不让我进去，又不叫她出来，你们姐妹连算什么？老子偏要进去！”硬往里闯。

女民兵赶紧阻拦：“喂，没有连长同意，你不能进去。”

阿祥：“拦什么拦？我就找你们连长要老婆。”扯着嗓子向里面大喊，“春霞，你给我死出来！”

史茗趁乱溜了出去，阿兰发现后急急忙忙跟出去。

阿兰：“史茗，你要去哪里？”

史茗：“你干嘛跟踪我？”

阿兰：“我可是向韩燕姐立了军令状的，要照顾好你，她要是知道你溜出来，我就惨了。”

史茗不高兴地：“我不用你照顾，你也不要老跟着我。”

阿兰委屈地：“史茗，就让我陪着你吧。”

史茗：“我想去看海，你陪我去吗？”

7-2　海滨岗哨　日　外

王凯男、春霞、郭小琴在海滨岗亭前站岗。

郭小琴："我想贝贝了，不知她好了没？"

春霞："她不在，一班冷清了好多。"

王凯男哼了一声："这位大小姐，说不定不回来了。"

郭小琴担忧地："那我的工资不是没着落了吗？"

王凯男："你说啥？"

郭小琴不好意思地一笑。

这时叶苗苗跑来，气喘吁吁地嚷："不好了，春霞姐，你老公……来闹事了。"

7-3　小船上　日　外

阿兰的机动小舢板停在海面上。

史茗坐在小舢板中间，紧紧抓着阿兰的手，又紧张又兴奋。

阿兰："别怕，没事的。"

史茗："你在，我不怕。"对着浩瀚的大海喊，"大海，我们来了！"

阿兰笑着："史茗，下回给你带个高音喇叭，让你喊个够。"

史茗："到了海上才知道大海有多漂亮。"

阿兰："一会儿风浪来了，看你怎么说？"

史茗："我不怕！"

7-4　连长办公室　日　内

阿祥气呼呼地站在那儿，向韩燕要人。

阿祥直着嗓子："我不是来喝茶的，我老婆呢？我要带她回家。"

韩燕微笑着："阿祥，现在训练很紧张，她不能回家，等过了这一阵……"

阿祥："训练？谁同意她来了？"指指自己的鼻子，"我没批准，她当女民兵不作数。"

韩燕微微皱眉，但还是心平气和："话不好这样说，春霞有她的自主权，她参加姐妹连没什么错啊，当丈夫的，应该尊重妻子，理解妻子……"

阿祥不客气地打断韩燕的话："韩连长，别跟我讲大道理，要讲道理，嫁鸡随鸡，嫁狗随狗，我要回我老婆是天经地义的。"

韩燕耐心劝对方："你坐下来说话，不要激动。"

阿祥："你姐妹连的椅子有刺儿，我不坐，我就要人，请你不要同我过不去。"

韩燕不高兴了："没人和你过不去，是你同春霞过不去，春霞是我姐妹连的人，我得替她说话。"

阿祥："春霞是我阿祥的老婆，用不着你替她说话。"

春霞走了进来："阿祥，你在干吗？"

阿祥把脸拉了下来："你来了，我问你，你自作主张来当女民兵，谁给你这个胆的？"

春霞有点儿胆怯："我……海奶奶介绍我来的。"

阿祥愣怔一下："海奶奶？你……你现在跟我回家。"一把抓住春霞的胳膊往外走。

7-5 连长办公室门外 日 外

站在门外的王凯男拦住了阿祥。

王凯男："你放开春霞。"

阿祥："你什么人？"

王凯男双手叉腰："我是春霞的班长王凯男，你对你老婆这么暴力，我也会对你暴力的。"

春霞："凯男，不要。"

阿祥不屑地："我不跟你一般见识，走开。"

王凯男一动不动。

韩燕跟了出来："阿祥，你先把春霞放开，有话好好说。"

阿祥："韩连长，你们想打架呀？好男不跟女斗，有本事找个男的跟我打一架。"

丁刚冒了出来："好啊，俺奉陪咋样？"

阿祥愣了一下，放了春霞，卷起袖子上前。

春霞急了，跑了过来："丁教官，别伤着我家阿祥。"

阿祥瞪了一眼春霞："你老公是豆腐做的吗？一边去！"

丁刚马步一扎："俺不动你，你来摔俺，俺只要移动脚步，算俺输了。"

阿祥瞪了丁刚一眼："嘿！你一个大男人，就跟我玩儿这游戏，走开，我教训老婆，你们谁也管不着。"

韩燕："谁说管不着，你如果欺侮春霞，谁都管得着，包括法律。"

阿祥："你……"

王凯男："阿祥你有胆，就去摔丁教官，动得了他，春霞跟你回家，否则，门儿都没有。"

阿祥笑了："吹什么牛皮？好，这是你自己说的。"

丁刚："大丈夫一言既出，驷马难追。"

阿祥气哼哼上前，绕着丁刚转了半圈，先是推了一把，见没用，便一脚扫在丁刚腿上，丁刚未动，阿祥却痛得直咧嘴。

阿祥不服气，脱了外衣，扔在地上，上去抓住丁刚胳膊，使出吃奶的劲儿想摔倒他，丁刚依然纹丝不动。

7-6　姐妹连大门口　日　外

阿兰和史茗牵着手回来，在大门口碰到阿祥骂骂咧咧地离开。

春霞跑了出来，在后面喊："阿祥！阿祥！"

王凯男跑了出来，拉着春霞进去了。

这时一辆吉普车驶来，在门口停下，陈涌涛从车上下来，史茗高兴地向陈涌涛挥手。

陈涌涛走了过来："你们怎么站在门口？"

史茗："我们开着小船去看海了，刚刚回来。"

陈涌涛："你们去海上了？太危险了！阿兰，千万别带史茗去海上。"

阿兰不好意思地："我知道，但我在，她不会有危险。"

史茗不悦地："放心吧，我不会跳海的，你找韩燕姐还不快进去。"

陈涌涛："我不是找韩燕，是找你。"转向阿兰，"史茗在这里人生地不熟，麻烦你了。"

史茗："涌涛哥，你别把我当小孩子，你找我是不是又要教育我？"

陈涌涛掏出一部手机递给史茗："给你个手机。"

史茗摇摇头："我不能要你的东西。"

陈涌涛："算我借你的，这样联系会方便些。"把手机塞到史茗手里。

阿兰："训练期间不允许带手机的。"

陈涌涛："那是你们女民兵，史茗可以带的。"

7-7　一班宿舍　夜　内

史茗躺在床上，偷偷把玩着手机。

阿兰坐在史茗床沿，低声地："小心被凯男姐没收掉。"

史茗立即把手机收起来，低声地："阿兰，我用这个手机打给谁呢？"

阿兰低声地："你想打给谁就打给谁。"

史茗沮丧地："没人好打。"

春霞心神不宁地坐着发呆，郭小琴也在发呆，她看了看方贝贝的床铺，从被子中间翻出几件衣服。

郭小琴："凯男姐，我去洗衣服。"

王凯男："给方贝贝洗衣服？"

郭小琴否认："不，是我自己的。"

王凯男："别为她掩饰了，她会洗衣服，老母猪都会上树，我是奇怪你怎么就愿意？"

郭小琴："我……"

王凯男："去吧去吧，反正不是第一次了，别以为我不知道，不过我提醒你，你这样帮她洗，她是长不大的。"

郭小琴捧着衣服出去了。

春霞："凯男，我想……请假回家一趟。"

王凯男："连长是韩燕，同不同意她说了算，我上次回家给方贝贝炖鸡汤，也好不容易才请到假。"

春霞："那就算了，我是……不放心阿祥。"

史茗："春霞姐，要不你打个电话给他。"把春霞拉到边上，将手机塞给她。

7-8　女民兵卫生间　夜　内

春霞拿着手机犹豫不决，过了一会儿才钻进一个小隔间。这时叶苗苗悄悄进来，看看门外无人，钻进了春霞隔壁的小隔间。

从高处往下看。春霞与叶苗苗都没在方便，春霞站着拨手机，苗苗坐在抽水马桶盖上，膝上放着一纸袋奶糖。

叶苗苗正在吃奶糖，忽听隔壁响起一个声音——"对不起！

您拨的手机已关机”，叶苗苗吃了一惊，低头从空隙中看看，又蹑手蹑脚站到抽水马桶上，去偷看隔壁是谁，见是春霞，她掩嘴偷笑起来。

春霞又拨了一遍阿祥的手机，回音还是关机，这时一颗奶糖吊在一根细绳上，降到春霞眼前。

春霞吃了一惊：“谁？！”

隔壁的叶苗苗捏着鼻子：“我是大白兔奶糖。”

春霞站到抽水马桶上，探头窥视隔壁，与叶苗苗探出来的脑袋撞在一起。

春霞低声警告：“苗苗，你这家伙，背着大家躲在这里吃糖，小心我报告。”

叶苗苗低声地：“好了，咱们彼此彼此，一起吃吧。”

春霞笑骂：“在厕所里吃糖？”

叶苗苗也笑了，剥了一颗塞进春霞嘴里，春霞吃了起来，可很快又在那里发呆。

叶苗苗：“春霞姐，没事的，你老公肯定又喝醉了。”

春霞：“醉了怎么会没事，他这人都不懂得照顾自己。”

叶苗苗：“春霞姐，你不要太操心，吃糖吃糖。”

7-9　女民兵空宿舍　日　内

阿祥推门进来，夹着一床棉被，往一张床上一放。

丁刚跟了进来：“喂，你干啥？”

阿祥：“当随军家属。”

丁刚："啥随军家属？"

阿祥："你们部队不是有随军家属嘛，我老婆当了女民兵，我随她住到这里来，总可以吧？"

丁刚："你……你这是啥道理？"

阿祥："我带她回去，你们不让，那我来看她总可以吧？"

丁刚："你要无赖！"

阿祥："我无赖？你们剥夺我和我老婆在一起的权利，才无赖！"

丁刚气极，却拿阿祥没办法。

7-10　女民兵宿舍楼前　日　外

宿舍楼前站了好些女民兵，正在议论着。

韩燕走到楼前："你们聚在这里干什么？"

女民兵甲："春霞的老公又来了。"

韩燕："在哪里？"

女民兵乙："他搬来被铺，住到一间宿舍里去了。"

韩燕听了一愣，赶紧朝那间宿舍走去。

这时，王凯男与一班女民兵排着队从海边回来了。

几个女民兵跑过来："春霞，不好了……"

春霞："怎么又不好了？"踉跄一下，女民兵赶紧将她扶住。

7-11　女民兵空宿舍　日　内

宿舍内，韩燕、丁刚及阿祥站在那里。

韩燕：“阿祥，这是姐妹连，不是你住的地方。”

阿祥：“我还偏要住下来了。”脱了鞋子上床躺下，“困了，先睡一觉。”

韩燕：“阿祥，连队不是你想住就能住的，赶紧收拾铺盖走人，我可以不追究你。”

阿祥：“我要是不走呢？”

韩燕：“那好，就送你到禁闭室住去，那里暂时有空。”

阿祥嘿嘿笑了，一副无所谓的样子。

这时，春霞与王凯男急急忙忙赶来了。

春霞央求着：“阿祥，别在这里丢人现眼，快回家去吧，求你了！”

阿祥一听火冒三丈：“你可以当女民兵，我就不可以当随军家属吗？你当了几天就抖起来了，敢跟老子叫板了。”下了床，想动手打春霞。

丁刚连忙喝止：“干啥？”

韩燕挡在春霞面前：“阿祥，你怎么不讲道理？还想在军营里打人？”

阿祥：“韩连长，你干吗老是管人家家事？”

王凯男：“韩连长，丁教官，这事让我来处理吧。”

7-12　姐妹连操场　日　外

韩燕陪着春霞站在操场上。

春霞惭愧地：“韩燕姐，阿祥胡闹，还是我去劝吧，凯男会动粗的。”

韩燕：“你看你，要想维护你的权益，你就得拿出点儿狠劲儿来，前怕狼后怕虎的，人家不骑到你头上来？”

春霞：“阿祥吃软不吃硬的，闹僵了不好。”

韩燕：“先让凯男治他一下，我有分寸的，他的目的无非想让你回去。”

春霞担心地：“凯男会不会……”

韩燕笑了起来：“替阿祥担心了？放心吧，凯男知道轻重，不会对阿祥怎么样。你呀，是个好媳妇，但也不好逆来顺受。”

春霞：“嗯！”

韩燕：“哎，我问你，假如连里同意你不用当女民兵了，你愿意吗？”

春霞嗫嚅着：“我都已经当了，一班的姐妹们对我很好，现在不当，不成逃兵了吗？”

韩燕赞同地点头：“你这样想是对的。”

海奶奶与秋霞从大门口进来。

秋霞喊了声：“姐！”小跑着过来。

春霞：“秋霞，你怎么来了？”

秋霞：“我怕阿祥闹事，把海奶奶请来了。”

7-13　女民兵空宿舍　日　内

阿祥旁若无人地躺在床上打呼噜。

王凯男：“阿祥，你是个船老大，这样很掉份儿的，好，别以为我拿你没办法，姐妹们，进来！”

王凯男一声令下，门外进来几个高大壮硕的女民兵，把整张床抬了起来，往门外走去，丁刚在一旁看得十分惊讶。

7-14　女民兵宿舍楼前　日　外

女民兵们把阿祥连床抬出宿舍，来到宿舍楼前的空地上。

阿祥嚷了起来：“你们想干什么？快点儿放下。”

王凯男：“阿祥船长，我们准备把你一路抬到你船上去，让渔民们看看，你多风光，多有面子。”

阿祥急得从床上跳到地上，摔了一跤，慌忙爬起来，女民兵们也把床放了下来。

阿祥：“你们想整我啊，告诉你们，姐妹连才百十来号人，我叫上几百渔民到你们这里来吃住，看你们怎么办？”

王凯男：“我也告诉你，很多渔民都是女民兵的家人亲戚，他们才不听你的。”

这时春霞、秋霞、海奶奶、韩燕快步走来。

海奶奶：“阿祥，你还住下了？”

阿祥头一扭：“住下了。”

海奶奶：“应该住的，哎，你们把床搬回宿舍去。”

大家都不解地看着海奶奶。

海奶奶挥挥手：“搬回去。”

几个女民兵赶紧把床往回搬。

海奶奶看看阿祥，笑了起来：“好！好啊！”

阿祥疑惑地："海奶奶，您同意我住下？"

海奶奶："怎么不同意？"

韩燕："妈，您这是……"

王凯男也困惑地："海奶奶，不能同意他。"

海奶奶："我呀，现在也是女民兵家属，燕子你安排一下，我也住到这儿来，就住阿祥隔壁。我闲工夫多，可以教阿祥哼点儿昆曲，阿祥跟我讲点儿海上打鱼的事。以后啊，她们去训练了，阿祥，我们娘儿俩做个伴，帮她们打扫打扫，做点儿后勤工作。"

阿祥："海奶奶，不麻烦您了，我待着就行。"

海奶奶："一点儿也不麻烦，我还想训练一支女民兵家属队伍，先从阿祥开始吧。"

阿祥皱皱眉头："海奶奶，您开玩笑的吧？"

海奶奶："我是认真的。"

阿祥脸色变了几变，想了想："随军家属的待遇我也不要了，你们谁要住，谁住去。"转向春霞，"春霞，这次带回家的海货都要臭了，家里的灰尘快半寸厚了，我的衣服现在都扔在干洗店里，你看着办。"转身扬长而去。

春霞追了上去："阿祥！"

7-15　连长办公室　日　内

韩燕与海奶奶站在办公室里。

韩燕微笑着："妈，您把阿祥治得一愣一愣的，还是您老有办法。”

海奶奶：“但问题没解决呀。”

韩燕：“您说，怎么样才是解决了？”

海奶奶：“让春霞阿祥夫妻和睦，这样才算解决。”

韩燕：“目前阿祥要拖春霞后腿，等春霞脱胎换骨，成为一个真正的女民兵后，阿祥还能说什么？”

海奶奶摇摇头。

韩燕：“您的意思……”

海奶奶：“我看我们也破个例，让春霞每天回家吧。”

韩燕吃惊地：“什么？允许春霞回家？”

海奶奶点点头：“对！”

韩燕：“妈，不行，开了这个先例，别人怎么办？”

海奶奶：“燕子，规矩是规矩，但也要有灵活性，像春霞这样有家有口的，你也得想想人家的实际问题。”

韩燕：“妈，我不同意！”

海奶奶拿出一份病历：“你看看，这是春霞的病历。”

韩燕翻看着春霞病历。

海奶奶：“春霞因为习惯性流产，结婚多年没小孩，也难怪阿祥对她来当女民兵不支持，做出一些不得体的举动，其实啊，我们也该关心关心春霞，当女民兵的也要生儿育女做母亲。”

韩燕沉思着：“哦，还有这回事？但是……这不成特例了吗？”

海奶奶：“规定是死的，人是活的，算我给她开个后门。”

韩燕犹豫着：“我也不希望因为春霞当女民兵，搞得她家里不和。”

海奶奶点点头：“是啊，家和万事兴。家长里短的事，我这个老太婆清楚些。这件事，由我替你答应春霞吧，这样别人也不会有意见。”

7-16　姐妹连接待室　日　内

丁刚、秋霞及王凯男等一班女民兵坐在接待室内。

丁刚给秋霞泡了一杯茶：“秋霞，喝茶。”

秋霞：“谢谢！”

王凯男：“丁大教官，难得为女同志服务，今日给我们姐妹们都泡一杯。”

丁刚：“可以的，俺当教官也是做服务工作。”边说边为其他人泡茶。

春霞：“秋霞，你说我怎么办？”

秋霞：“姐，海奶奶已经帮你解决了难题，你还顾虑什么？安心当你的女民兵吧。”

王凯男：“春霞，韩燕同意你晚上回家，你就回去吧，今天可以提前走。”

春霞点点头。

郭小琴：“春霞姐，你老公这么凶，吓死我了。”

阿兰：“他会不会打人？”

秋霞：“他呀，会的。”

春霞瞪了秋霞一眼，制止她说下去。

丁刚："男人不能打女人，只能保护女人。"

叶苗苗："丁教官还是个护花使者呀！"

春霞："谁要是嫁给丁教官，就是有福气的。"

7-17 海奶奶房间 夜 内

海奶奶坐在椅子上翻看小海的作业本，小海站在她身边。

海奶奶笑着："小海，又多了几朵小红花呀。"

小海："奶奶，我要是考试得100分，有奖励吗？"

海奶奶："有，大大的奖励。"

小海："奖什么呢？"

海奶奶："考好了再说。"

小海："现在说嘛，好不好？"撒娇地摇着海奶奶的手臂。

海奶奶思忖着："嗯……给你买双新鞋子，再买个小玩具。"

小海摇摇头："不要！"

海奶奶："你要什么？"

小海："爸爸妈妈都没时间带我去儿童公园玩，你带我去。"

海奶奶："好！"

小海："还要吃海鲜火锅，以前妈妈经常带我去吃的，可是现在就不带我去吃了。"

海奶奶摸着小海的脑袋："乖孙子，今天奶奶就给你做海鲜火锅，包你喜欢。"

7-18 春霞家 夜 内

阿祥黑着脸坐在桌边喝酒，春霞坐在旁边。

阿祥捧起酒碗一口喝光，把碗往桌上一扔：“都是你，害我吃了眼前亏，昨天被丁刚整，今天被王凯男整，一个大男人，被女人收拾，你叫我以后怎么见人？”

春霞：“阿祥，不要生气了。你想，海奶奶为了帮我们，还破了姐妹连的先例。”站起身，走到阿祥身后，给他敲起背来。

阿祥：“姐妹连，听到这三个字我就头大！你别胳膊肘往外拐，少替外人说好话。”又喝了一碗酒。

春霞按住阿祥倒酒的手：“少喝点儿，喝多了伤身。”

阿祥：“滚！不要你管我！”狠狠地推了春霞一把。

春霞来不及躲避，条件反射地使出军训中学来的擒拿，一下子擒住阿祥。阿祥与春霞都愣了，春霞慌忙放手。

阿祥：“好啊！长本事了，对付起老公来了，是不是她们教你的？”起身要动武。

春霞忙向后退去：“我不是故意的，弄痛你没有？”

阿祥一把抓住春霞胸襟，举起手想一个巴掌打下去。春霞闭着两眼，顺从地准备承受阿祥的雷霆之怒，不料阿祥迟疑了一下，打人的手放了下来，一把揽住春霞亲了起来。

7-19 一班宿舍 夜 内

叶苗苗、阿兰、史茗、王凯男躺在床上聊天。

叶苗苗叹了口气：“哎，不眠夜啊！”

阿兰：“苗苗你怎么啦？”

叶苗苗：“贝贝回家了，春霞姐也回家了，我们好孤独。”

王凯男：“又不是你一个人待着，孤独什么？”

史茗：“苗苗，孤独是一种气质。”

叶苗苗来劲了：“史茗都夸我了，看来我也是个气质美女。”

王凯男：“气质肥女！”

叶苗苗：“凯男姐，你不要伤害我嘛，你对我好点儿，我叫我妈给你介绍对象。”

大家笑了起来。

阿兰：“你们说，春霞姐回家会怎么样？她老公可凶啦！”

王凯男：“你看，结了婚吧，买菜烧饭洗衣服生孩子，碰上阿祥这样的老公，有得苦头吃。”

叶苗苗：“凯男姐，你不嫁人我们怎么办？你得带头嫁人。”

史茗：“苗苗不会急着嫁人吧？”

王凯男：“明天我就把你们批发嫁掉，嫁给外星人算了。”

大家又笑了。

7-20 姐妹连大门口 夜 外

郭小琴在门口站岗，胆小的她缩在门卫室墙角，两手交叉抱着肩膀，怯怯地看着门口。

忽然，背后有人拍了一下郭小琴的肩头，她吓得瘫坐在地上，挥身发抖，一声低低的惊叫卡在喉咙里，原来来人是来查岗的韩燕。

韩燕："郭小琴，站起来！"

郭小琴："韩……韩燕姐，是你呀，吓死我了！"

韩燕把郭小琴一把拉起来："一个女民兵，胆子小得像绿豆，要让人笑掉大牙的。"

郭小琴："我就是怕鬼。"

韩燕："哪有鬼呀？就算有鬼，也会被我们女民兵的正气吓跑。你站好，站岗要有站岗的样子，站如松知道吗？"走开时又回头关照，"小琴，告诉你一个诀窍，怕的时候就唱歌，唱着歌就不怕了。"

郭小琴："唱歌？"

韩燕："来，跟我唱。"唱起歌来，"飒爽英姿五尺枪，曙光初照演兵场。中华儿女多奇志，不爱红装爱武装。"

郭小琴受到感染，也跟着唱了起来。

7-21　娱乐城门口　夜　外

花海娱乐城的霓虹灯闪烁着五彩缤纷的光晕，门口停着一溜小车，方贝贝从一辆轿车上下来，走进娱乐城门口，此时的她戴了一个时髦发套，穿着名牌服装。

7-22　娱乐城走廊　夜　内

方贝贝走在走廊上，对面走来两个小青年，冲着她吹口哨。方贝贝不理他们，昂头直走。

小青年甲："哎，这不是整过我们的小民兵吗？"

小青年乙拦住方贝贝："嘿！小妞，冤家路窄呀，今天带枪了吗？"

方贝贝："你们认错人了。"走进一个包厢。

两个小青年嘀嘀咕咕着走开了。

7-23 一班宿舍 夜 内

宿舍内已经熄灯，女民兵们已经入睡。

春霞蹑手蹑脚地推门进来，摸黑走到自己床铺边，王凯男一个鹞子翻身，从床上跃起，把春霞擒住。

春霞痛得叫了一声："哎哟！是我！"

王凯男赶紧松开："春霞？"

这下把阿兰、史茗也惊醒了，都坐了起来，唯独叶苗苗还打着呼噜酣睡。

阿兰："春霞姐你回来了？"

春霞："嗯！"

王凯男忙"嘘"了一下："小声点儿。"又问春霞，"海奶奶特批让你在家住，你怎么就半夜回来了呢？"

春霞嘿嘿一笑："我呀，听不到苗苗的呼噜睡不着觉。"

史茗："阿祥不打呼噜吗？"

春霞："打，打雷似的。"

7-24　娱乐城包厢　夜　内

方贝贝正摇头晃脑唱着《大风吹》——

取一杯天上的水
照着明月人世间晃呀晃
爱恨不过是一瞬间
红尘里飘摇
取一杯天上的水
照了明月人世间望呀望
爱恨重复过千百遍
红尘里飘摇
就让这大风吹，大风吹，一直吹……

忽然门被推开，几个小青年闯了进来，其中有刚才在走廊撞见的两个小青年，方贝贝的歌声戛然而止。

领头的小胡子一屁股在方贝贝身边坐下，嘲笑地：“唱，继续唱，哥哥给你吹吹风。”

方贝贝站起来：“喂！你们干吗进来？”

小胡子：“干吗？你上次跟我们飙车，还叫来帮手，害我们被关派出所，不会忘了吧？”

方贝贝：“我说过你们认错人了，还要我重复吗？”

小青年甲：“别装了，你的底细我们早摸清了，你叫方贝贝。”

小青年乙：“嘿，难道你不是方贝贝吗？”

方贝贝火了：“姑奶奶就是方贝贝，怎么样？我现在是姐妹连女民兵，可不是好惹的。”

小胡子：“你就吹吧，上次你也这么说，骗人不好玩儿，不过哥哥我就喜欢你这样的野蛮女友。”

小青年们附和着：“没错！”

小胡子：“怎么样？陪哥儿几个唱首歌？”

方贝贝往外走：“本小姐没空。”

小胡子：“给我站住！”去抓贝贝的头发，却抓下一个发套。

这群小青年哄堂大笑起来。

7-25　姐妹连大门口　夜　外

站岗的郭小琴哼着歌壮胆，这时门卫室里响起急促的电话铃声，小琴吓了一跳，听清之后，跑进门卫室接电话。

郭小琴小心翼翼地接起电话：“喂……”

7-26　一班宿舍　夜　内

叶苗苗的呼噜在轻轻响着。

郭小琴摸黑进来，跑到王凯男身边：“凯男姐！凯男姐！”

王凯男惊坐起来：“紧急集合吗？”

郭小琴：“不是，是贝贝有危险。”

这时其他人也都被吵醒了，坐了起来。

王凯男神情一凛：“她出什么事了？”

郭小琴："她在花海娱乐城被小流氓困住了。"

王凯男飞快穿衣："怎么在那儿？快，一班紧急集合！"

大家赶紧穿衣起床。

春霞："凯男，要报告韩燕姐吗？"

王凯男："一报告，就出不去了，别惊动韩燕和丁刚，我们悄悄去悄悄回，走！"

史茗跟着要走。

王凯男伸手拦住："你待着，不要去。"

7-27　出租车上　夜　内

一辆出租车上挤了一班的五个女民兵，王凯男坐在前面，其他四个人挤在后排。

司机："哎哎，超载了，超载了。"

叶苗苗："求求你，我们有急事。"

司机："不行，快下去一个。"

王凯男："怎么这么啰唆？出人命了你知道吗？快走，我给你双倍车费。"

司机吓了一跳，赶紧发动出租车。

7-28　娱乐城门口　夜　外

出租车从街头疾驶而来，在娱乐城前停下，王凯男五人鱼贯而出，直扑门内。

7-29 娱乐城包厢 夜 内

方贝贝被小胡子他们围在中间，有点儿惊慌失措。

方贝贝："喂！离我远点儿，敢欺侮我，你们会后悔的。"

小胡子色眯眯地笑着："很后悔，后悔我没早点儿认识你，好早点儿尝尝你的辣味。"朝一个小青年动动指头，"音乐开响点儿。"

小青年走过去，把音乐开得很响。小胡子手拿一瓶啤酒，边喝边扭着舞步靠近方贝贝，方贝贝奋力想冲出包围，几个小青年扭动着把她围得死死的。

方贝贝大喊："救命！"声音却淹没在音乐中。

小胡子伸手挑起方贝贝的下巴，方贝贝使劲儿想躲开。

就在这时，门被踢开，王凯男她们闯了进来。王凯男一把推开小胡子，把方贝贝拉了过来。小胡子他们吃惊地看着王凯男，叶苗苗跑过去一把关掉了音乐。

王凯男声色俱厉："小流氓，欺侮到老娘头上来了，今天不教训教训你们，我的王字就倒着写。"

小胡子："辣是辣，可惜啊，年纪大了一点儿。"

话音未落，王凯男一拳挥过去，小胡子应声倒地，凯男旋即与小胡子这班人打了起来。

叶苗苗："我们上去帮凯男姐。"

叶苗苗、方贝贝、阿兰、春霞都上去助拳，唯独郭小琴躲在门边不敢上去。

娱乐城老板张彬跑进来："各位各位，我是这儿的老板张彬，卖我个面子，别砸我场子。”

张彬试图上去将两方人隔开，谁知挨了王凯男一拳，摔倒在地。

7-30　一班宿舍　夜　内

史茗焦急地在宿舍里走来走去，一会儿走到门口看看，一会儿又走回来，站在屋中央想了想，去枕头下掏出陈涌涛给她的手机拨打。

7-31　连长宿舍　夜　内

韩燕的手机响了。

韩燕坐了起来，开灯接电话：“喂！周所长呀……什么？好，我马上来。”

7-32　派出所大厅　夜　内

王凯男、叶苗苗、春霞、阿兰、郭小琴、方贝贝坐在左侧的长椅上，张彬与其女友钱玲玲坐在右侧的长椅上。

方贝贝感激王凯男，便坐到她身边去搭讪：“班长！”

王凯男白了方贝贝一眼：“干吗？”

方贝贝：“凯男姐！这次多谢你了！”

王凯男：“谢你个头，我不是来救你的，我是来教训小流氓的，瞧你，都穿成什么样子。”

方贝贝赔笑着：“凯男姐，你虽然平时凶巴巴，可是对姐妹们仗义。”

王凯男：“好了好了，这么啰唆！”

张彬好奇地看着王凯男。

王凯男看看张彬：“喂！刚才错打了你一拳，没事吧？”

张彬：“没事没事。”

钱玲玲：“什么？她竟然还打了你？”

张彬笑着：“玲玲，那是误会。”

王凯男：“我说你也是该打。”

张彬与钱玲玲都吃了一惊。

王凯男：“你瞧你的娱乐城，都什么人呀，乌烟瘴气的，你说你该不该打？”

张彬神情愕然，愣在那里。

钱玲玲发火了：“我跟你说，打坏了的东西，包括他的医药费，大概一两万块钱，你要赔我们。”

春霞：“一两万块钱？不可能！”

阿兰嘀咕着：“敲诈！”

王凯男瞟了钱玲玲一眼，不理她。

张彬：“没那么多，玲玲，派出所已经罚那帮小流氓赔了。”

钱玲玲：“张彬，你什么意思？被打傻了对不对？”转向王凯男，“没钱赔吧，没钱赔就不要充英雄。”

方贝贝猛地站起：“你有完没完，钱钱钱的，好像你姓钱，俗不俗气啊！”

钱玲玲哼了一声："被你蒙着了，老娘还真姓钱。"

方贝贝掏出皮夹，抓出一把银行卡："你们那个娱乐城值多少？说不定我一高兴就买下来玩玩儿。"

钱玲玲气极了："你……"

这时一个警察走了进来："你们别吵了！张总，你俩先回吧。"

钱玲玲狠狠地瞪了王凯男、方贝贝一眼，噔噔噔地走了。

张彬向警察点点头："辛苦了！"看了一眼王凯男，也走了。

7-33　所长办公室　夜　内

陈涌涛正在同周所长沟通。

周所长："陈局长，还劳烦你跑来。"

陈涌涛："应该的，我老婆是连长，我妈是老连长，我替她们跑个腿。周所长，你看，没事了就让这几个女民兵回去吧。"

周所长："等一下，我通知韩连长了，她马上到。"

7-34　派出所大厅　夜　内

韩燕与丁刚大步走进来，女民兵们连忙站了起来。

韩燕沉着脸色扫了大家一眼，看向方贝贝："贝贝，没事吧？"

方贝贝："没事，没事。"

韩燕："凯男，你怎么第一时间不向我报告？"

王凯男不自然地："我……我当时急了。"

这时陈涌涛与周所长走了出来。

韩燕有些奇怪："涌涛，你怎么来了？"

陈涌涛："史茗打电话向我求助。"

韩燕皱皱眉头不吭声，神色有些怪异。

丁刚上前敬礼："陈舰长，谢谢你！"

陈涌涛笑着还了一个礼："自己人，不客气！"

7-35　女民兵宿舍楼前　夜　外

史茗正在宿舍楼前走来走去，王凯男带着一班女民兵走了过来。

史茗："凯男姐，你们回来了？"

王凯男："回来了。"

史茗："贝贝，你怎么样？"

方贝贝："大获全胜，精彩极了，可惜你没在场，凯男姐三拳两脚，全解决了。"

春霞："凯男，你刚才真像个女侠。"

王凯男得意地："你们吹吧。"

叶苗苗摇头晃脑地哼起周杰伦的《双截棍》："快使用双截棍，哼哼哈兮，习武之人切记，仁者无敌。"

韩燕与丁刚从后面走了过来。

韩燕面无表情地："今晚你们好像很痛快嘛。"

方贝贝："报告连长，痛快！"

韩燕：“你的病全好了吧？”

方贝贝：“好了。”

韩燕：“欢迎归队！”又扫视着王凯男她们，口气一变，“病好了不回来，却去娱乐城玩耍，不报告便出营打架，集体违犯训练纪律，不简单啊！”

王凯男：“这个错在我。”

韩燕：“好了，折腾大半夜了，你们大家去睡吧，方贝贝不能睡，你抄十遍女民兵条令，记住，要用心抄。我去查岗，王凯男跟我走。”说后转身走了。

王凯男迟疑了一下，跟在韩燕后面走了。

7-36 一班宿舍 夜 内

方贝贝正埋头抄着女民兵条令，郭小琴在边上帮她一起抄。

郭小琴：“你们一起帮贝贝抄条令吧。”

史茗：“不行，笔迹不一样，明天贝贝会被重罚的。”

方贝贝：“嗯，我自个儿抄，小琴你不要抄了。”

郭小琴只好停了下来。

春霞：“这下凯男有麻烦了，韩燕姐怎么知道的？”

叶苗苗：“不会有人通风报信吧？”

大家把目光都看向史茗。

史茗：“我没有。”

叶苗苗：“你不是打给陈局长了吗？陈局长当然要告诉韩老大的呀。”

春霞："他们夫妻没通过气，他俩在派出所说的话你们没听见吗？"

方贝贝："好奇怪呀，史茗你不报告韩连长，却报告陈局长，那谁向韩老大报告的？"

史茗急了："我真没有。"

阿兰护着史茗："史茗说没有就没有。"

春霞："好了，贝贝你赶紧抄。"

史茗："我是担心你们一帮女生，没个男的，我又不好跟韩燕姐、丁教官讲，就求助涌涛哥了。"

方贝贝："我信你，但你小心点儿！"

史茗："小心什么？"

方贝贝："小心韩燕姐吃醋呀。"

史茗一听，愣怔住了。

阿兰不高兴了："贝贝你胡说什么？"

方贝贝："嘿嘿，我开个玩笑，你们睡吧，说不定韩老大又杀个回马枪。"

7-37　山顶岗哨　夜　外

韩燕打着手电，来到了山顶岗哨，王凯男在后面跟着，二楼哨位有个女民兵在站岗，一楼就是禁闭室。

7-38　禁闭室　夜　内

韩燕推开禁闭室的门，用手电光扫了一下空荡荡的小房间。

韩燕走了进来："我们第一次是在这里见面的。"

王凯男跟了进来："你什么意思？"

韩燕："关禁闭的感觉如何？"

王凯男敏感地："你要关我禁闭是吧？"

韩燕："不要太敏感，我是提醒你，不要一而再地犯错。作为一个连队干部，有些错是不能犯的。"

王凯男："我没向你报告，我认罚，关禁闭就关禁闭，但我没啥大错。"

韩燕："你要是不省悟，关你禁闭有意义吗？"

王凯男："那你什么意思？"

韩燕："你自己一个人，保持性格本色没问题，但是人在连队里，还带一班人，本色还不够，要出色才行，所以凡事不能冲动，懂吗？"

王凯男生气地："本色出色我无所谓，但今天晚上的事，不是我冲动，是临时应急，慢了一步贝贝会出事的。"

韩燕："你是带过连队的人，怎么能无所谓？你完全可以及时向我报告，我立即打电话给派出所，会比你们出动更快，如果你们路上耽误了，出事的可能性更大。"

王凯男有些不耐烦："我考虑不周，行了吧？"

韩燕："这就不耐烦了？今晚你们解救了贝贝，但女民兵打架，还砸了别人的地方，这影响好吗？"

王凯男："惩治流氓，没啥影响不好。"

韩燕："看来还得给你颁个奖章。"

王凯男不高兴了："别讽刺我，不就是触犯了你的权威嘛。"

韩燕：“权威谈不上，但我是连长，你是班长，连队有纪律有规定，你不向我报告是不可能的。”

王凯男欲言又止，不吭声了。

韩燕：“如果你我调换位置，你会怎么处理？”

王凯男一屁股坐在小床上：“韩连长，别说了，关我禁闭吧。”

7-39 山顶岗哨 夜 外

韩燕走出禁闭室来，良久望着远处。

韩燕回头喊：“王凯男，出来！”

王凯男愣怔一下，走出门来，韩燕掏出一把铁锁，锁了禁闭室的小门，凯男不解地看着她的举动。

韩燕：“从今天开始，这个禁闭室从此关禁闭了，谁也没机会躲进小楼成一统了。”

王凯男有点儿惊讶困惑。

韩燕：“今夜你我都睡不着了，我去海滨岗哨，你留在山顶岗哨，我们把值岗的女民兵替下来，站得高，看得远，大海就在眼前，青岙岛就在脚下，作为一个守卫边防的女民兵，一个新时代青年，如何磨砺品格，如何开阔境界，如何树立信念，如何带好一支队伍，你，我，都要好好想一想。”

第八集

8-1　陈海涛办公室　日　内

海洋局陈涌涛的办公室里，墙上挂着一张很大的本地海图，图前还摆了一个沙盘，陈设颇有指挥所的特点。

陈涌涛一大早走进办公室，就站在海图前面仔细看着。

胡主任抱着一沓文件进来：“陈局，早啊！”

陈涌涛坐到办公桌前翻阅文件：“你弄的呀？还挺符合我想法。”

胡主任笑了：“陈局，如果有什么不妥，我可以马上改进。”

陈涌涛：“挺好挺好，你能力不错，比我这个副局长强。”

胡主任愣了一下：“谢领导栽培！”

陈涌涛：“谢我没用，我栽培不了你。”

胡主任笑着：“等你当了局长，不就可以了？”

8-2　姐妹连靶场　日　外

王凯男一个人坐在靶场上发呆。

叶苗苗跑了过来："凯男姐，你妈我妈找你来了。"

王凯男："是你妈还是我妈？"

叶苗苗："你妈，我妈。"

王凯男："你怎么讲句话也讲不清楚，到底你妈还是我妈？"

叶苗苗："她俩都来了。"

王凯男吃惊地："怎么回事呀？"

8-3　一班宿舍　日　内

赵彩花与凯男妈坐在一班的女民兵中间，凯男妈的小外孙女茜茜正在蹦蹦跳跳地玩。

春霞给她俩倒了两杯白开水："阿姨，苗苗妈，不好意思，没什么好招待你们。"

凯男妈："没事没事。"

赵彩花："你们忙你们的，我们等凯男回来，聊点事。"

方贝贝、郭小琴、阿兰、史茗在陪茜茜嬉笑玩耍，赵彩花站起来，在宿舍里东看看西瞧瞧。

这时韩燕推门进来："彩花姐，来了也不打个招呼。"

赵彩花冷淡地："我找凯男，没找你。"

韩燕："都一样，你回到这儿，就跟回家一样。"看着王凯男的母亲，"这位就是凯男妈妈吧？"

凯男妈站了起来："是韩连长吧？"

韩燕："阿姨您坐，彩花姐是这里的主人，您是稀客。"

赵彩花没好气地："言重了啊，我算什么主人？"

8-4　陈涌涛办公室　日　内

陈涌涛看了一部分文件，又拿着文件走到地图边看着，然后干脆拖过一把椅子，坐在地图前继续看文件。

胡主任走了进来，看到涌涛的样子，十分奇怪。

陈涌涛起身拿起笔，批了起来："马上就好。"

胡主任："没事，你慢慢看。"递给陈涌涛一个文件，"陈局，这是局领导的一周安排。"

陈涌涛："这么说我一周的活动全安排好了。"

胡主任："是的。"

陈涌涛看着安排表："胡主任，我这一周怎么都是些陪同活动呢？"

胡主任："是这样，最近来考察的单位多，其他几个局长忙，接待工作就请你牵头负责。"

8-5　营房路上　日　外

王凯男牵着茜茜，与自己妈妈及赵彩花走在林荫道上。

凯男妈："你妹妹的女儿都这么大了，你还不着急。"

王凯男："妈，您又来了，今天您来姐妹连，我陪您走走看看，我们不说这个。"

赵彩花："凯男，今天你妈和我来，就为了说这个事。"

王凯男尴尬地："什么啊？"

凯男妈："小男，叫你自己找对象，我看你也不行，妈得为你操心，所以叫彩花帮忙。"

赵彩花："凯男，是该找了，再不找有点儿麻烦了。"

王凯男："我的天啊！你们是怕我嫁不出去对吗？嫁不出去我不怕，这是人家的损失。"

凯男妈不满地："你这是什么话！"

赵彩花："凯男，我给你介绍了一个好对象，你抽个空跟人家见见面。"

王凯男："彩花姐，你们大张旗鼓来给我找对象，也不怕人家笑话。"

凯男妈："怕什么？男大当婚，女大当嫁，这不是很正常的事吗？"

王凯男无可奈何："真拿你们没办法。"

赵彩花："嘿嘿，今天啊你是跑不掉了，我把麻绳都准备好了。"

凯男妈神秘地一笑："嗯，今天是个特别的日子……"

8-6 娱乐城门口 夜 外

赵彩花与王凯男从出租车上下来，站在张彬的花海娱乐城门口。

王凯男："彩花姐，你认错路了吧？"

赵彩花："没错，就在这里。"

王凯男："彩花姐，这不是害我吗？上这玩儿的男人有几个是好男人啊？"

赵彩花："他为啥选在这里见面，我也不清楚，但这男的是个钻石王老五，是个股神，我炒股都算他的徒子徒孙了，你嫁了他，人财两得。"

8-7 娱乐城走廊 夜 内

赵彩花陪着王凯男走在走廊上，张彬迎面走来，王凯男看见张彬，马上转身就要走。

赵彩花拉住王凯男："哎，凯男，在那边。"

王凯男想要摆脱赵彩花："别拉我！"

张彬看到了王凯男："王凯男？"

王凯男头一低，想避开张彬，装作没听见。

张彬又叫了一声："王凯男！"

赵彩花："凯男，人家叫你。"

王凯男无奈地："哦！"

张彬走过来："你不是又来找谁麻烦吧？"

王凯男："本姑娘今天没空，改天再找你麻烦。"

赵彩花看了看王凯男，又看了看张彬："你们认识？"

张彬掏出名片来递给赵彩花。

赵彩花一看："哟！原来是老板啊，到时候酒水饮料可得打个折啊。"

8-8　娱乐城包厢　夜　内

一个穿着红外套戴着红帽子的男子，正背着手欣赏墙上一幅牛骑彩云的挂毯。

赵彩花拉着凯男推门进来："牛老师！"

男子转过身来，热情地："哟，赵大姐。"看向凯男，"这位是凯男小姐吧？"

赵彩花代凯男回答："对对，就是我说的王凯男。"

男子："凯男小姐，敝人牛适。"

王凯男奇怪地："牛市？"

牛适："不是牛市熊市的牛市，是牛人的牛，合适的适。"

王凯男："哦！"

赵彩花："牛老师，我还有点儿事，不陪你们了。"

王凯男拉住彩花："彩花姐……"

赵彩花向凯男使了个眼色："你们慢慢聊。"

牛适："赵大姐再见！"

赵彩花点点头，笑着走出门去。

牛适盯着王凯男身上："你怎么穿着绿衣服？"

王凯男："我是当女民兵的，当然穿军装了。"

牛适犹豫了一下："噢噢！请坐吧。"

王凯男坐了下来。

牛适朝门外嚷了一声："服务生。"

一个服务生走了进来："先生，需要什么？"

牛适："两杯最好的茶，一盘水果拼盘。"

服务生："绿茶还是红茶？"

牛适眉头一皱："当然是红茶啦。"

服务生点头出去。

牛适坐了下来："听赵大姐说，凯男小姐还没谈过恋爱。"

王凯男不自然地："嗯！"

牛适："好，淑女啊！凯男小姐，你还是一只绩优股。"

王凯男一愣："我……绩优股？"

牛适："不过，到涨停板了，该抛就抛。"

王凯男："我不炒股票。"

牛适："不炒没事，但要懂，股市包涵了多少人生哲学，像我今天选在这里同你见面，是有名堂的。"

王凯男："什么名堂？"

牛适："我姓牛，属牛，金牛座，这个包厢名叫作犀牛望月，这墙上挂毯是牛骑祥云，刚好是五牛聚福祥。"

王凯男听得神情愕然。

8-9 韩燕房间 夜 内

韩燕对着一支录音笔，朗读小海的那本童话书《爸爸、妈妈、我和她》。

韩燕："我来到这个世界时，长得小小的。我的一切都很小，裤子、毛衣、帽子、脑袋，特别是手和脚。大脚指头小得像小脚指头，而小脚指头就像更小的脚指头。我得赶紧长大。爸爸妈妈已经长到正常的大小。当然，他们也曾经很小，但现在看不出原来的样子……"

陈涌涛推门进来，走到她身旁。韩燕一边读着，一边用手指在唇边做了一个动作，示意涌涛不要出声。

陈涌涛：“燕子，你在干吗？”

韩燕关了录音笔：“你影响我了，瞧，把你这句废话也录进来了。”

陈涌涛不解地：“你这姐妹连连长改行当播音员了？”

韩燕：“你在家，也不读点儿童话给儿子听，我只好帮他录点儿音。”

陈涌涛：“妈和小海呢？”

韩燕：“看电影去了。”

陈涌涛:“你这个大忙人难得回家,要不我们出去吃个宵夜,看看夜景。”

韩燕惊奇地：“你突然浪漫了，还挺奇怪的。”

陈涌涛：“什么浪漫，老夫老妻了，就吃个饭饱饱肚。”

韩燕：“嫌我黄脸婆了是吧？”

陈涌涛：“什么话？”

韩燕起身出门：“我还有事，不能陪你吃宵夜了。”

陈涌涛：“晚上你不住家里？”

韩燕：“嗯，我还要回连队。”

韩燕走到门口，忽又转身，打量着陈涌涛。

陈涌涛：“怎么？”

韩燕毫无征兆地问：“我的生日是哪一天？”

陈涌涛想了一会儿：“……我想想。”

韩燕：“别想了，你压根儿就没记住。”

8-10 娱乐城包厢 夜 内

服务生端着红茶进来，后面跟着钱玲玲。

钱玲玲："哟！牛老师来了，也不跟我打个招呼。"

牛适站了起来："玲玲啊，我会个朋友，不方便打扰你。"

钱玲玲看向王凯男："是你？"

牛适："你们认识？"

钱玲玲："嘿！不认识。"

牛适给双方介绍："这位是我朋友王凯男，这位是这儿的老板娘钱玲玲。"

钱玲玲坐到牛适旁边："牛老师，你怎么股票不炒，约起女民兵来了？"

牛适："工作生活两不误嘛，你那位张彬怎么样？"

钱玲玲抛了个媚眼给牛适："没法跟你比，越看越不顺眼。"

牛适："哈哈，股情不稳啊，时红时绿，正常的。"

钱玲玲："又跟股市挂上钩了，你牛老师还真有本事。"

牛适："看到几只大牛股的曲线没有？太性感了，像女人的曲线一样完美。"有意无意地瞟了瞟钱玲玲与王凯男的身体。

王凯男听得鸡皮疙瘩都起来了，急忙站起来："我去一下洗手间。"

8-11 娱乐城走廊 夜 内

王凯男一走出包厢，便逃也似的跑了起来，不料在拐角处与张彬撞了个满怀。

王凯男：“喂喂，你躲在这里干什么？”

张彬：“你突然冲出来，我闪都来不及，你开车的话，就把我撞死了。”

王凯男：“我今天还被牛撞了一下呢。”

张彬：“什么意思？”

王凯男往外走去：“没意思！”

张彬跟了上来，半开玩笑：“别走啊，上次你在我这里大闹天宫，我还没找你算账呢。”

王凯男停下脚步：“想找我算账？我随时奉陪。”

张彬：“现在就算？”

王凯男眉头一皱：“好啊！怎么算？”

张彬一乐：“这么严肃干什么？我请你喝酒。”

王凯男一愣：“干吗请我喝酒？”

张彬：“算账啊，你不会怕了吧？”

王凯男打量一下张彬：“谁怕谁？”

8-12　蛋糕店门口　夜　外

韩燕走进一家蛋糕店。

韩燕：“老板，我来取生日蛋糕。”

老板取出已包装好的生日蛋糕，递给韩燕，韩燕拎上蛋糕，骑上自行车走了。

8-13　娱乐城包厢　夜　内

王凯男与张彬面对面坐着，矮桌上放着几瓶啤酒。

张彬举起杯：“干杯！”

王凯男神情冷淡：“你喝你的。”

张彬只得独自喝了半杯。

张彬：“王凯男，你的拳脚在哪里练的？”

王凯男：“姐妹连呀。”

张彬：“听说你是姐妹连的副连长对吧？”

王凯男皱了皱眉头：“那是以前。”

张彬赶紧赔不是：“对不起！对不起！”

王凯男想了想：“我问一下，那个对我特感冒的老板娘是你女朋友？”

张彬苦笑：“更像利益伙伴，讲这些干什么，喝酒吧。”举杯与王凯男干杯。

王凯男：“你喝吧。”

张彬：“怎么？喝杯酒都不肯，是不是看不起我？”说完，又一饮而尽。

王凯男犹豫了一下，举起酒杯喝了下去。

张彬：“还是当女民兵好，自由自在，不像我，平时又当出气筒，又当挡箭牌。”

王凯男：“嘿！你羡慕我？我也是被人家当成出气筒的。”

张彬一愣：“你说的人家是你的那一位吗？”

王凯男：“我的那一位？不，我说的是我上司。”

8-14 营房路上 夜 外

王凯男开着摩托车进来，韩燕刚好打着手电筒去查岗。

韩燕："回来了？"

王凯男："嗯！"减慢速度从韩燕身边开过去。

韩燕转过身："王凯男，停下！"

王凯男刹住车。

韩燕大步走过来："怎么一股酒味？你喝酒了？"

王凯男："鼻子真灵，不过今天我请假了，你又不是交警，拜拜！"说完一踩油门，扬长而去。

8-15 一班宿舍 夜 内

熄灯时间还没到，但一班宿舍内灯已关灭，王凯男打开门，顺手开亮了灯。

只见一班女民兵们站在她面前，唱起了《生日歌》："祝你生日快乐！祝你生日快乐……"

王凯男一怔："你们怎么回事呀？"

春霞指指桌上的生日蛋糕："凯男姐，今天你生日。"

王凯男想了一下："哟！还真是我生日，难怪我妈说……我都忘了，你们怎么知道我的生日？"

叶苗苗笑嘻嘻地："暂时保密。"

王凯男看着身边的姐妹们，有些感动，眼眶红了："谢谢姐妹们！"

方贝贝："这么大个人还要哭鼻子。"

王凯男不好意思地："瞎扯，只有你会哭鼻子。"

8-16　一班宿舍窗外　夜　外

韩燕在一班宿舍窗外站了一会儿，听见屋里隐约的欢笑声，宿舍窗户上的电灯光变成了摇曳的烛光，转身悄悄走开。

8-17　一班宿舍　夜　内

宿舍里的电灯关了，生日蛋糕上点亮了生日蜡烛，王凯男双手合十，闭上眼睛许了愿，然后一口气把蜡烛吹灭了。黑暗中，王凯男"呀"地尖叫起来，电灯打开了，只见她被涂了一脸奶油，大家哄笑起来。

王凯男："谁？谁涂的？贝贝，苗苗，一定是你们俩。"

叶苗苗："冤枉！"

方贝贝："冤枉！"

王凯男上去在叶苗苗、方贝贝脸上涂了奶油，惹得一阵尖叫。

叶苗苗："寿星脸上涂奶油，可以找个奶油小生。"

王凯男："奶油小生你自己留着吧。"

方贝贝："那你要什么类型的，我给你参谋参谋。"

王凯男："都不喜欢。"

史茗："凯男姐，有人说男人是饼干，女人是面包，饼干在超市放了半年还有人买，面包呢，一过八点哪怕卖相再好，都开始打折甩卖了。”

郭小琴吐了吐舌头：“史茗，你还是个哲学家啊！”

王凯男：“什么哲学家呀，我看史茗是想大甩卖了。”

大家都笑了。

方贝贝嬉皮笑脸地：“不好意思哦，我们也不想提醒你又老了一岁哦。”

王凯男白了方贝贝一眼。

春霞：“凯男，抓紧找个好男人吧。”

王凯男：“不讲男人这话题，切蛋糕。”把蛋糕一块块切开分给大家。

史茗：“给韩燕姐也切一块儿吧。”

王凯男：“就你会做好人！不留，吃完！”

阿兰悄悄地：“这蛋糕就是韩燕姐买的，生日还是她提议给你过的。”

王凯男愣怔一下：“阿兰，你也会开玩笑了？”

春霞：“真的，是韩燕姐安排的。”

王凯男不相信地看看其他人，大家都点点头。

王凯男沉默了，放下蛋糕：“你们吃吧，我上洗手间。”转身出门。

8-18　海洋局大院　日　外

早上，唐局长的轿车停在陈涌涛吉普车的旁边，两人同时从各自车里出来。

陈涌涛："唐局早！"

唐局长："早上好！哎，陈局，局里有一个重要的工作，想了半天还是觉得交给你最合适。"边讲边往大楼门口走。

陈涌涛跟在她旁边："什么工作？"

唐局长："局里的文化建设工作要抓一抓了，跟姐妹连的共建工作一直没有起色，你来了，正好可以促进一下。"

陈涌涛："共建？我可没经验。"

唐局长："你夫人是姐妹连连长，你出面搞共建是最合适了。"

陈涌涛迟疑地："做点儿什么呢？"

唐局长停住脚步："具体你安排吧，比如我们局不是有游泳馆嘛，她们需要的话都可以拿出来发挥作用。"

8-19　姐妹连操场　日　外

丁刚正在指点女民兵练摔跤。

丁刚："手是两扇门，全凭腿赢人，摔跤要快、巧，还得灵活协调。"

春霞："丁教官，有没有什么要求？"

丁刚："腰似蛇行，脚似钻，手似流星，眼似电。"

方贝贝躲在丁刚背后，两只手在他头上扮牛角，一边还做着鬼脸，引起哄堂大笑。

丁刚回过头："喂！贝贝，别做小动作，小心俺摔你。"

方贝贝："俺是美女俺怕谁？"

丁刚哭笑不得，摇了摇头，王凯男在一旁想事，发着呆。

叶苗苗："凯男姐，发什么呆呀？"

王凯男："你说韩燕到底有什么意图呢？"

叶苗苗："凯男姐，你想了一上午都没想明白，不要想了，再想下去，脑子会变糨糊的。"

丁刚见春霞的摔跤动作不得要领："春霞，你摔得不正确，你闪到一边，俺跟阿兰摔，你看着。"

不料阿兰反应激烈，慌忙闪躲："别动手，男女有别，授受不亲。"

丁刚窘在当场，脸红得像醉酒。

王凯男走到丁刚面前："丁教官，你是男的，我们大家是女的，你不好这样摔，明白吗？"

丁刚："那怎么摔？"

王凯男靠近丁刚："让我们摔你。"

王凯男话音未落，突然偷袭丁刚，想把他摔倒，却反被丁刚摔倒在地，女民兵们哄笑起来。

8-20　营房路上　日　外

韩燕与陈涌涛缓缓走着。

陈涌涛："你还犹豫什么？给我一个明确答复吧。"

韩燕："我和丁刚研究一下。"

陈涌涛："嘿，你和我讲什么官话？"

韩燕："哪句话是官话？"

陈涌涛："研究研究呀。"

韩燕笑了："我这研究跟你们的研究两码事，我需要有个计划。"

陈涌涛："那你早作决定，唐局等我回复呢。"

韩燕："你们唐局长让你出面，做工作走家属路线，高啊！"

陈涌涛："什么家属路线？我也是海洋局的副局长，我现在是代表海洋局跟你协商的，再说，游泳池训练也适合你的海训指标考核，还安全呢。"

韩燕："你怎么知道我要搞海训指标考核？"

陈涌涛："你之前在家写写弄弄，我当然知道，你不要忘了，我是舰长出身，这一套我是内行。"

韩燕："你内行，不也转业了。"

陈涌涛不知如何反击，干脆闭嘴了。

韩燕忽然问："史茗有打电话给你吗？"

陈涌涛："没，史茗怎么啦？"

韩燕："没事，我就随便一问，她要是情绪不稳定，你帮忙劝导劝导。"

8-21　一班宿舍　日　内

史茗独自站在窗前发呆，陈涌涛推门进来。

史茗以为是阿兰："阿兰，我在想，我到底是谁呢？从哪里来的？为什么来到这里？"

陈涌涛：“你是史茗啊！”

史茗转过身：“哦，涌涛哥？”

陈涌涛：“我跟你说，史茗，你是从一个美丽的城市来到这里，不小心跌入海里，暂时忘记了一些事情。这些都不要紧，你也不要多想，都是暂时的。”

史茗：“你怎么出现在这里？”

陈涌涛：“你胡思乱想的时候，我就出现了。”

史茗笑了起来：“你是神仙呀，怎么知道我胡思乱想？可刚才我还真的想到你了。”

陈涌涛一愣：“想到我了？”

史茗：“我在想，你把我从海上救起来之前，认不认识我？”

陈涌涛：“不认识啊！”

史茗：“真的？”

陈涌涛：“当然真的。”

史茗困惑地：“那就奇怪了，我怎么老觉得我以前是认识你的。”

陈涌涛：“你呀，也不能老关在营房里，要憋坏的，我陪你出去走走。”

史茗：“我跟阿兰打个招呼，要不她又急死了。”

8-22　街头　日　外

陈涌涛陪着史茗逛街。

史茗笑了：“涌涛哥，你在局里是几把手啊？”

陈涌涛："怎么想到问这个？我当舰长时是一把手，现在在单位，上面有局长，在家里，上面有我妈和韩燕，我只是个小兵。"

史茗："那你差不多算三把手吧。"

陈涌涛："三把手，三只手，那是小偷啊。"

史茗咯咯咯地笑了起来。

陈涌涛："说我是三把手抬举我了，不说单位的，就是在家里呢，我数数噢，我妈，我老婆，我儿子小海，都排在我前面，对了，我是四把手！"

史茗："机关生活，你适应吗？"

陈涌涛："今天怎么尽考我？史茗，我倒过来考考你，最难捉摸的官话，是什么？"

史茗想了半天也没想到，于是摇了摇头。

陈涌涛："研究研究。"

史茗扑哧笑了出来："你脑子里怎么会有这么多有趣的东西？"

陈涌涛："哎！我呢也在学会如何研究研究。"

史茗想了想："涌涛哥，我跟你出来，韩燕姐会不会……不高兴？"

陈涌涛愣怔一下："不会，她还叫我多劝导你。"

8-23　珍珠奶茶店门前　日　外

陈涌涛与史茗走到店门口。

陈涌涛把钱递给店员：“来一杯珍珠奶茶。”

史茗：“两杯。”看着涌涛，“你也喝。”

胡主任的车停下，也牵着儿子来买奶茶。

胡主任：“陈局？”

陈涌涛：“哟！胡主任，这么巧啊！”

胡主任看着他们暧昧地笑着：“我给儿子买奶茶。”低头示意儿子，“叫叔叔阿姨。”

胡主任儿子：“叔叔阿姨好！”

史茗接过店员的奶茶，递了一杯给胡主任儿子。

胡主任：“不用。”

陈涌涛：“拿着拿着。”

胡主任又示意儿子：“谢谢叔叔阿姨。”

胡主任儿子却看着史茗：“阿姨你真漂亮！”

史茗：“谢谢！”

胡主任挥手再见，牵着儿子走了，走出几步，又回头望了一眼。

史茗：“你看这眼神，机关里的人还真是不一样。”

8-24　连长办公室　日　内

韩燕与丁刚正在谈工作。

韩燕：“本来我还在考虑海训场所是否做些调整，这下解决了。”

门外响起王凯男的声音：“报告！”

韩燕："请进！"

王凯男推门进来。

王凯男看看丁刚："丁教官，请你回避一下好吗？"

丁刚一愣。

韩燕："有事说事啊，回避什么？"

王凯男："那我待会儿再来。"准备往外走。

丁刚忙叫住凯男："哎哎，你别走，俺回避就是。"站了起来，"韩连长，那就先这样。"转身走出门去。

韩燕："可以说了吗？"

王凯男掏出钱往桌上一放："还你。"

韩燕不解地："还我什么钱？"

王凯男："生日蛋糕的钱，我谢谢你，但我不太喜欢接受别人的礼物。"

8-25　海洋局走廊　日　内

陈涌涛大步走来，走到唐局长办公室门前，见办公室的门虚掩着，刚要进去，忽听唐局长与胡主任在讲话，便停下脚步。

唐局长："好，讲讲那个招标工作。"

胡主任："已规定时限把标书交到招标小组，近几天就会到。"

唐局长："到了之后，安排开个会。"

胡主任："陈局也参加吗？"

唐局长："参加，当然参加。"

陈涌涛退了回来，转身往自己的办公室走去。

8-26 陈涌涛办公室 日 内

陈涌涛吸着烟，踱着步。

唐局长推门进来，被呛得咳嗽不已："哎呀，陈局，你的办公室烧窖一样，乌烟瘴气，对环保有害的。"赶紧去把窗户打开。

陈涌涛摁灭香烟："唐局，与姐妹连共建的事谈妥了，她们近几天就拉人马来游泳馆。"

唐局长："好，这件工作你跟踪到底，让胡主任协助你。"

8-27 姐妹连操场 日 外

清晨，集合哨吹响，女民兵迅速集合到操场上，韩燕与丁刚站在女民兵队列前。

韩燕扫视众人："今天海训的地点在海洋局游泳馆。"

王凯男："怎么不在海上训练呢？"

韩燕严肃地："王凯男，说话之前喊报告，有意见事后再提，好了，出发！"

王凯男嘟囔着："事后？事后还提个屁！"

8-28 游泳池边 日 内

游泳池边站着身穿迷彩泳装的女民兵队列。

穿戴整齐的韩燕站在女民兵面前："别把游泳馆海训当成

玩耍，在这里，更能考验你们在海训中的各项指标，现在先下水训练潜水闭气，开始吧！”

丁刚喊起口令：“全体向后转。”

女民兵们一百八十度后转，面向游泳池，唯独王凯男没有后转。

韩燕大声地：“王凯男！”

王凯男才转过神来，也向后转。

丁刚：“第一排先下水。”

女民兵们扑通扑通跳下了水，潜向池底，跟在女民兵们旁边的史茗伸着脖子看。游泳池内，有人浮出水面，接着，一个个脑袋像西瓜一样，浮上来，沉下去，又浮上来。

8-29 游泳馆 日 内

陈涌涛与拿着相机的胡主任走了进来。

史茗跑了过来:“涌涛哥,你怎么来了？哟,还要拍照呀？”

陈涌涛：“哎，做点儿宣传工作。”

胡主任：“史小姐，我帮你拍一张。”

史茗：“好的，涌涛哥，你也过来，一起拍。”

陈涌涛犹豫了一下。

胡主任：“来，陈局，史小姐邀请你了。”

陈涌涛站了过去，史茗很自然地挽着他的手臂，闪光灯一闪,胡主任为他们拍了一张,韩燕远远看到这一幕,皱了皱眉头。

8-30　游泳池边　日　内

游泳池水下现在只剩下春霞一人，丁刚站在游泳池边盯着秒表，韩燕、陈涌涛及全体女民兵都鸦雀无声地看着水下的春霞。春霞实在憋不住了，“哗”地冲出水面，女民兵们掌声如雷，胡主任闪光灯频闪，王凯男把春霞拉了上来，紧紧拥抱春霞。

王凯男：“春霞，你太棒了！”

韩燕向春霞竖起了大拇指。

陈涌涛走到韩燕身旁：“燕子，怎么样？这里训练不错吧？”

韩燕板着脸：“我们在训练，你们没事就走吧。”

陈涌涛有点儿自讨没趣，悻悻地对胡主任讲：“胡主任，我们撤吧。”

8-31　游泳馆　日　内

陈涌涛与胡主任走了出去。

胡主任：“怎么啦？好像韩连长有点儿不高兴了。”

陈涌涛：“情绪型的女领导，就这么个样子嘛。”

8-32　游泳池边　日　内

一班的女民兵们与史茗坐在长椅上聊天。

方贝贝：“就剩下史茗没下水了。”

史茗摇摇头：“我不游。”

阿兰："史茗怕水，你们别吓唬她。"

叶苗苗："小琴有胆小症，史茗有恐水症，嘿嘿！"

王凯男："小琴是真胆小，史茗嘛，应该亲近一下游泳池，也许以后你的什么恐水症就消失了，我教你游泳，怎么样？"

史茗："不要！"

叶苗苗："会游泳比不会游泳安全，你掉海里那次，如果会游泳，就不会有危险。"

方贝贝跑去拿了一个救生圈过来，套在史茗身上。

王凯男："来，把史大小姐抬起来。"

王凯男、方贝贝、叶苗苗、郭小琴抬起史茗就往游泳池走。

史茗尖叫起来："阿兰！阿兰！"

阿兰来不及反应，大家已笑着把史茗抛到游泳池里，史茗竟然滑出救生圈，向池底沉去，阿兰连忙跳了下去，王凯男她们也紧跟着跳了下去，把史茗托出水面。

8-33　游泳馆休息室　日　内

史茗躺在休息室的一张长桌上，韩燕两手按压着她的胸脯来促进呼吸，阿兰在边上流泪，王凯男、叶苗苗、方贝贝、郭小琴站在那儿，一脸负疚的神色。

王凯男："要不要……人工呼吸？"

话音刚落，史茗猛地坐了起来，大家都吓了一跳。

韩燕松了一口气："史茗，没事吧？"

史茗陌生地看着大家。

春霞："菩萨保佑！菩萨保佑！"

阿兰一把抱住史茗："史茗，你醒了，吓死我了。"

史茗扭着身体，躲开阿兰的怀抱，呆呆地盯着游泳池一动不动。

王凯男："史茗，我没想到你怕水怕成这个样子。"

史茗忽然伏在膝上痛哭起来。

韩燕轻抚史茗的后背："史茗，别怕，现在没事了，我们没保护好你，对不起！"转向王凯男她们，"你们怎么啦？要出人命的。"

方贝贝："史茗，你骂我吧，是我不对。"

叶苗苗："还有我。"

郭小琴："我……"

王凯男："我带头的，我的错，怨我！"

史茗哭着："你们……都别管我……你们出去……让我静静。"

韩燕："好，阿兰你陪着史茗，其他人回去训练。"

8-34 游泳池边 日 内

游泳池中，有几班女民兵在比速度。

池畔的女民兵当起了啦啦队，大声喊着："加油！加油！"

这时，海奶奶出现在游泳馆："燕子，你们这是在干什么？"

韩燕看见海奶奶，有些意外："妈，您怎么来了？"

海奶奶："我能不来吗？"

女民兵的加油声静了下来，游泳池里的比赛也停下来了。

海奶奶："以后别人说闲话，说姐妹连的女民兵是在游泳池里成长的，我们该怎么回答？"

韩燕微笑着："妈，您误会了，有很多指标考核，在这里会更准确，刚才潜水春霞成绩最好。"

海奶奶："我知道，以前我们练憋气，在脸盆里就练出了好成绩，像春霞，她也不是在游泳池里练出来的。海训，就是到大海上去训练，不能在这里摆摆花架子。"

韩燕："妈，这不是花架子，是现代训练模式。"

海奶奶："什么现代模式？姐妹连这么多年来，哪一个不是风里浪里摸爬滚打过来的？我们是海岛女民兵，不是游泳池女民兵，现在就叫她们去海边。"

韩燕："妈，您就别管了，我自有我的训练方法。"

海奶奶见磨了半天嘴皮子也不奏效，火气上来了，夺过丁刚手里的哨子吹起集合哨，女民兵们纷纷爬上池子。

海奶奶："全体集合，前往海边！"

韩燕："妈，我们这儿的训练还没结束。"

女民兵们看着韩燕和海奶奶，面面相觑，不知道该怎么办。

王凯男："还愣着做什么？海奶奶说了，去海边。"

海奶奶："全体向左转，跟我走！"

女民兵们跟着海奶奶走出了游泳馆，一会儿工夫，游泳馆里只剩下韩燕与丁刚站在那里。

8-35 游泳馆休息室 日 内

史茗依然蜷坐在那张长桌上发呆。

阿兰："史茗，凯男姐她们不是故意的，她们希望你能克服对水的恐惧，才会这样，你不要生气。"

史茗好像没有听到，双眼一眨不眨地望着窗外远处。

阿兰用手在史茗眼前晃了几下，紧张地："史茗，史茗，你怎么啦？"

史茗轻声叹息："唉！我……我不是史茗。"依然一动不动。

阿兰吃了一惊："你不会连你是史茗都忘了吧？"

史茗幽幽地："原来的史茗已经死了……"

阿兰惊恐地看着史茗。

这时，陈涌涛闯了进来："史茗，你没事吧？王凯男她们怎么搞的？"

史茗把目光转到陈涌涛脸上，审视着他。

陈涌涛："史茗！"

史茗一声不吭。

阿兰："陈局长，史茗很不对劲，她好像把现在的事也忘了，说她自己不是史茗。"

陈涌涛一惊："得赶紧送她去医院。"伸手想把史茗横抱出去。

史茗用力推开陈涌涛，自己也不慎从桌上掉到地上，阿兰慌忙扶她起来，陈涌涛也去扶史茗，史茗尖叫起来。

史茗："请你别碰我！"

陈涌涛茫然地："史茗，你……"

史茗："不要以为你救了我，就可以从此监护我，我不要。"

陈涌涛："史茗，别激动，我们先去医院好吗？"

史茗："我没事，我不去医院，求你了，我不去。"

阿兰担心地："史茗，你还记得我吗？"

史茗："你们都不用陪我，阿兰你去海训吧。"

阿兰："史茗，要不我们一起去海边？"

8-36 海上 日 外

全连女民兵都在海上奋力畅游，气势十分壮阔。

游泳队伍后面，跟着好几艘快艇，其中一艘快艇上，一个女民兵在驾驶，海奶奶与韩燕站在快艇上。

海奶奶："我第一次带着女民兵公开在海上游泳时，当地有很多人骂我，我就当耳边风，就是这样，第一代女民兵中出了很多游泳好手，有一个特别突出……"

韩燕："那位前辈还健在吗？"

海奶奶："嗯，当然健在。"

韩燕："有机会一定把她请来，鼓舞鼓舞我们士气，说不定，我们还能出几个好手。"

海奶奶没有搭话，而是把目光投向海上。海上游泳的女民兵中，阿兰此刻一马当先，游在最前面。

海奶奶眺望着："这是谁呀？"

韩燕："阿兰。"

海奶奶低声自语："真像她。"

韩燕："您说什么？"

海奶奶："没什么，哎，燕子，你看好哪个班？"指指海上。

韩燕："现在这样游，很难说。"

海奶奶："我看一班有实力。"

韩燕："是吗？"

海奶奶："凯男、春霞、阿兰都不错，只是苗苗、贝贝是游泳池级别，小琴胆小的要命，游泳池级别都不到。"

韩燕："妈，您可知道得一清二楚呀？"

海奶奶嘿嘿笑着："燕子，我让春霞、阿兰入连，没看走眼吧？"

8-37　海滩　日　外

史茗与陈涌涛坐在沙滩上，史茗一言不发地望着远处。

陈涌涛："史茗，你在想什么？"

史茗："我在想，海为什么这样蓝？"

陈涌涛："不蓝啊，真正蓝的海你还没见过。"

史茗："见过，最蓝的海在我的内心。"

陈涌涛不解地看看史茗。

8-38　海上　日　外

王凯男陪着郭小琴与方贝贝在游泳。

郭小琴：“凯男姐，我很怕，我上船去吧？”

方贝贝：“我也游不动了。”

王凯男:“不行,海奶奶在后面看着呢,你们要给自己挣脸。”

韩燕他们的快艇驶到边上。

韩燕：“怎么样？要不要救生圈？”

郭小琴：“要！”

方贝贝：“要！”

边上还有别的女民兵也在讨要：“给我一个……我也要……”

海奶奶拿起手提喇叭：“女民兵海训不能用救生圈，谁也不许用，大家加油，力争上游，你们看，一班的阿兰、春霞游在最前面，你们把她俩当目标，赶上去。”

韩燕拿起一个救生圈又放下了。

韩燕：“妈，您在，连救生圈也失业了，好吧，不要出事就好。”

海奶奶指指其他快艇:“小丁他们盯着呢,不会有什么事。”

这时一个浪头打来，海奶奶踉跄了一下，韩燕连忙去扶。

韩燕：“小心！”

海奶奶推开韩燕扶她的手：“我稳着呢。”

韩燕：“妈，您老人家精神头好，但也是一把年纪了，您别站着，坐下来吧。”

海奶奶笑了一下：“我到了海上，比平地上还稳，今天要不是在指挥的话，我也想下海同她们年轻人比比。”

韩燕无奈地摇摇头。

海奶奶：“燕子，你还别不信，要不你来指挥，我下海游一圈。”

韩燕：“好了，妈，这么大场面的海训，您交给我指挥，您放心吗？”

海奶奶：“嘿嘿！本来就是你指挥嘛，妈是来给你打下手，帮帮你，毕竟还有点儿老经验嘛。”

韩燕：“还是您来指挥吧，我下海游泳去了。”边说边脱下外衣，纵身跃入海中。

第九集

9-1　海奶奶家厨房　夜　内

海奶奶的收音机在播放着昆曲，海奶奶一边炒菜一边开心地哼着。

9-2　海奶奶家堂屋　夜　内

海奶奶端菜上桌，小海坐在桌边准备吃晚饭。

小海看着丰盛的菜肴两眼发亮：“哇！好多好吃的啊！”

海奶奶给小海倒饮料、夹菜：“小海，今晚奶奶和你好好庆祝庆祝。”

小海边吃边问：“奶奶，庆祝什么呀？”

海奶奶：“你猜。”

小海：“我考试得了 100 分。”

海奶奶：“我们小海真棒！”走进屋里，拿出韩燕送她的

MP3给小海，“这个MP3奖励你，改天奶奶带你去儿童公园玩。”

小海：“谢谢奶奶！”

海奶奶：“今晚呢，还有一个事情要庆祝。”

小海想了想：“好像不是奶奶生日。”

海奶奶：“比生日还值得庆祝。”

小海：“那是什么？”

海奶奶得意地：“今天呀，姐妹连海上训练，奶奶亲自上阵指挥。”

小海开心地：“奶奶好棒！那把爸爸妈妈叫回来一起庆祝吧。”

海奶奶：“不用，他们忙，就我俩庆祝，来，干杯！”

祖孙俩拿着饮料乐呵呵地碰杯。

9-3　连长办公室　夜　内

韩燕与陈涌涛坐在那儿，都不讲话。

陈涌涛打破沉默：“燕子，这个一班对史茗这样，也太不像话了。”

韩燕：“史茗今天这事，是我的疏忽，谁也没想到她会这样子。”

陈涌涛：“她落海失忆，应该想到她怕大海，这也过于疏忽了吧？”

韩燕：“可今天不是大海，是游泳池。”

陈涌涛：“反正太没安全保障了。”

韩燕不悦地："放在你身边就有安全保障是吧？你怎么照顾？你一个已婚男人，总不好与她住一起吧？"

陈涌涛："瞎扯什么呢？我跟你商量，是怕她的失忆症越来越严重。"

韩燕站了起来："有病得治，你又不是医生，你这么上心，你想变成她吃的药丸吗？"

陈涌涛也不高兴了："越说越离谱了，我既然救了人家，总要负点儿责任吧。"

韩燕："还是为你的家庭多负点儿责任吧，史茗的事我会考虑，你回去吧，我也要查岗去了。"

9-4　一班宿舍　夜　内

史茗躺在床上，盯着上铺的床板发呆。

阿兰站在她的床边："史茗，洗澡去吧。"

史茗不理她。

阿兰："到澡堂冲个热水澡，心情会变好的。"

史茗："别烦我，要去你去。"

阿兰坐了下来："你不去，我也不去。"

史茗："是怕我失踪了呢？还是出什么事？阿兰，你我都是成年人，我还比你大，不需要别人为我负责。"

阿兰："你今天怎么怪怪的？"

史茗："我今天很正常，我想安静。"

阿兰："那我不说话，我陪着你。"

史茗不耐烦了，猛地坐起来："阿兰，你到底要盯我盯到什么时候？我没病，我也不是犯人，我烦你这样管着我。"

阿兰被史茗突如其来的大吼弄得很是委屈，眼泪在眼眶中打转，这时韩燕提个袋子走了进来。

韩燕："阿兰你去洗澡吧，我陪陪史茗。"

阿兰点点头，捧了脸盆出去。

韩燕："史茗，好点儿了吗？"

史茗不吭声，躺回床上。

韩燕从袋子里取出罐头、饼干："你晚饭也没吃，吃点儿罐头饼干吧。"

史茗："韩连长你这样做，不是让我欠你情嘛。"

韩燕："平时你都叫韩燕姐的，怎么叫韩连长了？"

9-5　女民兵澡堂　夜　内

洗澡间里雾气蒸腾，一片朦胧，一面屏风般的矮墙，挡在澡堂中间，只能看到女民兵的肩膀与头。一班女民兵及其他班的女民兵站在莲蓬头下淋浴，澡堂里一片嘈杂的声音，有人在哼歌，有人在聊天，有人嘻嘻哈哈。

忽然，叶苗苗猛地滑倒："啊！"

叶苗苗的脑袋在矮墙上消失了，大家都纷纷扭头去看。

王凯男："苗苗，怎么啦？不会又是睡着了吧？"

叶苗苗带着哭音："我屁股摔坏了……我踩到地雷了。"

大家哄笑起来。

春霞："什么地雷，是贝贝的香皂。"

哄笑声更响了。

9-6 澡堂更衣室 夜 内

春霞、阿兰、郭小琴、方贝贝正在穿衣服，王凯男已穿戴整齐了。

春霞："海奶奶今天指挥海训，像一个人。"

郭小琴："谁？"

春霞："指挥杨门女将的佘太君。"

王凯男点点头："还真像。"

方贝贝："那我要当穆桂英。"

大家笑着发出"吁"声表示彻底否定。

阿兰："穆桂英应该是韩燕姐。"

王凯男不屑地："喊！姜还是老的辣！"

叶苗苗身上裹着浴巾，慢吞吞地走进来："今天最爽了，洗了三次澡，游泳池，大海，澡堂。"

春霞："是不是摔了一跤也值得？"

叶苗苗："Yes！"转到衣柜另一边去更衣了。

方贝贝："苗苗，今天的洗澡次数，你还可以加两次。"

郭小琴："洗五次澡，不可能。"

叶苗苗从两个衣柜中间露出脑袋："贝贝你说，还有两次怎么加？"

方贝贝："你今夜睡觉水漫金山了，被拉出去罚站，又碰上老天下大雨，不就多了两次嘛。”

叶苗苗不解地：“水漫金山什么意思？”

春霞：“就是尿床。”

大家笑了起来。

叶苗苗边穿衣服边走出来：“贝贝你才尿床呢。”

王凯男：“你们无聊不无聊，今天史茗出了这么个事，你们好像全忘了。”

方贝贝：“史茗不是没事了嘛。”

阿兰：“怎么没事？受了刺激，人都有点儿不一样了。”

9-7 营房路上 日 外

史茗在营房内乱走，阿兰紧紧跟在后面。

史茗：“阿兰，你别跟着我，让我清静一会儿好吗？”

阿兰：“我不说话，可以吗？”

史茗：“不行，你别管我好不好？你走吧！”

阿兰：“我不走！”

史茗火了：“你怎么回事嘛？整天跟着我烦不烦啊？人家都去训练了，你不去，到时你淘汰了，我的心理负担更重。”

阿兰眼睛里转动着泪花：“好吧，我不跟着你，那我去训练了。”阿兰委屈地跑开了。

9-8 海滩 日 外

女民兵们正在海滩上进行 400 米障碍跑训练，韩燕与丁刚站在旁边看着秒表并记录，一班女民兵穿越低桩铁丝网时，最后的叶苗苗被铁丝扎住了。

叶苗苗喊了起来："凯男姐！"

王凯男跑回来，帮叶苗苗解除麻烦，拉着她匍匐前进。

这时，阿兰回来了，跑到韩燕跟前："报告，一班阿兰归队训练。"

韩燕："史茗怎么样？"

阿兰："她想一个人静静，把我赶走了。"

韩燕皱皱眉头："你去训练吧。"

阿兰跑着去参加训练。

一班女民兵正在过独木桥，叶苗苗掉了下来，郭小琴干脆不敢上去，阿兰后来居上。翻越高墙时，除了王凯男、阿兰翻越过去了，春霞、方贝贝、叶苗苗、郭小琴均止步于此。

9-9　营房草坪上　日　外

女民兵们一身泥沙，横七竖八地瘫躺在草坪上，一班只有王凯男坐在那儿。

韩燕走了过来："全体起立！"

女民兵们陆陆续续站了起来，只有叶苗苗一动不动。

韩燕俯身观察，只见叶苗苗打着小呼噜睡着了，王凯男上去踢了叶苗苗两脚，她依然睡得很香甜。

王凯男喊了声："苗苗，吃饭了。"

叶苗苗惊坐起来，茫然地看着大家，大伙哄笑起来。

9-10　一班宿舍　夜　内

宿舍内鸦雀无声，一班女民兵们睡得很沉，韩燕进来查铺，轻手轻脚地为她们盖好被子，当望向史茗的上铺时，发现竟是一张空床，不由得吃了一惊。

9-11　女民兵宿舍走廊　夜　内

韩燕打着手电筒，快步穿过宿舍走廊。

9-12　女民兵宿舍楼前　夜　外

史茗坐在宿舍楼前的长椅上，抬头望着向星空，满眼皆是忧伤。

韩燕从后边走了过来："史茗，你怎么不睡觉？"

史茗："我……睡不着。"

韩燕也在长椅上坐下："你是不是有什么心事？"

史茗："没有。"

韩燕："那天在游泳馆，一班姐妹拉你下水，她们也不是故意的。"

史茗："嗯，我已忘了，其实我应该谢谢她们。"

韩燕不解地："谢谢她们？你的意思……"

史茗不吭声了，继续望向星空。

韩燕也抬头望望星空，又看看史茗："今晚的星星真亮！"

史茗站了起来："韩燕姐，我睡觉去了。"转身走进宿舍楼。

9-13　心理诊所　日　内

心理医生白老师坐在办公桌前，背后墙上贴着一块牌子，上面印着“心理诊所”字样。

韩燕坐在白老师对面：“白老师，这种情况你看怎么办？”

白老师：“自我强迫性失忆，是受到刺激后产生的一种自我保护造成的。这种自我保护，就像铠甲，这一次的刺激，又让她多了一层铠甲。”

韩燕点点头：“那现在怎么办呢？”

白老师：“不要改变她目前的生活，不要刺激她，让她慢慢地卸下铠甲。”

韩燕：“能不能加快这个过程？”

白老师：“可以用心理引导来适当调节。”

9-14　营房草坪上　日　外

史茗坐在草坪上，韩燕与白老师走了过来。

韩燕：“史茗，我给你介绍一下，这位是白老师。”

史茗站了起来，礼节性地点点头。

白老师伸手与史茗握手：“史茗，你好！”

史茗：“你好！”

韩燕：“史茗，白老师想和你聊聊天。”

三人在草坪上坐了下来。

韩燕：“史茗，白老师可以帮助你想起一些事情。”

史茗冷淡地看看韩燕与白老师。

白老师：“史茗，你平时爱做梦吗？”

史茗：“梦？”

白老师：“是啊，想想看，你平时都会做些什么梦？”

史茗：“我不记得了。”

白老师：“别着急，慢慢想。”

史茗：“为什么问我这个？”

白老师：“梦是人的潜意识反映，了解你的梦，对了解你遗忘的事有帮助。”

史茗：“你到底是干吗的？”

白老师：“我是个心理医生。”

史茗脸色一变：“我不需要心理医生。”站起来走开。

9-15　一班宿舍　日　内

一班宿舍里没有别人，史茗趴在床上，往一张纸上乱写乱涂着“史茗”“我是史茗”“史茗不是我”“海”“最蓝的”等字样，白纸被写得满满的，她又把这张纸撕成一条一条，用力向空中抛去，看着它纷纷扬扬飘了下来，落满一地。然后，史茗发了一会儿呆，才起身拿起扫把扫掉地上的纸条。

9-16　唐局长办公室　日　内

唐局长、陈涌涛、胡主任正坐在唐局长办公室里讨论工作。

唐局长："胡主任，局直属单位的退休员工，各部门要妥善处理好他们提出的意见。"

胡主任点点头："知道……不过……"

陈涌涛："别含糊，有什么就说什么。"

胡主任："灯塔礁老陈头的事，比较头痛，唐局您看……"

唐局长沉思不语。

陈涌涛："怎么回事？"

胡主任："老陈不愿退休，坚持要守着灯塔，谁说都没用。"

陈涌涛："这怎么行？年纪到了，就应该退，这是规定。"

唐局长笑了笑："陈局，你不知道，这个老陈呀，还真软硬不吃。"

陈涌涛想了想："这样吧，这个老陈的工作我来做，我去会会他。"

9-17　陈涌涛办公室　日　内

陈涌涛站在墙上挂着的海图前看着，这时他的手机响了。

陈涌涛拿出手机接听："史茗……你说什么……你想离开姐妹连？好端端的为什么要离开？是不是受了什么委屈？有什么跟我说，我不允许有人欺侮你。"

9-18　姐妹连操场　日　外

女民兵们两两一组，正在练习格斗，丁刚在指导她们的动作技巧，韩燕背着手在队伍前面看着。陈涌涛忽然冒了出来，拉着韩燕往旁边走去。

韩燕不高兴地："陈涌涛，你这是在干扰我们训练。"

陈涌涛："史茗要离开姐妹连你知道吗？"

韩燕："什么？"

陈涌涛："她打电话给我，说想离开姐妹连。"

韩燕惊奇地："怎么又来这一出？她有没说要去哪里？"

陈涌涛："她都失忆了，有哪里可去，是不是又有什么事刺激她了？"

韩燕想了想："不会吧？"

陈涌涛："真有事？"

韩燕："我请了一个心理医生，想帮她唤起记忆。"

陈涌涛："心理医生？这不明摆着伤了她自尊心嘛。"

韩燕："我是想帮她。"

这时，阿兰跑了过来："韩燕姐，史茗不见了，门口站岗的姐妹说没看到她。"

韩燕与陈涌涛都吃了一惊。

韩燕拿出手机打电话，但没人接听："没人接电话，赶紧找人。"

9-19　观察哨　日　内

史茗在哨所观察镜前望着远处的大海，望了一会儿，站起身沉思着，神情中满是忧伤，眼眶里含着泪水。

9-20　一组镜头　日　外

海滩。陈涌涛、阿兰在海滩上四处寻找。

山冈。王凯男、春霞、叶苗苗在山上寻找。

街上。韩燕、方贝贝、郭小琴在街上奔跑。

9-21　观察哨　日　内

史茗坐在地上，捧着一瓶香槟酒喝着，脸颊通红。

史茗喃喃自语："我要离开吗？不！我不想离开！我真的……不想离开！"

9-22　姐妹连大门口　日　外

韩燕、陈涌涛与一班的女民兵汇聚到姐妹连门口。

王凯男："都没找到，她是不是离开青岙了？"

陈涌涛担忧地："离开青岙她能去哪里呢？现在……只能报案了。"

韩燕想了想："营房里面再找一遍。"

9-23　观察哨塔楼前　日　外

大家找到了观察哨塔楼前，陈涌涛不断拨打史茗的手机。

阿兰忽然听到什么："好像有手机铃声。"

陈涌涛挂断电话，隐约的手机铃声消失了，韩燕再拿着手机拨打过去，隐约的手机铃声从观察哨里传了出来。

9-24 观察哨 日 内

韩燕她们进了观察哨，只见史茗坐在地上，背靠着墙，手里抱着那瓶香槟酒，已睡过去，她的手机搁在桌子上一直在响。

9-25 一班宿舍 日 内

史茗醒过来，躺在一班宿舍的下铺，一班的女民兵与韩燕、陈涌涛正围着她。

韩燕："史茗，我向你道歉，我不该请白老师来见你。"

史茗坐了起来："不是的，韩燕姐，你不要道歉。"

陈涌涛："史茗，你呀，就把这儿当成家，先别考虑离开，好吗？"

史茗："家？"

韩燕："对，姐妹连就是你的家，姐妹们也舍不得你离开，留下来吧。"

大家七嘴八舌地："史茗别走，留下来……"

史茗的眼圈红了，点了点头。

阿兰："你都喝醉了，这酒哪里来的？"

史茗不好意思地："是凯男姐生日时剩下来的。"

9-26　海上　日　外

阿兰开着她的机动小舢板，带史茗去鹿栖岛玩。

陈涌涛开着小快艇追上来："史茗！"

史茗："涌涛哥，你跟着我干吗？"

阿兰:"陈局长,韩燕姐给我放了假,我带史茗去我家玩儿。"

陈涌涛："我去灯塔礁，你们小心点儿，史茗，有事打我电话。"然后朝灯塔礁驶去。

9-27　吴大婶杂货店　日　内

阿兰和史茗的出现，让吴大婶又惊又喜。

吴大婶："阿兰，你怎么回来了？"

阿兰："大婶，这是我的好朋友史茗，她喜欢看海，我请她来我们鹿栖岛住上几天。"

史茗："吴大婶您好！"

吴大婶开心地："史茗，你跟阿兰先去家里，我待会儿回来给你们烧好吃的。"

9-28　灯塔礁上　日　外

陈涌涛上了岸，向航标灯塔走去，管理航标灯塔的陈大伯，从一个转角转了出来。

陈大伯拦住陈涌涛："喂！"

陈涌涛笑着打招呼："你好！"

陈大伯："这里不是风景区，没啥好转的，回去吧。"

陈涌涛微笑着："别误会，我叫陈涌涛，是青岙县海洋局的副局长。"

陈大伯不相信地笑了："我就归海洋局管的，怎么不知道你这个局长啊？"

陈涌涛："我真的是海洋局新任的副局长，今天是特地上岛来找你的。"边说边递上名片。

陈大伯摇摇头："这东西我不信。"

陈涌涛尴尬地收起名片："陈明亮师傅，我可没跟你开玩笑，我来跟你谈你退休的事。"

陈大伯一怔："退休，叫我退休吗？我说你这位领导呀，你知道我在这里多少年头了吗？怎么能这样随随便便就叫我退休呢？"

陈涌涛笑了起来："老陈同志，你不退完全可以，可这个航标灯要退了，现在灯塔都开始自动化了，不用人守了。"

陈大伯神情有些紧张与失落，掏出水烟筒吸烟。

陈涌涛："你辛苦了一辈子，也该歇歇了，回家让子女好好孝敬你，你继续在岗，我们这些当领导的也不好意思呀！"

陈大伯两眼一翻："你贵姓？"

陈涌涛："我叫陈涌涛，跟你本家。"

陈大伯："我不敢高攀陈局长做本家，我老陈无儿无女，这灯塔就是我的家，你们想怎么着随便你们，反正我不会离开灯塔的。"说后扬长而去，把目瞪口呆的陈涌涛撂在那儿。

9-29　吴大婶家　日　内

屋内空无一人。

阿兰提着一篮蔬菜进来："史茗，看看我从菜地里割的菜。"看看无人，自语着，"人呢？"

阿兰看看屋里，见桌上有张白纸，忙过去捡起一看，见上面写着——"阿兰：我借你的小船出海去了。史茗"。

阿兰吓了一跳，急忙跑了出去。

9-30　小船上　日　外

海面上停着阿兰的机动小舢板，史茗独自坐着，她拿出一个空瓶子，里面有张纸条，上面写着"我是史茗"，她把这个漂流瓶放入大海，任其随着波浪漂走。

史茗望着远处海面，朗诵起希腊诗人埃利蒂斯的《爱琴海》——

爱
岛屿织成的网
和它的海上的船
还有那梦的鸥行
有个水手吹一曲口哨
在它的最高的桅杆上

（画外音）一个富有磁性的男声响起——

爱
它的歌
和它的航程的地平线
还有那渴望的呼喊
它那最湿的岩石上
新娘在等待一只船

史茗落下两行清泪，忽然激动地嚷嚷：“什么‘最蓝的海是爱琴海’，什么‘新娘在等待一只船’，都是骗人的！为什么要骗我？”

远处传来阿兰的喊声：“史茗——史茗——”

史茗扭头去看，只见阿兰站在一艘小船上，转眼间到了史茗跟前，阿兰跳到史茗的小船上，载阿兰来的小船掉头离去。

史茗：“你怎么跑来了？”

阿兰又气又急，眼泪都要出来了：“看到你的纸条，急死我了，你要看海叫上我一块儿呀。”

史茗无声地看着阿兰，突然控制不住饮泣起来。

阿兰慌了：“哭什么呀？”

史茗擦去眼泪：“有的海必须独自面对。”

阿兰：“你这话什么意思呀？我都听不懂。”

史茗苦笑着：“都过去了，没事了。”

9-31　海滩　日　外

史茗与阿兰从小船上下来，阿兰在系缆绳。

史茗望着海面：“你从小到大都是住在大海边吧？”

阿兰：“是啊，我还真是海生海长呢。”

史茗：“我真羡慕你。”

阿兰叹了口气：“我从小在孤儿院长大，连爸爸妈妈是谁都不知道。”

史茗愣怔一下：“阿兰，对不起！”

阿兰：“没事，走吧。”

两人向码头走去。

史茗：“你跟吴大婶是怎么回事？”

阿兰：“你知道吗？我是老民兵李奶奶她们捡到的，交给了乡民政办孤儿院，但我一直很奇怪，吴大婶经常来看我照顾我，给我带吃的玩的，还供我上学，像我的妈妈一样。”

9-32　路上　日　外

阿兰与史茗一路走着回家。

阿兰：“大婶越来越老了，看着让人心疼，她就一个人，守着一家小杂货店，我每去一次，她都要高兴一天。”

史茗点点头，一声叹息。

阿兰：“史茗你说，你妈妈越来越老，你会难受吗？”

史茗没有回答。

阿兰："对不起！我一下子忘了……"

史茗淡淡一笑："没事的。"

阿兰："史茗，我们一定想办法帮你找到亲人，让你什么都想起来。"

史茗："阿兰，我自然有个妈妈住在很远的远方，以后总会见到的，但你呢？我很想为你做点儿什么，可是无能为力。"

阿兰："你开心我就高兴，我呢，就把大婶当成妈妈一样看待。"

史茗："好，我们都要开心点儿。"

阿兰点点头笑了："我唱个童谣给你听，好吗？"

史茗："好啊！"

阿兰轻轻哼了起来：

燕儿，燕儿，飞过殿儿，
殿门关，飞过山，
山太高，飞到山下打虎铃，
虎铃打到黄鱼滩，黄鱼娶亲，带鱼拜经，
花螺送阿囡，碧螺送娘亲……

9-33 海上 日 外

童谣在海上响着：

……螃蟹打锣嘭嘭响，红虾抬轿波浪涨，
抬到青岙岛，青龙腰上绕，
抬到大海洋洋，何处寻爷娘？

9-34　海洋局档案室　日　内

一个年轻的女档案员坐在桌前办公。

陈涌涛走了进去：“小朱，我要看一下灯塔礁陈明亮的档案。”

档案员微笑点头，起身去档案柜中找出一个档案袋交给陈涌涛。

9-35　陈涌涛办公室　日　内

陈涌涛正在看着陈大伯的档案，神色严峻。

9-36　营房一角　日　外

训练间歇，方贝贝、叶苗苗、郭小琴、春霞靠在一个墙角休息。

方贝贝：“天天训练，何时是个头啊？”

叶苗苗：“怎么？训练得腻味了？那你休假得了，阿兰不是休假走了吗？”

方贝贝："拉倒吧，阿兰是照顾史茗，我想休假没戏，苦命啊！"

叶苗苗："你还苦命，你可是未来的方总，小琴都抱你的大腿呢。"

郭小琴嘿嘿笑着。

春霞："贝贝命好，好得都不知道什么叫命好了。"

方贝贝："当方总很好玩儿吗？没劲啊！"

叶苗苗："怎么没劲？你不当，聘请我跟小琴去当。"

郭小琴拼命摇头："太大了，我当不来，我能赚钱就可以了。"

叶苗苗："也给我开一份工资。"

方贝贝："好说，你来当个肥猫警长。"

叶苗苗："你取笑我。"起来去打方贝贝。

方贝贝忽然掏出一支仿真玩具手枪，做了一个很酷的射击动作，大伙吓了一跳。

春霞："贝贝，你……哪来的手枪？"

方贝贝："枪不离手，手不离枪，这才叫女民兵。"

这时，一个脚步声向方贝贝她们的歇息处走来。

叶苗苗对方贝贝压低声音："凯男姐来了，把枪借我，我吓唬她一下。"

叶苗苗拿着玩具手枪躲起来，待来人现身，便跳出来用枪顶住对方后背："不准动！举起手来！"

其他女民兵都惊讶得张大了嘴，原来过来的是韩燕。

韩燕转过身："苗苗，你在演什么戏？"

叶苗苗见是韩燕，十分尴尬："韩……韩燕姐，怎么是你呀？

我还以为是凯男姐呢。”

韩燕眉头一皱：“这把手枪是哪儿来的？”

叶苗苗犹豫地看看方贝贝。

方贝贝一个立正：“报告连长，这是把玩具枪。”

韩燕拿过玩具枪细看：“我帮你保管，以后这种东西不允许出现。”说完走了。

方贝贝：“苗苗，你个笨蛋，拿我的枪去撞枪口。”

9-37 连史馆 日 内

陈列柜里珍藏着一杆79式冲锋枪，海奶奶一个人站在那儿，默默地看着柜子里的这支枪。这时，韩燕和曹部长走了进来。

海奶奶：“燕子，小曹，你们来了。”

韩燕：“妈，我刚才跟曹部商量姐妹连授枪的事情呢。”

海奶奶：“哦，又到授枪的时候了。”

三人都看着陈列柜中的这支枪。

韩燕：“这支枪是国防部首长亲手授发给您的？”

海奶奶点点头：“是啊，一晃几十年了。”

曹部长：“这支枪不但是姐妹连的荣誉，还是一种精神。海奶奶，我们想请您来主持这次授枪仪式。”

海奶奶：“我？小曹，还是你来吧。”

曹部长：“不，您想，当年国防部的首长把枪授给您，现在您把枪授给新一代女民兵，这样才有意义。”

韩燕：“妈，我跟曹部统一意见了，这次主持授枪仪式，还非您不可。”

海奶奶想了想：“也好，不过……光我一个人还不够，得把第一代第二代的老民兵请回来，一起给年轻新民兵发枪，这样子比较圆满。”

曹部长点点头赞同：“好！新老民兵的传承，红色血脉的传承，在发枪上面也能体现。”

9-38　海奶奶家堂屋　夜　内

海奶奶坐在灯下拟写老民兵邀请名单，一会儿，她放下笔，拿起一本旧影集翻看起来。

这时陈涌涛从卧室出来：“妈，您怎么还不休息？”

海奶奶：“小声点儿，小海睡了，别吵着他。姐妹连要授枪了，我在拟老民兵的邀请名单。”

9-39　阿兰房间　夜　内

史茗坐在电脑前，看了眼睡在床上的阿兰，见她睡得正香，便打开一个叫“爱琴海”的博客，敲击键盘，输入登录密码。

这个正是史茗的博客，她浏览着以前写的网络日志，眼眶有些发红。

（画外音，史茗的声音）：“他说，他想一辈子和我在一起，永远不分开，要我做他最美丽的新娘，要和我一起插上诗歌的翅膀，飞到全世界最蓝的大海——爱琴海去度蜜月！”

史茗傻笑着，流下了忧伤的眼泪。

（画外音，一个男子的声音）：“史茗，对不起！是我骗了你，新娘不是你，为了事业，我得作出理智的选择，请不要怨恨我，我们的过去，就当是一场游戏。”

史茗愤愤地：“骗子！”伏在桌上，嘤嘤地哭了起来。

这时，阿兰翻了个身，史茗连忙止住哭声，抹去眼泪。

9-40　连长办公室　日　内

韩燕与海奶奶面对面坐着，她在看着海奶奶拟的邀请名单。

韩燕又翻开边上的一本档案：“妈，名单上好像缺了一个叫吴凤英的老民兵？”

海奶奶沉默了一下：“失去联系了，好多年没她消息了。”

9-41　渡船码头　日　外

阿兰与史茗站在鹿栖岛渡船码头，这时一艘渡船徐徐靠岸了，韩燕从船上走上码头。

阿兰举着手摇着：“韩燕姐！”

韩燕笑着：“阿兰，你们还来接我呀，史茗，在这还好吧？”

史茗点点头：“挺好的。”

韩燕：“连里要授枪了，我来邀请李奶奶她们，我们一块儿去。”

9-42　李奶奶家　日　内

李奶奶家十分简陋，她卧病在床，阿兰在给她喂药，韩燕与几个奶奶级老民兵坐在屋里，史茗也坐在一旁。

韩燕：“李奶奶，您身体不好，要不在家休息吧？”

李奶奶：“我身体不好，都是长期摸不到枪的缘故，一听说发枪，我的老毛病已好了一大半。”

郭奶奶：“李大姐，都老骨头了，不要硬撑。”

李奶奶：“妹子，上了练兵场，我要比你年轻呢。”爬了起来，“我做几个动作给燕子看。”

韩燕赶紧去扶：“李奶奶，不用了，小心身体。”

李奶奶推开韩燕：“没事没事。”精神抖擞地站好，做出一个端枪练刺杀的姿势。

大家都哈哈乐了。

韩燕：“你们能来给年轻女民兵发枪，我和我妈都很高兴。”

刘奶奶：“我们去，都去，记得第一次发枪时，我跟阿兰差不多大。”

张奶奶：“对，回去看看姐妹连的军营，那是我们的家啊！”

9-43　海滩　日　外

海奶奶牵着小海在海滩上散步。

小海突然讲：“奶奶你说话不算数。”

海奶奶笑了起来：“奶奶说话从来都算数，什么话不算数了？”

小海："你说我考 100 分，带我去儿童公园玩儿的。"

海奶奶："怪不得你不高兴，好，奶奶现在就带你去儿童公园玩儿。"

小海开心起来："奶奶万岁！"

海奶奶拉住小海的小手："小海，过几天啊，奶奶的好多老姐妹要来看我，奶奶一高兴，把你的儿童公园忘了。"

小海："她们都是我们家亲戚吗？"

海奶奶乐呵呵地："是亲戚，必须的。"

9-44 儿童公园 日 外

小海与海奶奶在儿童公园开碰碰车，祖孙俩各开一辆，小海很灵活，海奶奶动作很笨拙，老是碰壁撞车。

小海兴奋地大叫："奶奶，加油！"

9-45 吴大婶杂货店门口 日 外

阿兰跑在前头，韩燕与史茗跟在后面，来到吴大婶杂货店门口时，见她坐在矮竹椅上睡着了。

阿兰"嘘"了一下："让她睡会儿。"

韩燕点点头："我就在门口坐坐。"在门外一块石头上坐下。

史茗站在那儿望着远处的海，阿兰则蹑手蹑脚走进杂货铺，拿了蒲扇，给吴大婶扇凉。

一个渔民过来买烟："买烟。"

阿兰递上香烟，接过钱。

吴大婶惊醒过来：“阿兰，你回来了？看我，都睡着了。”

阿兰：“大婶，韩连长来了。”

9-46　吴大婶杂货店　日　内

韩燕走进店里，吴大婶连忙站起。

韩燕：“吴大婶您好！我是姐妹连的韩燕。”

吴大婶：“噢……是韩连长啊，坐，坐。”

韩燕：“连里要搞新民兵发枪仪式，我来请李奶奶她们，顺道来看看您。”

吴大婶愣怔在那儿，似乎没反应过来。

阿兰：“大婶……”

吴大婶：“阿兰，我去摘些橘子招待客人。”提起篮子要走。

韩燕：“吴大婶，不用了。”

阿兰上前夺过篮子：“我去，我跑得快。”跑出门去。

门外的史茗也跟着阿兰跑走了。

吴大婶有点儿手足无措：“这孩子，也不陪陪连长。”

韩燕：“不用，吴大婶您也坐。”

吴大婶缓缓坐下：“阿兰是个好孩子，可惜没爹没娘。”

韩燕：“在阿兰心里，还是有很多亲人的，您，老民兵李奶奶她们，阿兰都当是亲人，一路上，她还一直念叨您呢。”

吴大婶：“韩连长，阿兰在连里表现怎么样？”

韩燕：“很不错，上次我们海训，她游泳游得最快。”

吴大婶露出了欣慰的笑："好！好！"

韩燕："吴大婶，这次来，我婆婆让我向您打听一下，您给阿兰的那个海螺号，是哪里来的？我婆婆，就是姐妹连的老连长陈海妹，您认识吗？"

吴大婶神情复杂，有些不安，连连摇头："不认识，不认识。"又嘀咕着，"海螺号……我卖海螺号。"指指店里挂着的一串海螺号。

韩燕站了起来，拿起一个海螺号细看："不一样，那个海螺号没装饰，年头有点儿久，里面还有'姐妹连'几个字。"

吴大婶有点儿慌了："我想想，我想想，瞧我这记性。"

这时，阿兰与史茗摘了橘子回来了。

阿兰："韩燕姐，吃橘子。"又给史茗、吴大婶也递了橘子。

吴大婶似乎冷静下来："我想起来了，这海螺号，是我捡的，好像……好像……几十年前了，有一年女民兵到我们这儿抗台，我就是那时捡的，也不知道谁落下的。"

9-47　渡船上　日　内

韩燕、阿兰、史茗坐在返回青岙岛的渡船上。

史茗迟疑着："韩燕姐，阿兰，我……我想过了……"

韩燕："什么？"

史茗："我，留下来。"

韩燕笑了："好！"

阿兰开心地拉着史茗的手："留下来好，以后我跟你学英语。”

史茗：“韩燕姐，阿兰，谢谢你们照顾保护我，但我有个要求，以后别对我特殊照顾了，把我当正常人，我也保证，不再玩儿失踪闹情绪了。”

韩燕打量着史茗，沉思了一下：“好的，我同意！”

史茗迟疑了一下：“还有……韩燕姐，我……我也想申请当女民兵，你能同意吗？”

韩燕为难地：“姐妹连的女民兵呀，有规定，就招本地人，这样吧，你就作为编外女民兵，由一班代管，着装与其他规范都同大家一样，但不用参加强力训练，姐妹连的抖音工作我交给你打理，你看行不行？”

史茗露出笑容，点了点头。

9-48　海奶奶家堂屋　日　内

海奶奶坐在椅子上休息。

小海还在手舞足蹈地模仿开碰碰车：“打方向，向左，打方向，向右，哈，撞车了！”

海奶奶：“小海，给奶奶倒杯开水。”

小海:“好的。”跑去倒水,一会儿,端着开水过来给海奶奶。

海奶奶从身上掏出降血压的药瓶，倒出几颗，用开水冲服。

小海：“奶奶你生病了吗？”

海奶奶：“没有，奶奶身体好着呢，奶奶今天陪你玩儿得高兴，血压有点儿高了。”

这时，韩燕走进院子。

小海跑了出去："妈妈，今天我带奶奶去儿童公园玩儿，奶奶玩儿得很开心。"拉着韩燕进屋。

海奶奶呵呵笑了。

韩燕也笑了起来："吹牛！是奶奶带你去玩儿吧。"

海奶奶明显有些疲累："小海说得对，是小海带奶奶去玩儿的。"

韩燕："小海，你都把奶奶累坏了。"

海奶奶："没事没事，你今天怎么样？"

韩燕坐了下来："请柬都送到她们手里了，李奶奶乐得像个孩子似的，她生病了，我们劝她不用来，她就跟我们急。"

海奶奶："我这位李大姐，还是那么好强。"

韩燕："我还见到了吴大婶。"

海奶奶："怎么说？"

韩燕:"她说,她那个海螺号,是多年前女民兵抗台时捡的。"

9-49　吴大婶杂货店门口　夜　外

杂货店里，响着呜呜的螺号声，吴大婶正在给一堆海螺插上哨子，一个一个试吹一遍。

9-50　海奶奶家小院子　夜　外

海奶奶站在小院子里，望着夜空，仿佛听到一声悠长的吹号声。

第十集

10-1　女民兵宿舍楼前　日　外

一班的女民兵们围着手握冲锋枪的王凯男，看她在示范标准的握枪动作。

王凯男：“平时列队时，握枪应该这样，你们看我两手的位置，还有枪的角度。”

大家都伸手去摸枪。

王凯男：“别乱摸。”

方贝贝：“小气！”

叶苗苗拿了根扫帚当枪握。

春霞：“苗苗有点儿样子。”

叶苗苗得意地：“我这是魔法扫帚。”

方贝贝：“你这么重，骑上去也飞不起来。”

叶苗苗：“胡说，我减肥了。”

这时，穿上新式作训服的史茗走了出来，手举装着手机的长杆，看上去气质不一样了，大伙围了过去，把王凯男晾在一边。

郭小琴："真好看！"

阿兰："美呆了！"

叶苗苗："她名字起得好，史茗，史茗，史上最美女民兵。"

方贝贝不服："史茗留着长发，我要是头发不剪掉，有得一拼。"

王凯男走过来："你那爆炸头不剪的话，顶多是史上脑袋最大女民兵。"

方贝贝："要不我俩再拼一回，都理成光头，头顶上留个桃心。"

王凯男笑了："这种发型适合说相声。"

大家也都笑了。

史茗："我是编外的，要是像你们一样都是正式的，我立马剪掉长发，光头也不怕。"

方贝贝："好，凯男姐带头理光头。"

王凯男摇摇头笑着走开，突然大喊一声："一班全体列队！"

一班女民兵马上齐刷刷地排成队列，连史茗也笔直地站到队尾。

10-2　吴大婶杂货店门口　日　外

吴大嫂关上杂货店的门，犹豫了一下，向码头走去。

10-3　渡船上　日　内

吴大婶坐在一艘驶向青岙岛的渡船上，神情有些紧张，她拉开身边的舷窗，海风把她灰色的头发吹得飘起。

10-4　姐妹连操场　日　外

操场一边摆着一排架子，架着无数枪械。

操场上立着三个方阵，一个方阵是穿着新式作训服的姐妹连年轻女民兵，一个方阵是穿着普通迷彩服的中年女民兵，一个方阵是穿着老式军便装的老年女民兵。嘉宾座则空着一大片椅子没人坐。曹部长、韩燕、海奶奶、丁刚站在方阵队列前，旁边还有扛着摄像机、拿着照相机的电视台、报社记者在忙碌。

韩燕走到一班队列前扫了一眼，似乎发现了什么，上前把方贝贝袖子往上一撸，手腕露出了一个手枪文身。

韩燕神色大变，低声喝问："怎么回事？"

方贝贝有些结巴："想……讨点好彩头，感觉酷酷的，更像个……神枪手。"

王凯男大吃一惊，惊讶得说不出话来。

韩燕低声命令："一班的，把右手袖子撸起来。"

一班女民兵撸起袖子，露出了右手手腕，竟然都有一个手枪文身。

韩燕板着脸低声训斥："你们是不是要自我淘汰？"

春霞她们都吓了一跳。

王凯男低声地："你们疯了，竟然集体文身？"

方贝贝低声地："这不是文身，是贴纸。"

韩燕压低声音严肃命令："全部撕掉！"

方贝贝她们老老实实地撕了。

10-5 姐妹连大门外 日 外

吴大婶远远地站在门外，看着姐妹连大门，良久，才转过身，向路那头走去，但不时回头看看姐妹连大门。

10-6 姐妹连操场 日 外

史茗举着手机杆站在不远处，正在抖音直播。

史茗对着手机屏幕说了句："粉丝们，青岙岛姐妹连新民兵授枪仪式马上要举行了，现在开始直播。"

曹部长、海奶奶、韩燕走到老年女民兵方阵前。

曹部长："你们大家是嘉宾，来就座吧。"

海奶奶："李大姐，你带个头。"

李奶奶："曹部长，海妹，我们这批老姐妹，已坐了很多年了，今天来了，坚决不坐，老是老了，飒爽英姿还在。"

海奶奶走到李奶奶跟前，低声地："你那老毛病，站着没事？"

李奶奶低声地："今天这架势，老毛病也吓跑了。"

两人相视着笑了起来。

郭奶奶："陈大姐，给我们喊个口令吧。"

海奶奶扫视了大家一眼，眼眶有点儿湿润，喊了起来："老姐妹们，立正！"

奶奶兵与大嫂兵挺胸立正，海奶奶、韩燕、曹部长向她们敬礼，奶奶兵、大嫂兵们及年轻女民兵们也举手敬礼。

10-7　山顶　日　外

吴大婶站在山顶上，眺望远处的姐妹连操场，虽然看不大清楚，但她看得热泪盈眶。

10-8　姐妹连操场　日　外

韩燕、海奶奶、曹部长、丁刚站在主席台上看着大家。

海奶奶大声地："发枪仪式现在开始！"

一队奶奶兵、大嫂兵们手握钢枪，站在主席台前，一队年轻女民兵齐步走到她们跟前。

李奶奶站在阿兰跟前，赵彩花站在方贝贝跟前，阿丁嫂站在叶苗苗跟前，郭奶奶、刘奶奶等站在春霞、郭小琴等人跟前。

赵彩花瞟了眼方贝贝，对身边的阿丁嫂低声地："阿丁嫂，我俩换换，我给我女儿发枪。"

阿丁嫂不情愿地与赵彩花换了个位置。

李奶奶、郭奶奶、刘奶奶、赵彩花她们都把枪递给了对方，对方向她们敬礼。

李奶奶笑眯眯地："阿兰，加把油！"

阿兰含笑点头。

赵彩花："苗苗，妈妈是神枪手，你千万不要让我没面子。"

叶苗苗不自信地："不一定哟！"

赵彩花瞪了叶苗苗一眼。

阿丁嫂还把枪握在手里，不信任地看着方贝贝。

方贝贝提醒阿丁嫂："给我枪。"

阿丁嫂重重地把枪递到方贝贝手里，没好气地："你要对得起这把枪，不然的话……喂，向我敬礼。"

方贝贝不情愿地向阿丁嫂敬了一个礼。

10-9　连史馆门口　日　外

吴大婶站在姐妹连军事博物馆的售票处，买了一张参观券，然后走进大门口。

10-10　连史馆　日　内

吴大婶在馆内转了一圈，细细地浏览了一遍照片，又好奇地走进旁边的放映室，里面正在放电影，一个工作人员在试碟。

吴大婶静静地站在身后看，过了片刻问："这是《海霞》吧？"

工作人员："是！我先试碟，等下会集体放映，你出去等会儿。"

吴大婶："我站在边上看几眼就走。"

工作人员拿着遥控器快进，播放，只见屏幕上，海霞正在向女民兵们发枪，一群大姑娘小媳妇握着钢枪，兴奋不已。

10-11　路上　日　外

新老三代女民兵向姐妹连军事博物馆走去，丁刚领着年轻女民兵队伍走在前面，海奶奶、韩燕陪着李奶奶、赵彩花等奶奶兵、大嫂兵们跟在后面。

李奶奶："燕子，怎么不安排打靶比枪法？让我也过把瘾。"

韩燕："李奶奶，新民兵们还不会呢。"

李奶奶："那不刚好让我们教教她们，告诉你，我和你妈联手，全连无敌手。"

大家都笑了起来。

10-12　连史馆门口　日　外

女民兵们排队进入姐妹连军事博物馆，刚要出去的吴大婶急忙转过身，戴上口罩，走到一边避开她们，待新老女民兵全部进入馆内，才匆匆离去。

10-13　海上　日　外

两艘渔船驶在海面上，船尾卷起一条条白线般的浪花。

10-14 渔船甲板上 日 外

甲板上站着陈涌涛、胡主任以及局里的其他干部，中间一个胖男人则是市里的王处长。

王处长：“老陈，听说你们单位这次团建活动有海钓项目，我就来了。”

陈涌涛：“王处好雅兴。”

王处长：“听过胖钓瘦猎的理论吗？”

陈涌涛与胡主任面面相觑，都摇摇头。

胡主任：“王处，什么胖钓瘦猎？还从来没听过。”

王处长：“意思就是……让胖子去钓鱼，瘦子去打猎，各尽所能，各尽其才。”

一男子：“王处高论！”

另一男子：“如果胖子打猎瘦子钓鱼呢？”

王处长：“胖子跑不动，瘦子坐不住。你们看，我就适合钓鱼，老胡适合打猎，当然打猎就是个比方。”

胡主任：“嘿嘿！我还是喜欢钓鱼。”

陈涌涛：“王处讲的，还真有几分生活哲理。”

10-15 连史馆 日 内

三代女民兵按老中青为序，排着队伍参观姐妹连军事博物馆。

女解说员走过来：“海奶奶，要不要讲解？”

海奶奶：“这都是我们自己的故事，哪还用得着讲解。”

韩燕陪着赵彩花、阿丁嫂她们。

韩燕：“彩花姐，阿丁嫂，你们最近都忙什么呀？”

赵彩花：“退了连，还能忙什么，不就跟退休人员一样嘛。”

阿丁嫂指指橱窗里的照片：“彩花，你看，那时我们多牛，姐妹连多牛，根本没别人什么事。”

赵彩花：“我们退了连，照样牛。韩连长，你那些九零后女民兵，我们一个顶她们十个，你信不信？”

韩燕笑了一下：“长江后浪推前浪，过去有李奶奶她们这一代，之后又有你们这一代，现在当然还得新一代来接力，红色基因就是这样传承的。”

10-16　渔船甲板上　日　外

船舷两边，架着好几支钓鱼竿，陈涌涛、胡主任、王处长等人坐在船舷两边。

王处长、胡主任专心钓鱼，身边的桶里已经有好多鱼了。

陈涌涛却闲置着钓鱼竿，身边的桶里一条鱼都没有，他出神地望着不远处的灯塔礁。

胡主任：“陈局，你怎么不钓鱼呢？”

陈涌涛：“你看，前面就是灯塔礁。”

胡主任：“那老陈头脾气怪，一个人赖在灯塔礁不走，死守这儿，该不是个老钓迷吧？”

陈涌涛：“一个老兵怎么舍得离得开军营呢？”

胡主任没全听明白，困惑地看看陈涌涛。

陈涌涛站了起来："胡主任，你陪着王处他们钓鱼，我去趟灯塔礁。"

10-17　灯塔礁上　日　外

陈涌涛上了岸，向航标灯塔走去，陈大伯站在那里看着他。

陈大伯冷冷地："领导你又来了，一趟一趟的，真想把我搬走呀？"

陈涌涛笑着："老前辈，我搬不动你，我只是来看看你。"

陈大伯没好气地："一个老头子又不是美女，有啥看头？"

陈涌涛："你美着呢！"

陈大伯不解地："啥？"

陈涌涛:"你这个美呀,是甘于坚守的那种美,当兵的都懂。"

陈大伯笑了："你不懂，你不是兵，你是局长。"

陈涌涛微笑着递上香烟："谁说我不是。"

陈大伯扬扬手中的水烟筒："我吸这个。"

陈大伯捻了撮烟丝，搁在水烟筒上，划了两根火柴都没点燃，陈涌涛忙用打火机帮他点上，点火时，看见水烟筒上刻着一行字。

陈涌涛："你的水烟筒上刻的什么？"

陈大伯得意地："这是我的名片。"

陈涌涛："你的名片？"

陈大伯把水烟筒递到陈涌涛眼前："看清点，东海舰队独立三团班长陈明亮……就是我。”

陈涌涛眼睛一亮：“呀！你是东海舰队的？当年独立三团就驻守在青岙啊！”

陈大伯：“嘿嘿！算你还是个明白人。陈局长，时间不早了，你该回去了。”

陈涌涛：“老前辈，我也是东海舰队的。”

陈大伯：“你啥意思？我如果说我是捡破烂的，你是不是也要跟我同行？”

陈涌涛：“我说的是真的，我是瓯江号的舰长。”

陈大伯怀疑地看着他：“你不是我们海洋局的副局长吗？”

陈涌涛：“我这不是转业了嘛，转业前我在东海舰队啊，你要不信，打电话问问我们司令员。”掏出手机，点开通讯录给陈大伯看。

陈大伯摇了摇头：“现在的司令员我不知道，我以前的老首长，在中央军委呢，难道我还得打电话到军委？”

两人哈哈大笑起来。

10-18 连史馆 日 内

老中青三代女民兵坐在姐妹连军事博物馆的小影厅里，观看革命电影《海霞》，海奶奶、李奶奶她们边看边默默流泪，嘴角却露着笑意。

一班女民兵坐在最后面。

王凯男铁青着脸，低声发火：“今天这么重要的日子，你们竟然当着海奶奶她们老一辈的面，犯这种错误。”

叶苗苗低声求饶：“凯男姐，我们错了，你消消气吧。”

10-19　女民兵宿舍　夜　内

海奶奶、李奶奶、郭奶奶、刘奶奶、张奶奶等坐在一个大宿舍里，下铺都备了被铺。

海奶奶：“今天我特地叫燕子安排，让我们这些老姐妹住一夜营房。”

李奶奶感慨地：“老姐妹们今天又相聚了，可还有很多人没见着啊！”

郭奶奶：“是啊，老杨、老冯走了，老何、老许长住医院，老金跟着儿女住外地去了……”

海奶奶犹豫了一下：“那个……吴凤英在哪儿，你们知道吗？”

郭奶奶她们摇摇头，不吭声了。

李奶奶：“海妹，凤英有心结，她一定是不想人家知道。”

海奶奶沉默了。

过了一会儿，刘奶奶打破僵局：“老连长，带我们去山顶岗哨转转吧。”

海奶奶站了起来：“好！我们走！”

10-20　一班宿舍　夜　内

一班的女民兵排成一排，王凯男背着手在她们面前走来走去。

王凯男发飙了：“丢人丢到家了，我真想把你们都退回家。”看向方贝贝，“贝贝，今天这贴纸是你弄来的对吧？”

方贝贝翻着白眼不吭声。

郭小琴：“不是贝贝。”

王凯男看向叶苗苗：“苗苗，难道是你？”

叶苗苗也不吭声。

史茗：“是我。”

王凯男一愣：“什么？”

史茗：“是我送给她们的。”露出贴在右手腕的手枪贴纸，“我还贴着呢，要处罚就处罚我。”

王凯男：“史茗……你……”

这时，站在门外的韩燕推门进来，严肃地扫了大家一眼：“这事暂不追究了，但绝没有下次。凯男，一个宿舍住着，你这班长竟不知道全班人的小动作，这不行啊！”

王凯男脸涨得通红，无话可说。

韩燕：“史茗，编外女民兵也是女民兵，你好好看看女民兵条令。”说完走出门去。

王凯男沉默了一会儿，突然大声地：“全班夜跑五十圈。”

10-21　灯塔下　夜　外

一张小桌子摆在灯塔门外，陈大伯与陈涌涛对坐喝酒，桌上放着一个小酒缸。

陈大伯站了起来，向陈涌涛“啪”地一个敬礼。

陈涌涛连忙也站起来向陈大伯敬礼：“老班长，你怎么好向我敬礼？”

陈大伯：“我是班长，你是舰长，你比我大。”

陈涌涛：“你是前辈，你当海军那会儿，我还是娃娃呢。”双手端起酒碗，“来来来，老班长，老前辈，我敬你！”

陈大伯也端起酒碗：“干了！”

两人一饮而尽。

陈大伯望着大海：“我们当过海军的，对大海感情深哪！”

陈涌涛：“你在东海舰队当兵，比我早了几十年，经历的大风大浪多了去了。”

陈大伯：“是啊，那时我还是个毛头小伙儿，穿着神气的海魂衫。”

陈涌涛：“海魂衫漂亮啊！我现在都还想穿。”

陈大伯：“当年，我们的军舰在东海上航行，别提多威风了，战士们给它起了个名字，叫大鲨鱼！”

陈涌涛：“大鲨鱼？有意思！”

陈大伯：“不过，都落伍了，哪能跟现在的现代化舰艇比啊！”

陈涌涛：“大鲨鱼现在还在吗？”

陈大伯感慨地：“我都六十岁了，大鲨鱼早退休了，大概不在了，你瞧，这岁月啊……”

陈涌涛给陈大伯与自己倒酒：“一切都在酒中，喝！”举碗又与陈大伯干了一碗。

陈大伯："我们老陈家都是当海军的料，我还是我们军舰水兵中的游泳冠军呢。"

陈涌涛："你就没输过？"

陈大伯愣怔一下："输过一次，输给……老姐妹连的一个女民兵了。"

陈涌涛："女民兵还有这样的高手？她叫什么名字？"

陈大伯神色复杂，拿起水烟筒，望着夜空吸着烟。

10-22　山顶岗哨　夜　外

海奶奶她们站在山顶岗哨前，望着海上的渔火。

海奶奶轻声哼起《渔家姑娘在海边》：

大海边嘞，沙滩上嘞……

李奶奶她们也跟着唱了起来——

大海边嘞，沙滩上嘞，
风吹榕树沙沙响，
渔家姑娘在海边嘞，
织呀织渔网，
织呀嘛织渔网……

10-23　姐妹连操场　夜　外

王凯男带着一班的女民兵在操场上跑圈，史茗也从宿舍跑来，跟在她们后面跑步。

阿兰折过身跑到史茗身边："你咋来了？你不是一班的，不用跑。"

史茗："是我连累了大家，虽然我不算一班的，但我觉得我是一班的。"

跑着跑着，史茗就跟队伍拉开了距离，远远落在后面。

这时，海奶奶她们的歌声远远飘来，王凯男她们停了下来，抬头望向山顶岗哨方向，侧耳倾听着。

10-24　陈大伯房间　日　内

天色露出一点儿鱼肚色，陈大伯早已起来，他从一卷红布里拿出一面国旗，看了一眼还睡在行军床上的陈涌涛，轻手轻脚走出门去。

10-25　灯塔礁上　日　外

陈大伯捧着国旗，迈着有力的正步，走向灯塔礁的旗杆。他走到旗杆跟前，熟练地把国旗拴到旗杆的绳子上，嘴里唱着国歌，徐徐拉动绳子。

陈涌涛从屋里走出来，站在陈大伯身后远处，惊讶地看着这一幕。陈大伯把国旗升到了旗杆顶部，向飘扬的国旗仰视敬礼，陈涌涛在身后也立正敬礼。

陈大伯转过身："哟，小陈，你醒了？"

陈涌涛点点头："老班长，你天天升旗吗？"

陈大伯慢慢走了过来："那当然，你看天安门广场，哪天不升旗？"

陈涌涛："你升了多久了？"

陈大伯想了想："嗯……36 年零 4 个月 19 天。"

10-26　陈涌涛办公室　日　内

陈涌涛站在墙上挂着的海图前，手里拿着一支红笔，他找到了灯塔礁的位置，用红笔圈上，并标了"36–4–19"字样。

胡主任走了进来："陈局！"

陈涌涛点点头。

胡主任："你昨天上岛没回，有点儿冷落王处了，他好像不太高兴。"

陈涌涛："有你在，他应该不会不高兴吧，再说我也不擅长海钓，你们一起有共同语言。"

胡主任看着海图上标出的位置："好像是我们陪王处海钓的位置。"

陈涌涛："嗯，差不多。"

胡主任："这 36–4–19 什么意思？是王处他们钓鱼的条数？不像呀。"

陈涌涛笑了：“乱弹琴，哆来咪都不懂吧？”

胡主任一片茫然。

陈涌涛：“哎，你有什么事？”

胡主任：“唐局让你去参加会议。”随手把三份会议通知递给陈涌涛。

陈涌涛看了看三份通知，上面都签着唐局长的批示——请陈局参加。

陈涌涛皱皱眉头：“这么多会议，都可以养鱼了。”

胡主任赔笑着：“昨天钓鱼，今天养鱼，海边人少不了鱼。”

陈涌涛看了他一眼，没有答话。

胡主任又看了看海图上标注的“36–4–19”：“这是位置编号吗？”

陈涌涛：“胡主任，我告诉你这什么意思，这是……一种精神，一种责任，一种坚持。”

胡主任听得云里雾里，不解地看着陈涌涛。

10–27　姐妹连靶场　日　外

全连女民兵持枪站在靶场上，一班等新民兵趴在射击线前，向远处的靶牌射击，韩燕、丁刚、王凯男等人站在她们后面。

郭小琴一听枪声，连忙捂着耳朵，伏在地上发抖。

丁刚快步走过去：“捂耳朵干啥？看你个㞞样子，大胆点儿好好打。”又向另一头的女民兵走去，“注意正确瞄准，打低了。”

郭小琴只得开枪射击，忽然她一声惨叫，捂着肩膀，痛苦地龇牙咧嘴。

趴在她旁边的方贝贝吃惊地：“怎么了？小琴？”

郭小琴：“我是不是受伤了？”

韩燕大声地：“停止射击，起来！”

女民兵射击的枪声停息，大家站了起来。

韩燕：“小琴，胆战心惊，松松垮垮，枪都没有把握好，这样的话，枪会对你不客气的，后震力就是给你一个警告。春霞，你瞄是瞄准了，击发的时候却又偏了，总是脱靶，打得毫无信心。苗苗，你又怎么啦？睡着了不成……倒是阿兰有板有眼，表现最好。丁教官，你给大家再讲讲技术。”

丁刚持枪趴到地上：“首先，两只胳膊使劲把枪拿稳，肩膀用力将枪托顶住，枪就容易控制，击发时屏住呼吸，手不要抖，手指轻轻扣动扳机，在扣扳机到击发有一段行程，这个行程要控制住，要匀速扣动扳机自然击发，不要下意识地击发，否则枪就会挪动，子弹出去后也差得远了。”

丁刚还在讲解时，韩燕走到了王凯男跟前。

韩燕：“凯男，你不在状态。”

王凯男：“我怎么不在状态？”

韩燕：“一班是你的班，你要全身心投入一班每个人身上。”

王凯男负气转身离开，走到丁刚的位置：“你起来，我给她们示范示范。”

丁刚站了起来，王凯男卧倒地上，端枪连发，枪枪中靶。

对面报靶员在喊：“99 环。”

女民兵都被镇住了，鸦雀无声，过了一会儿才爆发出欢呼。

韩燕走过来："这才是王凯男。"

10-28　姐妹连靶场路上　日　外

一班的女民兵走在回营的路上。

丁刚走在春霞边上："准星、缺口、靶心三点一线，你明白吧？"

春霞点点头："嗯！"

丁刚："你现在是一怕走火，二怕瞄不准，顾了准星、缺口，就忘了靶心。哎，春霞，秋霞怎么好长时间没来了？"

春霞一时没反应过来："啊？你说靶心什么……秋霞什么？"

丁刚一愣："俺是说……"

方贝贝靠了过来："丁教官，辅导就辅导呗，打听秋霞干吗？哈哈！不会是……"

丁刚一下子红了脸，连忙走开。

春霞回过神来，低声地："贝贝，丁教官是老实人，你别开他玩笑，要不我把你介绍给他做女朋友。"

方贝贝斜视了丁刚一眼，摇摇头："不是我的菜。"

叶苗苗："贝贝，你的菜是什么菜？红烧海鲜还是清炒蔬菜？"

方贝贝拍拍手中枪："今天这是我的菜，就是后震力太厉害，脑袋都要震晕了。"

阿兰：“小琴的脸有点儿震肿了，你不关心关心她？”

方贝贝转过身，停下脚步，等后面的郭小琴跟上来：“小琴，你的右脸真的有点儿肿。”

郭小琴：“那怎么办？”

方贝贝：“嗯……我给你些火山灰涂涂。”

郭小琴：“面膜又不是中药。”

10-29　姐妹连门卫室门口　日　外

丁刚走到门卫室门口，见里面有个女人坐着。

丁刚：“这位同志，姐妹连训练期间不允许会客。”

10-30　姐妹连门卫室　日　内

这位女同志抬起头，原来是秋霞。

丁刚：“秋……秋霞？”

秋霞：“丁教官！”

丁刚走进门卫室：“你啥时候来的？”

秋霞：“既然不允许会客，我走了。”

丁刚有点儿不好意思：“你属于例……例外情况。”

秋霞笑了：“你怎么有结巴的毛病？”

丁刚憨笑着：“俺不结巴。”

秋霞：“那通融一下吧，我在这里等我姐。”

丁刚有点儿失望：“没问题。”

秋霞：“还是你好说话。”

这时，春霞远远跑来，跑进门卫室。

秋霞上前拉住春霞的手：“姐！”

春霞：“刚才丁教官和我还在念叨你呢，你一下子就出现了。”

秋霞：“听说你们在打靶，我就跑来看看，姐，你怎么样？”

春霞一下子变得郁闷了。

秋霞：“怎么啦？”

丁刚：“春霞今天……脱靶比较多，不过没事，刚开始不习惯，练多了就好了。”

秋霞：“姐，丁教官都说了，别郁闷了。”

春霞：“我的表现最差，好丢脸。”

丁刚：“大家在一起比试，总有好有差，你也有强项啊，潜水别人就不如你。”

秋霞：“对对，丁教官说得对，姐，笑一笑。”拿起一个纸袋，“我带了些水果来，正好慰劳你。”

春霞：“姐妹连有规定，偷吃要受处罚的，真是的。”

秋霞：“那怎么办？”

春霞：“你让丁教官处理吧。”

秋霞：“对对，丁教官，交给你了。”把纸袋往丁刚手里一塞。

丁刚犹豫地：“这……我拿着不也是违规吗？”

春霞一笑：“你跟我们不一样，拿着吧，这是我妹妹犒劳你的。”

丁刚不好意思起来，憨笑着愣在那儿，姐妹俩嘻嘻哈哈地走了。

10-31　姐妹连大门口　日　外

春霞送秋霞出来。

春霞："秋霞，你觉得丁教官人怎么样？"

秋霞："不错，老实人！"

春霞："听说他还没女朋友呢。"

秋霞："你不会是叫我帮他介绍女朋友吧？"

春霞："不是，是我想帮他介绍。"

秋霞笑了起来："姐，你真热心，还主动当红娘了，告诉我，你要介绍谁给他？"

春霞笑而不答。

秋霞："阿兰？小琴？苗苗？凯男？"

春霞摇摇头。

秋霞惊讶地："你介绍贝贝给他呀，那要把他折腾个半死。"

春霞摇摇头："不是。"

秋霞："别的，我就猜不到了。"

春霞："连里的不一定合适，我想给他介绍个医院的。"

秋霞笑了："姐，你的手伸得够长的，有目标了？谁呀？"

春霞："我又没认识几个，要不，干脆把你介绍给他。"

秋霞吃了一惊："我？"

春霞："是啊！"

秋霞呵呵大笑起来。

春霞："你笑什么呀？"

秋霞笑个不停："姐，你真会乱点鸳鸯谱呀！"

春霞：“我怎么乱点了？你不喜欢？”

秋霞：“丁教官人是不错，但不是人好我就得喜欢。”

春霞：“那什么样的人你才喜欢？”

秋霞：“我也不知道，反正得电一下才知道。”

春霞：“瞎说一气，难不成还得用电给你电一下才行？”

10-32 露天茶馆 日 外

史茗与陈涌涛坐在海边的露天茶馆喝茶。

陈涌涛：“史茗，你找我有什么事？”

史茗：“涌涛哥，你救了我的命，我一直没有向你说声谢谢，我今天特地请假出来，就是要跟你说，谢谢你！”

陈涌涛奇怪地看着史茗：“你不会……又想离开吧？”

史茗笑着摇头：“不，我留在姐妹连了，当编外女民兵。”

陈涌涛放心下来：“很好，我们向前看，一切都会好起来的。”

史茗掏出手机放到陈涌涛面前：“这手机还你。”

陈涌涛：“怎么？”

史茗：“连里给我配了工作手机，我的新号码待会发给你，我现在负责姐妹连的抖音视频号的工作，你也要多多关注我们的抖音哦。”

陈涌涛：“好，一定关注。”

此时，陈涌涛的手机响了。

陈涌涛掏出手机接电话：“喂……噢，老陈啊，什么事……好，好，我马上来。”挂了电话，对史茗讲，“不好意思，我工作上有个急事，要现在赶过去。”

史茗：“那你赶紧去吧。”

10-33 码头 日 外

陈大伯与一群海上养殖户聚在一块儿说着什么，旁边停着装鱼货的两三辆卡车。一辆吉普车驶近停下，陈涌涛从车上下来。

陈大伯看见陈涌涛，大声地：“来了来了。”

陈涌涛还没反应过来，众人便围了过来，七嘴八舌地说着。

一养殖户：“陈局长，您得帮帮我们。”

一养殖户：“陈局长你说，好好的活鱼，怎么就有污染呢？”

一养殖户：“这下我们赔惨了啊！”

陈涌涛云里雾里的：“各位各位，先别激动。”

陈涌涛拉着陈大伯走到一边：“老陈，怎么回事呀？”

陈大伯：“他们呀都是搞海上养殖的，跟我的关系都蛮好，碰上这个困难，我想帮一把，那我不找你找谁？”

陈涌涛：“到底出什么事了？”

陈大伯：“他们卖给客户的活鱼被退回，说有污染，亏了本还要赔偿，你在海洋局，看看能怎么帮他们一把。”

10-34 一班宿舍窗外 日 外

透过窗户，只见一班宿舍里很热闹，叶苗苗与方贝贝正在玩闹搞怪，王凯男则与春霞等人讲着什么。

丁刚从外面过来，站在一班宿舍窗外，迟疑了一下喊道：“叶苗苗，韩连长有事找你。”

10-35　连长办公室　日　内

叶苗苗坐在韩燕对面，韩燕将她的训练考核结果告诉了她。

叶苗苗猛地站起：“你说什么？退连？”

韩燕和蔼地：“苗苗，你先坐！”

叶苗苗吃惊地：“我没听错吧，让我退连？”

韩燕：“第一阶段的考核成绩出来了，按照规定，考核不合格的人必须退连！”

10-36　营房草坪上　日　外

叶苗苗一个人躺在草坪上仰望天空。

叶苗苗自言自语：“我回家能大吃一顿了，应该高兴才对啊？可是为什么一点儿都高兴不起来呢？”坐起来，随手采了一朵野花，一片一片地把花瓣扯下来，“高兴，不高兴，高兴，不高兴……”

这时，王凯男、阿兰、春霞、方贝贝、郭小琴、史茗跑了过来。

王凯男：“苗苗……”

叶苗苗忽然嘴一张，哭了起来：“我才不稀罕待在这里呢，训练又辛苦，伙食又不好，我都瘦了一圈了呢，吃个饭还要唱歌，烦不烦啊，夜里睡觉你们还嫌我打呼噜……”

春霞：“苗苗，其实你打呼噜……还挺好听的，听不到你的呼噜声，我们还会失眠呢。”

叶苗苗：“真的？”

春霞：“不信你问大家。”

叶苗苗希冀的目光看着大家，大家都拼命点头，苗苗破涕为笑。

王凯男：“苗苗，我对不起你和你妈。”

叶苗苗：“什么意思啊？”

王凯男：“你妈把你交给我，我没把你教成合格的女民兵，我也不合格。”

叶苗苗：“凯男姐，是我太没用。”

方贝贝：“凯男姐，你和韩燕姐商量一下，把苗苗留下。”

郭小琴：“是啊是啊，我们全体去找韩燕姐，向她求求情。”

王凯男：“求韩燕没有用的，她这人软硬不吃，再说苗苗确实不合格呀。”

史茗：“想办法为苗苗争取一次机会嘛，你出面找一个人，估计行。”

阿兰：“谁呀？”

史茗：“凯男姐是谁的得意门生？”

大家都会心地点点头。

10-37　陈涌涛办公室　夜　内

陈涌涛手握一支铅笔，站在海图前看看圈圈，又往笔记本上写着什么。

这时，办公桌上的手机响了。

陈涌涛走到办公桌边拿起手机接电话:“……妈,我在加班,不回家吃饭了……”

放下手机后，陈涌涛拿起桌上的一个面包，吃了半个，喝了几口水，又看了看笔记本上的记录，然后拿起电话筒开始拨打电话。

10-38　海奶奶家堂屋　夜　内

海奶奶和小海在吃饭。

海奶奶：“来，小海最喜欢吃的鸡腿，多吃点儿。”

小海：“奶奶，我不想吃了，我想吃妈妈做的糖醋排骨，妈妈都好久没回家了，我想妈妈了。”

海奶奶：“小海乖，妈妈工作忙，过几天奶奶去把妈妈叫回来，好不好？”

小海放下饭碗：“奶奶，我不吃了。”

小海跑进房间，海奶奶看见小海的背影，心里很不是个滋味，轻轻叹了口气。

这时，外面响起王凯男的喊声：“海奶奶！”

10-39　海奶奶家小院子　夜　外

海奶奶走出门来，见王凯男站在院子里。

海奶奶欣喜地：“哟，凯男，你怎么来了？”

小海听到声音，赶紧从屋内跑出来：“凯男阿姨！”

王凯男：“小海！”笑着抚摸小海的脑袋。

海奶奶：“小海，让阿姨先进屋。”

王凯男：“我不进去了，我……”

海奶奶：“有事就别吞吞吐吐。”

王凯男：“海奶奶，今晚我来找您，是为了苗苗的事。”

海奶奶：“苗苗怎么了？”

王凯男：“您不知道？”

海奶奶摇摇头。

王凯男：“苗苗考核不合格，要被韩燕清退了。”

海奶奶不由得皱起眉头。

王凯男：“现在只有您才能做通韩燕工作。”

海奶奶：“考核通不过，按规定是要回家的，这规定不能变。”

王凯男慌了神：“海奶奶，苗苗没希望了吗？”

10-40　海奶奶家门外　夜　外

叶苗苗、方贝贝、郭小琴、春霞、阿兰、史茗正挤在院门外偷听，不知道谁推了一下，还是挤得太用劲儿，苗苗一下子扑在虚掩的门板上，扑倒在地上。

10-41　海奶奶家小院子　夜　外

其他人也如多米诺骨牌效应，一齐倒了进来，海奶奶吃惊地看着这一幕，王凯男尴尬地“哎”了一下。

小海开心地喊了起来：“哈，叠人山游戏真好玩！”

底下的叶苗苗大声地：“压死我了！”

海奶奶与王凯男上前扶她们起来。

海奶奶：“你们呀，来了怎么不进来？”

小海：“苗苗阿姨，再玩儿一个叠人山。”

叶苗苗不好意思地：“不玩儿了。”

海奶奶：“来，来，大家都坐下，跟我汇报一下你们的成绩。”

叶苗苗一听，急忙躲到其他人身后。

海奶奶：“苗苗，你过来。”

叶苗苗无奈地走了过来。

海奶奶：“不是海奶奶说你，你怎么没一点儿你妈的样子，她当年得了个第一，你现在得个倒数第一。”

叶苗苗低下了头，其他人也面面相觑，不知该说什么好。

10-42 连长办公室 日 内

海奶奶和韩燕坐在办公室里。

韩燕：“妈，您今天是来为苗苗说情的吧？昨晚一班集体请假，我猜就是搬救兵去了。”

海奶奶点点头：“对，她们是来搬救兵了，可是军事素质不过关，哪里还能当女民兵。”

韩燕：“那您是……”

海奶奶：“对苗苗的结论你自己下，但你怎么跟彩花讲，总要跟我通通气吧。”

韩燕犹豫着：“我……也有点儿为难。”

海奶奶：“考核不合格，彩花绝不会有二话。可是呢，她母女都退连了，你我母女得让她们宽心，她们心不宽，我们心也宽不了。”

韩燕：“妈，您说怎么办？”

海奶奶：“你昨晚同意一班请假，也明白她们做什么，一定有对策了吧？”

韩燕想了想：“我还真没对策，就想听听您的意见。”

海奶奶：“噢？”

韩燕：“如果……您为苗苗说情，我会考虑的。”

海奶奶一笑：“燕子，这可不是你的作风。”

韩燕：“我是不想再欠彩花姐，再说苗苗这孩子人不错。”

海奶奶：“练兵练兵，练不好的，我从不为她求情，反正通不过的，你全得清退。”站了起来，“我该回去了。”

韩燕陪着海奶奶走到门口。

海奶奶：“小海想你了，抽空回来看看他。”

10-43　小快艇上　日　外

陈涌涛开着小快艇，陈大伯站在他旁边指着某片海域，跟他讲着什么，小快艇放慢速度，在这片海域转起了圈儿。

10-44 海洋局大院 日 外

陈涌涛刚停好车钻出车门，见胡主任跑了过来。

胡主任：“陈局，你总算回来了，唐局满世界找你呢，打你手机又不通。”

陈涌涛：“不好意思，我在外面忙，手机没电了，唐局找我什么事？”

胡主任：“有急事要开个班子会。”

10-45 海洋局会议室 日 内

陈涌涛推门进去，见班子领导都已坐在会议室里。

唐局长：“陈局，快过来坐下。”

陈涌涛连忙走到一个空位上坐下。

唐局长：“好，都到齐了，我们临时开个班子会。有家客商反映，我县养殖户的活鱼有污染，不管怎么回事，我们都必须引起重视，林局这里得安排调查。”

林副局长：“具体情况我还不清楚，我会派人去查，看这反映是否属实。”

陈涌涛：“是事实。”

唐局长：“陈局你怎么知道的？”

陈涌涛递给唐局长一份资料：“我现场调查过了，是5号海区发生污染，养殖户损失惨重，我赶回来向你汇报。”

唐局长看过资料后又递给林副局长。

林副局长："陈局，我真服了你，我这分管局长还没安排，你倒先调查了。"

陈涌涛："是他们找上我的，我责无旁贷。"

10-46　一班宿舍　日　内

叶苗苗正在收拾东西，大家围着她，神情都有些落寞。

叶苗苗："我走了，你们要好好练，不能因为我不在，你们就不好好训练了，我会在心里为你们加油的。"

大家全都眼圈红红地看着叶苗苗。

叶苗苗："凯男姐，你别再欺侮贝贝了。贝贝，你也别捣蛋了。"

王凯男搂住叶苗苗："苗苗……"

方贝贝掏出一瓶火山灰面膜霜："苗苗，我最喜欢的火山灰面膜霜送给你。"

叶苗苗："不要，被火山灰盖住，会变成木乃伊的。"

弄得大家又笑了起来。

叶苗苗拎起行李："你们一会儿哭一会儿笑，真受不了，我走了啊！"

这时，韩燕板着脸走了进来："都窝在这里干什么？"

大家愣怔住了。

韩燕："你们呀，以为搬来海奶奶就解决问题了？错！只有补考通过，苗苗才能留下。"

大家互相看着，又奇怪地看着韩燕。

王凯男："你说什么？让苗苗补考？"

韩燕："只给你们五天时间，五天后苗苗补考。王凯男，你们还不抓紧时间给苗苗强化训练。苗苗，机会只有一次，能不能把握住就看你自己了。"说完转身出门。

叶苗苗还没反应过去，一脸茫然。

王凯男夺下叶苗苗的行李："有机会补考就行。走，训练去！"

其他女民兵也一下振奋起来："走！走！"

10-47　一组镜头　日 / 夜　内 / 外

姐妹连操场。叶苗苗在跑步，王凯男在给她掐秒表，一班的其他人拼命挥手加油，苗苗歇下来时，几个人跑过去，给她擦汗、送矿泉水。

一班宿舍。其他人都已入睡，叶苗苗还在练习俯卧撑，练得满头大汗。

姐妹连操场。叶苗苗艰难地翻上单杠，其他人高兴得跳了起来。

游泳馆。叶苗苗正在与王凯男比游泳速度，虽然落后，但很努力。

姐妹连靶场。叶苗苗趴在靶场上射击，王凯男趴在她身边指导，苗苗射出几发子弹后，围在身后的一班女民兵看到报靶数后，开心地拥抱叶苗苗。韩燕站在远处看着，露出一丝欣慰的笑意。

第十一集

11-1　韩燕办公室　　日　　内

韩燕与史茗正坐在办公室里谈事情，海奶奶与赵彩花走了进来。

韩燕站了起来：“妈！彩花姐！”

赵彩花着急地：“韩连长，听说苗苗训练考核不合格，我来带她回去。”

海奶奶：“你不要急，听燕子讲讲。”

韩燕微笑着：“彩花姐，苗苗是没通过考核，但经过几天的突击训练，她进步很大，不信你问史茗。”

史茗：“是的，这几天凯男姐专门训练她，我拍了好些抖音视频。”掏出手机，打开姐妹连抖音视频给赵彩花，“你看！”

韩燕：“明天苗苗就要二次考核了，妈，彩花姐，你们也来看一看吧。”

海奶奶：“好，我跟彩花一起来。”

赵彩花沉默了一下："韩连长，不管苗苗补考能不能过关，这次我都谢谢你！"

11-2 海滩 日 外

空旷的沙滩上，叶苗苗的补考开始了，她望着前面的人工高墙，心里发怵。韩燕、丁刚以及一班的全体女民兵站在边上，稍远处站着海奶奶与赵彩花。

王凯男："苗苗，加油！"

叶苗苗眼睛一闭，向前跑去，大喊一声，连滚带爬地翻过高墙。

叶苗苗不敢相信地："我过来了，我真的翻过来了。"

方贝贝冲上去猛地抱着叶苗苗："苗苗，你太棒了！"

春霞忙上去拉开方贝贝："别消耗苗苗体力，她还有别的项目呢。"

方贝贝不好意思地吐了吐舌头。

11-3 空中索道 日 外

韩燕她们坐在小船上，抬头望着空中索道，叶苗苗正从索道上站了起来。

韩燕大声地："好样的，手抓紧，向前看。"

郭小琴嘀咕着："这是我最怕的项目。"

终于，叶苗苗从云梯的一端到了另外一端，她从云梯上下来，上了小船。

春霞一把抓住叶苗苗的手：“阿弥陀佛！菩萨保佑！”

只见叶苗苗手上都磨出了血泡，史茗拿出洁白的手帕要给叶苗苗把手包上。

叶苗苗：“没事儿，等本姑娘完成最后一个项目再包不迟。”

韩燕满意地点点头：“好，最后一个项目，5000 米跑！”

11-4 姐妹连操场 日 外

跑道上，叶苗苗挥汗如雨地跑着，所有人都在给她加油。

韩燕嘀咕着：“苗苗加油啊，还有最后一圈了。”

丁刚手里的秒表上开始倒计时了，上面显示 60 秒。

丁刚大声地：“最后 1 分钟。”

韩燕也大声地：“1 分钟之前到不了终点就是不合格。”

王凯男急了：“苗苗，听到没有，你给我跑快点儿，快点儿啊你。”

王凯男跑到叶苗苗身旁，和她一起跑。

王凯男：“苗苗，快，加油，马上就到了。”

秒表显示 30 秒、20 秒、10 秒，叶苗苗终于冲到了终点，与此同时，丁刚手里的秒表走到了 0，苗苗也瘫倒在地。

王凯男扶叶苗苗起来：“苗苗，不能坐下，起来慢慢走走。”

叶苗苗筋疲力竭地：“走……走不动了，没……没力气。”

韩燕走到叶苗苗跟前，看着叶苗苗：“还好吗？”

叶苗苗：“韩燕姐，我过……过关了吗？”

韩燕："差一点儿就……过不了。"

叶苗苗吓了一跳："我没通过？"

王凯男："你过了。"

韩燕微笑地点点头。

叶苗苗兴奋地大喊："哦也！胜利！"

一班的女民兵们高兴地跑过来，把叶苗苗举了起来。

叶苗苗："我是不是轻多了？"

方贝贝："太重了，但我们举重若轻。"

在远处观看的赵彩花喜极而泣，海奶奶也露出了笑容，频频点头。

11-5　海上　日　外

靠近化工厂的海面上，圆形的养殖田里浮着一层死鱼，边上停着一艘海洋局的船只。陈涌涛站在甲板上，神情严肃地看着这污染场面，有个环保单位的工作人员正在向养殖田里取水样。

另一边停着一艘渔船，王凯男的爸爸、养殖户王大潮蹲在甲板上叹气。

11-6　海洋局会议室　日　内

唐局长与几个领导正在开会。

陈涌涛推门进来，大声嚷嚷："污染源找到了，一定得严厉惩处。”一份报告往唐局长桌前一放，“唐局，你看。”

唐局长看着报告，不由一惊：“哦！”

陈涌涛：“就是这家企业的工业废水，没经过循环设备偷偷排放，严重污染了海洋环境，我建议马上责令他们停业处理。”

唐局长：“你坐下，坐下说……这可是重点单位呀，林局，你去他们企业再了解一下吧。陈局，你来了正好，几个局领导都在，新大楼装修工程的事，你也讲一讲。”

陈涌涛着急地：“唐局，其他事可以缓一缓，还是处理污染的事先研究吧。”

唐局长欲言又止：“污染的事，有林局在，会负责调查的，这工程的事……”

陈涌涛：“我知道，装修工程的事我会抓，目前当务之急是污染的事，我已经深入调查过，得赶紧处理了。”

唐局长脸上有点儿挂不住，但还是颇有修养：“陈局，军人出身，就是风风火火、干净利落。林局，你抓紧复核一下。”

说着，把陈涌涛的报告递给林副局长。

林副局长明显也有点儿不悦，嘴上却道：“好的好的，谢谢陈局，帮我做了那么多工作。”

陈涌涛似乎没觉察到会议室里有点儿异样的氛围：“嗨，这算什么？事关群众切身利益的事，早解决总比晚解决好。”

唐局长：“好了，今天就开到这儿吧，散会！”

11-7　码头大排档　夜　外

一班女民兵围桌而坐，在放肆地喝酒，桌上放满了空酒瓶，史茗仍不忘拿着手机拍视频。

叶苗苗端起酒杯："凯男姐我敬你！"

王凯男一饮而尽，紧接着春霞、方贝贝、郭小琴、阿兰、史茗也纷纷来敬，我们的王班长来者不拒。

方贝贝又拿来两个骰子罐，与王凯男玩儿起摇骰子猜点数的游戏，二人打着手势互猜，但王凯男明显不是对手，一杯一杯，喝了不少酒。王凯男不信这个邪，拼命摇了又摇，结果又输了，方贝贝得意地监督凯男喝酒。

这时，韩燕突然出现在大家面前，姑娘们全愣住了。

韩燕恼火地："瞧你们，都喝成什么样子了？"

王凯男摇晃着站起来："今晚放假，明天也放假，你……管不着，哈哈！"

韩燕："你们继续喝呀，怎么都不喝？那我来喝。"拿起王凯男的酒就喝。

方贝贝醉意朦胧："不行不行，这是凯男姐的酒，不准代喝。"

大家不敢应和，只有郭小琴说："就是，不准代。"

春霞低声道："小琴变胆大了。"

叶苗苗："酒壮㞞人胆！"

王凯男醉得不像样子了："看到没有，我的酒……谁……谁喝都不行。"

韩燕："那你喝。"韩燕又把酒倒满。

王凯男拿着酒杯一口喝光，指着韩燕："你……你来干吗？尽扫大家的……兴，你……回去。"

韩燕："我来帮你清醒清醒。"一把扶着王凯男，拖向洗手间。

11-8　洗手间　夜　内

王凯男趴在韩燕的手臂上，韩燕腾出一只手哗哗打开了水龙头。

韩燕："来，冲下冷水，清醒一下脑子，这样我们才能好好对话。"一把将王凯男的头摁到水龙头下面。

史茗拿着手机跑到洗手间门口偷拍，后面还跟着叶苗苗与方贝贝，见到韩燕如此生猛的操作，三人吓坏了，立即悄悄撤兵。

11-9　码头大排档　夜　外

韩燕扶着脑袋湿淋淋的王凯男回来时，发现大家全溜了。

韩燕："咦？她们跑哪里去了？"

王凯男骂骂咧咧："一帮子……臭丫头片子，太不仗义了，见了……鲨鱼，脚底抹油，溜得比谁都……快。"

韩燕："什么鲨鱼？"

王凯男醉笑着："我讲她们……说不定去海里喂鲨鱼了，不去管她们。"

两人坐了下来。

韩燕："凯男，你是班长，你看你这样子，也不怕别人笑话！"

王凯男："没人……笑话我，倒是你……扫了大家的兴，连长同志。"

韩燕："我不会这么不受欢迎吧？"

王凯男："受欢迎？好啊，先……罚酒三杯再说。"

韩燕果真倒了三杯酒，一杯杯喝了下去。

王凯男有点儿吃惊：“这才有点儿……连长风范，你说，你跑来……有什么事？”

韩燕：“没什么事，你一班，排长管不了，我亲自管，你们的活动为什么不告诉我？”

王凯男：“你跟我们……不一样。”

11-10 码头 夜 外

方贝贝、叶苗苗、郭小琴在码头上跑着，后面跟着春霞、阿兰与史茗。

方贝贝：“没想到，韩老大还有两下子，把凯男姐治了，要不要回去看看凯男姐的惨状？”

叶苗苗：“你想死啊？还回去看，溜吧！”

郭小琴：“就是，治了凯男姐，接着就轮到我们了。”

11-11 海奶奶家小院子 夜 外

韩燕独自坐在院子里想事。

小海跑了出来：“妈妈！你在干吗呀？”

韩燕：“妈妈在想事情。”

小海：“要不要我帮你一起想？”

韩燕笑了起来：“好啊！妈妈在想，小海以后考试，不奖励能不能考100分？”

小海笑了起来："哈哈！这个问题我不帮你想了。"

这时陈涌涛走进院门，走路踉踉跄跄。

小海跑了过去："爸爸回来了，咦……爸爸喝醉酒了。"

陈涌涛："爸爸没喝醉。"

韩燕站了起来："你怎么喝成这个样子？"

陈涌涛："酒是一种药，能治坏心情，还治头痛病。"

韩燕不高兴了："我看你是有病。"

陈涌涛摇摇头苦笑，一屁股坐在韩燕身边："革命小酒天天醉，喝红眼睛喝坏胃，喝得手软脚也软，喝得记忆大减退，喝得老婆流眼泪，晚上睡觉背对背。"

韩燕站了起来，发火了："陈涌涛，你恶不恶俗，什么胡话都讲，一身不良习气加酒气！"

陈涌涛："我没有！"

韩燕："有！"

陈涌涛："不就喝了点儿酒，你也喝了呀，瞧你小脸红的，你敢说你没喝？"

韩燕心虚地摸模自己的脸。

海奶奶从屋里走了出来："怎么啦？"

韩燕："妈，您看看他，酒喝醉了，还满嘴胡话。"

海奶奶："涌涛，这就是你的不对了，你呀！"

陈涌涛站了起来："知道知道，一切都是我不对，我先睡觉去了。"径直走进屋去。

11-12　梁县长办公室　日　内

梁县长走进办公室。

秘书跟了进来："梁县长，这是海洋局陈涌涛一早送来的报告，他说请您及时过目。"

梁县长接过报告，坐下看了起来。

11-13　一班宿舍　日　内

穿上便装的女民兵们正准备出门，韩燕走了进来，她也换了便服。

韩燕："哟，好漂亮呀，姑娘们，我跟你们一块儿出去。"

王凯男惊讶地："你也去逛街？"

韩燕："对，我带你们去商场转转，品牌呀流行色呀，我懂。"

王凯男："那我不去了。"

韩燕："别说扫兴的话，一班你带，我带史茗，各逛各的。"

史茗："我不喜欢逛街，我喜欢看海。"

韩燕："城市的街道就是流向大海的河流，走！"拉着史茗走了。

叶苗苗跟出门去，一会儿跑回来报告："她们打的走了。"

一班女民兵双眼一亮。

王凯男："一班集合，准备出发！"

11-14　商业街　日　外

方贝贝带着郭小琴从一个精品店里冲出来，两人手里拎着大包小包一大堆，把正在门口的女民兵们看呆了。

方贝贝："苗苗、阿兰、春霞姐，快，别闲着，帮我拿东西。"

几个人上前帮忙提拎。

春霞："说好逛街，原来就陪你买衣服来了。"

王凯男："贝贝，你怎么搞的，同样的衣服买上一堆，也不怕穿不完。"

方贝贝："我呀就这个习惯。"

王凯男瞪她一眼："别整天一副大小姐的派头，怎么改不了这个老毛病？"

方贝贝："好，我改。"

王凯男："口是心非，我是不抱什么希望了。"

忽然，方贝贝示意大家往前看，只见人流之中，韩燕带着史茗走在前头。

方贝贝："韩老大今天居然破天荒跟史茗逛街。"

王凯男："有什么好奇怪的，今天放假，她就出来逛了，我们别暴露，绕开她，快！"

大家拐了个弯，避开了韩燕。

11-15　一班宿舍　日　内

方贝贝正在分发她买的一堆同款衣服，这衣服是黑白竖条上装，深红紧身七分裤，黑白条高跟鞋，一班唯独王凯男不在屋里。

方贝贝：“每人一套，谁都不用抢。”

叶苗苗：“我只能穿大码的，怕是没这福气了。”

方贝贝：“我做了功课，按你们的身材买的，不会错，快，试试。”

叶苗苗：“真的？贝贝够意思。”

大家纷纷试穿衣服，一下子变了风格，看上去时尚美丽性感。

阿兰：“真漂亮，我们一班服装都统一了。”

叶苗苗：“我去把凯男姐找来，让她也穿上。”匆匆出去。

方贝贝笑了：“好啊，看看我们班长的英姿吧。”

王凯男走了进来，见大伙穿着同款女装，看得一愣，有点儿丈二和尚摸不着头脑了。

王凯男：“你们怎么回事啊，还想穿情侣装不成？弄得一个模子里出来似的。”

方贝贝：“什么情侣装？这叫姐妹装，快穿上。”

郭小琴：“贝贝说，我们穿上同款女装，组个女团。”

王凯男：“那我不穿。”

方贝贝：“让你当女团团长，管着连长，不好吗？”

众人不由分说给王凯男穿上了新衣服，还围着她笑，笑得王凯男心里发毛。

王凯男：“有什么好笑的，我就这么难看？”

春霞：“凯男，你别作践自己，我们是觉得你穿上这衣服后，更有女人味了，大家说是不是啊？”

阿兰：“是！又帅又美！又美又帅！”

方贝贝：“美女王凯男这样子出去，要被人抢去当老婆的。”

春霞：“很多人抢。”

郭小琴：“啊？抢手货？”

王凯男无奈地笑了：“你们就变着法儿骂我吧。”

叶苗苗冲了进来：“韩老大回来了！”

王凯男急忙脱衣服：“我警告你们，谁也不准说我们逛街去了。快，换衣服！”

大家赶紧换上作训服，把新买的衣服塞到被子下面，鞋子都踢进床底下，刚收拾完毕，韩燕就与史茗提了一个大包进来了。

韩燕：“你们没去逛街吗？”

大家异口同声：“没去！”

韩燕：“好吧！史茗，把衣服穿起来给我看看。”

11-16 唐局长办公室 日 内

唐局长与陈涌涛站在那儿，气氛比较严肃。

陈涌涛：“养殖户的利益，我们不能不管。”

唐局长：“那你就打报告给书记县长？”

陈涌涛：“我是想请他们给个政策，帮一下这些养殖户，否则他们都要破产了。”

唐局长：“陈局，你这是典型的越权行为。”

陈涌涛："我是在凭良心做事。"

唐局长："你以为这样就解决养殖户的问题了？根本没有！现在，我们还得面对责任问题。好了，明后天有几批客人来，你负责接待。还有装修工程的事，胡主任正忙着呢，你关心一下。"

11-17　一班宿舍　日　内

史茗穿上了一件蓝绸斜肩长裙，色泽从上至下由深到浅，腰扎一条银色金属腰带，脚穿深蓝色高跟鞋，高贵冷艳优雅，鞋跟在地板上"嗒嗒"敲响，那范儿简直像个国际名模。

一班的女民兵看得两眼发直，完全呆了。

韩燕眼睛一亮："哇！太美了！史茗，你这样出去亮相的话……"

王凯男："很危险，会被人抢去当老婆的。"

春霞："很多人抢。"

阿兰："我也想抢。"

郭小琴："抢手货！"

大伙儿把刚才调排王凯男的话演话剧一般又复排一遍，方贝贝捧腹大笑，大家都笑了，弄得韩燕好奇怪，史茗则不好意思地掩住了脸。叶苗苗由于刚才不在场，没有体会到这些话重复搞笑，依然痴呆呆地盯着史茗。

韩燕："有姐妹连做后盾，谁也抢不走。"

方贝贝："韩燕姐，你给自己买的是不是跟史茗的一样。"

韩燕摇摇头："没有。"

方贝贝："可惜了，本来你俩可以组个女团。"

韩燕："女团？"

王凯男："是的，韩团长。"

韩燕笑了："怎么觉得你们昨夜喝的酒，现在还没醒？"

史茗："昨夜我拍了好多视频。"

叶苗苗："给我看看。"夺过史茗的手机翻看视频，突然大笑起来，"韩燕姐给凯男姐洗头呢。"还展示给王凯男与一班女民兵看。

大伙忍不住喷笑出来。

王凯男一看，正是韩燕在洗手间修理她的一幕，一下尴尬无语了，古怪地瞪着韩燕，心想这厮什么骚操作，这不欺负老娘嘛。

韩燕掩饰道："这个好比醒酒汤。史茗，你也不能什么都拍。"说后出门走了。

11-18　陈涌涛办公室　日　内

陈涌涛泡上茶，端着茶杯，欣赏着自己的沙盘，顺便在灯塔礁上标上一面小旗帜。

胡主任轻轻推门进来："陈局，你对沙盘还情有独钟啊！"

陈涌涛："你猜，这些旗帜代表什么？"

胡主任："猜不到。"

陈涌涛："这个地方呢，是灯塔礁。"

胡主任：“对，上次就在那儿钓鱼，陈局在考虑海钓的事？”

陈涌涛摇摇头：“海钓？我这个副局长就应该不务正业吗？”

胡主任转动着眼睛，不知如何回答。

陈涌涛：“说正事吧。”

胡主任：“装修公司今天要进场。”

陈涌涛把小旗往沙盘里一扔：“好，我们去看看。”

11-19　海洋局新大楼前　日　外

装修公司正在进场，工人在卡车上卸下各种设施工具及材料，正运入大楼，陈涌涛与胡主任站在不远处看着。

装修公司老板走过来：“陈局，你还亲自过来，这个进场清单我明天就报给你。”

陈涌涛：“好，辛苦了，你忙你的。”

老板点点头转身走了。

胡主任神秘地：“陈局，这个装修工程有点儿麻烦。”

陈涌涛：“什么麻烦？”

胡主任吞吞吐吐地：“我听说……我听说……”

陈涌涛：“有话就讲嘛。”

胡主任：“听说有人向纪委反映你的情况。”

陈涌涛不解地：“没搞错吧，反映我的情况？我有什么情况？利益寻租？贪污受贿？”

胡主任不吭声了。

陈涌涛恼火了："胡扯一气，我才管几天呢，对方人都没认全呢。"

胡主任："是啊！不过管工程是个肥缺，谁都盯着，巴不得你有点儿事呢，陈局，还是小心为好啊！"

陈涌涛："我小心什么？谁要说，让他说去。再说这么个工程又不是我一个人在管，有项目部，还有监理，我行得正坐得直，随他去！"

11-20　唐局长办公室　日　内

陈涌涛敲敲门，走了进来。

唐局长示意他坐下，默默地看着陈涌涛。

陈涌涛："唐局……"

唐局长依然沉默。

陈涌涛纳闷地："唐局，你找我什么事？"

唐局长："纪委杨书记给我打电话了。陈局，你把所有工作放一放，工程这块先交给胡主任负责。"

陈涌涛："什么意思？"

唐局长："我们是在保护你。"

陈涌涛又困惑又恼怒："保护我？唐局，你就开门见山说吧。"

唐局长："纪委关注你了知道不？你应该明白，你是有前途的人，现在不要犯错误，不要恋权，低调点儿。"

陈涌涛愤然站起："我海军出身，风浪里出来，我才不怕什么幺蛾子，我来是干工作的，不是贪恋什么权力。”

唐局长不高兴了：“陈涌涛同志，现在没有调查你处理你，你急什么？这是海洋局，不是你的军舰。”

陈涌涛：“唐局，有一句老话说得好——清者自清，浊者自浊。”转身扬长而去。

11-21　街头　日　外

韩燕牵着一蹦一跳的小海，走在回家的路上。

小海：“妈妈，我要吃冰淇淋！”

韩燕：“小馋猫，马上回家吃饭了，吃饭前不要乱吃东西！”

小海失望地低下头：“哦！”

韩燕：“以后妈妈给你买了放冰箱里，吃完饭再吃。”

小海：“妈妈真好！”

韩燕有点儿愧疚，摸了摸小海的脑袋：“乖儿子！”

11-22　海奶奶家堂屋　夜　内

海奶奶、韩燕、陈涌涛、小海坐在桌边吃饭，陈涌涛一脸疲惫，状态很不好。

韩燕：“涌涛，你一个副局长，坐办公室也累啊，这要比军舰上舒服多了。”

陈涌涛：“差远了，在军舰上心不累。”

韩燕：“舰长不当，转业当副局长，都是你自己的选择。”

小海："爸爸真傻，连军舰都不要开。"

陈涌涛神情落寞，韩燕则对其不满，两人把筷子一放，都一声不吭。

海奶奶瞟了瞟儿子儿媳："吃饭吃饭，冷了就不好吃了。"又转向小海，"小海，长大想做什么？"

小海："我长大了，要在大海上开大军舰。"

海奶奶笑着："好！开大军舰好！"

韩燕话里有话："你好好读书，才有机会开大军舰，要不啊，这军舰出了海就回不来了。"

小海："不会，地球是圆的，我一直往前开，就会回来。"

11-23　韩燕房间　夜　内

韩燕坐在台灯下写着什么，陈涌涛靠在椅上默默吸烟。

韩燕不悦地："我难得放一天假，回家还得吸一晚上二手烟，你真的是烟酒不离口了。"

陈涌涛掐灭了香烟，一声不吭，韩燕去上了趟洗手间，回来一看，陈涌涛又点上烟了，韩燕火大了，上去抓过茶几上的那包香烟，一把扔进了垃圾桶。

韩燕恼怒地："让你吸！让你吸！你真是堕落了！"

陈涌涛也很不高兴："你能不能好好说话？我陈涌涛会堕落？"

韩燕："瞧你现在这副样子，还要怎样才算堕落？"

陈涌涛猛地站起："我告诉你，韩燕，清者自清，浊者自浊。"

这时，海奶奶在门外问："燕子，涌涛，你们怎么啦？"

韩燕："妈，没事，刚才我们说话声音响了点儿，您早点儿休息。"

门外的海奶奶走开了。

韩燕拿起一条毯子扔给陈涌涛，然后上床睡觉，陈涌涛摇摇头，自觉地拿出行军床睡觉。

11-24 山坡 日 外

陈涌涛坐在山坡上看着远处，这儿能看到姐妹连营房。这时，史茗捧着一束野花从小径上走来，远远看见了陈涌涛。

史茗喊了声："涌涛哥！"

陈涌涛向史茗挥手示意。

史茗走到陈涌涛跟前："涌涛哥，你怎么在这里？"

陈涌涛："我就随便走走。"

史茗："我出来采野花，你到我们连队坐一会儿吧？"

陈涌涛："不了。"

史茗也坐了下来，看着远处，过了一会儿忍不住问："涌涛哥，你……有心事？"

陈涌涛："没什么。嗯，你最近都好吧？"

史茗："还行。"

陈涌涛想了想："史茗，我问你一个问题。"

史茗点点头："你说。"

陈涌涛："如果一个地方会伤害你，让你不舒服，你会怎么做？”

史茗：“离开呀，当然得离开。”

陈涌涛若有所思：“离开？嗯，离开！”

史茗疑惑地：“你为什么问这个问题？跟我……有关吗？”

陈涌涛微笑着摇摇头。

11-25　唐局长办公室　日　内

唐局长和林副局长、胡主任等人正在讨论工作，就在这时，陈涌涛推门进来，走到唐局长办公桌前，放下一个信封。

陈涌涛：“唐局，这是我深思熟虑后决定的。”然后转身走了出去。

唐局长拆开信封，里面露出“辞职报告”几个字，唐局长愣怔住了，大家面面相觑。

11-26　海洋局大院　日　外

陈涌涛抱着一个大纸盒，里面装满了自己的物品，

陈涌涛望了望海洋局大楼，自言自语：“海洋局，拜拜了！”然后大步而去。

11-27　海奶奶家堂屋　日　内

陈涌涛坐在桌边默默吸烟，大纸箱搁在桌上。

海奶奶站在旁边，惊讶地：“涌涛，你就这么辞职了？”

陈涌涛狠狠地吸了一口烟，点点头。

海奶奶：“涌涛，你都快四十的人了，怎么做事情这么冲动？说辞职就辞职？”

陈涌涛：“妈，我在军舰上待惯了，机关还真不适合我。”

海奶奶无奈地叹了口气：“你怎么向燕子解释？”

11-28　组织部门口　日　外

韩燕骑着自行车，在组织部门口停好车，然后转身进去。

11-29　副部长办公室　日　内

韩燕与组织部姚副部长坐在沙发上。

姚副部长：“韩连长，我请你来，就是想叫你劝劝涌涛同志，要相信组织。”

韩燕有点儿丈二和尚摸不着头脑：“劝劝涌涛？什么事情劝他？”

姚副部长：“你不知道？”

韩燕茫然地摇摇头。

姚副部长疑惑地：“他辞职了，没跟你说？”

11-30　韩燕房间　日　内

陈涌涛站在窗口，皱眉望着窗外。

韩燕怒气冲冲地站在陈涌涛身后："你转业，不跟我商量，你辞职，也不跟我商量，你当我是什么？"

陈涌涛一声不吭。

韩燕："陈涌涛，你一个大男人，怎么这么不负责任？"

陈涌涛："我辞职，是因为机关那地方我待不下去。"

韩燕："你陈涌涛，就是个逃兵！"

陈涌涛猛地转过身，恼怒地："我陈涌涛，从来不当逃兵！"

韩燕："事实摆在眼前，你还好意思狡辩？"

陈涌涛："很多事情，不是你表面看到的这么简单。"

韩燕："哼！我也不想来姐妹连，但我来了，把工作扛起来了，你呢？"

陈涌涛："你不想干，你也可以走。"

韩燕："我才不会像你这样当逃兵！"

陈涌涛恼火地："我不是逃兵！"

韩燕忍住气："陈涌涛，组织部姚部长叫你回去，你回去吧。"

陈涌涛："既然辞了就不会回去。"

韩燕十分失望，沉默了一会儿："你一定要这样，我也没办法。我们……分居吧。"说完，推门走了。

11-31　连长办公室　夜　内

韩燕双眼含泪，整个人瘫坐在椅子上，神情疲惫失落。这时，手机响了，她拿出来看了看，上来显示陈涌涛来电，她直接关机了，然后擦擦眼角，拿起手电筒出门查岗。

11-32　女民兵宿舍楼前　夜　外

阿兰溜出宿舍，刚好与韩燕碰上。

韩燕：“阿兰？你不睡觉在这儿干吗？”

阿兰支支吾吾：“我……我出来……找钥匙。”

韩燕：“找到了吗？”

阿兰：“嗯！”

韩燕：“那回去休息吧。”

阿兰连忙转身回宿舍。

11-33　韩燕房间　夜　内

陈涌涛坐在那儿抽烟，烟灰缸上满是烟头，他拿起手机又给韩燕打电话，只听见“您拨打的号码已关机”。

11-34　海奶奶家小院子　日　外

海奶奶与陈涌涛站在那里。

海奶奶不满地：“这件事是你不对，辞职这么大的事情，也不同我和燕子商量一下，燕子当然生气，我都生气。”

陈涌涛不吭声。

海奶奶叹了口气：“算了算了，你去连队，跟燕子认个错，好好说说。”

陈涌涛：“妈，燕子正在气头上，我去了是火上浇油，您别担心了，我的事情自己会处理好的。”

海奶奶叹了口气：“你不去我去。”

11-35　姐妹连操场　日　外

女民兵们在训练间歇休息，春霞发现远远走过来的海奶奶，便跑上前去。

春霞：“海奶奶！”

海奶奶：“春霞啊，韩燕和凯男呢？”

春霞：“她们在开会，海奶奶，您脸色不太好啊？”

海奶奶摆摆手：“我没事，你训练吧。”向连长办公室走去。

11-36　连长办公室门口　日　外

韩燕领着丁刚、王凯男及几个排长、班长往外走。

韩燕：“今天我们去周边海上转一圈，把路线摸清楚，海上作战训练时心里有底。”

王凯男嘀咕着：“就这么一片海域，眯着眼睛也知道。”

韩燕瞟了她一眼，转向大家：“我们要打有准备的仗，熟悉地形很重要。”

丁刚冷不丁插了一句：“韩连长，你没休息好，黑眼圈好重哦！”

韩燕：“是吗？”

这时，海奶奶走了过来。

王凯男高兴地:“海奶奶,我们去为海上作战训练确定航线,您一起去吧?”

海奶奶:“我不去了,我找燕子有点儿事。”

韩燕对丁刚、王凯男她们讲:“你们去操场等我。”

丁刚他们走开了。

海奶奶:“燕子,夫妻没有隔夜仇,涌涛不对,我已批评过他了,你就原谅他吧。”

韩燕不吭声,避开海奶奶的目光。

海奶奶:“你海上回来后,去家里一趟,涌涛随你怎么骂,他都得听着,妈给你当后盾。”

韩燕叹了口气:“妈,这不是骂不骂的事情,涌涛……他变了。”

海奶奶:“你放心,我的儿子我知道,他没变。妈希望你俩好好的,妈老了,经不起折腾了。”

韩燕看了看海奶奶:“妈,您的心情我理解。涌涛这样子,现在也没法交流,先让我俩都冷静冷静吧。”

11-37　渔船甲板上　日　外

一条渔船缓缓驶行在海岛附近的海面上,韩燕、丁刚、王凯男及十几个排长班长们站在甲板上。

韩燕指着海岸线:“你们看,训练的海域范围就在青岙各岛周围,但是不能影响渔船进出,所以必须绕开航线,有些路线可能比较难走,大家要注意侦查地形。”

王凯男："韩连长，对这次训练，我有个意见。"

韩燕："你说。"

王凯男看了看身边的排长班长："海上作战训练，本身有一定的难度和风险，需要事先根据海图划定线路图，以前我们都是这么做的。"

韩燕看着王凯男："凯男，这不是你考虑的问题。"

王凯男迎着韩燕的目光："我建议根据以往的线路作些调整，然后再实地察看。"

韩燕："好啊，那就请你回去以后提一个具体方案，我要强调的是，按实战要求，需要随机应变，你能做到这一点吗？"

王凯男："青岙海域我全去过，如果需要活海图，把海奶奶叫上就行了。"

韩燕不耐烦地："服从命令，全体待命！"

11-38　灯塔礁上　日　外

陈大伯与养殖户王大潮正坐在灯塔下的石头上聊天，陈涌涛又登上灯塔礁，远远朝他们挥挥手，快步走了过来。

陈大伯："小陈，我们刚聊到你，养殖户的事解决得怎么样了？"

陈涌涛："我把调查报告报给梁县长了，海洋局会妥善处理的。"

王大潮："陈局长，这事最好你亲自来管。"

陈涌涛苦笑着："管不了啦。"

王大潮：“陈局长，你不管谁管？说起来，我们还算自己人呢。”

陈大伯：“你俩什么关系？”

王大潮：“我女儿王凯男在姐妹连，陈局长的爱人是连长，老妈是老连长。”

陈大伯神色有变，若有所思。

陈涌涛:“老王,原来你是凯男爸呀,我才知道,不好意思。”

王大潮：“所以呀，这事情拜托你了。”

陈涌涛叹了口气，欲言又止。

陈大伯不高兴了：“你是海洋局领导，当官不为民做主，不如回家卖红薯，这道理你懂的。”

陈涌涛:“这话说得真好,可我……还真的回家卖红薯了。”

陈大伯不解地：“什么意思？”

陈涌涛：“我辞职了。”

11-39 一班宿舍 日 内

韩燕与王凯男这帮排长、班长还没回来，海奶奶与一班的女民兵坐在宿舍里聊天，阿兰则心神不宁地翻看着床头的台历。

海奶奶：“过两天，就要海上作战训练了，你们都要打起十二分精神。”

春霞：“海奶奶，凯男说您是活海图，您一起参加吗？”

海奶奶笑着摇摇头：“我还要接送小海呢。”

叶苗苗：“海奶奶，我听我妈说，凯男姐她爸搞海上养殖受了污染，亏大了。”

海奶奶：“是啊，也不知道海洋局怎么处理？”

春霞：“陈局长在那儿，一定不会让养殖户吃亏的。”

海奶奶沉默了一下：“涌涛他……辞职不干了。”

史茗一听，一下愣住了。

11-40　码头　日　外

陈涌涛从一条摆渡船上跳下来，上了码头，这时他的手机响了。

陈涌涛拿出手机接电话：“史茗……我在码头上……行，那我等你。”

11-41　渔船甲板上　日　外

甲板上摆着一张桌子，桌子上摊着一张海图，韩燕正在上面做着标记，丁刚、王凯男等人站在一旁。

韩燕收起海图下令：“返航！”

11-42　码头　日　外

陈涌涛与史茗站在码头上。

史茗：“涌涛哥，你真辞职了？”

陈涌涛：“是的，辞了。”

史茗想了想：“你那天问我的，是说你自己，你不舒服了想离开，是吗？”

陈涌涛点点头：“一个人的生命很有限，我不想这样浪费，我得找到适合自己的事业。”

史茗：“涌涛哥，我支持你！”

陈涌涛：“如果韩燕也像你这样就好了。”

史茗：“韩燕姐不支持你吗？”

这时，韩燕他们的渔船靠上了岸，一上码头，韩燕一眼就看见了陈涌涛和史茗。

陈涌涛迎上去：“燕子！”

韩燕没有搭理陈涌涛，只看着史茗：“史茗，你怎么在这里？”

史茗一下子答不上来：“我……”

韩燕板着脸：“跟我回营房。”说着大步离去。

丁刚、王凯男他们也随韩燕而去，史茗看了看陈涌涛，转身跟着韩燕一行走了。

11-43　连长办公室　日　内

韩燕与史茗站在办公室里。

史茗：“韩燕姐，我是听说涌涛哥辞职了，才想问问他。”

韩燕：“你是个编外女民兵，违反条令，溜出营房，这太不应该。涌涛的事，你也管不了。”

史茗低下头：“我愿意接受处罚。但是……涌涛哥希望你能支持他。”

韩燕：“支持他？不负责任当逃兵都要支持，我还算是军人吗？”

史茗：“不是的，他辞职是有原因的，看得出，涌涛哥很爱你。”

韩燕打断史茗的话：“好了，如果你还想当个编外女民兵，就不要再犯这种错误了，你回去吧。”

11-44　一班宿舍　夜　内

女民兵们已沉入梦乡，只有史茗还醒着，躺在床上睁着眼睛。突然，集合哨响了起来，女民兵们惊醒过来，立即起床整装，纷纷跑了出来。

王凯男回头见阿兰还在蒙头大睡，连忙喊：“阿兰，集合了！”见她没反应，上去掀开被子，竟发现被窝里塞着一堆衣服，人不见了。

11-45　姐妹连操场　夜　外

全副武装的女民兵列队站在操场上，韩燕、丁刚、曹部长站在她们面前。

韩燕：“很好！今天曹部长来连队突击巡查，大家集合时间比平时快了两分钟，不错啊！”扫了女民兵一眼，快步走到王凯男跟前，“阿兰呢？”

王凯男迟疑了一下："人不在。"

韩燕："不在？哪里去了？"

王凯男摇摇头："不知道。"

韩燕神色一变："你这个班长怎么带兵的？"

王凯男涨红着脸："我……"

韩燕生气地瞪着凯男："你带一班把她找回来。"

曹部长的脸色愈发严肃了。

11-46 孤儿院 夜 内

桌上放着一个生日蛋糕，蛋糕上插着数支点亮的小蜡烛，阿兰与一个头上戴纸皇冠的小女孩坐在一起，周围围着一群孩子。

孤儿院女老师坐在风琴前："今天，我们欢迎阿兰姐姐来给小美过生日，大家欢迎！"

孩子们拍着小手。

阿兰："我和你们一样，是在这个孤儿院里长大的，今天小美生日，也是我们的节日，我很开心！"

小美："谢谢阿兰姐姐！"

老师弹奏起风琴，孩子们唱起生日歌："祝你生日快乐……"

阿兰看着这温馨的场面，不由得留下眼泪。

阿兰看着小美："吹蜡烛吧。"

小美吹灭蜡烛，灯亮了起来，孩子们七手八脚捧着盘子，阿兰给他们分蛋糕。

11-47　小船上　夜　外

阿兰在小船上发动马达，却发动不起来，马达出故障了，急得她如热锅上的蚂蚁。

11-48　连长办公室　日　内

窗外的天色蒙蒙亮，韩燕与王凯男站在办公室里。

韩燕：“你们找了一夜，人呢？”

王凯男无奈地摇头。

韩燕焦急地：“阿兰一贯表现不错，竟然严重违犯条令。”

王凯男：“我是班长，我也要承担，我与阿兰同罚。”

韩燕忧虑地：“这次你承担不起，阿兰撞枪口上了，调查后发现，她不止一次夜里溜出营房，曹部长发火了，要开除她。”

王凯男：“啊？”

11-49　姐妹连操场　日　外

韩燕站在那儿一动不动。

史茗跑了过来：“韩燕姐！”

韩燕似乎没听到，依然一动不动。

史茗：“韩燕姐，阿兰这么好的人，不能开除她。”

韩燕：“你说，她心里藏着什么秘密？”

史茗拿出阿兰的台历：“阿兰的确有好几次夜里出营，画圈的日期，是她出营的记号。”

韩燕接过台历狐疑地看着：“你是说她提前就定下时间出营。”

史茗点点头。

韩燕：“这件事你知道？”

史茗想了想：“阿兰本来叫我保密的。阿兰在孤儿院长大，每个孤儿的生日她都要去给他们过，昨天有个孤儿生日，所以她偷偷赶着去了。”

韩燕不解地：“那她为什么不讲？”

史茗：“阿兰的性格就是这样，她觉得这是家里的私事，不能讲，也不好请假，她又没别的办法，只能悄悄溜出去，她还跟我说过，要是被发现了，她也不解释，会一声不响地离开。”

韩燕懊悔地：“这么说，倒是我官僚了！”

这时，远处有人在喊：“阿兰回来了！”

11-50　姐妹连大门口　日　外

一班的女民兵拥着阿兰走来，韩燕站在门口迎接阿兰，嘴角露出微笑。

阿兰走到韩燕跟前，不好意思地低下头：“韩燕姐！对不起！”

让阿兰也让大家始料未及的是，韩燕一个立正，“啪”地向阿兰敬了一个端端正正的军礼。

第十二集

12-1　海滨岗哨　日　外

韩燕带着阿兰去海滨岗哨查岗。

韩燕："阿兰，你把孤儿院的孩子都当成你的亲人，对吧？"

阿兰："是的，还有吴大婶、李奶奶她们，也是我亲人。"

韩燕含笑着："姐妹连的姐妹们，也都是你的亲人。"

阿兰点点头："嗯！"

韩燕："你去看那些孤儿，都要被开除了，为什么不向我解释？"

阿兰红了脸："对不起韩燕姐，我确实屡次违反条令了呀，我想，错了就是错了，怎么好给自己找理由呢？"

韩燕笑了："以后再也不允许你溜出营房了。"

阿兰愣怔住了："这样啊？"

韩燕："以后，你有事必须向凯男事先报告，她会为你开绿灯的，我让姐妹们一起去帮你。"

阿兰惊喜地笑了。

12-2　连长办公室　日　内

韩燕走进办公室，听见手机“嘟”的一声，一看，原来是陈涌涛发来一段微信文字。

（画外音，陈涌涛的声音）：“燕子，对不起！你我关系变得这么僵，我有责任。关于我辞职的事，没有事先同你商量，是我不对。不过，你也没给我机会详谈其中原因，我只好给你发个微信。我辞职，当然跟我不太喜欢机关工作有关，我想帮养殖户做点儿实事吧，又引来很多意见，这次甚至有人冤枉我犯经济错误，我受不了这种环境，所以我辞了……”

韩燕看后，若有所思。

12-3　韩燕房间　日　内

陈涌涛把一张海图挂在墙上，然后揉揉脑袋，他的头痛病又犯了，急忙从口袋里掏出药瓶，倒出几颗药片，和着开水吞了下去。

这时手机“嘟”的一声，陈涌涛一看，是韩燕的微信回复——“嗯，我看了。”虽然只有几个字，但让陈涌涛露出了一点儿笑容。

陈涌涛自言自语：“终于肯回我话了。”

12-4　医院化验窗口前　日　内

春霞一个人站在那儿，有些心神不宁。

医生：“过一个小时来取报告单。”

春霞表情复杂地离开化验窗口。

12-5　医院大厅　日　内

秋霞远远看到春霞坐在椅子上，于是悄悄走过去。

秋霞冷不防地出现在春霞面前：“姐，你在等谁呢？”

春霞吓了一跳：“死丫头，你要吓死你姐啊。”

秋霞拍着春霞的背：“好了好了，我赔罪，你还没回答我的问题呢。”

春霞：“哦，路过来看看你，走累了先歇一会儿。”

秋霞：“我知道你在等什么，是在等化验结果吧？”

春霞吃惊地：“你怎么知道？”

秋霞得意地拿出化验单。

春霞：“快给我看看，怎么样？”

秋霞高兴地：“恭喜啊，你快当妈了。”

12-6　春霞家　夜　内

姐妹俩吃着饭，春霞的脸上漾着喜色。

秋霞往姐姐碗里夹菜：“从现在开始，要注意营养，得把你当大熊猫供着。”

春霞：“行啊，但你要帮我保密，别跟韩燕姐她们说。”

秋霞：“这是喜事儿，为啥保密？”

这时，阿祥推门进来，明显喝了酒：“都在啊？”

秋霞不满地：“姐夫，你怎么又喝酒了？”

阿祥：“小姨子管姐夫，也不怕人笑话。”

春霞：“少喝点儿。”倒了一杯茶给阿祥。

秋霞:“以后你不能再当酒鬼了,要给下一代树立好榜样。”

阿祥笑了:“我师傅就是我榜样,他说,不喝酒做不了渔民,酒量不好做不了船老大。”

秋霞烦了，拿出一张化验单搁在桌上：“自己看。”

阿祥：“什么？”装模作样地拿起来看，“有一个阳性，春霞，你肝不好？”

秋霞与春霞面面相觑，忍不住笑出声来。

秋霞：“从没见过这么笨的人，自己要当爸爸了还稀里糊涂的。”

阿祥吃了一惊：“什么？秋霞你说什么？”看看秋霞又看看春霞。

秋霞拿起化验单：“我姐怀上了。”

阿祥这才转过神来:“真的？真的吗？我要做……爸爸了？我没听错吧？是真的？”

春霞含笑点头。

阿祥哈哈大笑，高兴得几乎要蹦起来，他搂起春霞，把她举了起来，马上又把她放下来。

阿祥："要小心孩子，春霞，你赶紧去躺着。"小心而迅速地把春霞横抱起来，向楼上走去。

12-7　春霞家二楼　夜　内

春霞坐在床沿，阿祥蹲在她跟前。

阿祥："菩萨显灵了，我要当爸爸了。"趴到春霞肚子上，"我听听，哎呀，春霞，刚才好像娃在踢我了。"

春霞："才一个多月，别这么夸张好不好？"

阿祥："明天开始，你不要再去姐妹连了，好好在家养着。"

春霞："阿祥，正是训练让我身体变好了，这才怀上的，我怎么能这时候当逃兵？"

阿祥急了："我说不行就不行。"

春霞板起脸："秋霞说，怀孕期间是不能生气的。"

阿祥："好好，别生气，我不说了。"

12-8　连长办公室　日　内

韩燕正在研究桌上摊开的一张海图，这时门外有人敲门。

韩燕："请进！"

小海推门进来："妈妈！"

韩燕惊喜地："小海！"上去牵住儿子的手，"奶奶带你来的？"

小海摇摇头，朝门口喊："爸爸进来！"

陈涌涛走了进来，手里提着一个饭盒。

韩燕收起笑容：“你怎么来了？”

陈涌涛笑着把饭盒放在桌上：“我学了一道煮鲜鱼羹，送来给你尝尝。”

韩燕没好气地：“我不吃，你带回去自己吃。”

小海急了，打开饭盒：“妈妈，很好吃的，你一定要吃。”

韩燕拗不过儿子，只好说：“好，妈妈吃。”舀了一勺品尝，瞟了一眼陈涌涛，“看来你准备做个家庭妇男了。”

陈涌涛掏出一份资料放到桌上，“我帮你做了一份海上作战训练参考计划，还画了航线图，你有兴趣看看。”

韩燕：“我已有计划了，你何必多此一举？”

陈涌涛认真地：“这个我真的内行，你知道的。”

韩燕不吭声了。

陈涌涛看了看桌上的海图，见上面画的航线，来了兴趣：“这条航线有暗礁，要不要我领航啊？”

韩燕：“海上的暗礁算什么，生活里的暗礁才叫暗礁。”

12-9　医院病房　日　内

丁刚的母亲躺在病床上挂针，丁刚坐在一旁。

丁母：“小刚，俺一来，就病倒了，拖累你了。”

丁刚：“娘，没事的，秋霞说，过几天就好了。”

丁母：“娘这次来，就是想跟你部队的领导说说，让你退伍回家娶媳妇。”

丁刚一愣："俺还没女朋友呢，娶啥媳妇？"

丁母："咱村的小芳就不错。"

丁刚急了："娘，俺喜欢待在部队，保家卫国需要俺。"

丁母："那也不能打光棍儿。"

12-10 医院护士值班室 日 内

秋霞正在值班室里忙碌，丁刚一脸沮丧地走了进来。

丁刚："秋霞，给你添麻烦了，谢谢你！

秋霞："瞧你说的，别担心，静养几日，阿姨就能康复了。"

丁刚默不作声。

秋霞开玩笑："你怎么啦？苦着个脸，谁欠你钱了？"

丁刚："秋霞，俺娘要俺退伍回老家。"

秋霞："那就回呗。"

丁刚："俺不想退伍，可俺娘逼俺回去娶媳妇。"

秋霞笑了起来："原来你妈妈想抱孙子了。"

丁刚："你还开俺玩笑，俺急死了。"

秋霞："我帮你想个办法。"

丁刚眼睛一亮："好！"

秋霞："让你女朋友到部队来同你结婚。"

丁刚的目光又黯淡了："俺没女朋友，包办婚姻俺不愿意。"

秋霞："哦！那你跟阿姨好好说说。"

丁刚："俺娘说，要是俺在这儿有女朋友，她就同意俺不退伍。"

秋霞："那你赶紧找一个，姐妹连这么多姑娘。"

丁刚摇摇头："不行，你再帮我想想别的招儿。"

秋霞："别的招儿？要不……你找人假扮你女朋友，先把这一关混过去。"

丁刚露出了笑容："这法子好！秋霞，你能不能……帮俺这个忙？"

秋霞不解地："怎么帮？"

丁刚希冀的目光盯着秋霞："你做我女朋友好不？俺求你了！"

秋霞白了丁刚一眼，笑了笑："是假扮。"

12-11　医院病房　日　内

丁刚与秋霞站在丁母病床前。

丁母拉着秋霞的手仔细打量，笑得合不拢嘴："好！好！好！"

秋霞有点儿难为情："阿姨，您躺下，小心点儿。"

丁母开心地："好了，全好了，一点儿小毛病已经跑走了，俺说买点儿药吃就行了，小刚非得安排俺住医院，原来是打埋伏呀，嘿嘿嘿嘿！"

丁刚不好意思地："娘……"

秋霞忙转话题："阿姨，我们这儿同你们那边气候不一样，您还习惯吧？"

丁母点点头："习惯……秋霞，啥时你俩结婚，就按你们这儿的风俗习惯办，娘不会有意见。”

丁刚低声地：“娘，你瞎说啥呀？”

秋霞哭笑不得，羞红了脸，连忙说：“阿姨，我还要去别的病房查房。”

丁母：“你去忙，你去忙。”

秋霞赶紧转身逃走了。

12-12　姐妹连大门口　日　外

韩燕牵着小海走到大门口，陈涌涛默默走在旁边。

韩燕哄着小海：“小海乖，回去吧。”

小海恋恋不舍地拉着妈妈的手不放：“妈妈，你都不回家，是不是跟爸爸吵架了？”

韩燕：“没……没有。”

小海又看向陈涌涛。

陈涌涛：“爸爸妈妈没吵架。”

小海：“那你们握握手，做好朋友。”

陈涌涛尴尬地笑笑，向韩燕伸出手：“小海说得对，我们握握手吧。”

韩燕瞪了陈涌涛一眼，无奈地伸手与他握了一握，小海满意地笑了。

韩燕：“小海，妈妈有空了就回家看你，好不好？”

小海：“好！”

陈涌涛迟疑了一下：“燕子，我有个事情想跟你商量一下，征求你的意见。”

韩燕：“哦？”

陈涌涛：“前段时间，好多养殖户受污染亏损，我深入调查之后，想把部分人拢一块儿，搞个海上大型养殖场，建立养殖公司，你看……”

韩燕想了想：“你干正事我不反对，但搞大型养殖场，资金技术怎么办？”

陈涌涛：“我跟银行谈过，资金可以解决。技术上嘛，靠海吃海，总可以搞定的。”

韩燕迟疑着：“噢，好吧，不过……我怎么觉得，你不是干企业的料。”

陈涌涛挺挺胸膛：“你等着瞧！”

12-13　连长办公室　夜　内

韩燕、丁刚、王凯男围着海图在商量。

丁刚翻着陈涌涛的参考计划：“陈舰长不愧是陈舰长，真是行家里手！”

韩燕：“他这张航线图是画得不错，跟我们现场察看后的想法基本吻合。”

丁刚：“英雄所见略同！”

王凯男不以为然：“好是好，但还是海奶奶这个活海图好！”

韩燕：“海奶奶都这个年纪了，你还想把她拖到海上去折腾？”

王凯男："我就说个事实嘛。"

韩燕："姐妹连要成长，就不能永远躲在老一辈的怀里。"

王凯男欲言又止，不吭声了。

12-14　海奶奶家小院子　夜　外

陈涌涛与几个养殖户正围着一张桌子喝茶。

养殖户甲："我们这次养殖受污染，多亏了你，亏损上才有了补偿。"

养殖户乙："就是，陈局长，谢谢你了！"

陈涌涛："这事是我该做的，不用谢。还有我也不是啥陈局长了，以后叫我涌涛，接下去，我们大伙儿向前看，把我们的养殖公司办起来。"

养殖户丙："你说吧，我们听你的。"

陈涌涛拿出一张海图，摊在桌子上，解说起来。

海奶奶站在屋里窗口，露出欣慰的微笑。

12-15　海奶奶房间　夜　内

站在窗口的海奶奶转过身来，看着孙子小海在看电视上的动画片，动画片播放的是一个少年英雄，用一颗神奇的珠子打败了一条恶龙。

小海："奶奶，我要是有一颗神奇的珠子，是不是也能成为英雄？"

海奶奶笑了："能！小海，这次你去姐妹连，让爸爸妈妈和好了，立了功，奶奶要奖励你。"在柜子里翻找出一颗大玻璃球递给小海。

小海拿着玻璃球仔细看了看，很是失望："奶奶，这就是个玻璃球嘛。"

海奶奶："别瞧不上，这是你爸爸跟你一样大时，一个解放军叔叔送给他的。"

小海来了兴趣："这玻璃球神奇吗？"

海奶奶："神奇啊，你爸爸长大了就参加了海军当了舰长。"

小海摇摇头，明显有点儿不满足。

海奶奶坐下来："奶奶给你讲个故事……很久很久以前，我们青岙岛刮起了很大很大的龙卷风，这时候，有个勇敢的孩子，他拿着一颗很神奇的定风珠，爬上了龙王山……"

小海兴奋地："龙王山就在我们学校那儿。"

海奶奶点点头："他把定风珠放进龙王庙的龙嘴巴里，打败了龙卷风，救了好多好多人。"

小海眼睛亮了，看着手里的玻璃球："奶奶，我这个是不是定风珠？"

海奶奶嘿嘿笑了。

12-16　码头　日　外

码头边停靠着几艘渔船，全副武装的女民兵们列队站在码头上，韩燕与丁刚面向女民兵站着，海奶奶站在一边。

韩燕下令："向后转，上船！"

女民兵向后转身，快速地踏上跳板，分别登上几艘渔船，史茗低着头排在队尾，被韩燕拦住了。

韩燕："史茗，不是跟你说了嘛，你不用去。"

史茗："我就想去……拍点儿视频。"

韩燕："今天风浪大，以后机会多着呢。"

海奶奶走了过来："燕子，你们好好练。"转向史茗，"史茗，我们回吧。"

12-17　海上　日　外

几艘插着姐妹连连旗的渔船以一字形行驶在海上，船上两舷站着手握钢枪的女民兵，领头船上的韩燕正拿着望远镜观察，双圆形的镜头里出现了快速移动的浮球。

韩燕下令："发现目标，变换队形！"

船队行驶形状从一字变成倒人字，枪声大作，海上的移动浮球被击中，随即弹出一面小红旗。

12-18　渔船甲板上　日　外

王凯男正带着一班在射击浮球。

王凯男："都听好了，给我打出一班的水平来，谁也不许垫底。"

方贝贝："好啊，要不打个赌，看谁垫底。"

王凯男：“打什么赌，现在是训练。”

方贝贝讪讪地：“我还不是为了激励大家。”

王凯男：“你要是垫底，我就罚你。”

方贝贝：“放心吧，我方贝贝不会给一班丢脸的。”

王凯男：“这是浮动靶，明白吗？别大意了。”

叶苗苗率先瞄准目标开枪，击中目标，方贝贝冲她竖起大拇指，叶苗苗一脸得意。

王凯男督促春霞：“春霞，你瞄半天了，快射击啊，一会儿目标就过去了。”

春霞：“是！是！”枪响了，但没打中，目标依然在。

王凯男急了，拿起枪补射，一枪击中。

方贝贝：“耶！”做欢呼状。

王凯男瞪了方贝贝一眼，她赶紧缩回去，春霞却脸色不好，匆匆跑进船舱。

12-19　渔船洗手间　日　内

春霞正在呕吐。

韩燕在外面喊：“春霞！”

春霞大声地：“来了！”紧接着又是一阵呕吐。

12-20　海奶奶家堂屋　日　内

海奶奶拿着相册给史茗看，相册中都是以前的姐妹连女民兵。

海奶奶："姐妹连这一代一代的，精气神都没的说。"

史茗："真好！"

这时，陈涌涛大步走进院子："妈！"跨进堂屋，"哟，史茗在呀？"

史茗："涌涛哥！"

海奶奶："大忙人回来了，你那养殖公司搞得怎么样啦？"

陈涌涛："今天公司开业，想请您老支持一把。"

海奶奶笑着："好！你做这件事，妈支持。走，史茗也一块儿去。"

12-21　陈涌涛公司门口　日　外

一栋楼房墙上的铜牌用红绸蒙着，陈涌涛、海奶奶等人伸手把红绸揭了下来，一块崭新的铜牌显露出来，上面的黑字是"青岙县巡洋舰深海养殖公司"。

周围的养殖户与渔民开心地鼓掌，史茗在一旁举着手机杆拍摄视频。

12-22　陈涌涛办公室　日　内

陈涌涛办公室的一面墙上是个大视频，上面显示着青岙诸岛及海域，办公室中间摆了一个大沙盘，沙盘的海上还停着几艘小小的军舰模型。

陈涌涛、海奶奶、史茗正在沙盘边看着。

海奶奶："怎么有这么多军舰？"

陈涌涛："这些都是我们的养殖场，用军舰命名，青岙舰、鹿栖舰、大门舰……"

史茗："涌涛哥成舰队司令了。"

海奶奶笑了："他呀，还想做他的舰长。"

陈涌涛："我是海军出身，这样布局比较符合我的习惯。"

史茗："以后得叫你陈总了。"

陈涌涛："什么陈总呀，公司刚刚起步，得一步一个脚印才行。"

海奶奶："涌涛，好好干，大伙儿跟着你，你得对得起大伙儿。"

陈涌涛郑重地点点头。

12-23 海上 日 外

回程的军号吹响，几艘插着姐妹连连旗的渔船排成一列，驶向青岙岛方向。

12-24 渔船甲板上 日 外

大家兴高采烈地唱着歌，一班的女民兵叽叽喳喳地在讲话。

方贝贝指着大海："姐妹们，快欣赏海景。"

春霞："我们是海边人，海景有什么看头，又不是外地游客。"

阿兰："如果史茗来就好了，她喜欢看海。"

叶苗苗：“让史茗当渔民去，天天看个饱，饭都不想吃。”

郭小琴：“看海也能看饱？怪不得苗苗你这么胖。”

忽然，渔船猛地停了下来。

韩燕回头朝驾驶亭喊：“怎么回事？”

一个女民兵跑来报告：“韩连长，螺旋桨被什么缠住了。”

韩燕拿起对讲机向后面渔船下指令：“船队原地待命！”

王凯男嘀咕：“海奶奶在就不会出这样的事。”

韩燕：“嘀咕什么？”

王凯男：“需要潜水下去，人工排除。”

韩燕想了想：“春霞、阿兰，你俩水性好，下海排除故障。”

阿兰放下枪，解下武装带、外衣外裤，春霞也放下了枪，但迟疑地看着海面。

韩燕：“春霞，有困难吗？”

春霞：“没有。”

春霞脱了外衣外裤，与阿兰二人带上水手刀，一起跳下海去。

12-25 码头 日 内

陈涌涛与史茗站在码头上望着大海。

史茗：“涌涛哥，看来你有一个军舰梦，但我有点儿困惑……”

陈涌涛：“什么困惑？”

史茗：“听说你是个很优秀的舰长，爱军舰，爱大海，怎么就转业了呢？”

陈涌涛神情有点儿落寞，苦笑着：“这个困惑，我妈和韩燕都有，可是……有时候总要说再见。”

史茗没听明白，也不再追根问底。

陈涌涛转了话题：“史茗，姐妹连集训结束后，大伙儿还得回归社会，你自己怎么考虑？”

史茗想了想：“我没想过，到时再说吧。”

陈涌涛：“如果你愿意的话，到时候来我公司帮我。”

史茗：“我怕……发挥不了什么作用。”

陈涌涛：“你英语好，文采也不错，还可以帮我建一个公司抖音视频号。”

史茗：“你们公司的抖音视频号叫什么名字呢？”

陈涌涛：“巡洋舰。”

12-26 海上 日 外

阿兰抱着春霞猛地浮上来。

阿兰朝船上喊：“故障排除了，但春霞姐晕过去了。”

韩燕站在渔船船舷边：“你说什么？”转身指令王凯男，“快，小船。”随即跳了下来。

王凯男开着小船过来，三个人把春霞托上小船，只见春霞脸色苍白。

韩燕、阿兰爬上小船。

韩燕：“加快速度，去医院。”

小船开足马力飞驶而去。

12-27　医院急救室门口　日　内

韩燕、丁刚及一班的女民兵们，都神色凝重地候在急救室门口，海奶奶与史茗也急匆匆赶来了。

12-28　医院急救室　日　内

春霞紧闭双眼躺在急救床上，身边的医生护士正在急救，仪器屏幕上显示的线条，情况明显不佳。

秋霞在急救室一角面壁低泣，一个护士拍着她的后背，安慰着她。

12-29　医院急救室门口　日　内

急救室的门打开了，一个中年女医生走了出来，韩燕、海奶奶赶紧走上前去。

韩燕焦急地：“医生，情况怎么样？”

女医生摇摇头：“还没完全脱险，病人有身孕，要救大人，孩子怕是保不住了。”

韩燕惊奇地：“她有身孕？”

女医生点点头，转身要进急救室。

韩燕上前拉住医生：“医生，大人孩子务必都保住。”

女医生：“我们会尽力，但限于条件，保孩子难度很大。”

说后走入急救室。

海奶奶眉头紧皱："燕子，怎么回事？春霞没跟你讲过？"

韩燕点点头："都怪我，怎么就不知道她怀孕了呢？"

这时秋霞抹着眼泪出来。

海奶奶："秋霞！"

秋霞："海奶奶，我姐和她的孩子……"

韩燕把秋霞拉到一边："秋霞，你姐姐怀孕了，为什么不跟我说？"

秋霞："她不想中断训练，想待在姐妹连。"

海奶奶："别急，我们一起想办法。"

王凯男等人扶着秋霞坐下，韩燕则默默地走到窗边，看着窗外发呆。玻璃窗上，映出韩燕两行晶莹的泪水。

韩燕自言自语："怎么会出这样的事？"

海奶奶走到韩燕身边："燕子！"

韩燕擦去眼泪："妈，如果春霞和她肚子里的孩子有个闪失，我会愧疚一辈子的。"

12-30　码头大排档　日　外

阿祥和三个渔民正在露天的码头大排档喝小酒。

渔民甲挤眉弄眼地指指桌上的鱼籽、蟹籽："阿祥，鱼籽蟹籽是给你点的，我们小孩都很大了，吃这个浪费，你多吃，争取造个小孩出来。"

阿祥嘿嘿一笑："你们别讲歪门邪道，生小孩嘛，还不容易，想生就生，前几年我和我老婆没要小孩，今年列入生产计划了。”

渔民乙：“你老婆有了？”

阿祥：“不是一般的有了，是船老大与女民兵的革命接班人有了。”

渔民丙举起酒杯：“哈哈，祝贺一下！”

四个人拿起酒杯干杯，这时一个妇女跑了过来。

妇女：“阿祥，你还有心思在这里喝酒，你小姨子找你都找疯了。”

阿祥：“我手机没电了，她找我干吗？”

妇女：“你老婆出事了，在医院呢。”

阿祥一惊，手中酒杯砰地落地，摔得粉碎。

12-31　医院会诊室　日　内

会诊室内站着医院潘院长及几个老中青医生，他们边看着春霞的X光片子，边交流着。

韩燕与海奶奶走了进来。

海奶奶：“潘院长，怎么样？”

潘院长摇了摇头。

韩燕：“那市里有什么专家吗？”

潘院长想了想：“恐怕市里的专家也没办法，目前只能用药物暂时维护，但时间长了的话……”

这时外面响起阿祥的喊声：“韩燕，你给我出来！”

韩燕快步走出门去。

12-32　医院走廊　日　内

阿祥看见韩燕，眼里都要冒出火来了。

阿祥：“韩燕，你还我老婆和孩子的命。”

韩燕：“阿祥，不要激动，春霞在急救室，医生说，她会没事的。”

阿祥：“那我的孩子呢？”

韩燕：“大家都在想法子，希望能保住孩子。”

阿祥气冲冲地：“希望？希望？这一切都是你造成的。”

韩燕内疚地：“阿祥，对不起！但你要冷静点。”

阿祥：“韩燕，你明知道春霞怀不上，好不容易怀上了，你还让她下水，还算什么姐妹连，你……你这是想断我阿祥的香火啊！”

韩燕叹息一声：“是我的责任，同姐妹连无关，我向你道歉！”

这时王凯男从后面走过来。

阿祥怒火中烧：“就一句道歉拉倒，我是冤大头啊？我……我揍你！”挥拳扑向韩燕。

王凯男一把抓住阿祥手腕。

阿祥：“怎么？你们女民兵想欺侮人啊？”

韩燕：“凯男，放手！”

王凯男放开阿祥。

12-33 陈涌涛公司会议室 日 内

陈涌涛正在召开养殖户座谈会。

陈涌涛："各位都是养殖上的行家里手，我们请大伙儿来，请多提宝贵意见。"

一养殖户："陈总，你一出手就是大手笔，那么大，我们跟你没法儿比，但太大了，管起来也不容易。"

陈涌涛："万事开头难，只要有你们支持，我心里就踏实多了。"

这时陈涌涛的电话响了。

陈涌涛看了一下手机："很抱歉！我先接个电话。"

12-34 医院门口 日 外

韩燕焦急地等在医院门外。

陈涌涛开车到来，在韩燕跟前停下："燕子！"

韩燕上了副驾驶座："快，去你们舰队。"

陈涌涛不解地："什么？"

韩燕："你们舰队的刘军医，是这方面的名医，跟你关系不错，我要请他来救救春霞和她肚子里的孩子。"

12-35 吉普车上 夜 内

陈涌涛在开车，坐在旁边的韩燕正抬腕看时间。

韩燕焦急地："你就不能拿出飙车的劲儿？"

陈涌涛："你不要急，飙车要违规的。"

韩燕："还不要急？你知道吗？我就是按照你画的航线走的，结果……"

陈涌涛愣怔一下："我也不知道水下有破网啊。"

韩燕："别废话，快开车！"

车子飞驰而去。

12-36　医院休息室　夜　内

海奶奶、王凯男、阿兰、叶苗苗、方贝贝、郭小琴、史茗坐在休息室里。

王凯男："海奶奶，这么晚了，您回家休息吧。"

海奶奶："不，我等着燕子回来。"看着其他女民兵，"你们回去吧，凯男陪我在这儿就行了。"

大家都摇摇头。

这时，韩燕与陈涌涛推门进来。

海奶奶站了起来："燕子，你们回来啦，怎么样呀？"

韩燕："刘军医已经请到了，正在给春霞诊治。"

海奶奶："噢，那就好，那就好。"

陈涌涛："妈，我送您回家吧。"

海奶奶："我得待在这里等春霞的消息。"

12-37　医院休息室　日　内

窗外的天色渐渐亮了，韩燕、海奶奶等人还坐在休息室里等候。

秋霞走了进来："海奶奶，韩燕姐，我姐醒了。"

韩燕、海奶奶与其他人也围了上来。

韩燕："孩子怎么样？"

秋霞："暂时保住了。"

海奶奶："暂时是什么意思？"

秋霞："刘军医说了，我姐习惯性流产，出事到现在时间长了点儿，保胎效果还得进一步巩固。"

韩燕："那怎么办？"

秋霞："只能是住在医院里，一边调养一边观察，不过你放心，暂时不会有风险了。"

海奶奶松了一口气，可神情依然凝重。

12-38　法院门口　日　外

阿祥徘徊在青岙县人民法院门口，抬头看看庄严的国徽，沉思再三，把烟头一扔，快步走了进去。

12-39　法院诉讼受理处　日　内

阿祥捏着几张诉状走到一个法院工作人员面前，双手递上诉状："同志，我要打官司！"

12-40　姐妹连操场　日　外

丁刚领着女民兵们在操练，女民兵好多人心不在焉，窃窃私语。

王凯男忽然喊了声：“停！”

丁刚：“王凯男，你干吗叫停？”

王凯男：“你看看大家的状态，有心训练吗？传票都下来了，大家担忧这官司怎么办！”

12-41　连长办公室　日　内

韩燕手里拿着传票，坐在办公桌前沉思，门忽然被推开，王凯男站在门外。

韩燕：“有事进来，站在外面干吗？”

王凯男气呼呼地：“我不进去，你出来说。”

12-42　连长办公室门口　日　外

韩燕走出来站在王凯男面前。

王凯男：“都什么时候了，人家阿祥都起诉姐妹连了，你怎么还闭门思过？”

韩燕：“这不是你该关心的事。”

王凯男：“姐妹连的事是姐妹们大家的事，我当然得关心。”

韩燕：“什么职务就负什么责任，你是班长，回去带好你的班，好好训练。”

王凯男：“大家都没心思训练，你自己看。”抬手指指远处。

韩燕举目一看，只见女民兵们正躲躲闪闪从远处朝这儿看。

韩燕大声地：“丁教官！丁刚！”

丁刚从人堆里出来，跑到韩燕跟前。

韩燕：“怎么回事？”

丁刚为难地：“她们……”

韩燕神色一凛：“你是教官，马上带回去训练。”

丁刚一个立正：“是！”

丁刚转身跑向女民兵们，一边跑一边吹响集合哨，女民兵一窝蜂地跟着跑向操场。

韩燕看着眼前的王凯男：“你还要在这里站军姿给我看吗？”

王凯男：“在这里站军姿，比在法院站被告席好过一百倍。”

韩燕：“那你想怎么样？”

王凯男：“不能让阿祥告姐妹连，连队名誉不能受损。”

韩燕想了想：“凯男，你这想法我理解，我会妥善处理的。”

王凯男：“怎么个妥善法？”

韩燕：“这你就别管了。”

12-43　医院走廊　日　内

海奶奶与秋霞站在走廊上说话。

海奶奶：“这事别让春霞知道，她现在保胎是头等大事，万一她知道了，一急，孩子就麻烦了。”

秋霞：“阿祥怎么这样，一点儿也不讲道理，把我气死了，海奶奶，我该做些什么？”

海奶奶叹了一口气：“这事让燕子去应付，你不用去管，你一门心思把春霞照顾好，调养好，让她母子平安，就千好万好了。”

12-44 医院病房 日 内

春霞躺在病床上，秋霞正在给她喂汤药，阿祥坐在旁边，面色凝重，秋霞冷冷地瞟了他一眼。

春霞：“阿祥，你吃饭了吗？”

阿祥：“嗯！”

春霞：“我都没事了，你俩怎么还挂着个脸？”

秋霞与阿祥都不吭声。

春霞困惑地：“你俩怎么吵架了似的？”

秋霞：“姐，你少说话，多休息，我没跟他吵架，才懒得跟他吵架呢。”

阿祥：“秋霞，别胳膊肘往外拐。”

春霞不解地：“什么意思啊？”

秋霞：“他酒喝多了说酒话，别管他。”转向阿祥，“喂，你别让我姐气着，讲话得掂量着讲，明白吗？她肚子里的孩子，可是你的亲骨肉。”

阿祥不吭声了。

这时海奶奶与韩燕走了进来。

秋霞："海奶奶，韩燕姐，你俩坐。"

春霞："阿祥，海奶奶来了，怎么招呼也不打一个。"

阿祥："噢，我今晚管船，我先走了。"出门走了。

春霞:"海奶奶,韩燕姐,阿祥就这死脾气,你们俩别计较。"

海奶奶："没事，你管你自己好了。"

韩燕："秋霞，春霞的保胎效果还行吧？"

秋霞："现在还在观察。"

12-45 营房草坪上 日 外

女民兵们坐在草坪上休息。

方贝贝叹息着:"姐妹连流年不利啊,接连第二次出事了。"

郭小琴："第一次出什么事了？"

方贝贝朝不远处的王凯男看了两眼："上一次不是凯男姐被免职了嘛，这次韩燕姐也悬。"

叶苗苗："那咋办？"

方贝贝："阿祥都起诉了，还能咋办？"

史茗在远处喊："阿兰！"

阿兰跑了过去。

史茗递过手机："吴大婶找你。"

阿兰接过手机："大婶……我这段时间回不去了，连里出事了，春霞姐肚子里的孩子还不知道能不能保住……"

12-46　一组镜头　日/夜　外/内

山坡上。吴大婶背着一个竹篓，在山坡上觅草药，她搜寻着，发现了一株她需要的草药，神色惊喜，奔了过去，小心翼翼把这株草药连根挖起，放入竹篓中。

海边礁石上。吴大婶拿着一把小刀，小心地把礁石上形似海苔的东西刮下，放入玻璃瓶中，潮水把她的裤子都浸湿了。

吴大婶家。夜已深了，吴大婶正在一个小石臼中捣草药。

12-47　一班宿舍　夜　内

王凯男与叶苗苗、方贝贝、郭小琴、阿兰、史茗坐在宿舍里，大家都一声不吭。

王凯男：“你们都哑巴了？一起想想办法吧。”

郭小琴为难地：“凯男姐，我想不出来。”

王凯男：“方贝贝，你平时鬼点子这么多，今天不行了？”

方贝贝：“办法是人想出来的，这办法嘛……嗯！凯男姐，我看你还是找韩燕姐商量一下吧。”

王凯男不悦地：“找她？本想指望你们三个臭皮匠抵个诸葛亮，可连半点儿办法都没有，气死我了。”

叶苗苗：“凯男姐，你不用急，阿祥告不赢的。”

王凯男：“为什么？”

叶苗苗：“春霞姐出了事，韩燕姐为了救她，请名医找良方，阿祥还打这官司，太不近情理了。”

王凯男："大家都讲情理，还要法院干吗？"

阿兰："要不找阿祥谈谈？"

王凯男："找阿祥谈，他知道我们没办法，还不更来劲，我们不能让官司影响姐妹连的声誉。"

史茗想了想："凯男姐，我有个办法，不知道合不合适？"

12-48　渔船甲板上　夜　外

阿祥的渔船停靠在码头边，他坐在甲板上，一个人拿着一瓶白酒在喝。

12-49　一班宿舍　夜　内

韩燕打着手电筒进来查铺，见一班的人睡得很香，就悄悄走了。

这时，王凯男坐了起来，低声道："行动！"

一班的几个女民兵悄无声息地下了床。

12-50　码头　夜　外

王凯男带着阿兰、叶苗苗、方贝贝、郭小琴跑到码头上，她们向泊在码头边的渔船指指点点了一会儿，解开了阿祥渔船的缆绳，又悄悄跳上了渔船。

12-51　渔船船舱　日　内

阿祥睡在船舱里打着呼噜，外面的海鸥叫声吵醒了他，他爬起来光着膀子走出船舱。

12-52　渔船甲板上　日　外

阿祥站在甲板上，伸了伸懒腰，忽然发现渔船已不在码头边，而是孤零零停在海中央，不由得大吃一惊，神色困惑愕然。

一霎间，周围的大海似乎围着他在旋转，阿祥傻眼了。

12-53　营房草坪上　日　外

王凯男与一班女民兵及史茗坐在草坪上哈哈笑着。

史茗：“后来呢？接着说呀。”

王凯男：“后来嘛，他就得待在那里看海，希望他有个好心情。”

阿兰：“那……现在告诉韩燕姐吗？”

王凯男摇了摇头：“告诉她干吗？我们又不想邀功，搞不好她还会处罚我们私自出营呢。大家记住，绝对保密！”

12-54　法院调解室　日　内

韩燕与法官及书记员坐在那里等着阿祥。

法官看了看腕上的手表："韩连长，阿祥上午看样子不会来了，你回去吧。"

12-55　医院门口　日　外

吴大婶提着一个包袋，站在医院门口，不时向左右张望着。

阿兰跑着过来："大婶，您来了。"

吴大婶："误了一班船呢。"

阿兰挽了吴大婶的手臂："太好了，大婶，走，一起进去看看。"

吴大婶："我不进去了，还要赶回去。"从包里掏出一个药丸瓶递给阿兰，"你把这药丸交给春霞，一天服一颗，你赶紧拿去。"

阿兰接过药瓶："您都到门口了，怎么不进去呀？"

吴大婶笑着摇摇头。

阿兰："您给春霞姐送保胎药，她一定想见您，嗯，还有海奶奶也在。"

吴大婶："不了，你大婶一辈子没生养，春霞刚怀上，怕冲了她的喜气。"

12-56　医院病房　日　内

海奶奶与秋霞守在春霞身边。

阿兰捧着药瓶走进来："春霞姐，给你的。"把药丸瓶放到春霞床头。

春霞她们都愣怔了一下。

春霞：“这是什么？”

阿兰：“保胎药，吴大婶刚送来的，她知道了你的事，专门去采了药草做的。”

春霞很感动：“真的呀？她人呢？”

阿兰：“走了。”

春霞：“怎么不进来坐呢？阿兰，你帮我谢谢她，以后我再上门谢她。”

秋霞拿起药瓶：“有用吗？”

阿兰：“放心用吧，吴大婶家祖上行医，传下来的就剩这个秘方了，绝对有用。”

海奶奶：“吴大婶懂中草药？”

阿兰点点头：“她还经常上山采草药呢，邻居有点儿啥小病，吃她药丸都很灵。”

海奶奶若有所思。

第十三集

13-1　码头　日　外

阿祥在码头上发疯似的跑着。

13-2　曹部长办公室　日　内

曹部长坐在办公桌前，韩燕坐在他对面。

曹部长纳闷地：“这阿祥铆着劲儿要打官司，怎么他这个原告反倒不出庭了？”

韩燕：“会不会……突然想通了，不打了？”

曹部长：“不打了就应该撤了，悬着总不是个事。”

韩燕想了想：“谁知道他怎么想？我还得有所准备，尽量大事化小不伤和气。”

这时门外传来阿祥气急败坏的嚷嚷声：“韩燕，你给我出来！”

韩燕与曹部长不由得一怔，慌忙站起身，走向门口。

13-3　人武部大厅　日　内

阿祥在大厅里嚷着，杨干事等人正拦着他，这时曹部长与韩燕走了出来。

曹部长严肃地：“阿祥你嚷嚷什么？不看看什么地方，这是县人武部，不是你自个儿船上。”

阿祥额上暴着青筋：“我船……我船都到海中央了，我不能嚷吗？”

韩燕：“你莫名其妙地说什么？”

阿祥：“还莫名其妙？这话得我问你，是你搞的鬼是不是？”

韩燕茫然地：“我搞什么鬼了？”

阿祥：“我的船是谁开到海中央的？”

13-4　姐妹连操场　日　外

韩燕与丁刚站在女民兵队列前。

韩燕大声地：“王凯男出列，其他人继续训练。”

王凯男大步向前跨出。

丁刚向队伍喊口令：“全体向左转！跑步走！”

女民兵向左转，跟着丁刚跑了起来，操场中心剩下了王凯男与韩燕。

韩燕：“阿祥渔船的事，是你干的对吗？”

王凯男装作听不懂："你这话我不明白。"

韩燕："你不明白？告诉你，这件事我闻到了你的气味。"

王凯男一笑："韩连长，你可长了一个警犬的鼻子。"

韩燕严肃地："王凯男，你别扯话题，你的所作所为是在犯错误，你知道吗？"

王凯男不悦地："别扣帽子！我也跟你说，我的所作所为都是为了姐妹连。我不知道你怎么想的？自己做好人，反把姐妹连推到风口浪尖上。"

韩燕发火了："混话！你以为这样就是帮姐妹连？当初跑了毒贩，牺牲了一个女民兵，你的出发点也是为姐妹连好，是不是不应该处罚你，还应该立功嘉奖？"

王凯男的脸一下子青了："韩燕你……你……"

韩燕："怎么？戳到你痛处了对吗？我在提醒你，不要好了伤疤忘了痛！"

王凯男只觉全身的血液往头上涌，一下子控制不住，扑上去猛地把韩燕摔倒在地。丁刚与女民兵们见状跑了过来，大家都很惊讶。

丁刚："王凯男你干啥？"

韩燕爬了起来，摆摆手："我俩难得切磋一下，没你们什么事。跑，继续跑！"

丁刚困惑地看看韩燕与王凯男，一挥手，领着女民兵们又跑走了。

韩燕淡淡地看着王凯男："真有你的，王凯男，你欠我一跤。"说完离开操场走了。

13-5　海奶奶家小院子　夜　外

海奶奶与王凯男坐在小院子里。

海奶奶严肃地：“凯男啊，这个事是你不对，燕子和你，都是姐妹连的主心骨，你们两个要团结，姐妹同心，其利断金。”

王凯男低着头不吭声。

海奶奶：“好了，你来跟我讲明情况，我也理解，现在春霞出了事，不要再节外生枝了。”

这时小海从堂屋跑出来，拉着王凯男：“凯男阿姨，你来一下。”

13-6　海奶奶家堂屋　夜　内

小海把王凯男拉进屋里。

小海：“奶奶给我讲了定风珠的故事，你听过吗？”

王凯男点点头。

小海：“你不要生妈妈的气，你俩做好朋友，我告诉你一个秘密。”

王凯男：“什么秘密？”

小海从书包里拿出海奶奶给她的大玻璃球，神秘地：“这就是定风珠，把它放到龙王山龙王庙的龙嘴巴里，就能打败龙卷风，打败台风。”

13-7 路上 夜 外

王凯男从海奶奶家出来，开着摩托车回连队，忽然一辆轿车歪歪扭扭地擦身而过。

王凯男眉头一皱，追上去拦下轿车：“停下！”

司机踉踉跄跄开门出来，一身酒气，王凯男一看竟是张彬。

张彬醉醺醺地：“警察同志……”

王凯男：“张彬？你竟然酒后驾车？”

13-8 张彬家 夜 内

王凯男开门进来，把一团烂泥似的张彬扶到沙发上躺下，转身要离去，不料张彬一把拉住王凯男的手不放。

王凯男甩开张彬的手，生气地：“你敢动手动脚，小心我砸了你家。”

张彬一挥手：“砸，砸了痛快，我跟你……一起砸！”

王凯男：“我让你清醒清醒。”端起茶几上的水杯，倒在张彬头上。

张彬有点儿清醒过来，睁眼看着王凯男：“王……王凯男？”

王凯男：“我本想把你送交警队去的，你现在清醒了没有？”

张彬抹着脸上的水：“清醒了，清醒了，你是王凯男，不是钱玲玲。”

王凯男“哼”了一声，转身要走，张彬忽然放声哭了起来。

王凯男吃了一惊，回过头来：“一个大男人，哭什么哭？我又没欺侮你。”

13-9　医院走廊　夜　内

秋霞拦住阿祥不让他进春霞病房。

阿祥："你这是什么意思？"

秋霞："你就不要进去看我姐了。"

阿祥脸一板："秋霞，你怎么跟你姐夫说话的？我看老婆孩子还受你管？"

秋霞："我就该管，我姐正在保胎阶段，不能受一点儿刺激，你懂吗？"

阿祥："这个我知道，不用你教。"

秋霞："你不是同姐妹连打官司嘛，我问你，你同姐妹连打官司，等于跟所有女民兵都打官司了，包括我姐，包括海奶奶这些老民兵，你好意思吗？"

阿祥被秋霞问住了，站在那里发愣。

13-10　张彬家　夜　内

王凯男与张彬对坐在桌边，两人竟又喝起酒来。

张彬醉醺醺地："我……我活得窝囊啊！我实在受不了钱玲玲……"

王凯男也有了点儿醉意："我也受不了韩燕，今天摔了她一跤。"

张彬："她算是我女朋友吗？"

王凯男："唉！我跟韩燕……也不知道能不能当姐妹？"

张彬："她根本没当我是男朋友。"

王凯男："她根本没当我是好姐妹。"

两人像是频道串台，各说各的。

张彬："她心里，只有钱。烦恼啊！烦的时候你们女人能哭，我是男人，只能喝酒。"

王凯男回过神来，把杯子往桌上重重一放："何苦呢？合不来就拜拜吧。"站了起来，"走了！"

13-11　法院调解室　日　内

调解室内，坐着法官、书记员及阿祥与韩燕。

法官："韩燕、阿祥，今天我希望你们能达成和解，在维护双方利益不受损害的情况下，消除分歧。阿祥，你先说吧。"

阿祥冷冷地："调解可以，我阿祥不是不讲理的人，但我申明，谈不拢的话，还得开庭解决。"

韩燕："阿祥，你说吧。"

阿祥："这样，你首先要公开向我道歉，当然还有经济赔偿，春霞受的伤害，包括耽误我出海的损失，加起来，十万元。"

法官："阿祥，既然调解了，你也得做些让步，再说韩连长已经做了许多弥补，你也是清楚的。"

阿祥露出不悦的神色："你是调解，还是帮她说话？"

韩燕："这样吧，我答应阿祥的要求，阿祥同意调解就是最大的让步，在此我当着法官的面，代表我个人向阿祥道歉！"站起来，向阿祥鞠了一躬。

韩燕的态度，让法官与阿祥都吃了一惊。

13-12　山顶岗哨　日　外

韩燕独自站在山顶岗哨前，神情有点儿落寞。

这时，阿兰、叶苗苗、方贝贝、郭小琴、史茗她们跑了上来。

阿兰："韩燕姐……"

韩燕："你们跑来干吗？"

阿兰她们都不吭声。

韩燕："怎么都不说话？"

史茗："韩燕姐，我们都知道了。"

郭小琴："我们在连里搞个募捐吧。"

韩燕困惑地："搞什么募捐？"

方贝贝："十万元钱的事呀，你一个人怎么赔得起？要不募捐一部分，不够再叫我老爸贴。"

叶苗苗："对对，就这样办，你说呢？"

韩燕看着她们，沉默了，然后神色严肃起来："你们想帮我，心意我领了，但我警告你们，这事情和你们无关，你们谁也不要搅到里面来，你们谁要搅进来的话，我会翻脸的，明白吗？"

阿兰："那你……"

韩燕："我会处理好的，这点儿事情都处理不了，我还当什么连长？"

13-13　陈涌涛办公室　日　内

陈涌涛从办公桌前站起，手里拿着一份资料出门，打开门，竟见韩燕站在门口。

陈涌涛吃了一惊："燕子？你怎么在门口？"

韩燕："我来找你。"走了进来。

陈涌涛："我这里你算稀客了……不，不是客人，你也算半个主人。"

韩燕："涌涛，我来，是有事请你帮忙，可是……很难开口呀。"

陈涌涛："自己一家人，有什么难开口的，说吧。"

韩燕："我急需十万元钱。"

陈涌涛："干什么用？"

韩燕："跟阿祥调解下来了，赔他十万。"

陈涌涛皱了皱眉："这家伙，够狠，可也不应该你个人承担呀？"

韩燕："是我命令春霞下海排险的，我不个人承担，难道叫连队承担？这不就伤害了姐妹连的荣誉吗？"

陈涌涛："说起来我也有责任，是我提供给你的海图，但是……"

韩燕："别但是了，你到底能不能帮我解决这十万元？"

陈涌涛："不就是十万元嘛，我帮你支付，你不用发愁。"

韩燕有点儿不忍："涌涛，你公司刚开办，我知道你也困难，给你添麻烦了。"

陈涌涛："你听你听，又像外人了。"

韩燕："你是不是觉得我现在很没用？"

陈涌涛笑了："你呀，就是太好强了，你放心，我明天有笔大生意，你这十万元就从这里面出，不过，我想向你借个人。”

韩燕：“借谁？”

陈涌涛：“史茗。因为这位客户是个文人，有史茗在，可以帮我抵挡一阵。”

13-14　宾馆咖啡吧　日　内

陈涌涛与一个相貌俊朗的青年男子正在互递名片，该人正是陈涌涛的客户蓝岛。

蓝岛看着陈涌涛的名片：“波涛汹涌，陈总好名字。”

陈涌涛笑着：“就一个海边人的俗名，没蓝总大名好。”

蓝岛：“名字定人生，很重要的，比如我的名字，蓝岛，蓝色之岛，梦想与孤独的结合。”

陈涌涛：“高雅！高雅！”

蓝岛：“所以呀，我不写诗也是诗人。”

陈涌涛：“蓝总是诗人？”

蓝岛神秘地一笑：“你是官员下海，我是诗人下海。”

陈涌涛：“哦，蓝总你是儒商。我呢，更早是海军舰长转业的，想自己搞点儿事业，就下海做生意了。刚开始，还是小打小闹。”

蓝岛：“陈总阅历丰富，在本地又有人脉资源，发展很容易的。”

陈涌涛谦虚地：“还得蓝总在业务上多关照呢，你这么年轻，公司开得那么大，以后可要多多指教了。”

蓝岛微笑地：“客气。”

这时史茗走了进来，目光落在蓝岛的身上，陈涌涛向史茗招手，不料她一转身跑走了。

陈涌涛急忙起身："蓝总，失陪一下。"

13-15　宾馆门外　日　外

史茗跑出宾馆，样子有些狼狈，陈涌涛追了出来，见史茗上了出租车走了，连忙也拦了一辆出租车。

13-16　海滩　日　外

史茗失魂落魄地坐在沙滩上。

陈涌涛气喘吁吁地跑过来："史茗，你怎么回事？"

史茗一声不吭望着海面。

陈涌涛在史茗身边蹲下："你的脸色很不好，是不是身体不舒服？要不我陪你去医院看看。"

史茗理也不理。

陈涌涛有些疑惑："史茗，我是陈涌涛呀，你不会……"

史茗忽然歇斯底理地："你以为我失忆症严重了对吗？你是不是还怀疑我得神经病了？你们这些男人没一个好东西，都是混账！"

陈涌涛吃了一惊："我……我不是这个意思，瞧我，说错话了，是我错，你原谅你涌涛哥。"

史茗看看陈涌涛，忽然哭了起来。

陈涌涛一下子手足无措："你……你怎么哭了？"

史茗抹抹眼泪："对不起！涌涛哥，你没错，是生活的错，是蓝岛这混蛋的错。"

陈涌涛愣怔了一下："你怎么知道他叫蓝岛？这……这怎么回事？"

史茗站了起来，默默望着海面，陈涌涛也跟着站起，一脸茫然地看着史茗。

史茗："我的失忆症……其实早已经好了，我一直瞒着你们。"

陈涌涛困惑地："真的？"

史茗点点头："蓝岛……是我的前男友，就是害我跳海轻生的那个男人。"

13-17　吉普车上　日　内

陈涌涛开着吉普车，蓝岛坐在副驾驶座。

蓝岛："陈总，你带我去看哪个风景点？"

陈涌涛："好地方，保证你大有收获。"

13-18　海边悬崖　日　外

吉普车在崖顶空地上停下，陈涌涛与蓝岛从车上下来。

陈涌涛："蓝总，这地方不错吧？"

蓝岛："还行，是不是有什么历史典故？"

陈涌涛："历史典故没有，但有一个悲剧故事。"

蓝岛："哦？"

陈涌涛："故事的主人公是个美丽的女孩，她的恋人是个知名诗人，他俩约好了，旅行结婚来看海。就在女孩精心准备结婚时，忽然收到恋人的结婚请柬，新娘竟成了另一个人，原来这个男人为了金钱，背叛了爱情，要与一个富婆结婚了。"

蓝岛神色大变："你……你讲的是谁的故事？"

陈涌涛："你别急嘛，蓝总，听我讲完。失恋的女孩来到这里，最后一次给那男人打电话，但男人反而嘲笑她，女孩悲愤绝望之下，投崖自杀了。"

蓝岛脸色发白："你胡说！"

陈涌涛不理他，默默望着海面。

史茗不知何时，走到了蓝岛身后，蓝岛转过身来，只见穿白色连衣裙的史茗伫立在那儿。

蓝岛大吃一惊："史茗？"

陈涌涛："她就是那个投崖自杀的女孩。"

蓝岛慌乱地："你们演什么戏啊？她不是好好的嘛！"

史茗："我死了一次，又活回来了，是涌涛哥救了我。"

陈涌涛："史茗差一点儿丢了性命，活过来了，却失忆了很长时间，这一切都拜你所赐。"

蓝岛："史茗，我……我也是迫于无奈，人为财死，鸟为食亡，没办法呀！"

史茗讽刺地："为了爱情与诗歌可以放弃一切，这是谁的话？原来都是说谎与骗人，仔细想想，我真的很傻。"

蓝岛："此一时彼一时嘛，史茗，过去的让它过去吧，我现在有钱了，我养你，继续我们的爱情，好吗？"

陈涌涛气愤地："蓝岛，你说这话太无耻了！"

史茗："我告诉你，过去的蓝岛与过去的史茗，都已经死了，今天……我真想把你扔下海去。"

蓝岛吓得脸都青了。

陈涌涛："什么狗屁的蓝色之岛？我看你是黑色之岛，黑心的黑！"

蓝岛恼怒地："陈涌涛，我们是生意人，你这样讲话，对我们俩的生意没好处。"

陈涌涛笑了起来："做生意首先要的是信用，信用没了，生意也就没了，合同也就作废了。"掏出他与蓝岛签的合同，撕成碎片，抛向大海。

蓝岛吃惊地："你……你……"

陈涌涛："你记着，我永远不会同你这样的人做生意，滚吧！"

蓝岛惊愕地看了看陈涌涛与史茗，沉默了一会儿，转身向山下走去。

13-19　海奶奶家小院子　夜　外

韩燕坐在院子里等陈涌涛。

海奶奶从屋里走出来："涌涛怎么还没回来？"

韩燕："没事，我等他。"

海奶奶："唉！还好涌涛办了养殖场，赔阿祥的钱解决起来还不算太难。"

韩燕叹了口气，没有搭话。

海奶奶看了一眼韩燕："春霞怀孕了，不可能再待在连里，你怎么安排？"

韩燕："她应该退连，可是……我想让她继续当女民兵，您看……"

海奶奶："燕子，你这样做是对的。"

13-20 街头 夜 外

陈涌涛与史茗走在街上。

史茗："涌涛哥，你干嘛为我放弃一笔大生意？"

陈涌涛："生意生意，就是生活要有意义，与没意义的人做没意义的事，不做也罢。"

史茗："可是你的公司刚起步，太需要生意了。"

陈涌涛："不急，少一笔不至于影响公司的生存。"

史茗："你都是为了我。"

陈涌涛："史茗，你的记忆已经恢复了，为什么还一直装失忆？"

史茗："我不想回到以前的地方去，想待在这里。"

陈海涛："那你父母不担心吗？"

史茗："我爸妈在欧洲做访问学者，他们不知道。"

陈涌涛："现在你准备怎么办？"

史茗：“我不想让大家知道我恢复记忆了，我想……继续失忆。”

陈涌涛：“继续失忆？装失忆？”

史茗：“嗯，你帮我保守这个秘密好吗？”

陈涌涛：“为什么？”

史茗：“不为什么，我想给自己留一点儿空间。”

陈涌涛想了想，点点头：“好！”

两人走到岔路口，停下脚步。

陈涌涛：“我送你回去。”

史茗摇摇头：“不用。”深深地看了陈涌涛一眼，“涌涛哥，我能……抱你一下吗？”

陈涌涛愣怔住了，没有反应过来。

史茗上前抱了一下陈涌涛：“谢谢！”然后转身朝姐妹连方向快步走去。

13-21　海奶奶家小院子　夜　外

陈涌涛刚跨进院门，韩燕就迎了上来。

韩燕：“涌涛，你的货款到账了吗？”

陈涌涛说话有点儿结巴了：“没……没有，那笔生意……黄了。”

韩燕不解地：“黄了？”

陈涌涛：“客户不买了。”

韩燕：“为什么？不是说合同已经签了？”

陈涌涛心虚地："是啊，他……临时变卦了。"

韩燕一下子眉头紧锁，心情变沉重了。

陈涌涛躲开韩燕的目光："商场上什么事都会发生，再缓缓，我想办法解决。"

韩燕叹息一声："这还不是空头支票嘛！"

13-22　女民兵宿舍楼前　夜　外

史茗靠在宿舍楼门口，凝望着夜色。

阿兰走了出来："怎么不睡觉？"

史茗："白天睡太久了。"

阿兰："你白天出去找陈涌涛了，咋醒着说梦话？"

史茗："我一直在做梦，现在终于醒了。"

阿兰笑她："嘿！你怎么不说现在梦游呢？"

史茗："梦游，梦游，我还真的像梦游，阿兰，你听说过吗？有个法国人，梦游了二十年，还跑到了英国伦敦。"

阿兰笑了起来："反正不是你。"

13-23　春霞家门口　日　外

海奶奶走到春霞家门口。

海奶奶朝屋里喊："阿祥，阿祥在吗？"

少顷，阿祥叼着香烟走了出来，不冷不热地："海奶奶，你找我什么事？"

海奶奶拿出一个存折递给阿祥。

阿祥："什么？"

海奶奶："十万块钱，拿着。"

阿祥犹豫了一下，伸手接了过来。

海奶奶："阿祥，这个纠纷就算了结了，往后你要好好待春霞，亏待她的话，我可不同意。"

阿祥话里有话："知道了，您老人家，还有您那儿媳妇，对我家春霞可真是关照啊！"

海奶奶："这钱的事，别让春霞知道，她现在经受不起刺激。"

13-24 医院病房 日 内

春霞坐在病床上，王凯男、叶苗苗、阿兰、方贝贝、郭小琴、史茗、秋霞、丁刚围在病床边。

春霞："我这样子，给你们大家添麻烦了。"

秋霞："姐，都是姐妹，你客气什么呀？"

丁刚："秋霞说得对，一家人不讲两家话。"

方贝贝："哟，丁教官，你跟谁是一家人呀？"

丁刚面露窘态。

春霞："贝贝，别挤兑丁教官，他可是我们的师父。"

叶苗苗："就是嘛，一日为师，终身为父，丁教官，你辈分太高了。"

大家哄笑起来。

方贝贝："以后丁教官的女朋友，我们还得叫师娘？"

大家又一阵哄笑。

王凯男："你们谁想当师娘就去当吧，我们大家可要当干妈了。"

阿兰吃惊地："你说什么呀？"

王凯男："当春霞孩子的干妈呀。"

郭小琴："对对，春霞姐的孩子，是我们一班的宝贝。"

方贝贝赶紧起哄："当干妈还不够，以后谁生了女儿，要和春霞姐的儿子定娃娃亲。"

叶苗苗："春霞姐要是生的是女儿呢？"

方贝贝："那你就赶紧生个儿子呗。"

大家都笑了。

叶苗苗："好你个方贝贝！"要去拧方贝贝的耳朵，方贝贝躲开了。

13-25　渔船甲板上　日　外

阿祥的渔船停搁在海滩上，阿祥与几个渔民们正在甲板上忙碌。

忽然，传来韩燕的喊声："阿祥！"

阿祥走到船头，向船下看去，见韩燕站在海滩上。

阿祥冷冷地："韩大连长，你还有什么事？"

韩燕："我跟你讲一下，那十万元我要晚几天给你。"

阿祥不解地："你什么意思啊？海奶奶今天已经给我了，你还要赔双份？那我不要，我阿祥是个船老大，不用说十万，一百万我也看不上。”

韩燕吃惊地看着阿祥。

13-26　海奶奶家小院子　日　外

海奶奶正在给盆花松土，韩燕推着自行车进来。

韩燕：“妈！”

海奶奶：“燕子！”

韩燕：“哎！”停好自行车后走过来，“妈，我帮您。”

海奶奶：“不用，你不懂养花。”

韩燕：“您歇一会儿，我问您，您把十万元给阿祥了？”

海奶奶：“对，给他了，我正要跟你讲呢。”

韩燕：“妈，这钱……是哪来的？”

海奶奶：“你放心，是妈自己的。”

韩燕吃了一惊：“妈，您把您的养老钱，您一辈子的积蓄都给他了？”

海奶奶：“涌涛一下子帮不上你，妈得帮你，再说有你和涌涛在身边，养老钱也用不上，这个时候不拿出来用，什么时候用？”

韩燕的眼睛湿润了，久久说不出话。

13-27　春霞家　日　内

春霞出院回家了，秋霞、阿祥扶着她上楼。

秋霞："阿祥，你毛手毛脚的，你让让，我来。"

阿祥不悦地跟在后面。

13-28　春霞家二楼　日　内

春霞在床边坐了下来。

阿祥："春霞，你好好在家养着，我……还得出海去。"

春霞："已经耽误这么久了，你去吧，现在我也没事了，有什么事的话，还有秋霞呢。"

阿祥："好！"转身下楼。

秋霞："姐，我请假陪你几天吧？"

春霞："你也不用请假，去上班吧，我现在才怀上，十月怀胎，早着呢。"

秋霞："那你别乱跑。"

春霞笑了起来："放心吧！"

13-29　姐妹连靶场　日　外

韩燕、丁刚带着女民兵在靶场上打靶，枪声此起彼伏。

春霞缓缓走过来，走到韩燕身后："韩燕姐！"

韩燕回过头："春霞？你怎么跑来了？"

春霞笑笑："我一个人在家待不住，我还是归队吧？"

韩燕："那不行，这里枪声太响，会惊着你的，我们离开这里。"携着春霞往外走。

13-30 营房草坪上 日 外

韩燕与春霞坐在草坪上。

春霞："韩燕姐，你同意我回来住在连队里好不好？激烈运动我不参加，但一般训练没问题的。"

韩燕摇摇头："春霞，不怕一万，只怕万一，你不能住连队，还是在家休息好。"

春霞神情失望，低头不语，这时秋霞小跑着过来。

韩燕："秋霞来了。"

春霞扭头去看。

秋霞跑到跟前："韩燕姐，谢谢你给我打电话。"

韩燕："春霞在这儿我不放心，你把她接回去，好好歇着。"

秋霞："姐，你干吗跑出来呀？"

春霞："我想住在连队。"

秋霞："为什么呢？"

春霞："我想和一班的姐妹住在一起，再说我的射击成绩在班里倒数第一，我得提高一下，总拖一班的后腿我心里过意不去。"说着，不由得眼圈红了。

韩燕拍拍春霞后背安慰她："春霞，等你生了孩子以后，我陪你练。"

13-31 姐妹连大门口 日 外

韩燕站在门口，送春霞秋霞姐妹离开，刚要进门，只见陈涌涛的吉普车开了过来，在一旁停下，人从车上下来。

韩燕：“哎，有什么事吗？”

陈涌涛不自然地：“没事，过来转转。”

韩燕疑惑地：“转转？涌涛，你有闲工夫来转转，还不如花点儿时间帮我个忙。”

陈涌涛：“什么忙？”

韩燕：“帮我筹十万元。”

陈涌涛：“那十万元，妈不是已经给阿祥了嘛。”

韩燕神色一变：“她老人家的养老钱，拿来帮我解围，我怎么好意思乐享其成呢？”

陈涌涛：“我记着了，等做了生意进了货款，就还给妈。”

韩燕：“我就等你这句话，赶紧把心思放在生意上，别往姐妹连跑，这里没你的生意可做。”

陈涌涛：“来看看你也不行？”

韩燕：“看过了，可以回去干正事了，我可没工夫陪你。”转身快步向营房里走去，忽又转身，“别再给史茗派活儿，那天她回来情绪一直不好，怎么搞的？”

陈涌涛张张嘴，欲言又止。

13-32　医院护士值班室　日　内

护士值班室里只有秋霞姐妹在，春霞坐在椅子上，身穿护士服的秋霞站在她面前。

秋霞：“姐，别郁闷了，我知道你一个人寂寞，哎，你今天就待在我这里，我陪陪你。”

春霞：“我不是怕寂寞。”

秋霞：“那是为什么？”

春霞:“我的事情给连里带来这么多麻烦,她们会不会躲我，生怕我回去再添麻烦？”

秋霞：“不会的，你别多心了。”

春霞:“她们嘴上不说,可我觉得,再想回连队有点儿难了。”

秋霞：“你呀，别胡思乱想。”

春霞站了起来：“你不是女民兵，你不懂。”

秋霞：“谁说我不懂？我姐是女民兵，我也算半个。”

春霞笑了一下:“你当护士很优秀,你当女民兵也会很优秀，要是你是个女民兵，我就没遗憾了。”

秋霞:“姐,你别遗憾,韩燕姐不是说了嘛,等你生了小孩，她陪你一起练。”

春霞叹口气：“不现实的，生了小孩还要养，那时我也到退连的年纪了。”

13-33　一班宿舍　日　内

操场上的操练声从远处传来，秋霞与王凯男正在整理春霞的东西。

王凯男：“秋霞，春霞可就交给你了。”

秋霞：“放心吧，我会把我姐当成大熊猫保护。”

王凯男开玩笑：“我们一班的姐妹可都是小熊猫的干妈呢，

要吃竹子我们供应。”

秋霞：“凯男姐，你也得加油了。”

王凯男：“我加什么油？”

秋霞:“什么油？赶紧找个人对你说‘I love you’（我爱你）。”

王凯男笑着：“彼此彼此。”

秋霞把目光落到一张姐妹连的合影上，照片上的春霞笑容灿烂。

秋霞看着照片：“嗨，我姐很酷，你们都很酷。”

王凯男：“羡慕了吧？”

秋霞把照片放进包里：“还真蛮羡慕的。”站起身来，“凯男姐，我去跟韩燕姐打声招呼，然后拿了东西就走了。”说完走了出去。

13-34　姐妹连操场边上　日　外

操场上正在操练，韩燕与秋霞站在操场边上。

秋霞：“她今天还想跑连队来呢，我就怕她见我不在时就溜来了，万一不小心……”

韩燕：“这可是大事啊，你劝劝她。”

秋霞摇摇头:“劝过了,她觉得自己以后没机会当女民兵了,现在枪法没练好，留了遗憾。”

韩燕：“这不行，我去跟她讲清楚。”

13-35　姐妹连操场　日　外

丁刚站在女民兵队列前，伸着脖子望着远处的秋霞，一下子竟忘了喊口令，女民兵们窃窃私语。

方贝贝：“报告！”

丁刚把目光收回来：“什么事？”

方贝贝：“丁教官，要不要我帮你把望远镜取来？”

大家哄笑起来。

丁刚尴尬地：“不用……我们当兵的，平时要眼观六路耳听八方。立正！”

女民兵们齐刷刷地立正。

13-36　春霞家　日　内

春霞与韩燕坐在屋里聊天，秋霞在小炉子上给春霞煎药。

韩燕：“春霞，你不是退连，你是休假，安心养身子，准备当妈妈，姐妹们都等着当干妈呢。”

春霞：“她们都在做什么？”

韩燕：“训练呀。”

春霞叹息着：“唉！我怀孩子真不是时候，再晚几个月就好了。”

韩燕：“傻话！你呀，就好好待在家里，你现在的任务就是休养，训练自己做个开心的妈妈。”

春霞：“我就是想姐妹们，想训练。韩燕姐，假如让肚子里的宝宝在连队接受胎教，可能生下来就是个神枪手。”

韩燕笑了：“亏你想得出来，以后你自己当神枪手吧。”

春霞眼圈红了：“我做梦都想把枪法练好，可就不行，以后有孩子拖住，阿祥又那个样，哪里迈得开腿呀？我怕……没机会了。”

韩燕：“春霞，说起枪法，我也还得练，但事有大小，像我得当好连长，你现在呢，怀孩子比天还大。”

春霞点点头：“可我就是……就是……”

秋霞端着汤药过来：“姐，喝药。”

春霞接过汤药喝着。

秋霞想了想：“韩燕姐，我从小和我姐相依为命，她的心思我懂，这个弯她转不过来的话，天天别扭。她是想雪枪法不准的耻，你听，连肚子里不知是男是女的孩子，她都寄予神枪手的厚望。”

韩燕无奈地：“春霞，不管怎么样，你得把心里的疙瘩放下，有什么我帮得上忙的，我一定帮。”

春霞摇头无语，神情黯然。

秋霞把胸挺了挺：“姐，我替你当女民兵去。”

韩燕与春霞都吃了一惊。

春霞：“秋霞，你……”

秋霞：“姐，我们姐妹同心，我来帮你完成心愿吧，再说我天天摸针筒，还真羡慕摸枪呢。”

春霞与韩燕都站了起来，感慨地看着秋霞。

13-37 姐妹连操场 日 外

女民兵们列队站着，韩燕、丁刚面向女民兵队列站着。春霞、秋霞站在一班中间，秋霞穿上了作训服，正式成为女民兵。

韩燕：“姐妹连多了一对亲姐妹，我和你们一样，很高兴，姐妹连姐妹连，不是亲姐妹的，也要胜似亲姐妹……秋霞出列！”

秋霞向前跨出。

韩燕：“王凯男出列！”

王凯男跨步出列。

韩燕：“姐妹连第106名女民兵林秋霞编入一班，请班长王凯男为她授枪。”

这时，春霞忽然喊了声：“报告！”

韩燕：“什么事？春霞。”

春霞：“能不能把我的枪给秋霞？”

韩燕想了一下：“好！”

春霞把手中枪递向王凯男。

王凯男：“让春霞给秋霞授枪吧？”

韩燕点点头：“春霞出列，请为新民兵秋霞授枪。”

春霞开心地向前一步：“是！”

秋霞走到春霞面前，接过她的枪，激动地抱住春霞：“姐，我爱死你了！”

春霞低声提醒她：“给我敬礼……敬礼。”

女民兵们热烈鼓掌，把春霞的声音盖了。

13-38　一班宿舍　日　内

一班的女民兵们簇拥着秋霞、春霞走进宿舍。

秋霞左右看看："姐妹们，以后多关照！"

大家嬉笑着。

跟着后面的丁刚赶紧接口："一定一定。"

方贝贝回过头："丁教官，你怎么也成了姐妹们了？"

丁刚尴尬地笑笑，转身溜了。

秋霞指指春霞的床铺："姐，这是你的床吧？"

春霞点点头："嗯！"

秋霞："我就睡你的床。"

郭小琴："我们一班从此有卫生兵了。"

方贝贝："往后，一点儿小毛小病，秋霞可以给我们就地解决。"

叶苗苗："你的小毛小病，由凯男姐专治，可以治得你服服帖帖。"

方贝贝瞪了叶苗苗一眼。

王凯男："不要贫嘴。秋霞，她们里的一些人小毛病可多了，你不能染上。"

秋霞立正敬礼："是！班长！"

史茗："你的敬礼不标准，应该这样。"示范了一个敬礼。

秋霞："哇，史茗，你好厉害！"

阿兰笑着："史茗是我们班里的编外指导员。"

大家哈哈笑了起来。

春霞："秋霞，你可以对着镜子练敬礼。"

秋霞一个立正："是！"

大家又笑了起来。

13-39　姐妹连大门口　日　外

韩燕与一班的女民兵把春霞送到大门口，门外已停着一辆出租车。

韩燕："春霞，让秋霞送你回去吧？"

春霞微笑着："不用。"转向秋霞，"秋霞，你要加油！"

秋霞点点头，有些不舍："姐，我不在，你一定要照顾好自己。"

春霞："放心，我没那么娇贵，我走了。"

韩燕："有什么事随时打电话。"

春霞点点头，朝一班的女民兵们挥挥手，上了出租车。

13-40　连长办公室　日　内

韩燕与丁刚正坐在办公室里商量工作。

韩燕："新民兵的强化训练期已过去了，秋霞新入连，弄不好的话，她会跟不上。"

丁刚："韩连长，俺也是为这事担心，俺在想，得专门给她开开小灶。"

韩燕："我也这么想。"

丁刚憨笑着："你放心，当教官就像做厨师，大宴也得办，小灶也得开。"

韩燕摇摇头："你给秋霞开小灶不行，你抽不出工夫。"

丁刚一愣："俺会有工夫的，叫王凯男给她开小灶更没工夫，班长要管班里的人。"

韩燕："这样吧，现在还数我这连长闲，那我来掌勺吧。"

丁刚急了："那咋行？你是连长，咋好劳你大驾？这点小事俺搞得定。"

韩燕："我在省军区工作时，有很长时间没摸枪，把枪法荒废了，这次也想陪着秋霞练练，自我恢复一下。"

丁刚不吭声了，神色有些落寞。

13-41　姐妹连操场　夜　外

韩燕正在训练秋霞的军姿，两人面对面站着，同时敬礼。

韩燕垂下手，转身与秋霞并肩站着："走正步，起步走。"

两人踢腿走起正步，秋霞明显不准确。

韩燕："绷脚面，压脚尖，小腿带动大腿，脚掌与地面平行。"

丁刚着急地在一边看着。

这时韩燕的手机响了。

韩燕指令秋霞："一直走，别停！"自己停下脚步，掏出手机接听。

13-42 姐妹连大门口 夜 外

陈涌涛的轿车停在门外，人站在车旁吸烟。

陈涌涛嘀咕着：“让我吃闭门羹！”

丁刚跑了出来：“陈舰长，你有啥事？”

陈涌涛：“我找韩燕呀。”

丁刚一笑：“韩连长在给秋霞训练呢，叫你有啥事跟俺讲。”

陈涌涛：“哦……也没什么，我要去省城办事，来问问要不要帮她办点儿什么。”

丁刚：“噢，要不你进来问她吧。”

陈涌涛：“算了，她忙。小丁，史茗情况怎么样？”

丁刚：“好像比以前好一些。”

13-43 一班宿舍 日 内

天蒙蒙亮，集合哨吹响了，女民兵们动作迅速地起床。

王凯男发现秋霞床上没人：“秋霞呢？”

叶苗苗她们都摇摇头。

方贝贝：“会不会不习惯这里的生活，夜里溜出去了？”

王凯男皱起眉头：“你以为是你呀……第一天训练，怎么能这样？”

叶苗苗：“凯男姐，怎么办？”

王凯男：“先去操场集合。”

女民兵们跑出门去。

13-44　姐妹连操场　日　外

女民兵们纷纷跑入操场列队集合，丁刚面向她们站着。

王凯男跑到丁刚身边："丁教官，秋霞不见了。"

丁刚一声不吭。

王凯男："你怎么不吭声啊？"

丁刚："在靶场。"

王凯男："在靶场干吗？"

丁刚："韩连长在给她开小灶。"

13-45　姐妹连靶场　日　外

一身晨露的韩燕与秋霞，伏在靶场地上瞄准射击，枪声此起彼伏。

韩燕："你的三点一线还不错，但还要准、快、稳，枪托要顶紧肩窝，枪膛里的子弹，要在十秒内射出去。"

秋霞点点头："嗯！"

韩燕站了起来："走！"

秋霞也站起身，二人朝靶场外走去。

韩燕边走边讲："练枪法与当医生护士一个道理，要心到、眼到、手到。"

秋霞："韩燕姐，你是神枪手吗？"

韩燕："我不是，王凯男是神枪手，你想当神枪手的话，一定要苦练。"

秋霞："我怕我这个新兵跟不上大家，让我姐失望。"

韩燕："只要功夫深，铁棒磨成针，这句老话你牢牢记住了，我相信春霞不会失望的。"

秋霞若有所思地点点头。

13-46　海堤　日　外

韩燕、丁刚带领女民兵快速跑过海堤。

韩燕边跑边喊："台风季到了，我们加把劲儿，抓紧做好抗台抢险训练。"

13-47　港湾　日　外

海面的海浪比往常大许多，渔船纷纷进港，船上的红旗猎猎飞舞。

（画外音）："名为荆棘鸟的台风，估测最大风力 15 级左右，目前台风中心正以每小时 52 公里的速度向西北偏西方向移动……"

13-48　抗台指挥部　日　内

指挥部里一片忙碌，大屏幕正在播放各地抗台情况，曹部长与海奶奶正看着大屏幕，这时高书记匆匆进来。

曹部长："高书记！"

高书记:“驻军都到海堤上了,正紧急调用沙袋加固海堤。”

曹部长:“嗯,我也最担心海堤能不能扛住这次台风。”

高书记:“县委县政府要求把加固海堤作为重中之重,绝对要扛住。”

海奶奶:“把姐妹连拉上去吧?”

长篇电视连续剧文学剧本

姐妹连

下册

章轲　等◎著

总编剧　章　轲

编　剧　陈剑冰　祝舒波　吴斯佳

天津出版传媒集团

百花文艺出版社

图书在版编目（CIP）数据

姐妹连 . 2 / 章轲等著 . -- 天津 : 百花文艺出版社 , 2022.3
ISBN 978-7-5306-8271-5

Ⅰ . ①姐… Ⅱ . ①章… Ⅲ . ①长篇小说—中国—当代 Ⅳ . ① I247.5

中国版本图书馆 CIP 数据核字 (2022) 第 033529 号

姐妹连（下册）
JIEMEI LIAN（XIACE）
章轲 等 著

出 版 人：薛印胜
责任编辑：魏 青
装帧设计：书点 書點文化
出版发行：百花文艺出版社
地址：天津市和平区西康路 35 号 邮编：300051
电话传真：+86-22-23332651（发行部）
+86-22-23332656（总编室）
+86-22-23332478（邮购部）
主页：http://www.baihuawenyi.com
印刷：成都蓉军广告印务有限责任公司
开本：880 × 1230 毫米 1/32
字数：350 千字
印张：27.25
版次：2022 年 3 月第 1 版
印次：2022 年 3 月第 1 次
定价：152.60 元（全 2 册）

如有印装质量问题，请与成都蓉军广告印务有限责任公司联系调换
地址：成都市金牛区振兴路 66 号
电话：028-88451797 邮编：610036

目 录
CONTENTS

第十四集

14-1　码头　日　外

春霞由秋霞陪着来到码头上，寻找阿祥的渔船。她看着桅杆上舞动的旗帜，心事重重。

春霞焦急地："都发布台风警报了，阿祥还不回来，真急死人了！"

秋霞安慰她："别急姐，阿祥哪次不是这样的，先回家吧。"

春霞："我要等他回来。"

秋霞："打台风了，你待在这儿要出事的，记着，一个人别往外跑，你跟孩子安全，阿祥就不会有事。"拉了春霞往回走，"走吧，我还要赶回连队抗台。"

14-2　连长办公室　日　内

韩燕、丁刚正站在地图前指指点点，商量事情。

秋霞站在门口："报告！"

韩燕："进来！"

秋霞走了进来："韩燕姐，今天要开小灶吗？"

韩燕："吃大餐。"

秋霞："什么大餐？"

韩燕指指地图："超强台风。"

丁刚走近秋霞："赶紧回班里去，等台风过了，我和韩连长一起帮你开小灶。"

秋霞点点头，走了出去。

过了一会儿，海奶奶快步走进来："燕子，马上做好海堤抢险的准备。"

韩燕："妈，你来了，这是指挥部的命令吗？"

海奶奶："妈的老经验。"

这时电话响了，韩燕接起电话："这里是姐妹连……是，马上支援海堤！"放下电话，"小丁，赶紧集合队伍，发还手机，整装待发。"

丁刚："是！"

14-3　姐妹连操场　日　外

全连女民兵们穿着雨衣，在操场集合完毕。

韩燕、丁刚、海奶奶站在女民兵面前。

韩燕严峻地扫视女民兵："接指挥部命令，姐妹连全体女民兵前往海堤抗台，我们要有打硬仗的心理准备。阿兰、秋霞、史茗留在观察哨和连部值班，其他人准备出发。”

秋霞喊了起来：“报告连长！”

韩燕：“什么事？”

秋霞：“我懂医，万一有什么，我还派得上用场，你看，我药箱都带上了，让我去吧。”

海奶奶：“燕子，让她去，说不定真有用处，连部这儿我来值班，反正小海这几天都住校。”

韩燕犹豫地：“妈，您值班？”

海奶奶笑了笑：“我年纪大了，你也不好意思叫我当先锋，但坐镇连部还是行的。”

韩燕：“好！”

阿兰：“韩燕姐，我也要去海堤抗台。”

韩燕：“不行，你的任务很重，在观察哨要观察海面，还要负责通信联络，史茗一个人不够。”

阿兰不吭声了。

韩燕手一挥：“出发！”

14-4　姐妹连大门口　日　外

女民兵队伍从营房出来，向目的地开发。

郭小琴拉了拉方贝贝：“贝贝，我怕。”

方贝贝神情不安，看看其他女民兵。

郭小琴担心地：“贝贝，我们两个体重这么轻，会被台风刮走的。”

叶苗苗听到了插嘴：“放心吧，台风不会把你刮走的。”

方贝贝："你这么重，当然不用担心了。"

叶苗苗："到了后，找根绳子，把你俩拴在树上，不就得了。"

郭小琴："海堤上没有树。"

方贝贝的手机响了，她拿出手机接听话："喂，老爸……"

14-5 路上 日 外

女民兵队伍快步前进。

方昌业的轿车开了过来，靠边停下，摇下车窗，等着方贝贝出现。方贝贝远远看见方昌业的轿车，便和郭小琴故意装作系鞋带，落在队伍后面。

王凯男折了回来："贝贝，你干吗呢？"

方贝贝："鞋带松了。"

王凯男看着小琴："你也鞋带松了？"

郭小琴急忙也装着系鞋带："嗯嗯！"

王凯男："快跟上。"

方贝贝与郭小琴没有办法，只好跟着走。

坐在车上的方昌业急了，嚷了起来："贝贝！"

方贝贝假装没听见。

方昌业下车跑过来，压低声音："跟爸爸回家。"

方贝贝瞄了一眼王凯男的后背，向方昌业猛使眼色。

王凯男转过身："方贝贝，是不是想趁机溜走啊？"

方贝贝："什么话啊？"

方昌业："王凯男，贝贝她外婆病了，我来接她回去看外婆。"

王凯男不理方昌业：“贝贝，我提醒你，你要是走了，就是在给一班脸上抹黑。”

方贝贝：“你……”

王凯男：“你在连队也白待了，所有的苦都白吃了，从此姐妹连也没你这号人了，你自己看着办吧。”说着向前走去。

方贝贝恼羞成怒：“隔着门缝看人！我方贝贝还没怕过什么，怎么会当逃兵呢？”转向方昌业，大声地，“老爸，我要去抗台了，你回去吧。”拉上郭小琴赶上队伍。

方昌业无奈地上车走了。

14-6　海上　日　外

阿祥的渔船正在回来途中，船在海浪中颠簸得厉害。

14-7　渔船驾驶室　日　内

阿祥在掌舵开船，年轻的大副站在边上，船上的电台播报着气象。

大副有点儿慌张：“老大，台风快来了，咱们来得及吗？”

阿祥：“台风晚上才登陆，难道还跑不过台风？别怕！”

大副：“我是怕嫂子为你担心。”

阿祥：“我风里浪里这么多年，有什么好担心的，我看是你小子刚结婚，劲头儿还新鲜，想早点儿回去。”

大副笑笑：“打台风，哪还想这个？”

14-8 省城某酒楼 日 内

陈涌涛和几个老战友坐在了一桌。

一战友："涌涛啊，没想到你成大老板了，佩服！"

陈涌涛："什么大老板，举债搞养殖，生意还不行，来省城这边跑跑业务，也来看看你们几个老战友，有生意的话帮我介绍介绍。我要开车，不能喝酒，以茶代酒敬你们！"举起茶杯敬酒。

一战友："涌涛，台风要来了，你开车回去不安全，今天就不要回去了。"

陈涌涛："台风哪年不来三次五次的，我开军舰时，怕过台风吗？"

一战友："涌涛的舰长风范依然在。"

14-9 高速公路 日 外

风已经渐渐大起来了，雨落了下来，陈涌涛驾车一路行驶，车上的收音机在播放着路况。

14-10 海岛小学教室 日 内

外面风雨交加，雨点打在玻璃窗上，渐渐模糊起来，孩子们背着书包，正要放学。

班主任老师检查了一下门窗："同学们，都坐回自己座位上去。”

孩子们听话地坐了下来。

班主任：“同学们，台风马上就要来了，为了大家的安全，回家和留校的同学都先待在教室里。”

14-11　抗台指挥部　日　内

高书记、梁县长、曹部长等人正围在一张铺着地图的桌子边。

曹部长伸手一指：“海岛小学在这个位置，地势较低，如果大雨不停，造成积水，加上台风太大的话，十分危险。”

高书记指指大屏幕：“转到海岛小学。”

大屏幕上什么也没有，信号中断了。

高书记：“立即连通信号，通知姐妹连，抽一部分人到海岛小学抗台。”

14-12　海岛小学教室　日　内

小海坐在最后一排门边。

同桌同学：“小海，你上次还吹牛，说你的定风珠很神奇。”

小海：“现在台风还没到呢。”

同桌同学：“骗人！台风到了就来不及了。”

小海趴在桌子上发了一会儿呆，趁人没注意，蹑手蹑脚地从后门溜了出去。

14-13　海岛小学墙外　日　外

穿着小雨披的小海溜出学校后，顺着围墙往龙王山方向艰难地走去。

14-14　海堤　日　外

海堤上，驻军与女民兵们正在忙着加固海堤。

韩燕向面前的丁刚、王凯男等人下令：“一排一班二班，跟我去海岛小学，其余各班由丁教官指挥，坚守海堤。小丁，这里交给你了。”

14-15　路上　日　外

韩燕带着女民兵冒雨前行，一路积水严重。

韩燕：“大家快点儿！”

方贝贝同郭小琴低声嘀咕：“我老爸真笨，来接我竟被王凯男发现了。”

郭小琴：“她盯着你呢。”

王凯男走了过来：“你俩在嘀咕什么？”

方贝贝：“嘿，我俩想找机会当一次英雄。”

王凯男：“不当狗熊就好。”

韩燕在前头喊：“王凯男，快上来。”

王凯男：“怎么了？”急忙上去。

韩燕："前面没路了，方向对吗？"

王凯男："没错，都跟着我走，我闭着眼睛也能摸到海岛小学。"

14-16　连长办公室　日　内

海奶奶一个人守在电话机旁，突然电话铃响了起来。

海奶奶拿起话筒接听："喂……有什么事……噢，马上派人去。"

放下电话后，海奶奶才猛然醒悟，整个连部就自己一个人，她想了一下，穿上一件雨衣开门出去。

14-17　海岛小学门口　日　外

女民兵们赶到了海岛小学大门外，门前积水较深。

韩燕扫视着队伍："姐妹们，立即挖水沟排水，咦，方贝贝与郭小琴呢？"

王凯男气愤地："这两个浑球儿，一定是在半路溜了。"

韩燕："如果是掉队了怎么办？立即派人找一下。"

14-18　路上　日　外

海奶奶冒着风雨向中华路跑去，忽然脚下一滑，摔倒在地，她双手撑地，想站起来，不料站不住，又跌倒了。

在不远处一家商店的雨棚下，躲着方贝贝与郭小琴。

郭小琴浑身发抖："这风呜呜叫，我怕死了。"

方贝贝："我老爸的车快到了，再坚持一会儿，我们就可以撤了。"这时看到了远处倒地的海奶奶，"小琴，你看！"

郭小琴："呀，是个老奶奶。"

方贝贝与郭小琴向海奶奶跑去，二人扶起老人，一看是海奶奶，不由得大吃一惊。

方贝贝："海奶奶，怎么是您？"

海奶奶："贝贝，小琴，你们赶紧去……中华路 203 号，那幢危房里还有一个老人没撤离，一定要把他带到安全地带。"

郭小琴："那您呢？您都摔伤了。"

海奶奶："别管我，我没事。"

这时，方昌业的轿车驶到跟前，他下了车，惊讶地看着她们，方贝贝、郭小琴急忙把海奶奶扶上车。

方贝贝："老爸，还愣着干吗？快把海奶奶送医院去，我和小琴去执行任务。"

方贝贝、郭小琴转身向前跑去，这时"嗖"的一下，方贝贝的牧羊犬从车里窜出来，追了上去。

14-19　海岛小学教室门外　日　外

韩燕、王凯男与几个老师站在一起。

韩燕吃惊地："什么？小海不见了？"

小海的班主任着急地点点头。

韩燕："校园里找过没有？"

班主任："找过了，都没有，大概跑回家去了。"

韩燕神情严峻，掏出手机拨打，不由得神色慌乱。

王凯男："我带些姐妹去找小海。"转身要走。

韩燕："站住！"

王凯男转身看着韩燕。

韩燕："你不能离开。"又拨了一个电话，"涌涛，你回来没有？"

14-20　吉普车上　日　内

陈涌涛一边开车一边接电话。

陈涌涛："你说什么？小海找不到了？"猛地刹住车，"燕子，赶紧找啊，我在路上，马上赶回。"

14-21　海岛小学门口　日　外

女民兵们正在疏通积水，一班的女民兵则围着韩燕。

王凯男："别犹豫了，时间长了要出问题的，留下二班在这里听你指挥，我带一班去找小海。"

韩燕："不行，我去。"

王凯男："好，你带二班去。"

韩燕神情忧急，却很坚毅："抗台现场就是战场，你们不能离开，小海是我儿子，我一个人去。"

王凯男不吭声了。

韩燕："这里由你负责指挥，抓紧疏通积水，保证做好海岛小学的抗台工作。"

14-22 危房内 日 内

方贝贝、郭小琴在危房里劝说不肯撤离的老大爷。

方贝贝："大爷，我求您了，撤吧！"

老大爷坐在椅子上，固执地摇着头。

郭小琴："大爷，房子没了还可以造，人没了就什么都没了。"

老大爷干脆连眼睛也闭上了。

方贝贝："天哪！大爷，求您说句话好不好？"

老大爷："闺女，你俩走吧。"

方贝贝："您不走，我俩也不走。"

郭小琴："对，要活一块儿活，要死一块儿死。"

方贝贝吃了一惊："呀！你这郭小胆变成郭大胆了。"

老大爷："闺女，这房子不牢，快走吧，你们还年轻。"

方贝贝："您有孙女吗？"

老大爷点点头："有，跟她父母在外地打工。"

方贝贝："大爷，如果您孙女来救你，您也不出去？"

老大爷犹豫着。

郭小琴："您舍得让孙女陪您死吗？"

老大爷拼命摆手："不！不！"

方贝贝："大爷，我俩现在就是您孙女，听孙女一句，撤吧！"

老大爷看着眼前两个女孩，叹了口气，动摇了。

郭小琴上前去扶老大爷：“大爷，我背你。”

方贝贝扶着老大爷趴在郭小琴背上。

方贝贝：“撤！”

一个背着，一个在后面扶着，快步向门口走去，牧羊犬也尾随而去。

14-23　医院病房　日　内

海奶奶的脚已包扎好，护士给她挂上药瓶，方昌业站在一旁。

海奶奶见护士出门，坐了起来：“老方，送我回连部。”

14-24　海岛小学教室　日　内

王凯男冲了进来，大步走到小海桌位。

王凯男问小海的同桌同学：“小朋友，小海离开前有没有跟你说什么？”

同桌同学：“他说……他有定风珠可以打败台风。”

王凯男困惑地：“定风珠？”

（画外音，小海的声音）：“凯男阿姨，我告诉你一个秘密，这是定风珠，把它放到龙王山龙王庙的龙嘴巴里，就能打败龙卷风，打败台风。”

王凯男沉思片刻，恍然大悟，转身跑出门去。

14-25　龙王山　日　外

小海跌跌撞撞地在龙王山山腰上向上爬去，这时一阵大风刮来，他滚了下来，被一棵树挡住。

小海抓着树干哭了起来，喊着："爸爸！妈妈！"转念一想，抹去眼泪，嘀咕着，"我要做一个勇敢的小孩儿。"又顺着背风处向上爬去。

14-26　跨海大堤前　日　外

跨海大堤入口设了关卡，陈涌涛的吉普车被拦住了，一个管理员在关卡内亮起红灯，冲着陈涌涛拼命挥手，示意他往回走。

陈涌涛打开车窗大喊："麻烦你放我过去，我有急事。"

管理员拿着喇叭喊："你不要命啦？调头吧，等台风过了再过堤。"

陈涌涛过不了跨海大堤，忧急交加，一下子头痛病发作了，他掏出止痛药，发现药瓶已空，无奈之下捶了几下脑袋死抗。

14-27　观察哨　日　内

阿兰在哨所观察镜前观察远处海面，她发现有一艘渔船正在打出求救信号。

阿兰大吃一惊："有渔船求救。"

史茗紧张地：“那怎么办？”

阿兰：“立即报告韩燕姐。”

阿兰立即拿起话筒，拨打韩燕的号码，却打不通。

阿兰：“糟了，电话线可能刮断了。”

史茗掏出手机打，也没打通，再一看：“没信号。”

阿兰马上又打开无线电台调试：“电波覆盖不够。”

史茗想了想：“带上手机与无线电台，上山顶。”

14-28 跨海大堤前 日 外

情急之下，陈涌涛找出他在舰队时的旧证件，下车跑到关卡前。

陈涌涛出示证件：“我是海军舰长，我命令你放行！”

管理员犹豫着。

陈涌涛：“十万火急！快！”

管理员只好打开关卡。

陈涌涛跑回车上，看向前方，只见跨海大堤两边排浪夹击，十分危险，他一咬牙，猛踩油门，两边黑压压的浪头扑过来，吉普车从排山倒海的浪潮中间冲了过去。

14-29 山顶岗哨 日 外

阿兰和史茗迎着风雨，艰难地向上爬去，眼看快到山顶岗哨了。

阿兰："有没有信号？"

史茗掏出手机，不料一阵大风刮来，摔倒在地，吓得尖叫起来，手机也远远摔了出去。

阿兰："手机，找手机。"

二人慌忙去找手机。

史茗看到手机，慌忙捡起一看："不好，摔坏了。"

阿兰愣怔一下："继续，上山顶。"

二人继续向上爬。

到了山顶岗哨，阿兰架起无线电台，史茗用雨衣为她挡住风雨。

阿兰："喂……喂……我是阿兰……我是阿兰，听到请回话！"

无线电台没有回应，两人十分焦急。

好一会儿，终于传来了回话："阿兰，我是苗苗……"

14-30　海岛小学门卫室　日　内

叶苗苗放下无线电台话机，与秋霞及几个女民兵面面相觑。

这时方贝贝与郭小琴冲了进来："报告！方贝贝、郭小琴归队！咦，韩燕姐与凯男姐呢？"

叶苗苗焦急地："韩燕姐去找小海了，凯男姐又带了几个姐妹去找了，现在海上有渔船求救，韩燕姐手机打不通，急死了！"

方贝贝想了想："有没有韩燕姐的东西？"

叶苗苗指指桌上的军帽："她的帽子在这儿。"

方贝贝："你写个条子向韩燕姐报告。"向门外喊了声，"方世玉！"

牧羊犬窜了进来。

叶苗苗写好条子，装在一个防水袋里，方贝贝把防水袋系到牧羊犬的项圈上，又用刀切下一大块雨衣布，用萤光笔写了"姐妹连"三字，缠在牧羊犬身上。

14-31　海岛小学门口　日　外

方贝贝把韩燕的军帽放到牧羊犬鼻子给它嗅嗅，然后手一扬，牧羊犬箭一般射了出去。

14-32　渔船驾驶室　日　内

阿祥开着渔船匆匆回港，青岙已能隐约看见。

大副："我们终于回来了。"

这时，阿祥看到了远处的灯光信号："你看，那是什么？"

大副："像求救信号。"

阿祥："一定是渔船出事了，我们去救他们。"

大副："现在风浪这么大，我们去救危险很大的。"

阿祥火了："人家跟我们一样，也是讨海为生的，他们呼救，我们总不能不管吧？"

阿祥边说边调整方向。

14-33　出租车上　日　内

韩燕坐在出租车副驾驶座上。

韩燕：“师傅，快些！”

司机：“不能再快了，安全第一，台风天，我本来不开了，看你是姐妹连的才送你一趟。”

韩燕神情焦急：“谢谢你！师傅，我是赶回去找儿子。”

司机：“儿子怎么啦？”

韩燕：“不见了。”

司机瞟了一眼韩燕，加快了速度。

这时，韩燕从后视镜上，看见后面的牧羊犬，背上的萤光闪亮。

韩燕：“师傅，停车！”

14-34　出租车外　日　外

韩燕急忙下车，牧羊犬扑上来咬住她的裤脚，韩燕看清狗背上“姐妹连”三个萤光字，蹲了下来，取下防水袋，看了纸条后神色剧变。

韩燕的脑袋“嗡”的一下，思忖着:“怎么办？小海怎么办？”

14-35　出租车上　日　内

韩燕带着牧羊犬返回车上，神色铁青。

司机：“还走不走？”

韩燕想了想："掉头，回去，快！"

司机掉头往回驶，不解地看了韩燕一眼。韩燕咬着嘴唇，两行泪水忍不住流了下来。

14-36　渔船甲板上　日　外

阿祥与几个渔民穿着救生衣，站在甲板上，缆绳已系在抛绳器上。

阿祥看见了对方的船："是台湾渔船。"向驾驶亭拼命挥手，示意大副把船靠过去。

两条船终于靠近了，阿祥把抛绳器对准台湾渔船，一按开关，缆绳射了出去。

14-37　登陆艇上　日　外

海浪中，登陆艇颠簸前进，探照灯射向昏暗的大海，韩燕带着女民兵前去救援求救渔船，她站在驾驶室中拿着望远镜观察。

方贝贝晕船了，在船舷边狂吐。

郭小琴："小心！"忙用绳子拴住方贝贝的腰部。

叶苗苗开玩笑："贝贝拴狗绳了。"不料她也吐了起来。

郭小琴与秋霞连忙把她们扶到一边，方贝贝与叶苗苗一屁股坐到甲板上。

秋霞示意她俩："深呼吸，待会儿就没事了。"

叶苗苗："我饿！"

郭小琴："服了你了，晕船吐了还想着吃。"

14-38　路上　日　外

黄昏的天色越来越暗，陈涌涛的吉普车疾驰着，不断加速，车窗外风雨交加，视线一片模糊。

14-39　海岛小学门口　日　外

陈涌涛下了车，跑到海岛小学门口，一个驻守的女民兵跑了出来，将韩燕与王凯男的去向告诉陈涌涛，他旋即上车，向龙王山驶去。

14-40　龙王山　日　外

王凯男带着几个女民兵在艰难爬山，陈涌涛的吉普车顺着盘山公路驶上来，雪亮的车灯射在她们身上。

吉普车猛地刹住，陈涌涛大声喊："是姐妹连的吗？"

王凯男大声回答："是的，你是谁？"

陈涌涛大声地："我是陈涌涛。"

14-41　海上　日　外

阿祥的渔船用缆绳拖着台湾渔船回港，突然一个巨浪打来，缆绳断了，阿祥的船一下漂离台湾渔船很远。

14-42　渔船驾驶室　日　内

渔船激烈颠簸摇晃，掌舵的大副掀到一边，舵盘失控，朝反方向旋转，阿祥扑上去控制舵盘，大副也上来帮忙，终于稳住了渔船。

一水手跑进来："老大，拖台湾船的缆绳断了。"

阿祥神色一变。

又一水手跑来："不好，机器出故障了。"

阿祥大惊失色。

14-43　登陆艇上　日　外

登陆艇渐渐接近了渔船，这时看清是两条渔船。

韩燕对着扩音喇叭大喊："我们是姐妹连的，前来营救你们，请做好准备！"

对面渔船上的阿祥也对着扩音喇叭大喊："韩连长，我是阿祥。"

韩燕："阿祥，你们情况怎么样？"

阿祥："台湾渔船船体进水，很危险，先救他们。"

韩燕下令："靠上台湾渔船，救人！"

登陆艇越过浪头，靠向台湾渔船。

14-44　龙王庙门口　夜　外

风雨肆虐着，天色已黑了。

小海穿着雨衣却遮不住风雨，身上早就淋湿，他连滚带爬到了龙王庙门口，只见庙门给风刮得一开一闭，气氛阴森吓人。小海在门口张望着，有点儿吓着了，他像个大人一样深深吸了口气，还是鼓起勇气走进了庙门。

14-45　龙王庙　夜　内

小海打着小电筒，蹑手蹑脚走进大殿，看到龙王的尊容，他吓得躲到柱子后面。

小海拿出定风珠，自言自语："我是好人，我给你送定风珠来了。"走上前去，把珠子放到了供桌上，赶紧又躲到柱子后。

小海仔细观察了一会儿没反应，想了想，又爬到供桌上，攀上龙王的身体，好不容易把定风珠放进龙嘴。这时的小海又冷又湿又累，疲惫地坐在龙王膝盖上，等着定风珠起作用。

14-46　抗台指挥部　夜　内

大屏幕上，正在播报台风登陆青岙的消息，高书记他们神情严峻地看着大屏幕。

曹部长走了进来："通讯恢复了！台湾渔船脱险了！"

高书记松了一口气："要给韩燕她们记一功！"

14-47　避风港　夜　外

海上风浪肆虐，探照灯射向前方，登陆艇拖着渔船，成功驶入避风港。

14-48　登陆艇船舱　夜　内

秋霞正在给几个台湾渔民包扎伤口，郭小琴、叶苗苗、方贝贝给他们递上热水。

台湾渔民：“谢谢！谢谢！”

韩燕在一旁通过无线电台在通话：“小海有消息吗？嗯，嗯……”放下电话，面色凝重。

阿祥走过来：“韩连长，谢谢你救了我们！”

韩燕：“不用谢，人没事就好。”

秋霞走了过来：“姐夫，韩燕姐为了救你们，她儿子都还没找到呢，你欠大了。”

阿祥又感激又懊悔，红着眼眶低下了头。

14-49　龙王庙大殿　夜　内

台风登陆了，狂风呜呜呼叫。

陈涌涛与王凯男她们走进大殿，手电光扫向供桌与龙王像，只见小海躺在龙王膝上睡着了。

陈涌涛：“小海！”

王凯男：“小海！”

两人赶紧跑上前去，陈涌涛紧紧地抱起小海。

小海睁开眼睛，看见陈涌涛，开心地笑了：“爸爸，你接我来了？”

陈涌涛愧疚地：“爸爸来晚了一步。”

小海失望地：“台风怎么还没停？”

王凯男：“风小多了，很快就会停的，你成功了！”

小海露出了灿烂的笑容。

14-50　连长办公室　夜　内

受伤的海奶奶坐在轮椅上，守在电话机边，方昌业也焦急地坐在一旁。电话响了，海奶奶拿起话筒接听，听后露出笑容，流下两行热泪。

14-51　观察哨　夜　内

阿兰与史茗全身湿透，仍在哨所观察镜前一丝不苟地观察海面。

14-52　春霞家　夜　内

台风已停了，但春霞心急如焚，像只热锅上的蚂蚁走来走去，这时响起了敲门声。

秋霞在门外喊："姐，开门！"

春霞慌忙打开门，见秋霞与阿祥落汤鸡似的站在门口。

春霞惊喜地："阿祥，你终于回来了。"

阿祥与秋霞走进门，春霞抱着阿祥喜极而泣。

阿祥："哭什么哭？"

秋霞："我姐为你担惊受怕一整夜，你怎么连句安慰的话都没有？"

阿祥笑嘻嘻地："春霞，我没回，你还牵肠挂肚了。"

春霞："台风这么大，你一点儿消息也没有，我去码头找你，都没见到你的船。"

阿祥："别哭别哭，快，坐下，小心我们的孩子。"

阿祥扶着春霞坐下。

秋霞："哟哟，倒没我什么事了，阿祥刚才还要去喝酒，是我给你押回来的。"

春霞看看阿祥："是吗？你们在哪儿碰上的？"

阿祥笑了笑："海上。"

14-53　一班宿舍　日　内

天蒙蒙亮，别人还在睡觉，王凯男就起来了。

王凯男拍拍床板："都起来了，起来！"

大家都不想起来。

方贝贝："吵什么吵，台风过了，让我们睡个好觉，休整休整。"

叶苗苗打了个哈欠："就是，我刚梦见骑着大鱼在海上玩儿，就被凯男姐叫醒了。"

大家笑了起来。

王凯男："早点儿起来，准备接受表彰。"

方贝贝："好！这下我也立功了。"

王凯男："方贝贝，你如实告诉我，去海岛小学时，你和郭小琴跑哪里避风去了？"

方贝贝："避什么风？我们执行海奶奶的任务去了。"

王凯男："真是这样？"

叶苗苗："凯男姐，海上救渔船时，贝贝、小琴的表现很不错，我可以作证。"

阿兰羡慕地："唉！可惜没我的分儿。"

王凯男："你怎么没分儿？海上救台胞，阿兰、史茗都有功劳，不然阿祥可能都危险了。"

史茗："凯男姐，你救了小海，是头功。"

方贝贝："这回韩燕姐得给你磕三个响头。"

王凯男一本正经地："什么头功不头功的，台风年年有，我们每年都要抗台，要韩燕磕头是贝贝讲的，她不磕，我找你麻烦。"转身出去了。

14-54　春霞家　日　内

一束阳光穿过窗户射进来，显示着台风过后静静的暖意。

春霞从二楼下来，见饭桌上放着一小锅稀饭，和几个小菜，还压着一张字条，春霞拿起一看，是阿祥歪歪斜斜的字——“我去船上了，早饭做好了，你起来热一下吃。”

春霞见阿祥破天荒这般举动，不禁笑了起来。

14-55 渔船甲板上 日 外

阿祥的渔船搁在海滩上，两个渔民坐在甲板上修理拆卸下来的发动机油泵，大副蹲在旁边吸烟。

渔民甲：“昨天真的吓死了，机器突然坏了，差点儿没命回来。”

大副：“是啊！多亏姐妹连来得及时，不然我们现在都住东海龙宫了。”

渔民甲：“得好好感谢人家！”

大副:“我们老大刚跟人家打了官司,他怎么好意思去谢？”

这时阿祥悄无声息地走到他们身后，渔民乙看见了，连忙咳嗽提醒，其他二人没有觉察，依然在讲。

渔民甲：“不知老大现在怎么想？”

大副：“还能怎么想？酒一喝全忘了，我们可不能没心没肺。”

阿祥一脚踢在大副屁股上，把对方吓了一跳。

阿祥：“不好好干活儿，还在背后编派我，看我怎么收拾你们!”

第十五集

15-1　姐妹连操场　日　外

女民兵们在操场上集合，韩燕与丁刚面向队列站着。

韩燕凝望大家良久：“上级下令嘉奖姐妹连，给我们连队集体记功一次。”

女民兵们欣喜地鼓掌雀跃。

韩燕示意大家安静：“还要通报表扬一批表现突出的女民兵，表彰名单有——叶苗苗、秋霞、方贝贝、郭小琴、阿兰……”

秋霞和叶苗苗在窃窃私语。

韩燕：“包括编外女民兵史茗。”

叶苗苗：“报告！怎么没有凯男姐？”

韩燕看了一眼王凯男：“这次抗台中，有些现象也应该指出来，希望引起大家的重视。比如，王凯男同志身为班长，违反命令，私自带领部分女民兵离开海岛小学抗台现场，这是不允许的，经连部决定，给王凯男同志记过一次，希望你吸取教训！”

丁刚和女民兵们都出乎意料，十分惊讶。

王凯男跨步出列，冷冷地：“我接受连队的处分决定。”然后扬长而去。

韩燕：“王凯男，你去哪里？”

王凯男头也不回：“面壁思过去。”大踏步往外走去。

韩燕：“王凯男，回来！”

王凯男理也不理地走了，现场气氛骤然尴尬起来。

韩燕：“我也擅离岗位过一段时间……”声音突然大起来，“公是公，私是私，我也记过一次！”

女民兵们都不解地看着韩燕，窃窃私语起来。

15-2 姐妹连靶场 日 外

靶场传来一阵阵射击声，打破了宁静，王凯男趴在地上，正对着靶子疯狂射击。

韩燕走了过来，蹲在凯男身边：“省点儿子弹吧，弹药要花钱的。”

王凯男理也不理。

韩燕：“我们谈谈。”

王凯男坐了起来：“和你没什么好谈的。”

韩燕站起来：“别人可以闹情绪，你不能，你是老民兵了，当过副连长，你应该最理解我的难处。”

王凯男嘲讽地："那当然，正因为我理解你，所以每次我都配合你的打压，我接受，你还不满意吗？"

韩燕："凯男，没想到你对我这么不满，我想你一定有误会。"

王凯男："误会？不，绝对不是什么误会，是你的偏见。"

韩燕："我们之间难道有什么矛盾不能调和？"

王凯男："就是，我受够了。"

韩燕："王凯男啊王凯男，当初为了抓走私船你不惜犯错误，你自关禁闭算是白关了。"

王凯男气愤地把钢盔一摔，站起身："韩燕，你这话太伤人了！"

韩燕严肃地："你觉得我揭你伤疤很痛，你就应该真正反思。"

王凯男忽然蹲下，流着泪："我欠月仙一条命，所以我可以忍受一切，但你不能拿它当靶子来伤害我。"

韩燕："凯男，从阴影里走出来吧，你陷得太深了。"

王凯男抹去眼泪，依然蹲在地上。

韩燕："我的话你明白吗？"

王凯男："明白，我要从你的阴影笼罩中走出来！"

韩燕摇摇头："你还是不明白。"

王凯男猛地站起，拿枪对着韩燕。

韩燕大惊，后退一步："王凯男，你干什么？"

王凯男嘴角露出一丝嘲笑："怕什么？我把枪交还给你，你接着。"

韩燕接了过来，不解地："你什么意思？"

王凯男:“我明白了,只有离开这儿,才能从阴影里走出来,好吧,我自动退连,再见!拜拜!”随即要走开。

韩燕一把拉住王凯男:“王凯男,你怎么这样?”

王凯男甩开韩燕的手走了。

15-3 一班宿舍 日 内

王凯男在收拾东西,大家全都呆呆地看着她。

叶苗苗:“凯男姐,你真走啊?不要走嘛!”

王凯男:“这里我待不下去了,一天都不想待。”指指窗台上的仙人掌,“这仙人掌是月仙的,我留给一班,保护好它。”

阿兰:“凯男姐,你千万别冲动,再大的委屈也不必离开连队吧。”

王凯男:“我的事和你们无关。”

秋霞:“凯男姐,我们大家都是姐妹连的一分子,你的事我们怎么能不管?”

王凯男:“你们管不了。”掏出一份退连报告递给史茗,“帮我交给韩燕。”

史茗:“韩燕姐真是的,凯男姐救了小海,她非但不感谢,还处分凯男姐,这都什么逻辑啊?”

郭小琴:“什么逻辑,简直就没逻辑。”

方贝贝:“我们大家都舍不得你走,凯男姐你别这样,你走了,大家会很难过的。”

王凯男:“你们别叽叽歪歪了,我什么都不稀罕,但韩燕不能伤我的心。阿兰、苗苗、贝贝、小琴、秋霞、史茗，后会有期了！”

15-4　姐妹连大门口　日　外

王凯男骑在摩托车上，后面绑着一个行李袋。

韩燕挡在王凯男面前：“王凯男，你给我站住，你这脾气也太大了吧？这样就要闹退连啊？我告诉你，我不允许！你动不动就拿退连来威胁我，这太不负责任了！”

王凯男：“我走了，还负什么责任？”

韩燕：“凯男，我非常感谢你救了我儿子，我一辈子记在心里，可是作为姐妹连连长，我得有我的原则，你为什么不站在我的角度想想？”

王凯男：“你的角度太高了，我够不着，你这么客观、冷酷，有没有站到我的角度，彩花姐她们的角度？你也没有！”

韩燕：“这些话我们先搁一搁，我希望你留下来，以后我们可以互相批评探讨。”

王凯男：“韩连长，我今天留下来，我就不是王凯男。”一拉油门，绕开韩燕，开车走了。

15-5　姐妹连食堂　日　内

一班女民兵坐在一张长桌边吃饭。

韩燕走了过来，想在她们这桌坐下来一起吃，可她刚刚落座，所有人都起身走了，韩燕有些尴尬，也有些失落。

史茗觉得有些过意不去，迟疑地回头。

韩燕："史茗！"

史茗走也不是，不走也不是，这时方贝贝跑了过来，一把拉走了史茗。

方贝贝："史茗，快快，有事找你呢。"

韩燕愣愣地坐在那儿。

丁刚走了过来："韩连长。"

韩燕："小丁……"

丁刚："俺觉得你这样对待王凯男，是不是有些过分了，大家很有看法。"

韩燕意外地："你也这么看？"

丁刚："不是俺怎么看，你看到大家的情绪了吗？"

15-6　赵彩花家客厅　日　内

赵彩花正在吃饭，门铃响了起来，她打开门，见王凯男背着背包站在门外。

赵彩花惊喜地："凯男？什么风把你吹来了？"

王凯男："还有什么风，今年第一号台风呗，饿死了，我是来吃饭的。"边说边快步进门，把背包往地上一放。

赵彩花："我给你炒几个菜。"

王凯男："别炒了，彩花姐，我随便吃点儿。"

赵彩花："我只煮了一个人的饭，哪有你现成吃的。"

王凯男看到桌上一盒方便面，便一把打开，注入开水。

赵彩花：“哎，凯男，你今天过来准有事。”

王凯男：“没事。”

赵彩花：“现在连里怎么样？”

王凯男：“连里啊，像流行电视剧，韩流滚滚，一点儿办法都没有。”

赵彩花笑了起来：“你这讲话的口气，被我家苗苗传染上的吧？挺潮流的，我听不懂。”

王凯男：“韩流滚滚，是韩燕的韩，她想谁滚谁就得滚。”

赵彩花：“谁那么倒霉，这时候了还被她整？”

王凯男呼啦呼啦地吃起方便面来。

赵彩花看着王凯男吃，若有所思，又看了一眼王凯男的背包：“你拿个背包干吗？”

王凯男：“跟你做伴，你不能赶我走，不然我得流浪去了。”

赵彩花一下子愣住了：“是不是韩燕她对你……”

王凯男：“我退连了，加入你的行列。”

赵彩花猛地站起：“她怎么能为所欲为？我陪你到海奶奶、曹部长那里去告她。”

王凯男摇摇头：“是我自己要走的。”

15-7　一班宿舍　日　内

海奶奶坐着轮椅进来，见一班的女民兵们都无精打采地坐着。

海奶奶：“凯男呢？”

叶苗苗：“海奶奶，凯男姐走了。”

海奶奶：“已经走了？”

叶苗苗点点头：“嗯！”

海奶奶皱了皱眉：“这头犟驴，怎么都不跟我讲明情况就走了？不像话！”

15-8 姐妹连操场 日 内

韩燕推着海奶奶的轮椅走在操场上。

海奶奶不满地：“燕子，凯男怎么了？你非要把她撵走才行？连队里弄得议论纷纷，今天找我的人就不少。”

韩燕：“妈，不是我要撵她走，是她自己走的，我也留不住。”

海奶奶：“你这么处理她，她还怎么留啊？”

韩燕：“妈，她救了小海，我感激她，可她也违抗了命令，我是个军人，自然要公私分明。”

海奶奶：“抗台现场瞬息万变，她根据情况应变没啥错，你不要太死板。”

韩燕：“妈，您忘了，当初月仙的事，就是凯男无视命令临时应变造成的。”

海奶奶脸色有点儿挂不住了：“哪壶不开提哪壶，这两件事没可比性。你说，如果你是凯男，失踪的孩子是别人，你就不去救吗？”

韩燕豁出去了：“妈，我说句实话，您可不要生气，凯男之所以这样子，主要还是仗着有您这个后台。”

海奶奶正色地：“燕子，我从没有包庇纵容凯男，要说后台，我是姐妹连所有人的后台。”说完撂下韩燕，自己滚动轮椅离开了。

15-9　一班宿舍　夜　内

一班宿舍成了不眠夜，大伙儿靠在床上毫无睡意。

方贝贝：“韩大魔头真是个狠人，为了处分凯男姐，把自己也处分了。”

叶苗苗：“我看，就是韩大魔头瞧凯男姐不顺眼，想找机会整她。”

阿兰：“可凯男姐救了她儿子呀。”

秋霞：“陈涌涛的养殖场都被台风打坏了，韩燕姐咋还有心情整人？”

史茗担忧地：“涌涛哥损失重吗？”

秋霞点点头。

郭小琴：“我听别班的人讲，一班可能要取消，我们会分散到别的班里去。”

大家一下子沉默了。

秋霞突然从床上起来：“我们去找丁刚。”

15-10　丁刚宿舍门口　夜　外

一班女民兵及史茗围在丁刚宿舍门口。

大伙儿纷纷敲门："丁教官！丁教官！"

宿舍里的灯亮了，丁刚穿衣出来："出啥事了？"

秋霞一把抓住丁刚手腕："你跟我们走！"

15-11　连长办公室　夜　内

丁刚与一班女民兵及史茗站在韩燕办公室里。

韩燕站在他们面前沉思了一会儿："都回去睡觉吧。"

大伙儿面面相觑，都站着不走。

韩燕："一定要我给个说法是吧？好！一、我处罚凯男，大家觉得我不近情理，但是我们不能因为情理就扔了军令；二、你们一班不可能取消，班长还是王凯男，她不在，我暂时代替。"

大伙儿这才稍微松了口气。

丁刚："韩连长，你是连长，代班长不太合适，要不俺来代吧？"

韩燕："也行。"

15-12　女民兵宿舍楼前　日　外

一班女民兵及史茗站在一排，丁刚正在训话。

丁刚："今天开始，俺代一班班长，你们有啥事就跟俺讲。"

叶苗苗："报告！丁教官，你把凯男姐劝回来吧。"

丁刚尴尬地："俺能劝回，还用俺代吗？"

方贝贝："那你请海奶奶、曹部长去劝劝。"

丁刚面露难色，不知如何是好。

秋霞："你们不要为难丁教官了。"

丁刚松了口气："今天韩连长主持训练，俺带秋霞去练枪法，解散！"

众人解散走了，留下丁刚、秋霞与史茗。

史茗走过来："丁教官，我请个假，去修手机，不然连里的抖音工作没法儿做了。"

15-13　陈涌涛办公室　日　内

陈涌涛双手撑在沙盘前一筹莫展，愁容满面。

史茗推门进来："涌涛哥！"

陈涌涛有气无力地点下头："你来了。"

史茗："是不是损失很大？"

陈涌涛："你怎么知道？"

史茗："这么大的事，怎么会不知道？"

陈涌涛点点头，站起身："刚刚投入的资金至少损失了一大半。"

史茗："这场台风来得真不是时候。"

陈涌涛："台风迟早要来的，还得怪我自己……这下让你们连长不幸言中了。"

史茗："她说什么了？"

陈涌涛："她说我不是办企业的料。"

史茗叹道："你是不是很受伤啊？"

陈涌涛：“不至于，但目前状况还真是叫人头疼。”

陈涌涛突然捂着头，面目都扭曲了，头痛病又犯了。

史茗一惊：“怎么啦？”

陈涌涛从抽屉里取出药吞了下去。

史茗看了下药瓶：“止疼片？这吃多了不好，我陪你去医院。”

陈涌涛摆摆手：“没事。”

15-14　王凯男房间　日　内

王凯男躺在床上，神情落寞。

凯男妈推门进来：“小男，你怎么不回姐妹连？”

王凯男搪塞着：“妈，刚打过台风，一切都要修整，街上呀，船上呀，我呢也休整休整。”

凯男妈：“你呀，破天荒第一次。”

王凯男：“凡事都有第一次。”

凯男妈叹口气：“这次台风，韩燕老公的养殖场亏大了。”

王凯男：“哦？”

凯男妈：“听说呀，损失他一个人扛了。”

王凯男：“嗯，陈涌涛比他老婆强。”

凯男妈：“阿祥跟姐妹连打官司，韩燕不也是一个人扛了吗？”

王凯男“哼”了一声，不说话了。

15-15　海岛小学门口　日　外

韩燕站在小学门口，小海背着书包和别的小朋友一起蹦蹦跳跳地从学校里跑出来。

韩燕冲着小海张开臂膀："小海！"

小海看见韩燕，高兴地扑了过去："没想到妈妈来接我。"

韩燕："怎么？不喜欢妈妈来接？"

小海："喜欢！喜欢！妈妈，同学们都说你是这个。"小海伸出大拇指。

韩燕开怀地笑了："走，小海，妈妈带你去见一个人。"

15-16　王凯男家　日　内

凯男妈正在屋里扫地，韩燕牵着小海，提着一大袋水果点心，出现在门口。

韩燕："凯男妈妈！"

凯男妈："韩连长？快进来！"

韩燕母子跨进门来。

韩燕放下水果："小海，叫王奶奶。"

小海仰头甜甜地叫了一声："王奶奶好！"

凯男妈喜笑颜开："哎哟，小海真乖！"转向韩燕，"韩连长，还买东西干啥？"

韩燕一笑："就一点儿吃的，凯男在家吗？"

凯男妈："在家。"朝楼上喊，"小男，小男，快点儿下来。"

王凯男不情不愿地下楼了，看见韩燕，不由得吃了一惊。

小海："凯男阿姨！"

王凯男："小海你好！"看向韩燕，神情变得冷淡，"你来干什么？"

凯男妈："怎么说话的？韩连长别见怪，我家小男就是实心眼儿。"

韩燕笑了："我今天特意带小海来感谢凯男的。小海，快谢谢凯男阿姨。"

小海甜甜地："谢谢你！凯男阿姨，你真棒！"又神秘地，"那个定风珠还真灵！"

王凯男面对天真的小海，浮起一丝淡淡的微笑。

凯男妈："韩连长难得来，今天一定要在我们家吃饭，你们先聊着，我去买点儿菜。"

韩燕："阿姨，你别忙了，我一会儿还回去。"

凯男妈："不行不行，留下吃饭。"匆匆出门去了。

韩燕："凯男，我真心诚意谢谢你救了我儿子！"

王凯男："救人是我的义务，谁的孩子我都会去救。"

韩燕："你的报告我没批，你在家休息几天，然后回连队，你看咋样？"

王凯男："我已经离开了，你批不批无关紧要，我是认真考虑做的决定。"

韩燕："我也是认真考虑做的决定。"

王凯男："真累，离开了还要斗嘴。"

二人陷入沉默，僵在那儿。

小海左看看右看看："妈妈，凯男阿姨，你们怎么啦？"

韩燕淡淡一笑："我们没事。"看向王凯男，"凯男，我就是来谢谢你，等你心情好点儿，我们再聊好吧？"又掏出一本《军官职业素养研究》放在桌上，"这本书挺好的，我抽空在学习，你也可以看看。"

15-17　姐妹连大门口　日　外

阿祥捧着一面很大的锦旗，上写"渔民亲人姐妹连，抗台救人真英雄"，领着他船上的渔民们，抬着两大筐鱼货，敲锣打鼓，前来感谢姐妹连。

女民兵们围过来看热闹，人越聚越多。

阿祥笑问："韩连长呢？"

丁刚："她不在，出去了。"

秋霞："姐夫，你弄这场面，干什么呢？"

阿祥："我来感谢姐妹连，救了我们渔船。"

叶苗苗、方贝贝上去看看两筐鱼货。

叶苗苗："哇，我想红烧着吃。"

方贝贝："太贵，你吃不起，要十万元呢。"

阿祥听了很尴尬。

这时有人喊："韩连长回来了。"

只见韩燕踩着自行车，正朝营房骑来。

15-18　姐妹连接待室　日　内

韩燕、阿祥及渔民们坐在姐妹连接待室里，秋霞在旁边递茶水。

阿祥把一个存折递给韩燕：“韩连长，之前是我不对，请你原谅，这十万元还给你。”

韩燕：“锦旗与鱼货我收下了，这十万元不能接，这是两码事。”

15-19　海奶奶家堂屋　日　内

小海趴在桌上写作业，海奶奶坐在一旁。

海奶奶：“小海，今天妈妈接你去哪儿玩了？”

小海：“她带我去凯男阿姨家了。”

海奶奶听了若有所思。

小海：“妈妈叫凯男阿姨休息几天后回去，凯男阿姨不肯回去，她俩是不是吵架了？”

海奶奶叹了口气：“她俩呀，也刮了一场台风。”

小海：“我把定风珠给她们能打败台风吗？”

海奶奶一笑：“我家小海这次当了英雄，奶奶给你记上一功。”

小海：“还有凯男阿姨她们，还有爸爸，也要记功。”

15-20　海奶奶家小院子　日　外

秋霞与阿祥走进小院子。

秋霞："海奶奶！"

海奶奶拄着木棍从屋里走出来："秋霞！阿祥！"

阿祥双手把存折递上："海奶奶，这是您的存折，我没动过，现在物归原主。"

海奶奶："这事已经翻篇了，不纠结了，好不好？"

阿祥："您不收回去，我没法儿做人了，求您了！"把存折往桌子上一放，转身溜走了。

海奶奶："这阿祥……"

秋霞："海奶奶，阿祥他后悔了，您就收回去吧，这事一直瞒着我姐，可纸包不住火，万一哪天知道了，我姐还怎么跟他过？"

15-21　陈涌涛办公室　日　内

陈涌涛与公司的会计出纳坐在办公室里谈工作。

刘会计递上一张预算表："陈总，现在我们要维修养殖场，购买鱼苗，要一大笔钱。"

出纳："账上这点儿钱根本不够，银行还贷也快到期了。"

陈涌涛沉思着："活人还能让尿憋死？银行这边我去沟通一下，资金缺口，只好社会借贷了，先这样吧。"

会计和出纳站起来出了办公室，陈涌涛长叹一声，陷入愁思之中。

15-22　灯塔下　日　外

陈涌涛又来到灯塔礁，看见陈大伯正爬在竹梯上，在灯塔墙外修理电线，一个不稳，差点儿摔下来，陈涌涛赶紧冲上去扶住了梯子。

陈大伯感激地冲着陈涌涛笑了笑，小心下了梯子：“不服老不行啊！”

陈涌涛淡淡一笑。

陈大伯：“今天怎么有空过来了？”

陈涌涛：“怕你寂寞，来陪你说说话。”

陈大伯：“你的养殖场……”

陈涌涛苦笑一下，摆摆手：“今天出来，清空一下脑子。”

陈大伯拿起水烟筒抽起来：“遇到难事了吧？来，烦心事先不管，陪我喝两杯。”

陈大伯从屋里搬出椅子，又拿了啤酒与酒碗，两人面对面坐下。

陈大伯倒了酒：“来，喝一个！”

两人仰头饮酒。

陈涌涛打趣地：“不如来接您的班好了，管管航标灯，跟大海做做伴，其实也挺好。”

陈大伯：“在这孤岛上管灯塔不适合你，哎，小陈，这场台风，你估计损失不少，不会打退堂鼓了吧？”

陈涌涛摇摇头：“开弓没有回头箭，一场台风就想打垮我，没门儿！”

陈大伯："这才是我们海军的风格，那你……还想继续办深海养殖？"

陈涌涛："嗯，当然要继续，我觉得……在技术方面还是不够，所以经不起台风。"

陈大伯听了若有所思。

15-23　海奶奶家厨房　日　内

海奶奶正在炒菜做晚饭。

韩燕走了进来："妈！"

海奶奶："回来了。"

韩燕："嗯，请了个假，您坐着，我来烧。"接过锅铲炒了起来。

海奶奶在一旁坐下。

韩燕看了一眼海奶奶："妈，那天我话说得过头了，跟您道个歉。"

海奶奶淡淡一笑："放心，你妈度量大着呢。"

韩燕笑着："宰相肚里好撑船！"

海奶奶："什么宰相？凯男走了，涌涛亏了，我都帮不了他们撑船。"

韩燕一听沉默了。

15-24　海奶奶家堂屋　夜　内

海奶奶、韩燕、小海正在吃饭，陈涌涛跨进门来。

海奶奶：“涌涛，快坐下来吃饭。”

陈涌涛：“我吃过了，妈。”径直走进卧室。

15-25 韩燕房间 夜 内

陈涌涛与韩燕坐在椅子上。

韩燕：“你公司的事，要不要和我谈谈？”

陈涌涛：“姐妹连够你操心了，还操心我公司干吗？”

韩燕：“你这次损失这么大，下一步怎么办？”

陈涌涛故作轻松：“船到桥头自会直，放心吧……燕子，王凯男退连了，你准备怎么办？”

韩燕：“怎么办？凉拌呗！我问你，如果你是我，你如何处理？”

陈涌涛:“你处理得对,我当舰长时,比你还严格,可是……”

韩燕：“有话就说，别弯弯绕绕。”

陈涌涛想了想：“这事情跟咱儿子有关，跟咱妈也有关，一个弄不好，姐妹连会伤筋动骨。”

韩燕：“要是怕伤筋动骨，工作就不做了吗？你呀，别多管闲事，还是想想养殖场的燃眉之急。”

陈涌涛不吭声了，这时海奶奶在门外敲门。

韩燕起来开了门：“妈！”

海奶奶走了进来，把一个存折塞给涌涛：“这十万元，是阿祥拿回来的，你拿去用吧。”

陈涌涛不肯要：“妈，不用，我会想办法的。”

海奶奶："拿着吧，妈也帮不了你太多。"

15-26　陈涌涛公司会议室　日　内

陈涌涛与两个借贷公司的男子坐在会议室里。

男子甲："陈总，我们比网上借贷额度大，服务好，你瞧，亲自上门服务，你放心签吧。"

陈涌涛看看面前的合同："利息能不能减一点儿？"

男子甲摇摇头："我们担的风险很大，另外，公司要运作，兄弟们要吃饭，不能减了。"

陈涌涛想了想，拿起笔在合同上签下名字。

15-27　海奶奶家门外　日　外

王凯男提着一袋水果，在海奶奶家门口徘徊良久，想进去，又缩了回去，犹豫一会儿，把水果往门内一放，转身悄悄离开。正在这时，受伤未愈的海奶奶觉察有人，拄着木棍出来，正好看见王凯男的背影。

海奶奶喊道："凯男！"

王凯男回过头，走了回来，不好意思看着海奶奶："海奶奶！"

海奶奶："怎么不进来？"

王凯男心虚地："对不起！您受伤了，我都没来看您，我就想来看看您。"

海奶奶："你跟我走。"拄着木棍朝路上走去。

王凯男只好跟上。

15-28　海滨岗哨　日　外

海奶奶带着王凯男来到海滨岗哨，岗亭前有个女民兵正在站岗。

海奶奶停下脚步："凯男，我当女民兵那会儿，立过的功比你多，受过的委屈也比你多，我都没离开。"

王凯男低着头不吭声。

海奶奶："入连的时候，我们都说过，坚决不当逃兵。"

王凯男涨红着脸辩解："海奶奶，我不是逃兵，我实在是……"

海奶奶："燕子处理你这事，过于死板了，你没想通，我不强求你，但每一个离开连队的人，都要站好最后一班岗，今天，你来站岗！"然后向站岗的女民兵招招手。

女民兵跑了过来："海奶奶！"

海奶奶："你把枪给王凯男，这班岗让她站。"

女民兵递上枪，王凯男无奈地接了过来。

海奶奶："去，好好站岗，挺直了，别给我丢人。"

王凯男只好过去，立在岗亭前站岗，海奶奶叹息一声，拄着木棍走了。

15-29 春霞家 日 内

秋霞又来看春霞，姐妹俩坐在那儿说私房话。

春霞:“秋霞，我想姐妹连了，海奶奶和韩燕姐都对我很好，我却辜负她们的期望。”

秋霞:“你别多想，安心养胎生孩子，女民兵我替你去当了，现在丁教官每天给我开小灶，我会努力，为咱姐妹俩争气的。”

春霞：“你觉得丁教官人怎么样？”

秋霞白了春霞一眼：“又来了。”

正说着，阿祥一身酒气从外面进来，一看又是喝酒去了。

秋霞：“姐夫，你又溜去喝酒了？”

阿祥：“没，没有啊。”

秋霞：“还没有，浑身酒气老远就闻到了。”

阿祥拿了一个软枕给春霞垫背，又给她倒了杯热水。

秋霞：“你现在勤快多了，该表扬表扬你。”

阿祥：“我什么时候不勤快了，这家里家外哪点儿不用我操心。”

秋霞:“算了吧，明明姐姐在操持家务，当初她当个女民兵，你就上蹿下跳，唯恐没人伺候你了，还好意思说。”

春霞：“秋霞，你不能这么说阿祥，他也不容易，别忘了，当年你姐夫怎么送你上卫校的？”

秋霞:“我记着呢，姐，自家人就该实话实说，对吧？姐夫。”

阿祥：“对，怎么说我也是女民兵家属，这次我给姐妹连送了锦旗，感谢她们顶着台风冒险救我们。”

春霞："阿祥，做人要懂得感恩，你，你的渔船和伙计，还有我肚子里的孩子，都是韩燕姐和姐妹连救的，要记一辈子。"

阿祥："知道，知道，我现在觉悟可高了，不信你问秋霞。"

秋霞："是的，你要继续努力。"

阿祥："现在韩燕头疼呀，一个台风，陈涌涛的养殖场损失大了，王凯男也退连了。"

春霞一惊："凯男退连了？为什么？秋霞你怎么没跟我讲？"

秋霞瞪了阿祥一眼："就你话多。"转向春霞，"姐，我没讲，不就是怕你担心嘛。"

15-30　王凯男房间　日　内

春霞来王凯男家看她，二人坐在凯男的闺房里，桌上摆了两盘水果、花生米。

王凯男给春霞倒了牛奶，给自己倒了酒："春霞，小酌两杯，我喝酒，你喝牛奶，干一个！"

两人碰了杯，喝了一口。

春霞："你们把我都瞒了，要不是阿祥讲，我还不知道呢。凯男，要我说，你就不该退连，你走了，海奶奶该多伤心。"

王凯男叹息着："我对不起海奶奶，可我受韩燕的气受够了，忍无可忍了。"

春霞："我听秋霞说，韩燕姐给你留了位置，希望你回去。"

王凯男负气地："好马不吃回头草，不回了！"

春霞："那你怎么办？就闷在家里？也不来看看我。"

王凯男喝了酒有点儿兴奋，说漏嘴了："我早想来看你了，可要是碰到阿祥，就会想起他跟姐妹连打官司，索要十万元的事。"

春霞吃了一惊："你说什么？"

王凯男醒悟过来，懊悔地："瞧我这张臭嘴！"

15-31　海滩　日　外

春霞在海滩找到了阿祥，她铁青着脸，气哼哼地站着。

阿祥莫名其妙："春霞，怎么啦？说话呀！"

春霞捡起一块石头。

阿祥吓了一跳，以为要砸他："你吃错什么药了？"

春霞突然哭了："你就是一块捂不热的石头，我……我要跟你离婚。"

阿祥丈二和尚摸不着脑袋："这……这到底怎么回事？"

春霞："你自己做的事忘了？好！我来说，你和姐妹连打官司，还要了韩燕姐十万元，你做出这种事，我还怎么跟你过？"

阿祥懊恼地摸摸头："春霞，你别急，别惊着孩子，打官司这事是我错了，我道过歉了，钱也退了。"

春霞不相信地打量着阿祥，这时王凯男与秋霞跑来了。

秋霞抱住春霞："姐！"

阿祥："秋霞，春霞闹离婚，你快跟她说清楚，我已经跟韩燕道歉了，十万元也退还海奶奶了，你都在场的。"

秋霞："是的，姐，这事已经翻篇了。"

王凯男："春霞，给阿祥一个机会吧。"

春霞压下怒火想了想："好！那你发誓，再不能对不起姐妹连。"

秋霞："还有，以后不能欺负我姐，要听她的，你同不同意？"

阿祥指手指天："好！我同意，我发誓……"

15-32　陈涌涛办公室　日　内

陈涌涛站在海图前圈圈画画。

这时公司前台女生在门口敲了敲门："陈总，有人找你。"

陈涌涛走到门边，见陈大伯站在门外，"是老陈呀，快进来。"

陈大伯走了进来，打量着办公室："你这里像个指挥部。"

陈涌涛一边泡茶，一边苦笑着："我这个指挥官打了个败仗，坐，喝杯茶。"端茶放到茶几上。

陈大伯坐到沙发上："胜败乃兵家常事，不能气馁。"

陈涌涛坐到陈大伯对面："是的是的，您是稀客，今天留下来喝点儿小酒。"

陈大伯一笑："小陈，我是无事不登三宝殿。"

陈涌涛："什么事？"

陈大伯："我知道你公司遇到麻烦了，资金上没法子帮你，但养殖技术上，有个人可以帮你一把。"

陈涌涛："那太好了，是谁？"

陈大伯："王大潮，我跟他有交情。"

陈涌涛：“噢，老王，王凯男的父亲。”

陈大伯：“对，他女儿也在姐妹连。”

陈涌涛沉思着：“有个问题，这次打台风，我老婆处罚了凯男，凯男一气之下走了，现在请不回来，关系僵在那儿……”

15-33 海上 日 外

一片海面上，几个养殖区域围成圆圈，一艘渔船正停在旁边。

15-34 渔船甲板上 日 外

甲板上，陈涌涛、陈大伯、王大潮围坐在一张小桌边喝酒，边喝边聊。

王大潮：“我女儿的事老陈跟我讲了，我闺女瞒着我，不说我还不知道呢。”

陈涌涛：“老王，这件事对不住了！你劝一劝凯男，她犯不着退连，韩燕的脾气确实不近情理，但向来对事不对人。”

王大潮：“一码归一码，我闺女同你老婆的事，让她们自己解决吧。”

陈大伯：“好！老王，小陈，你俩都是爽直人。”

王大潮：“老陈，那时还多亏了陈局长，帮我们解决了一个大困难，就冲他在养殖场污染赔偿的事上帮我们，我也得帮他一把。”

陈涌涛：“太谢谢你了！老王，今天老陈带我来，就是向你讨教深海养殖技术的。”

陈大伯：“老王，你看看，怎么帮帮小陈？”

王大潮：“没问题，我搞养殖几十年了，深海网箱养殖的框架设计和技术上，我都可以帮上忙。”

陈涌涛点点头：“那经验很丰富了。”

王大潮：“嘿嘿！像养闺女一样，养的时候累，等大了，就嫁人了，养殖比养闺女还要花心思。”

15-35　王凯男家　夜　内

王凯男与爸妈坐在桌边吃晚饭。

凯男妈：“你这孩子，退连的事都不跟我们说，你想瞒到什么时候？韩燕也真是的，这事怎么能处分我家小男？”

王大潮：“人家是当兵的，条条框框多，拿女民兵当正规军来管。想当年，老陈受的处分才叫大呢。”

凯男妈：“哪个老陈？”

王大潮：“别问，你不认识。”看向凯男，“小男，不看僧面看佛面，看海奶奶面上，你也应该回去。”

凯男妈：“就是，回去吧，姐妹连又不是韩燕一个人的。”

王凯男无奈地：“爸，妈，我的事你们不用管，行不？”

第十六集

16-1　连长办公室　夜　内

韩燕坐在办公室里想着什么，沉思了一会儿，拿出手机，在通讯录里点了王凯男的名字，给她打了个电话，但马上被挂断了。韩燕无奈，只好打着字，给王凯男发了一条短信。

16-2　王凯男房间　夜　内

王凯男躺在床上，明显心情不好，这时她的手机“嘟”的一声，她拿起一看，是韩燕发来的短信。

（画外音，韩燕的声音）：“凯男，明天是集训最后一天，我和姐妹们都希望你回来，回来吧，你应该记得我们姐妹连的口号——奋斗！奉献！拼搏！传承！坚守！”

王凯男神色有些复杂，叹了口气，关了手机。

16-3　一班宿舍　夜　内

黑暗中，依稀可见一班的几个女民兵躺在上下铺的床上。

叶苗苗嘟囔着：“睡不着。”

秋霞：“睡神也会失眠啊？”

阿兰：“那是因为明后天就要离营了。”

郭小琴：“要不我们睡大通铺吧。”

史茗：“什么大通铺？”

郭小琴：“几张床并起来，大家睡一起呀。”

方贝贝：“好！然后开着灯聊天，大家赞成吗？”

大家异口同声：“好！”

电灯“啪”地亮了。

一班的女民兵们跳下床，这几个穿迷彩胸罩短裤的姑娘，合力把几张床铺并在一起，然后，大家嘻嘻哈哈地跳到床上，睡到下铺上，排成了一排。

16-4　一班宿舍门口　夜　内

韩燕打着手电筒走来，准备到一班宿舍查铺，刚要推门，却听见屋里的说话声——

秋霞：“集训结束了，丁刚也不代班长了，明天开连会，就我们班没班长。”

叶苗苗：“我们一班班长我就认凯男姐。”

阿兰：“可凯男姐不在，我们还是没班长。”

方贝贝：“唉！韩大魔头跟凯男姐真是冤家。”

韩燕收回脚步，转身悄悄走了。

16-5　女民兵宿舍楼前　日　外

清晨，集合哨声吹响，女民兵们从宿舍里冲出来，动作迅速，井然有序。

16-6　姐妹连操场　日　外

操场上，姐妹连的大旗迎风猎猎，韩燕、丁刚早已站在大旗下。

女民兵们迅速列队站好，韩燕扫了一眼，竟不见一班那几个女民兵。

韩燕低声问丁刚：“一班的人呢？”

丁刚低声地：“我去看看。”连忙向宿舍楼跑去。

16-7　一班宿舍　日　内

丁刚站在空无一人的一班宿舍，神情愕然。

16-8　营房路上　日　外

韩燕与丁刚正在说着什么，大着肚子却穿着女民兵制服的春霞从外面走来。

春霞向韩燕立正："报告！"

韩燕："春霞，你怎么来了？"

春霞："我是姐妹连的人呀，今天，是集训的最后一天嘛。"

韩燕深深地看着春霞，点点头："好，春霞，这才是女民兵，但你这样子，不好久站啊。"

春霞犹豫着："韩燕姐，秋霞她们……"

16-9　王凯男家门口　日　外

王凯男家铁将军把门，一班的秋霞、阿兰、叶苗苗、方贝贝、郭小琴，还有史茗，站在凯男家门外。

史茗："凯男姐不在，我们回去吧。"

方贝贝："现在回去也迟了，一班全体挨罚那是铁定了的。"

秋霞："罚就罚，以后罚也没机会了。"

叶苗苗："你们谁有口红？"

郭小琴："干吗？"

叶苗苗："给凯男姐留个信。"

史茗："我有。"

史茗从口袋里掏出一支口红，叶苗苗一把拿过来，在凯男家墙上写下了"凯男姐，我们想你"几个字。

16-10　海滩　日　外

一班的女民兵与史茗走在海边沙滩上，向姐妹连方向走去。

叶苗苗："凯男姐手机关机，人找不到，我们一班是不是从此没班长了？"

阿兰："凯男姐的报告一直没批，她会回来吧？"

史茗："以凯男姐的性格，找到了也不会回来，我看还是商量一下怎么应付处罚吧。"

秋霞："好，开个班会，商量商量。"

叶苗苗："没有班长，怎么开？"

方贝贝："你是凯男姐亲信，你来主持。"

叶苗苗摇摇头。

郭小琴："要不民主表决？"

叶苗苗："民主表决也没意思，我们往海上掷石子，谁掷得远谁主持。"

大家捡起石子往海面上掷了起来。

这时韩燕快步走过来，史茗看见了，连忙提醒众人，大家吃了一惊，怔怔地看着韩燕。

韩燕也捡起一颗石子用力掷向海面，然后看看大家："今天集合，你们一班只有春霞前来参加，春霞一直没忘记自己是个女民兵。"

大家互相看了看。

叶苗苗："我们找凯男姐去了，她应该回来。"

16-11　小酒店　日　内

王凯男的桌上摆了一桌菜，空着六七个位置。

王凯男的脸红红的，有点儿醉眼迷离，她站了起来，给几个空位置前的空杯斟酒："今天我请一班的姐妹吃饭，我有话要说。"坐了下来，指指一个空位，"你……苗苗，你妈妈让我好好教你，可你……贪吃贪睡，像国宝熊猫，连减肥都……坚持不了。阿兰……你喝酒，喝酒，你话少，多喝点儿……你呀，除了和史茗话多，同别人话少，那也不行，我们一班就是一个……一个家，大家要喝醉一次，掏掏心窝……"

不远处有两个女服务员以怪异的目光看着王凯男，咬着耳朵在议论。

16-12 姐妹连操场 日 外

韩燕与丁刚站在队列前，女民兵们一边窃窃私语，一边瞄瞄一班那几个人。

丁刚："大家安静点儿，立正！稍息！"

女民兵们安静下来。

韩燕大声地："我们姐妹连的口号是什么？"

女民兵们异口同声："奋斗！奉献！拼搏！传承！坚守！"

这时，海奶奶从门口走入操场，站在远处看着。

韩燕："今天是个特殊的日子，集训期的最后一天了，我有很多话想跟你们说，可又不知道从何说起。我们大家走到一个连里，那是缘分，我们要珍惜！我以前当兵，进新兵连，训练时也吃不消，但我告诉自己，再坚持一下就好了，我最后坚持下来了，现在你们也坚持下来了。你们回到社会上后，遇到困难，要告诉自己坚持，姐妹们会跟你在一起，你的后盾是姐妹连！”

16-13　小酒店　日　内

醉意朦胧的王凯男忽然无声地哭了，然后又喝了一杯。

王凯男又在那儿自说自话：“贝贝你敢跟我……叫板酒量？瞧你的小样，不服气了？”自己喝了一大口酒，“还有你小琴，胆这么小，还给贝贝当……保姆，像话吗？春霞，说好了，你……生了孩子，我当干妈。秋霞，不知道你……枪法练得怎么样了？我都没……帮上你。还有你……史茗……也算一班的人……”

16-14　姐妹连操场　日　外

丁刚正在对女民兵们说话，韩燕则大步走到海奶奶跟前。

韩燕：“妈，您讲两句。”

海奶奶：“我不讲了，凯男……没回？”

韩燕摇摇头：“手机关了，人没找到。”

海奶奶有些失望：“她是故意避开了。”

16-15　姐妹连靶场　日　外

秋霞趴在靶场上射击打靶，丁刚趴在她旁边，打了好多枪后，秋霞停了下来，与丁刚一起爬了起来，眺望远处的靶子。

丁刚收回目光，看看秋霞露出笑意："秋霞，你进步很大，俺离开之前，最后一次给你开小灶，俺俩要再见了。"

秋霞笑着："丁教官，太谢谢你了！以后你要是到我们医院看病，我也给你开小灶。"

丁刚："不生病就不能来看你吗？"

秋霞："当然能，随时欢迎。"

丁刚迟疑了一下，吞吞吐吐地："秋霞，俺……俺……"

秋霞："有什么话说呀，干吗吞吞吐吐的？"

丁刚鼓着勇气："俺喜欢你！"说后转身逃走了。

秋霞一下红了脸，愣怔在那儿。

16-16　一班宿舍　日　内

大家在整理行装，方贝贝站在一边吹口哨。

叶苗苗："贝贝，今天是特殊的一天，你怎么不自己动手？还要小琴给你整理。"

郭小琴不好意思地："没事。"

方贝贝："其实我还想多住几天呢，可韩大连长不允许。"

阿兰："现在让你走，你反倒不愿意了？"

方贝贝："我是不想回家看到唐老鸭。"

叶苗苗惊喜地："唐老鸭？哇，我太喜欢唐老鸭米老鼠了，贝贝，你带我去你家看看。"

郭小琴忙对叶苗苗压低声音耳语，叶苗苗明白唐老鸭是贝贝后妈后，惊讶得张大了嘴。

史茗："唉，我也不想回家。"

阿兰："我们说好一起回去的。"

史茗点点头，淡淡一笑："那是当然，去你的鹿栖岛，还有所有的岛。"

秋霞站在那儿发呆。

方贝贝："瞧，秋霞发呆了，也不想走。"

这时韩燕走了进来："你们忙着呀。"

大家都不吭声。

韩燕笑着："你们一班要是舍不得走，可以明天再离开。"

大家互相看看，脸上稍有兴奋之色。

16-17　姐妹连大门口　日　外

营房门口停着一辆出租车。

丁刚看看一班女民兵中没有秋霞，急忙问："秋霞呢？"

秋霞从人群后面钻了出来，神色不太自然，丁刚想说什么欲言又止，便"啪"的一下给秋霞敬了个军礼，秋霞一下有点儿不知所措。

叶苗苗："丁教官，你怎么连敬礼都给秋霞开小灶？"

方贝贝："你懂什么？这叫爱的敬礼。"

这下尴尬了，把丁刚与秋霞闹了个大红脸。

韩燕忙为他们解围："小丁，姐妹连也是你的家，以后常回来看看。姐妹们，丁教官训练了你们，就是你们的老师，敬礼！"

韩燕与女民兵们向丁刚敬礼，丁刚也举手回礼。

16-18 王凯男家门口 日 外

王凯男摇摇晃晃着回来，扶着自家外墙时，看见了墙上留下的字。

王凯男看了一会儿，念了出来："凯男姐……我们想你……凯男姐我们想你。"不由得笑了起来，又忍不住低声哭了。

16-19 一班宿舍 夜 内

一班的女民兵和衣靠在床上，都不说话，最后一夜，心情都有些复杂，阿兰则拿着牙缸，给窗台上的仙人掌浇了点儿水。

韩燕推门进来："我给你们一班开个班会吧。"

大伙儿坐了起来，上铺的也爬下来坐好。

韩燕："你们都要回归各自的生活了，但不要忘了你们都是姐妹连的女民兵，不要忘了这段成长历程，回到社会上继续成长，做一个奋斗、奉献、拼搏、传承、坚守的新时代青年。"

大伙儿频频点头。

韩燕："这番话本来应该由凯男同你们讲，我知道，凯男的离开，你们都怨我这个韩大魔头。"

方贝贝与叶苗苗的神色变得不自然了，因为"韩大魔头"的外号就是她俩起的。

韩燕："可是，我们是女民兵，那就得把自己当成一个真正的士兵，真正的军人。”

秋霞迟疑着：“韩燕姐，有个话……我不知该不该讲？”

韩燕：“没事，都是自家姐妹，说吧。”

秋霞：“那我说了，说错了你别在意。姐妹们都觉得，凯男姐救了你儿子，你还处罚她，是因为你们有矛盾，你对她有偏见。”

韩燕：“我和凯男，有些事情上意见不一致，但没有矛盾，也没偏见，我对她的要求相比对你们要高，因为她不是普通女民兵。她救我儿子，我感恩在心，但抗台就是上战场，擅离战场是很严重的。”

秋霞不吭声了。

叶苗苗：“那现在怎么办？凯男姐还是我们班长吗？”

韩燕：“凯男当然是你们班长，本来集训结束后，排长班长都留下来值班，现在只好让她同你们一样，回社会上去。”

史茗：“韩燕姐，我觉得呀，你和凯男姐的疙瘩得解开才行。”

韩燕点点头，若有所思。

16-20 路上 夜 外

王凯男独自一人在夜跑，跑得满脸淌汗，发泄着心里的压抑。同样夜跑的张彬从对面跑来，与王凯男擦身而过，他看见王凯男后，又折回来，跟在她身后。

张彬跑到王凯男身边：“王凯男！”

王凯男看了张彬一眼，继续跑步，一会儿工夫就把张彬甩在后面。

张彬又追了上来："跑这么快干吗？要不一起喝点儿小酒？"

王凯男："喝过了。"然后跑得更快了。

16-21　女民兵宿舍楼前　日　外

方昌业的轿车停在宿舍楼前，他帮方贝贝她们把行李从屋里搬了出来。

方贝贝："爸，我们跑步回去，你把我们的东西拉走吧。"向一班女民兵一挥手，"走！"

方贝贝、郭小琴、叶苗苗、阿兰、秋霞、史茗排成一队，朝外面跑去。

16-22　海奶奶家堂屋　日　内

海奶奶正在看墙上的女民兵合影，有老一代的，有新一代的。

门外响起喊声："海奶奶！"

16-23　海奶奶家小院子　日　外

海奶奶走了出来，见叶苗苗、阿兰、秋霞、方贝贝、郭小琴、史茗聚在院子里。

海奶奶：“你们来了，都坐。”

叶苗苗喊了声：“列队！敬礼！”

大伙儿马上排成一排，齐刷刷地向海奶奶敬了一个军礼。

叶苗苗：“请海奶奶检阅姐妹连一班，凯男姐与春霞姐因故未到。”

海奶奶：“好，好，都脱胎换骨了，像模像样了。”

方贝贝：“海奶奶，我们想请您出面，命令凯男姐归队。”

海奶奶欣慰地笑了：“凯男归队，要她自个儿思想先通了。”

16-24　春霞家　日　内

春霞站在那儿，阿祥蹲在她肚子前听胎心。

阿祥：“儿子，以后你接爸爸的班，当船老大。”

春霞笑了：“万一是女儿呢？”

阿祥愣怔一下：“女儿？”

春霞不悦地：“你还是重男轻女，不想要女儿。”

阿祥辩白：“谁说的，女儿是爹的小棉袄，大了跟着秋霞当护士。”边说边站了起来，扶春霞坐下。

春霞：“我觉得还是好好读书，将来跟史茗一样，读个博士，做个文化人。”

阿祥：“史茗？你说那个失忆的姑娘是吧？自己叫啥都不知道，有什么好？”

这时门外传来秋霞的声音：“不能这样说史茗。”然后跨进门来。

春霞开心地起身：“秋霞！”

秋霞放下行李：“姐！”又瞪了阿祥一眼。

春霞也批评阿祥：“史茗是我们的姐妹，知道吗？”

阿祥赔笑着：“我说错了，我下厨给秋霞烧两个菜。”

秋霞：“哟，阿祥船老大肯下厨烧菜了？刮目相看啊！”

春霞笑着：“你姐夫最近变了个人，都成家庭妇男了。”

16-25 方贝贝家客厅 日 内

方贝贝带着郭小琴走进客厅，方昌业正在等她，她的牧羊犬也马上蹿过来缠着她。

方贝贝摸着狗脑袋：“我回家了，方世玉。”

方昌业朝屋里喊：“美雅，贝贝回来了。”

唐美雅已有身孕，慢吞吞地从卧室里出来：“哟，大小姐回府了，怎么像从非洲跑回来似的？”

方昌业：“变化还真不小，我们贝贝看着成熟多了。”

方贝贝见唐美雅肚子大了，愣了一下：“老爸，恭喜了，二胎工程成功了啊！”

郭小琴拎起自己的行李：“方总，阿姨，我走了。”

方昌业：“小琴，明天开始，你就去一车间当成品组组长。”

郭小琴有些惊讶，一下子没反应过来。

方贝贝走到小琴身边：“小琴，你当官了，呵呵，恭喜恭喜！”

郭小琴红了脸，有点儿局促不安地微笑着。

唐美雅：“小琴，方总给你这个机会，你得好好干。”

郭小琴点点头："嗯，谢谢方总！我回去了。"

方贝贝："那你回吧，再联系。"

郭小琴转身走出客厅。

方昌业："贝贝，你怎么考虑，想不想到爸爸公司上班？"

方贝贝："老爸，你忘了你的承诺？"

方昌业："什么承诺？"

方贝贝："你不是说，我当了女民兵，要是脱胎换骨了，让我接班当公司董事长呀。"

方昌业一愣，尴尬地笑笑。

唐美雅："哟，老方，你儿子在踢我。"

方昌业："不会吧，才几个月就会踢了？"

唐美雅："那当然，你的儿子可是你的接班人。"

方昌业尴尬地："贝贝，你想吃什么？爸爸带你到最好的酒店吃饭。"

方贝贝瘪瘪嘴："不用，我懂了，方世玉，我们走！"带着牧羊犬扬长出门。

16-26 春霞家 日 内

春霞、阿祥、秋霞围着桌子在吃饭。

阿祥："秋霞，吃菜，尝尝姐夫的手艺。"

秋霞："不错，值得表扬。"

阿祥嘿嘿笑着，一个劲儿给春霞夹菜，春霞看看阿祥，欣慰地笑了。

春霞：“秋霞，你枪法练得怎么样？”

秋霞：“丁教官和韩燕姐给我开小灶，追上来了，但和阿兰她们比，还差点儿。”

春霞：“我可听说人家丁教官对你挺上心的，告诉姐，发展得怎么样？”

秋霞一下红了脸。

阿祥：“呀，秋霞你赶紧把他叫来，我们俩连襟儿一块儿喝喝酒，亲近亲近。”

秋霞哭笑不得，羞得捂着脸：“你俩胡扯什么？还让不让我吃饭？”

春霞：“吃饭，吃饭。”

气氛一下变得尴尬了。

春霞转移话题：“阿祥，秋霞，我跟你俩商量商量，现在渔村搞旅游，我也想开个渔家乐小餐馆，你们看怎么样？”

阿祥马上摇头：“赚钱养家是男人的事，你就安心在家生孩子吧。”

春霞：“我就是为孩子，咱孩子干妈不少，我想这样也有个地方聚聚。”

阿祥：“哪来的干妈？”

春霞：“我们一班的女民兵呀。”

16-27　小船上　日　外

阿兰驾驶她的机动小舢板朝鹿栖岛驶去，史茗坐在小船上，望着海面发呆，听着海潮的声音扑打着海湾。

阿兰：“发什么呆？”

史茗：“嗯……在想大海的奥秘。”

阿兰：“什么奥秘？”

史茗：“大海把我们的记忆藏了起来，又一浪一浪地翻阅给我们看。”

阿兰：“听不懂。”

史茗：“如果我是一条鱼，自由自在多好。”

阿兰笑了：“你就是一条美人鱼。”

史茗也笑了，过了一会儿又自言自语：“我……怎么忘了跟涌涛哥告个别？”

阿兰：“这么近，又不是不回来了，电话也可以打的。”

史茗：“他的养殖场被台风打掉后，一直很失落……我却什么也帮不上。”

阿兰：“有韩燕姐在，他会挺过去的。”

16-28　姐妹连操场　日　外

韩燕独自一人站在操场上望着连旗，神情中露出几丝孤独。

韩燕突然大声地：“立正！向左转！起步走！”同时跟着自己的口令立正，左转向前走。

当韩燕走到一棵大树前时停下脚步，然后斜靠在树干上，望望空荡荡的操场，取出哨子看看，信手吹响了集合哨。

不一会儿，十来个女民兵的排长班长快速跑来，排成一排。

韩燕一下没反应过来，直起身："你们怎么还没走？"

一排长："报告连长，是你让我们留守哨所的。"

韩燕："一班的人呢？"

一排长："她们都走了。"

韩燕不好意思地："对，对，瞧我这记性。"

16-29　连长办公室　日　内

韩燕坐在办公室里发呆。

海奶奶推门进来："燕子！"

韩燕站起身："妈，您怎么来了？"

海奶奶："我看你没回家，过来瞧瞧。"

韩燕："您腿还没好利索，快坐下。"

海奶奶坐了下来："没事，走走康复快，你也坐，咱娘儿俩说说话。"

韩燕在海奶奶对面坐了下来。

海奶奶："这些孩子飞走了，这里静悄悄的。"

韩燕："是啊，我这个连长成光杆连长了。"

海奶奶笑了："燕子，姐妹连这次新民兵整编集训，你做得不错。"

韩燕："妈，您可是头一次表扬我啊！"

海奶奶笑了笑："妈跟你是自家人，夸你放心里。不过，当时我真是捏了把汗，怕贝贝、苗苗她们打退堂鼓，或是把班里搅乱了。"

韩燕："她们蜕了一层皮，成长了。"

海奶奶点点头："是啊，你干得漂亮，集训完成得不错，妈放心了。"

韩燕有些忧虑："可我放不下心，总觉得集训没结束，她们到社会上，还有新的训练和考验。"

海奶奶点点头："你说得对。"

韩燕："这次集训，我还是没做好，没把凯男留住，我这个连长不合格。"

海奶奶叹了口气："别多想，哪有十全十美的？妈当年也一样……"

韩燕："妈，您当年……发生什么事了？"

海奶奶沉思着："过去的事不提了，你不是说了嘛，她们到社会上还得经受考验，凯男也一样。"

16-30　娱乐城门口　日　外

黄昏时分，王凯男无聊地一路溜达，当走到花海娱乐城门前时，一声哨子声吸引了她。她一看，原来是娱乐城的那帮保安在操练，节奏明显不整齐，王凯男站在边上看得摇头叹气。

保安队长看见了王凯男的反应，奇怪地："喂，你摇什么头？"

王凯男："穿着制服，就得有穿制服的样子，你们一帮大老爷们儿没个样子。"

保安队长不高兴了："你谁呀？敢取笑我们？"

王凯男："我是谁不重要，反正我比你强。"

保安队长戏谑地："好啊，那你来试试。"

王凯男："试试就试试。"

这时张彬从外面回来，看到这一幕，连忙闪到屋角，饶有兴趣地看着王凯男训练保安。

王凯男大声地："穿制服要有正气，立如松，坐如钟，大伙儿把腰板挺直了，立正！"

众保安见一个姑娘训练他们，嘻嘻哈哈笑了起来。

保安队长嘲笑着："看到了吧，他们只听我的。"

王凯男把左手插入裤兜，指指保安队长："我一只手跟你摔跤，我输了，我也听你的，你输了，你听我的。"

保安队长双眼一亮，一个饿虎扑食扑了过来。王凯男手一格，脚一勾，顺势抓住对方手腕，把他制服在地，疼得他哇哇大叫。

张彬走了出来，笑着鼓掌。

16-31　张彬办公室　日　内

张彬把王凯男请到他的办公室，两人坐在那儿聊天。

张彬竖起大拇指："王凯男，你真厉害，我佩服你！"

王凯男："没啥厉害的，小意思。"

张彬："你还在姐妹连吧？"

王凯男摇摇头："离开了。"

张彬惊讶地："你离开了？你是一员大将呀，离开了是姐妹连的损失。”

王凯男不吭声，不接这个话头。

张彬：“你现在做什么工作？”

王凯男耸耸肩膀：“无业游民。”

张彬想了想：“我们也算朋友了，我邀请你到我这里来上班，愿意吗？”

王凯男：“我一个使枪弄棒的女民兵，我来能干什么？”

张彬：“我这里的保安队长，一直缺乏好人选，你是最合适的。”

王凯男看一眼张彬，沉思着。

张彬笑了笑：“你考虑考虑，可以先过渡一下，要是有其他满意的工作，随时可以走。”

16-32　海滨岗哨　夜　外

王凯男骑在摩托车上，良久凝望着远处的岗亭，神情有些失落。

一个值岗的女民兵发现了王凯男，喊了起来：“谁？！”

一束手电光扫了过来，王凯男油门一加，摩托车向路上驶去。一会儿，韩燕打着手电筒从山径上下来。

韩燕向两位女民兵走去：“怎么样？”

一女民兵：“一切正常！”

另一女民兵：“刚才有个骑摩托车的人，很像……凯男姐。”

韩燕：“哦？”不由得沉思起来。

16-33　韩燕房间　夜　内

陈涌涛坐在台灯前，正在写着什么，韩燕推门进来。

陈涌涛转过身："回来了。"

韩燕："嗯！"

陈涌涛起身给韩燕倒了杯水："集训结束了，你也可以轻松下来了。"

韩燕："你公司情况怎么样？"

陈涌涛："养殖场修复完成了，老王在技术上帮了我大忙，这老王就是王凯男的爸爸。"

韩燕点点头："哦！那你要好好谢谢凯男爸。"

陈涌涛点点头："必须的！"

韩燕："资金跟销售方面怎么样？"

陈涌涛似乎被戳到痛处："资金大家都在想办法借贷，销售也在努力。"

韩燕担忧地："我怎么觉得，你这两块还是个大难题。"

16-34　赵彩花家客厅　日　内

外面传来门铃声，赵彩花走去开门，见王凯男站在门外。

赵彩花："凯男啊，快进来！"

王凯男走了进来："彩花姐，苗苗呢？"

赵彩花："还在睡懒觉，你说怎么办？苗苗一回来，老毛病就犯了，除了玩电脑，就是睡懒觉，我还真希望她在姐妹连训练营多待些日子。”

王凯男：“我送了她一只闹钟呢？”

赵彩花：“那只闹钟失业了，没用！”

王凯男从兜里取出一个哨子向赵彩花晃了晃：“我有办法。”走到苗苗卧室门口，推开房门，吹起紧急集合的哨音。

叶苗苗醒过来，手忙脚乱地找衣服穿上。

叶苗苗见王凯男站在门口，还没反应过来：“凯男姐，集合哨响了吗？”

这一下把王凯男跟赵彩花逗得哈哈大笑。

16-35　王凯男家门外　日　外

韩燕提着一个袋子，与陈涌涛一起朝王凯男家走去，夫妻俩走到门口朝屋里一看，见王凯男父母在家里编网篓，凯男爸妈也看见了他们。

王大潮连忙起身招呼：“涌涛，韩连长，快进来坐。”

16-36　赵彩花家客厅　日　内

赵彩花、叶苗苗、王凯男坐在客厅里聊天。

王凯男：“我准备去上班了。”

赵彩花：“你找到工作了？”

王凯男点点头：“去朋友单位当保安队长。”

赵彩花：“一个女孩子去当保安合适吗？再说也大材小

用了。”

王凯男苦笑了一下：“什么大材小用？以前在姐妹连的时候雄心勃勃，出来了，就得面对现实。”

叶苗苗坐到王凯男身边：“凯男姐，你回来吧，韩燕姐也愿意你回连队。”

王凯男：“别跟我提韩燕。回，回哪里？你们不是都回家了嘛，跟我一样，你也得赶紧找个工作。”

赵彩花：“苗苗还是继续复读吧。”

叶苗苗：“老妈，我想明白了一件事，读书为文凭，读了还得找工作，我直接找工作得了。”

赵彩花：“你能做什么？”

王凯男：“要不跟我当保安去。”

赵彩花：“我不同意。”又问王凯男，“你去什么单位上班？”

王凯男迟疑了一下：“嗯……张彬的娱乐城。”

赵彩花皱了皱眉：“什么？你怎么能去那地方上班？”

王凯男：“先这样过渡吧，干保安工作，起码跟以前当女民兵沾点儿边，再说张彬这人还蛮仗义。”

16-37 王凯男家 日 内

王大潮与陈涌涛坐在桌边聊天，凯男妈坐在屋门口编织网篓。

韩燕走到凯男妈旁边的小竹椅上坐下：“阿姨，凯男呢？”

凯男妈明显有点儿冷淡：“出去了。”

韩燕把袋子放在凯男妈身边："我给她带了几套女民兵制服，她走时匆忙，也没多带。"

凯男妈看着韩燕："韩连长，你还认我家小男是女民兵？"

韩燕："凯男我当然认，她到现在还是一班班长，只是她生我气，不肯原谅我。"

凯男妈叹口气："我家小男就这犟脾气。"

另一边，陈涌涛与王大潮正在聊着。

陈涌涛拿出一份文件放到桌上："老王，你帮了我大忙，我也没什么好谢你，我想请你技术入股，作为我公司股东之一。"

王大潮连连摆手："使不得，使不得，我一分没出，白拿股份怎么行？"

陈涌涛："我现在困难时期，你这股东目前分不到红利，苦差事倒不少。"

王大潮还是摇头："不行，我帮忙没问题，你也帮过我忙呀。"

韩燕走了过来："王叔，技术入股很正常，涌涛这儿需要你长期支持，你不拿，他怎么好意思叫你帮忙？"

陈涌涛："老王，看得起我你就收下，我们就是一家人了。"

16-38　王凯男房间　夜　内

王凯男从韩燕拿来的袋子里取出女民兵制服，一一放在床上，有夏装，有冬装，有春秋装，凯男若有所思地看着，然后顺手拿起桌上那本《军官职业素养研究》翻了起来，这是上次韩燕来她家时留下的。

16-39　昌业公司厂区　日　外

方贝贝把一帮年轻女工集中在一起，她当起了教练，边上有好多人在看热闹。

方贝贝：“稍息！立正！向右看齐！向前看！报数！”

女工们执行口令时毫无秩序，动作错误百出，报数时嘻嘻哈哈，一片乱糟糟。

方贝贝摇摇头：“你们基本动作都不会，还想当姐妹连的女民兵？那怎么行？”

女工甲：“以前小琴也不行，不是也当了女民兵。”

女工乙：“就是嘛。”

方贝贝：“小琴多认真啊！一个动作她起早摸黑练，现在她当组长，你们羡慕了，告诉你们，这些都是要靠潜质的。”

女工丙：“贝贝，潜质是什么？”

方贝贝想了想：“潜在的素质懂吧？比方说大海里的潜水艇，我们看不到，但它一直潜在海底。”

这时方昌业走了过来：“你们在干吗？”

方贝贝：“她们想当女民兵，我给她们上上课。”

方昌业皱了皱眉：“乱弹琴！都回去上班。”

女工们一哄而散。

16-40　方昌业办公室　日　内

方昌业坐在老板桌前，方贝贝在办公室里转悠着。

方昌业招招手："贝贝，你过来坐下，爸爸有话跟你说。"

方贝贝不太情愿地坐到方昌业对面。

方昌业："贝贝，你在姐妹连锻炼了几个月，脱胎换骨了，爸爸真的很高兴。"

方贝贝："老爸，有话直说，别绕弯子。"

方昌业："我想让你去美国念书。"

方贝贝："你什么意思？"

方昌业："我们公司的外贸业务发展得很快，爸爸让你去美国学外贸，学好了派用场。"

方贝贝："派什么用场？接你的班当董事长吗？"

方昌业："爸爸还没老，接班急什么？"

方贝贝："老爸，你不是经常说人要讲诚信，怎么对我没诚信？"

方昌业不悦地："你叫你爸爸现在退休吗？真是的！爸爸老了必然要交班的，那时你成熟了，你弟弟也长大了，当然让你们接班。"

方贝贝笑了："我明白了，你想交给你儿子对吧？"

方昌业不自然地："贝贝，不要瞎想，爸爸又不会亏了你，去美国留学对你有好处。"

方贝贝站起身："等想好了告诉你。"转身出门。

16-41　娱乐城大厅　日　内

大厅里站着一排保安，张彬与王凯男站在他们面前。

张彬向保安们介绍王凯男：“这位是王凯男，从今天开始，她就是你们的队长。”

这时，钱玲玲走了过来，敌意地看着王凯男。

王凯男忽然打断张彬的话：“等一下！”

张彬：“什么事？”

王凯男：“张彬，我当这个保安队长，有三个条件。”

张彬：“什么条件？”

王凯男：“一、保安归我管，别人不能插手。”

张彬：“那当然！”

王凯男：“二、就是老板娘也不能随便干涉我。”

张彬的神色一变，看了看钱玲玲。

钱玲玲跳了出来：“老板娘不能干涉吗？我还是娱乐城的老板之一，凭什么不能管你这小小的保安队长？”

王凯男：“行啊，你要喜欢可以自己管，你来帮他们操练吧。”

钱玲玲气得瞪圆了眼睛：“你……王凯男，你不就是当过女民兵嘛，别自我感觉太好。我告诉你，我钱玲玲的本事，一百个保安队长都请得来。”

王凯男冷冷地：“那随便吧，我走了。”转身要走。

张彬赶紧叫住她：“王凯男，等等。”

钱玲玲：“张彬，你……”

张彬压低声音：“玲玲，别闹了，好歹我是总经理，给点儿面子，娱乐城这么多事要管，你管得过来吗？保安队就交给王凯男吧，她还是有点儿本事的。”

钱玲玲哼了一声：“不就是个男人婆嘛。”

张彬："好了，玲玲。"转向凯男，"王凯男，这第二个条件我答应你，第三个条件呢？"

王凯男这才回到保安队伍面前："三、保安队有权整顿娱乐城秩序，和各种不规范现象。"

张彬："这本来就是保安队的责任啊，好，我答应！"

钱玲玲把张彬拉到一旁："你疯了啊？她人还没上任，你倒把大权拱手相送了。"

张彬："你少说两句吧。"

钱玲玲一跺脚，气呼呼地走了。

16-42 昌业公司车间 日 内

郭小琴身穿工装，正在成品组的流水线前忙碌。

一个叫阿菊的年轻女工走过来："组长，我请假半天。"

郭小琴："你的任务都做好了吗？"

阿菊："做好了。"

郭小琴："什么事请假？"

阿菊："这个……"

郭小琴："好好，那你去吧，记住了，半天时间。"

阿菊："谢了，组长。"转身要走。

郭小琴叫住阿菊："阿菊，以后别叫我组长，叫我小琴。"

阿菊笑着点了点头，小跑着离去。

一个中年女工开玩笑："小琴，没想到你当组长还有板有眼的，女民兵没白当。"

郭小琴不好意思地笑了，这时，窗户上露出方贝贝的脑袋，她在窗外向郭小琴招手。

16-43 昌业公司车间门口 日 外

郭小琴与方贝贝站在车间门口说话。

方贝贝："好烦哪，还是在连队好。小琴，陪我出去走走。"

郭小琴："我要上班呀。"

方贝贝："嗯，那算了。"

郭小琴："你自己去吧，我离不开。"

方贝贝："没劲，人家找你是有事情，还姐妹呢？"

郭小琴："怎么啦？"

方贝贝："我和我老爸……唉！跟你讲有什么用？"

郭小琴："什么事啊？"

方贝贝："你还是当你的组长吧。"

郭小琴："到底怎么啦？"

方贝贝："嗯……我老爸让我去美国留学。"

郭小琴："真的呀，那你的英文水平过关吗？"

方贝贝："还英文水平，去美国又没有姐妹连，没有你们这些姐妹，我不想去。"

16-44 娱乐城走廊 夜 内

走廊间荡漾着歌声与男女笑声，身穿保安服的王凯男带着两个保安在巡逻。

王凯男的脸色沉郁不快："乌烟瘴气的！"

保安甲："不乌烟瘴气，老板怎么发财？"

王凯男："发财发财，总不能为了发财脸都不要了。"

保安乙："说不得，老板娘知道了要炒我们鱿鱼的。"

王凯男："就怕老板娘，不怕我炒你们鱿鱼？"

保安乙笑了起来："你知不知道，其他几个保安不服你，你炒了我俩，就是个光杆队长。"

16-45　酒吧　夜　内

方贝贝与以前那帮狐朋狗友在酒吧里喝酒，感觉索然无味，依旧闷闷不乐。

一男生给方贝贝斟酒："贝贝，好久不见了，别玩儿深沉嘛。"

方贝贝一口喝光，一声不吭。

一女生："贝贝，为你接风，你怎么不开心？"

方贝贝："我没不开心，也没玩儿深沉，我是在想……"

一男生："想什么？"

方贝贝："想你们都玩儿些什么？"

一女生："还能玩儿什么？吃喝玩乐呗，家里有钱不花干什么？"

方贝贝："依靠父母的钱，自己长不大，得靠自己。"

一男生："你傻啊！父母的钱还不是你的？你爸大老板，你也就是大老板。"

方贝贝不吭声，独自喝酒。

一女生:“明天怎么玩儿？换换花样嘛，我们轮流请贝贝。”

一男生：“贝贝的习惯，一贯是她请我们的，我们轮流给她接风也行，贝贝你看呢？”

方贝贝站了起来：“干一杯吧。”

大家举杯干了。

方贝贝放下杯子，掏出皮夹，摸出一百元：“AA 制。”

一男生：“你怎么变小气了？”

方贝贝：“AA 制什么意思明白吗？就是你是你我是我，做人要独立，今天是我方贝贝的独立纪念日，好吧，我来买单。”又掏出几张百元大钞放在桌上，然后起身离去。

16-46 娱乐城走廊 夜 内

王凯男把几个小流氓赶了出来。

一男青年吼叫着：“你……你算什么人？”

王凯男：“我是这里的保安队长，像你这样的客人，我们不欢迎，请吧！”做了个请他们走路的手势。

男青年：“保安队长，嘿嘿，我还以为是保安司令。”

另一个男青年轻声地：“这人不好惹。”

男青年掏出一把钱：“有什么不好惹的，不就是个娘儿们，老子有钱，给你。”把手里的钱砸向凯男。

王凯男不由怒火中烧，抓住男青年手腕，一个过肩摔，把他重重摔在地上爬不起来，张彬刚好赶来，一下子惊呆了。

16-47　张彬办公室　夜　内

张彬与钱玲玲站在办公室里，正为王凯男的事争执起来。

钱玲玲："张彬，王凯男这样子，你还要留她？"

张彬："那个小子不是个好鸟儿，他对我们这儿的女孩子粗鲁，凯男发现去管，才这样的。"

钱玲玲："包厢里的事，她狗拿耗子干什么？"

张彬："她是保安队长呀，她提了三个条件你忘了？"

钱玲玲："你有病啊，她这么嚣张，又赶客人又打客人，是在砸我们的招牌，以后谁还会来我们这里玩儿？"

张彬："不会的，王凯男今天也是事出有因。"

钱玲玲："我不放心。"

张彬："生意经营上有我，保安管理上有王凯男，你就放心吧玲玲。"

钱玲玲生气地："什么？有你有她，倒没我了，你什么意思？"

张彬："我们得用人家的长处，王凯男有女民兵背景，对我们有利。"

钱玲玲："王凯男这种人就是个闯祸精，她再闯祸怎么办？"

张彬："我阅人无数，她什么样的人，我还不清楚吗？"

钱玲玲盯着张彬看了好一会儿："你是不是看上她了？"

张彬苦笑着辩解："这怎么可能……"

第十七集

17-1　陈涌涛办公室　日　内

陈涌涛与王大潮坐在办公室里商量工作。

王大潮：“涌涛，公司现在的问题，主要还是资金，这一块儿压力太大了。”

陈涌涛：“是啊，银行方面我再跑跑，业务上得开拓一下，如果有大订单，是可以解决问题的。”

王大潮：“要不我把我的养殖场并进来，算是我的投资。”

陈涌涛摇摇头：“不行，你这块并进来也解决不了问题，反而把你也拖进去了。”

王大潮沉思着，满是担忧。

陈涌涛：“老王，贷款的事帮我保密一下，别让我妈和韩燕知道。”

17-2 海奶奶家门外路上 夜 外

陈涌涛开车回家，停在他家门口路边的轿车上下来一个男子，正是那个借贷公司的人，他伸手拦下了陈涌涛的吉普车。

陈涌涛下了车："你怎么跑这里来了？"

男子："你不还钱，我只好在这儿守株待兔。"

陈涌涛不悦地："还守株待兔？你太过分了！"

男子："陈总，你借款到期不还，我也没办法呀。"

陈涌涛："我不是跟你说了，稍微缓缓，我会连本带利还你的。"

男子："我提醒你，再拖下去，我只好来接收你的公司了。"

陈涌涛："我也提醒你，下次别再到我家里来，否则我对你不客气。"

17-3 韩燕房间 夜 内

陈涌涛推门进来，见韩燕坐在那儿看着他。

韩燕："涌涛，刚才在门外跟你说话的人是谁？"

陈涌涛暗吃一惊："一个朋友，我请他帮点儿小忙。"

韩燕："是吗？我问你，你公司究竟有多大的窟窿？"

陈涌涛："什么窟窿不窟窿的？我公司那点儿事，我自己会处理好，你放心吧！"

韩燕："你不要逃避好吗？你说出来，我也好帮你做点儿什么。"

陈涌涛：“办实业，有它的规则跟风险，这正常的，像你姐妹连的事，也有很多麻烦事，都弄到家里来，不是给家里人添堵嘛！”

韩燕：“你以为你现在这样子，大家就不添堵？妈嘴上不说，心里也很沉重。”

陈涌涛：“别忘了，我可是当过舰长的，大风大浪都经历过，这点儿事算不得什么。”

韩燕叹了口气，无语了。

17-4　吴大婶家门前　日　外

史茗正在帮吴大婶一起晒草药。

阿兰提着一篮羊栖菜过来：“你猜这是什么？”

史茗：“嗯……是一种海藻。”

阿兰：“羊栖菜，中午就烧这个给你吃。”说着把羊栖菜晒在一个竹匾上。

史茗：“这又不是什么草药，干吗晒？”

吴大婶笑了：“这羊栖菜呀，又是菜又是药，能治百病，作用大着呢！”

史茗不吭声，在想着什么。

阿兰：“发什么呆呀？”

史茗：“吴大婶，羊栖菜能治头痛吗？”

吴大婶：“能，药不好天天吃，但羊栖菜可以天天吃顿顿吃，烧菜，泡茶，都行。”

17-5　陈涌涛办公室　日　内

陈涌涛面壁站着，吸着烟，默默看着墙上的海图，这时桌上的笔记本电脑响起 QQ 的呼叫声，响了一遍又一遍。涌涛坐到桌前，见是网友涛声依旧的呼叫。

涛声依旧（字幕）：“神盾战舰，我是涛声依旧，你在吗？”

陈涌涛依然吸着烟思索，没有去回复涛声依旧，一会儿呼叫又响了起来。

涛声依旧（字幕）：“神盾战舰，你怎么样？”

陈涌涛把烟蒂往烟灰缸里一摁，开始打字回应对方：“涛声依旧，你好！”

涛声依旧（字幕）：“神盾战舰，你好像情绪低落，开心点儿朋友，胸怀大志的人不应为挫折消沉，应该精神饱满去迎接明天。”

陈涌涛打字：“涛声依旧，谢谢你几次鼓励我，振奋我，不知你是谁，希望日后有机会认识。”

涛声依旧（字幕）：“今晚就可以见面，我告诉你地点。”

17-6　春霞家　日　内

秋霞、叶苗苗、方贝贝、郭小琴聚在春霞家，秋霞和郭小琴正忙着下厨炒菜，叶苗苗和方贝贝则围着春霞，对她的肚子感兴趣。

叶苗苗：“小家伙，乖乖的，我们都是你的干妈。”

方贝贝：“本干妈给你起个名字，叫一班。”

叶苗苗：“什么一般？春霞的孩子不一般，很不一般。”

方贝贝：“我说的，是姐妹连一班的一班。”

大伙都笑了。

叶苗苗：“不好听，春霞姐很想当神枪手，不如叫神枪。”

大伙又笑了。

春霞笑着揉揉肚子：“你俩真是活宝，笑死我了。我们的神枪手凯男姐还没到，我给她打个电话。”

这时王凯男已到门口，嚷嚷着：“不用打了。”说着跨进门来。

17-7 春霞家 夜 内

春霞、王凯男、秋霞、叶苗苗、方贝贝、郭小琴围着桌子吃饭。

王凯男笑着：“一班，神枪，这俩名字真逗。贝贝、苗苗，留着给自己以后的孩子用。”

方贝贝：“凯男姐，你是一班长，又是神枪手，这两个名字给你的孩子用也行。”

王凯男：“去！”

春霞：“今天缺了阿兰和史茗，其他人都到齐了，我们干一个吧？”

王凯男：“好，你喝奶，我们喝酒，走一个！”

众人举杯碰了一下，仰脖喝了，秋霞赶紧给大伙加酒。

郭小琴：“凯男姐，你干保安队长还适应吗？”

王凯男：“凑合吧。”

郭小琴：“我在车间当组长，还不太适应。”

王凯男：“小琴，你只要大胆点儿，就没问题，加油！”

春霞：“姐妹们，我有个事情想得到你们支持，我想开个渔家乐，以后我们姐妹们就有地方聚了。”

叶苗苗：“太好了，以后有地儿吃饭了。”

方贝贝：“苗苗你个吃货。春霞姐，我支持，我可以投资。”

春霞：“那倒不用。”

王凯男：“阿祥什么意见？”

秋霞：“他不太乐意，应该是怕我姐累着。”

王凯男：“只要有场所，春霞不用累着，姐妹连这么多人，可以轮流来帮忙。”

17-8　海滨书吧　夜　内

陈涌涛坐在濒海靠窗的桌位上，翻着一本书。

这时史茗走了进来：“涌涛哥！”

陈涌涛抬起头：“史茗，你怎么在这儿？”

史茗在陈涌涛对面坐下：“我约了一个朋友，你呢？”

陈涌涛：“我也是……哎，史茗，你夜里一个人出来，怎么阿兰也不陪你一起？”

史茗笑了一下：“有你在，我怕什么？”

陈涌涛：“没碰上我呢？你真是的。你在这里……还有朋友？”

史茗：“怎么没有？你，阿兰，姐妹连的其他姐妹们，不都是吗？”

陈涌涛：“我说你见的朋友是谁？”

史茗笑了起来：“你呢？你等谁？”

陈涌涛：“一个陌生的朋友。”

史茗笑着：“是‘涛声依旧’对吧？”

陈涌涛愣怔住了：“你怎么知道？”

史茗调皮地：“因为我见的朋友是‘神盾战舰’。”

陈涌涛恍然大悟：“原来你就是‘涛声依旧’，我还一直奇怪，这个神秘的QQ好友，好像很了解我的情况，不断给我安慰鼓励。”

两人相视一笑。

史茗凝望着陈涌涛：“你公司现在怎么样？”

陈涌涛：“还行。”

史茗担忧地：“你在网上不是告诉我，债务累累，压力很大吗？”

陈涌涛：“办企业，困难也是难免。”

史茗：“你别急，总会解决的，哎，你的头痛病还会犯吗？”

陈涌涛：“偶尔也会犯。”

史茗从包里取出一个大纸包，打开，是一包晒干的羊栖菜。

陈涌涛：“羊栖菜，你拿这干吗？”

史茗：“给你吃。”

陈涌涛不解地看着史茗。

史茗笑了，掏出一张纸递给陈涌涛：“吴大婶说能治百病，我上网查了，羊栖菜对好多病还真的有效，包括头痛病。”

17-9 街头 夜 外

陈涌涛与史茗并肩走在街头。

史茗打趣地："有一次在网上，你还一个劲儿地与我称兄道弟，还要煮酒论英雄。"

陈涌涛："哈哈，可以继续称兄道弟。"

史茗："现在从虚拟世界回到了真实世界了。"

陈涌涛："史茗，谢谢你的支持！"

史茗："我帮不上什么，也就宽慰一下你而已。"

陈涌涛："在我最低谷的日子，才发现自己很无助，需要别人的关心。"

史茗："以前都是你帮我，现在你最需要帮助的时候，我连微薄的力量都没有。"

陈涌涛："你这样就是在帮我。"

17-10 娱乐城大厅 日 内

王凯男与钱玲玲面对面站着，几个保安都站在钱玲玲身后。

钱玲玲："今天张彬不在，你也不要给他难堪，回家去吧。"

王凯男一笑："我是张彬请来的，你让我走我就走啊？那不是我王凯男的风格。"

钱玲玲："你自己看看，保安你也指挥不动了，他们不听你的，你留在这里还能干什么？"

王凯男："他们不听我的，还不是你的原因？"

钱玲玲脸色一变："王凯男，我不跟你谈原因，今天你走也得走，不走也得走。"

王凯男："釜底抽薪，你够狠！"

钱玲玲："你明白就好，请吧！"

王凯男沉思着。

钱玲玲："再不走的话，我让保安们请你出去，他们可没我这么文明了。"

王凯男向门外走去："好啊，钱玲玲，请你也出来看看吧！"

17-11　娱乐城门口　日　外

王凯男、钱玲玲走了出来，只见一班的叶苗苗、秋霞、方贝贝、郭小琴及其他班的女民兵列队站在门外，有几十人之多。

王凯男笑着向女民兵们招手。

钱玲玲大惊失色："王凯男，你想干什么？"

王凯男："没想干什么，我总不能当光杆队长吧，所以让女民兵来暂时接管保安职责。"

钱玲玲气得脸都变色了，大声朝里喊："都出来。"

保安与服务生都跑了出来。

王凯男："钱玲玲，你干什么？我们这些女民兵正想找地方练练身手呢！"

17-12　曹部长办公室　日　内

曹部长在办公室里踱步，眉头紧锁。

韩燕推门进来："曹部，到底出什么事了？"

曹部长生气地："王凯男又闹出事情了。"

17-13　娱乐城门口　日　外

娱乐城门口停着一辆警车，站着几个警察，还有许多看热闹的人，钱玲玲正在向一个警官告状，王凯男与女民兵们一旁冷眼看着。

方贝贝："凯男姐，干脆像上次教训小流氓一样，你领我们把这儿好好整治一番。"

叶苗苗："对，人多力量大，反正闲着也是闲着。"

王凯男："不行，那样就犯错误了，再说张彬人不错，对不起朋友的事不能做。"

张彬开车回来，他下了车，把警官请到一旁，向对方解释着，又把王凯男叫了过去。这时，韩燕赶来了，神情严肃，吹响了集合哨，女民兵们马上列队站好。

韩燕大声地："全体向左转，跟我走！"

女民兵们迟疑着，看看王凯男。

韩燕板着脸："执行命令，起步走！"

17-14　路上　日　外

韩燕带着女民兵们往前走，叶苗苗、秋霞、方贝贝、郭小琴急了，交头接耳一番。

秋霞跑到韩燕旁边："韩燕姐！"

韩燕不吭声。

秋霞："要是我们不帮凯男姐，她要吃眼前亏的。"

韩燕："你们这样不是在帮她，是在害她。"

方贝贝与叶苗苗也跑上来。

方贝贝："我们怎么会害她？"

叶苗苗："凯男姐是我们的班长。"

韩燕停下脚步："停！"

大家停下来，不知所措地看着韩燕。

韩燕："你们明不明白？你们这样做的负面影响，对凯男对连队都没好处，凯男的事我会管，你们放心吧！"

17-15　娱乐城休息室　日　内

王凯男独自坐在那里，神情失落。

张彬推门进来："凯男，那些保安被我骂了一顿，服贴了，钱玲玲这人就这样，你别往心里去。"

王凯男："钱玲玲这点儿小动作，我不在乎，我在乎的是韩燕拆我的台。"

17-16　昌业公司会客室　日　内

郭小琴陪着史茗、阿兰坐在会客室里，不一会儿，方贝贝走了进来。

史茗站了起来："贝贝……"

方贝贝阴沉着脸摇了摇头，史茗叹了口气，郭小琴与阿兰也面面相觑。

方贝贝懊恼地："我爸精得很，磨了半天不松口，本来他许诺我，我在姐妹连脱胎换骨后，让我当董事长，这样我就可以借钱给陈涌涛了，谁知道老方不讲信用。"

郭小琴："要不我们集资？"

史茗摇摇头："集资杯水车薪，解决不了问题，贝贝，谢谢你，你有心了。"

阿兰："那我们先回吧。"

方贝贝："要是韩燕姐或海奶奶出面，我爸和其他老板也许会给面子。"

17-17　海奶奶家小院子　日　外

海奶奶提着水壶在浇花。

史茗犹豫着走了进来："海奶奶！"

海奶奶转过身："史茗？"

史茗："韩燕姐在吗？"

海奶奶："不在，你有什么事？"

史茗迟疑了一会儿："您别让涌涛哥知道是我说的。我想，您能不能出面，请姐妹连的共建企业在资金上帮一下涌涛哥？"

海奶奶一下子愣住了，沉默良久。

17-18　保安公司总经理室　日　内

韩燕与保安公司包总坐在沙发上谈事情。

包总："韩连长，不好意思，还让你跑了两趟。"

韩燕笑了笑："包总，不要这样说，这事情还真谢谢你。"从包里取出一份资料递给包总，"王凯男是姐妹连的骨干，绝对是个人才，到你这儿太合适了。"

包总翻看着王凯男的资料。

17-19　王凯男家　日　内

黄昏时分，王凯男回到家，见父母亲端坐桌边，神情严肃。

王凯男有些奇怪："爸，妈，出什么事了？"

凯男妈看了看王大潮，不吭声。

王大潮："小男，你现在在做什么工作？"

王凯男："在一个朋友的公司搞安全管理呀。"

王大潮："花海娱乐城对吧？"

王凯男咯噔一下："是的。"

凯男妈："你一个女孩子，怎么好跑这种地方上班？"

王大潮："你不但瞒着我们去娱乐城上班，今天还差点儿闯大祸，小男，爸是要面子的人。"

王凯男："爸，妈，我在娱乐城做保安队长，又不是干坏事，堂堂正正，自食其力，不丢人！"

王大潮："别人不会这么想的，还有，你跟韩燕闹矛盾，她几次来希望你谅解，你就不能大度一些吗？你不回姐妹连，别人还以为你是逃兵呢！”

王凯男沉默了好一会儿。

凯男妈：“你跟韩燕和和气气不好吗？她也不容易，涌涛债欠大了，公司都办不下去了，你干吗跟她怄气？”

王大潮瞪了老婆一眼：“别瞎说！”

王凯男激动地：“爸，妈，我不是逃兵，人活一口气，我是为了维护荣誉，去娱乐城上班，我就是想好好整治不良现象，尽一个女民兵的责任。”说完饭也不吃，转身走了。

17-20　娱乐城保安值班室　夜　内

两个保安坐在监控屏幕前玩儿手机，韩燕则静静坐在一旁。

王凯男走进来，看见韩燕一怔：“是你找我？”

韩燕站起身：“凯男……”

王凯男朝两个保安打了个手势，两个保安离开了值班室。

王凯男：“韩连长，我们井水不犯河水好吗？”

韩燕：“你就不能和我心平气和谈谈？”

王凯男：“没什么好谈的，你走吧，我要上班。”

韩燕：“你就这么怨恨我？”

王凯男：“谈不上怨恨，我只是请你别再来打扰我。”

韩燕叹口气：“我不打扰你，我来就想问下你，你喜欢保安工作，去保安公司当教练怎么样？”

王凯男一愣：“什么意思？”

韩燕："保安公司需要你这样的人才，这工作更合适你。"

王凯男似笑非笑："嘿！韩大连长帮我找工作，想让我欠你的情，这样更好拿捏我了。"

韩燕："凯男，你多心了，你我是一个连里的姐妹，就不能关心关心你吗？"

王凯男："哈哈！关心？你还是关心一下你老公吧，他负债累累，公司都快倒闭了。"

韩燕吃了一惊，欲言又止。

17-21　海奶奶家小院子　夜　外

海奶奶坐在小院子想心事，韩燕从外面回来。

韩燕："妈，我回来了，涌涛回家没？"

海奶奶摇摇头："燕子，有件事，妈想和你商量一下。"

韩燕："您说。"

海奶奶犹豫了一下："我想把这个院子卖了。"

韩燕："妈，您什么意思啊？"

海奶奶："这院子太大了，我想卖了它，换个小点儿的房子，还可以多出一笔款子。"

韩燕："妈，是不是因为涌涛的事……"

海奶奶点点头："这段时间他也够呛。"

韩燕叹口气："这院子陪您一辈子了，卖掉怎么舍得？涌涛也不会同意的，再说老宅子也卖不上价钱。"

海奶奶："妈决定了，卖了吧，先别跟涌涛讲。"

韩燕沉默了一会儿，想了个对策："妈，真的不用，我听说涌涛已经贷到款了，问题不大了，您不用卖房子。"

17-22　韩燕房间　夜　内

韩燕与陈涌涛背对背靠坐在床沿两边，一个朝东，一个朝西。

韩燕："妈跟我商量，说想把这院子卖了。"

陈涌涛吃惊地坐起："天哪！这祖宅可是妈的命，绝对不能动，你怎么能同意呢？"

韩燕："我没同意。"

陈涌涛站了起来："我去跟她说。"

韩燕："不用去说了，我撒了个谎，说你解决得差不多了。"

陈涌涛："哦，这样就好，让妈放宽心，资金有的是，口袋里没有，银行里也有。"

韩燕站了起来："那你告诉我，到底有多少债务？"

陈涌涛坐了回去："又来了，办企业负点债叫资本经营。"

17-23　火车站　日　内

韩燕排在队伍中，徐徐走到去省城的检票口。

17-24　韩燕省城的家　日　内

韩燕与省军区老同事小林及一对青年夫妇站在客厅里。

韩燕对青年夫妇微笑着："我这小套，很合适你们住的，三四口人也不拥挤。"

青年夫妇笑着点头。

丈夫："那我们看看。"

韩燕："随便看吧，就是长久没住人了，灰尘多些。"

青年夫妇自顾自看了起来。

小林把韩燕拉到一边："真的马上要卖？"

韩燕："嗯，反正闲置着。"

小林："你这么急干吗？再放放，价格还会升。"

韩燕淡然一笑："房价现在也很不错了，卖吧……小林，谢谢你！"

小林："你在姐妹连怎么样？"

韩燕："挺好的，工作很充实。"

17-25 火车上 日 内

天色已黄昏，韩燕坐在返程的火车上，神情严峻。

17-26 陈涌涛公司门口 夜 外

公司大门紧闭，门口一片冷清，那块铜牌上被人贴了电费水费收缴通知单，韩燕站在门口，迟疑着，这时一个中年妇女提着包走了出来。

韩燕迎上去："刘会计，涌涛在吗？"

刘会计摇摇头。

韩燕："嗯，他到哪里去了？"

刘会计："讨债的刚走，陈总也出去了，没回家吗？"

韩燕："公司现在怎么样？"

刘会计："公司已经停业了，陈总筹了一笔款子，付了员工工资，员工也解散了。韩连长，这些你不知道吗？"

韩燕吃了一惊："我……我不是很清楚。"

刘会计点点头："我走了。"随后走开。

韩燕站在原地发一会儿呆，然后拿出手机给陈涌涛打电话。

17-27　海滩　夜　外

暗夜中的潮声此起彼伏，陈涌涛坐在海滩上吸烟，脚边落满烟蒂。这时手机响了，他也无心去接，响了好一会儿，手机铃声停息了，接着又响了。陈涌涛不耐烦地掏出手机一看，是韩燕来电。

17-28　陈涌涛办公室　夜　内

陈涌涛站在窗边吸烟，韩燕站在一旁。

韩燕："涌涛，公司都这样了，你还一个人死撑。"

陈涌涛："我不撑谁撑？"

韩燕："人家在拼命逼债，你怎么办？"

陈涌涛："本来缓两个月，我就能喘过气来，但对方摆明了想要我的公司和养殖场。”

韩燕叹了一口气：“我……去了趟省城。”从包里取出一张银行卡递给涌涛，“拿着。”

陈涌涛没去接：“什么？”

韩燕：“钱。”

陈涌涛：“就你那几万块钱没什么用，留在家里吧。”

韩燕：“这是卖房子的钱。”

陈涌涛有些茫然：“什么？卖房子？房子卖了？！”

韩燕：“嗯！”

陈涌涛吃惊地：“你疯了，我不是跟你讲明白了嘛，叫你千万不能同意妈这个想法，你怎么不劝她？”

韩燕：“我卖的是省城的房子，青岙这个老宅我能动吗？”

陈涌涛生气了：“卖房子这么个大事，再怎么也要事先跟我商量吧？”

韩燕也不高兴了：“你转业回青岙，辞职下海，包括现在到底欠债多少，你和我讲过吗？我卖这房子，也是为了帮你。”把银行卡往桌子上一甩，转身走了。

17-29　路上　日　外

清晨，王凯男领着保安队员在跑步。

大家喊着自编的晨跑歌，王凯男喊一句，保安们接一句——

王凯男：“东方日出起得早。”

保安们：“排着队伍去晨跑。”

王凯男：“1234，天气如此好！”

保安们：“1234，训练不可少！”

王凯男：“学习青岙女民兵。”

保安们：“谁说保安不是兵。”

王凯男：“1234，保持秩序好！”

队员们：“1234，正气不能少！”

王凯男：“哦，快些跑！”

保安们：“哦，快些跑！”

路人都好奇地看着。

一路人：“怎么一个女的领着一群男的跑步？”

另一路人：“人家是姐妹连的女民兵，厉害着呢！”

韩燕骑自行车经过，刚好碰见王凯男领着队伍跑过，便停下来看着。

17-30　连长办公室　日　内

韩燕在办公室墙上挂了几张地图，有青岙的、全省的、全国的，地图上贴了许多小红旗，上面写着每个女民兵的名字，有王凯男、叶苗苗、春霞、秋霞、方贝贝、郭小琴、阿兰、史茗等年轻一代，有赵彩花等中年大嫂兵，有李奶奶等老一代奶奶兵。

这时门外响起敲门声，韩燕走去开门，竟见凯男妈站在门外。

韩燕：“阿姨？”

凯男妈走了进来："韩连长，不好意思，我不好去打扰海奶奶，只好来找你了。"

韩燕："坐下慢慢说。"

凯男妈坐了下来，韩燕给她倒了一杯水。

韩燕："阿姨，到底出了什么事？"

凯男妈："我们老头子前两天骂了小男，她一生气，就搬出去住了，也不回家，我都担心死了。"

韩燕安慰她："别着急，凯男是个有主见的人，不会出什么事。今天早上我看见她了，在训练保安，训练得挺不错。"

凯男妈："在那个地方上班，我怎么不担心？"

韩燕："我调查过了，那个娱乐城的老板张彬，为人还正派，凯男在那儿，乌烟瘴气的事都少了许多。"

凯男妈还是担心："她一个姑娘家，身上又没多少钱，住哪里去了呢？连彩花都不知道。"

韩燕："我帮你去了解一下，你先放宽心。"

17-31　陈涌涛办公室　日　内

陈涌涛与王大潮、阿祥坐在办公室里谈事情。

阿祥："陈总，我出海一回来，大潮叔就跟我说了，我帮你联系了一笔生意，但要两个月后。"

陈涌涛沉默不语。

王大潮："涌涛，是不是来不及了？"

陈涌涛："阿祥，谢谢你！在这之前，我得先把借贷公司的事解决掉。”

刘会计走了进来，手里拿着涌涛交给她的银行卡：“陈总，对方说利滚利，加上违约金，这些还他们还是不够。”

陈涌涛面色一变：“混账！他们这是要抢吗？”想了想，“这样吧，把其他养殖户股东的投资给支付了，他们的利益先保住。”

刘会计：“那你怎么办？”

陈涌涛：“兵来将挡，水来土掩！”

刘会计走了出去。

王大潮沉着脸：“他们胃口太大了，想一口吞掉我们的养殖场啊！”

阿祥：“这么好的养殖场，要是被人拿走，那太可惜了。”

17-32　春霞家　日　内

春霞和秋霞把家里的餐具分成两大堆。

门外响起阿祥的声音：“老婆，我回来了。”说着跨进了门。

秋霞朝春霞递了个脸色，两人都板着脸不吭声。

阿祥：“你们在做什么啊？”

春霞秋霞依然忙自己的事。

阿祥：“春霞，怎么不说话？这是……做什么呢？”

春霞：“分家。”

阿祥：“分什么家？”

秋霞：“跟你分家啊，这堆是你的，那堆是我姐的。”

阿祥吃了一惊：“什么？跟我分家？”

春霞点点头。

阿祥急了："春霞，我哪里得罪你了？我现在的表现秋霞也知道的。"

秋霞与春霞都忍不住笑了。

春霞："看把你吓的，我分的家，一堆归家里，一堆归渔家乐。"

阿祥："渔家乐？"

秋霞："我姐跟你讲过的，她要办渔家乐，你要不支持，她就跟你分家。"

春霞："就是，连里的姐妹们很支持，餐具、桌椅都帮我备好了，现在就缺个场所。"

阿祥："支持，我也支持，不过你不能操劳，我们现在都用铁壳船，以前那条小渔船还在，稍微修整一下，给你办渔家乐，怎么样？"

春霞笑了："这还差不多，我就用这小渔船当餐厅，还挺有特色呢。"

阿祥："这次出海，我船上几个股东都想把船卖了，跟人合伙造大渔轮，搞远洋捕捞，你俩有什么建议？"

春霞、秋霞吃了一惊，一下子不知如何回答。

17-33 码头 日 外

韩燕与春霞站在码头上说话，码头停着一艘小渔船，几个工人正在更换甲板装修门面。

春霞："凯男住在秋霞那儿，她叫我们别告诉她爸妈，过段时间，她会回家的。"

韩燕："那就好，这样她妈妈也放心了。我看到凯男带保安跑步，还编了个口号词，有才啊！"

春霞："她说是张彬编的。"

韩燕："哦……春霞，你的渔家乐叫什么名字？"

春霞："还没起名，韩燕姐，要不你给起一个。"

韩燕："服务的，厨房的，基本上是我们女民兵轮流吗？"

春霞："是的。"

韩燕沉思了一下："'飒爽英姿五尺枪，曙光初照演兵场。中华儿女多奇志，不爱红装爱武装。'那就叫'飒爽英姿渔家乐'吧！"

17-34　射击馆　日　内

王凯男与秋霞戴着护耳罩，在射击馆举枪射击活动靶，枪声砰砰大作，一轮射击结束，两人摘下护耳罩。

王凯男："秋霞，你的枪法有进步，再练练，就会跟上来了。"

秋霞："这种场所太高档，经常来练消费不起。"

王凯男掏出一张金卡："没事，有张彬的会员卡呢。"

秋霞："这张彬够大方的，凯男姐，他是不是喜欢你？"

王凯男："瞎说！我跟他虽是朋友，但是两个世界的人，倒是你和丁刚，我也蛮看好的。"

秋霞一下红了脸："你别开我玩笑。"

王凯男："哎，秋霞，几时有空，约上一班的姐妹，一起去看看丁刚。"

秋霞不好意思地："你们去，我不去。"

17-35　王凯男家　日　内

凯男妈与韩燕坐在屋里说事情。

韩燕："凯男住在一个女民兵那儿，她们也算是我们连队的结对子一帮一，您大可放心吧！"

凯男妈放心地点点头："我家小男都这个岁数了，还一直单身，彩花她们都给她介绍过几个，一个都没成，唉！"

韩燕："感情婚姻靠缘分，急不来。"

凯男妈："她妹妹都有娃了，我能不急吗？"

韩燕："凯男是个优秀的姑娘，要配她也得要像模像样的人，说不定碰上这人了，一下就对上眼了。"

17-36　码头大排档　夜　外

阿祥与三个船股东坐在码头大排档喝酒。

股东甲："阿祥，你请我们喝酒，有没有什么好事？快当爸爸了对吧？"

阿祥点点头："是呢，总算快当爸爸了，这是个大事。"

股东乙："你可以一胎二胎三胎接着生。"

股东丙急了："讲讲正事，上次我们讲的卖船造渔轮，你们考虑得怎么样了？”

股东甲：“没问题，就这么定。”

股东乙：“马上动手落实。”

股东丙：“阿祥你呢？”

阿祥：“远洋捕捞一年半载都回不了家，看不到老婆孩子，怎么活呀？我就不参与了。”

三个船股东面面相觑，然后喷笑出来。

股东甲：“阿祥，你开什么玩笑？你这个老婆霸变成老婆奴了？”

阿祥尴尬地笑着。

股东乙：“你准备继续搞近海捕鱼？”

阿祥摇摇头：“我退了股，就在陆上找个事做，不做渔民了。”

股东丙：“完了，完了，你老婆给你灌了什么迷魂汤？连船老大都不干了。”

股东甲：“还迷魂汤？说不定是洗脚水。”

三人哄堂大笑。

17-37 姐妹连大门口 夜 外

韩燕走出姐妹连门口，见陈涌涛靠在他的吉普车边吸烟。

韩燕：“涌涛，你在这儿干吗？”

陈涌涛：“来接你呀。”

韩燕奇怪地：“太阳从西边出来了。”

陈涌涛：“夜里没太阳，只有月亮。”

17-38 吉普车上 夜 内

陈涌涛开车下山，车到山脚时，停了下来。韩燕坐在副驾驶室上狐疑地打量陈涌涛。

陈涌涛：“燕子，我对不起你和儿子！”

韩燕：“什么意思啊？”

陈涌涛：“因为我，省城的家没了。”

韩燕：“房子没了，以后可以再买，我们现在在青岙安家，也还不错。”

陈涌涛点点头，继续开车。

韩燕：“债还得怎么样了？”

陈涌涛：“还欠一些。”

韩燕：“要不要拿青岙的房子抵押贷款？”

陈涌涛正色道：“这事绝不能干，我想别的办法。”

17-39 陈涌涛办公室 日 内

外面在哗哗下雨，借贷公司的男子带着一帮子人挤在陈涌涛办公室里，陈涌涛坐在办公桌前一动不动。

男子把一份协议拍在桌子上：“签了吧，今天开始，你的公司跟养殖场都归我们了。”

陈涌涛：“你吞得下吗？我欠你的只剩尾款了。”

男子：“怎么吞不下？这可不是我黑你，跟我借款时你就要想好，我这个利息是很厉害的。”

陈涌涛站起身往外走，被那帮人拦住。

男子拉下脸："和和气气签了，你就可以离开，要不今天你把尾款连本带利还了，不然的话，我们可不是吃素的。"

这时，阿祥穿着雨衣浑身湿淋淋地闯了进来，嚷嚷着："不吃素，就滚吧！"

男子呵斥："你什么人？"

阿祥把一个大提包往办公桌上一放："想动武？我可以把青岙的渔民都喊来，不够的话，陈总的老婆是姐妹连连长，带上一连扛枪的女民兵，你想吃素吃荤都够了吧？"

这帮人有些慌了。

男子铁青着脸："欠债还钱天经地义，你要聚众打人，这是犯法。"

陈涌涛："阿祥，你回去，这里没你的事。"

阿祥摆摆手继续："你放高利贷就合法吗？欠你债也没不还，现在就还你。"说完拉开袋子，只见满满一袋人民币，又掏出两张银行卡拍在桌子上。

17-40　陈涌涛公司门口　日　外

讨债大军灰溜溜地上车走了。

陈涌涛惊喜若狂，冲到雨中，仰头迎接着大雨的冲刷。

阿祥站在雨棚下冲陈涌涛喊："回来吧，别淋感冒了。"

陈涌涛跑了回来，阿祥从兜里掏出一瓶小二锅头，喝了半瓶，又递给陈涌涛，陈涌涛咕噜噜喝光，把空瓶使劲儿扔进雨幕。

17-41 陈涌涛办公室 日 内

陈涌涛拿着毛巾擦干脑袋，阿祥正在倒水喝。

陈涌涛："阿祥，你真是及时雨，谢谢你为我解围！"

阿祥："客气什么，一家人不说两家话！"

陈涌涛："你这么多钱哪来的？"

阿祥："我把船卖了，把股份退了。"

陈涌涛吃了一惊："那你以后怎么办？"

阿祥："靠你了。"

陈涌涛不解地："靠我？"

阿祥点点头："陈总，我阿祥的家底都拿来了，我是来投奔你的，以后就跟你干了。"

陈涌涛愣怔住了："你说真的？"

阿祥："还诳你不成？我阿祥可是个响当当的船老大。"

陈涌涛眼眶湿润了，感动得说不出话。

阿祥急了："你给我个态度啊？"

陈涌涛："阿祥，你雪中送炭我很感激，可这是你的全部家底啊，跟我搞养殖是有风险的。"

阿祥："干什么没风险，我们做渔民风里浪里的，有时候命都会留在海里，我说跟你干，是看中你陈涌涛的为人与担当，也看中你养殖场的前景。"

陈涌涛激动地握住阿祥的手："好，阿祥兄弟，我们一起大干一场！"

这时，王大潮带着那几个养殖户股东与一帮员工，拿着棍棒，落汤鸡似的冲了进来。

王大潮："那帮家伙呢？"

陈涌涛哈哈大笑："哈哈！老王，你们来得正好，我宣布，巡洋舰深海养殖公司今天重新开启！"

17-42　渔家乐渔船甲板上　夜　外

渔家乐渔船紧靠在码头上，渔船与码头之间架了小木桥，船上则插着一面红旗，上写"飒爽英姿渔家乐"几个字。

今天是新灶开火，甲板上搭起了凉棚，摆了好几桌，桌上已上了凉菜，席间坐着王凯男、春霞、秋霞、叶苗苗、方贝贝、郭小琴、阿兰等女民兵，大家叽叽喳喳地聊着，史茗则把手机置在长杆上，准备开始抖音直播。

王凯男："飒爽英姿渔家乐，这名字起得好！"

春霞："这是韩燕姐起的。"

王凯男不吭声了。

秋霞："韩燕姐怎么还没来？"

王凯男皱了皱眉头："还叫了韩燕？她来我可就走了。"

这时韩燕牵着小海，已踏上小木桥，也听到了王凯男的话。

韩燕："凯男，我来你就走，这显得你也太㞞了。"

王凯男不悦地："笑话！我会㞞？谁怕谁啊！"

韩燕走到桌前："你真不㞞？"

王凯男："你别挑衅我！"

众人都紧张地看着二人，春霞忙拉韩燕坐下，小海也奇怪地看着妈妈与凯男阿姨。

韩燕:“那我们借今晚的机会,来个渔家乐比武,你敢吗?”

王凯男冷笑:“比就比!”站起身拉开架势,“放马过来!”

韩燕笑着:“拍武打片不合适,拳脚对练,会把春霞的场地打坏的,今晚渔家乐新灶开火,要比就比厨艺。”

王凯男:“好!不就是看谁烧的菜更好吃嘛!”

史茗对着手机屏幕:“兵粉们,飒爽英姿渔家乐韩王大比武开始直播,比试的是姐妹连连长韩燕和一班班长王凯男。”

17-43 渔家乐渔船厨房 夜 内

韩燕与王凯男穿戴上厨师帽服,嘴上戴了透明卫生罩,并排站在各自的灶台上开火炒菜,炒好之后,两边分别有一个女民兵端菜送到门口桌台,外面传菜的女民兵再捧菜上桌。

外面不断喊起传菜者吆喝的菜名:“清炒羊栖菜,海带炒鱼饼……酱蒜蒸鳗鲞,家常焖海杂鱼……”

17-44 渔家乐渔船甲板上 夜 外

韩燕、王凯男烧菜结束,脱了厨师服,出来站在桌前。

春霞拿着手机:“我们吃菜的姐妹建了个微信群,每次上来两道菜,我们各人给一道菜点赞,最后公布了韩燕姐和凯男烧的是什么菜,再相加各自点赞数。”

秋霞、叶苗苗、方贝贝正拿着手机在计票。

叶苗苗：“奇怪！是不是我计票算错了？

方贝贝：“怎么是平票？”

叶苗苗：“我也是。”

秋霞：“是平票！”

众人愣怔一下，然后哈哈乐了。

小海突然嚷嚷起来：“我还没投票呢。”

春霞：“小海，你也想投？”

小海点点头。

秋霞：“这么多菜咋办？要不小海就投两个主菜，红烧黄花鱼，豉油蒸剥皮鱼，一票定输赢，大家看怎么样？”

众人纷纷点头：“好……行……可以……”

小海指指红烧黄鱼，笑着看了看韩燕：“这是妈妈烧的。”

王凯男耸耸肩，觉得自己已经输了。

小海又指指豉油蒸剥皮鱼：“这个好吃，我好喜欢吃。”又冲王凯男做了个鬼脸。

韩燕摇摇头：“凯男赢了！”

春霞：“韩燕姐，凯男，你们快坐下来吃。”

大家坐下来继续吃菜。

王凯男看向韩燕：“我赢得侥幸，我们再加一局，比喝酒，敢吗？”

韩燕：“上次苗苗补考合格，你那醉样，可还记得？”

王凯男尴尬地：“那是你捡了便宜。”

方贝贝跑进船舱，拿来两顶已洗干净的钢盔：“来个啤酒盖帽大赛。”

王凯男：“好！”

韩燕无奈地：“好吧！”

方贝贝、叶苗苗她们往钢盔里哗哗倒啤酒，韩燕与王凯男捧起满满一钢盔啤酒牛饮起来，喝光后，二人把钢盔戴到自己头上亮相。

然后继续倒酒，二人又继续喝，这一轮韩燕速度明显慢了，王凯男喝光后，把钢盔倒过来在那等韩燕，韩燕终于喝光，二人又把钢盔戴到自己头上亮相。

韩燕摸摸肚子：“好胀，喝不下了。”

众人哪里能放过，又嘻嘻哈哈地往钢盔里倒啤酒，韩王二人捧着钢盔继续喝，王凯男的速度也有所下降。

韩燕喝了少量后，实在喝不下了：“肚子真的装不下了，我认输！”

这时王凯男突然加快速度，一会儿就喝完了，把空钢盔戴在头上。

大伙嚷嚷着：“韩燕姐盖帽！盖帽！盖帽！”

韩燕无奈，又喝了几口，然后把一钢盔啤酒倒扣在头上，浇成了落汤鸡，大伙喝彩起来，王凯男则伸手比了个V，以示胜利。

小海也笑着拍手嚷嚷：“妈妈洗头喽！”

秋霞赶紧给韩燕递上毛巾擦干头发、衣服。

春霞笑着：“凯男姐的肚子好惊人，能装这么多！”

秋霞也笑着：“这肚子装几个娃没问题，以后能生双胞胎。”

大家哄堂大笑。

王凯男涨红着脸：“秋霞，你胡说啥？酒是喝到胃里去的，亏你还是学医的。”

大家又笑了。

韩燕：“凯男这酒量，在姐妹连就算不是第一，也在前几位，我服了！”

史茗对着手机屏幕：“兵粉们，飒爽英姿渔家乐韩王大比武结束了，韩燕连长惜败，王凯男班长双连冠！”

第十八集

18-1　韩燕房间洗手间　夜　内

韩燕趴在马桶上吐着，她刚出去，陈涌涛又冲了进来，也趴在马桶上吐着。

18-2　韩燕房间　夜　内

韩燕与陈涌涛靠在椅上歇息，海奶奶与小海站在一边。

海奶奶："你俩怎么喝成这个样子？"

小海："妈妈和凯男阿姨，还有春霞阿姨、秋霞阿姨、苗苗阿姨、贝贝阿姨、阿兰阿姨、小琴阿姨、史茗阿姨，很多阿姨，在飒爽英姿的船上，盖帽盖帽盖帽，妈妈输了，酒从头上倒下来。"

海奶奶一脸茫然："小海，你在说什么？我头都听晕了。"

韩燕："妈，是春霞开了个……渔家乐，我和凯男……比烧菜……比酒量，我输了，盖帽……就是喝酒……”

小海：“妈妈和凯男阿姨比烧菜，本来打平手，我投给凯男阿姨了，妈妈对不起！”

韩燕一笑：“小海做得很棒！”

海奶妈终于听明白了：“燕子，这么说，你和凯男喝酒了？”

韩燕点点头：“嗯！”

海奶奶露出了欣慰的神情：“公家的酒，人情的酒，一口都喝不得，可今晚这酒，喝得好！”又转向陈涌涛，口气一变，“涌涛，你不要喝酒，妈知道你压力大，但借酒浇愁不好。”

陈涌涛：“妈，燕子，我高兴……真的高兴……大家庆祝……不醉不归……”说着说着打起了呼噜。

18-3　韩燕房间　日　内

天还蒙蒙亮，陈涌涛一觉醒来，发觉他与韩燕都躺在大床上，他小心地不去惊醒身边的韩燕，悄悄起来直奔公司。

18-4　陈涌涛公司　日　内

陈涌涛脱去外套，撸起袖子，拿着拖把、抹布，在各个办公室里拖地、抹桌子，打扫得干干净净，然后满意地笑了。

18-5　曹部长办公室　日　内

曹部长与陈涌涛坐在部长办公室里。

陈涌涛：“曹部长，无事不登三宝殿，我今天是来请你帮忙的。”

曹部长：“涌涛，你公司的事我也多少知道一些，你不愧是个军人，直面困难不求助，但需要我们帮助的，我会尽量帮，你尽管说。”

陈涌涛：“曹部长，退伍军人还没安置的，我都要了，以后每年安置退伍军人，也请考虑我们公司。”

曹部长不解地：“你想招工？”

陈涌涛点点头：“是的，退伍海军优先，其他退伍军人也要。”

曹部长不解地：“我听说你公司……好像停业了？”

陈涌涛笑了笑：“困难彻底解决了，公司重新启动了，接下来就是大踏步向前走！”

18-6　张彬办公室　日　内

王凯男与张彬在办公室里聊天。

张彬：“你和韩燕在渔家乐比武的直播我看了。”

王凯男：“哦？讲讲你的观后感。”

张彬笑着：“就觉得你好厉害，韩燕输得心服口服。”

王凯男得意地：“那都不算什么，要是比枪法比格斗，她连比都不敢跟我比。”

张彬竖起大拇指：“果然文武双全，凯男，什么时候能尝尝你烧菜的手艺。”

王凯男：“这个嘛，得看心情。”

张彬：“谁娶到你就赚了！”

王凯男面色微微一红，刚要说话，钱玲玲闯了进来。

钱玲玲一脸狐疑，哼了一声：“谁要娶谁啊？”

张彬连忙掩饰：“没有，在谈保安工作。”

18-7　赵彩花家客厅　日　内

赵彩花捧着手机，在看姐妹连的抖音视频，看得哈哈大笑。

叶苗苗从卧室出来：“妈，谁点了你的笑穴？”

赵彩花笑着：“凯男和韩燕。”

叶苗苗看了一眼赵彩花的手机：“哦，渔家乐的事呀，你没看直播？”

赵彩花摇摇头。

叶苗苗：“拼厨艺其实半斤八两，拼酒量韩燕姐就输惨了。”

赵彩花：“要是我在，她输得更惨，苗苗，跟妈具体讲讲。”

这时门铃响了。

叶苗苗跑去开门，见韩燕站在门外：“韩燕姐，你真是曹操，进来进来！”

韩燕走了进来：“彩花姐！”

赵彩花不冷不热地：“韩连长来了。”转身去给韩燕倒水。

韩燕：“彩花姐，我们不用客套，叫我韩燕得了。”坐了下来，“苗苗，为啥说我是曹操？”

叶苗苗：“说曹操，曹操到，我和我妈正说到你，你就来了。”

韩燕：“在说什么？”

赵彩花急忙给叶苗苗使眼色，苗苗却自顾自地说了。

叶苗苗："在说渔家乐韩王比武呢。"

韩燕呵呵一笑："凯男赢得爽，我输得也爽。"

赵彩花不解地："输了还爽？"

韩燕："输给自己姐妹当然爽呀，再说一钢盔啤酒浇下来，你说凉爽不凉爽？"

韩燕这个神回复，惹得赵彩花与叶苗苗都笑了。

赵彩花："凯男现在……到底算退连了还是没退连？"

韩燕："凯男不是真想退连，她是心里有气，我也没同意她退连，我相信她会回来的。"

赵彩花看了看韩燕，神色舒缓了很多。

韩燕："彩花姐，你现在在做什么事？"

赵彩花叹口气："待在家里，跟苗苗大眼瞪小眼。"

韩燕："苗苗，你要是不复读，那就先找个工作吧。"从包里取出几张招聘广告，"你看看，有没你喜欢的工作？"

18-8　吴大婶杂货店门口　日　外

吴大婶与史茗坐在杂货店门口，史茗拿着一本书在看。

吴大婶："阿兰上班去了，委屈你跟我管小店。"

史茗微笑着："不委屈，天天能看到大海，这样挺好的。"抬头望向远处，看见陈涌涛大步流星走来，忙站了起来。

陈涌涛还未走到跟前，就向史茗招手："史茗！"

史茗："涌涛哥，你怎么来了？"

陈涌涛："我来看看羊栖菜海田。"

史茗忙向吴大婶介绍："吴大婶，这是韩燕姐的爱人陈涌涛。"

陈涌涛："吴大婶您好！"

吴大婶急忙点头："你好！"进去给陈涌涛泡茶水。

史茗："待会儿等阿兰回来，我们带你去吃羊栖菜小吃。"

陈涌涛："下次吧，我还得去趟灯塔礁，那儿有个管灯塔的老军人，叫陈明亮……"

吴大婶端着茶杯刚要递给陈涌涛，一听这名字，浑身一抖，杯子失手掉在地上打得粉碎。

吴大婶反应过来："哎呀！不好意思，手脚不灵光了。"

史茗急忙拿起扫把将碎玻璃扫进垃圾斗。

18-9 海滩 日 外

远远望去，海上有一大片羊栖菜海田，陈涌涛与史茗仔细凝望着。

史茗看向陈涌涛："涌涛哥，这么说，你东山再起了？"

陈涌涛微笑着："是啊！云开雾散终有时，我还想邀请你加盟我公司呢，你愿意吗？"

史茗："我能做什么呢？"

陈涌涛："你给姐妹连做的抖音视频就很好，还有你英文水平好，文字功底厚，是个人才。"

史茗想了想："那我……试试。"

18-10 阿兰房间 夜 内

阿兰与史茗躺在小房间的两张小床上聊天。

阿兰："大婶今天好奇怪，情绪很低落。"

史茗："嗯，我也看出来了。"

阿兰："今天有没有发生什么事？"

史茗："没有啊，就涌涛哥过来，他公司重新开业，叫我去他那儿上班。"

阿兰："你去上班了，我又一个人了。"

史茗："我有空来看你，你有空也去看我，好不好？"

18-11 韩燕房间 夜 内

夜已深了，忙了一天的陈涌涛才回家，他蹑手蹑脚开门进来，韩燕已经熟睡了。

18-12 韩燕房间 日 内

天一亮，韩燕准时醒来，发现陈涌涛不在，不知早早走了还是一夜未归，不由得皱了皱眉。

18-13 海奶奶家堂屋 日 内

韩燕从卧室出来，发现陈涌涛系着围裙，烧好了早餐，正端着白粥、馒头、小菜上桌。

陈涌涛："起来了。"

韩燕诧异地："你今天怎么啦？"

陈涌涛一笑："我起来早，就把早餐煮了。"

这时海奶奶与小海也起来了，从屋里出来。

海奶奶也奇怪地："涌涛，你这是破天荒第一次呀。"

陈涌涛笑着："坐下来吃饭，我有个好消息宣布。"

一家人坐下来吃早餐。

韩燕："是不是公司情况有所缓解？"

陈涌涛："不是有所缓解，是大转折。"

18-14　春霞家　日　内

阿祥穿上了一套崭新的西装，春霞站在他跟前拿梳子给阿祥梳头发。

春霞笑着："你今天像新郎官。"

阿祥很不自然："别扭死了，还是穿以前的衣服自在。"

春霞白了阿祥一眼："你今天第一天上班，要注意形象。"

阿祥："是，是，以后我就跟涌涛有样学样。"

18-15　海奶奶家堂屋　日　内

陈涌涛边吃早饭边把公司情况讲了讲后，韩燕与海奶奶这才明白。

韩燕：“阿祥把家底全交给你了，凯男爸把他的养殖场也合并到你公司了，是这样吗？”

陈涌涛点点头。

海奶奶：“涌涛，你肩上责任更大了，要好好干，干出个样子来。唉！你们呀，都瞒着我，涌涛山穷水尽了瞒我，燕子卖了省城的房子也瞒我，我这老太婆是不中用了。”

韩燕连忙解释：“妈，当时不敢告诉您，是怕您一着急，把祖宅也卖了。”

小海：“奶奶，爸爸妈妈也瞒着我，我也不中用了。”

小海这一说，让一家人都笑了。

陈涌涛：“妈，我还有事请您指导、帮忙呢！”

海奶奶：“什么事？”

陈涌涛：“我准备建一个大型的羊栖菜养殖海田，您以前不是带着女民兵养海带嘛。”

海奶奶双眼一亮，连连点头：“对，对，这方面我的经验可丰富了，养羊栖菜，你要是缺人手，像彩花、阿丁嫂她们，都是一把好手。”

18-16　叶苗苗卧室　日　内

叶苗苗和衣躺在床上，拿着手机玩儿游戏。

赵彩花推门进来：“苗苗，你就玩玩玩，你妈我都要上班去了，你还不想着找工作。”

叶苗苗坐了起来："妈，你去哪里上班？"

赵彩花："陈涌涛的公司，要不你也跟我到他那儿上班得了。"

叶苗苗把头摇得跟拨浪鼓似的："不行，不行，我才不跟你一个单位呢，我应聘去。"

18-17　某公司会议室　日　内

叶苗苗来到某公司应聘，坐在会议桌前，她的对面坐着一男一女两个面试官。

男面试官看了叶苗苗的简历："抱歉！我们的前台文员需要大学学历。"

女面试官："还需要有工作经验。"

18-18　另一公司接待室　日　内

叶苗苗坐在人事经理对面，希冀地看着对方。

人事经理："你是女民兵？"

叶苗苗连连点头。

人事经理："我们是招聘，不是征兵。"

18-19　医院门口　日　外

叶苗苗低垂着头，懊丧地走着，走到医院门口时，一个女孩的哭声引起了她的注意。

叶苗苗走了过去："你怎么了？"

旁边一个看热闹的人接口："她钱被偷了。"

叶苗苗劝慰哭泣的女孩："你回家吧，在这里哭也没用。"

女孩却哭得更响亮了。

叶苗苗发现女孩穿着昌业公司的工作服，便问："你是昌业公司的？郭小琴认识吗？"

女孩哭着说："她是……我们组长。"

叶苗苗："你叫什么名字？"

女孩："阿菊。"

叶苗苗掏出手机给郭小琴打电话："小琴，你们公司的阿菊钱被偷了……"

18-20 星巴克 日 内

叶苗苗把阿菊带到医院门口隔壁的星巴克等郭小琴，这时她看到墙上一个"本店招聘服务员"的启事。

一会儿，郭小琴赶来了。

郭小琴走到阿菊身边："阿菊，多少钱被偷了？"

阿菊见了郭小琴，又哭了起来。

郭小琴连忙哄她："不要哭，不要哭。"

阿菊抹着眼泪："我给我妈买药的钱被偷了，她就在医院里等我的药。"

郭小琴二话不说，拉起阿菊就走："我们先去买药。"转向苗苗，“苗苗，我们先走了。”

叶苗苗：“好的！”见郭小琴二人离开，便走到招聘启事前仔细看着。

店长走过来：“是不是想应聘？”

叶苗苗点点头，心虚地：“我没大学学历，没工作经验，我是个女民兵。”

店长：“姐妹连的女民兵？”

叶苗苗：“是的！”

店长爽快地：“女民兵好，你被录用了。”

18-21　医院走廊　日　内

走廊一角，阿菊娘病恹恹地躺在一张狭窄的小钢丝床上，面色蜡黄，阿菊爸正在喂阿菊娘吃药，阿菊与郭小琴默默无语地站在几米开外。

阿菊的目光无助而哀怨:“我妈病重，但是……没钱住院。”

郭小琴：“需要多少？”

阿菊：“大概七千吧。本来我还有些工资，可公司说我是新工人，押下三个月工资当保证金，只发饭菜票。”

郭小琴：“哦，那三个月后就不会押了。”

阿菊摇摇头：“现在老工人每个月也扣留存工资。”

郭小琴：“咦，我的怎么没扣？”

阿菊：“还不是你和方贝贝关系特殊嘛。”

郭小琴愣怔在那里。

18-22　方昌业家门口　日　外

郭小琴站在方贝贝家门口给她打电话，方贝贝突然从郭小琴背后窜出来，掩住她的眼睛。

郭小琴：“贝贝？”

方贝贝松开手：“我一个人无聊死了，你陪我去玩儿吧。”

郭小琴：“我要上班。”

方贝贝：“上班还溜出来？”

郭小琴低下了头：“我想……跟你借点儿钱。”

方贝贝：“借什么借，我奖励你五百。”掏出手机，发了五百元到小琴微信。

郭小琴张嘴还想说什么。

方贝贝嘿嘿一笑：“别赚少，也就我吃你这一套，讨债鬼！”

郭小琴只得把嘴里的话咽了回去。

18-23　方昌业办公室门口　日　内

郭小琴在总经理室门外走廊里徘徊犹豫，不时抬头看向方昌业的办公室，不时又低头看着脚尖，终于鼓起勇气走到方昌业办公室门口，举手想敲门，又垂落下来。

这时，方昌业刚好开门出来：“小琴？你找我……”

18-24　方昌业办公室　日　内

郭小琴跟方昌业走进办公室，站在那儿局促不安。

方昌业：“找我什么事？”

郭小琴紧张地：“方……方总，今天……是母亲节。”

方昌业奇怪地打量郭小琴：“你说什么？”

郭小琴：“今天母亲节，可阿菊的母亲得了重病，没钱住不了医院，能不能把她的工资先发给她？”

方昌业想了想：“需要多少？”

郭小琴：“六千。”

方昌业皱了皱眉：“阿菊的工资没有这么多。”

郭小琴：“不足的用我工资抵。”

方昌业写了一张字条递给郭小琴：“去财务领。”

郭小琴：“谢谢方总！”转身欲走。

方昌业喊住她：“郭小琴！”

郭小琴转身看着方昌业。

方昌业：“你要明白，这是破规矩的，我卖你面子，是让贝贝开心。”

郭小琴点了点头：“嗯，谢谢！”

18-25　昌业公司门口　日　外

郭小琴把钱塞到阿菊手里，阿菊激动得落泪了。

郭小琴：“你去医院找秋霞，我跟她讲好了，你妈住院她会帮着安排好。”

18-26 海奶奶家小院子 日 外

韩燕走进院子，她今天提前回家，手里捧着康乃馨，提着鱼肉蔬菜，此时海奶奶不在家，去接放学的小海去了。

18-27 海奶奶家厨房 日 内

韩燕系着围裙，在厨房里洗菜、切菜、炒菜，准备晚餐。

一会儿，小海与海奶奶回来了，外面响起了说话声——

海奶奶：“小海，我们回家了，你快去做作业。”

小海：“好！”

18-28 海奶奶家堂屋 夜 内

海奶奶、韩燕、小海坐在桌前，桌上摆了丰盛的菜肴。

小海：“爸爸是不是不回家吃？”

韩燕拿起手机给陈涌涛打电话：“你怎么还没回来？”

这时陈涌涛的声音从院子门外响起：“到家了。”说着就进了院子，跨进堂屋。

海奶奶：“坐下吃饭。”

陈涌涛放下手里的一个盒子，坐到饭桌前。

韩燕从角落拿出一捧康乃馨递给海奶奶：“妈，母亲节快乐！”

海奶奶接过鲜花笑了：“燕子，你有心了。”

韩燕又拿出一个平板电脑："妈，这是送您的礼物。"

海奶奶："妈又不会用电脑，干吗花这钱？"

韩燕打开平板电脑："不会我教您，我给您存了姐妹连的全部视频，还存了很多昆曲。"点开一个视频，正是渔家乐上韩燕与王凯男斗酒的场面。

海奶奶呵呵笑了。

陈涌涛拿起那个盒子："我的礼物是个投影仪，饭后请妈看电影。"

海奶奶开心地："好！好！"

小海见状，连忙跑进屋里拿来一个大本子："妈妈，母亲节快乐！我也有礼物送给你。"

韩燕："谢谢小海！这是什么？"

小海："是我画的画。"

韩燕翻了起来，小海这本画里有妈妈、爸爸、奶奶，还有全家人，还有一些女民兵阿姨，还有大海、小鱼等等。

海奶奶笑着："先吃饭，要不菜都凉了。"

18-29 星巴克 夜 内

叶苗苗拉着赵彩花，走进医院门口旁边的星巴克。

叶苗苗："妈，今天母亲节，我请你吃星巴克的蛋糕。"

赵彩花："这有啥好吃？不如在家里吃。"

叶苗苗："我请你，你先坐着。"

叶苗苗买吃的去了，赵彩花看看窗外，又拿出手机看了起来。一会儿，叶苗苗穿着星巴克员工服，捧着一盘蛋糕、巧克力饮料回来。

叶苗苗把盘子放在赵彩花面前：“欢迎光临！请慢用！”

赵彩花抬头一看，见叶苗苗换了衣服，有些茫然：“苗苗，你这是……”

叶苗苗笑着：“妈，从今天开始，我就是这儿的员工了。”

18-30 海奶奶家堂屋 夜 内

海奶奶一家已吃完晚饭，坐在那儿看电影，投影仪将电影画面投在白墙上，正是海奶奶最喜欢的老电影《海霞》，她又看得老泪纵横。

18-31 叶苗苗卧室 日 内

叶苗苗在蒙头大睡，赵彩花走进她卧室，打开手机，响起了起床号，苗苗却依然呼呼大睡。

赵彩花急了，一把捏住苗苗的鼻子：“苗苗，起床，起床了！”

叶苗苗呼吸受阻醒来，猛地坐起：“妈，把我鼻子都捏坏了，谋杀啊？”

赵彩花：“起床号都没用了，还好捏鼻子能起作用，赶紧起来去上班。”

叶苗苗睡眼惺忪：“我今天上的是晚班。”

赵彩花：“晚班？刚好，妈妈今天也不上班，你陪我上街去。”

18-32　菜场　日　外

赵彩花手里提着菜，叶苗苗打着哈欠提着鸡蛋，慢吞吞地跟在赵彩花身后，她们前面，有个青年男子把手伸向一个妇女的口袋，夹出一个钱包。

叶苗苗一下瞧见了，喊了声：“小偷！”

小偷随即朝前跑去。

叶苗苗猛地振奋起来，猎豹般冲了过去，一边用力把手中提着的鸡蛋向小偷掷去，击中他后脑勺，一边猛扑上去，把小偷扑倒在地。这一系列动作实在太快，让赵彩花惊讶得合不拢嘴。

叶苗苗把小偷的两只手扳在后背：“钱包呢？”

小偷惊魂未定：“在……口袋里……放了我吧。”

叶苗苗：“跟派出所说去。”从小偷兜里取出了钱包。

赵彩花上去接过钱包，递给还愣在那里的失主，不知谁喊了一声“好”，众人都鼓起掌来。

赵彩花自豪地喊道：“这是我女儿，我女儿是姐妹连的女民兵。”

掌声更加热烈了。

赵彩花心疼地：“可惜了一篮子鸡蛋。”

叶苗苗大声地：“妈，我替阿菊报了仇。”

18-33 派出所门口 日 外

赵彩花与叶苗苗站在派出所门口，神情兴奋。

王凯男骑着摩托车赶来：“彩花姐，出什么事了？”

赵彩花：“出大事了，我第一时间就给你打电话。”

王凯男一惊：“什么大事？”

赵彩花指指叶苗苗：“问你徒弟。”

王凯男：“苗苗，你闯什么祸了？”

叶苗苗得意地：“没闯祸，你猜猜，我在菜市场抓到了什么？”

王凯男茫然地：“甲鱼？螃蟹？”

叶苗苗沮丧地摇头：“凯男姐你笨死了，告诉你吧，我抓到了一个小偷。”又振奋起来。

王凯男不相信地：“你抓了小偷？”

叶苗苗眉飞色舞地：“正是本女侠，我一个猛虎下山，当场将他制服。”

王凯男将半信半疑的目光投向赵彩花。

赵彩花：“凯男，你带的徒弟给你长脸了，她今天的表现，把我都惊到了。”

王凯男两眼一亮，仔细打量苗苗：“哟，苗苗，刮目相看啊！”又转向赵彩花，“彩花姐，苗苗交给我了。”拉着叶苗苗上了摩托车。

18-34 娱乐城门口 日 外

王凯男开着摩托车，带着叶苗苗，到了花海娱乐城门口下车。

18-35 娱乐城地下室 日 内

王凯男把叶苗苗带到娱乐城地下室，这里被凯男弄成一个擒拿格斗拳击的训练场所。

王凯男：“这地下室是张彬批给我的，我弄成擒拿格斗练拳的场所，用来训练保安，怎么样？”

叶苗苗点点头，纳闷地：“你不是带我来唱歌吗？”

王凯男：“唱你个头，我要给你开小灶。”然后拿了一套护具塞给叶苗苗，“戴上，我们练练。”

18-36 轿车上 日 内

一辆轿车从人武部驶出，曹部长坐在副驾驶座上，韩燕、海奶奶坐在后座。

韩燕：“曹部，你说的共建单位是哪家呀？”

曹部长一笑：“暂时留点儿悬念，到了就知道了。”

18-37 陈涌涛公司门口 日 外

码头边一幢面海的大厦前立着一艘军舰雕塑，上面的红旗上印着“巡洋舰深海养殖公司”字样，原来这里是陈涌涛公司新的办公楼。

陈涌涛、阿祥、王大潮西装革履站在门前，大门两边还站了两排员工，一排是白衬衫打领带的办公人员，史茗就在其中，一排是穿海魂衫的养殖人员，赵彩花、阿丁嫂就在其中。

曹部长的轿车远远驶来，停在门前。韩燕与海奶奶下了车一看，愣住了。

18-38 陈涌涛公司会议室 日 内

会议桌一边坐着曹部长、海奶奶、韩燕，另一边坐着陈涌涛、阿祥、王大潮。

陈涌涛：“欢迎曹部长、老连长、韩连长前来我们公司指导！”

海奶奶一笑：“到了你的地盘，连妈都不叫了。”

陈涌涛赔笑着：“妈，今天比较特殊，搞点仪式感。”

韩燕：“是不是还得叫你陈总？”

陈涌涛：“不用，不用。我……介绍一下我身边的两位副总经理，林总林阿祥，王总王大潮。”

阿祥与王大潮都不好意思地笑了笑。

18-39 陈涌涛公司大厅 日 内

一楼大厅挂着“姐妹连—巡洋舰公司共建单位签约仪式”

的横幅，墙上是公司名称的铜字。

陈涌涛、韩燕坐在一张长桌前签字，身后站着曹部长、海奶奶、阿祥、王大潮，大厅里坐着好多员工，还有记者在摄像拍照，史茗则举着手机杆在抖音直播。

陈涌涛与韩燕签好字后，站起来握手，大伙开心鼓掌。

韩燕低声提醒："别握那么重。"

陈涌涛尴尬地松手。

18-40　陈涌涛公司展示厅　日　内

陈涌涛他们领着曹部长一行参观公司的前景规划展示厅，史茗跟随着他们直播。

韩燕把陈涌涛拉到一旁，低声地："你把史茗招进公司，就不考虑她的失忆？"

陈涌涛也低声地："她的知识没失忆，精通两门外语，文字功底不错，还懂海洋知识。"

韩燕："阿兰不在，谁保护她？"

陈涌涛："我在呀。"

韩燕白了涌涛一眼："你还想当护花使者？"

陈涌涛愣怔一下，一时语塞。

韩燕："出了问题，我找你算账。"

18-41　军事公园　日　外

叶苗苗与十多个年轻女民兵们坐在军事公园的草坪上。

一女民兵：“苗苗，你叫我们来，是请我们逛军事公园？”

叶苗苗：“不是！”掏出一份报纸，“你们看这篇报道，近来我们这里失窃案不少，弄得大家都没安全感。”

大家传阅着报纸。

一女民兵：“是啊，原先这里一直很安全的，不知哪里冒出些小偷来？”

叶苗苗：“我有个提议，我们女民兵人多，可以组织起来抓小偷，把他们一网打尽。”

女民兵们一下子眼睛亮了起来：“哇，苗苗好牛！”

叶苗苗：“抓小偷要付出没收入，还费时间，大家自愿吧。”

一女民兵：“我们都是女孩子，怕不是小偷对手。”

叶苗苗：“我们是女民兵哦，你平时都白练了？”

一女民兵：“人海茫茫，去哪里抓呀？”

叶苗苗：“小偷一般出没在人多的地方，像医院、商场、电影院、娱乐城呀，只要有心，就能抓住，你们现在都有空闲，干不干？想加入的请举手。”

在座女民兵全部都举起了手。

叶苗苗：“好！我宣布，我们的反扒队成立了！我们分成几组，我就负责医院这组吧。”

18-42　医院走廊　日　内

叶苗苗的反扒小组戴着口罩装成病人，分散在医院里走动，目光在捕捉搜索可疑的人。

突然，一男子从后边快速拿起老人搁在身边椅子上的包包，大步离开。这一幕被一个女民兵发现了，急忙向叶苗苗打手势，众人马上包抄过去，小偷一看情况不对，连忙跑进刚打开的电梯口，电梯门关上，快速下降。

叶苗苗：“走楼梯！”带着反扒队员跑下楼梯。

18-43　医院大厅　日　内

海奶奶在挂号处挂号，忽听一声“抓小偷”的喊声响起，只见一可疑男子从电梯中跑出来，向门口冲去，这时叶苗苗她们也气喘吁吁从楼梯口追上来。海奶奶快速上前，用雨伞柄的弯勾把小偷勾倒在地，小偷还想爬起跑，海奶奶一脚踩在他的背上。

海奶奶用伞尖当枪顶住小偷：“不准动！”

大厅里的人都惊奇地看着海奶奶，叶苗苗她们跑到跟前，见制服小偷的是海奶奶，都很吃惊。

叶苗苗：“海奶奶！”

海奶奶：“你谁呀？”

叶苗苗她们拉下口罩，冲海奶奶笑了，几个反扒队员上前扭住小偷。

海奶奶：“苗苗，是你们呀。”

叶苗苗竖起大拇指：“海奶奶，您宝刀不老，真牛！我们帮您把小偷扭送派出所去吧。”

海奶奶挥挥手：“好！麻烦你们送一趟。”

叶苗苗朝反扒队员们一挥手，她们立即把小偷押送出去。

海奶奶揉揉太阳穴，自语着：“瞧我，血压又高了。”拿出一瓶药丸，往嘴里塞了两颗。

18-44　派出所大厅　日　内

叶苗苗与她的反扒小组成员兴高采烈地从东边走廊出来，这时赵彩花牵着一个小女孩从西边走廊出来，刚好碰上。

赵彩花：“苗苗，你们怎么跑这里来了？”

叶苗苗：“我们帮海奶奶押送一个小偷过来。”

赵彩花吃惊地：“海奶奶也抓小偷？”

叶苗苗眉飞色舞：“高手！老厉害了！”

赵彩花一脸茫然。

一女民兵：“苗苗，赵阿姨，我们先走了。”

女民兵挥挥手离开了。

叶苗苗：“妈，你来派出所干吗？这小女孩谁呀？”

赵彩花：“我来给你妹妹上户口。”看向小女孩，“欣欣，这是姐姐，叫姐姐。”

欣欣怯生生地看着苗苗：“姐姐！”

叶苗苗一脸茫然：“妈，我啥时候有了个妹妹？”

赵彩花笑了：“就当你妈生了个二胎。”

18-45　赵彩花家客厅　日　内

叶苗苗下班回家，开门进来，见客厅里放着一架钢琴，欣欣正坐在那儿弹琴。

欣欣："姐姐！"

赵彩花从厨房出来："苗苗回来了。"

叶苗苗："妈，这钢琴哪来的？"

赵彩花："买的呀，让欣欣学钢琴，你也学吧，我还专门请了一个钢琴老师。"

叶苗苗低声地："你真是下了大血本了，你对我都没这么好。"

赵彩花："谁叫你没考上大学。"

叶苗苗："欣欣到底怎么回事？你总得跟我讲讲吧。"

赵彩花："以后告诉你。"

叶苗苗："老爸知道吗？"

赵彩花："他长年在外头做生意，每次回家都待不了几天，不用他知道。"

叶苗苗无奈地摇摇头。

这时门铃响了，赵彩花走去开门，见史茗站在门外。

史茗："赵阿姨！"

赵彩花："史茗，快进屋。"把史茗让了进来。

叶苗苗上前拉住史茗，开心地："史茗，没想到你来看我，这是给我惊喜啊！"

史茗尴尬地："苗苗，我……"

赵彩花："史茗是我请来给欣欣当钢琴老师的，欣欣，喊史老师。"

这一下叶苗苗傻眼了。

欣欣走过来："史老师好！"
史茗："欣欣好！你喜欢什么歌？我给你弹一个。"
欣欣："《蓝精灵》。"
史茗坐到钢琴前，熟练地弹起了儿童歌曲《蓝精灵》。

18-46　海岛小学音乐教室　日　内

音乐老师弹着风琴，小学生们齐声唱着歌曲《蓝精灵》——

在那山的那边海的那边
有一群蓝精灵
他们活泼又聪明
他们调皮又伶俐
他们自由自在生活在那
绿色的大森林……

唱歌的小学生中有小海和欣欣。

18-47　海岛小学校园　日　外

韩燕牵着小海往外走，赵彩花也牵着欣欣往外走。
韩燕："彩花姐！"
赵彩花："哎，你好！"拉着欣欣快步走开。
小海指指她们的背影："妈妈，这是我的新同学欣欣，那是欣欣的妈妈。”

韩燕看着赵彩花出了校园，神情有些茫然。

18-48　连长办公室　日　内

韩燕捧着一沓信件走进办公室，坐下来，拆信看了起来，当看到一封西北女子监狱的信件，神情凝重起来。

（画外音）：“青岙姐妹连，今特向你连女民兵赵彩花同志表示感谢……”

韩燕看完信后，恍然大悟。这时有人敲门，韩燕走去开门，见派出所周所长与民警小张站在门外。

周所长：“韩连长！”

韩燕：“周所长，小张，快请进！”

周所长与小张进来坐下，韩燕给他们泡了茶。

周所长：“韩连长，我们有事经过这里，我想起叶苗苗，就临时来拜访你。”

韩燕不解地：“苗苗怎么啦？”

周所长：“她组织了一帮女民兵反扒抓小偷，要求我们保密，我想，这事你得知道。”

韩燕欣慰地：“苗苗成长了！……周所长，她们反扒经验不足，我希望得到你的帮助。”

18-49　派出所培训教室　日　内

叶苗苗等十多个女民兵反扒队员坐在下面，聆听公安局反扒专家给她们上课。

反扒专家：“识别扒手时，记住前面讲过的特点，一双眼睛两只手、三个动作四种手法。而在反扒过程中，最重要的，一是要安全有效地控制扒手，二是取得扒手行窃证据，以免他转移赃物，逍遥法外……今天就讲到这里。”

女民兵们纷纷鼓掌，反扒专家点点头离开教室。这时，周所长陪着韩燕走了进来，叶苗苗她们吃了一惊，窃窃私语。

韩燕走到讲台上，微笑着：“姐妹们，你们都是好样的！放心吧，我会帮你们保密，你们也要保护好自己的安全。记住，姐妹连永远是你们的后盾！”

18-50　海奶奶家堂屋　夜　内

海奶奶与韩燕婆媳俩坐在那里聊天。

海奶奶：“燕子，苗苗这丫头，跟一帮新兵蛋子神神秘秘的，你得管一管，别让她们惹出啥乱子。”

韩燕笑着：“妈，您放心，苗苗组织了一个反扒队，空余时间忙着抓小偷，她不想太多人知道，所以玩儿神秘。”

海奶奶欣慰地：“怪不得，这帮丫头片子出息了！”

韩燕：“彩花姐也藏了一个秘密。”

海奶奶不解地：“彩花有啥秘密？”

韩燕拿出西北女子监狱的信给海奶奶看。

海奶奶看得热泪盈眶：“好！好！这就是姐妹连的血脉、基因、传统！”

18-51　海奶奶家小院子　日　外

海奶奶坐在椅子上，一个叫老三的小青年低头站在她面前。

海奶奶严肃地：“老三，你是我的帮教对象，你向海奶奶保证过的呀，你对得起我吗？”

老三嗫嚅着：“海奶奶，我……我对不起你！”

这时，韩燕与叶苗苗走了进来。

叶苗苗：“海奶奶，把他交给我，送派出所去。”

老三急了：“我错了，饶了我吧！”

韩燕：“我听说，海奶奶对你帮教之后，你已金盆洗手，痛改前非，为什么又行窃了？”

老三结结巴巴地：“我……我……”

叶苗苗：“贼性不改嘛，直接抓起来。”

海奶奶：“他今天算是来向我坦白的。”

韩燕：“老三，有什么都说出来吧。”

老三：“外头来了几位老大，我没办法，就孝敬了他们一回，可今天他们胃口大了，所以我……就来找海奶奶了。”

叶苗苗神色一凛：“外头的老大？”

韩燕想了想：“老三，你想不想将功补过？要不要立功的机会？”

老三连连点头：“要！要！”

18-52　星巴克　夜　内

一群女民兵反扒队员涌进叶苗苗上班的星巴克，把两张长桌子占领了。

叶苗苗连忙过来："各位美女，要吃什么？"

女民兵甲："你来请客。"

叶苗苗咧嘴笑着："我没钱了，还没发工资呢。"

女民兵乙笑着："小气，要不我们来做队长吧？"

叶苗苗翻了个白眼，去给她们上了一盘蛋糕、松饼之类，又提了一壶开水。

叶苗苗："喝咖啡晚上睡不着，喝白开水吧。"又压低声音，"据可靠消息，有几伙小偷跑青岙来了，要互相打擂台呢。"

大伙都十分惊奇。

女民兵丙："还有这样的事，跟洛阳花会似的。"

女民兵丁："他们打什么擂台？该不是搭个台子，来比个高下吧？"

叶苗苗："反正不是比武招亲，我们得砸掉这擂台。"

18-53 叶苗苗卧室 夜 内

叶苗苗正在酣睡，手机响了一下，收到了一条微信，但叶叶苗苗依然睡得很香。

一会儿，叶苗苗大声嚷嚷，说起了梦话："哎！噢！哪儿跑！追！抓住他！噢！"

赵彩花被叶苗苗的梦话惊醒，过来敲门，咚咚咚地用力敲，叶苗苗惊醒过来，这时赵彩花拿了钥匙开门进来，开亮了灯，叶苗苗条件反射翻身起来，摆了一个格斗姿势。

赵彩花："苗苗，怎么回事？"

叶苗苗这才清醒过来："我……我做了个梦，梦见抓小偷。"

赵彩花："你梦里嗷嗷大叫呢，把欣欣都吓坏了。"

叶苗苗不好意思地笑了："妈，你回去睡吧。"

赵彩花："嗯，你也继续睡。"关上门回自己房间去了。

叶苗苗关了灯，躺在床上看手机，猛又坐了起来，因为她看到了老三发来的一条微信——"明晚八点，几个钳工师傅在天桥碰头"。

18-54 高层建筑楼顶 日 外

几个女民兵反扒队员站在一个高楼的露天楼顶上，叶苗苗正拿着望远镜仔细观察下面的天桥。

女民兵甲："怎么样？"

叶苗苗："小偷选择在这里碰头，很可能想对旁边的商场或宾馆下手，只是天桥上人来人往的，怎么知道谁是小偷？有几个小偷？"

女民兵乙："只有走近去找。"

女民兵丙："不行不行，那很容易打草惊蛇。"

叶苗苗想了想："我们分工一下，明晚行动的时候，分两拨人把住天桥两头，我去看看，听我信号。"

18-55　天桥　夜　外

叶苗苗与一个女民兵反扒队员装作逛街，悠闲地挽着手走过天桥。

天桥上行人走动，边上摆着一些地摊，其中有两个古玩地摊，有五个男子蹲在那儿。

叶苗苗压低声音："两个摊，五个人管摊，举动奇怪，这是五鼠碰头会啊！"

女民兵："不会搞错吧？"

叶苗苗："不会错，相信我！"在手机上发出了行动指令。

天桥两头，女民兵反扒队员们三三两两地上来。

五个男子中有三个站了起来，准备离开。

叶苗苗："抓住他们！"

大伙儿立即扑了上去，两个蹲着的当场擒获。

另外三个小偷，拔出短刀冲向叶苗苗方向，离持刀小偷最近的叶苗苗一把挡住了他们。

叶苗苗："站住！"

一个持刀小偷向前逼进："让开！再不让开做了你！"

刀尖离叶苗苗仅有一米距离，叶苗苗突然掏出一个小电棍，击在短刀上，小偷被电倒在地。另外两个小偷还想负隅顽抗，这时，韩燕、周所长及便衣警察从天桥两头冲了过来。

周所长大喝："把刀放下！"

一个小偷只好放下凶器，另一个小偷大概艺高人胆大，狗急跳墙，从天桥上跳了下去，不料被赶到的警车包围。

第十九集

19-1　赵彩花家门外　日　外

一辆写着“安心搬家”的货车停在赵彩花家门外，一群身穿“安心搬家”工作服的男子正从赵彩花家搬出各种家电设施，一个三十左右、身穿军便服的女子正在旁边指挥。

女子：“小心点儿，别碰着磕着。”

一个保安走过来：“是赵彩花家搬家吗？”

女子微笑着：“是的，赵彩花和叶苗苗都在新房那边，这边让我看着。”

保安：“出门条给我。”

女子：“出门条在赵彩花身上，我回来搬下一车时拿过来，姐妹连讲信用。”指了指身上的军便服。

保安笑着：“你是王凯男还是韩燕？”

女子一笑：“你猜。”

19-2 娱乐城地下室 日 内

女民兵反扒队员们正在娱乐城地下室练习格斗。

王凯男把叶苗苗拉到一边："苗苗，你是哪头的？"

叶苗苗："什么意思？"

王凯男不满地："你瞒着我，没瞒着韩燕，你跟我不亲啊！"

叶苗苗赔笑着："凯男姐，韩燕姐是周所长告诉她的，我瞒着你，是想成功后给你一个惊喜。"

王凯男笑了："是挺惊喜的，苗苗你现在比我厉害，一班班长应该传给你。"

叶苗苗半开玩笑："现在不用，等你当连长了，再让我当个班长。"

王凯男白了叶苗苗一眼："什么连长？我都出来了，能传你的只有这保安队长。"

19-3 赵彩花家门口 日 外

赵彩花领着欣欣回家，当她打开门时，看见空荡荡的屋里一片狼藉，大吃一惊，吓得尖叫起来，冷静一下之后，急忙掏出手机打电话。

19-4 赵彩花家客厅 日 内

客厅里站着赵彩花、叶苗苗、韩燕、王凯男、周所长及两个警察，一个警察正在拍照。乍一看，家里已被洗劫过了，钢琴、电视机、冰箱、电脑等东西已不翼而飞。

墙上写着几行字——“小丫头，别不自量力，敢跟我们作对，那就玩儿死你，今天只是一个警告。”

叶苗苗恼怒不已，捡起地上一个玩具熊，狠狠砸在这几行字上。赵彩花懊丧地坐到椅子上，其他人也都神色严峻。

那个保安急匆匆进来，紧张地：“是一个……姐妹连女民兵带搬家公司搬的，不知道是王凯男还是韩燕？”

王凯男大怒，一把揪住保安的衣襟：“睁大眼睛看看，我是王凯男，她是韩燕，是我们俩吗？”

保安吓坏了，看看王凯男与韩燕，连连摇头：“不是！不是！”

19-5 公安局会议室 日 内

刑警大队严队长、周所长、韩燕及几个警官正在商量。

严队长：“这帮盗窃团伙非常专业，出事小区的监控都被破坏了，路上的监控显示，这辆货车朝县城城西去了，可能要去销赃。”

周所长：“城西有个旧货市场。”

这时一个警官的手机响了一下，他低头一看，马上报告：“严队长，那辆货车发现了，停在西郊停车场，是辆空车。”

严队长：“兵分三路，一路城西旧货市场，一路西郊停车场，一路沿途巡查。”

大伙站起身准备行动，这时叶苗苗气喘吁吁地闯进来，手里拿着一个黑猫警长的玩具。

叶苗苗挥挥手中的黑猫警长："找……找到了！"

大家惊讶地看着叶苗苗，不知道又发生了什么事。

韩燕："什么找到了？"

叶苗苗："这个黑猫警长是凯男姐送我的生日礼物，有监控摄像功能，还有，我的笔记本电脑也被偷了，但我设了定位，与我的手机同步。"

19-6　公安局技术中心　日　内

严队长、周所长、韩燕、叶苗苗等人站在大屏幕前，黑猫警长身上的监控内容，与叶苗苗手机上的笔记本定位，都被传到大屏幕上，可以看到扒手们入室搬东西的一幕，而定位也不断被强化。

技术警员："严队长，定位显示在青呑岛东南角。"

严队长："再缩小范围。"

技术警员操作了一下，屏幕上的区域不断放大，焦点集中在一幢建筑上。

韩燕一眼认出："是蓝湾民宿。"

严队长："韩连长，你的女民兵配合周所长他们，拦截东南海路，刘队长，封锁堵截所有陆路，行动！"

19-7　一组镜头　日　外

公安局门前。几辆警车驶了出去，警笛大作。

姐妹连大门口。十几个留守姐妹连的排长、班长持枪跑了出来。

路口。十几个警察站在路口，检查驶出青岙的车辆。

19-8　蓝湾民宿　日　内

一帮男扒手与那个假冒女民兵的女扒手，正在一个大房间里喝着红酒。

男扒手甲："小六他们进去了，会把我们招出来吧？"

女扒手："那又如何？警察绝不会想到，我以海洋文化考察团的名义，提前包下了这个民宿。"

男扒手乙："你这招高明，事先连我们都不知道。"

男扒手丙："都是那帮女民兵，破坏了我们的计划。"

女扒手："那个老三，可能反水了，接下去，我们干两票大的，再好好教训一下叶苗苗。"

这时，房门突然被猛地撞开，几个持枪警察冲了进来，众扒手慌作一团，束手就擒，女扒手还想从窗口逃窜，一看，外面站满了警察与女民兵，一下瘫在地上。

19-9　蓝湾民宿门外　日　外

韩燕、王凯男、叶苗苗及女民兵反扒队员们站在民宿门外，见众扒手被一一押了出来，心情都十分舒畅。

王凯男盯着女扒手："我很想打她！"

叶苗苗：“我也想打她！”

众扒手被押上警车，警车一路上鸣叫着开走了。

19-10　赵彩花家客厅　日　内

赵彩花家被搬走的东西都追回来了，房间也恢复了原样。此刻赵彩花与叶苗苗不在家，史茗正在教欣欣弹钢琴，她听到有人敲门，起身前去开门，门外站着的是外地回来的叶定富。

史茗不认识对方：“你找谁？”

叶定富：“我是这家男主人，你是谁？”

史茗回头看看墙上的照片，果然是叶苗苗的爸爸，连忙把他让进来。

史茗：“叔叔，我叫史茗，是苗苗的朋友，也是姐妹连的。”

叶定富开心地：“你好！你好！我听说我家苗苗成了反扒英雄，马上买了机票，飞回来了，她们人呢？”

史茗：“苗苗和赵阿姨都到连队去了。”

叶定富看向欣欣：“这小孩儿是你女儿？”

史茗愣了一下：“不是你的女儿吗？”

叶定富茫然地：“什么？我的女儿？”

史茗：“我听苗苗说，欣欣是她的二胎妹妹。”

叶定富目瞪口呆，吃惊得下巴都要掉下来了。

19-11　姐妹连操场　日　外

叶苗苗与女民兵反扒队员们身着军装，列队站在操场上，曹部长与韩燕站在她们面前，海奶奶与赵彩花站在一旁。

韩燕微笑着：“姐妹们，你们真棒！这次人武部要给你们颁发集体三等功，连队也给你们每个人记功一次，由叶苗苗代表大家接受三等功奖章。叶苗苗，出列！”

叶苗苗上前一步，曹部长把三等功奖章佩戴到叶苗苗胸前，叶苗苗与女民兵反扒队员们一齐敬礼，曹部长、韩燕他们也回了军礼，然后叶苗苗退回队列中。

曹部长：“大家这次大获全胜，现在该放松下来，不用太严肃，活泼一点儿没事。我也不讲什么了，还是请叶苗苗同志讲两句吧。”

叶苗苗没有心理准备，不知道讲什么，尴尬地干笑几声。

一女民兵：“报告部长！”

曹部长：“你说。”

女民兵朗声地：“苗苗这次组织我们反扒，我们都看在眼里，她勇敢、聪明、乐观、有能力、有正气，是我们姐妹连的人才，我们还给她起了个外号，叫‘猪猪侠’。”

叶苗苗被夸得红了脸，女民兵们窃窃偷笑。

曹部长没听清楚：“蜘蛛侠？”

女民兵：“不是，是‘猪猪侠’，小猪的猪。”

众人大笑起来，连叶苗苗自己也忍俊不禁地笑了。

这时，叶定富闯了进来，远远大喊：“赵彩花，你给我出来！”边喊边大步走来。

大伙儿吃了一惊，都扭头看向叶定富。

赵彩花：“老叶，你疯了吗？”

叶定富怒气冲冲地："我是疯了，你给我说清楚，那个欣欣是你生的吗？"

赵彩花明白过来，也有了火气："是我生的，咋样？我是她亲妈，你是她亲爸，有问题吗？"

叶定富气得差点儿晕倒："你……你当我是傻子呀？是不是我亲闺女我还能不知道？你……你到底做了什么事？"

海奶奶连忙劝阻："定富，你不要激动，你误会彩花了。"

韩燕："苗苗爸，今天有位远方客人要来，她会告诉你真相的。"

曹部长看着营房门口："这位客人已经到了。"

只见人武部的轿车徐徐开了进来，车一停下，一个中年妇女就从车里下来，她正是西北女子监狱的冯处长。

冯处长大声地："哪位是赵彩花同志？"

赵彩花不知来人是谁，有些茫然："嗯，是我。"

冯处长上前抓住赵彩花的手，使劲握着："赵彩花同志，我代表西北女子监狱感谢你！也代表欣欣的妈妈感谢你！"

这下子把叶定富等人听蒙了。

韩燕："冯处长，这个故事还得您来揭开谜底。"

[闪回]

19-12　一组镜头　日 / 夜　外 / 内

（画外音，冯处长的声音）："欣欣的亲妈妈原是青岙的一个孤儿，嫁到西北，但她的丈夫五毒俱全，还长期对她家暴，终于，她忍无可忍拿起了刀。悲剧发生了，她丈夫被杀，她被判无期，女儿欣欣进了福利院。赵彩花知道后，经常与欣欣的妈妈通信，鼓励她好好服刑，安心改造，这些信件，给欣欣妈妈及其同监女犯点亮了一盏灯。为了不让欣欣也成为孤儿，赵彩花领养了欣欣，对外说欣欣就是自己的亲女儿，想以温暖的爱来陪伴欣欣健康成长。”

某住宅门外。欣欣的亲妈戴着手铐，哭着押上了警车，成了一个女囚。

福利院门口。欣欣孤单地站在福利院门内，眼神中满是惊惧、胆怯与无助。

赵彩花家。赵彩花在灯下写信，写给西北女子监狱的一个女囚。

西北女子监狱。女囚捧信哭了，同监女囚传阅着赵彩花的信，也感动得哭了。

福利院。欣欣缩在屋角，胆怯地看着赵彩花，赵彩花蹲了下来，温和地笑着。

［闪回结束］

19-13　姐妹连操场　日　外

操场上响起了阵阵掌声，大家都被赵彩花的故事感动了。女民兵的队伍已解散，她们此时正微笑着围着赵彩花，叶苗苗上去拥抱妈妈，母女俩热泪盈眶。

叶定富也挤进人群：“让让，让让。”到了赵彩花身边，“老婆，对不起，我误解你了！”

赵彩花狠狠瞪了叶定富一眼，一声不吭。叶定富慌了，忙把求助的目光投向叶苗苗。

叶苗苗：“妈，原谅老爸吧！”

叶定富：“老婆，你说得对，欣欣就是我们的亲闺女，你是她亲妈，我是她亲爸。”

赵彩花哼了一声，还是不松口。

叶定富又把求助的目光投向海奶奶：“海奶奶……”

海奶奶：“彩花，你是谁呀？你是姐妹连的女民兵呀，给定富一个机会吧！”

叶定富低声地：“老婆，回到家，我跪搓衣板。”

赵彩花白了叶定富一眼：“看你以后表现。”

19-14　海奶奶家堂屋　夜　内

海奶奶、韩燕、陈涌涛、小海一家人正在吃晚饭。

海奶奶：“彩花上班忙，欣欣跟小海同班，以后我把接送欣欣的事给包了。”

小海：“奶奶，欣欣跟我坐同桌了，我来保护她。”

海奶奶笑了，摸了摸小海的小脑瓜儿。

陈涌涛：“妈，您不用接送了，我公司准备赞助海岛小学一辆校车，这样学生上学回家就方便多了。”

海奶奶赞许地：“这个事办得好，给学校和家长解决了实际问题，马上办！”

陈涌涛点点头。

韩燕：“涌涛，我们现在是共建单位，可以一起做些有意义的事。”

陈涌涛：“你说。”

韩燕：“目前国际形势扑朔迷离，保卫边防尤其重要，我想把三十岁以上五十岁以下的退连女民兵组织起来，组建一个老民兵支援队。”

海奶奶：“好！”

陈涌涛点点头：“我们公司退役军人也不少，我也组建一支退役军人支援队，可以和你的老民兵支援队互相协作互相竞赛。”

19-15　赵彩花家客厅　夜　内

赵彩花、叶定富、叶苗苗、欣欣一家人也围着桌子吃晚饭，叶定富与赵彩花一个劲儿地给欣欣夹菜。

叶苗苗：“老爸老妈，给我也夹点儿菜。”

叶定富：“你这么大了，都是反扒英雄了，自己夹。”

叶苗苗：“妈，你说我爸表现咋样？要不我帮你把搓衣板拿来。”

赵彩花笑着白了叶苗苗一眼，叶定富则连忙给叶苗苗夹了一筷子菜。

叶定富又给欣欣夹了菜：“欣欣，我是你爸爸，喊爸爸。”

欣欣怯生生地看了眼叶定富，又把求助的目光看向赵彩花。

赵彩花："想当欣欣的爸爸，得看你表现，表现好了，像个好爸爸了，欣欣就喊你爸爸，是不欣欣？"笑着摸了摸欣欣的脑瓜儿。

19-16 校车上 日 内

一辆崭新的校车停在海奶奶家门口，海奶奶送小海上了车。

小海看车里已坐了一些同学，正开心地叽叽喳喳，他刚在前头坐了下来，司机回头冲他做了个鬼脸儿，小海一看，竟是爸爸陈涌涛。

小海："爸爸，你怎么开校车了？"

陈涌涛："今天新校车第一天上学，爸爸来陪陪它，明天就有司机叔叔来开了。"

校车开动，一路开到赵彩花家门口的路边，赵彩花、叶定富与欣欣已站在那儿，他们把欣欣送上车，挥了挥手。

小海："欣欣，快过来坐。"

欣欣开心地坐到小海身边。

校车继续开动，一路开到昌业公司门口，好些职工的孩子也纷纷上车，郭小琴与阿菊刚好站在门前，好奇地看着这一幕。

阿菊："小琴，这校车真好，我们以后有了孩子也坐这校车上学。"

郭小琴红了脸，尴尬地看看阿菊，不知怎么回答。

19-17 昌业公司车间 日 内

车间生产线上，职工们正在操作着。

郭小琴站在生产线边，一边拿起一个产品：“一关一关过来的，不能掉链子，这样的质量，老牛钻狗洞难通过的。”

一女工：“我们掉链子返工，公司掉链子呢？唉！哪有积极性呀？”

另一女工：“是的呀，每个月工资都要扣压好多，心情好不起来。”

郭小琴：“小芬姐，阿惠姐，这叫留存工资，我们大家一门心思做好分内事，大河涨水小河满，公司好了，我们也会好的。”

一女工：“大河满，小河荒，眼前就这光景。”

郭小琴:“大家理解一下,到了年底,公司不会亏待我们的。”

一女工：“小琴，自从你跟大小姐攀上关系，这一回来腰板都挺了，大家说是不是啊？”

众人附和着，郭小琴满脸尴尬。

另一女工：“小琴，咱们都是打工的，你坐板凳可不能坐错地方呀。”

突然现场没声音了，郭小琴回头一看，见方昌业站在门口。

19-18 昌业公司车间门口 日 外

郭小琴有些胆怯地站在方昌业面前。

方昌业：“小琴，我知道你工作很努力，好好干，我让你做车间副主任。”

郭小琴吃了一惊：“方总，我哪有这本事啊？”

方昌业：“事情都是做了才好的，我相信你，现在公司也在困难之际，你得帮我多做做职工的思想工作。”

郭小琴：“可是……方总，他们现在确实……”

方昌业：“你不说我也知道，有些人刁蛮，你得治他们，我给你尚方宝剑，你大胆用起来。”

19-19 灯塔礁上 日 外

清晨，陈大伯扛着国旗迈着正步朝旗杆方向走去，这时，陈涌涛带着一群身穿海魂衫的退役军人出现了。

陈大伯一看这么多人，有些茫然：“小陈，你这是……”

陈涌涛：“他们都是我公司的退役军人，我们成立了退役军人支援队，今天过来参加您的升旗仪式。”

退役军人们向陈大伯敬礼：“老班长好！”

陈大伯深深地看了大伙儿一眼，大声地：“列队！”

陈涌涛与退役军人们迅速在陈大伯身后整整齐齐排成队列。

陈大伯：“正步走！”

大伙迈着正步走向旗杆。

19-20 山顶 日 外

吴大婶站在鹿栖岛山头遥望着灯塔礁，阿兰快步走来，手里拿着一个望远镜。

阿兰把望远镜递给吴大婶："大婶，给你。"

吴大婶："哪来的？"

阿兰："我见你每天要看灯塔礁的升旗仪式，可是那儿太远了，就买了这个望远镜送你。"

吴大婶温情地看了看阿兰，拿起望远镜望向灯塔礁。

19-21　灯塔礁上　日　外

陈涌涛的手机上响起了国歌，他与退役军人们在陈大伯身后排成一列，向国旗敬礼，陈大伯徐徐拉着旗绳，把国旗升到了旗杆顶端。

19-22　姐妹连操场　日　外

赵彩花、阿丁嫂等已退连的中年女民兵，身着迷彩服，在操场上排成整齐的队列，韩燕和海奶奶面对她们站着。

韩燕："老民兵支援队今天成立了，所谓支援，就是支援我们的社会，我们的家乡，我们的连队，我们姐妹连出去的女民兵，就像一只手一样，松开是五指，攥紧是拳头，有爱心，也有力量。我们的老民兵支援队，由赵彩花任队长，阿丁嫂任副队长。"

大伙热烈鼓掌，窃窃私语，都十分兴奋，赵彩花和阿丁嫂更是开心得不得了。

韩燕："请海奶奶给我们讲讲话。"

众人安静下来。

海奶奶："记得你们退连时，都舍不得离开，可是，老的不退，新的怎么进来？就看彩花吧，退连时一百个不情愿，可她女儿苗苗当了新民兵，现在成长了，发挥作用了。你们呢，虽说退连了，但永远是女民兵，姐妹连不会忘记你们！"

19-23　一班宿舍　日　内

韩燕站在窗台前，给那盆仙人掌浇了点儿水，这是刘月仙的，后来王凯男把它留给了一班。

韩燕在空空荡荡的一班宿舍里站了一会儿，又走到门边墙上的一班形象牌前看着，上面贴着王凯男、春霞、阿兰、叶苗苗、方贝贝、郭小琴、秋霞以及史茗的半身照。

这时，海奶奶出现在门口。

韩燕："妈！"

海奶奶也进来看着形象牌上的照片："这帮新兵蛋子，让你费了不少神。"

韩燕微笑着："值得！看到她们进步了，我也开心。"

19-24　营房路上　日　外

韩燕与海奶奶缓缓往外走去。

海奶奶："燕子，现在你也该歇一歇，多陪陪涌涛和小海。"

韩燕：“对，我得陪陪小海和您，涌涛公司忙，十天有八天不在家，我就不影响他了。”

海奶奶：“等涌涛闲下来了，你俩也出去旅个游，看看祖国大好河山。年轻时，就该多走走。”

韩燕奇怪地看了海奶奶一眼：“妈，我哪有心思出去玩儿，这帮新民兵到社会上后，我还得密切关注呢。”

19-25　昌业公司食堂　日　内

郭小琴端着饭菜坐到本车间的职工中，好几个女工端起快餐盘坐到别桌。

郭小琴不解地问身边的中年女工：“蔡师傅，阿惠姐她们怎么了？”

中年女工：“你不知道？”

郭小琴摇摇头。

中年女工：“你升官了，她们挨罚了。”

郭小琴：“为什么？”

中年女工：“产品返工呗。”

郭小琴一愣，不吭声了。

中年女工瞟了郭小琴一眼：“吃饭吃饭，我知道，这不关你的事。”

郭小琴看中年女工光吃米饭，没打菜：“蔡师傅，你怎么不打菜？”

中年女工：“没钱买菜票，今天忘了从家里带点儿咸鱼干来。”

郭小琴掏出菜票塞给中年女工：“我有。”

中年女工把菜票推回来：“也不止我一个手头紧，好多人呢。小琴，你跟大小姐关系铁，帮帮大家吧。”

19-26 海奶奶家小院子 日 外

陈涌涛背向院门坐在桌前，正在笔记本电脑前浏览什么，这时韩燕走了进来。

陈涌涛听到声响，头也不抬：“妈，回来了？告诉您一个好消息，我要接大单了。”见没有应答，扭头一看是韩燕，“怎么是你？”

韩燕白了他一眼：“妈去买菜了，看你，后脑勺不长眼睛，妈也乱叫，太不像话了！”

陈涌涛：“我还额头长角呢！我叫妈是替小海叫的，这就没错了。”

韩燕：“你没错，我错了，明天就送你去小海的学校上学。”

陈涌涛：“嘿，好啊！那可要把我们儿子乐坏了。”

韩燕：“你还挺得意的。”

陈涌涛：“那是，生意顺手好运来，春风得意马蹄疾，嘿嘿！”

韩燕：“太得意了吧，连后脑勺也得意忘形。”走进屋去。

陈涌涛自个儿嘀咕：“一辈子也看不见后脑勺呀，唉！老婆的笑脸越来越像后脑勺了。”

韩燕又走了出来：“你刚才说什么？”

陈涌涛：“过几天我要搞一个鸡尾酒会招待客户，提前跟你打个招呼。”

韩燕：“你办你的鸡尾酒会，和我有什么关系？”

陈涌涛：“我的欧洲大客户要来，人家老外要带夫人出席酒会，我当然也要带上夫人。”

韩燕：“做个生意，哪来这么多穷讲究？我不去！”

陈涌涛:“你怎么能不去？你去了,人家说这是陈总的夫人，我也有面子。”

19-27　海奶奶家堂屋　夜　内

海奶奶家已吃完晚饭，韩燕收拾了碗筷拿进厨房，海奶奶抹干净桌面，又把准备洗碗的韩燕推了出来。

海奶奶：“你两口子早出晚归，牛郎织女似的，都碰不到一块儿，今儿聊聊天吧。”转身进厨房。

陈涌涛吸着烟,与韩燕对视了一眼:“我还要去公司有事。”

韩燕：“妈给我们布置任务，那就聊几句吧。”

陈涌涛：“行，鸡尾酒会的事你怎么考虑？”

韩燕想了想：“真麻烦，那就去吧。”

陈涌涛笑了：“这就对了。”

韩燕：“涌涛，姐妹连还有一些年轻女民兵没找到工作，来你公司咋样？”

陈涌涛为难地：“这可不行。”

韩燕：“彩花姐她们你不是都招进去了吗？”

陈涌涛：“不一样，赵彩花这些中年女民兵对养殖羊栖菜有经验，年轻女民兵上不了手，别的岗位，目前基本满员了。”

韩燕压低声音：“是不是妈开口你就接受，我开口你就不接受？”

陈涌涛：“当然不是，企业招人也得符合本身需求。”

韩燕不满地哼了一声：“那算了，当我没说。”

陈涌涛赔笑着:“我当舰长时带的都是男兵,女民兵太多了,我怕自己领导不了她们。”

韩燕：“你这是借口。”

陈涌涛：“年轻女性有生育哺乳期，我得考虑员工的年龄、性别的比例。”

海奶奶从厨房里走了出来：“你这什么观念？没有生育哺乳期，有你吗？有小海吗？生育哺乳是人类繁衍的根本，现在国家鼓励生二胎三胎，你俩也应该考虑考虑。”

海奶奶这话一下神转折，韩燕与陈涌涛都听出话里有话，一下不知如何应答。

韩燕尴尬地笑笑:“妈,十月怀胎,春霞都在家待着养胎了,我这个连长可不允许呀。”

海奶奶：“先要有计划，再来安排时间。”

陈涌涛急忙转移话题:“欧洲客户要来,我的计划还没弄好,要去公司加个班。”说着站了起来。

19-28 街头 夜 外

郭小琴与方贝贝走在街头，郭小琴有点儿心不在焉。

方贝贝责备郭小琴："魂儿不在身上，出来玩儿也开小差儿。"

郭小琴："没有。"

方贝贝："还没有，看你这副样子，红绿灯也分不清，小心车子呀。"拉了郭小琴一把，"我怎么觉得这段时间你好奇怪，碰到什么事了？"

郭小琴："没有。"

方贝贝："是不是别人说你靠我的关系上去？"

郭小琴："贝贝，有些事情你不知道，你要是来公司上班就好了。"

方贝贝："嘿！我老爸找你了？想给我老爸当说客呀，你不行！"

郭小琴："那你为什么不愿意来公司？"

方贝贝："小鸡爱躲在老母鸡翅膀下，可我不是小鸡，我也看不上他给我的工作。"

郭小琴："你来了，我就可以躲在你的翅膀下了。"

方贝贝笑了："躲躲躲，快躲进来吧。"张开两臂，做出拍翅膀的样子。

郭小琴："公司的事，你爸会听你的话吗？"

方贝贝摇摇头："我爸爱听唐老鸭的话，你说，这不是小二管大王嘛！"

郭小琴："小二管大王什么意思？"

方贝贝："扑克牌呀，有小二，有大王。"

郭小琴犹豫着："贝贝，我……我……"

方贝贝："我什么我，你这样说话会变结巴的。"

郭小琴："我想向你……借钱。"

方贝贝无奈地："小琴，你真是我的债主，讨债公司怎么没聘你，借钱干吗？"

郭小琴想了好一会儿："嗯……我欠人家，多借我点儿。"

19-29 陈涌涛办公室 夜 内

陈涌涛正在伏案工作，史茗提着一个快餐纸盒轻轻推门进来。

陈涌涛抬头一看："史茗，你还没下班？"

史茗把盒子放在桌上："早下班了，不像你这工作狂，我是来给你送宵夜的，饺子，趁热吃。"

陈涌涛："你来了刚好，过几天公司要搞个鸡尾酒会欢迎欧洲客户，你帮我当翻译。"

史茗在他对面坐下："行，好久没练口语了，这下可以练练我的伦敦音了，你快吃吧。"

陈涌涛笑了起来，打开快餐盒吃起饺子："欧洲客户对我们的产品感兴趣，如果印象好，可能当场会下单。"

史茗："涌涛哥，祝你马到成功旗开得胜！"

陈涌涛："好！我们用饺子碰杯，预祝一下。"

因为只有一副筷子，陈涌涛用手指夹起一个饺子，史茗见状，也用手指夹起饺子，两个饺子碰了一下。

史茗："干杯！"

两人不由笑了起来，边笑边往嘴里塞饺子。

19-30　昌业公司车间　日　内

车间职工正在紧张地忙碌着。

郭小琴走了进来："大家停一下。"

职工们停下手中的活，都看着郭小琴。

郭小琴："告诉大家一个消息，公司知道大家有困难，给你们每人暂发三百元。"

一女工："小琴，这钱什么名目？"

另一女工："是不是返还一些留存工资？"

郭小琴："不清楚，我就只管发钱。"

郭小琴掏出一沓钱，每人三百发放下去，职工们接过钱，开心地叽叽喳喳着。

阿惠领到钱后，不好意思地："小琴，昨天在食堂，我对你态度有点儿那个，你别放心上。"

郭小琴内疚地："阿惠姐，不用说了，我帮不上你们的忙，也挺着急的。"

19-31　昌业公司厂区　日　外

一群职工围住郭小琴，央求她帮忙。

一女工："小琴，你帮你们车间的人解决留存工资，也帮我们解决一下吧。"

另一女工："都是一个厂子里的，小琴，只有你能帮我们。"

郭小琴一脸无奈地看着众人。

一男工：“我们不会让你白帮的，留存工资退回来，我给你百分之十。”

职工们纷纷响应：“同意，同意，百分之十。”

郭小琴摇摇头：“真希望能帮到大家，我也不会要你们一分钱，可我……没这本事呀！”

一女工：“你能的，求你了。”

郭小琴还是摇头。

一男工：“你的意思……帮不了我们？”

郭小琴无奈地：“我发给我们车间工人的钱，其实……是我自个儿向别人借的，我现在也没钱了。”

工人们惊讶地看着郭小琴。

19-32 海奶奶家小院子 日 外

海奶奶捧着收音机在听昆曲。

韩燕走了出来：“妈，您听昆曲，怎么不用平板电脑？”

海奶奶笑着：“我习惯用收音机，这平板电脑先留着，说不定什么时候就用上了。”

韩燕点点头：“我去连队了。”过去推自行车。

海奶奶：“去吧，有你当连长，妈放心，妈现在就想到连里管管门。”

韩燕：“妈，您开什么玩笑？您来管门，我就只能扫扫地了。”

海奶奶：“我不是开玩笑，现在小海不用接送，我呀闲得慌。”

19-33　街头　日　外

韩燕骑着自行车去姐妹连，这时看见郭小琴心事重重地走在路上。

韩燕骑了过去：“小琴！”

郭小琴抬起头：“韩燕姐！”

韩燕：“你去哪儿？”

郭小琴：“我……随便走走。”说完继续向前走去。

韩燕看着郭小琴步履沉重的背影，想了想赶了上来：“我跟你一起走走。”下来推着自行车。

两人一起朝前走去。

韩燕：“小琴，你是不是有什么心事？”

郭小琴：“没……没呢。”

韩燕：“人呀，有时候会心里不痛快，找个好朋友聊一聊会舒服得多。”

郭小琴：“谢谢韩燕姐！我只是……在想一件事，不知该不该做？”

韩燕：“哦，那你是得好好想想，一个女民兵，应该做什么事，不应该做什么事，如果认定该做的，那就大胆去做。”

19-34　星巴克门口　日　外

叶苗苗与方贝贝站在星巴克门口聊天。

方贝贝：“苗苗，我好羡慕你！”

叶苗苗："我有啥好羡慕的？"

方贝贝："你立了功，工作又这么充实，不像我，好无聊！"

叶苗苗："要不你也加入反扒队吧，来星克巴打工可不符合你的身份。"

方贝贝摇摇头："现在都没小偷抓了，算了，你上班去吧。"这时她手机响了，掏出手机接听，"韩燕姐……我呀，我在苗苗店里。"

19-35 星巴克 日 内

韩燕与方贝贝坐在星巴克店里喝咖啡。

叶苗苗走过来："韩燕姐，不好意思，我现在不能陪你。"

韩燕："没事，你去忙吧，我跟贝贝坐一会儿。"

叶苗苗走回柜台内工作去了。

韩燕："贝贝，我看你一直闲着，没想找点儿事做吗？"

方贝贝想了想："人家都觉得我是富二代，我想摘掉这个标签，不靠我爸爸，可又不知道该做什么？"

韩燕："我知道你不想在你爸爸那儿工作，你有什么想法，可以跟我讲讲。"

方贝贝低下头："韩燕姐，我真的还没想好。"

韩燕点点头："你是得好好想想。嗯，小琴最近怎么样？"

方贝贝："挺好的，当了车间副主任。"

韩燕："她有没有遇到什么难题？"

方贝贝茫然地："没什么啊！"

19-36　昌业公司宿舍　日　内

郭小琴独自站在宿舍里。

郭小琴不断给自己下令："立正！稍息！立正！"过了一会儿，又大声地，"郭小琴，你是女民兵，你不出头谁出头，为大家做件好事你怕什么怕？"

19-37　昌业公司厂区　日　外

郭小琴大步向办公楼走去，走到办公楼前时又停下脚步，有点儿胆怯了。

郭小琴举起拳头为自己打气："郭小琴加油！"然后大步走进办公楼。

19-38　方昌业办公室　日　内

方昌业坐在办公桌前办公，郭小琴站在他面前。

郭小琴："方总，我向您汇报一件事。"

方昌业："什么事？"

郭小琴掏出一张纸递给方昌业。

方昌业看了一眼："这是什么？"

郭小琴："这是我们车间职工的经济状况，请您过目一下。"

方昌业皱起眉头："你什么意思？"

郭小琴鼓起勇气："他们经济都不宽裕，方总，请您把留存工资和保证金退还他们吧，还有其他员工，希望也都退给他们。”

方昌业吃惊地：“你让我取消留存工资和保证金制度？”

郭小琴迟疑地：“能取消的话最好。”

方昌业站了起来，审视着郭小琴：“小琴，我问你，你的本分是什么？”

郭小琴有点口吃：“我的本分……我……”

方昌业踱着步：“我替你回答，你的本分是协助车间主任抓好本车间的产量质量,像留存工资之类的事,不是你考虑的。”

郭小琴：“可我们车间有几十号人，他们的困难我清楚。”

方昌业：“公司有近千人，他们都是我的员工，他们需要什么我清楚，可你啊，不当家不知柴米贵，不当家不知什么叫管理手段，留存工资和保证金是手段不是目的，你明白吗？”

郭小琴：“我……我觉得公司这样做不好，应该纠正。”

方昌业冷冷地：“你不懂管理，耳根软，这些我不怪你，但你总懂得什么叫知恩图报吧？”

郭小琴张口结舌地愣在那里。

方昌业：“我给了你一份工作，还提拔你当了车间副主任，你得知恩图报忠心耿耿，你倒给我难堪，跟我唱对台戏，那就是小人。”

郭小琴急了：“方总，我不是小人，我帮工友们……就是帮企业……”

方昌业声色俱厉：“出去！”

19-39 昌业公司车间 日 内

郭小琴垂头丧气地走进车间，在一个角落坐下，几个女工围了过来。

一女工：“小琴，退还留存工资的事，老板怎么说？”

另一女工：“有没有好消息？”

郭小琴看着大家希冀的目光，努力挤出笑容：“方总说，他是当家人，厂里的事他都会考虑的，嗯……也许还得过一阵子，但他知道大家心思了，我们……先干活儿吧。”

大家的神色变得有些失望。

这时方贝贝走了进来：“小琴！”

郭小琴抬起头：“哎！”

方贝贝打量着小琴：“你怎么啦？”

郭小琴站了起来：“没……没什么，你怎么来啦？”

方贝贝低声地：“你上次跟我借钱，是遇上什么困难了吗？”

郭小琴神色不自然，欲言又止。

方贝贝：“不说算了，记着还。”

边上一个女工听到了，插了句话：“贝贝，你还向小琴讨账？不还了！”

另一女工走了过来：“就是，你爸把欠我们的工资发了，小琴再还你的钱，不然，哼……”

郭小琴忙把两个女工推到旁边：“你们胡说什么呀？”

方贝贝一愣：“什么乱七八糟的？小琴，你给我讲清楚。”

郭小琴低下头：“你去问方总。”

19-40 昌业公司门口 日 外

方昌业站在轿车边，正与秘书交代什么，方贝贝远远跑来时，方昌业已上了轿车，驶出公司门口了。

方贝贝走到秘书身边：“姜秘书，我爸去哪儿了？”

秘书：“去银行了。”

方贝贝：“他刚才跟你说什么？”

秘书：“公司里人心浮动，职工跟公司成了对立面，搞不好会罢工，都是郭小琴闹的。”说后朝办公楼走了。

方贝贝愣怔在原地，一下子有些想不通。

19-41 韩燕房间 夜 内

韩燕在衣柜里挑了一套大方得体的时装，把身上的军装换了下来，然后在镜子前转了一圈，相对满意后，看看手表，走出门去。

19-42 海浪大酒店门口 夜 外

一辆出租车停在海浪大酒店的门口，韩燕从车上下来，走入酒店。

19-43 海浪大酒店花园 夜 外

音乐、霓虹灯、笑声、谈话声交织一片，陈涌涛的公司为迎接欧洲外商，在酒店花园举办了露天鸡尾酒会。陈涌涛穿着深蓝西装配上蓝领带，史茗则是一身白色连衣裙，二人陪着外商及其夫人与助理，正在愉快交流着，其他人也分散在周边各自聊着天。

韩燕走了进来，站在树下的暗影里，搜索着陈涌涛的身影，而陈涌涛也看了一眼入口处。这时舞曲响了起来，外商夫妇、陈涌涛与史茗，还有其他人，在灯影摇曳的中心位置跳起了交谊舞，陈涌涛与史茗成了最引人注目的一对。

韩燕身边不远处站着一对男女客人，正在窃窃私语。

女客人：“陈总和女翻译共舞太美了，真像是天生一对。”

韩燕感觉自己与这气氛格格不入，像个多余的人，便转过身离开了。

19-44　方昌业家客厅　夜　内

方昌业神情恼怒地坐在沙发上，唐美雅坐在他旁边。

唐美雅：“什么事生这么大气啊？是不是你那宝贝女儿又惹你生气了？”

方昌业摆摆手。

方贝贝牵着牧羊犬进来：“哎，你别背后说我坏话。”

唐美雅：“没人说你坏话，是你老爸在生气。”转向方昌业，“老方，你到底怎么啦？”

方昌业：“我方昌业有头有脸，竟然被自己手下摆了一道。”

唐美雅：“谁胆子这么大，炒他鱿鱼。”

方贝贝坐到方昌业对面：“爸，是不是……小琴让你生气了？”

方昌业：“你知道了就好，她今天给我下软刀子，为全体员工出头讨工资，一点儿都不考虑企业困难，留存工资与保证金我又不吃掉，这也是企业控制人员流动的一种方法嘛，她又不是不知道。”

唐美雅:“郭小琴这人平时胆小怕事,今天吃了豹子胆了？”

方贝贝：“爸，您都升她当副主任了，她为什么这样？会不会被人利用了？”

方昌业：“人为财死，鸟为食亡，小琴爱钱的小精明你比我清楚，她是想利用她跟你的关系打自己的小算盘。”

唐美雅：“什么小算盘？”

方昌业：“据反映，是她跟职工们事先说好了，要回留存工资，他们给她百分之十。”

方贝贝大吃一惊，气呼呼地站起，噌的一下跑出去了。

19-45　街头　夜　外

方贝贝一路发疯奔跑着，发泄着心中的怒火与懊恼，实在跑不动了，便瘫坐在路边，望着脚前的地面发呆。

19-46　娱乐城　夜　内

王凯男在娱乐城内巡逻，走过洗手间门口时，一个大胡子男子快步走了出来，与王凯男错身而过。王凯男觉得这男人在哪儿见过，一时想不起来，走到走廊转角时，突然想起来了，于是急忙追上去，却找不到大胡子男子了。

王凯男跑到门口问一个保安：“有没有一个大胡子男人出去？”

保安：“好像有，那边。”指了指方向。

王凯男急忙追了出去。

19-47 街头 夜 内

大胡子男人上了一辆轿车，驶进一条巷子。这时王凯男跑着追了出来，一路没有发现大胡子，而韩燕则从对面慢慢走了出来。

王凯男经过韩燕时，突然刹住问：“看到一个大胡子没有？”

韩燕一看竟是王凯男：“凯男？”

王凯男这才发现是韩燕：“韩燕，你有没有看到一个大胡子男人过去，刚从娱乐城方向出来的。”

韩燕困惑地摇摇头：“没有啊！”

王凯男朝街头望着，叹了口气。

韩燕：“凯男，你找谁呀？”

王凯男不应答，转头就走。

韩燕：“凯男你留步。”

王凯男停住脚步，转过身来：“干吗？”

韩燕：“你火烧火燎的找什么大胡子，是不是出什么事了？”

王凯男："出什么事？要出的也早出了。"向前走去。

韩燕跟上去："凯男，我想跟你聊聊。"

王凯男："韩连长，你找错人了，我可不是陪你聊天的人。"

韩燕："凯男，我们都是姐妹连的人，我不希望有任何一个人离开姐妹连。"

王凯男："你讲得很正确，但我也不希望站在某个人的矮檐下，等着瓦片砸脑袋。"

王凯男快步走向娱乐城，韩燕停住脚步，神情失落地望着她的背影。

19-48 娱乐城保安值班室 夜 内

王凯男一个人坐在保安值班室里看监控录像，终于大胡子男人出现了，她把这个男子的面部定格放大，然后脑海中出现了绑架刘月仙的那个毒贩络腮胡男人。对，他们就是同一个人。

［闪回］

19-49 一组镜头 夜 外

娱乐城走廊。彩色光线下，一个大胡子男人一闪而过。

渔船甲板上。王凯男与刘月仙帮一个络腮胡男子扶孕妇下渔船，上了快艇。

海上。王凯男与赵彩花等驾着快艇，追赶劫持了刘月仙的络腮胡男人与假孕妇，一片浪花卷起，镜头化为一片模糊的灯光。

［闪回结束］

19-50　娱乐城保安值班室　夜　内

王凯男拿出一张刘月仙的照片看着，眼中浮着泪花。

她继续在监控录像中搜索大胡子男人，发现他从一个包厢里出来，警惕地看看四下，朝洗手间方向走去。过了好一会儿，两个男子晃晃悠悠地从这个包厢出来，朝门口方向走去。

19-51　娱乐城包厢　夜　内

王凯男来到大胡子男人出来的那个包厢门外，向一个服务生了解着情况，然后轻轻推开包厢门，竟见方贝贝独自坐在那儿一杯一杯喝闷酒，房间播放着伤感愤怒的歌曲。

王凯男上去关了音乐：“贝贝，你怎么在这儿？”

方贝贝伤感地苦笑着：“凯男姐，来，陪我喝酒。”

王凯男夺下贝贝的酒杯：“怎么回事？喝成这个样子？”

方贝贝夺回酒杯又一口喝光：“我想醉！”

王凯男直接把啤酒收走了：“买醉容易冷静难，不管有什么事情都要勇敢面对。”

方贝贝苦笑着摇摇头。

王凯男："你进来时有没看到什么人？"

方贝贝："没有，就我一个人。凯男姐，如果好朋友对不起你怎么办？"

王凯男陷入沉思，眼中多了一抹悲伤："对不起好朋友，会后悔一辈子。"

第二十集

20-1　韩燕房间　日　内

陈涌涛清晨醒来，见一身军装的韩燕正要出门。

陈涌涛：“燕子！”

韩燕转身看着陈涌涛。

陈涌涛起来穿衣服:“昨晚我等你出席鸡尾酒会,你却没来,让我在客户面前失礼了。”

韩燕冷淡地：“噢，我来不来有这么重要？”

陈涌涛：“你历来是一诺千金的，怎么到了我的事上就不灵验了？”

韩燕：“灯红酒绿、歌舞翩翩、老板佳人的场合，我这样的军人出现，会比较煞风景。”说完开门出去了。

陈涌涛回味韩燕的话，似有所觉又茫然不解。

20-2　娱乐城大厅　日　内

王凯男坐在大厅里发呆。

张彬走过来：“凯男，一大早的发什么呆？”

王凯男：“没呀！”

张彬：“我一个啤酒厂的朋友来跟我谈生意，你也来我办公室坐坐。”

王凯男：“你谈生意，我去干吗？”

张彬：“是你认识的刘宝，你在我好打发他。”

20-3　昌业公司围墙外　日　外

方贝贝靠着围墙站着。

郭小琴走了过来：“贝贝，我打你电话怎么都不接？”

方贝贝冷冷打量郭小琴：“真看不出来，你郭小琴原来是这种人。”

郭小琴怔住了，半晌，望着方贝贝：“你怎么这样说话？”

方贝贝声色俱厉：“你扪心自问，我有没有把你当外人？我当你是好姐妹，我老爸把你当亲信，你呢……为了钱跟我爸作对，一点儿都不记情分。”

郭小琴急了：“不是这样的。”

方贝贝：“怎么？敢作不敢当啦？”

郭小琴：“你不讲理，偏听偏信。”

方贝贝：“那你说个理出来，我看你的理是圆的还是扁的？”

郭小琴满脸委屈，一声不吭。

方贝贝："没理了吧？"

郭小琴叹了口气："你咄咄逼人的，我还解释什么？"

方贝贝："没想到你是一个见钱眼开的小人。"

郭小琴扬起头："方贝贝，你爸说这种话就算了，你怎么也这样说，太不尊重我了。"

方贝贝冷笑着："郭小琴，你不尊重自己，谁还尊重你？告诉你，从今天起，我跟你……断交。"

郭小琴吃了一惊，一把抓住方贝贝的手："贝贝，把这句话收回去。"

方贝贝甩开郭小琴，扬手给了她一耳光，郭小琴惊呆了，方贝贝也被自己的行为惊住了。

郭小琴伤心地哭了："欠你的钱我会还你的。"然后转身跑走了。

方贝贝十分懊恼，一拳砸向墙壁，痛得龇牙咧嘴。

20-4　张彬办公室　日　内

张彬、王凯男与啤酒厂的刘宝坐在沙发上谈生意。

张彬："刘宝，你真给我这么多优惠？"

刘宝："怎么样兄弟，我这条件比别的啤酒厂好吧？"

张彬："好是好，就是不知道客人愿不愿要你们的啤酒？"

刘宝掏出一包好烟，扔给张彬："兄弟，我刘宝为什么抽得起这种顶级好烟，因为我比别人更懂得推销是一门艺术，推啊推啊……”

张彬笑了起来：“瞧你这样，还艺术？都成老汉推车了。”

刘宝：“错错错，这推，不是老汉推车，是半推半就。”

王凯男：“你们聊，我出去了。”

刘宝：“别急凯男，精髓部分你也听听。”

王凯男只得坐着。

刘宝：“张彬，你帮我找一名美女来推销，不穿那种没特色的广告衫，专穿我提供的超短紧身旗袍裙，我要把她包装得既性感火辣又清新靓丽，让她自由地在每个包厢飘来飘去，跟客人互动互动，营造一种别样的诱惑。”

王凯男边听边凝神沉思着。

张彬摇着头：“找不到人，没人愿意干这份工作。”

刘宝：“提成可以翻番，翻番，老兄，重赏之下必有勇夫，不，勇女。”

王凯男忽然站了起来：“刘总，你看我合适吗？”

张彬与刘宝都吃惊地看着王凯男。

20-5　娱乐城门口　日　外

张彬与王凯男站在门口送刘宝上车。

刘宝坐在轿车里：“凯男，就定你了，再见！”开车走了。

张彬不解地看着王凯男。

王凯男笑着：“别这么看我，我觉得这个工作有挑战性。”

张彬：“什么挑战性，我看有挑逗性。”

王凯男："话别说得这么难听，推销啤酒，就是一推销员，有什么不可以干的？"

张彬："你王凯男想干这活儿，我还是不明白？"

王凯男："没什么好不明白的，张彬，坦诚地说，我当保安队长当累了，不想得罪人了，我想跟人搞好关系，多赚钱，就这么简单。"

张彬："这不像你王凯男的话。"

王凯男："人也不是一成不变的，谁能想到我王凯男会从姐妹连主动辞职，但我辞了，想去推销啤酒，也很正常。"

张彬："我们是朋友，我劝你一句，不要太草率。"

王凯男："什么草率不草率的？又不是找对象嫁老公，不就一工作嘛。"

张彬摇摇头："不行，我得为你负责。"

王凯男："你又不是我男朋友，要你负什么责？别婆婆妈妈了，当我是朋友就尊重我的选择。"

张彬词穷了，但仍然劝说："你想，什么样的客人都有，刘宝还说啥……别样诱惑，你……你会吃亏的，万一……"

王凯男："你别担心，我有分寸，再说，我会拳脚，还怕有人欺侮我？"

张彬："我就怕有人对你动手动脚，你就拳打脚踢，不把我这儿闹翻了才怪！"

王凯男："你这哪是为我着想，还不是为自己着想嘛。"

20-6 医院取药处 日 内

韩燕在医院取药处取了两瓶降压药。

秋霞从走廊过来，看见了韩燕："韩燕姐，你怎么啦？"

韩燕："给海奶奶开降压药。"

秋霞："我有一段时间没见你了，留下来一起吃饭吧。"

韩燕："不用，还得回连队呢。秋霞，告诉你一个最新消息，丁刚转业了。"

秋霞有些吃惊："咦，都没听他讲，他转业回老家了吗？"

韩燕："没回老家，留在了青岙，在青岙县消防大队三中队当副中队长。"

秋霞点了点头。

韩燕："有空联系联系，去看看他。"

秋霞不好意思地："凯男姐有一次说过，要组织一班去看他，可一直没去。"

20-7 姐妹连门卫室 日 内

韩燕与海奶奶站在姐妹连门卫室里说话。

韩燕把降压药递给海奶奶："妈，给您买了降压药，瞧您，血压又高了。"

海奶奶："没事，妈看着连队的一砖一瓦，心里就舒服。"

韩燕："妈，您可以经常来走走看看，但让您做门卫，这太委屈您了，再说您要是累着了，我也不安心啊！"

海奶奶笑了："妈这个门卫也就是尽点儿义务，不算正式，有空就多来，没空就不来，这样也充实点，也不会影响到你。"

韩燕见海奶奶心意已决，也不硬劝了："好吧，您若累了，随时叫人替班，门卫还是两个人，现在一个您，一个别的女民兵。"

海奶奶点点头："行！"

这时，郭小琴从外面走进营房："韩燕姐，海奶奶……"

韩燕见郭小琴神情异样，泪痕犹在，便走出门卫室："小琴你怎么啦？"

20-8　营房路上　日　外

韩燕与郭小琴走在营房路上，小琴还在抹着眼泪。

韩燕："贝贝不听你解释，还打了你，是她错了。姐妹之间怎么好动手，她误会你了，你也不要记恨贝贝。"

郭小琴："我不是来向你告状的，我是不知道怎么办才好？因为她……她扬言和我断交。"

韩燕："她这是气话，等她明白过来后，就会知道自己讲错了。"

郭小琴："韩燕姐，我觉得我很没用，很懦弱，两边不是人。"

韩燕："小琴，你站出来讲了职工们的心里话，帮企业指出不对的做法，你一点儿都不懦弱，你很勇敢，小琴，你是好样的！"

郭小琴："我想帮他们，还是没帮成。"

韩燕："你尽力了，你先安下心，后面的事我想办法。"

郭小琴："方总对我不薄，在连队时我还拿工资加补贴，现在这样子，是有点儿对不住他。"

韩燕："别胡思乱想，你没对不住他……在连队拿工资补贴是怎么回事？"

郭小琴愣住不吭声了。

韩燕想了想："我明白了，在连队时，你为贝贝做了很多事。"

郭小琴："这其实是……方总交给我的工作。"

韩燕沉思着："以前的那些不重要，只要你现在想明白了，以后的路怎么走，才是最重要的。"

20-9　娱乐城休息室　日　内

王凯男穿了一件红色的性感超短旗袍裙，正在穿一双红色高跟鞋，张彬叉着双手站在旁边，还有两个女服务员在窃窃私语。

王凯男笨拙地走起台步："走自己的路，让别人去说吧。"

张彬："你现在走的是别人的路。"

王凯男："我走了别人的路，别人就无路可走了。"

张彬无可奈何地摇摇头。

王凯男看着众人："怎么样？还行吧？"

一个女服务员应着："行，好看，王姐成大美女了。"

张彬："三分人才，七分打扮，你穿这衣服，确实好看了很多，但也不是王凯男了。"

王凯男："王凯男又不是民兵制服保安制服的品牌。"

这时钱玲玲走了进来，走到张彬跟前："瞧你，眼珠子都快掉出来了。"

张彬耸耸肩膀，转身走出门去。

钱玲玲瞟了王凯男一眼："哟，还以为谁呢，王凯男怎么也穿成这身打扮了？难怪张总都来看热闹。"

王凯男走到钱玲玲跟前俯视着她，突然大笑起来，钱玲玲吓了一跳，不快地扭身走了。

20-10　方昌业办公室　日　内

方昌业与韩燕面对面坐在沙发上。

方昌业："韩连长大驾光临，不知是……"

韩燕微笑地："算是家访，贝贝怎么样？"

方昌业："她不愿在我手下工作，说这是坐享其成，让她去美国留学吧，她又不去。"

韩燕："小琴呢？"

方昌业不直接回答，继续讲方贝贝的事："没有经过姐妹连的磨练，我家贝贝在社会上有可能混坏了，现在确实大不一样了。韩连长，贝贝的变化，还真得感谢你！"

韩燕："人呀，在一个环境里，是会受感染的，贝贝的变化，与身边的女民兵大有关系，大家互相感染互相帮助，这是很起作用的，比如小琴，对贝贝帮助也很大。"

方昌业有点儿走神。

韩燕取出两份资料递给方昌业："这是贝贝、小琴在姐妹连的表现记录，你看一看，她俩一步一步走过来，一起克服困难，一起进步，不容易呀！"

方昌业看了起来。

韩燕："没有小琴，贝贝也许坚持不下来，她俩的姐妹感情是在姐妹连里结下的。就说小琴的变化吧，也很大，以前胆小怯懦，还爱计较点儿小得失，现在呢，也不一样了。"

方昌业："这个小琴，我觉得没变好。"

韩燕淡淡一笑："小琴不计个人得失，为工友利益出面讲话，其实，更是在维护企业利益，这种变化难能可贵，方总不觉得她是个好员工？"

方昌业尴尬地："原来韩连长都知道情况了，那我也没什么可说的，关于郭小琴嘛……她辞职离厂了。"

韩燕吃了一惊："她离厂了？什么时候？"

方昌业："你来之前。"

韩燕站了起来，快步出门，方昌业没反应过来，韩燕已经走了。

20-11　方贝贝卧室　日　内

方贝贝坐在卧室里发呆，她的牧羊犬衔着一封信窜了进来，走到方贝贝跟前。

方贝贝奇怪地："咦？"取下信打开阅读，这信是郭小琴写的。

（画外音，郭小琴的声音）：“贝贝，我走了，离开青岙了。你和方总对我的好，我记着。这次讨工资，我是想为工友们解决后顾之忧，但我没做到。上次向你借钱，是和我的钱一起，发给车间工友了，他们好多人日子不好过。你和我，是一个连队一个班里的好姐妹，而且是最要好的姐妹，你却不相信我，我再一次跟你说，我没拿谁一分钱，我希望活得有尊严！”

方贝贝看着信，神色变得凝重，少顷，站起来跑出门去。

20-12　路上　日　外

郭小琴拉着一个很大的拉杆箱，背着一个旅行包，在马路上走着。一辆出租车开过来，小琴伸手拦住，司机帮她把箱包放到轿车行李箱中，小琴上了车，出租车向远处驶去。

20-13　昌业公司宿舍　日　内

方贝贝冲进郭小琴宿舍，只见已人去床空，同宿舍还有一个女生正在宿舍里。

方贝贝着急地：“小琴人呢？”

那女生不搭理方贝贝，方贝贝只好拿出手机打郭小琴电话，但郭小琴的手机关机了。

方贝贝：“求求你，请告诉我，小琴去哪儿了？”

女生：“走了，去哪儿了我也不知道。”

20-14 车站 日 内

韩燕冲进车站售票处，四下扫视，在排队买票的队伍中，一排一排地找。

韩燕又跑向候车室，冲着人堆喊：“小琴！郭小琴！”见一个女孩背影酷似郭小琴，便叫了声，“小琴！”上前拉住那女孩，结果认错了人，连忙道歉，“对不起！对不起！”

这时，方贝贝也赶来了：“韩燕姐，看到小琴了吗？”

韩燕摇了摇头，方贝贝转身跑出候车室，韩燕急步跟了出去。

一会儿，一个角落里露出郭小琴戴着口罩的脑袋，她看了看四周，拖着行李，走到检票口检了票，乘上开往省城的班车。

20-15 连长办公室 日 内

方贝贝沮丧地站在那儿，韩燕过去拉开抽屉，取出一沓钱与一张郭小琴车间职工的经济情况记录。

韩燕：“这是郭小琴托我还你的钱，本来我要当面帮你们解开误会，不料她离开了。还有，小琴在这张纸上记录了车间职工家里的经济情况，她本想帮帮工友，但因此得罪了你爸爸，还被你误解。”

方贝贝默默接过钱，看着那张记录，若有所思。

韩燕：“怎么不说话？”

方贝贝：“我……我脑子有点儿乱，不知道说什么？”

韩燕走了过来：“这张记录你也看到了，你自己想想，你爸实行留存工资与保证金的办法应不应该？小琴建议你爸发放工人工资出于什么目的？想明白了，心里的矛盾也就解开了。”

方贝贝：“可是……”

韩燕：“可是什么？”

方贝贝哭了起来：“我……我打了小琴，还说了狠话。”

韩燕：“姐妹连叫姐妹连，因为大家是姐妹，姐妹姐妹，这俩字你得好好咀嚼！”

20-16　姐妹连大门口　日　外

方贝贝垂头丧气地走出姐妹连营房。

海奶奶跟了出来：“贝贝，我回家，我们一起走走。”

方贝贝：“嗯！”

二人朝外边走去。

海奶奶：“你跟小琴闹别扭，凯男跟韩燕闹别扭，心里别扭着不自在呀，趁这结没系死，赶紧要松开。”

方贝贝：“您说的我懂……海奶奶，您和别人闹过别扭吗？”

海奶奶笑了：“你这丫头，怎么说话的？”

方贝贝不好意思地：“海奶奶，对……对不起！”

海奶奶叹了口气：“没事，你海奶奶呀，确实也跟好姐妹闹过别扭……一闹就是一辈子……唉！一言难尽……世上没有后悔药，解铃还须系铃人！”

20-17　公墓　日　外

王凯男把一束白菊花放在刘月仙墓碑前。

王凯男："月仙，我发现那个大胡子毒贩了，他还会来的。我不打草惊蛇，我要把他们一网打尽，为你报仇！"

20-18　娱乐城包厢　夜　内

阿祥与一个业务员陪着两个客户在唱歌，这时，穿着性感旗袍裙的王凯男推开包厢门，她一见阿祥，连忙收回脚步，关门离去。

阿祥纳闷地："刚才那女的，怎么那么面熟？"

业务员："好像是……姐妹连的王凯男。"

阿祥："不可能！"

20-19　星巴克　夜　内

方贝贝坐在叶苗苗工作的星巴克里，拿着手机给郭小琴发微信。

——"小琴我错了，我向你道歉，你不要不理我！"

——"你到底躲在哪个角落？出来吧，别玩儿了，我投降！"

叶苗苗忙了一圈后过来，坐在方贝贝对面："贝贝，不是我说你，小琴对你这么好，你怎么能这样？"

方贝贝垂着头："我……我后悔死了！"

叶苗苗掏出手机："我们去找凯男姐。"

方贝贝："别呀，她会骂死我的。"

叶苗苗："你傻呀，凯男姐是我们班长，说不定能帮到你，再说她有经验呀，她以前也打了你，现在你俩关系不是挺好的嘛。"

方贝贝想想也是，点了点头。

叶苗苗给王凯男拨了电话，好一会儿也没人接，只好挂了，一会儿，王凯男打了回来。

叶苗苗连忙接通电话："凯男姐，我和贝贝要去找你……什么？……嗯，好吧。"挂断电话。

方贝贝："她说什么？"

叶苗苗："她说，今晚她不在，明天联系我们。"

20-20　娱乐城包厢　夜　内

另一个包厢里，响着阵阵笑声，王凯男正在开酒倒酒，几个男客人色眯眯地盯着她。

一男子："美女叫什么？"

王凯男："我叫王……小鱼。"

男子挤眉弄眼："有缘啊，小鱼，我叫大浪，我喝你推销的啤酒，还要跟你交朋友。"

另一男子凑到王凯男身边，"美女，今晚上陪我们哥儿几个唱歌，把我们陪好，小费丰厚。"

王凯男："有俩钱就不知道自己姓什么了？"

男子拉住王凯男："不管小鱼大鱼，都是我的菜。"

众人哄笑起来。

王凯男甩开他的手："文的不行武的来，是吧？"

男子："性格挺辣嘛，哥喜欢，抱一个。"伸开双臂想抱王凯男。

王凯男："好，给你个机会，我们掰手腕，你赢了再说。"蹲下来，把手臂搁在茶几上。

男子："好！熊掌掰你的凤爪，用不了二两半力气，哈哈哈！"

这时，阿祥稍稍推开门，透过一道门缝，在外看着。

该男子蹲下来与王凯男掰手腕，一下子被王凯男扳倒了。

男子："怎么回事？我刚才没发力，再来。"

王凯男："好啊，我还有一只手空着，干脆一手一个，来。"指了指边上另一个男子。另一男子笑着过来："想作死，满足你。"

王凯男不理他，两手掰两人，同时发力，把两人都掰倒了，这几个客人们吃惊地看着她，没人再敢上阵。而在门外的阿祥看了个真真切切，确定真是王凯男。

20-21　陈涌涛办公室　日　内

陈涌涛坐在办公桌前，阿祥坐在他对面，正在向他汇报工作。

阿祥："昨晚他们很开心，这笔生意当场敲定。"

陈涌涛："很好！市场这块我们已经站稳了，接下去就是扩大战果。”

阿祥犹豫着：“有个事跟你说，你不能说出去。”

陈涌涛笑着：“放心吧！你去娱乐城是为了工作，不会让春霞知道的。”

阿祥：“不是这个事。”

陈涌涛：“哦？”

阿祥神秘地：“我昨晚看到王凯男了。”

陈涌涛：“那不很正常嘛，她是那儿的保安队长呀。”

阿祥把头摇得跟拨浪鼓似的：“她穿得性感暴露，跟妖精似的。”

陈涌涛不相信地看着阿祥：“你一定看错了。”

阿祥：“我也以为我看走眼了，又去悄悄观察了，百分百是她，后来还跟服务生打听了她的名字，就是王凯男，这事……千万不能让老王知道。”

陈涌涛困惑不解，但又不得不信。

20-22 海滩 日 外

王凯男、叶苗苗、方贝贝坐在沙滩上，她们已将郭小琴的事告诉了王凯男。

王凯男：“我想打人！”

方贝贝怯生生地：“你想打我，小琴能原谅我的话，打就打吧。”

王凯男：“不是打你，我想打你爸。”

方贝贝不吭声了。

叶苗苗："凯男姐，现在该怎么办？"

王凯男："得先找到小琴。"

方贝贝："我去找，就算她跑去火星了，我也要找到她。"

叶苗苗："那你得坐宇宙飞船哦。"

王凯男："别废话！找到了才有机会认错道歉。"

方贝贝："要是她不原谅我怎么办？"

王凯男："你得努力！想想当时我打了你，你是怎么原谅我的？"

叶苗苗想了想，抢答："凯男姐向你认了错，在班会上书面检讨，还收拾了小流氓，帮你解了围。"

20-23　山顶岗哨　日　外

韩燕在山顶岗哨查岗，正跟站岗的女民兵说着什么。

方贝贝跑了上来："韩燕姐！"

韩燕："贝贝！"

方贝贝："我要去找小琴了，她一定去哪个城市打工去了，我一个地方一个地方去找，不找到她不罢休。"

韩燕想了想："那你去吧，一路上小心点儿，跟我保持联系，我也想办法打听打听。"

方贝贝点点头："好的。"

韩燕："见了小琴，别再闹脾气，大家一起集训一起抗台，姐妹情加战友情，一定要珍惜！"

方贝贝："我向你保证！韩燕姐，你和……凯男姐，也要早点儿和好。"

韩燕点点头："嗯，我得学你这种踏破铁鞋的劲儿，找机会同她好好沟通。"

方贝贝要走时又转过身："海奶奶说，她也跟好姐妹闹过别扭，一闹就是一辈子，你知道那人是谁吗？"

韩燕茫然地："我不知道，从没听她提过。"

20-24　方昌业家客厅　夜　内

方贝贝穿了一身迷彩服，背着一个迷彩双肩包，从卧室出来。这时，方昌业携着大肚子的唐美雅从外面进来。

方昌业："贝贝，你这是要去哪里？"

方贝贝："找小琴。"

方昌业不悦地："你有没有搞错，她郭小琴是个小女工，你整天跟她凑什么热闹，走了就走了呗！"

方贝贝："她是我的好姐妹，我当然要去找。"

方昌业："就算你们一起在姐妹连待过，那也是我派去给你当保姆的。"

方贝贝："你是个大老板，你不懂这种感情。"

方昌业有些激动："你们的姐妹情，难道胜过我们的父女情？"

方贝贝的眼眶红了一下："我都在乎！所以老爸，我想提醒你，留存工资跟保证金的手段不要搞了，不但违反劳动法，还离心离德，对你对企业都没好处。”

方昌业还想拦住方贝贝不让她走。

唐美雅拉了一下方昌业：“女大不中留，你拦得住吗？”

方贝贝掏出一张银行卡放在桌上：“爸，这个还你，你保重！”然后快步离去。

牧羊犬紧跟着贝贝窜了出去。

20-25　高速公路　夜　外

方贝贝开着轿车，行驶在高速公路的夜色中，牧羊犬蹲在副驾驶座上，跟着主人前往陌生的地方。

20-26　韩燕房间　夜　内

韩燕与陈涌涛靠在床上，各自捧着一本书在看。

陈涌涛放下书：“燕子，你最近见过王凯男吗？”

韩燕心不在焉地：“嗯。”

陈涌涛：“她好像没当保安队长了。”

韩燕也放下书：“张彬提拔她当副总了？”

陈涌涛：“不是！该怎么跟你说呢？不说不好，说了也不好。”

韩燕：“什么意思？”

陈涌涛迟疑了一下：“她穿着性感暴露，像个妖精，在包厢里陪人喝酒。”

韩燕瞟了陈涌涛一眼：“胡说八道！”

陈涌涛："真的！是我公司的人亲眼看到的。"

韩燕不以为然地："哼！我怎么觉得是你亲眼所见似的？"

20-27　陈涌涛公司门口　日　外

阿兰提着一个袋子站在陈涌涛公司门口。

史茗跑了出来，一把抱住阿兰："阿兰！"

阿兰开心地："史茗，你越来越漂亮了。"

史茗帮阿兰提上袋子："上去说。"

20-28　陈涌涛公司　日　内

史茗带着阿兰穿过一个大办公室，进到一个透明玻璃的小办公室。

史茗："这是我的办公室，坐下歇会儿。"

阿兰好奇地四下打量，史茗给阿兰倒了杯水，阿兰从袋里取出一大包晒干的羊栖菜、一瓶药丸、好几串贝壳手链。

史茗："你怎么走亲戚似的。"

阿兰："这羊栖菜给你吃，这药丸呀，你上次说陈涌涛有头痛病，大婶特地挖了草药配的，贝壳手链是我自个儿做的，带给你和一班的姐妹，你挑一串。"

史茗挑了一串戴在手上："真好看！"

阿兰："史茗，今天……"

史茗："今天什么？"

阿兰：“今天……算是我的生日。”

史茗开心地：“真的呀，那我来给你办生日会，我们到春霞姐的渔家乐去，把一班的姐妹都叫上。”

阿兰摇摇头：“小琴和贝贝都不在呢。”

史茗神色微变：“是啊，没想到她们还闹出这种事情来，希望贝贝找到小琴，消除误会。”

阿兰：“一定会找到的。史茗，其实……今天也不算我的生日。”

史茗不解地：“你把我搞糊涂了。”

阿兰：“今天是我进孤儿院的日子，所以我在想，贝贝都去找小琴了，我也想找个人。”

史茗：“谁？”

阿兰：“我的……妈妈。”

史茗：“你有没有你妈妈的什么信息？比如姓名呀，文字呀，信物呀……”

阿兰茫然地摇摇头。

20-29　陈涌涛办公室　日　内

陈涌涛站在沙盘前看着，想着什么。

史茗推门进来：“涌涛哥，这是阿兰给你带来的。”把药丸与羊栖菜递给他。

陈涌涛看看药丸：“这是什么？”

史茗：“是吴大婶给你配的中药丸，治头痛的。”

陈涌涛："叫阿兰替我谢谢吴大婶。羊栖菜不用送了，我们养殖的羊栖菜有望大丰收，我正在考虑新建一个工厂，做羊栖菜饮料。"

史茗："这个思路好！"

陈涌涛："你这位海洋大学的高材生，可得帮我好好出谋划策了。"

史茗不好意思地："我怕帮不上什么忙。"

陈涌涛："你站在我身后，给我精神力量，也是很大的支持。"

史茗脸一红："涌涛哥，你别说错话了，站在你身后给你精神力量的是韩燕姐。"

陈涌涛尴尬地："我的意思是，我的身后，站着公司的全体员工，你呢，同时还是我的好朋友，当然，这身后也包括家里人。"

20-30　一班宿舍　日　内

海奶奶站在一班宿舍里，望着窗台那盆翠绿的仙人掌。

阿兰走了进来："海奶奶！"

海奶奶："阿兰，你怎么来了？"

阿兰："我到史茗那儿去了一趟，想着回连队看看。"

海奶奶："吴大婶都好吧？"

阿兰："挺好的。"

海奶奶沉思着："我有个老姐妹也姓吴，就是不知道她过得好不好？"

阿兰："你们好久没见面了吗？"

海奶奶点点头：“她离开青岙几十年了，也不知在哪里？我也想像贝贝找小琴那样，出去找找她，可是人老了，腿脚不行了。”

20-31　春霞家　日　内

春霞、秋霞、阿兰、史茗、叶苗苗、王凯男围坐在桌前喝茶。

秋霞：“我姐的肚子越来越圆了，我快当小姨妈了。”

王凯男：“我们还是干妈呢。”

春霞：“你们也加油，快点找对象，别做单身狗。”

阿兰纳闷地：“单身为啥就成狗了呢？”

大伙嘻嘻哈哈笑了起来。

王凯男：“秋霞跟我约好了，一班的姐妹去看丁教官，要不现在去？”

春霞：“去吧，我不方便去，秋霞替我向丁教官问好。”

20-32　消防大队三中队门口　日　外

王凯男、秋霞、叶苗苗、阿兰、史茗站在消防大队三中队门口。

丁刚小跑着出来：“欢迎！欢迎你们！”

大伙儿都招呼着：“丁教官，你好！”

丁刚扫了两眼：“咦，方贝贝和郭小琴呢？”

王凯男：“她们出远门了。”

丁刚："王凯男，俺要跟你办理交接。"

王凯男茫然地："什么？"

丁刚啪地一个敬礼："王凯男班长，你不在姐妹连那段时间，俺代理了一班班长，现在跟你正式交接！"

见丁刚这么认真，大伙儿都笑了起来。

王凯男："我都退连了，还交接什么？"

丁刚："俺不管！"

史茗笑着："你把秋霞也交接给凯男姐了。"

丁刚一下愣怔住了，眼睛瞄了瞄秋霞。

大伙又笑了。

秋霞连忙转移话题："丁教官，你就让我们站在外面吗？"

丁刚反应过来："请进！快请进！"走到秋霞身边，"秋霞，都好吧？"

20-33　消防大队三中队　日　内

丁刚领着王凯男她们参观三中队，几个消防员跑了过来。

一消防员笑着："丁队，哪位是嫂子？"

丁刚尴尬得不知如何应答。

叶苗苗突然来了句："都是。"

这下把几个消防员整傻眼了。

丁刚朝消防员们瞪了一眼："开玩笑呢，都回去！"

消防员们转身溜了。

王凯男："苗苗，你是想挖秋霞墙角吗？"

叶苗苗：“凯男姐，别瞎说，秋霞要打我的。”

秋霞红了脸：“瞧你们胡说些什么？”

丁刚嘿嘿笑着，又把她们领到二楼直通门，只见一根很粗的铜管竖直通向一楼车库。

丁刚：“出警铃声一响，消防队员马上从这根管子滑下去，下面就是车库。”

王凯男见状跃跃欲试。

丁刚：“俺示范一下，交臂交叉抱紧管子，双腿夹住管子，不要太紧，自然下滑就行。”说后抱着管子，刷的一下滑下去了。

王凯男随后也滑了下去。

丁刚朝上面喊：“秋霞，照俺说的做，大胆下来，俺接着你。”

秋霞犹豫了片刻，终于抱住管子，滑了下来，丁刚连忙扶住她。

秋霞仰头喊：“没问题，都下来吧。”

阿兰、叶苗苗、史茗也随后滑下，被丁刚与王凯男扶住。

20-34　路上　日　外

王凯男她们去看丁刚回来，走在路上。

史茗：“今天是阿兰的特殊日子，我们借春霞姐的渔家乐给她过生日吧。”

大家开心地：“好！阿兰生日快乐！”

阿兰：“今天其实是我进孤儿院的日子，我得回到孤儿院去和孩子们一起过生日，还有吴大婶、李奶奶她们。”

王凯男："阿兰做得对，你下回来我们再一起过。"

这时，她们遇到了骑着自行车过来的韩燕。

韩燕刹住车："听说你们去看丁刚了。"

秋霞："是呢，刚回来。"

王凯男："我先走了。"扭身要走。

韩燕："凯男，干吗一见我就走？"

王凯男："韩连长，你教会了我一件事，坚守岗位，我得回去上班。"说后径直走了。

大伙儿都有些尴尬。

韩燕无奈地一笑："没事，没事，凯男见到我就这样子。"

叶苗苗突然拿着手机嚷嚷："贝贝发抖音视频了。"转过手机屏幕给大家看。

视频中，方贝贝走在一个城市的街道上。

——方贝贝："小琴，你在哪个城市？我来找你了，求你不要跑太远！"

20-35　街头　日　外

方贝贝走在城市的街道上，手里捧着一沓寻人启事，牧羊犬跑在她身边，她在一个小区门口的宣传窗上贴了一张寻人启事。

一个保安走过来："你在乱贴什么？"

方贝贝："大哥，我在寻找我的好姐妹，让我贴一张，算是帮我个忙。"

20-36 孤儿院 夜 内

阿兰坐在桌前，面前摆着点了蜡烛的蛋糕，边上坐着老民兵李奶奶等，还有孤儿院院长杨阿姨、乡民政办黄大姐，以及一群孤儿院的孩子们。

（画外音）阿兰闭眼许愿："我许的第一个愿是找到妈妈爸爸！第二个愿祝吴大婶、李奶奶她们健康快乐！第三个愿希望我自己当好一个合格的女民兵！"

阿兰睁开眼，吹灭了蜡烛，灯又亮起，音乐响起。

大家唱起了生日歌："祝你生日快乐！祝你生日快乐……"

20-37 吴大婶家 夜 内

吴大婶给阿兰端上了一碗长寿面。

吴大婶："我们阿兰吃长寿面了，快点吃。"

阿兰打开一个盒子，里面放着一块切下来的蛋糕："大婶，给您带蛋糕了，您也吃。"

吴大婶笑着："好闺女！"

两人吃了起来。

阿兰："大婶，我想登报找我的妈妈爸爸。"

吴大婶摇摇头："只怕难啊！"

阿兰："二十三年前的今天，他们把我扔在民政办门口，这个日子他们总应该记得。"

吴大婶神色微变，不吭声了。

20-38 娱乐城更衣室 夜 内

王凯男穿着超短旗袍裙，坐在镜子前，一个女服务生正在帮她化妆，王凯男突然发现镜子里出现了韩燕。

女服务生看着韩燕：“你是谁？”

韩燕吃惊地：“凯男，你在做什么？”

王凯男站起来，示意女服务生：“你先出去一下。”

女服务生走了出去。

王凯男：“应该我问你，你出现在这儿干什么？”

韩燕：“你还没有回答我。”

王凯男：“行！我在工作，请你不要影响我工作。”

韩燕按下怒火：“工作？什么工作要穿得如此暴露？打扮得如此妖艳？王凯男，我都快不认识你了，你还记得自己是姐妹连女民兵吗？”

王凯男也不高兴了：“你以为你是谁啊？我王凯男打扮得漂亮，还要被你管吗？告诉你，别想歪了，我是个推销啤酒的啤酒女郎，堂堂正正工作，清清白白赚钱，别想着给我套什么大帽子！”

韩燕想了想：“不，这不像你王凯男，这根本就不是你王凯男，你说，你为什么要这样？”

王凯男火了：“韩燕，你手伸得太长了，我做什么工作穿什么衣服，还轮不到你教训我。你再不走，我就叫保安把你扔出去。”

20-39　张彬办公室　夜　内

张彬正坐在办公桌前刷手机，突然房门“砰”的一声被推开，韩燕气冲冲地闯了进来，把张彬吓了一跳。

韩燕瞪着张彬：“张彬，我是姐妹连韩燕，是你要王凯男穿成这样当啤酒女郎吗？”

张彬连连摆手：“不是我，真不是我，是她自己接了刘宝的生意，我都劝不住。”

韩燕：“我不想再看到这一幕，不然，我就带女民兵砸了你的娱乐城。”说后扬长而去。

20-40　韩燕房间　夜　内

陈涌涛坐在桌边，在笔记本电脑前工作，韩燕推门进来，神色阴沉，余怒未消。

陈涌涛扭头一看：“你的脸色咋这么难看？”

韩燕坐到椅子上一声不吭。

陈涌涛：“是谁得罪你了吗？”

韩燕冷冷地：“你是当过舰长、副局长的人，希望你洁身自好。”

陈涌涛纳闷地：“我……我有什么不洁身自好的？你把话讲明白点儿。”

韩燕：“你要是没去张彬的娱乐城玩儿，怎么会看到王凯男？”

陈涌涛怔了怔："那你就冤枉我了，我从来不去这种场所，我不是说了嘛，是我公司的人看到的。

韩燕站了起来："要是让我知道你去了这种地方，日子就不要过了。"然后进了洗手间。

20-41　路口　日　外

一大早，韩燕骑着自行车去姐妹连，在山路路口被跨着摩托车的王凯男拦住。

韩燕下了车："你找我？"

王凯男也不下车："韩连长，你是姐妹连的连长，威胁张彬有意思吗？我推销啤酒拿的也不是张彬的钱，他无权限制我，你也一样。"

韩燕严肃地："王凯男，之前你为了维护姐妹连，有过许多举动，现在怎么不担心你的言行与形象，会直接影响到姐妹连呢？"

王凯男："我没做什么坏事，我问心无愧！"

韩燕："你说的我当然相信，但凭你现在上班的样子，要是传到海奶奶与你父母耳朵里，你说他们着急不着急？"

王凯男怒了："韩燕，你想怎么样？一定要把我逼到悬崖上吗？你是个聪明人，应该也明白我王凯男的本质如何，我穿那种衣服，跟人赔笑周旋，我真愿意吗？"

韩燕愣了："这么说，你有目的？"

王凯男："这是我的使命！"

韩燕:“那你告诉我,你有什么目的与使命?我也好帮你。”

王凯男看了一眼韩燕:“我顺口一说,没啥使命目的,再见!”上了摩托车,戴上头盔准备离去。

韩燕反过来拦住王凯男:“你不说清楚,我也不让你走。”

二人僵持住了。

这时,去姐妹连的赵彩花与阿丁嫂走了过来。

赵彩花见状,马上过来劝架:“你俩干什么?有什么不好坐下来谈的,干吗在这争吵?”

阿丁嫂也跑来劝止:“都和气点儿,说开就好了。”

王凯男趁机一踩油门,开车走了。

赵彩花:“韩燕,怎么回事?”

韩燕:“没什么,就聊着聊着杠上了。”

20-42　乡民政办　日　内

黄大姐正在看报纸,阿兰走了进来。

黄大姐:“你登的寻人启事见报了。”把报纸递给阿兰看。

阿兰:“不知道他们会不会看到?”

黄大姐:“孩子是父母的心头肉,他们不要你,一定出了什么事,如果他们还想要你,早该找上门来了。”

阿兰站在那儿发呆。

黄大姐:“你给吴大婶也看看。”

20-43　吴大婶杂货店　日　内

吴大婶一边守店一边看电视，看得眼泪都出来了。

阿兰跑了进来，见状就问："大婶，您怎么哭了？"

吴大婶笑着抹掉眼泪："都是电视剧闹的，里面一个孩子好可怜，被亲生母亲扔在孤儿院。"

阿兰神色黯然，拿出一张报纸给吴大婶看："我登了寻人启事，不知道能不能寻到我的亲生父母？"

吴大婶看着寻人启事，一声叹息："我后悔呀，当年应该把你领养了。"

阿兰："您没领养我，但跟领养差不多。"

吴大婶怜爱地拉着阿兰的手。

阿兰含着眼泪："我也没别的奢望，就想知道他们是谁？日子过得好不好？"

吴大婶："别多想了，孩子，你可能就是一个精灵，突然降临，在大海上漂呀漂呀来到这里。"

20-44　小船上　日　外

赵彩花与阿丁嫂坐在小船上，在羊栖菜海田间穿梭。

赵彩花："凯男跟韩燕的矛盾，怎么还解不开？"

阿丁嫂："得劝劝她们，打打圆场。"

赵彩花："我们跟凯男关系好，先找她聊聊。"

20-45 娱乐城走廊 夜 内

赵彩花与阿丁嫂在娱乐城乱转着。

赵彩花：“她手机也关机了，人也找不到。”

阿丁嫂去问站在走廊上的两个服务生：“请问，王凯男在哪儿？”

服务生甲摇摇头：“不认识。”

服务生乙：“就是王小鱼。”

服务生乙领着赵彩花二人往前走，她们充满疑惑地跟着。

服务生乙推开一个包厢门：“王小鱼，有人找。”

王凯男走了出来：“谁找我？”

赵彩花与阿丁嫂看见穿着性感暴露打扮妖艳的王凯男，大吃一惊，目瞪口呆。

阿丁嫂不相信地：“你……你是谁？”

王凯男也吃了一惊，转身想溜。

赵彩花上前拦住凯男，恼怒地：“站住！不管你叫王小鱼还是王小虾，你化成灰我也认识。”

王凯男无奈地：“彩花姐，阿丁嫂，千万别误会，这不是你们看到的那样。”

阿丁嫂吃惊地：“啊！还真是凯男！”

王凯男：“你们相信我，先回去，以后你们会明白的。”

赵彩花突然哽咽地：“你怎么变成这副鬼样子了？”

20-46　海奶奶家小院子　夜　外

海奶奶与赵彩花、阿丁嫂站在院子里，赵彩花二人已向她汇报了王凯男的事情。

海奶奶十分诧异："不可能！绝对不可能！"

阿丁嫂："真是她，她还叫了我们名字，和我们说了话。"

赵彩花因为痛心而饮泣起来："海奶奶，凯男是不是变质了，堕落了？"

海奶奶全身颤抖："变质……堕落……"突然双眼一黑，晕倒在地。

赵彩花与阿丁嫂急忙去扶，边呼："海奶奶！海奶奶！"

第二十一集

21-1　医院病房　夜　内

海奶奶躺在病床上，缓缓睁开眼，见面前围着韩燕、陈涌涛、赵彩花、阿丁嫂及秋霞。韩燕与陈涌涛见海奶奶醒来，松了一口气。

陈涌涛、韩燕轻声地："妈！妈！"

赵彩花她们也轻声地："海奶奶！海奶奶！"

海奶奶："你们都出去，我和燕子有话说。"

大伙儿走了出去。

韩燕坐在床沿，握着海奶奶的手。

海奶奶一声长叹："燕子，妈对不起姐妹连！"

韩燕劝慰着："妈，您别激动，有什么事慢慢说。"

海奶奶："我问你，凯男的事你知不知道？"

韩燕明白过来，犹豫了一下，只好点点头。

海奶奶："是真的吗？"

韩燕：“是真的，但凭我的感觉，应该另有内情。”

海奶奶神情黯然，沉默良久：“燕子，妈交给你一个任务。”

韩燕：“您说。”

海奶奶：“你带上彩花她们……把王凯男给我弄回来！”

韩燕：“妈，您好好休息，我让凯男来见您。”

海奶奶摆摆手：“我不见她，你们带她去连队面壁思过。”

21-2 吉普车上 夜 内

韩燕开了陈涌涛的吉普车，停在娱乐城门口不远处，后座坐着赵彩花与阿丁嫂，三人盯着娱乐城门口。一会儿，娱乐城内陆续有人走出，再一会儿，换上运动服的王凯男走了出来，向她的摩托车走去。

赵彩花与阿丁嫂突然窜了出去，一人一条手臂，抓住王凯男往车上拉。

王凯男惊诧地：“你俩干吗？”

赵彩花二人不由分说，直接把王凯男塞进车里，她们一左一右把王凯男夹在中间。

王凯男看到韩燕坐在驾驶座上，恼怒地：“韩燕，你什么意思？想绑架我吗？”

韩燕不吭声，发动油门向前驶去。

赵彩花：“别跟韩燕叫劲，是海奶奶下的命令。”

王凯男面露复杂表情：“海奶奶知道了？”

阿丁嫂：“海奶奶都被你气得晕倒了，现在还在医院里呢。”

王凯男大吃一惊。

21-3 一班宿舍 夜 内

王凯男被带到了一班宿舍，坐在那儿默默无言，韩燕、赵彩花、阿丁嫂也站在屋里。

阿丁嫂：“为啥不送哨所石屋关禁闭？”

韩燕：“禁闭室被我取消了。你俩先出去，我和她聊聊。”

赵彩花坚决地：“不行！凯男今天变成这样子，都是你一手造成的。”

韩燕：“我？”

赵彩花：“去年打台风后，要不是你闹了那一出，凯男就不会一气之下离开姐妹连，就不会去那个乌烟瘴气的地方上班，就不会自暴自弃变坏了。”

韩燕无奈地：“对，还真是我的责任。”

王凯男不耐烦地：“我退连是退连，今天这样是今天这样，跟韩燕没半毛钱关系。再说我也没变坏，一个工作而已，一件衣服而已，有什么大不了的？”

阿丁嫂嚷嚷着：“还说没变坏，一点儿反省都没有，把海奶奶都气倒了，还想怎样？”

王凯男叹了口气，不吭声了。

韩燕：“海奶奶要凯男面壁思过，我们也不要围在这里，回去休息吧。”

三人走了出去，王凯男起来想开门，发现门已被反锁了。

21-4　陈涌涛公司食堂　日　内

史茗、阿丁嫂及几个中年大嫂兵正围在一张长餐桌边吃饭。

一大嫂兵："凯男怎么会这样呢？"

另一大嫂兵："我不太敢相信。"

阿丁嫂："人都关在一班宿舍了，彩花还在那儿盯着呢。"

史茗在一旁听到她们的对话，十分惊讶。

21-5　陈涌涛办公室　日　内

陈涌涛与史茗站在陈涌涛的办公室里。

史茗："你说这事是真的还是假的？"

陈涌涛沉默了一下："真的！"

史茗："我得去亲口问问凯男姐。"

陈涌涛:"别去了,去了也见不到,就让韩燕她们去处理吧。"

21-6　一班宿舍　日　内

王凯男正趴在地上练着俯卧撑，这时门打开了，海奶奶走了进来。

王凯男连忙站起："海奶奶，您身体没事吧？"

海奶奶盯着王凯男，一声不吭。

王凯男："这个事情，是彩花姐她们误会了。"

海奶奶沉着脸："这么说，你没做过那些事，是彩花她们冤枉你了？"

王凯男小声辩解着："不是，她们看到的……只是表面。"

海奶奶："表面？这个表面难道不是事实？"

王凯男欲言又止。

海奶奶看着窗台那盆仙人掌："这盆仙人掌可是月仙留下的，你是不是已经忘了？"

王凯男眼圈一红："没有忘！我绝不会忘！"

海奶奶："既然没忘，我给你个机会，你离开娱乐城，回来守哨所吧。"

王凯男坚定地："不，我不能离开那儿，我要做的事还没完成呢。"

海奶奶吃惊地："你……你要破罐子破摔吗？"

王凯男着急地："不是这样的，真的不是这样的。"

海奶奶失望地看了凯男一眼，沉重地走出门去，门又关上了。王凯男走到窗前，捧起刘月仙的那盆仙人掌看着，两行泪水无声地滑落下来。

21-7　曹部长办公室　日　内

曹部长、海奶奶、韩燕坐在那儿，气氛十分严肃。

曹部长："我为什么请你们过来，你们应该明白，王凯男的事，也没必要瞒我了。"

海奶奶沉重地："小曹，那你的意思是……"

曹部长："立即严肃处理，公开开除！"

海奶奶："小曹，开除是个大事，不要轻易去动。"

曹部长："我知道，对于姐妹连来说，动用开除这是第二次。当年吴凤英谈恋爱被开除，有时代背景原因，但王凯男不一样，她应该开除。"

海奶奶一声叹息："正因为有吴凤英的事，我内疚了一辈子，开除的口子不要随便开了。"

曹部长神色凝重，一下沉默了。

韩燕："曹部，把凯男交给我处理吧，我觉得她隐瞒了什么，可能另有隐情，先缓一缓，暂时不开除，我再观察观察。"

曹部长："再拖下去，到时候闹得人尽皆知，姐妹连的脸面就砸地上捡不起来了。"

海奶奶站了起来："小曹，你为姐妹连着想，我心里很清楚，凯男真的玷污了女民兵荣誉的话，我第一个开除她。"

曹部长也跟着站起："海奶奶，您说，目前怎么解决？"

海奶奶想了想："之前她提出退连，我们不同意，现在就认她退连，那她就不是姐妹连的人了。"

21-8　姐妹连大门口　日　外

王凯男走出姐妹连营房门口，她回头望了几眼，见韩燕站在那儿，神色凝重。

王凯男喊了声："韩连长，再见了！哎，姐妹连的口号是——奋斗！奉献！拼搏！传承！坚守！我没记错吧？"然后转身大步离去。

韩燕听到凯男的喊话后有些惊讶，似有所觉。

21-9　海奶奶家小院子　日　外

海奶奶坐在院子里发呆，一动不动，神情沮丧落寞，似乎老了许多。韩燕走了进来，默默地坐在旁边。

海奶奶沙哑着：“走了？”

韩燕：“嗯！”

二人又陷入了沉默。

韩燕想了想：“妈，您别太揪心，这社会就是另一场训练与考验，凯男正在经历这个考验，兴许会有转机。”

海奶奶叹息着：“你不用宽慰我，我扛得住。”

海奶奶站了起来，摇晃了一下，韩燕连忙上前扶住。

韩燕：“妈，凯男走的时候，向我喊了姐妹连的口号，问我她没记错吧。”

海奶奶：“口号？”

韩燕：“奋斗！奉献！拼搏！传承！坚守！”

海奶奶若有所思，神情变得凝重：“这么说，她在娱乐城做什么啤酒女郎，真另有目的？”

韩燕：“听锣听声，听话听音，看人得看人心，她的心还在姐妹连的。”

海奶奶纳闷地：“在那个乌烟瘴气的地方，她会有什么目的呢？”

韩燕：“我也很纳闷。”

海奶奶：“燕子，你得把你自己当成她，设身处地仔细想，想透点，或许能想出点儿什么名堂。”

韩燕犹豫了一下："妈，曹部说的吴凤英，是怎么回事？"

海奶奶神色一变："都是些陈年旧事。"转身走进屋里。

21-10　秋霞房间　夜　内

房间里摆着两张床，王凯男正和衣躺在床上，秋霞开门进来。凯男自从与父母闹别扭后，就一直住在秋霞这里。

王凯男："秋霞，下班了？"

秋霞："嗯！"走到凯男跟前打量着她。

王凯男："干吗这样看着我？"

秋霞："凯男姐，外面对你的风言风语你知道吗？"

王凯男淡淡一笑："十五级台风我们都扛过来了，这些风言风语算什么？"

秋霞："那到底是真是假？"

王凯男："秋霞，你相信我的话，以后你会明白的，要是你不相信我，我马上搬出去。"

秋霞："我当然相信你，但我……我得维护你的清白啊！"

王凯男爬了起来："清白不清白，也不用去刻意维护，我呀，就是想暂时体会一下做啤酒女郎的滋味，她们不容易。"

秋霞疑惑地看着王凯男。

21-11　连长办公室门口　日　外

韩燕办公室门口，叶苗苗、春霞、秋霞、阿兰、史茗她们围着韩燕站在那儿。

叶苗苗："韩燕姐，我们是来请愿的。"

韩燕："进来说吧。"带着大家走进办公室。

21-12 连长办公室 日 内

韩燕："你们是为凯男的事来的吧？"

春霞："是的，韩燕姐，凯男的事让我们很揪心。"

秋霞："我相信凯男姐，她不会变坏的。"

阿兰："我也相信。"

史茗："讲句实在话，凯男姐推销啤酒，穿对方指定的服装，也不能判定她就变坏了。"

韩燕："现在的处理状况是这样，内部认定凯男退连，人武部虽没开除她，也到了开除边缘。"

叶苗苗都快哭了："真把凯男姐退出姐妹连，我实在受不了，她没功劳也有苦劳啊！"

韩燕想了想："我和你们一样，也选择相信凯男，认为她这样做很可能另有原因，所以凯男目前面临一个坎儿，她能经得起考验，我豁出去也要为她正名，请她归队，如果她经不起考验，那就……"

春霞着急地："韩燕姐，远的管不了，现在怎么办？"

韩燕从抽屉里拿出一份王凯男考验申请报告："我带头向人武部请愿！你们愿意签上名字吗？"

大伙纷纷表态："签……愿意……我签……"

21-13　曹部长办公室　日　内

曹部长坐在办公桌前看着那份报告，韩燕坐在他对面。

曹部长抬起头，严肃地："行！希望你不要看走眼了。"

韩燕郑重地点了点头："如果我错了，我愿意接受处分。"

21-14　星巴克　日　内

叶苗苗与王凯男坐在星巴克里。

王凯男凝重地："谢谢你们对我的信任！我没想到，韩燕在这一刻竟然出面帮我。"

叶苗苗："凯男姐，你就不能换个工作吗？"

王凯男淡然一笑："以后你会明白的。"

叶苗苗："还以后？好些人都在私下里议论纷纷呢。"

王凯男沉默了一下，故意转移话题："你妈怎么样？"

叶苗苗："这两天饭都吃不下。"

王凯男叹了一口气："你劝她好好吃饭，别气坏身体，叫她常常去关心关心海奶奶，这段时间我是没法儿去了。"

21-15　码头　日　外

韩燕与赵彩花、阿丁嫂站在码头上说话。

韩燕："你俩是老民兵支援队的负责人，必须落实下去，让大家对凯男的事守口如瓶，谁也不许外传。"

阿丁嫂:“现在海奶奶、曹部长都知道了,瞒也没啥用了。”

韩燕:“目前凯男父母还不知道,不能传到他们耳朵里。”

赵彩花:“韩燕说得对,她父母要是知道了,这事又得闹大了。”

韩燕:“现在对凯男是个考验,对我们来说,也是一个考验。”

21-16 陈涌涛办公室 日 内

陈涌涛与史茗坐在办公桌边吃饭,桌上铺了报纸,放着四五个菜。

史茗:“我没给你打饭菜的话,你都忘了吃饭了。”

陈涌涛:“下次我记住。”

史茗指指桌上的菜:“西红柿炒鸡蛋是你最爱吃的。”

陈涌涛:“西红柿炒鸡蛋,有个名字,叫关公战秦琼,你看,红脸和黄脸。”

史茗:“菠菜炒黑木耳叫波黑吗?”

陈涌涛笑着摇摇头:“王凯男的事暂时告一段落了吗?”

史茗点点头:“这段日子,姐妹连的人也是多事之秋,先有贝贝、小琴闹别扭,现在又出了凯男姐这档子事。”

陈涌涛:“生活就像海,有时风平浪静,有时风急浪大。”

这时韩燕走了进来:“还在吃饭呀?”

陈涌涛:“燕子!”

史茗:“韩燕姐!”起身收拾碗筷。

韩燕:“你们慢慢吃,我等一会儿。”坐了下来。

陈涌涛："吃好了。"起来给韩燕泡茶。

史茗收拾好碗筷："韩燕姐，我先出去了。"

韩燕微笑点头："好的。"

史茗捧着碗筷出去。

陈涌涛端茶给韩燕："我跟史茗工作误了饭点，就叫食堂送了饭菜。"

韩燕淡淡地："不用跟我解释，我过来，是要同你聊聊花海娱乐城的事。"

陈涌涛神色一变："我不是跟你说过了嘛，我从没去过娱乐城这种地方。"

韩燕似笑非笑："瞧你急的，我又不是登门问罪，我是让你有空去那儿玩玩儿。"

陈涌涛真急了："你有完没完？"

韩燕正经起来："我跟你说的是正事，我想掌握凯男跟娱乐城的情况，但我一个女的不合适经常出入那种场所，所以请你帮我。"

陈涌涛恍然大悟："哦，我也不行，王凯男认识我，这样吧，我安排她不认识的人去。"

韩燕："这人必须可靠，脑子灵，嘴巴严。"

陈涌涛："这个你放心，我这里复员军人多，侦察兵刚好合适干这工作。"

韩燕："那就说定了。"

21-17　山顶　日　外

吴大婶站在鹿栖岛山头，拿着望远镜眺望远处的灯塔礁。

阿兰从下坡跑上来，边跑边喊：“大婶！”

吴大婶扭过头：“阿兰！”

阿兰跑到吴大婶跟前：“我醒了见您不在，就知道您在这儿看升旗。”

吴大婶指指远处的灯塔礁：“你看。”

阿兰望向灯塔礁，却没看到升起的国旗。

吴大婶：“灯塔礁今天没升旗，好奇怪。”

阿兰：“是不是陈大伯忘了？”

吴大婶：“不可能，他这习惯风雨无阻，比吃饭还准时，今天会不会出什么事了？”

阿兰：“不会吧。”

吴大婶担忧地：“会不会……得急病了？阿兰，你赶紧去看看吧。”

阿兰看看吴大婶的神色，点点头：“好的。”转身跑下山。

21-18　海上　日　外

阿兰驾着她的机动小舢板，向灯塔礁驶去。

21-19　灯塔门外　日　外

陈大伯翻箱倒柜地找东西。

阿兰站在门口："陈大伯！"

陈大伯走出屋门："阿兰？"

阿兰还在喘着粗气："是……吴大婶让我来的，您没事吧？"

陈大伯双眼一亮："吴……吴大婶？我没事啊，你大婶说什么了？"

阿兰："大婶看见没升旗，以为您病了，叫我赶紧过来看看。"

陈大伯："我好着呢，阿兰，你大婶还说什么了？"

阿兰摇了摇头："嗯……没了。"

陈大伯神情稍有失落："阿兰，你说吴大婶在看我升旗？"

阿兰："是啊！您每天升旗，她每天就站在鹿栖岛山顶看升旗。"

陈大伯吃惊地："每天都看？"

阿兰点点头："每天看，一天都没落下，说不定现在还站在那儿呢。"

陈大伯一声叹息，忙又掩饰："你大婶她是……对国旗有感情呀！哎，昨天夜里旗绳被风刮断了，早上一看，没法儿升旗了，你跟她说，明天就看得到了。"

21-20　姐妹连靶场　日　外

韩燕端着步枪瞄着远方某处。

阿兰远远跑来："韩燕姐！"

韩燕转过头："阿兰？"

阿兰："韩燕姐，我带来一样东西，你看一看。"把手里的袋子递给韩燕。

韩燕打开一看，见是一捆头发辫结成的绳子：“这是什么？”

阿兰：“灯塔礁的陈大伯说，这是当年姐妹连的东西，让我放到连史馆去。”

韩燕：“陈大伯？他怎么有这东西？”

阿兰：“那我不知道。”

韩燕把袋子放在一旁，指着远处：“阿兰，你现在的枪法在连里也是数得上的，你看看远处那儿，就那棵树，有几成把握打得中？”

阿兰望向远处的树：“八成吧。”

韩燕：“谁有十成把握？”

阿兰想了想：“凯男姐。”

韩燕点点头不吭声了。

21-21 连史馆 日 内

韩燕把那根辫子绳交给在姐妹连军事博物馆值勤的女民兵，阿兰站在一旁看着。

女民兵：“这么长的缆绳，得多少根辫子？”

阿兰：“是啊，真有创意。”

这时，海奶奶像往常一样来到连史馆。

韩燕：“妈！”

阿兰：“海奶奶！”

海奶奶微笑点头，转眼看见那根辫子缆绳，双眼一亮，双手颤抖着捧起辫子绳，仔细看着。

韩燕："妈，这根辫子绳有什么特别吗？"

海奶奶没有回答，只问："这是哪来的？"

韩燕："阿兰送来的，是灯塔礁的陈大伯交给她的，说是姐妹连的东西。"

海奶奶急切地："阿兰，你跟我讲讲，是怎么回事？"

阿兰："吴大婶在山头看灯塔礁升旗，可今天没升，就叫我过去看一下。陈大伯说旗绳断了，他找绳子时找到这个，就交给我了。"

海奶奶听了若有所思。

21-22　吴大婶杂货店　日　内

吴大婶正在杂货店里给海螺号拴上细绳，这时她的手机响了。

吴大婶掏出手机接电话："阿兰，你几时回来……什么？海奶奶要来看我……"

21-23　吴大婶杂货店门外　日　外

阿兰陪着海奶奶一路走来，来到吴大婶杂货店，见店门紧闭。

阿兰："海奶奶，吴大婶一定在家里。"

二人又朝吴大婶家走去。

21-24　吴大婶家门外　日　外

吴大婶家也大门紧闭，阿兰与海奶奶站在门外，阿兰给吴大婶打了电话，却没人接听。

阿兰：“海奶奶，吴大婶可能有事出去了，您等一会儿，她会回来的。”

海奶奶想了想：“我下回再来吧。”

21-25　海奶奶家堂屋　夜　内

海奶奶与韩燕站在那儿，看着墙上的姐妹连老民兵的合影。

韩燕：“妈，那根辫子绳有什么故事？”

海奶奶坐了下来：“我们那个时候时兴扎个大辫子，有一年台风很厉害，部队固防紧缺棕绳，我们就把长辫子剪下来，结成绳子送给部队。”

韩燕也坐下：“原来是这样，那它怎么会在陈大伯那儿？”

海奶奶：“这陈大伯，叫陈明亮，年轻时是海军的班长，没想到他还一直收藏着辫绳。”

韩燕：“陈大伯同姐妹连有什么关系吗？”

海奶奶沉吟不语。

韩燕：“妈，是不是我不该问？”

海奶奶一声叹息：“没事，你是姐妹连连长，姐妹连历史你应该了解。这个陈大伯呀，是跟姐妹连的历史有关系。”凝神陷入回忆，“……三十多年前，陈班长来姐妹连当训练教官，跟姐妹连的排长吴凤英好上了，那时驻军与当地百姓谈恋爱不但明令禁止，而且处分很严格，他们的事情被发现后，陈班长提前退伍了，凤英也被姐妹连开除了。”

韩燕：“噢，原来如此。”

海奶奶:“后来他俩也没在一起,陈班长去灯塔礁管灯塔了,凤英悄悄离开了青岙岛，从此跟姐妹连断了联系。”

韩燕：“唉，没想到还有这么一段故事。”

海奶奶懊悔地：“这个事呀，我纠结了一辈子，越想越觉得我那时太严厉，对不起凤英。所以呀，妈也很担心你和凯男的关系，走上我和凤英的老路。”

韩燕感慨地：“妈，我懂了，我一定努力，不让我和凯男，变成您和吴凤英。”

21-26　吴大婶家　夜　内

吴大婶正在收拾房间，一会儿摆摆凳子，一会儿擦擦桌面，阿兰坐在一旁打量吴大婶。

阿兰：“大婶，您都收拾两遍了。”

吴大婶尴尬地笑笑:“今天大婶不在,让海奶奶吃了闭门羹,给你丢面子了。”

阿兰：“我没事，可您怎么老半天都没回？”

吴大婶眼神有点儿慌乱：“我……我想呀，海奶奶是稀客，我得……我得挖点儿草药送她，可一挖就忘了时间。”

21-27　吴大婶家门外　日　外

吴大婶在门外竹匾上收草药，又抬头看看阴沉的天色，这时阿兰急匆匆地从屋里跑出来。

吴大婶：“要下雨了，你跑哪去？”

阿兰：“我去李奶奶家，她养的鸽子今天没飞出来。”快步跑走了。

21-28　李奶奶家　日　内

阿兰推门进来，见李奶奶躺在床上。

阿兰：“李奶奶！”

李奶奶闭着双眼，呼吸急促。

阿兰大惊：“李奶奶，你坚持住，我马上送你去医院。”立即背起李奶奶走出门去。

21-29　小船上　日　外

天上下起了雨，阿兰冒雨驾着小船，一边把着方向杆，一边用身子给李奶奶挡雨，李奶奶靠在阿兰怀里，身上严严实实盖了防雨的油布。

阿兰心急如焚：“李奶奶，您醒醒！县城医院快到了，您一定要挺住。”

李奶奶却一直昏迷不醒。

阿兰只好把嘴贴在李奶奶耳边，一边饮泣着，一边轻轻哼起李奶奶熟悉的渔歌：

叫我唱歌我就来
海涂推船慢慢挨
有朝一日推水路
十朵浪花九朵开

李奶奶似乎被阿兰美妙动听的歌声所吸引，身子动弹了一下，嘴巴也轻轻张合。

阿兰激动地：“李奶奶，您听得见我唱歌对不对？李奶奶，您别睡，我继续唱给您听。”

21-30　医院急救室门外　日　内

急救室门口候着海奶奶、韩燕、阿兰。

海奶奶含着眼泪，拉住阿兰的手：“阿兰，我得谢谢你，没有你，我的李大姐只怕是……”

韩燕：“妈，先别急，我们等秋霞出来，先看看情况怎么样。”

一会儿，秋霞从急救室里出来：“医生说了，李奶奶主要是年纪大了，老毛病比较多，还好送得及时，没有生命危险了，海奶奶，您放宽心吧！”

韩燕：“妈，您先回家歇着，我们留在这儿。”

海奶奶摇摇头：“不行，我得等李大姐醒过来。”

21-31　医院观察室门外　日　内

海奶奶、韩燕、阿兰站在观察室窗外，透过玻璃窗，看着李奶奶躺在病床上，似乎睡着了，秋霞正在记录仪器显示的病人状况。

海奶奶泪水盈眶地念叨：“老姐姐啊，你得醒来，我们约定过，再上一次靶场，比比枪法，给年轻人看看，我们老姐妹身手还灵活。”

监控仪上的曲线似乎有所变化。

21-32　医院观察室门外　夜　内

海奶奶坐在椅子上喝水，韩燕、阿兰站在一旁，阿兰正扑簌簌地掉眼泪。

韩燕安慰阿兰：“阿兰，别哭，李奶奶不会有事的。”

这时，叶苗苗与史茗来了，带来晚餐给她们三人。

海奶奶摇摇头：“我吃不下。”

这时，秋霞走了出来：“李奶奶醒了，可以进去两个人，去看一下她。”

韩燕：“妈，您和阿兰去吧。”

21-33　医院观察室　夜　内

李奶奶已经睁开眼睛，与海奶奶对望着。

阿兰激动地："李奶奶！"

海奶奶："李大姐，是阿兰发现你病了，把你送来医院的。"

李奶奶露出笑容："阿兰啊，我这条……老命……是你救的，我得给你……敬个礼。"

李奶奶躺着给阿兰敬了一个军礼。

阿兰："李奶奶，您醒了，我们太高兴了，您别说话，好好静养。"

海奶奶："李大姐，快点好起来，我们老姐妹俩还要去打靶，比枪法呢。"

21-34　街头　日　外

省城大街上车水马龙，街道两边都是高楼大厦。方贝贝头发乱糟糟，一身脏兮兮，手里捧着一沓寻人启事，牵着同样脏兮兮的牧羊犬走在街上。

21-35　姐妹汤面店门口　日　外

方贝贝走进一条小街，看见一家"姐妹汤面店"，便在店门口贴了一张寻人启事，这时肚子咕咕叫了起来，方贝贝看看店名，牵着牧羊犬走了进去。

21-36　姐妹汤面店　日　内

小店里有四五张小桌子，一个叫小文的女服务员正给客人端去汤面。

方贝贝牵着牧羊犬坐了下来："要一碗汤面。"

小文走过来："大姐，狗不好进来，别人会怕。"

不料话音刚落，牧羊犬竟一下窜进后厨，后厨传来一声惊叫。

方贝贝急忙喊："方世玉，回来！"

只见身着厨师服的郭小琴一脸茫然地从后厨走了出来。方贝贝又惊又喜，跑上去一把抱住郭小琴，激动得哭了起来。

21-37　医院病房　日　内

阿兰坐在床沿上给李奶奶喂汤水，不时用纸巾帮她擦着嘴角。

李奶奶："阿兰，看我这身体，把你给拖累了。"

阿兰："李奶奶，看您说的，照顾您是应该的。"

李奶奶："没个儿女在身边不方便，他们离开海岛，远走高飞了，过年才带孙子回来一次。唉！这人老了啊，拖累人。"

阿兰："李奶奶，我就是您的孙女。"

李奶奶："对对对，阿兰比亲孙女还亲。"

阿兰："您现在身体还虚弱，别说太多话。"

李奶奶硬是想坐起来："我没事了，我想出院，这儿住不惯。"

阿兰："李奶奶，快躺好，千万别乱动。"

秋霞端药进来："阿兰，怎么了？"

阿兰："李奶奶想出院。"

秋霞:“那怎么行啊,李奶奶,您还要住院休养一段时间。”

李奶奶:“秋霞,我真的没事了,每天吃这么贵的药都是浪费啊!”

秋霞:“李奶奶您放心,这药不贵的。”

秋霞把输液瓶子挂上去,给李奶奶换药,李奶奶看着手臂上插的管子,无奈地叹气。

21-38　姐妹汤面店　日　内

方贝贝坐在桌前,狼吞虎咽地吃着汤面,牧羊犬也在一旁地上吃着客人吃剩的汤面,郭小琴与小文站在柜台边看着贝贝。

小文低声地:“小琴,你咋说不认识她?门口贴的寻人启事就是你嘛。”

郭小琴叹口气,不吭声。

方贝贝吃完汤面,把面碗都舔了一遍,然后走过来:“小琴,别装不认识我,你生我气,你就打我吧。”抓起郭小琴的手往自己脸上打去。

郭小琴抽回手,无奈地:“好了,我认识你。你吃饱了,也该回去了。”

方贝贝:“要回一起回,你不回去,我也不回去。”

郭小琴:“我要开店做生意。”

方贝贝:“那我也不走,你得收留我。”

小文:“刚好,我要回老家,小琴正愁招不到人,你留下当服务员吧。”

21-39　海奶奶家堂屋　夜　内

海奶奶一家四口围着桌子吃饭。

海奶奶给小海夹菜："小海，奶奶明天带你去看看李奶奶。"

小海："好的！我先去看动画片，明天讲故事给李奶奶听。"捧着饭碗溜进房间去了。

陈涌涛不满地："这小子！"

海奶奶："李奶奶这事一出，得花一笔钱。"

韩燕："妈，你不用担心医药费的事，还有医疗保险呢，不够我来解决。"

海奶奶："以后呢？李奶奶出院后，谁来照料？怎么照料？"

韩燕："这倒真是个问题。"

陈涌涛："现在渔村里，子女进城的进城，出海的出海，这些老人不容易啊！"

海奶奶："是啊，李奶奶她们，当年把大好青春都献给了姐妹连，我自己现在衣食无忧，可她们有困难呀，我要是不管她们，我怎么心安理得？"

韩燕："我们该想办法帮帮她们，要是有个养老的地方就好了。"

海奶奶点点头："对，我们想一块儿去了，让这些老姐妹们集中起来住，彻底解决她们的后顾之忧。"

陈涌涛："想法不错，但有难度，这么多老民兵集中养老，就得征地，盖房子，内部设施，费用要一大笔。"

海奶奶："合计合计吧，这个事再也不能拖了。"

21-40　姐妹汤面店　夜　内

姐妹汤面店打烊了，郭小琴、方贝贝、小文正在拖地擦桌搞卫生，搞好之后三人坐下来歇息，牧羊犬则乖乖地躺在一旁。

郭小琴：“贝贝，你一个大小姐在这干粗活儿，我要不起，明天你就回去吧。”

方贝贝：“小文就要走了，你一个人搞不过来，我不要工资，管我吃住就行。郭老板，别再把我当大小姐了。”

郭小琴：“不行，我这儿不留你。”

方贝贝沉默了一会儿：“我们一班开个班会吧。”把手机递给小文，“帮我们的班会拍个视频。”

小文接过手机站起来拍视频。

郭小琴：“就我们两个开什么班会？”

方贝贝：“没事，一班的姐妹都会同意的。”掏出一张皱巴巴的纸念了起来，“这是我的检讨书。我跟郭小琴是最好的好姐妹，可我冤枉了她，打了她，还说要跟她断交，我不是人，我是小狗，我连方世玉都不如……”

小文插嘴：“方世玉是大侠。”

郭小琴忍不住笑了：“好了，我原谅你了！”

方贝贝猛地站起，给郭小琴敬了一个礼。

21-41　军事公园旁边　日　外

一个工人拿着油漆桶，在军事公园旁边的房子墙上刷了个大大的“拆”字。

海奶奶刚好经过：“拆房怎么拆到这里来了。”

工人：“这里要开发了。”

海奶奶：“先别拆，这个地方我要了。”

工人笑了：“阿婆，你玩笑开大了，你知道这个地方什么价格吗？”

海奶奶：“我不知道价格，可这个地方是我姐妹连的。”

21-42　轿车上　日　内

海奶奶与曹部长坐在轿车上，轿车向军事公园方向驶去。

曹部长：“海奶奶，你带我去军事公园看什么？”

海奶奶：“去了就知道了。”

21-43　军事公园旁边　日　外

曹部长与海奶奶下了车。

海奶奶指着那个“拆”字：“小曹，我们军事公园马上就缩水了，你知道吗？”

曹部长：“海奶奶，这块地，我也不好说什么。”

海奶奶：“有什么不好说的，我们这里是军事用地，周围能不能开发，得征求我们的意见。”

曹部长：“县里拿出来招标的地，都已经在规划里了。”

海奶奶：“规划可以改，要盖房子也得由姐妹连来盖。”

曹部长："姐妹连盖什么房子？"

海奶奶："盖个荣军院，让姐妹连的老人们住进去。"

21-44　梁县长办公室　日　内

秘书领着海奶奶与韩燕走进梁县长办公室。

梁县长站起身："哟，老连长，韩燕，是哪阵风把你们给刮来了？"

海奶奶："梁县长啊，我今天来找你，可是有大事相求啊！"

梁县长："哦，海奶奶也有事情要求我？真是难得，您直说，只要我能做到，我一定会全力以赴，坐，坐。"

三人坐了下来，县办工作人员给海奶奶与韩燕泡上茶。

海奶奶："说起来，这事还真是有点儿棘手。"

梁县长："哦，什么事？"

海奶奶："我们想要军事公园旁边的那块地。"

梁县长："你们要地干什么？"

韩燕递上报告："梁县长，这是我们的报告。"

梁县长浏览报告，看了一会儿抬起头："可是，这块地早就进入规划了。"

海奶奶："所以我们来找你啊，看能不能把它收回？"

梁县长犹豫着："这可不行……规划怎么能随便改动呢？"

韩燕："梁县长，规划的目的是盖园区住房，我们也是盖房子，不一样的地方，我们这个是公益的，荣军院，就是让一些缺乏养老能力，或者没人照顾的老民兵、老军人有个集中养老的家园。再说这块地本身在人武部名下，我们自己使用也名正言顺。”

海奶奶：“姐妹连的这帮老人呀，中青年时守卫边防保卫家乡，大好年华都献给了姐妹连，她们老了，我们不能让她们老病无依啊！”

梁县长倾听并思考着，神情严肃起来。

21-45　医院病房　日　内

海奶奶一家、阿兰、春霞、秋霞、叶苗苗、史茗、赵彩花、阿丁嫂围在李奶奶的病床边。海奶奶坐在床沿，阿兰在削苹果，秋霞在喂李奶奶吃药片，史茗扶着春霞，赵彩花与阿丁嫂在说着什么。

小海：“李奶奶，我昨天晚上看了动画片《西游记》。”

李奶奶：“好看吗？”

小海：“好看！”

海奶奶笑着：“他还想讲给你听呢，我跟他说，等李奶奶身体好了再讲。”

大家都笑了。

李奶奶：“春霞，你挺个大肚子太累，坐下吧。”

春霞坐了下来。

李奶奶：“怎么没见着凯男？这丫头枪法真不错！”

大家一下子都不作声了。

韩燕连忙接口：“她去旅游了，叫我们替她问候您。”这时她手机响了，走出门去接电话。

海奶奶看着这帮年轻人：“你李奶奶当年是姐妹连的神枪手，你们要学着点儿。”

李奶奶兴奋地:“当年我们有三大神枪,我跟你们的海奶奶,还有一位是我们的小妹,叫……”看了一眼海奶奶,突然不讲了。

韩燕这时走了进来：“告诉大家一个好消息，贝贝在省城找到小琴了。”

大家都露出开心的笑容。

海奶奶欣慰地：“贝贝不赖呀，懂得姐妹情了。”

21-46　姐妹汤面店　日　内

方贝贝牵着牧羊犬，提着一大袋日用品进来。

郭小琴：“贝贝，你买这么多东西干吗？”

方贝贝：“你看，这是床单被褥，牙膏毛巾，沐浴液，化妆品，哪样都需要啊。”

郭小琴无奈地：“真是个大小姐，太浪费了！”

方贝贝：“还有，这些剩下的，算是我的饭钱。”方贝贝掏出一小沓现金递给郭小琴。

郭小琴：“你就剩这些了？你自己留着吧。”

方贝贝：“拜托，你就让我当一回穷人吧，求你了！”

郭小琴:“那好,我先替你保管着。”接过钱放入柜台抽屉。

方贝贝：“太好了，我总算一无所有了。”

郭小琴：“神经！你是不知当穷人的苦，就算你体验生活，也没那种感觉。”

方贝贝：“不管穷人富人，反正现在我靠你了。”

这时一个中年妇女走了进来，阴沉着脸：“小琴，你房租都拖一个月了，交不出来的话，马上搬走。”

郭小琴无奈地：“金阿姨，能不能再缓一个月？”

中年妇女：“不行！”忽然看见贝贝买的那堆日用品，更不开心了，大声嚷嚷，“买好东西都有钱，还赖我房租？”

这时，牧羊犬汪汪叫了起来。

中年妇女吓了一跳：“怎么？还想放狗咬人？”

郭小琴指指方贝贝：“那些东西，都是我朋友买的，我真没钱。”

方贝贝：“我有钱。”跑到柜台前，拿出刚才给小琴的一小沓钱，放到桌上，“给你！”

中年妇女拿起钱数了数：“还是不够，我再给你半个月时间，凑齐付了，不然……你懂的。”把钱收进包包，看了眼牧羊犬，赶紧溜了。

21-47　军事公园　日　外

韩燕坐在军事公园的石凳上歇息。

方昌业大步走来：“韩连长，你好雅兴啊，真让我好找。”

韩燕站了起来：“方总找我什么事？”

两人边走边聊。

方昌业：“因为小琴的事，贝贝跟我闹别扭出走了，她这样乱跑出去，万一出什么事可怎么办好？她不理我，我想请你帮我联系上她，劝她回家。”

韩燕：“方总啊，贝贝是成年人了，你不必这么着急，她有她的想法，该回时就回了。”

方昌业：“这次她连银行卡都还我了，她真的跟我闹僵了，一个人在外，我好担心。”

韩燕：“为什么发生这些事呢？方总，你也得想一想。”

方昌业懊悔地：“是呀，我有责任。”

韩燕：“她跟小琴是好姐妹，她当然要去找她，你别担心，她俩现在在一块儿。”

方昌业放心下来：“韩连长，你帮我联系上她，告诉她，我公司里的留存工资呀保证金呀，都已清了。”

韩燕：“那就好！”

方昌业：“我还是那句话，请你劝贝贝回家，外面风风雨雨的，她吃不了苦。”

韩燕淡淡一笑：“不经历风雨怎么见彩虹。”

方昌业想了想：“你说得也是。”

韩燕：“方总，听说军事公园隔壁地块，你也想参与招标。”

方昌业点点头：“有这想法。”

韩燕：“情况有变，我们姐妹连想拿下这块地造荣军院，你的想法也得变变了。”

21-48　医院病房　日　内

李奶奶靠在病床上，阿兰坐在旁边，秋霞给李奶奶量体温。

李奶奶：“秋霞啊，有对象了吗？”

秋霞：“李奶奶，我……还没呢。”

李奶奶：“你这么俊，做媒的要把你家门槛都踩平了。”

阿兰：“秋霞，你不是跟丁教官在……处对象？”

秋霞脸一红：“就是……好朋友呗！”

李奶奶：“丁教官？那可不行，要犯错处罚的，姐妹连可是有前车之鉴的。”

秋霞不好意思地：“丁教官转业到青岙县消防大队了。”

李奶奶：“那就好，那就好。”

阿兰：“李奶奶，这前车之鉴是什么人？”

李奶奶愣怔一下，开始装糊涂：“这前车嘛，会开车的都懂得呀，我哪说得清楚？”

21-49 病房院子 日 外

李奶奶坐在轮椅车上，阿兰推着她在病房院子里散步，秋霞陪在旁边。

阿兰：“李奶奶，我每天都带您出来走一圈。”

李奶奶：“我现在没事了，我出院吧。”

秋霞：“李奶奶，您再耐心住上几天，很快就能出院了。”

李奶奶：“阿兰你在医院照顾我，要耽误工作的呀。”

阿兰：“没事，我跟民政办请了假。”

这时，丁刚手捧玫瑰花跑了过来：“秋霞，我找了你好半天。”

阿兰低声地：“秋霞，丁教官捧着玫瑰求爱来了。”

秋霞的脸刷地通红：“丁……丁教官，你知道李奶奶病了，来看李奶奶呀。”

丁刚愣怔一下，顺着秋霞的口风：“是，是，我来看李奶奶。”手里的玫瑰不知给秋霞还是给李奶奶。

秋霞过去拿过玫瑰花，放在李奶奶腿上：“李奶奶，丁教官祝您早日康复！”

丁刚：“对，对，李奶奶早日康复！”

李奶奶笑着：“小丁，你跟秋霞处对象，要一心一意对她好，几时结婚呀？”

这一下，丁刚与秋霞都闹了个大红脸。

21-50　医院门口　日　外

秋霞陪着丁刚走出来。

丁刚着急地：“秋霞，这玫瑰花……”

秋霞红着脸白了丁刚一眼：“我明白。”

丁刚不吭声了。

第二十二集

22-1　姐妹汤面店　日　内

大清早，郭小琴与方贝贝都换上了白色的工作服。

郭小琴正在交代方贝贝：“客人进门，你得微笑上前，问他吃什么面，文明礼貌要做好，还有端盘擦桌……”

方贝贝连忙打断：“不就是端盘子擦桌子嘛，还按五星级宾馆训练呀？”

郭小琴：“小店服务员，也要训练有素，你是新手，我当然得训练你。”

方贝贝：“训练我？郭老板你还当上训练教官了，这么啰唆，像个和尚念经，不，小尼姑念经。”

郭小琴：“你嫌烦了吗？”

方贝贝：“不烦不烦，立正，请领导讲话。”一个立正，站得笔挺。

郭小琴继续一板一眼地叮嘱着，训练完毕，有客人进来吃面了。

方贝贝连忙上前：“您请坐，想吃什么面？”

客人看看墙上的菜谱：“来一碗牛肉面。”

方贝贝吆喝：“牛肉面一碗。”

郭小琴走进后厨烧面。

客人：“你们店名叫姐妹汤面店，你俩是亲姐妹？”

方贝贝：“必须的，不但是亲姐妹，还是双胞胎。”

一会儿，郭小琴端出一碗汤面放在柜台上。

方贝贝马上把汤面端给客人：“您慢吃。”

客人疑惑地看看方贝贝与郭小琴：“你俩双胞胎？不可能吧，一点儿都不像。”

方贝贝：“异卵双胞胎，她像爹，我像妈。”

郭小琴站在柜台边忍不住笑了。

方贝贝走过来，悄声道：“要不你叫方宝宝好了。”

郭小琴摇头否定。

方贝贝：“那我叫郭大琴？”

郭小琴笑着：“一把琴够了，你就叫郭大锣鼓。”

方贝贝抓抓脑袋：“郭大锣鼓？这名字还真响亮！”

22-2　郭小琴房间　夜　内

这是一个几平方米的小房间，放着一张上下铺的铁床，一张桌子，一把椅子，还有一个简易衣柜，旁边一个小门，门里有个很小的卫生间。

方贝贝睡上铺，郭小琴睡下铺，牧羊犬则躺卧在一个简陋的狗窝上。

方贝贝："小琴，你离开青岙后，不理我也正常，韩燕姐她们找你，你都不理，说不过去吧？"

郭小琴："我到省城后，手机号码换了，再说，我混得不像样，也不好意思跟韩燕姐和一班的姐妹们讲呀。"

方贝贝："好！混个样子出来，等赚了钱，先换个大房间住，你瞧这小房间，屁股都转不过来。"

郭小琴："大城市房租可贵了，这房间能洗澡能方便，我觉得不错了，你住惯别墅，当然没法比。"

方贝贝："那个包租婆的半月期限快到了，赚的钱够付吗？"

郭小琴叹口气："差得远呢。"

方贝贝："那怎么办？"

郭小琴："只能在手机上借嘛。"

方贝贝从上铺下来，坐在下铺："你盘下这个店，是不是就靠在借款平台上借钱？"

郭小琴点点头。

方贝贝："那钱利息可高了，你借了多少？"

郭小琴不吭声了。

方贝贝急了："还想瞒我，有意思吗？"

郭小贝坐了起来，犹豫着："借了……几十万了，原来想汤面店赚钱了都还掉，但面店生意不好，还不上，就再找个借款平台借。"

方贝贝摇着头："你真是个郭大胆！"

22-3 医院草坪上 日 外

李奶奶坐在轮椅上，阿兰坐在她旁边，正在草坪上憩息。

李奶奶想了想："阿兰，李奶奶我身子骨不行了，不知道今天躺下，明天起不起得来。我不能把这个秘密带到棺材里，我今天得明明白白告诉你。"

阿兰："什么秘密？"

李奶奶："你的身世。"

阿兰吃惊地："什么？您……您知道我的身世？"

李奶奶沉重地点了点头。

阿兰:"李奶奶,那您怎么……不告诉我？您快告诉我吧！"

李奶奶长叹一声："阿兰，我不是故意瞒你，是怕伤你心啊！"

［闪回］

22-4 乡民政办门前 夜 外

二十三年前某个台风夜，一个女人抱着襁褓中的女婴，脚步沉重地向鹿栖乡民政办走去。

当年的女民兵李大姐与乡民政办小黄，也就是现在的李奶奶与黄大姐，前去乡里抗台，刚好看见女人把女婴放进门前的大信箱里。

小黄喊了声："谁？"

女人转身就跑，一下子跑得无影无踪，李大姐赶紧上前把女婴抱了起来。

［闪回结束］

22-5 医院草坪上 日 外

阿兰蹲在李奶奶跟前，惊讶地张大嘴巴。

阿兰："那个女婴……是我？"

李奶奶点点头。

阿兰："那女人是我妈妈吗？她是谁呢？"

李奶奶叹了一口气："后来小黄把你送到孤儿院，再后来吴大婶就出现了，经常来做义工照顾你，小黄说，吴大婶的背影，与那夜那个女人的背影一模一样。"

阿兰吃惊地："是吴大婶？她……她为什么一直不肯认我呢？"

22-6 吴大婶家 夜 内

天色已近黄昏，阿兰烧了好几个菜，端上桌子，等着吴大婶回来吃饭。

吴大婶挑着两袋东西进门："阿兰，回来了？哟，还烧了一桌好菜，过节了？"

阿兰帮她卸下东西："您又进货去了？"

吴大婶点点头："远远看门开着，还以为家里遭贼了，原来是你这丫头回家了，也不跟我打个电话。”

阿兰淡淡一笑：“哪有贼？是你女儿。”

吴大婶开心得合不拢嘴：“有你这个女儿那是前世修来的福气。”

阿兰给吴大婶盛上饭：“吃饭吧。”

二人坐下来吃饭。

22-7　姐妹汤面店　夜　内

汤面店打烊了，店面已收拾干净，郭小琴与方贝贝脱下工作服，方贝贝从后厨牵出牧羊犬，两人准备离开。

22-8　姐妹汤面店门口　夜　外

方贝贝牵着牧羊犬上了轿车，郭小琴关上店门后也上了副驾驶座。

22-9　轿车上　夜　内

方贝贝开车向大路驶去。

方贝贝：“今晚我们开车出去逛逛。”

郭小琴：“好啊！去哪里？”

方贝贝：“车轮滚滚到处逛。”

轿车一直行驶……

方贝贝：“你看前面那房子，省军区，韩燕姐以前工作的地方。”

郭小琴探头看着：“真气派！”

方贝贝：“现在想想，韩燕姐这么一个大干部，到姐妹连为我们操心，我们还让她失望的话，真不应该。”

郭小琴：“你说得对！”

22-10　吴大婶家　夜　内

吴大婶与阿兰已吃好晚饭，正坐着歇息聊天，阿兰在给吴大婶捶背。

阿兰：“大婶，要是您是我妈妈，您会认我吗？”

吴大婶：“那当然。”

阿兰眼圈红了：“您终于肯认我了。”

吴大婶没听明白：“阿兰，你说什么呀？”

阿兰俯下身，搂着吴大婶的脖子，脸贴着吴大婶的脸，流下了眼泪。

吴大婶：“阿兰……”

阿兰低声抽泣：“妈妈！”

吴大婶：“你怎么回事呀？又哭又叫妈妈的，是不是……谁欺侮你了？”

阿兰摇摇头：“我知道，您就是我亲娘，您认了我吧。”

吴大婶搂住阿兰：“阿兰，好孩子，你就当我是你娘，但我确实不是你亲娘。”

阿兰："我……我已经全知道了。"

吴大婶不解地："你知道什么？"

阿兰犹豫着："嗯……李奶奶都跟我说了，说黄大姐认出来了，那夜是您抱着我送去乡民政办的。"

吴大婶愣怔在那里，半晌说不出话。

阿兰期望地："是真的吗？"

吴大婶沉默了一会儿："是我送去的，对不起阿兰，让你受苦了。"

阿兰哭了："您为什么不要我？"

吴大婶："你是我从海上捡来的。"

阿兰吃惊地："海上捡来的？……孩子小时，妈妈会这样对孩子说，你是从垃圾箱里捡来的。我都大人了，您怎么还说我是从海上捡来的？"

吴大婶拉着阿兰坐到身边，抹去她的眼泪："是真的，闺女，别哭，我一五一十都告诉你。"

阿兰安静下来，望着吴大婶。

［闪回］

22-11　海上　夜　外

二十三年前那个台风夜，海上风浪肆虐。

吴大婶去加固杂货店门窗时，经过码头，看到海浪上的闪光，那是荧光漆写下的"救命"二字，再细看，浪上沉浮着一个小圆木桶，字就写在桶身上。吴大婶想都没想，跳入海中游向木桶，经历生死危险后，终于凭着她过硬的游泳本领，把木桶捞到岸上。

22-12　吴大婶家　夜　内

吴大婶把木桶搬回家，这木桶是个密封的啤酒桶，打开木桶后，发现里面竟放着一个襁褓中的女婴，嘴上塞着一个氧气包，她把这女婴抱出来，好半天她才哇地哭了。吴大婶煮了米汤喂饱女婴，想了半天，才抱着女婴出门，决定把她送到乡民政办去。

［闪回结束］

22-13　吴大婶家　夜　内

吴大婶搬出小木桶放在桌上，里面放着一个氧气包，一块青花襁褓布，上面有一朵金线绣出的兰花，还有一套婴儿服，前襟上绣着一个繁体的“兰”字。阿兰看着这些东西，目瞪口呆，一下子反应不过来。

吴大婶泪水盈眶：“阿兰，大婶后悔当初没留下你。我是个寡妇，寡妇门前是非多，突然多了个孩子，怕人家说闲话。那时家里也穷，又怕养不起你，就把你送走了，现在想想好后悔，我对不住你！”

阿兰也流下眼泪：“大婶，您别这么说，是您救了我，给了我第二次生命，您就是我的再生父母！”

22-14　西湖断桥　夜　外

方贝贝牵着牧羊犬，与郭小琴逛到西湖断桥上，拿出手机拍合影。

方贝贝：“这里有白蛇传的故事，现在我俩，我做白娘子，你做小青，就是没许仙。”

郭小琴：“你还牵着你的方世玉呢，要不让它暂时做许仙好了。”

方贝贝笑骂：“去你的！方世玉，咬她。”

两个人嬉笑着，一个逃一个追。

22-15　钱塘江边　夜　外

方贝贝与郭小琴站在钱塘江边，手举烟花棒，正笑着放烟花。

方贝贝喊一声：“烟花三月下扬州。”

郭小琴也喊一声：“请来姐妹汤面店。”

方贝贝笑着：“你简直乱弹琴。”

郭小琴：“我是在做广告。”

烟花放完了，二人看了一会儿星星，准备起身离开。

方贝贝走到轿车边站好：“小琴，帮我和我的坐骑拍一张。”

郭小琴拿起手机给方贝贝拍了一张照片。

22-16 姐妹汤面店门口 日 外

汤面店店门被一根链条锁锁上了，郭小琴沮丧地坐在店门口发呆。

方贝贝牵着牧羊犬远远跑来：“我出去半天，你怎么关店门了？”

郭小琴抬起头：“是金阿姨锁的，你倒好，还到处溜达。”

方贝贝：“是驴是马，总要拉出去遛一遛。”

郭小琴：“是驴是马都没用，有钱才是硬道理，唉！我在手机借款平台上也没借到。”

方贝贝：“不是还有两天时间嘛，包租婆怎么提前行动了？”

郭小琴：“怕我溜了呗，这下好了，倒霉到家了，你还是回老家吧，我从零开始，擦皮鞋去。”

方贝贝：“千金散尽还复来，擦亮皮鞋走天下，别忘了把我那双皮鞋也擦一擦。”

郭小琴：“你还有心情开玩笑。”

方贝贝：“不开玩笑，我来开锁，你等着。”

方贝贝转身跑去借工具去了，一会儿提了个液压钳，咔嚓一下把链条锁剪断了。

郭小琴吓了一跳：“这下更麻烦了，金阿姨会报警的。”

方贝贝：“不就是收房租嘛，叫她过来，本小姐有钱。”

22-17 姐妹汤面店 日 内

收房租的中年妇女快步来了，方贝贝与郭小琴站在门边等她。

中年妇女拉着脸进门："翻天了呀！还敢撬锁入户？今天你们跑不了！"

方贝贝："我们不跑路，还要开店呢，你钱要不要？"点开手机支付宝给对方看。

中年妇女一看有钱，立马转怒为喜："你早说嘛。"拿出手机与贝贝的手机刷了一下，钱马上到账了。

郭小琴："金阿姨，我能继续开店做生意了吗？"

中年妇女笑着："没问题，有钱好商量。"

这时牧羊犬汪汪叫了两声，又把中年妇女吓了一跳。

中年妇女："这狗会咬人吗？"

方贝贝一笑："不咬人，就是狗眼看人低。"

22-18　姐妹汤面店后厨　日　内

郭小琴与方贝贝已换上工作服，牧羊犬被拴在一旁。

郭小琴着急地："贝贝，你必须告诉我，你的钱是哪来的？"

方贝贝："我方贝贝什么时候缺过钱？"

郭小琴："你的银行卡还你爸了，你最后的钱上次给金阿姨了，今天的钱不说清来龙去脉，我……我生意也不做了。"

方贝贝："你别管，反正我有手段。"

郭小琴更急了："手段？你叫我怎么向韩燕姐她们交代？"

方贝贝无奈地："真是个麻烦鬼，好了，我把方世玉的兄弟卖了。"

郭小琴茫然地：“方世玉兄弟？从没见你还有一条狗呀？”

方贝贝：“轿车。”

郭小琴吃惊地：“你卖了轿车？”

方贝贝：“钱打你账上了，赶紧把手机借款平台上的欠债还了。”

郭小琴感动地：“贝贝，谢谢你！我又欠你债了。”

方贝贝：“什么欠不欠的，今天早点儿打烊，有钱了得花一花。”

郭小琴：“不行，我要帮你管着。”

方贝贝：“又不乱花，到射击馆练枪法去。”

22-19 海滩 日 外

阿兰与史茗坐在海滩礁石上望着大海。

史茗：“没想到你的身世还有这么离奇的故事。”

阿兰伤感地：“我的爸爸妈妈……可能早已不在人世了，我原来……真的是孤儿。”

史茗安慰阿兰：“阿兰，吴大婶就是你的至亲，我和姐妹们都是你的亲人。”

阿兰：“史茗，我好想和我从未见过面的妈妈、爸爸说说话。”

史茗搂着阿兰肩膀：“你的歌声那么美，你可以唱歌给他们听。”

22-20 街头 夜 外

史茗与陈涌涛从一个餐馆出来，并肩走在夜色中，刚巧被路过这里的韩燕发现，于是她不急不徐地跟在他们身后。

陈涌涛边走边叹息：“阿兰的身世还真的挺可怜，以后你要多关心关心她。”

史茗点点头：“如果她能知道她爸爸妈妈是哪里人，怎么样的人，也许对她是个安慰。”

陈涌涛：“按吴大婶救她时的情况看，阿兰父母不会是本地人，天下那么大，没法查啊！”

史茗叹了口气：“我想……为阿兰写首歌。”

陈涌涛：“写歌？”

史茗点点头。

这时一个卖花的小女孩拦住他们：“叔叔，给阿姨买几支玫瑰花吧。”

陈涌涛二人停下脚步，后面的韩燕也停了下来。

陈涌涛见小女孩可怜巴巴地看着他，解释：“叔叔是阿姨的哥哥，不买玫瑰花，你把康乃馨、郁金香、百合花都卖给我。”

小女孩把花给了涌涛，收了钱，开心地跑了。

陈涌涛把鲜花递给史茗：“给你！”

史茗开心地接了过来：“谢谢涌涛哥！”

这一幕都落在韩燕眼里。

陈涌涛：“史茗，写歌得有体验，走！”

22-21　小快艇上　夜　外

陈涌涛带着史茗开着小快艇行驶在海上，到了鹿栖岛附近时才停了下来。

陈涌涛：“这片海域，大概就是吴大婶救阿兰的地方。”

史茗望着风平浪静的海面与头顶上的星空，想象着二十三年前那个台风夜。突然，陈涌涛的头痛病又犯了，捧着脑袋龇牙咧嘴。

史茗赶紧抱着陈涌涛的头给他按摩：“涌涛哥，你忍一下，我们立即去医院。”要去发动快艇马达。

陈涌涛拉住史茗：“不用，一会儿就好了，我犯头痛的事不要跟别人讲。”

22-22　韩燕房间　夜　内

陈涌涛开门进去，见韩燕坐在床上冷冷看着他。

韩燕不冷不热地：“以为你不回家了呢。”

陈涌涛愣怔一下：“加班再晚也得回家呀。”

韩燕：“今天什么日子记得吗？”

陈涌涛想了想：“什么日子？……不是你生日，也不是结婚纪念日，什么节日也不是啊！”

韩燕掏出一份离婚协议书：“是你提出离婚的纪念日。”

这份离婚协议书正是陈涌涛在省城时给韩燕的。

陈涌涛苦笑着：“燕子，当初可不是我先提的，我弄这协议书，也是想帮你不来青岙上任打掩护，后来我也向你解释了。”

韩燕冷笑着：“我承认，之前我们也有七年之痒，我嘴上说离婚，只是发发脾气，可你这份离婚协议书，却是扎在我心头的一根刺。”

陈涌涛：“燕子，我们在老家这段时间，我也以实际表现证明了我对你的真心。”

韩燕：“我只想听真话，你说，今天晚上你去哪儿了？跟谁在一起？”

陈涌涛皱着眉头：“你怎么不信任我？这样有意思吗？”

韩燕：“你都不肯说，叫我怎么信任你？”

陈涌涛无奈地叹口气，想了一下：“我跟史茗加班弄羊栖菜饮料的方案，误了晚饭，出去吃了后，史茗讲了阿兰的身世，说要为她写歌，我陪她去海边感受了一下。”

韩燕：“就这样？没给她买花送花吗？”

陈涌涛疑惑地看着韩燕：“你……你跟踪我？”

韩燕一口否认：“我没那么无聊，我凭直觉。”

陈涌涛：“一个卖花的小女孩挺可怜的，我就买了花，想让她早点儿回家。”

韩燕：“玫瑰花？”

陈涌涛：“没有，玫瑰花没买。我都讲了，要杀要剐随便你。”一屁股坐到椅上生闷气。

韩燕见他诚实，淡笑了一下：“生气了？我不是叫你帮我侦察一下凯男嘛，我就是训练一下你的侦察能力。”

陈涌涛不满地：“你这是在审讯！”

韩燕：“随你怎么想，不过我提醒你，史茗是个失忆的单纯女孩，而你是有妇之夫，当过军人，虽然现在荒废了，但也要记着军纪，自个儿注意点吧。睡觉！”躺到床上睡觉。

陈涌涛想了想，主动拿出行军床，摆在一边，躺了下来。

22-23　韩燕房间　日　内

天刚亮，房门外有人敲门，把睡在床上的韩燕与睡在行军床上的陈涌涛同时惊醒，陈涌涛马上收起行军床塞进柜子，并迅速躺到床上。

韩燕起来开门，见门外站着海奶奶：“妈，出什么事了？”

海奶奶笑着：“好消息！荣军院的事落实了。”

22-24　曹部长办公室　日　内

曹部长、韩燕、海奶奶正坐在那儿商量荣军院的事情。

曹部长看了看韩燕与海奶奶：“荣军院这个项目，县委县政府批准了！”

韩燕与海奶奶相视而笑。

海奶奶兴奋地：“好！好！办了一件好事啊！”

韩燕也兴奋地：“那我们可以着手准备了，兵马未动，粮草先行，接下来该是钱的问题。”

曹部长：“钱是个问题，一部分政府拨款，一部分得自行解决。”

韩燕：“我建议向社会筹集。”

海奶奶：“对，众人拾柴火焰高。”

韩燕：“社会筹集可以分两块儿，一块儿个人自由捐款，一块儿请共建单位给予支持。”

曹部长：“共建单位我来打招呼。”

这时，门外有人敲门。

曹部长：“请进！”

陈涌涛推门进来：“你们在开会吗？”

曹部长站了起来：“涌涛来了，我们正在商量荣军院的事。”

陈涌涛：“那我来的正是时候。”掏出一张支票递给曹部长，“我们公司也表达点心意。”

曹部长高兴地：“涌涛，谢谢你！”

海奶奶也站起身，看了下支票：“涌涛，你搞羊栖菜饮料要花大钱，荣军院又出了这么大数目，有压力吗？”

陈涌涛：“没事，妈，我再让阿祥、老王他们，在渔民、养殖户里多宣传，让大家都来支持荣军院。”

海奶奶点点头，欣慰地笑了：“你这次立了头功！”

陈涌涛：“现在，大家的日子都过得好起来了，我们要走共同富裕的道路，物质要富裕，精神更要富有，姐妹连就是咱青岙的精神象征，要把这精神一代一代传承下去，也要让一代一代的女民兵有幸福感、获得感！”

大家也都激动地点头。

韩燕望着陈涌涛，似乎对他有点儿刮目相看。

海奶奶：“好，说得好！”

22-25　渡船码头　日　外

史茗登上鹿栖岛渡船码头，阿兰早已等在那里。

阿兰跑了过来："史茗！"

史茗拉着阿兰："走！"

二人边走边聊。

22-26　阿兰房间　日　内

阿兰与史茗坐在阿兰房间里说话。

史茗："阿兰，你帮我跟吴大婶讲讲，请她再做点儿涌涛哥吃的药丸。"

阿兰点点头："好的。"想了想又说，"有个话，不知该不该讲？"

史茗："你我之间有什么不好讲的，你说。"

阿兰犹豫一下："我感觉你和陈涌涛走得太近了。"

史茗："我懂你的意思，涌涛哥救过我的命，人好，又帅，你怕我会以身相许是吧？"

阿兰："陈涌涛已经有韩燕姐了。"

史茗笑了："放心吧，我当他是哥，他当我是妹，我俩关系很纯洁。"叹了口气，"要是他单身的话，我会追他的，现在嘛，我不能对不起韩燕姐，再说涌涛哥很爱韩燕姐的。"

阿兰不好意思地："我信你！我就是担心你被人误会。"

史茗："我明白。阿兰，我给你写了首歌。"从包里取出一个文件夹，打开一看，是一首叫《海上的女孩》的歌单。

阿兰拿了歌单看着，感动地："史茗，谢谢你！"

史茗："歌词我写的，曲我不会，是涌涛哥帮忙，请本地的一个作曲家谱的，你先熟悉一下，到时去电台唱，我想，你的亲生父母就算在天上，也会听得到。"

22-27　荣军院地址　日　外

在军事公园旁边的那块地上，荣军院的奠基仪式正在举行，建筑地址上立着一块奠基石，上面写着"青岙县荣军院奠基"字样，高书记、梁县长、曹部长、海奶奶、韩燕等人握着系有红绸的新锹为奠基石培土。

韩燕："妈，李奶奶她们，终于有个共同养老的地方了。"

海奶奶笑着："以后我也住到荣军院来，这样就有伴儿了。"

22-28　连长办公室　日　内

韩燕站在插着女民兵名字小红旗的地图上看着，又走到办公桌前坐下，在笔记本电脑上打开一个文档，显示出《姐妹连女民兵个人支持荣军院名单》，看了几眼后，又打开一个文档，这是她思考已久的《登岛作战演习计划》，继续打字撰写。

22-29　小船上　日　外

一条小船停在海上，阿兰与史茗坐在小船上，阿兰轻轻吟唱起了《海上的女孩》——

海上飘荡的女孩
她在寻找着海岸
那一夜星辰熄灭
妈妈你在哪里……

唱着唱着,阿兰不禁泪水盈眶,史茗搂住她肩膀,安慰着她。

22-30　电台录音室　日　内

阿兰戴着耳机，坐在电台的录音室里，面对着录音设备，在音乐声中，唱着《海上的女孩》——

海上飘荡的女孩
她在寻找着海岸
那一夜星辰熄灭
妈妈你在哪里
那一夜风浪太急
爸爸你在哪里
海上的女孩长大了
生命的木桶在呼吸
你们都还好吗……

（画外音）歌曲背景中，主持人在轻声独白：“二十三年前的一个台风夜，海岛渔村吴大婶在海上救回了一个襁褓中的小女孩。今天，这个小女孩长大了，唱出了这首《海上的女孩》，献给给了她第二次生命的吴大婶，也献给从未见过面的妈妈和爸爸。”

22-31　吴大婶杂货店　日　内

天色已黄昏，吴大婶在杂货店捧着手机在听阿兰唱的《海上的女孩》，听得老泪纵横。这时，阿兰回来了，轻步跨进店门。

吴大婶慌忙抹去眼泪：“回来了？”

阿兰点点头，坐到吴大婶身边，脑袋靠在吴大婶肩上。

吴大婶：“没吃饭吧？我回家烧点儿好吃的给你吃。”

阿兰依然依偎着吴大婶：“我找到妈妈了！”

吴大婶愣怔一下：“找到了？”

阿兰点点头。

吴大婶：“她在哪儿？”

阿兰：“就在我身边。”

吴大婶怜爱地摸摸阿兰的头：“你这傻孩子！”

阿兰：“我的亲生父母可能永远找不到了，可在我心里，您就是我妈妈！”

吴大婶激动地抱着阿兰，哽咽着：“好闺女！”

22-32　陈涌涛办公室　夜　内

陈涌涛躺在沙发上睡着了，史茗悄悄推门进来，拿了一条毯子盖在陈涌涛身上。

陈涌涛醒了过来："史茗？"连忙坐起，"不好意思，我睡着了，你还没下班吗？"

史茗："下班了，又回来了。"

陈涌涛："有事吗？"

史茗在旁边坐下:"我就是来看看你有没有回家,你太累了,赶紧回家陪陪韩燕姐。"

陈涌涛："她不要我陪。"

史茗："为什么？"

陈涌涛："不为什么。"

史茗："你俩又闹别扭了？"

陈涌涛："我俩就是两个军人，不过在她眼里，我只是个过去式的军人，荒废了的军人。"

史茗想了想："这样，我陪你到射击馆练枪法去。"

陈涌涛："不去。"

史茗："干吗不去？下回你可以在枪法上赢韩燕姐，去！"把涌涛拉了起来。

22-33　射击馆　夜　内

秋霞与丁刚正在射击馆里举着枪乒乒乓乓射击，一轮结束，二人取下护耳罩。

丁刚："秋霞，你的枪法越来越好了。"

秋霞："还不行，我要练到跟你和凯男姐差不多。"

丁刚："那你得下苦功，以后俺就是你的私人训练教官了。"

秋霞："凯男姐也这么说，但自从她出了事情后，她就有意跟大伙儿保持了距离，虽然跟我住一块儿，但我也觉得她有些不一样了。"

丁刚："放心，谁变俺也不会变。"

这时，陈涌涛与史茗走了进来，站在丁刚他们隔壁的射击位上。

丁刚一看，马上打招呼："陈舰长！史茗！"

陈涌涛："哟，是你俩呀。"

史茗也过去与秋霞说起了悄悄话。

陈涌涛："小丁，没想到在这儿碰上，要不我们四个比比枪法？"

丁刚："行，没问题。"

四人各就各位，戴上护耳罩，开始比枪法。

22-34　小酒店　夜　内

陈涌涛、丁刚、秋霞、史茗在一个小酒店里喝酒吃宵夜。

丁刚举起酒杯："再走一个！"

陈涌涛举杯："干！"

两个男人一饮而尽，秋霞与史茗也陪着喝了一点儿。

陈涌涛："你俩在约会吧？"

丁刚嘿嘿笑着，并不否认。

秋霞有些不好意思："没呢，就是丁教官指导我枪法，跟你们一样。"

丁刚："陈舰长也是史茗的私人训练教官？"

陈涌涛："不是，不是，我跟史茗就是忙完工作，来射击馆放松一下，跟你们不一样，来，喝。"举杯又同丁刚干杯。

史茗开玩笑："别喝太多，喝醉了回去，韩燕姐要罚你跪搓衣板的。"

陈涌涛有点儿醉意了："不可能，男子汉大丈夫，怎么能被老婆管制，小丁，你也要有底气。"

丁刚看着秋霞笑了："俺不怕罚，怎么罚都乐意。"

秋霞不好意思地低下了头。

22-35 韩燕房间 夜 内

韩燕已躺下了，靠在床上看书，陈涌涛醉醺醺地开门进来。

韩燕皱着眉头："一身酒气，你是喝酒上瘾了？"

陈涌涛："哪个军人不喝酒？"拿出行军床摆好，和衣躺在上面。

韩燕不满地："还有道理了？今儿又是跟什么人喝的？"

陈涌涛："自个儿喝，喝酒解乏，促进睡眠。"不一会儿，真的打起了呼噜。

韩燕不悦地看了陈涌涛一眼，拿起耳塞塞到耳朵上。

22-36 连长办公室 日 内

韩燕坐在办公桌前，在笔记本电脑上工作，这时门外响起喊报告的声音。

韩燕走去开门，见丁刚站在门外："小丁，好久不见，快请进！"

丁刚走了进来，韩燕给他倒了杯水。

丁刚："韩连长，不好意思，昨晚让陈舰长喝多了。"

韩燕愣怔一下："昨晚你俩在喝酒呀，你们怎么喝上的？"

丁刚："俺和秋霞在射击馆碰到陈舰长同史茗，俺们几个比了枪法，又去喝了酒。"

韩燕神色一变，旋又淡然一笑："哦，是这样呀？小丁，坐，今天请你过来，是有个事向你请教。"

两人坐下，韩燕把笔记本电脑转过来，给丁刚看《登岛作战演习计划》。

丁刚看了一会儿："好计划！俺在部队时，参加过新军事培训，可能对你的工作有帮助。"

韩燕："我这个计划，也是在思考，部队在一步步搞变革，我们姐妹连也得适应这个变化，才能在将来的现代化作战中更好地协助部队。"

丁刚："那次培训真开眼界了，虚拟现实作战，在视觉、听觉、触觉等方面，虚拟了实战的各种可能情况，提供了各类假设敌，战场纵深可达到上千公里，其实呢，俺就坐在作战所里。"

韩燕点点头："关键还是人的问题，女民兵亦民亦兵，综合素质的提高很重要。小丁，这个计划你仔细看看，多指教。”

丁刚：“韩连长，您别客气，俺先看看，有啥想法再跟您交流，俺在部队时的孙连长是这方面的专家，俺可以跟他聊聊你的计划。”

22-37 星巴克门口 日 外

叶苗苗与王凯男从星巴克出来。

王凯男:“苗苗,我刚来找你,你就要走,是不是不想理我?”

叶苗苗：“我在健美中心报了名，要赶去上课。”

王凯男：“哟，你开始改变自我了。”

叶苗苗：“是啊！凯男姐，我都改变了，我们大伙儿还都等着你改变，你怎么还不离开娱乐城？”

王凯男：“你们现在不理解我，以后你们会明白的，走，我陪你去健美中心。”

22-38 健美中心 日 内

音乐节奏中，叶苗苗与一群姑娘少妇跟着健美老师整齐划一地跳着健美韵律操，王凯男坐在旁边看着，嘴角露出欣慰的微笑。一曲结束停下休息，叶苗苗一看四周却不见王凯男，看了自己手机，发现微信上有个王凯男发的转账红包，还有她的留言。

（画外音，王凯男的声音）：“苗苗，姐妹连在建荣军院，我也应该尽点儿微薄之力，但我是退连的人，大家觉得我犯了错误，希望你帮我一个忙，把钱转给姐妹连，不要说这钱是我的。”

22-39　姐妹连门卫室　日　内

海奶奶坐在门卫室里，戴着老花眼镜，拿着平板电脑在看荣军院的账户。

韩燕走了进来：“妈，您终于用上平板电脑了。”

海奶奶：“是啊，看东西很方便，你看看。”把平板电脑递给韩燕，“有一笔五万元的款子，没名字，不知道谁捐的，人家愿做无名英雄，但我们不能亏待人家。”

韩燕看着账目：“我去银行了解一下吧。咦，苗苗怎么捐了两笔钱？”

海奶奶：“这丫头搞什么名堂？她那几个工资捐一笔就够多了。”

22-40　星巴克　日　内

韩燕与叶苗苗坐在星巴克里。

韩燕：“苗苗，你给荣军院捐了两笔钱，是什么意思？”

叶苗苗不自然地：“我……我前一笔捐少了，就再捐一笔。”

韩燕：“我帮你算过了，以你的工资，几个月不吃不喝，也拿不出这么多。”

叶苗苗无法反驳，一下子不知该怎么应答。

韩燕："第一笔是你的，第二笔是别人的，对吧？"

叶苗苗有些紧张："不管是谁的，都是一份心意，你也别问了，收了就行。"

韩燕继续追问："是王凯男的对吧？"

叶苗苗吃惊地："你怎么知道？"

韩燕淡淡一笑："我猜的，这第二笔是你的我就不收，是凯男的我就收。"

叶苗苗："是凯男姐的，她叫我别说是她的，没想到你都能猜到，她也就想尽一份力。"

22-41　海奶奶家小院子　夜　外

海奶奶捧着收音机坐在院子里听昆曲，眯着双眼边听边哼，竟连韩燕进门都没发觉。韩燕停好自行车，坐了下来，也静静听着。

海奶奶睁开眼睛："哟，你几时回来的？"

韩燕："刚进门，看您听得投入，就没打扰您。"

海奶奶调低音量："了解得怎么样？"

韩燕："苗苗捐的第二笔钱是凯男的。"

海奶奶沉思着："她没有忘记……自己是姐妹连的人呀！"

韩燕："我还去了银行，查了那笔五万元的捐款，是来自鹿栖岛的。"

海奶奶："鹿栖岛？"

韩燕点点头："我又跟鹿栖乡农村信用社联系了，捐款人叫吴小妹，信用社的人认识她，就是开杂货店的吴大婶。"

海奶奶愣怔了一下："吴小妹？吴大婶？"嘀咕着，"难道真的是她？"

韩燕："您说什么？"

海奶奶："哦，吴大婶的捐款你就不用管了，找个机会，我去谢谢她！"

韩燕："吴大婶的杂货店赚不了多少钱，一下子拿出五万，等于把她大半辈子的积蓄捐出了不少，我觉得，她和姐妹连之间应该有渊源。"

海奶奶："姐妹连有过三代女民兵，青岙几个大小海岛，跟姐妹连有渊源的人自然不少，再说这吴大婶跟阿兰关系不一般，差不多算是她养母。"

韩燕沉思着："可我觉得，她应该同您这一代女民兵有什么渊源？"

海奶奶叹口气："也许吧，谁知道呢？"

22-42　韩燕房间　夜　内

韩燕躺在床上，陈涌涛躺在行军床上，两人似乎都没有睡意。

韩燕忽然开口："我想同你谈谈史茗。"

陈涌涛："哦？"

韩燕："史茗待在青岙很久了，我们都没好好帮她找一找家人。”

陈涌涛：“你想怎么做？”

韩燕：“给各地的公安部门发函件，虽然很麻烦，但我们可以一个地方一个地方联系。”

陈涌涛：“你这个想法，有没有征求过史茗的意见？”

韩燕：“没有，我想，她也不会一辈子待在这儿吧，她的父母找不到她，该有多伤心。”

陈涌涛：“你还是问一下史茗本人吧。”

22-43 海滩 日 外

韩燕与史茗走在沙滩上，边走边聊。

韩燕：“史茗，你有没有想过，回到亲人身边去？”

史茗：“韩燕姐，你的意思是……”

韩燕：“如果你愿意，我可以帮你找。”

史茗沉默了一会儿：“你不觉得，我跟阿兰有点儿像吗？吴大婶在阿兰幼年时救了她，她不知道亲生父母在何方，但她在这里长大，把吴大婶当成了最亲的亲人。我呢，在这儿失忆，但也把这里当成了第二故乡，把姐妹连当作了我的家。”

韩燕：“可是……你的父母应该在到处寻找你。”

史茗：“我想，再等等吧，过些时候说不定我就恢复记忆了，也就什么都想起来了。”

22-44 吴大婶杂货店门外 日 外

吴大婶正在那儿翻晒草药，海奶奶远远走来，站在不远处看着她。

海奶奶凝视良久，才哽咽开口：“凤英！”

吴大婶全身一震，转过头看着海奶奶，神情复杂而惊讶。

海奶奶走近，双眼含泪：“凤英，真的是你吗？”

吴大婶神色慌乱：“你……你认错人了，我叫吴……吴小妹。”

海奶奶：“我怎么会认错你，你就是凤英，吴凤英。”

吴大婶惊慌失措地转身就走。

海奶奶：“等一下。”

吴大婶收住脚步。

海奶奶突然抽泣起来：“当初下了那个决定后，我就没有安心过，我欠你，欠了一辈子！”

吴大婶肩膀一颤，也落下了眼泪。

海奶奶：“你一直珍藏着海螺号，你把自个儿的积蓄都捐给荣军院，我知道，你还牵挂着老姐妹，你的心，一直是姐妹连的心，我来，就想跟你说声……对不起！也跟你说，谢谢你！”

吴大婶：“你别说了，要谢的话，是我得谢你，是你带我入连，也是你开除我出连。”

海奶奶：“凤英啊，你受苦了，我心里这块石头也一直放不下，我欠你的，我也还不了。”

吴大婶抹去眼泪，转身面对海奶奶：“什么欠呀还呀，你老连长不能像我们小生意人，账记得这么清楚，这笔无头账忘了就好。”

海奶奶：“是是非非，功功过过，人这一辈子，一眨眼就过去，我们都老了，李大姐也是年老体弱生病住院，我真希望你回来看看姐妹连，姐妹连没忘记你。”

吴大婶：“过去的事都是些老黄历，姐妹连跟我也没有关系了，今天我们也见面了，你回去吧。”然后拖着沉重的脚步走进店里。

海奶奶长叹一声，久久地站在那儿一动不动。

22-45　吴大婶家　夜　内

吴大婶与阿兰在吃晚饭，吴大婶心事重重，吃了两口就吃不下了。

阿兰：“大婶，您怎么啦？”

吴大婶沉默了一会儿：“今天，海奶奶来过了。”

阿兰：“海奶奶上次来过，今天又来，她找您到底有什么事？”

吴大婶想了想：“阿兰，有件事大婶瞒了你，今天我不瞒你了。”

阿兰茫然地看着吴大婶，等着她说。

吴大婶：“我年轻时，也当过姐妹连的女民兵。”

阿兰不相信地：“真的呀？”

吴大婶点点头：“那时候，你海奶奶、李奶奶她们，都把我当成自己的小妹，我还当了排长，成了神枪手……”

阿兰惊讶地：“后来呢？”

吴大婶叹了一口气：“后来，部队来教我们训练的陈班长……同我搞对象，我被连里……开除了。”

22-46 海奶奶家堂屋 夜 内

陈涌涛、韩燕、小海坐到饭桌边准备吃晚饭。

韩燕：“妈，吃饭了。”

小海：“奶奶躺在床上，是不是生病了？

陈涌涛与韩燕急忙站起身，准备进屋看一下，这时海奶奶走了出来。

海奶奶坐下来：“奶奶没生病，吃饭。”

韩燕与陈涌涛又坐回桌前吃饭。

海奶奶端起饭碗：“明天一早，你们陪我去趟灯塔礁。”

22-47 灯塔礁上 日 外

海奶奶一家人登上了灯塔礁，远远看见陈大伯正在升旗，于是，海奶奶、陈涌涛、韩燕也向国旗敬礼，小海见状，也学着大人的样子举手敬礼。

陈大伯升旗完毕，看见陈涌涛一家，有些吃惊与茫然。

海奶奶走了上去：“陈班长，还认识我吗？”

陈大伯微眯双眼，仔细辨认。

海奶奶："我是陈海妹啊！"

陈大伯恍然大悟："哦，原来是陈连长，都好吧？"

海奶奶："好久不见了，今天我带儿子、儿媳、孙子来看看你。"

22-48 灯塔下 日 外

陈大伯与海奶奶坐在灯塔下面。

陈大伯："我跟你儿子涌涛有缘，我俩是忘年交呢。"

海奶奶点点头："陈班长，我带一家子来，就想跟你道个歉，你一个人守着灯塔过了大半辈子，不容易啊！"抹了抹眼角泪水。

陈大伯摆摆手："军有军规，我是个军人，犯了错得认罚，跟你没什么关系。"

海奶奶："我难受了一辈子，没找到凤英，这些年我也不敢来见你，可就在昨天，我见到凤英了。"

陈大伯双眼一亮："你见到她了，她……过得怎么样？"

海奶奶困惑地："你没见过她吗？"

陈大伯一声叹息："她不肯见我呢。当年她离开青岙，改了名字，匆匆嫁给鹿栖岛的一个渔民，可没多久，丈夫海难死了，她也守寡了大半辈子。"

海奶奶老泪双流："都是我的错，她不原谅我应该的。"

陈大伯："她早就原谅你了，她是不原谅自个儿，放不下过去。"

22-49　灯塔礁上　日　外

陈涌涛、韩燕带着小海，站在灯塔礁上望着远处的灯塔。

陈涌涛感慨地："没想到老陈还有这么一段故事。"

韩燕："两个人，隔着海湾相守相望一辈子，这是对爱的忠贞。"

陈涌涛："很凄美，但也不应该这样。"

韩燕："老辈人的爱情你不懂，要是换了现在的人，早就见异思迁变心了。"

陈涌涛："不能这么看问题，不管什么年代的人，也都看他本人对爱情是不是能真正做到坚守。"

韩燕看了陈涌涛一眼："你能做到坚守吗？"

陈涌涛坚定地："当然，这一点不容怀疑，日久见人心，我也是一个能够守望灯塔的人。"

第二十三集

23-1　连长办公室　日　内

韩燕与海奶奶坐在办公室的沙发上。

韩燕：“妈，吴大婶的事不要太着急，她心里有姐妹连，有老姐妹，这疙瘩也会化开的。”

海奶奶长叹一声：“要是当年不开除她，她跟陈班长……说不定有个好结局。”

韩燕感慨地：“很多遗憾都是生活的一部分，但有些还是能够弥补的。”

这时，曹部长走了进来。

韩燕站了起来：“曹部！”

曹部长：“海奶奶也在啊，我正好要跟你俩说点儿事。”坐了下来。

海奶奶：“小曹，荣军院的款子够了吗？”

曹部长：“够了。”

韩燕给曹部长泡了杯茶，在海奶奶身边坐下来。

曹部长：“荣军院的基本建设已经在进行中了，现场热火朝天，现在划拨的款子加上募集的款子，已经超出预算需求。”

韩燕：“多余部分可以作为荣军院建成后的常规费用。”

曹部长点点头：“是的。海奶奶、韩燕，你们做了一件大好事啊！”

海奶奶：“我们只是起了个头，但这件事能做成，还是上下同心的结果，县委县政府、人武部、全社会都给予了大力支持，你知道吗？小曹，在新老民兵中，捐款最多的是谁？”

曹部长：“谁？”

海奶奶：“一个匿名捐款，燕子调查后，发现她是……吴凤英。”

曹部长吃惊地：“就是当年被开除的女民兵吴凤英？”

海奶奶郑重地点点头。

曹部长感慨良久：“……难能可贵啊！”

韩燕：“这说明，姐妹连这杆旗帜，在所有女民兵心里，一直是闪亮的。”

曹部长反应过来：“我还有另一件事要讲，韩燕呈报的《登岛作战演习计划》有变化。”

韩燕心里咯噔一下：“是不是……没通过呀？”

曹部长一笑：“这个计划引起了省军区的关注，赵司令员要你亲自前去向他汇报。”

韩燕与海奶奶对视一眼，欣喜地笑了。

海奶奶：“能让赵司令员重视，看来这个事情不简单啊！”

23-2　火车上　日　内

韩燕一身军装，坐在开往省城的火车上，她心潮澎湃，这与离开省军区到青岙赴任时的心情，完全不一样。

23-3　省军区大门口　日　外

韩燕站在省军区门口，深情地望着这个熟悉的地方，不由得百感交集，她整了整军容，向大门口走去。

23-4　赵司令员办公室　日　内

一张很大的地图铺在办公室地上，赵司令员正蹲跪在那儿看地图，韩燕走了进来，站在赵司令员旁边。

赵司令员头也没抬，向韩燕伸出手："放大镜。"

韩燕捡起地上的放大镜，放到赵司令员掌心，赵司令员拿着放大镜仔细地看着地图，韩燕也蹲下来，在一边看着。

赵司令员把放大镜对着青岙岛的位置："知道这是哪里吗？东海上的明珠，青岙岛，姐妹连就在这岛上，她们的营房应该在……哪个位置呢？"

韩燕伸手一指："这个位置。"

赵司令员扭过头来："哟，小韩？"

韩燕笑了："司令员，您这么专注，我没敢打扰您。"

赵司令员哈哈大笑："我还以为是我秘书呢，起来说话。"

两人站了起来。

韩燕向赵司令员敬了一个礼："报告司令员！青岙县姐妹连连长韩燕向您报到！"

赵司令员微笑着："小韩，精气神还不错啊！没有骂我把你发配到边关吧？"

韩燕也笑着："哪敢啊！"

赵司令员："怎么样？你原来没想通的，现在想通了吗？"

韩燕不好意思地："早想通了，现在我对姐妹连已经有了很深的感情，只是工作做得不够好，请司令员批评。"

赵司令员："我一直关注着你，你干得不错，包括这次的《登岛作战演习计划》，想法很好，来，坐下来谈。"

二人在沙发上坐了下来。

赵司令员："你的计划和我的想法不谋而合，看来我向你婆婆推荐，让你去当姐妹连连长，确实推荐对了。"

韩燕有点儿吃惊："您推荐我的？"

赵司令员："是啊，你婆婆跑来，请我保住姐妹连的建制，我在想，要是没有一个年轻优秀的领头人，问题还是解决不了，当我推荐你时，你婆婆也有点儿惊讶。你知道我为什么推荐你吗？"

韩燕摇了摇头。

赵司令员："你刚从国防大学回来，你的研究生论文写得很不错，但我更想看到的不是怎么写，而是怎么做，怎么学以致用。"

韩燕神情一凛："司令员用心良苦，我没好好领会，惭愧了！”

赵司令员笑着：“人都是需要成长的，就像这个演习计划，也是姐妹连的成长机会，不能仅限于对驻军的辅助，要真正进入主体作战序列，真正建立军民联防的铜墙铁壁，所以对这个演习计划还可以仔细研究，大胆推演，在现代化战争与传统战争方式中，找到一个符合民兵的模式。”

23-5　省军区大院　日　外

韩燕坐在军区大院的长椅上，望着来往的军官，头脑中回响着赵司令员的那句话——

（画外音，赵司令员的声音）：“仔细研究，大胆推演，在现代化战争与传统战争方式中，找到一个符合民兵的模式。”

23-6　娱乐城走廊　夜　内

身着超短旗袍裙的王凯男，轻轻推开包厢门，从门缝往里看，一个一个包厢看过去。张彬从另一头走过来，见王凯男这副神秘样，便轻手轻脚走到她背后，拍了一下她肩膀。王凯男条件反射，迅速抓住张彬的手，猛然转身把他摔倒在地，张彬痛得叫了起来。

王凯男一看是张彬，连忙放手。

张彬爬了起来：“喂，你怎么对我搞暴力？”

王凯男：“我是自卫，谁叫你躲在我背后鬼鬼祟祟的。”

张彬："我鬼鬼祟祟？明明是你鬼鬼祟祟地在偷看，我拍一下你肩头，就被你放倒了。"

王凯男不好意思地笑了："你是自找的，我哪知道是你？"

张彬："凯男，你刚才一个包厢一个包厢挨个儿看过来，干什么呀？"

王凯男一笑："看看他们要不要啤酒。"

张彬狐疑地看看凯男。

王凯男："摔疼了没有？"

张彬活动着胳膊："还好。"

这时一个保安跑了过来："张总！"

张彬："什么事？"

保安俯到了张彬耳边说话，张彬神色一变，快步走了。

王凯男拦住保安："出什么事了？"

保安犹豫不说。

王凯男脸色一变："别忘了，我当过你们的保安队长，我还能叫张彬让你走路。"

保安压低声音："丽莎在吸毒。"

23-7　张彬办公室　夜　内

办公室里，张彬与钱玲玲发生了激烈争执。

张彬怒气冲冲："玲玲，没二话，让丽莎马上走人。"

钱玲玲："你急什么急？人家不就染了一点儿不良习气嘛，你干吗赶她走？"

张彬：“这不是一般的不良习气，这是吸毒。”

钱玲玲：“她可是我们这儿的台柱子。”

张彬：“不行，马上走！”

这时王凯男推门进来。

钱玲玲：“你进来干吗？”

王凯男：“帮你说话呗！”看着张彬，“张彬，得饶人处且饶人，放那女孩儿一马吧。”

张彬吃惊地：“你俩难得意见一致啊！王凯男，真不敢相信你能容忍这种事？”

王凯男：“都是女人嘛。”

钱玲玲瞟了王凯男一眼：“谁要你帮腔？”

王凯男耸耸肩膀：“有人唱戏，有人帮腔，这才热闹。”转身出门。

23-8　姐妹汤面店　夜　内

店里没有客人，郭小琴与方贝贝无聊地趴在柜台上。

郭小琴：“生意不好，愁死人了。”

方贝贝：“要不换个热闹点儿的地方开新店，反正现在还有钱。”

郭小琴：“那钱是你卖车的钱，不能再糟践了。再说地段好的地方可贵了，剩下的钱不一定够。”

方贝贝：“唉，想得头疼，别想了，打扫卫生吧。”

两人朝后厨走去。

23-9　娱乐城更衣室　夜　内

王凯男走进更衣室，想找丽莎，不料里面没人。

张彬走进来："凯男，你到底什么意思？"

王凯男："你想赶走丽莎又没报告公安，本来就不对，她走了，换了个地方，还会吸的。"

张彬："我不报，是怕给我们这儿带来麻烦。"

王凯男："我看住她，让她不再吸了。"

张彬："公安部门对娱乐场所涉毒的处理十分严厉，我看你还是回去当保安队长吧，帮我管着。"

王凯男："张彬，我会帮你，但回去干保安队长就算了，我现在干得挺自在的。"

张彬："好了，别管闲事了，我已经叫她走了。"

23-10　姐妹汤面店　夜　内

韩燕远远走来，她站在门口，看了一眼店名，抬脚跨进门。此时，郭小琴与方贝贝，正一个拖地一个抹桌，在打扫店堂卫生。

韩燕看着背对她卖力干活儿的二人："打烊了？"

郭小琴与方贝贝几乎同时转身："您吃什么？"一看是韩燕，一下愣怔住了。

韩燕笑着："小琴，贝贝，好久不见了。"

郭小琴与方贝贝："韩燕姐？"

两人扔掉手里的拖把抹布，激动地上前要与韩燕握手，忽又意识到手脏，便在衣服上擦着。

韩燕上前拉着她们，疼惜地：“你俩瘦了。”

郭小琴不好意思地：“韩燕姐，你坐。”

三人围着一张桌子坐了下来。

韩燕给方贝贝递去餐巾纸：“擦擦脸，你脸上有灰。”

方贝贝擦了擦脸，尴尬地：“脸上怎么还有火山灰面膜霜？”

郭小琴：“是锅底灰。”

方贝贝白了郭小琴一眼。

韩燕：“生意怎么样？”

郭小琴：“还……还不错。韩燕姐，你吃了没？”

韩燕摇摇头。

方贝贝：“我请你到外边吃大餐，走！”站起来准备出门。

韩燕：“我想吃你们的牛肉面。”

郭小琴站了起来：“我去烧。”跑进后厨。

韩燕看着方贝贝：“你变成熟了。”

方贝贝嘿嘿笑着。

韩燕：“你爸爸取消了公司的留存工资和保证金，还叫我劝你回家。”

方贝贝：“韩燕姐，你知道的，我不可能扔下小琴不管。”

韩燕：“你做得对。你们这么早就要打烊，生意好像不太好吧？”

方贝贝叹了口气：“不瞒你说，现在成本都维持不住。”

这时，郭小琴端着盘子出来，上面是一碗牛肉汤面，还有两小碗，是另加的牛肉与小菜。

郭小琴把盘子放在韩燕面前：“韩燕姐，你吃。”然后在方贝贝旁边坐下。

韩燕边吃面边问：“你们觉得生意为什么不好？”

郭小琴看了贝贝一眼，明白她已说了实情：“我们的汤面……缺少特色。”

方贝贝：“那我们做海鲜面吧。”

郭小琴摇摇头：“海鲜成本高，保鲜时间短，我们小店承受不了。”

韩燕：“我给你们提点儿建议，搞出一碗省城没有的面，我们那边过生日吃的长寿面，省城就没有。”

郭小琴双眼一亮：“对呀，烧长寿面的索面，就是我们那边的特产。”

韩燕：“把长寿面做好，打出招牌，海鲜嘛少量进一点儿当配料，多进些零碎小杂鱼，用它熬成海鲜膏汤，还有，像羊栖菜、鱼饼也可进点儿当小菜。”

方贝贝：“明天我就去市场买货。”

韩燕：“别急，等我回去了，叫春霞的渔家乐帮你们进货，这样成本也低些。”

郭小琴：“韩燕姐，太谢谢你了！”

韩燕：“自家姐妹，说什么谢。除了汤面特色，你们还有女民兵的形象特色。”

23-11 丽莎房间门口 日 内

王凯男站在丽莎房间门口敲门，敲了一会儿没人开门也没回应。

王凯男急了："丽莎，丽莎，我是王凯男。"又重重地敲门。

一会儿，一个身穿睡裙神情颓废的美女开了门，她就是丽莎。

23-12 丽莎房间 日 内

丽莎转身进去又躺回床上，房间里一片零乱。

王凯男走进来："我跟张总说了，你回去上班吧。"

丽莎坐了起来："真的？"

王凯男："真的！"

丽莎："王姐，谢谢你了！我保证不会再犯。"

王凯男："丽莎，你吸食那东西几次了？"

丽莎："第二次。"

王凯男："是谁带坏你的？"

丽莎低头不吭声。

王凯男："怎么？你还不想告诉我，难道还想上公安局，说吧，这东西哪来的？"

丽莎低下头："我……我是偷的。我吸这个就是好奇。"

王凯男："偷的？从哪里偷的？"

丽莎："有一次，客人把我支开，我见他们神神秘秘，就在门外偷看了一眼，见他们拿出冰毒包，在聊什么。"

王凯男大吃一惊："交易毒品？"

丽莎："好像是看货。后来他们喊我回去唱歌，我趁他们不注意，从他们包里偷了一小包冰毒。”

王凯男神情变得凝重：“你认识他们？”

丽莎：“有一个叫猴子的我认识，其他两个不认识。”

王凯男：“他们中有没有一个大胡子？”

丽莎摇摇头。

23-13　连史馆　日　内

海奶奶站在展示柜前，望着那支特殊的冲锋枪，那是当年国防部首长授给她的特殊礼物。阿兰与史茗在另一边的图片墙上看着老民兵照片，目光投向年轻时的吴凤英。

海奶奶抬起头，看见了她俩，走了过去：“阿兰，史茗，在看什么呢？”

阿兰与史茗转过身来。

史茗：“海奶奶，您来了，我们在看吴大……”

阿兰接口：“在看老民兵照片。”

海奶奶想了想：“阿兰，吴大婶她……提过我吗？”

阿兰点点头：“嗯！”

海奶奶：“她有没有跟你讲她的过去？”

阿兰迟疑着：“以前她都没讲，您第二次来看她后，她才跟我讲了她以前的事。”

海奶奶指着吴凤英的照片：“那你现在也知道了，吴大婶就是吴凤英了，要是没当年那一出，她应该接我的班，成为我的下一任连长，唉！我对不起她呀！”

阿兰:“海奶奶,您别这么想,吴大婶还说,是她辜负了您。”

海奶奶摇摇头:“是我欠她。”

23-14 小船上 日 外

阿兰与史茗坐在小船上，小船停在鹿栖岛与灯塔礁中间的海面上。

阿兰指了指:“这边是鹿栖岛，那边是灯塔礁。”

史茗:“我听涌涛哥说，管灯塔的就是陈大伯?”

阿兰点点头。

史茗:“阿兰，我相信，吴大婶和陈大伯，一定会相聚的，吴大婶和海奶奶，也一定会和好如初的。”

阿兰一声叹息:“希望如此！史茗，我感觉我肩上的责任又重了许多。”

史茗:“哦?”

阿兰郑重地:“我要当好一个女民兵，不但为自己，还要为吴大婶。”

23-15 医院病房 日 内

李奶奶小心地从轮椅上站起来,扶着轮椅,做着立正、稍息、敬礼的姿势。

海奶奶走进来,连忙上前扶住李奶奶:“李大姐,快坐下。”

李奶奶:“海妹，我已经完全好了，你别不信，我可以操练给你看。”

海奶奶把李奶奶按回轮椅上：“阿兰、秋霞一不在，你就动起来了，别着急，等你完全康复了，我们老姐妹们住到荣军院去，天天操练。”

李奶奶笑着：“好，听你的。”

海奶奶拉了把椅子坐到李奶奶跟前：“李大姐，凤英找到了。”

李奶奶有些不相信自己的耳朵：“你说谁？”

海奶奶：“吴凤英呀。”

李奶奶激动地：“她在哪儿？”

海奶奶：“住在鹿栖岛上，她就是……阿兰的吴大婶。”

两个老人拉着手，泪眼相视。

李奶奶想了想：“那么，阿兰……是她女儿吗？”

海奶奶摇摇头：“不是，是她救了阿兰。”

23-16　海奶奶家小院子　日　外

海奶奶走进小院子坐了下来。

韩燕从屋里走出来：“妈！”

海奶奶：“燕子，什么时候回来的？”

韩燕：“刚到家。”

海奶奶站起身：“赵司令员好吗？”

韩燕：“好，他叫我向您问好呢。”

海奶奶笑着点点头：“赵司令员对我们姐妹连帮助很大

啊！”

韩燕：“司令员对演习计划很关注，他给了我很好的启发，我得重新构想，要有一个更完善更大胆的计划，所以我得好好研究一下姐妹连的战斗史。”

海奶奶：“这个事情是件大事，你专心把它做好，做扎实，其他什么零碎事务，你跟妈说一声，妈还能替你分担些。”

韩燕笑着：“我这次还去看了小琴、贝贝，教她们做青呑的长寿面，今天，我也烧个长寿面给您吃。”

婆媳二人边说边朝屋里走去。

23-17　姐妹汤面店　日　内

汤面店里地上放着好几个快递箱子，方贝贝与郭小琴正在拆快递，里面有索面、海鲜、小杂鱼、羊栖菜、鱼饼、敲鱼等，还有迷彩服、钢盔、海螺号、大幅女民兵照片等。

方贝贝与郭小琴开心极了，把钢盔扣在头上，喊了起来。

方贝贝：“郭小琴！”

郭小琴：“到！”

郭小琴：“方贝贝！”

方贝贝：“到！”

23-18　姐妹汤面店后厨　夜　内

郭小琴正在煮长寿面，索面加上鲜虾、敲鱼、鸡蛋、鱼圆、腊肉、花生、羊栖菜、黄花菜等配料，方贝贝在旁边看得直掉口水。

郭小琴捞起一碗长寿面：“你尝尝。”

方贝贝拿起筷子尝了一口：“太好吃了。”夹了一筷喂小琴，“你也尝尝。”

郭小琴吃后露出了满意的微笑：“大功告成！”

方贝贝拿出手机给长寿面拍照：“发个图片给苗苗，馋死她。”

23-19　姐妹汤面店门口　日　外

汤面店门口的店名照牌更新了，现在是“海岛女民兵·姐妹汤面店”，店门旁边则挂了一块醒目的牌子，上面写了“海岛风味：青岙岛特色长寿面、海鲜膏汤面、女民兵营养小吃”之类。

方贝贝站在门口，一身迷彩服，以敬礼迎接客人。

23-20　姐妹汤面店　日　内

汤面店墙上挂了三张姐妹连女民兵的大幅图片，一张是郭小琴与方贝贝在哨所前站岗，一张是一班女民兵在海滩上举枪欢呼，一张是全连女民兵方阵；还挂了钢盔、海螺号之类；悬在墙上的显示屏幕正在播放姐妹连女民兵的训练视频。

今天来的客人比较多，方贝贝与郭小琴忙得不亦乐乎。等客人散去，方贝贝与郭小琴也累坏了，坐在那儿歇息了好一会儿。

方贝贝突然喊了声：“立正！”

方贝贝与郭小琴猛地站起，以立正姿势并肩而立。

郭小琴：“齐步走！”

二人迈着正步向前走去，走到墙边时，二人互望一眼，忍不住勾肩搭背大笑起来。

23-21　城市草坪上　夜　外

方贝贝、郭小琴以及牧羊犬坐在草坪上。

郭小琴看着手机：“今天营业额是我们小店有史以来最高的。”

方贝贝：“就是太忙了，要不要招聘一两个人？”

郭小琴摇摇头：“我们是女民兵，一个能抵两个。”

方贝贝：“那你要付我双份工资。”

郭小琴笑着：“不付，免得你大手大脚乱花钱。”

方贝贝无奈地：“郭老板你真抠门！”

23-22　娱乐城天台　夜　外

丽莎偷偷躲在娱乐城天台，取出冰毒准备吸食，张彬带着两个保安跑来。

张彬一把打掉丽莎手中的冰毒：“你不是向凯男保证过了

吗？这一次我不能原谅你了，送公安局去。”

两个保安上前抓住丽莎手臂往外拖。

丽莎惊惧地挣扎：“张总，饶了我吧，我再也不敢了。”

王凯男跑过来：“等一下。”把张彬拉到一旁，轻声说，“张彬，我轻信了她，是我的责任，但上次没报公安，这次送去，你的责任也免不了，还是让她离开娱乐城算了。”

张彬犹豫了，思考着王凯男的话。

王凯男压低声音：“交给我来处理，有人问起，就说她回老家了。”

张彬点了点头，手一挥，带着两个保安走了。

丽莎扑通一下跪在王凯男面前，哭着：“王姐，谢谢你救了我！我也不想吸，可是……毒瘾犯了忍不住。”

王凯男把丽莎拉了起来：“丽莎，这里你不能待了，还有，你要明白，能救你的只有你自己。”

丽莎掏出手机：“我拍了猴子他们的照片。”打开给凯男看。

王凯男一看，除了猴子，另两个男人正是之前她发现大胡子时，从大胡子这个包厢出来的那两个男子。

王凯男：“他们没发现你拍照？”

丽莎摇摇头：“没有。”

王凯男想了想：“丽莎，有两条路摆在你面前，第一条，继续吸毒，沉沦下去，很快结束年轻的生命；第二条，把毒戒掉，永不碰毒，那你还会有美好的明天。”

丽莎：“我想戒，王姐你帮帮我。”

23-23　戒毒中心门口　日　外

王凯男与丽莎从出租车下来，望着戒毒中心的大门，丽莎明显有些紧张胆怯。

王凯男：“别怕，我陪着你。”

23-24　戒毒中心　日　内

丽莎穿上病号服，拉着王凯男的手跟她告别。

王凯男鼓励她:“丽莎,加油！无论如何都要坚持把毒戒掉，更好的明天在迎接你！”

丽莎点点头：“王姐，我向你保证，谢谢你！”

随后，丽莎跟着身穿白大褂的工作人员向走廊一头走去。

23-25　连长办公室　日　内

韩燕坐在办公桌前，正在电脑上重新构架《登岛作战演习计划》，这时门外有人敲门。

韩燕：“请进！”

陈涌涛走了进来。

韩燕：“你怎么来了？”

陈涌涛：“我来看看你不行吗？”直接在韩燕对面坐下。

韩燕边打字边说：“有事说事，我忙着呢。”

陈涌涛：“你叫我安排人关注王凯男同娱乐城，我的侦察兵有消息了。”

韩燕停了下来：“怎么样？”

陈涌涛：“娱乐城有个叫丽莎的女孩儿吸毒，张彬要把她送公安局，但被王凯男拦了下来。现在王凯男把丽莎送去戒毒中心了，好像丽莎还拍了什么人的照片，给了王凯男。”

韩燕迅速思索着，突然恍然大悟：“怪不得凯男要在娱乐城做啤酒女郎，她最恨的就是毒贩、毒品。”

陈涌涛：“你的意思是说她在查毒贩？”

韩燕站了起来：“这种可能性很大，但她单枪匹马很危险。”

陈涌涛想了想：“这个时候，她一个人反而不容易打草惊蛇。”

23-26 街头 夜 外

叶苗苗从健美中心上完课出来，顺着人行道往前走，经过一个昏暗拐角时，忽然有人从后面拉住她。叶苗苗马上使出一招连队里学来的功夫，想把身后的人制住，不料反被对方制住，原来是王凯男。

王凯男：“徒弟打师傅，是猫是老虎？”

叶苗苗愣怔一下：“凯男姐？”

王凯男把她放开：“拳脚有点儿进步，但还不够火候。”

叶苗苗：“凯男姐，你夜里躲在这儿，不会就为了试我的身手吧？”

王凯男：“嘿，当然不是。”

叶苗苗：“那你是……”

王凯男：“我想跟你借个人。”

叶苗苗：“跟我借人？我只是健美中心的学员，星巴克的服务员。”

王凯男摇摇头：“不是。嗯……这人跟你的反扒队有关。”

叶苗苗：“你现在这样，反扒队的姐妹们不一定乐意。”

王凯男：“我是向你借小偷来了。”

叶苗苗吃了一惊：“什么？借什么？”

王凯男：“借小偷呀。”

叶苗苗：“凯男姐，我还是没听懂。”

王凯男：“是这样，害人之心不可有，防人之心不可无，以其人之道，还治其人之身，就是让小偷来给我们的保安讲讲小偷的手段，好防备小偷光顾我们这里。”

叶苗苗：“我也不养小偷，抓的小偷都送公安局了。”

王凯男搂着叶苗苗肩膀：“好苗苗，你不帮我谁帮我，我训好了保安，就可以回去当队长了，那我不是可以离开现在的岗位了？难道你不愿意？还是真要冷眼看着我沉沦？”

叶苗苗：“如果你是想不干现在的岗位，我当然愿意帮你。”

23-27　军事公园　日　外

王凯男大步走来，见叶苗苗与海奶奶的帮教对象老三坐在公园一角。

叶苗苗站了起来：“凯男姐！”

王凯男不吭声，审视着老三，老三也站了起来。

王凯男问叶苗苗：“是他？”

叶苗苗：“嗯！”

王凯男：“你叫什么名字？”

老三：“都叫我老三。”

王凯男：“年龄？”

老三：“28。”

王凯男：“几进宫了？”

老三苦笑着：“你怎么像警察审问？我见过你，你是姐妹连的王班长。”

王凯男：“记性不错，老三，你技术如何？就是那种开锁入室做梁上君子的技术。”

老三：“你就别提了，那种下三滥的技术我是不错，但现在我已经金盆洗手悬崖勒马了。”

王凯男指指老三：“就是你了。”转向叶苗苗，“苗苗，谢谢你！记得给我保密。”

叶苗苗点了点头。

23-28　戒毒中心探视室　日　内

丽莎紧张地坐在那儿，她的对面坐着韩燕与缉毒大队石队长，丽莎看到面前二人一个穿警服一个穿军装，不由得忐忑不安。

韩燕微笑着：“丽莎，不要紧张，我叫韩燕，是姐妹连连长，跟王凯男是一个连队的姐妹，这位是公安局缉毒大队的石队长。”

石队长：“我们找你了解一些情况，请你把知道的详细情况告诉我们，这样可以帮助我们的工作，也能帮助王凯男。”

丽莎听到王凯男的名字后，脸色才松缓下来。

23-29　姐妹连后墙外　夜　外

王凯男与老三躲在姐妹连后墙外面的一个角落。

王凯男压低声音：“老三，我带你进去，你负责开锁，我拿了东西后，咱们就走。”

老三低声地：“我怕！”

王凯男：“我不是跟你说了嘛，是我和韩连长在攻防训练上打了赌，没事的，这次不叫偷，叫单兵演习，明白了吗？”

老三：“明白了。”

王凯男轻松爬上墙头，把老三拉上了墙头，又跳了下去。

23-30　姐妹连器械库门口　夜　外

王凯男带着老三直扑器械库，老三嘴里叼着灯光微弱的小电筒，掏出开锁工具开锁，王凯男观察着四周，很快门就被打开了。

23-31　姐妹连器械库　夜　内

第一道门进去后，老三又在开第二道门，第二道有难度，开了好长一会儿才打开，王凯男马上蹿了进去，小电筒一照，从一个架子上取下跟踪定位仪。

当他们关上第二道门准备撤走时，忽见一道强烈的手电光朝这边过来，王凯男与老三连忙退回来，掩上第一道门，躲在里面，大气也不敢出。

23-32　姐妹连后墙内　夜　外

韩燕打着手电筒过来巡夜，她走到器械库门外看了一圈后转身离去。一会儿，王凯男与老三从器械库里出来，快速地穿过空地，到了后墙边，王凯男把老三托上墙头，然后自己也爬上墙头。不料，这时韩燕又折了回来，她看到墙头黑影一闪，手电光一照，却什么也没有，韩燕心里咯噔一下，连忙跑向大门口。

23-33　姐妹连后墙外　夜　外

韩燕带着一个女民兵来到后墙外，查了一圈没发现异常，又返回营房。

23-34　姐妹连器械库　夜　内

韩燕带着那个女民兵，打开器械库，开亮灯，发现地面上有几个清晰的脚印，明显是新踩上去的。

韩燕似有所觉，跟女民兵讲：“把你的鞋子脱一只给我。”

女民兵不知怎么回事，脱下一只鞋子给韩燕，韩燕拿着鞋底与脚印对比，鞋底的纹路几乎一模一样，说明脚印主人穿的也是女民兵的迷彩鞋，而且从脚印大小判断应该是女性。韩燕在器械库里检查了一遍，发现其他东西都没动过，只有跟踪定位仪不见了。

韩燕自语着：“难道是她？”

23-35　娱乐城门口　日　外

王凯男爸妈站在娱乐城门口，一个怒气冲冲，一个气得流泪。

王凯男穿着运动服跑出来：“爸，妈，你们怎么来啦？”

王大潮二话不说，上去就打王凯男，王凯男头一偏，打在肩膀上。

凯男妈:“别打了,回家去说。”上去拉住王凯男要往家里走。

王大潮恼怒地：“丢人丢到家了。”冲过去还要打王凯男。

王凯男挣脱母亲的手往路上跑了，王大潮与凯男妈在后面追赶。

23-36　海堤　日　外

凯男爸妈一直追到海堤上，王凯男已没了踪影，夫妇俩又气又累，瘫坐在地上。这时，一辆出租车驶来，停在他们旁边，只见韩燕从车上下来。

凯男妈哭着爬起：“韩连长，小男变成这样了，我们可怎么办啊？”

韩燕：“阿姨，不要急，你俩误会了。”

王大潮站起身，恼怒地：“你们都在瞒我们是吧？要不是今天邻居告诉我们夫妻，我们还蒙在鼓里，被人戳脊梁骨都不知道。”

韩燕：“是的，我瞒了你们，瞒了所有人，因为凯男在……执行任务。”

王大潮不解地：“你说什么？”

韩燕：“本来不应该告诉你们的，这个任务是……秘密任务。”

凯男妈：“真的假的？”

王大潮半信半疑：“什么秘密任务？”

韩燕：“既然是秘密任务，当然不能说。王叔，阿姨，你们安心回家去吧，跟谁都不要说，等任务完成之后，凯男自然会回家。”

23-37　秋霞房间门口　日　内

韩燕在门外敲门。

屋里的王凯男以为秋霞在敲门："你又忘带钥匙了？"

门一打开，王凯男见是韩燕，一下子愣在那里。

23-38 秋霞房间 日 内

韩燕径直走了进来，关上了门。

王凯男："你来干什么？"

韩燕："我来告诉你，你爸妈回家了，不会再来找你，你有空也回去看看他们，免得他们挂心。"

王凯男狐疑地："你怎么打发我爸妈的？"

韩燕："我让他们相信你。"

王凯男不解地："相信我？你也相信我吗？"

韩燕淡然一笑："我不相信你，会来找你吗？"

王凯男："那你找我又想干吗呢？"

韩燕："你这个一班班长脱离连队太久，只怕很多事情都不知道。"

王凯男无所谓地："我已退连了，很多事情不知道也正常，只要能完成心愿，就算人武部开除我，我也认了。"

韩燕："当年老姐妹连的神枪手吴凤英，被连里开除了，海奶奶愧疚了一辈子。你知道吴凤英是谁吗？就是吴大婶，她把积蓄都捐给了荣军院。小琴和贝贝在省城开了一个小汤面店，虽然很艰难，但她们姐妹同心，扛住了各种困难。你说，她们的心愿是什么？"

王凯男思索着："她们的心愿……她们自己知道，我不清楚。”

韩燕：“你心里明白着呢，她们的心愿，就是要和自己的姐妹们在一起。”

王凯男：“你不就是想说服我，回连队去，跟你和解。”

韩燕：“你得和你自己和解。”

王凯男：“我听不懂。”

韩燕：“真的听不懂吗？那么我问你，你想完成的心愿是什么？”

王凯男：“这个问题我不想回答，也没必要告诉你。”

韩燕：“我替你回答，你想完成的心愿就是替月仙报仇，对吧？”

王凯男吃了一惊，默然不语。

韩燕：“可你忘了，彩花姐她们这班老民兵，还有海奶奶和我，还有姐妹连的全体姐妹，谁不想为月仙报仇？大家都想，这是大家的共同心愿，你怎么只记着你自己这一份，忘了大家那一份？”

王凯男叹口气：“韩连长，道理我懂，你不用教我，你叨叨叨叨，听得我脑仁儿疼。”

韩燕：“你既然懂，就应该把你心里藏着的事情讲出来，同我好好谈一谈，比如，丽莎的事。”

王凯男心中一凛：“丽莎就是个无知姑娘，我不希望她失足堕落，想帮她一把，就这么简单。再说，谁心里不藏点儿东西呀？难道你没有？”

韩燕：“对！我调来青岙当姐妹连连长时，我以为是海奶奶要求的，在心里对她有抱怨，认为她改变了我的人生，实际上呢，这是赵司令员向海奶奶推荐的，是赵司令员下的决定，让我有了一次磨炼与成长的机会，让我真正懂得什么叫姐妹情！”

王凯男：“你懂就好，我在姐妹连那么多年，我自然也懂，这份姐妹情很深。”

韩燕：“这份情不仅仅是个人私交，而是共同站在姐妹连这杆大旗下的所有姐妹，那种血浓于水的感情！你今天不想跟我多谈你心里的事,可有些事情是很急迫的,我们得互相支持。”

王凯男不耐烦地：“道理你都讲了，我也听了，我得回去上班了。”

韩燕叹口气：“凯男，你记着，你不是一个人，你的背后是姐妹连全体姐妹。”说完开门离去。

23-39　公安局会议室　日　内

会议室里坐着县公安局苏局长、缉毒大队石队长、刑警大队严队长，还有市海警局沈副局长、徐站长以及韩燕等人。

苏局长：“根据情报，有个跨境贩毒组织近日在青岙活动，我们公安局联合海警局，将实施围捕行动，但贩毒组织的头子在一艘游艇上，游艇出现在靠近青岙的公海，这给抓捕带来了难度。”

沈副局长:“我们海警方面这么考虑,撤掉青岙海上的海警，引诱游艇进入我国领海，实行瓮中捉鳖。”

石队长：“要瓮中捉鳖，得请韩连长帮忙了。”

韩燕:“我们姐妹连早就想一雪前耻了,请苏局、沈局安排。”

苏局长：“好！请韩连长部署姐妹连，准备打头阵，缉毒大队、刑警大队随时做好准备，现在关键的是尽快查清毒贩交易的时间和地点。”

23-40　陈涌涛办公室　日　内

陈涌涛与史茗坐在沙发上，正在商量工作。

陈涌涛：“深海遥控养殖网箱还得扩大，还要向更远的海域移动，羊栖菜饮料生产线正在加快基建，这些方面的新媒体宣传全部由你来负责。”

史茗：“好的。涌涛哥，你这段时间脸色很不好，你不要太拼了，得好好休息。”

陈涌涛笑着：“没事，现在还不是松懈的时候。”

陈涌涛刚站起时，突然一阵眩晕，头痛又犯了，痛得咝咝吸气。

史茗见状,连忙上前扶着他:“涌涛哥,你头痛病又犯了吗?我陪你去医院吧。”

陈涌涛摆摆手:“躺一会儿,就没事了。”在沙发上躺了下来。

史茗手足无措，只好蹲伏下来，趴在涌涛身边为他按摩头部。这时，韩燕推门进来，刚好看到这一幕，大吃一惊，以为陈涌涛与史茗在亲密接触，十分气愤，转身夺门而去。

史茗反应过来，喊了声：“韩燕姐！”连忙追了出去。

23-41　陈涌涛公司门口　日　外

史茗跑出公司门口，见韩燕已骑上自行车一溜烟走了。

23-42　连长办公室　日　内

韩燕站在自己办公室的窗前无声流泪。

陈涌涛推门进来：“燕子，你怎么跑走了？”

韩燕抹掉眼泪，默默无语。

陈涌涛：“当时我头痛病犯了，史茗在帮我按摩。”

韩燕转过身，冷若冰霜：“你什么都不要说，我不想听。既然你来了，我有重要事情跟你谈。”

陈涌涛：“哦？你说。”

韩燕：“公安局和海警局有行动，向你借用深海养殖的船只，到时海警局会专门来人安排。另外，在你公司的老民兵支援队，这些天也要调回姐妹连。”

陈涌涛：“行，没问题，是什么行动？”

韩燕：“不能问，你也绝不允许泄密，跟任何人都不能说。”

陈涌涛：“好，我明白。”

韩燕：“你可以走了。”

陈涌涛：“燕子，我们谈谈。”

韩燕板着脸：“别的事，等行动结束之后再谈，你走吧。”

23-43　女民兵宿舍　夜　内

赵彩花、阿丁嫂等一些老民兵待在一个大宿舍里，海奶奶坐在那儿同她们聊天，墙边靠着好些冲锋枪。

赵彩花：“海奶奶，什么共建活动这么神秘？连你都来了。”

海奶奶：“我也不清楚，听燕子的就是了。”

23-44　一班宿舍　夜　内

阿兰与叶苗苗穿着陈涌涛公司的工作服，抱着枪靠在床上。

阿兰：“为什么秋霞跟史茗没来？”

叶苗苗：“可能明天会来吧，我们手机都交了，也没法儿联系。”

阿兰：“发了枪，却不穿作训服，还穿陈涌涛公司的工作服，真奇怪！”

叶苗苗：“不是说了嘛，韩燕姐和他老公搞夫妻共建。”

23-45　娱乐城走廊　夜　内

穿着性感旗袍裙的王凯男一个一个包厢推门看看，名为推销啤酒，实际是寻找可疑人物，她看了好多个包厢，当她再推开一个包厢时，发现包厢坐着三个男人，正是丽莎偷拍照片中的猴子与另两个男子。

王凯男提着几瓶啤酒进去，含笑着：“几位大哥，喝一下我这个牌子的啤酒吧，口感好，价格实惠。”

一男子：“不要。”

王凯男抛了一个媚眼：“照顾一下小妹嘛，我的啤酒真心不错。”

猴子色眯眯地：“你更不错，留下陪我们唱歌。”

一男子瞪了猴子一眼，看向王凯男：“你出去吧，别打扰我们。”

王凯男放下啤酒：“好吧，这几瓶送你们尝尝，玩儿得开心。”转身走出了包厢。

23-46　娱乐城门口　夜　外

猴子与两个男子出了娱乐城，猴子自己开车走了，另两个男子上了另一辆轿车，已换上运动服的王凯男在门内一角盯着他们。

23-47　公路上　夜　外

王凯男驾着摩托车，不急不徐地跟着两个男子的那辆轿车。

23-48　货运码头　夜　外

轿车驶入货运码头，在集装箱停放点停了下来，那两个男子从车上下来，站在集装箱前，一会儿，又有一辆轿车驶来，停在旁边，车上下来的人正是王凯男之前发现的大胡子。此时，王凯男正从集装箱中间的空隙间接近他们，躲在那里偷听他们讲话。

大胡子：“货怎么交接？”

一男子：“明天中午12点，就在这里唱一出狸猫换太子，再让这一个集装箱夹在其他集装箱中上船。”

大胡子：“不会出什么意外吧？”

一男子：“不会，一切都在码头搞定，神不知鬼不觉。”

大胡子：“好，凡事得求变，改变了战略，以后这儿可以成为我们的中转站了。”

23-49 秋霞房间 夜 内

秋霞已经睡着了，王凯男和衣躺在床上思考着，耳边响着韩燕的那句话——

（画外音，韩燕的声音）：“你不是一个人，你的背后是姐妹连全体姐妹。”

王凯男爬了起来，开了台灯，在桌前写了一张纸条，又从包里掏出跟踪定位仪，把跟踪定位仪的接收器与纸条装进一个牛皮纸袋，把跟踪定位仪的微型发射器放进自己口袋。

王凯男推了推另一张床上熟睡的秋霞：“秋霞，秋霞，快醒醒。”

秋霞醒了：“凯男姐，干吗呀？”

王凯男：“快起床，我有任务交给你。”

秋霞穿衣起来：“什么事？”

王凯男把牛皮纸袋交给秋霞：“你立即出门，把这东西亲手交到韩燕手里。”

秋霞困惑地看看王凯男。

王凯男：“别磨蹭，快！”

秋霞赶紧开门出去。

第二十四集

24-1　连长办公室　夜　内

韩燕与秋霞站在办公室里，韩燕正拿着王凯男的纸条在看。

（画外音，王凯男的声音）：“韩连长，明天中午，不，过零点了，是今天中午 12 点，毒贩在货运码头用集装箱中转毒品，他们中间有杀害月仙的凶手，请你立即通知公安部门，并带着姐妹们前来抓捕，我先潜入码头，我身上有跟踪定位仪，你拿上接收器来找我，行动前千万不要联系我。”

海奶奶走了进来：“燕子，出什么事了？”

韩燕把纸条递给海奶奶看。

海奶奶神色大变：“哎呀！我冤枉她了！”

韩燕：“妈，凯男是好样的！”掏出手机打电话，“是缉毒大队石队长吗？我是韩燕……”

24-2　一班宿舍　夜　内

身穿陈涌涛公司工作服的秋霞推门进来，推醒阿兰与叶苗苗。

秋霞：“集合了，快起床！”

二人赶紧穿衣起床。

阿兰：“怎么没吹集合哨？”

叶苗苗：“秋霞，你什么时候来的？”

秋霞：“别问了，快！”

24-3　女民兵宿舍　夜　内

赵彩花、阿丁嫂她们正在梦乡中。

海奶奶推门进来；“彩花，你们快起床……到食堂集合！”

赵彩花她们纷纷穿衣起床。

24-4　姐妹连食堂　夜　内

餐桌已全部搬到一边，姐妹连女民兵与老民兵支援队持枪站立，齐聚一堂。

韩燕、海奶奶以及海警局徐站长、缉毒大队吴警官、刑警大队何警官，面对新老民兵站着，神色都十分严峻。

韩燕严肃地：“姐妹们，这三位是海警局徐站长、缉毒大队吴警官、刑警大队何警官，我们马上要执行一个重要任务，协助公安局、海警局围捕毒贩。接到凯男通知，上次从我们手里逃脱的毒贩，将于今天中午 12 点在货运码头中转毒品，我们要抓住他们，一雪前耻，为月仙报仇！”

女民兵一听，群情激昂，赵彩花、阿丁嫂她们更是咬牙切齿，摩拳擦掌，她们似乎也明白了王凯男在娱乐城做啤酒女郎的目的。

韩燕：“姐妹连大门与观察哨的岗哨不动，其余女民兵与老民兵支援队混合，一半人由阿丁嫂带队，跟徐站长走，借养殖网箱远程移动，准备出海捕捉毒贩头子；另一半人分成两组，一组由一排长带队，跟吴警官走，一组由二排长带队，跟何警官走，在货运码头上及船上装运海鲜，准备围捕交易毒贩，彩花姐留下，其他人行动！”

徐站长一挥手，与两位警官带头向门外走去，女民兵们排队跟出，食堂里只留下韩燕、海奶奶、赵彩花。

赵彩花急步上前：“为什么留下我？”

韩燕：“彩花姐，凯男在跟踪毒贩的集装箱，她身上有定位仪，我俩去找她，不能让她出危险。”

赵彩花连连点头：“好！好！”

韩燕：“妈，连部还由您坐镇。”

海奶奶：“小心点儿，把凯男安全带回来。”

24-5　货运码头　夜　外

一个集装箱的门大开着，一辆货车挡在前面，几个男人正把集装箱里的一个个大纸板箱往车上搬，同时把货车上一模一样的几个大纸板箱换了进来。

王凯男藏在两个集装箱中间，趴在地上，乘人不备，钻到货车底下，向车头位置爬去。她在滚爬中，跟踪定位仪的微型发射器掉落在货车底下，但她并没有发觉。

集装箱里的东西换好了，几个搬运的男子从集装箱里跳了下来，王凯男趁他们走开抽烟时，迅速窜入集装箱中，在纸板箱的空隙处藏了起来。这时，一个男子爬上集装箱，站在离王凯男藏身处两米远的地方，又看了一遍，然后出去，锁上了集装箱门，开着货车走了。

24-6 集装箱里 夜 内

漆黑一片的集装箱里伸手不见五指，王凯男掏出手机照明，又从裤管里抽出一把军用匕首，小心拆开一个纸板箱，发现都是海鲜干货，她向下挖去，发现了一包一包的毒品，接着，她又打开几个新换上来的纸板箱，情况都是如此。

然后，王凯男把纸箱封回去，再摸摸身上，发现跟踪定位仪的微型发射器不见了，不由得大吃一惊，立即拿起手机要给韩燕发信息，不料手机没有信号，也没有网络，一下子大惊失色。

24-7 游艇甲板上 日 外

靠近青岙海域的公海上，停着一艘游艇，此时甲板上，有一个身着睡袍的中年健壮男子躺在一张躺椅上休息，他就是这个贩毒组织的老大，旁边有几个比基尼美女在侍候他，捏腿的捏腿，端红酒的端红酒，船舷两边还站着好几个戴墨镜的保镖。

一个戴金丝边眼镜的瘦子过来:“老板,胡子打电话来报告，这两天青岙的海警都调去市里，支援一个走私案子去了。”

毒贩老大大笑起来：“天助我也！开船，到青岙海面上看看。”

24-8　海上　日　外

几艘养殖船各拖着一个巨大的球形养殖网箱，朝游艇方向徐徐驶去。

24-9　养殖船驾驶亭　日　内

海警局徐站长站在养殖船驾驶亭里，也穿上了陈海涛公司的工作服，正拿着望远镜观察海面，这时，毒贩老大的游艇在望远镜里出现了。徐站长放下望远镜，又看了看下面的甲板，那儿，站着阿丁嫂、阿兰等少量几个人，其余人都藏在船舱里。

24-10　货运码头　日　外

两艘运输船靠在码头上，甲板上放着好多个托盘，托盘上是一箱箱的海鲜，一个吊机正把托盘从船上吊到码头上，一帮男女工人再把海鲜箱搬到码头的两辆货车上。这帮男女工人中就有叶苗苗和秋霞。

另一头，一辆大叉车正徐徐开向集装箱区域。

24-11 叉车上 日 内

工装打扮的赵彩花开着大叉车，旁边坐着码头理货员打扮的韩燕，韩燕拿着跟踪定位仪的接收器，接收器上的指示灯越来越强。

赵彩花:“这里可疑的人都没有,集装箱这么多,怎么查?”

韩燕：“继续开，应该就在附近。”

24-12 游艇甲板上 日 外

金丝眼镜拿着望远镜，在观察几艘徐徐驶近的养殖船。

金丝眼镜：“停船！停船！”

毒贩老大一把夺过望远镜看了起来：“真没用，几条养殖船就把你吓成这个样子了？”然后又坐回躺椅上喝红酒。

金丝眼镜尴尬地赔笑。

毒贩老大的手机响了，他接听之后，跟金丝眼镜讲：“夜莺的船已靠岸，一切正常，通知胡子，准备装货。”

24-13 叉车上 日 内

赵彩花的大叉车已开到王凯男所在的集装箱附近，接收器上的指示灯显示非常强烈，韩燕做了个手势，赵彩花把车停下，二人下车搜索。

24-14　货运码头　日　外

一个黑衣男子朝关着王凯男的集装箱走去，突然，他发现了落在地上的跟踪定位仪微型发射器，捡起来狐疑地看着，然后掏出手机准备打电话报告。这一幕被韩燕二人看在眼里。

韩燕急步上前：“你好！我是码头理货员。”

黑衣男子还没反应过来，赵彩花在背后拿手枪顶住了他，韩燕一把夺过男子的手机，二人迅速把他挟持进两个集装箱的空隙中。

韩燕从对方身上搜出手枪，明白他是毒贩成员，低声喝问：“有没看见一个女的？你们的集装箱是哪一个？”

黑衣男子不吭声，突然扑向赵彩花想夺枪，韩燕一枪托砸晕了他，用胶带封住他的嘴巴，用塑料软铐把他反铐起来。

韩燕与赵彩花重新出来时，有几个集装箱已在起吊，韩燕扫了几眼，发现一个集装箱门的缝隙里有水滴下，便跑上去用手指蘸了一些，放到鼻子下嗅嗅。

韩燕喊了声：“停下！”

24-15　海上　日　外

养殖船放慢速度，一点点向游艇靠近，阿兰在船上唱起了歌曲《渔歌》——

天是湖，云是舟，
撒下丝网垂金斗。
云里游，天上走，
画中人家笑声流。
渔歌当香饵啊，
鱼群追着走……

阿兰优美的歌声悠扬飘荡在海上，令游艇上的毒贩们也听得入迷，放松了警惕，游艇也徐徐驶近。

养殖船上的徐站长见时机成熟，一声令下：“行动！”

几只养殖船船尾放下小快艇，坐着荷枪实弹的女民兵与海警，飞速向游艇驶去，养殖船也卸下球形养殖网箱，开足马力包抄上去。

游艇上的毒贩老大见状大惊失色：“快走！”

24-16　货运码头　日　外

那只有水滴下的集装箱已被吊离地面，韩燕跳了起来，抓住集装箱门把手，一手拿着钳子剪断锁扣，一手打开门把手。

这时两辆黑色轿车驶来，那个叫胡子的大胡子男子带着一帮打手跑来。

大胡子：“干什么？”

韩燕："检查！"

这时集装箱门被推开，王凯男露了出来，明显缺氧之后有些虚弱，大胡子等人大吃一惊，拔枪对准王凯男。王凯男连忙把门掩上，韩燕、赵彩花马上拔枪对峙。

吊车司机吓得逃走，一个黑衣男子跳上吊车继续起吊。大胡子闪到轿车后向韩燕二人开枪，韩燕与赵彩花立即还击并闪入集装箱一侧。另一边货车上的女民兵与警察听见枪声，端枪冲过来包围毒贩。

王凯男从移动的集装箱里跳了下来，大胡子瞄准王凯男开枪，韩燕一跃而出，猛地推开王凯男，子弹打中韩燕左臂，同时韩燕也一枪打中了大胡子。女民兵、警察们与毒贩展开了枪战，有几个毒贩中枪倒地。

集装箱已吊到集装箱船上，集装箱船开动起来准备逃跑，两艘运输船立即开过去包围住它，船上的女民兵及警察跳上运输船持枪对准船上毒贩。

24-17　海上　日　外

毒贩老大抄起一把冲锋枪负隅顽抗，小快艇上的阿兰一枪打中了他的手腕，冲锋枪落地，毒贩老大还想去捡，阿丁嫂又是一枪打中了他的手臂，几个保镖开枪还击，也被女民兵与海警击中。

小快艇与养殖船包围了游艇，阻断了它逃往公海的去路，一艘海警缉私艇飞速破浪驶来。

24-18　货运码头　日　外

警笛鸣响，无数警车快速驶入货运码头。

高音喇叭在喊："你们已被包围，缴械投降！"

毒贩们见大势已去，纷纷放下武器举起了双手，集装箱船上一个小胡子跳船想逃跑，几个女民兵跳下海去，将其活捉。

王凯男见韩燕手臂流血，吃了一惊："你受伤了？"

韩燕："一点儿小伤。"

王凯男夺过一个女民兵的步枪，扑了上去，枪口对准大胡子。

韩燕："凯男，干什么？"

王凯男："我要为月仙报仇！"

韩燕走上前，把手放在凯男肩头："法律会严惩他的！"

王凯男一枪托砸向大胡子，喊着："那个假孕妇呢？"

受伤的大胡子坐在地上闭上双眼一声不吭。

这时集装箱船上的毒贩也被押上码头，韩燕逐个审视着嫌犯，她在那个落汤鸡似的小胡子跟前停下，抬手撕下粘贴上去的小胡子，原来此人就是昔日假装孕妇杀害刘月仙的女毒贩夜莺。

王凯男对着女毒贩的肚子就是狠狠一拳："冤家路窄，你让我找得好苦！"

赵彩花冲上来，对着疼得弯腰捧腹的女毒贩又是一拳。

24-19　连长办公室　日　内

海奶奶站在办公桌边，正在接听电话，然后缓缓搁下，呼出了一口气。

曹部长站在边上，着急地："怎么样？"

海奶奶露出笑容："大获全胜！"

曹部长高兴地："好！好！太好了！"想了一下，"海奶奶，我差点儿犯了大错！"

海奶奶："什么？"

曹部长："要不是您和韩燕劝阻，我已经下文件开除王凯男了。"

海奶奶叹了口气："我也冤枉她了，没想到这丫头玩儿起了卧底潜伏，还好燕子看出了一点儿苗头。"

曹部长："姐妹连新老女民兵，都是好样的，包括那个吴凤英。"

海奶奶点点头："燕子处理她和凯男的关系，比我强啊，我和凤英的结，还没解开呢。"

曹部长："海奶奶，姐妹连这杆大旗下，就是一个大家庭，那些家庭成员，都会回家的。"

24-20　货运码头　日　外

全部毒贩都被押上了警车，集装箱上的毒品也抬上了警车，一路鸣笛开走了。此时，秋霞正在给韩燕包扎伤口，公安局苏局长与海警局沈副局长走了过来。

苏局长："韩连长，有你们姐妹连的帮助，这次行动很圆满，谢谢！"

韩燕："青岙是我们的家园，我们出力是应该的。"

沈副局长："我们海警与姐妹连，第二次合作了，这次一起打了个翻身仗！漂亮仗！"

韩燕："对，我们也雪清了前耻。"

苏局长："好，那我们先走了。"

苏局长与沈副局长同韩燕握手离去。

另一边，赵彩花、阿丁嫂等老民兵正围着王凯男。

赵彩花惭愧地："凯男，我向你认错，这么多年的姐妹了，竟怀疑你，还说你变坏了。"

阿丁嫂："我也错了，我们都错了，我们向你赔罪。"

王凯男笑着："彩花姐，阿丁嫂，各位姐妹，这事不怨你们，是我瞒了大家，但我也是怕走漏风声打草惊蛇。"

赵彩花："你呀，胆子真大，一个人，出危险怎么办？"

王凯男笑着挠挠头："没了跟踪定位仪，这么多集装箱，你们是怎么判断我在这个集装箱里的？"

赵彩花："是韩燕断定的，她蛮神的，鼻子真灵，见关着你的集装箱有水漏出，嗅了一下，就大喊停下。"

王凯男愣怔一下："她嗅了？"

赵彩花学着韩燕用手蘸水一嗅的动作："就这样。"

王凯男捧腹大笑起来。

阿丁嫂："有啥好笑的？"

王凯男："我关在里面憋不住了，撒了一泡尿。"

大家忍不住哈哈大笑起来。

韩燕走了过来："你们在笑什么？"

王凯男："韩连长，谢谢你！你的伤怎么样？"

韩燕："皮肉之伤，没问题。凯男，我比你大几岁，你就不能叫我韩燕姐吗？"

王凯男一脸尴尬，不知如何回应。

赵彩花："凯男，韩燕替你挡了枪，还嗅了你的尿，叫韩燕姐应该的。"

这下弄得韩燕与凯男都尴尬了，二人不好意思地互相看看。

王凯男不自然地："韩……韩燕姐，你给我的那本《军官职业素养研究》，我看了两遍，我理解你了。"

韩燕欣慰地笑了。

24-21　公墓　日　外

黄昏时分，刘月仙墓前摆满了鲜花，王凯男、赵彩花、阿丁嫂这些老民兵聚在这里，王凯男拿着一小瓶白酒，浇在刘月仙墓前。

赵彩花："可以告慰月仙了，走吧。"

王凯男等人恋恋不舍地下山。

24-22　姐妹连大门口　日　外

韩燕左手用绷带吊在脖子上，与海奶奶、曹部长及女民兵们聚在姐妹连大门口。

海奶奶一脸担忧：“燕子，你这一去就受伤了，要是伤了要害地方，我可怎么活呀？你赶紧去休息。”

韩燕：“妈，您放心，轻伤不下火线，不用休息了。”

秋霞：“韩燕姐是替凯男姐挡枪受伤的。”

海奶奶拉着韩燕的手，热泪盈眶：“好样的！”

这时，赵彩花、阿丁嫂这帮老民兵回来了，正远远向大门口走来。

一班的女民兵们马上嚷嚷着：“欢迎凯男姐！”

赵彩花等人走到跟前，却不见王凯男。

韩燕：“凯男呢？”

赵彩花：“张彬的娱乐城出事了，她赶回去了。”

海奶奶没见到凯男有些失落。

24-23 娱乐城大厅 夜 内

娱乐城大厅空无一人，一片死寂，一盏小灯照着昏暗。王凯男走了进来，打量着空荡荡静悄悄的大厅，这时张彬失魂落魄地从办公室走出来。

王凯男：“张彬！”

张彬似乎没听到，继续往外走。

王凯男一把抓住张彬手臂：“你去哪里？”

张彬木然地：“我……我投案自首去。”

王凯男：“投案自首？你贩毒了还是吸毒了？”

张彬："我没有，可是……毒贩在这儿交易，还有丽莎吸毒……"

王凯男："你放心，我已跟缉毒大队石队长讲清楚了，当然……停业整顿、行政处罚是免不了的。"

张彬点点头，面无表情，继续往外走。

24-24　娱乐城门外路上　夜　外

娱乐城门口挂着停业整顿的牌子，张彬茫然地走出来。

王凯男追出来："张彬，你还要去哪里？为什么不抓紧考虑整顿方案呢？"

张彬："娱乐城跟我无关了，我被扫地出门了，我的投资款也被钱玲玲吞吃了，你走吧，我也走了。"

王凯男："怎么回事啊？我们是朋友不？是就告诉我。"

张彬叹息一声："你们抓毒贩的消息一传来，钱玲玲马上召开董事会，认为我是法定代表人，应负一切责任，行政处罚、重新整顿、停业亏损、声誉损失这些钱都由我承担，于是我的投资款没了，职务也被解除了。"

王凯男吃了一惊："这钱玲玲也太狠毒了，她……她不是你女朋友吗？怎么做出这种手段？"

张彬苦笑着："她就是利用我，她暗中已找了一个大老板当情人，或许早就想把我赶走。"

王凯男气愤地："不能便宜了她，我找她去。"

张彬拉住凯男："不要去，免得泼你一身污水。"

24-25　王凯男家　夜　内

王大潮与凯男妈正在边吃饭边说话。

凯男妈：“这么说，我家小男当英雄了？”

王大潮点点头：“是啊！想想那天我还下死手打她，后悔死了。”

凯男妈：“我也后悔，可我们也不知道咱闺女在干大事呀？”

这时，王凯男回家来了，她跨进门，怯生生地：“爸！妈！”

凯男妈马上跑过来抱住凯男，眼泪汪汪：“小男，你终于回家了。”

王凯男也抱住母亲：“妈，我回来了。”

王大潮走过来：“小男，爸……爸给你丢脸了。”

王凯男：“爸，你千万别这么讲，我瞒了你们，是我不对。”

凯男妈：“你做得对，执行秘密任务不能讲，必须保密。”

王凯男：“什么？”

凯男妈：“韩燕说的。”

王凯男：“哦？”

王大潮：“小男，还没吃吧？”

王凯男点点头：“嗯！”

凯男妈连忙拉王凯男到饭桌边坐下：“吃饭，妈给你加两个好菜。”

24-26　连长办公室　夜　内

韩燕坐在办公桌的笔记本电脑前，完善着《登岛作战演习计划》。

海奶奶推门进来："燕子！"

韩燕："妈，这么晚了，您怎么跑来了？"

海奶奶："你受伤了，应该在家歇几天，怎么还不回家呢？"

韩燕站起身，有些不自然："妈，待在连队里，我思路更清晰，我得把司令员交给我的任务思考清楚，过几天再回吧。"

海奶奶笑着："你现在完全以连队为家了。"

韩燕："您坐，我想跟您商量个事。"

两人坐了下来。

韩燕："这次抓捕毒贩，凯男是首功，我想为她请功。"

海奶奶点点头："好！应该的。"

韩燕："另外，重新任命她为副连长。"

海奶奶欣慰地点了点头。

24-27　码头　日　外

王凯男与史茗坐在码头上。

史茗："凯男姐，你现在是英雄了，是一班的骄傲。"

王凯男："我就打了个头阵，这次胜利还是靠韩燕。"

史茗神情失落："这次行动我一点儿也不知道。"

王凯男："毒贩凶悍，还有武器，你没经历过强化训练，真的很危险，别失落了。"

史茗叹口气，转移话题："你电话里跟我讲，请教律师的事，现在我们公司没外请法律顾问，一般的法律事务都是我在处理。”

王凯男：“你能处理？”

史茗：“我的工作不太忙，就利用空余时间温习，考了个律师证。”

王凯男：“真的？”

史茗点点头。

王凯男想了想：“这样的话，说不定能搞定钱玲玲呢，我们合计合计。”

24-28 钱玲玲办公室 日 内

身穿军装的王凯男与身穿黑色女式西装的史茗，走进了钱玲玲的办公室。

钱玲玲不快地：“王凯男，你还来干什么？”

王凯男不卑不亢：“钱总，说话注意点儿，我今天是代表姐妹连来的，而且还有史律师同来。”

史茗亮出律师证：“钱总，我是史律师，我们是来调查情况的，请你配合，谢谢！”

二人直接坐了下来，史茗当面打开录音笔。

钱玲玲困惑地看看王凯男二人：“调查什么？”

史茗：“毒贩。”

钱玲玲：“毒贩不是都抓了吗？”

王凯男：“你现在应该明白了，我进入娱乐城，又当保安队长，又做啤酒女郎，目标任务就是查毒贩。”

钱玲玲愣了愣，脸上浮起假笑："明白明白，你查得好，这些坏人都该抓。"

王凯男："毒贩是一网打尽了，但我们怀疑娱乐城里还藏着毒贩，或者是帮助毒贩的人。"

钱玲玲："不可能，现在娱乐城停业整顿，人都走光了，绝对不可能。"

史茗："一个叫猴子的毒贩交代，他跟你……很熟。"

钱玲玲吓了一跳："我不认识什么'猴子'。"

王凯男："真不认识吗？"

钱玲玲惊慌地："凯男你知道的，我们开门做生意，偶尔也要应酬一下的，我哪知道他们是什么人呀？"

王凯男："钱总，你慌什么？"

史茗在本子上记录着："钱总，你别紧张，我们调查后，会向缉毒大队报告，以后就由他们出面了。"

钱玲玲惊慌失措地站起，又坐下："凯男，虽然我们有过误会，但我一直很敬佩你，一起这么久，我们也算是好姐妹了，你帮我说两句，我绝对和毒贩没半点儿关系。"

王凯男似笑非笑："我们是好姐妹呀？据我所知，你连男朋友的投资款都吞了，我做你好姐妹，可没什么好处让你得。"

钱玲玲吃了一惊："你……你想为张彬出头？"

王凯男："你跟张彬的事，是你们的事，但娱乐城毒贩的事，猴子和你的事，我们还会调查张彬。"

钱玲玲一下脸都白了。

史茗关掉录音，站了起来："钱总，谢谢配合，再见！"

史茗与王凯男挺着胸膛走出门去，钱玲玲瘫坐在椅子上呆若木鸡。

24-29　街头　日　外

王凯男与史茗走在街头，笑得乐不可支。

王凯男："哈哈！差点儿把钱玲玲吓尿了，真爽！"

史茗："我没参加抓毒贩行动，但参加你这个调查行动，也挺过瘾。"

王凯男："我俩演技还不错吧？"

史茗："Very good！（非常棒！）"

24-30　陈涌涛公司门口　日　外

韩燕腋下夹着东西，站在陈涌涛公司门外，旁边停着一辆出租车。

陈涌涛跑了出来："燕子，你怎么不进来？你手受伤重不重？"伸手想触摸韩燕的伤臂。

韩燕扭身避开，冷淡地："谢谢关心，不重。我是代表人武部和姐妹连来的，谢谢你们公司对我们这次行动的支持！"把一个文件袋与一个荣誉牌递给陈涌涛，"这是人武部对你们的表彰令，还有姐妹连赠给优秀共建单位的荣誉牌。"

陈涌涛接了过来："我们谈一谈好吗？你我有什么事，总得掏掏心里话吧。"

韩燕：“我很忙，暂时没空谈私事，再见！”转身上车。

陈涌涛喊了一句：“燕子，你不能因为一个误会，把我和你憋死啊！”

出租车徐徐开走了。

24-31　姐妹连操场　日　外

操场上站着两个方阵，一个是现任女民兵方阵，一个是老民兵支援队方阵，王凯男站在一班队列中，春霞也来了，韩燕则站在两个方阵前。海奶奶以及高书记、梁县长、曹部长、公安局苏局长、海警局沈副局长则面向女民兵们站着。

史茗在旁边拿着手机杆在做抖音直播，还有一些记者在摄像拍照。

曹部长宣布：“接省军区嘉奖令，在抓捕贩毒组织的行动中，姐妹连全体新老女民兵表现勇敢出色，特授予姐妹连集体一等功奖章；王凯男同志冒着危险，暗中侦察，获得了重要情报，特授予王凯男同志个人二等功奖章。同时，县人武部也给姐妹连记集体一等功一次，给王凯男同志记个人一等功一次。”

操场上响起了热烈的掌声。

曹部长：“请高书记、梁县长向姐妹连连长韩燕同志和王凯男同志授奖章。”

高书记：“我提议一下，姐妹连是红色基因的传承，所以由老连长海奶奶来授奖最合适。”

梁县长：“对，我们请老连长为韩燕同志、凯男同志授奖章吧。”

海奶奶微笑着看看高书记、梁县长，点了点头，她从曹部长手里接过集体一等功奖章，走到韩燕面前。婆媳俩深深对望了一眼，海奶奶双手捧着奖章递给韩燕，韩燕双手接过来，向海奶奶敬礼，海奶奶也向她敬礼，女民兵们的掌声又响了起来。

海奶奶又接过二等功个人奖章，走到王凯男跟前：“凯男，海奶奶让你受委屈了，我向你道歉，你归队我很高兴。”

王凯男激动地：“海奶奶，我不委屈，我瞒着您，还好久没来看您了，您也原谅我。”

海奶奶欣慰地看着王凯男，为她戴上了二等功个人奖章，王凯男向海奶奶敬礼，海奶奶也向她敬礼，掌声继续响起。

韩燕转过身，高举起集体一等功奖章：“姐妹们，这个集体一等功奖章，是属于我们全体姐妹的，不仅属于参加行动的姐妹，也属于未参加行动但一直站在姐妹连大旗下的所有姐妹。我们要再接再厉，大步向前！”

女民兵们喊起了口号：“奋斗！奉献！拼搏！传承！坚守！”

曹部长：“经人武部与姐妹连研究决定，还有一个事情要公布，请姐妹连连长韩燕同志宣布。”

韩燕：“我代表人武部与姐妹连宣布，任命王凯男同志为姐妹连副连长！”

王凯男没有想到，有些发蒙惊讶，而操场上的掌声又一次热烈地响了起来。

24-32　姐妹汤面馆　日　内

方贝贝与郭小琴趴在柜台边，把手机竖在柜台上，同叶苗苗她们视频通话。

方贝贝：“凯男姐不鸣则已，一鸣惊人，我们要好好庆祝一下。”

方贝贝给自己与郭小琴各倒了一杯啤酒，干了起来。

——秋霞在视频里说：“你俩还喝上了呀。”

郭小琴：“凯男姐当副连长了，那谁当一班班长？”

——叶苗苗在视频里说：“凯男姐有接班人了，班长人选有了。”

方贝贝：“不会是你吧？苗苗你这吃货要是当班长，我们汤都没得喝，喝西北风了。”

24-33　营房草坪上　日　外

史茗举着手机杆，叶苗苗、阿兰、春霞、秋霞聚在手机前同方贝贝、郭小琴视频通话。

大伙儿听方贝贝那么一说，都笑了起来。

——方贝贝在视频里继续说：“不行，为了公平起见，还是抓阄吧。”

叶苗苗不大乐意，见大家都盯着她，不情愿地点点头。

史茗：“我编外的，不参加。”

春霞：“你们抓，我也不参加。”

史茗：“我帮你们做纸团。”把手机杆交给阿兰，转身走到一边裁纸做纸团，做了五个放在钢盔里拿过来，“五个纸团只有一个写了班长，其他空白。”

春霞：“我代小琴抓，史茗代贝贝抓。”

叶苗苗、阿兰、秋霞：“同意！”

——方贝贝、郭小琴也在视频里说：“同意！”

然后大家伸手抓阄，再打开看。

叶苗苗开心得跳了起来：“我抓到了！”

大伙伸头一看，果真只有叶苗苗抓到“班长”，其他人都是空白。

——方贝贝在视频里喊：“苗苗走狗屎运了。”

叶苗苗得意地：“这叫天命所归！本班长要走马上任了！”

阿兰立正敬礼：“叶班长，给我们讲讲话。”

叶苗苗笑着：“我请你们喝酒，贝贝、小琴下回补上。”

这时王凯男走了过来：“你们在干吗？”看见手机视频里的方贝贝与郭小琴，“小琴，贝贝，你们都好吧？”

——郭小琴、方贝贝在视频里说：“好！好！”

——方贝贝在视频里说：“凯男姐当副连长要请客，苗苗当班长也要请客。”

王凯男茫然地：“苗苗当班长怎么回事？”

叶苗苗：“上回我俩说过的，我接你的班当班长，刚才我们抓阄，我又抓到了班长，我不就是一班班长了嘛。”

王凯男：“怎么能抓阄当班长？苗苗，真不好意思，一班班长这事，我和韩燕商量好了。”

叶苗苗不解地："什么意思？不是我吗？"

王凯男："不是。"

叶苗苗失望了，一屁股坐到草坪上。

——方贝贝在视频里说："苗苗，看来我要当班长了。"

王凯男："也不是。"

史茗开心地："一定是阿兰。"

王凯男摇摇头。

叶苗苗疑惑地："小琴？秋霞？春霞姐？"

王凯男都摇摇头。

大家都把目光投向史茗。

史茗愣怔一下："应该是……别班的人过来当。"

王凯男："是我，副连长兼一班班长。"

叶苗苗突然站了起来，又开心起来了："好！凯男姐副连长兼一班班长，那我们一班的档次就上升了，我们的级别都相当于班长了。"

24-34 一班宿舍 日 内

王凯男带着一班的女民兵回到一班宿舍，她突然发现窗台上摇曳着粉红色的花朵，走近一看，竟然是刘月仙的那盆仙人掌开花了。

王凯男热泪盈眶，呢喃着："开花了，月仙你开花了……"

一班的女民兵都围了上来，惊奇地看着开花的仙人掌。

王凯男："苗苗，快去告诉海奶奶、你妈，还有韩燕。"

叶苗苗赶紧跑了出去，不一会儿，海奶奶、韩燕、赵彩花、阿丁嫂等人快步进来。

海奶奶见状眼含热泪：“月仙英魂有知啊！知道我们胜利了，为她报仇了！”

韩燕走上前去，把集体一等功奖章放在开花的仙人掌前，王凯男也摘下个人二等功奖章放在一起。

韩燕：“月仙的仙人掌开花了，那是月仙笑了，她对着我们在笑呢，笑得真灿烂！”

24-35　陈涌涛办公室　夜　内

陈涌涛还坐在办公桌前加班办公，韩燕突然走了进来。

陈涌涛：“燕子？”

韩燕：“我来同你谈谈我们的私事。”在陈涌涛对面坐了下来。

陈涌涛：“燕子，你听我解释。”

韩燕：“不用解释了，我也不想再听你说，什么误会呀，头痛病呀，我们就解决问题吧。”

陈涌涛困惑地：“解决问题？”

韩燕失望地：“当初你把离婚协议书交给我签字，我不愿意签，因为我想挽回我们的感情。上次在灯塔礁，你说你是个坚守爱情的人，是能够守望灯塔的人，我也信了，我以为……仙人掌都能开花，我们之间也许能开出花来。”

陈涌涛着急地：“我说的是真心话，我从未变过。”

韩燕冷笑着："对象不是我吧？我想通了，你喜欢史茗，她也喜欢你，我不挡道，希望你的爱能治愈她的失忆。"

陈涌涛火了，猛地站起："你胡说什么？"

韩燕："你冷静点！我们离婚了，也不能影响到妈妈与小海。"站起身，掏出离婚协议书放在桌上，"字……我已签了。"然后快步出门离开。

陈涌涛愣了半晌，才颤抖着双手拿起离婚协议书看着。

24-36 街头 夜 外

韩燕木然地走在街上，两行眼泪无声地流淌。

24-37 陈涌涛办公室 夜 内

陈涌涛坐在办公桌前，双手颤抖着拿起笔，在信签上写下"燕子……"，他给韩燕写了一封信，放进信封封好，在信封上写了"韩燕亲启"。

这时陈涌涛的头痛病又犯了，他用拳头捶着脑袋，然而越来越痛，他站起来倒水，突然晃了几下，茶杯、茶壶都砸落地上，人也倒在地上昏迷过去。

24-38 街头 夜 外

一辆救护车鸣叫着穿过街头，朝医院开去。

24-39 医院急救室门口 夜 内

阿祥、王大潮与秋霞站在急救室门口，海奶奶与韩燕从走廊上急步过来，阿祥他们连忙迎过去。

海奶奶焦急地：“涌涛怎么啦？”

阿祥：“我有事去找他，还没到门口，只听里头‘哐’的一声，我跑进去一看，他倒在地上，昏过去了。”

韩燕自语着：“怎么会这样？怎么会这样？”

秋霞：“海奶奶、韩燕姐，你们先别急，潘院长和脑科谢主任都在里面。”

阿祥掏出一封信递给韩燕：“我发现涌涛桌上有一封给你的信。”

韩燕刚要拆信，急救室的门打开了，医院潘院长与脑科谢主任走了出来。

海奶奶连忙上前：“潘院长，怎么样？”

潘院长：“病人生了脑瘤，与脑动脉粘连，并触压神经，十分凶险，必须立即转到上级医院。”

海奶奶与韩燕闻听之下，脸色变得煞白。

韩燕：“那赶紧派车转到省城医院去吧。”

谢主任：“现在病人处于昏迷，需要及时抢救，救护车运送时间太久的话，恐怕……”

潘院长：“需要直升机运送，我们县里只有消防大队有直升机。”

大家都愣怔住了。

韩燕想了想，掏出手机，打电话给公安局苏局长："苏局长，我是韩燕，我有个不情之请，想请您帮助……"

24-40 空中 夜 外

一架消防直升机飞在夜空中，向省城方向飞去。

24-41 直升机中 夜 内

消防直升机上，昏迷的陈涌涛躺在担架床上，嘴里插着氧气，同时还在输液，随机的脑科谢主任与护士秋霞坐在旁边，消防大队三中队副队长丁刚也被派来随行，海奶奶与韩燕一同前往，海奶奶抓着陈涌涛的手轻抚着，老泪纵横。

韩燕拆开陈涌涛写的信看了起来——

（画外音，陈涌涛的声音）："燕子：我一直深爱你，从未背叛过你。之前我们聚少离多造成隔阂，我有错。后来我查出脑瘤，手术风险大，选择了药物控制。我想有一天我突然走了，你一定会伤心痛苦，就想了个愚蠢的下策，提出离婚，心想这样也许你会少些痛苦，但我马上后悔了。因为这个病，我不能再留在军舰上，所以选择了转业。而关于史茗，我只把她当作小妹和好朋友。史茗感恩我救了她关心她，也把我当成哥哥般的亲人，你给了她姐妹连这个家，她心里也把你当成了姐姐……"

韩燕看着看着，泪水成行，泣不成声，嗫嚅着："对不起！"

24-42　省城医院走廊　夜　内

担架床上的陈涌涛被快速推向急救室，旁边跑着几个医生护士。

24-43　省城医院会议室　夜　内

一群专家正在开会讨论针对陈涌涛的治疗方案。

24-44　省城医院休息室　夜　内

海奶奶、韩燕、秋霞、丁刚坐在休息室里，谢主任陪着省城医院戴院长走了进来，大家都站了起来。

谢主任：“这位是戴院长，这二位是病人陈涌涛的妈妈与爱人。”

韩燕拉着戴院长的手：“戴院长，请救救我爱人。”

戴院长：“赵司令员给我打过电话了，我们一定会尽力。现在有个非常好的机会，全国中西医高级专家考察团就在我市，带队的吕医生是脑部肿瘤最好的手术医生，另一位带队的孔医生则是最好的肿瘤中医，我们已与他们二位探讨过，采取中西医结合方式治疗。”

海奶奶：“谢谢你们！拜托了！”

戴院长：“现在必须马上手术，吕医生主刀，成功率极高，但病人的脑瘤粘连脑动脉，风险还是不小。”

24-45　省城医院手术室　夜　内

无影灯下，吕医生等正在给手术床上的陈涌涛做开颅摘除肿瘤手术，一个护士在给吕医生擦汗，周围的医生护士都在静悄悄地忙碌着。

24-46　省城医院手术室门外　日　内

海奶奶与韩燕坐在手术室门外的长椅上，默默看着墙上嘀嗒转动的挂钟，时间已是早上。

丁刚和秋霞提着快餐食盒回来。

秋霞：“海奶奶，韩燕姐，你们吃一点儿吧。”

韩燕摇摇头：“吃不下。”

丁刚：“人是铁，饭是钢。”

海奶奶想了想：“燕子，吃吧，我也吃，吃不下也得吃，我俩可不能再倒下，小海在学校里还等我们回家呢，连队也等你这个连长回去。”

于是，海奶奶、韩燕、丁刚、秋霞都拿起食盒吃了起来。

24-47　陈涌涛公司门口　日　外

阿祥与史茗站在公司门口。

史茗：“阿祥哥，涌涛哥有消息吗？”

阿祥吸了一口烟，摇了摇头。

史茗两眼含泪，担忧地：“我还以为他只是普通的头痛病，没想到竟然是……”

阿祥：“谁能想到他扛着这么大的毛病玩儿命工作。”

24-48　省城医院手术室门外　日　内

又过了几个小时，海奶奶、韩燕、秋霞、丁刚坐在那里，焦急地看着手术室紧闭的门。

韩燕：“妈，您太累了，您去宾馆睡一会儿吧。”

海奶奶：“我就在这儿眯一下。”闭上双眼，靠在椅上休息。

这时，手术室的门打开了，吕医生一脸疲惫地走了出来。

韩燕他们马上围了上去。

韩燕：“吕医生，手术怎么样？”

吕医生：“手术很成功，肿瘤摘除了，病人现在没有生命危险。”

海奶奶激动地：“吕医生，谢谢你妙手回春！”

这时，滑轮床推了出来，韩燕看着陈涌涛双目紧闭包着纱布的头，又无声地哭了。

24-49　省城医院病房　日　内

陈涌涛睁开了眼，头上身上连接着仪器，还插了许多管子，他看着旁边的海奶奶与韩燕，有些茫然。

陈涌涛吃力地：“妈，燕子，我……怎么啦？”

海奶奶轻声地："你在省城医院，肿瘤拿掉了，没事了。"

韩燕流着眼泪："涌涛，对不起！我错了！"

陈涌涛："燕子，相信我，是个……守望灯塔……的人。"

韩燕抓住陈涌涛的手："你别说话，我相信！"

24-50　省城医院病房门口　日　内

韩燕与海奶奶站在病房门口说话。

韩燕："妈，连队有凯男在，我可以放心留下来照顾涌涛，您跟秋霞、丁刚一起回去吧。"

海奶奶想了想："好吧，涌涛就交给你了。"

韩燕："您放心，他会一天一天好起来的。"

海奶奶："燕子，涌涛给你写了封信？"

韩燕惭愧地："妈，是我误会涌涛了……"掏出那封信递给海奶奶。

海奶奶摇摇头："我不看，只要涌涛没事，只要你们相亲相爱，我就放心了。"

韩燕抱住海奶奶，哽咽地："妈！"

海奶奶："相爱容易，一直相爱不容易，一个家庭，婚姻生活，就像一个连队，要用心，要理解，才能做相亲相爱的一家人。"

24-51　火车上　日　内

丁刚和秋霞坐在省城开往青岙方向的火车上，海奶奶隔着过道坐在另一边，靠在座椅上睡着了。

秋霞叹息着："还好陈涌涛送得及时，又遇上顶尖专家，不然不敢想象。"

丁刚感慨地："俺以前还不明白，他为啥不当舰长了，原来他生病了。秋霞，俺们得珍惜生活啊！"

秋霞："对，珍惜生活，珍惜当下！"

丁刚："俺娘有个话挺在理，她说，趁年轻赶紧找对象生娃，好好过日子，好好活。"

秋霞白了丁刚一眼。

丁刚神秘地："秋霞，你闭上眼，俺变个魔术给你看。"

秋霞："闭上眼怎么看？"

丁刚："你不闭眼，俺变不好。"

秋霞撇撇嘴，只好闭上眼睛，丁刚飞快地掏出一支玫瑰花，塞在秋霞手里。秋霞睁开眼，一看是玫瑰，连忙掩住，紧张地看了看海奶奶，见她仍在睡觉，才松口气。

秋霞不好意思地："丁教官，看你憨憨的，花样还挺多。"

丁刚憨笑着："别喊俺丁教官。"

秋霞："行，我喊你丁队。"

丁刚："喊俺大名，喊小名也行，俺娘就喊俺小刚。"

秋霞开他玩笑："小缸大缸，我叫你水缸好了。"

丁刚笑着："水缸好，俺是干消防的，水缸能灭火。"

秋霞忍不住扑哧笑了。

24-52　星巴克　日　内

秋霞与丁刚回到青岙后，来医院隔壁的星巴克吃饭，叶苗苗坐在旁边打听陈涌涛的事。

叶苗苗：“陈涌涛没事吧？韩燕姐留在省城了呀？连队怎么办？”

秋霞：“没事了，韩燕姐要照顾陈涌涛，暂时不回了，连队这边有凯男姐代着呢。”

丁刚：“老婆照顾老公，那叫爱情。苗苗，俺俩不打扰你上班，你去忙吧。”

叶苗苗：“好，我坐这儿当电灯泡太亮了，我闪人。”起身工作去了。

秋霞：“你干嘛赶苗苗走？”

丁刚：“没呢，俺想跟你聊聊陈舰长。”

秋霞：“聊陈舰长什么？”

丁刚：“他说，爱情就像煮骨头煲，你说这话有没有道理？”

秋霞不解地：“怎么像个厨师呀？”

丁刚：“他这样讲的——煮骨头煲，文火慢炖，时间愈久，香气愈浓。”

秋霞想了想：“好像也蛮有道理。”

丁刚：“可俺觉得，爱情应该是熊熊燃烧的大火。”

秋霞：“你是消防战士，看到大火不是想马上扑灭它吗？”

丁刚摇摇头：“爱情的大火不能扑灭，宁愿牺牲，也要熊熊燃烧，这大火就是几亩几十亩的玫瑰花。”

秋霞笑了："消防战士变玫瑰战士了。"

丁刚也笑了："玫瑰战士这名字好听。"

秋霞："我就纳闷了，你们两个大男人，怎么就聊上爱情这个话题了？"

丁刚心虚地："俺……俺向他请教经验呢。"

秋霞瞪了丁刚一眼："怪不得你学坏了。"

丁刚："没有，俺跟陈舰长都是好人。俺还真学会了煮骨头煲，啥时你来，俺烧给你吃。"

秋霞："我不想吃，等你师父师娘回来了，你烧给他们吃。"

丁刚茫然地："俺师父师娘是谁？"

秋霞："陈舰长和韩连长呀。"

二人相视一眼，都笑了起来。

第二十五集

25-1　海滩　日　外

王凯男与张彬走在海滩上。

张彬:“钱玲玲把我的投资款退还我了,还说叫你高抬贵手,你……用了什么办法?”

王凯男:“我立了功,当了副连长,她怕了嘛。张彬,你接下来准备干点儿什么?”

张彬茫然地:“我也不知道干什么……先要有个场所吧,可合适的房子难找,不是面积太小,地点太偏,就是租金太贵,场所、资金,千头万绪呀,现在已不是空手套白狼的年代了。”

王凯男:“空手可以握成拳头,白狼算什么?武松还赤手空拳打死过老虎呢。”

张彬感动地:“凯男,谢谢你!”

王凯男想了想:“花海娱乐城对面有套房子,是我们姐妹连的,租给别人了……”

张彬双眼一亮："对，对，你一说，我也想到了，那房子虽然小点儿，也可以了，听说之前租的人要换地方了，要不租给我吧？"

王凯男："你租了做什么？"

张彬："我再搞个娱乐城，跟钱玲玲对着门干。"

王凯男摇摇头："你还搞娱乐城，韩燕是不会租给你的，我也不同意，你再好好想一想，等韩燕爱人的病情好一点儿，我再问问她。"

25-2 小船上 日 外

阿兰与史茗一起，在海上开着小船。

史茗："涌涛哥脱离了危险，同韩燕姐也和好了，我就放心了。"

阿兰笑着："史茗，你还真操心。"

史茗："我把他俩当成亲人，还有你，都是我亲人。阿兰，我告诉你……一个秘密。"

阿兰："什么秘密？"

史茗："其实我……早就恢复记忆了。"

阿兰有点儿不敢相信："你说什么？"

史茗："我在游泳池落水之后，就已恢复记忆，但我留恋姐妹连，又不想回到原来的地方，就一直装失忆。"

阿兰这才恍然大悟，一把抱住史茗："史茗，真替你高兴。"

史茗迟疑着："但我……该离开了。"

阿兰一下变得十分失落。

史茗："你放心，我会回来的。"

25-3 姐妹连操场 日 外

王凯男领着史茗、阿兰、秋霞、叶苗苗及十几个排长、班长在操场上跑步。

王凯男喊口令："立定！"刹住脚步。

女民兵们也都停了下来。

王凯男："向右转！稍息！立正！"

女民兵们随着口令做出姿势。

王凯男："今天我们要送别好姐妹史茗，祝她的人生前途一帆风顺！"

25-4 姐妹连大门口 日 外

史茗背着包向大门外走去，回过头，看到王凯男、阿兰、秋霞、叶苗苗站在门口送她。史茗一个立正，向她们敬礼，她们也立正向史茗敬礼，大家眼含泪花告别对方。

25-5 姐妹汤面店 日 内

汤面店里生意还不错，方贝贝正在迎接客人、端盘抹桌，郭小琴则在后厨忙碌。史茗走了进来，见方贝贝正在照顾客人，没有看到她，就放下东西，帮方贝贝收拾碗盘。

方贝贝一见史茗，又惊又喜："史茗？还真是你！"上前就是一个熊抱。

史茗笑着："你先忙吧，我帮你一起收拾。"

方贝贝对着后厨喊："小琴，你看谁来了。"

郭小琴走出来看见史茗也很兴奋："史茗，你怎么来了？"

史茗："忙完后再说。"

三人走马灯一般，忙过了最忙的时间段，终于可以坐下来歇息了。

史茗喝着水："我想请你俩帮我个忙。"

25-6 省城医院病房 日 内

陈涌涛靠在病床上，韩燕正在给他喂中药汤。

韩燕："苦吗？"

陈涌涛笑着："苦，但你喂我，再苦也甜。"

韩燕笑了："贫嘴！这中药汤可是孔医生亲自开方配制的良药。"

陈涌涛点点头："嗯，我不能浪费。"喝完药后，想了想问道，"燕子，今天是什么日子？"

韩燕不解地："什么日子？"

陈涌涛："我们十周年的结婚纪念日。"

韩燕惊喜地："你躺在病床上还记得这日子呀？"

陈涌涛："我脑子又没坏，只是没能送你礼物，真郁闷！"

韩燕："你有这份心就可以了，现在最大的礼物就是你恢复健康。"

这时一个女护士走了进来："二位，今晚我们医院餐厅为你们准备了晚宴，你们打扮打扮，我带你们过去。"

25-7　省城医院小餐厅　夜　内

陈涌涛穿了一套西装，坐在轮椅上，韩燕则换上了一套时装，推着轮椅，跟着女护士，走进灯光柔和的小餐厅。

只见小餐厅墙上，鲜花布置了"锡婚十周年，珍惜眼前人"字样。墙上屏幕正在播放陈涌涛、韩燕自结婚至今的一些照片。远处有个女钢琴师坐在钢琴前弹奏优美动听的钢琴曲，钢琴刚好挡住了她的脸。

一张洁白的餐桌中央摆了一束玫瑰花，还有一个锡制花盘，上面刻着"陈涌涛、韩燕结婚十周年纪念日"，还刻着两人牵手的形象，一个站在军舰旁边，一个站在姐妹连大旗下面。

陈涌涛与韩燕惊奇地看着这场景，嘴巴都合不拢了。

女护士引导他们到桌前坐下，倒上了红酒与牛奶："陈先生，韩小姐，结婚纪念日快乐！"

韩燕茫然问："这是怎么一回事？"

女护士："不是你们十周年的结婚纪念日吗？"

韩燕："谁安排的？"

女护士："你们的家人。"说完退了出去。

陈涌涛："会不会是妈安排的？"

韩燕摇摇头："安排得这么浪漫，不像。"

二人如坠云里雾中，完全是一头雾水。

韩燕："不管了，我俩先干一杯吧。"

夫妻俩干了一杯。

陈涌涛："结婚十周年了，十年是锡婚，我们要珍惜啊！"

韩燕："涌涛，我要向你道歉，以前我过于在乎自己的情绪，忽略了你。"

陈涌涛："我做得不够好，才让你有了情绪，以后我们共同努力，迎接我们的银婚、金婚、钻石婚。"

一会儿，两辆小餐车推出来，放着一大盆长寿面与若干青岙岛小吃点心，推车的人赫然是郭小琴与方贝贝。

方贝贝："韩燕姐，陈总，十周年结婚纪念日快乐！"

郭小琴："请品尝专门为你俩做的爱情长寿面！"

韩燕："原来是你俩安排的呀？"

陈涌涛："你们太用心了，太感谢了！"

方贝贝摇摇头："我俩是打下手的，策划安排的人是她。"抬手指向女钢琴师。

韩燕与陈涌涛把探询的目光投向女钢琴师，此时一曲终了，女钢琴师站了起来，正是史茗。

史茗微笑着："涌涛哥，韩燕姐，结婚纪念日快乐！祝你们爱情甜蜜，幸福一生！"

25-8 省城医院病房 夜 内

陈涌涛靠在病床上，韩燕、史茗、方贝贝、郭小琴坐在旁边。

史茗：“你俩的照片是我向海奶奶要的。”

韩燕感动地：“史茗，谢谢你！我都不知道说什么好。对不起！之前我还对你……”

史茗打断韩燕的话：“韩燕姐，你与涌涛哥都对我有恩，你们就是我的哥哥与姐姐。”

韩燕拉住史茗的手：“好妹妹！”

陈涌涛欣慰地：“好！好！这样才像姐姐与妹妹。”

史茗：“韩燕姐，涌涛哥，我是来向你们告别的。”

韩燕愣怔一下：“你要去哪里？”

史茗：“其实我早恢复记忆了，只是我不愿回到那个让我受伤的城市，也不想离开你们这些好姐妹，所以我假装自己依然失忆，心想失忆多好啊！”

陈涌涛:“燕子,史茗恢复记忆我最早知道,我有个客户……就是伤害史茗的人，我取消了他的合同，才没能帮上你给阿祥的赔偿。”

韩燕恍然大悟，笑着：“唉，我真笨，还造成了误会。”

史茗叹了口气：“过去的都过去了，现在我想通了，要勇敢面对自己，我得回到北方海洋大学完成我的博士学业去了。”

韩燕：“你……还会回来吗？”

史茗：“会呀，我的父母都在欧洲做访问学者，姐妹连就是我的家，我当然会回家。”

韩燕：“等你回家！”站起来与史茗拥抱。

史茗握着陈涌涛的手：“涌涛哥，赶紧好起来，一个舰长可不能被疾病打倒。”

陈涌涛：“放心，我很快又可以驰骋海上了，你也要照顾好自己，不然你韩燕姐会把阿兰派过来的。”

大家都笑了起来。

25-9　山顶岗哨　日　外

山顶岗哨有个女民兵在站岗，阿兰则站在不远处眺望着北方方向。

王凯男走了上来：“阿兰，还在想史茗吧，等她完成了博士学业再回来，叫她给你开小灶，你也考个什么亮亮眼。”

阿兰：“凯男姐，你想考什么大学？”

王凯男挠挠头：“我都这个年纪了。”

阿兰：“海奶奶这个年纪都不服老，她都说了，她也想上老年大学，何况你还是个大姑娘呢。”

王凯男笑了：“行，我们一班的都上。”这时王凯男的手机响了，她拿出手机接电话，“喂，张彬……”

25-10　营房路上　日　外

王凯男与张彬走在营房内的小路上。

王凯男：“韩燕同意租给你，不过有要求。”

张彬：“什么要求？”

王凯男：“喝酒喝茶唱歌都可以，但不能办成花海娱乐城那样。”

张彬："我懂，我也想办出健康时尚的风格。"

王凯男："这可是我们姐妹连的房子，要办出符合我们的品质与特色，韩燕姐建议，办一个'军歌嘹亮俱乐部'。"

张彬思忖着："军歌嘹亮俱乐部……"

王凯男停下脚步："怎么？你不乐意？"

张彬也停下脚步，惊喜地："韩燕的脑子真好使，这是个金点子呀！"

25-11　军歌嘹亮俱乐部门口　日　外

一帮工人正在装修，高高的脚手架搭在门口，一会儿，"军歌嘹亮俱乐部"几个闪闪发亮的铜字就呈现在眼前，名字前面还有一把铜制的军号。

王凯男与张彬站在门前抬头看着。

张彬："等军歌嘹亮俱乐部开业时，我能不能也加入你们连队？"

王凯男惊讶地："大哥，我们是女子民兵连，你一个男人，就算男扮女装也不可能。"

张彬惋惜地："我就是想，我要是加入了，就可以天天接受你对我的训练。"

王凯男："这个倒没问题，我有空时，可以给你开开小灶。"

25-12　丁刚宿舍　夜　内

黄昏时分，丁刚与秋霞坐在丁刚宿舍里聊天。

丁刚："秋霞，你是第一个进俺宿舍的女生。"

秋霞："不知道第二个会是谁？"

丁刚："不可能，包括训练开小灶，俺也只为你一个人开。"

秋霞："你不是说，史茗回来后，训练上必须要开小灶？"

丁刚："有韩连长和王凯男呢。"

秋霞满意地笑了。

丁刚："秋霞，俺教你煮骨头煲，你会了吗？"

秋霞："会了，这个小灶味道还不错。"

丁刚："你生日快到了，俺想给你一个惊喜。"

秋霞："什么惊喜？"

丁刚神秘地："不告诉你。"

这时，出警的铃声急促地响了起来。

丁刚神情一凛，猛地站起："俺出警去了，你先回吧。"说完跑出门去。

25-13　消防大队三中队直通门前　夜　内

秋霞跑了出来，只见丁刚与消防队员们迅速抱住直通门中的管子，飞快地滑入一楼车库。

秋霞喊了声："丁刚，小心点儿！"

25-14　路上　夜　外

几辆红色的消防车呜呜鸣笛，快速驶向火灾现场。

25-15　摩登大厦前　夜　外

摩登大厦的中腰位置冒出了熊熊大火，无数辆消防车围着它喷射水枪水炮。

一个记者正在现场报道："摩登大厦十二楼因煤气罐爆炸发生火灾，火势迅速蔓延，目前县消防大队一中队、二中队、三中队已赶到现场灭火，火情正在控制中……"

丁刚正在消防车上操控水炮。

一名消防员跑来报告："丁队，十二楼还有人没能逃出，里面火势太猛，无法救援。"

丁刚神情严肃："无论如何必须把人救出来。"抬头看了看情况，"从十楼上，小李、小王、小赵，你们仨跟俺上云梯，俺进去救人，你们两人后援，一人接应。"

丁刚领着三个消防员，带上消防斧、灭火毯、消防面具登上了升降云梯，云梯升到十楼窗口，丁刚劈开窗户，跳了进去。

25-16　摩登大厦内　夜　内

丁刚披着灭火毯，冒着大火朝呼救处冲去，只见一对青年夫妻与两个孩子惊慌失措地躲在洗手间里。丁刚迅速给这一家人戴上消防面具，把一条灭火毯扔给青年夫妻，用另一条灭火毯包住两个孩子，领着披着灭火毯的青年夫妻冲了出来。

下到楼梯位置，丁刚把人交给后援的消防员。

丁刚对着消防员耳边喊："来不及了，十二楼东面窗口直接上逃生滑道。"说后又冲入火场。

25-17　摩登大厦前　夜　外

青年夫妻与两个孩子被救入升降云梯，向地面下降，而另一边，逃生滑道正向十二楼东面窗口升起。

过了半晌，才见丁刚背着一人，领着一人，从十二楼的火海中冲到窗口，丁刚把这两人送进逃生滑道入口，刚准备进入滑道时，丁刚所在地方突然响起震耳欲聋的爆炸声，熊熊的火舌猛然从窗口吐出，吞没了丁刚的身影。

下面的消防员大呼："丁队——"

25-18　医院走廊　夜　内

烧伤的伤员被迅速送到了医院，一张张滑轮床快速拉向急救室与各手术室。

25-19　医院输液大厅　夜　内

输液大厅里坐着许多轻伤者，秋霞与其他护士正在忙着给伤者输液。

25-20　医院手术室门外　日　内

天色刚蒙蒙亮，手术室门口打开，一个伤员推了出来，秋霞及其他医生护士一脸疲惫地走出来。秋霞看到外面站着春霞、阿祥、海奶奶、王凯男、叶苗苗、阿兰，神情肃穆悲伤。

秋霞纳闷地："姐，海奶奶，你们怎么来了？"

大家都一片沉默。

秋霞诧异地："出什么事了？"

春霞、阿兰、叶苗苗忍不住嘤嘤哭了起来。

王凯男上去抱住秋霞，哽咽着："秋霞，丁刚他……他出事了。"

秋霞大吃一惊："什么？他受伤了吗？他人在哪里？快带我去，我要去照顾他。"

王凯男忍不住也哭了。

海奶奶抹抹眼泪："闺女，你要挺住，小丁……牺牲了。"

秋霞脑袋嗡地一响，一下瘫软在地。

25-21　省城医院病房　日　内

陈涌涛坐在椅子上看书，韩燕拿着手机进来，神情悲切，泪流满面。

陈涌涛吃惊地："燕子，出什么事了？"

韩燕哽咽着："昨夜青岙发生火灾，丁刚在抢险救人时，不幸牺牲了。"

陈涌涛大吃一惊，手中的书掉落在地上，陷入了深深的沉默。

韩燕擦去眼泪："丁刚这么年轻，正在和秋霞谈恋爱，不知道秋霞能不能扛住？"

陈涌涛一声叹息："燕子，我出院吧，反正也没大问题了，我们回青岙去。"

25-22　曹部长办公室　日　内

曹部长、海奶奶、王凯男与公安局刘政委、消防大队叶队长神情肃穆地坐在那里。

刘政委："我们已派人去接丁刚的母亲，怕她受不了打击，路上先瞒住她，到了再说吧。我听说……丁刚与姐妹连一位女民兵在谈恋爱，我想请她安慰安慰丁刚母亲。"

25-23　海奶奶家门外　日　外

一辆出租车在门口停下，韩燕扶着陈涌涛从车上下来，司机帮忙把一个大拉杆箱搬下来。

海奶奶走了出来："涌涛，燕子，你们回来了！"

韩燕："回来了，妈。"

陈涌涛："燕子，你去秋霞那儿吧，我没事，有妈在呢。"

25-24　秋霞房间　日　内

秋霞伤心哭着，王凯男在边上陪着落泪，这时韩燕推门进来。

王凯男："韩燕姐！"

韩燕点点头，上去抱住秋霞，哽咽着："秋霞，坚强些，丁刚的妈妈就要到了。"

25-25　宾馆房间　夜　内

秋霞与丁母坐在房间里。

丁母："秋霞，你说小刚他去哪儿了？"

秋霞强作笑颜："他……执行任务去了，他们把您接过来，希望您在这儿住一段时间，我好好陪陪您。"

丁母："来接俺的同志说，是小刚让俺过来的，叫俺去他单位看看，你陪俺去吗？"

秋霞："我当然陪您去，您是……我的亲人，妈！"

丁母惊喜地："秋霞，你……你叫俺妈了？"

秋霞点点头："您要接受的话，我就叫您妈。"

丁母兴奋地："早希望你这样叫了，可小刚在电话里老讲八字还没一撇，这孩子瞒着俺。"

秋霞："妈，我从小就没了父母，以后有了您，我就有妈疼了，今后不管丁刚在哪里，您都把我当成亲女儿，我得好好孝敬您。"

丁母抓着秋霞的手："好！好！妈送你一件礼物。"掏出一条白金项链，"俺早就准备好了，来，妈给你带上。"

丁母给秋霞戴项链时，秋霞忍不住掉下泪珠，连忙偷偷擦去。

25-26　消防大队三中队门口　日　外

刘政委与秋霞陪着丁母从车上下来，消防大队叶队长与三中队队长急忙迎了上去，大门两边站着两排消防兵在列队欢迎。

一消防兵："敬礼！"

众消防兵齐刷刷地向丁母敬礼。

刘政委向丁母介绍："老人家，这些都是丁刚的兵。"

丁母没见过世面，有些紧张，紧紧攥住秋霞的手。

25-27　丁刚宿舍　日　内

刘政委与叶队长领着丁母、秋霞走进丁刚的宿舍。

刘政委："老人家，这就是丁刚的宿舍。"

丁母看着床上折叠端正的被子与军装，又抬起头看着刘政委："同志，小刚他……到底去哪儿了？"

刘政委迟疑着："丁刚同志……"

丁母起了疑心："他是不是出啥事情了？"

刘政委看着丁母，犹豫着不语，秋霞转过身去默默垂泪，丁母看看秋霞背影，又看看刘政委与叶队长，叶队长叹息一声，扭过头去。

丁母有所觉察，盯着刘政委："小刚……小刚……到底出啥事了？受伤了吗？我要去看他。"

刘政委涌出了泪花，握住丁母的手："老人家，您有一个好儿子，光荣啊！"

丁母听出了话里的意思，神色剧变，不敢相信地："难道他……"

刘政委沉重地点了点头。

丁母一阵晕眩，摇晃着倒下，秋霞急忙上前扶住她。

25-28　军歌嘹亮俱乐部　夜　内

军歌嘹亮俱乐部开业第一天，便是追怀丁刚的音乐会。

背景屏幕上，播放着丁刚在姐妹连当训练教官的视频，以及他在消防大队三中队出警救火的影像，韩燕、王凯男、阿兰、叶苗苗及其他女民兵站在舞台上悲伤合唱——

送战友，踏征程，
默默无语两眼泪，
耳边响起驼铃声……

秋霞陪着丁母坐在下面相拥而泣，还有海奶奶、春霞、曹部长、陈涌涛、阿祥及其他女民兵们，还有消防大队叶队长、三中队队长及消防兵们，都坐在下面，追怀着丁刚。张彬则默然站在最后面，看着这一幕，感慨万千。

25-29　军歌嘹亮俱乐部门口　夜　外

张彬点上一根烟走了出来，见到丁刚遗像的宣传牌前，堆满了白菊花，很多男女老少自发前来，排着队向英雄献花，还有人在地上用小蜡烛排出了“英雄一路走好”的字样。

张彬震撼感动之余，又抬眼一望，见对面的花海娱乐城门前冷冷清清，钱玲玲站在那儿，神情复杂地朝这边张望。此时，“军歌嘹亮俱乐部”这几个字正在夜色中闪闪发光。

25-30　连长办公室　日　内

韩燕与陈涌涛坐在沙发上说话。

韩燕黯然地："丁刚母亲带着丁刚的一等功军功章回老家了，秋霞说，过些时间，再把丁妈妈接过来。"

陈涌涛："想想丁刚这样，我不应该再休息下去了，该去上班工作了。"

韩燕："涌涛，我理解你的心情，但是，有个好身体才能好好工作，你现在得悠着点。"

这时，王凯男领着一个军官进来。

韩燕站了起来："你是孙连长，不，孙副营长。"

孙副营长："是我，韩连长，你好！"

两人握了握手。

韩燕指指陈涌涛："这是我的爱人陈涌涛。"

陈涌涛也起来与孙副营长握手："孙副营长你好！"

孙副营长："陈舰长，我听丁刚几次提过你，可惜啊，丁刚竟然牺牲了。"

气氛一下又严肃起来。

王凯男："孙副营长你坐。"连忙去给孙副营长泡茶。

一行人坐了下来。

孙副营长："韩连长，你的演习计划我看了，我调到海军陆战队后，对你的计划更加感兴趣。"

韩燕："孙副营长，我原来在省军区，不是作战军人，就怕计划不成熟，请你多多指教。"

孙副营长：“不客气，我觉得，你的计划很符合两栖作战，应该是海军陆战队登岛抢滩作战的状态。”

25-31　姐妹连食堂　日　内

韩燕、王凯男、海奶奶、陈涌涛坐在一张长桌前吃快餐，其他桌还有一些女民兵在吃饭。

陈涌涛：“我觉得孙副营长讲得有道理。”

韩燕：“你有什么建议？”

陈涌涛：“现在的登岛作战，海军陆战队的轻装陆战步兵，是夺取水陆滩头的第一梯队。夺占之后，陆军两栖重型合成旅才好作为第二梯队登陆，他们凭借重型机械化两栖装备，迅速向敌方的防御纵深实行猛烈攻击，决定性夺占和巩固战场。而你们这次演习，也就是第一梯队的演习，姐妹连必须要编入序列，与海军陆战队联合作战。”

王凯男佩服地：“你是个专家呀！”

陈涌涛：“那当然，我如果还是舰长的话，会在海上用炮火掩护你们登陆。”

韩燕：“凯男表扬你，你还一点儿都不谦虚。嗯……现在有个问题，演习力量扩大的话，我们姐妹连，只有一个连的编制啊。”

海奶奶：“不是还有老民兵支援队嘛。”

25-32　渔家乐渔船上　夜　外

春霞的飒爽英姿渔家乐渔船靠在码头边，船上灯火通明。

韩燕、王凯男、春霞、阿兰、叶苗苗、阿祥、陈涌涛围坐在大圆桌边，在给秋霞过生日，桌上摆了好几个菜肴，阿祥拆开一个盒子，露出生日蛋糕。

秋霞从船舱厨房出来，端着一个煮骨头煲上桌。

春霞尝了尝："你炖的骨头煲味道很好。"

秋霞神情黯然："这是丁刚教我烧的。"

大家一下子沉默了，不知道说什么好。

这时秋霞的手机响了，她拿起手机接电话："喂……快递？我在飒爽英姿渔家乐……对，码头边的渔船上。"

不一会儿，快递员骑着电瓶车到了码头，他捧着一个大盒子上了渔船。

快递员："这是丁刚先生半个月前下单定的，收件人是林秋霞。"

秋霞全身一抖："我……我是林秋霞。"

韩燕替秋霞接过大盒子放到旁边的小桌上，快递员转身离去。

秋霞站起身，双手颤抖，小心地打开大盒子，竟是一大捧火红鲜艳的玫瑰花，另外还有一张贺卡与一个小盒子。

秋霞拿起贺卡阅看——

（画外音，丁刚的声音）："秋霞：祝你生日快乐！你说俺是玫瑰战士，俺喜欢这称号，你想，一大捧玫瑰花，火红火红的，像不像爱情的火焰。你过生日，俺也没啥好礼物送你，想了半天，俺把俺在部队得的军功章当礼物给你，你替俺保管着。生日快乐秋霞，记着每一天都要快快乐乐！丁刚。”

秋霞看了贺卡，已泪流满面，再打开小盒子，见里面放着几枚军功章。秋霞捧起玫瑰花，拿着军功章与贺卡，更是泣不成声，其他人也都在伤心流泪。

25-33 姐妹连操场 日 外

韩燕与王凯男走在操场上。

韩燕：“凯男，我们得想个办法，让秋霞减轻心里的伤痛。”

王凯男：“这个得时间去慢慢化解，最近我去陪陪她吧。”

韩燕摇摇头：“让她住到连队里来，提前进入训练。”

王凯男点了点头。

这时，海奶奶牵着小海进来。

王凯男：“海奶奶！小海！”

小海：“凯男阿姨，你和妈妈现在是好朋友了吗？”

王凯男俯下身：“是啊，我们都听你的，做好朋友了。”

小海：“你们要保证。”

王凯男举手：“我保证！”

韩燕也举手：“我也保证！以后妈妈要是和凯男阿姨闹别扭，你就批评妈妈。”

海奶奶欣慰地笑了。

25-34　海滩　日　外

海奶奶与阿兰走在海滩上。

海奶奶："阿兰啊，我想去看看吴大婶。"

阿兰："好呀！"

海奶奶："可我心里没底，想叫你帮点儿忙。"

25-35　路上　日　外

阿兰与吴大婶往家里走去。

吴大婶："你这孩子，怎么神神秘秘的？"

阿兰："妈，您能听女儿一回吗？"

吴大婶惊喜地："阿兰，你叫我妈了？"

阿兰："秋霞都对丁妈妈叫妈了，我也想改口叫您妈，您同意吗？"

吴大婶连连点头："好！我的好女儿，你说什么，妈都听你的。"

阿兰："妈，您的一个老姐妹来看您，想跟您谈谈心。"

25-36　吴大婶家　日　内

海奶奶站在桌边，背着一个大袋子，阿兰拉着吴大婶走进屋里，吴大婶见状愣住了。

阿兰："你们聊，我看店去了。"转身跑了出去。

吴大婶与海奶奶默默无语地站着。

海奶奶打破沉默："凤英，我……来看看你。"

吴大婶："你……你坐吧，我给你倒点儿水。"

吴大婶提起茶壶给海奶奶倒水，手有点儿抖，水都洒到了桌上，海奶奶伸手抹去水迹，把背上的大袋子卸了下来。

海奶奶："现在的姐妹连，韩燕打理得挺不错，我也放心了，以后，我们老姐妹俩，能经常见见面吗？"

吴大婶转移话题："阿兰在连里，谢谢你和韩燕关照！"

海奶奶："阿兰这孩子表现很好，真的有点儿像你。"

吴大婶："哦！"

海奶奶："凤英，记得当年你跟我提过，想摸一摸国防部首长授给姐妹连的枪，拿它打几枪，我也答应了，可我一直欠着你，欠了几十年了，今天，我把它带来了。"

海奶奶把桌上的大袋子打开，揭开蒙着的红绸，露出当年国防部首长授给姐妹连的那把 79 式冲锋枪。

吴大婶吃了一惊，眼睛瞪得老大："你……你怎么能把这把枪……带出来呀？"

海奶奶："是啊，我是偷偷带出来的，违反了规定，组织上要是处罚我，我也认了，但我一定要了这个心愿。"

吴大婶："你是连长，不能受处罚。"

海奶奶："活了一辈子，我想明白了，姐妹连这杆大旗，靠的是什么？是姐妹情！"拿起这把枪递给吴大婶，"拿着！"

吴大婶双手颤抖地伸向那把枪，又犹豫着缩了回来："不，我已不是女民兵了。"

海奶奶："你的身份恢复了，你还是号手，还是排长。"

吴大婶全身一抖："你什么意思？"

海奶奶放下枪，拿出一份人武部文件递给吴大婶，文件标题是《关于恢复吴凤英同志姐妹连排长的决定》，吴大婶看着看着，不禁泪眼模糊。

25-37　小船上　日　外

阿兰开着小船，海奶奶与吴大婶坐在小船上，远处海面漂着几个浮球。

吴大婶端着那把 79 式冲锋枪点射，只打中三个浮球："陈大姐，你来吧，我的枪法退步了。"把枪递给海奶奶。

海奶奶一下子老泪纵横，抓着吴大婶的手："凤英，你终于肯叫我陈大姐了。"

吴大婶一声叹息："我一直当你是我的陈大姐。"

海奶奶抹去眼泪："好！今天大姐跟你比比枪法。"端起枪点射，只打中两个浮球，"我输了，看来我们还得重新练练枪法了。"

25-38　灯塔礁上　日　外

清晨，陈大伯站在旗杆前升旗，升好旗往回走，见陈涌涛远远走来。

陈大伯："小陈，身体康复了吧？"

陈涌涛："康复了，这段时间没来看您，想您了！"

陈大伯："我酿了好酒，就等你来开封。"

陈涌涛："先存着，今天我是来当特使的，姐妹连建了荣军院，想请您来做客。"

陈大伯犹豫着："这个嘛……"

陈涌涛："您不想见一个人吗？"

陈大伯："谁？"

陈涌涛："吴大婶。"

陈大伯低头沉思着，神情有些激动。

陈涌涛："吴大婶恢复姐妹连排长身份了，今天是欢迎仪式，您应该去。"

25-39 荣军院门口 日 外

荣军院门口张灯结彩，李奶奶、郭奶奶、刘奶奶、张奶奶等奶奶兵身着旧式军装，聚在大门口，等着吴大婶的到来。一会儿，人武部的轿车驶到门口，从车上下来身着旧式军装的海奶奶与吴大婶。

李奶奶连忙跑过去抱住吴大婶："凤英！"

吴大婶："李大姐！"

郭奶奶她们也急步过去，围着吴大婶："凤英……凤英……"

吴大婶："郭大姐！刘大姐！张大姐……"

老一代女民兵们泪眼相对，感慨万千。

25-40　荣军院大院　日　外

海奶奶拉着吴大婶与李奶奶的手，正在说着什么，其他奶奶兵们也围在她们身边，在互相聊着。这时，曹部长、陈涌涛陪着陈大伯走了进来，陈大伯穿着老式海魂衫与蓝军裤，手里捧着一个炮艇模型，他与吴大婶一眼就认出了对方。

陈大伯走到吴大婶跟前："凤英，你好吧？"

吴大婶："好！好！"忍不住泪水夺眶而出，"你也好吧？"

陈大伯："我很好！"递上炮艇模型，"当年你外号小炮艇，这个是为你做的。"

吴大婶接了过来，两位苦恋的老人相望流泪。

海奶奶走上前去："陈班长，你能来，我们都很高兴，唉，苦了你和凤英。"

陈大伯："陈大姐，我们都老了，该放下的都放下了，今天聚在一起，都是缘分。"

李奶奶："陈班长说得对，都是缘分啊！"

曹部长："各位前辈，今天荣军院终于落成了，我们请海奶奶、吴大婶、陈大伯来主持荣军院的第一次升旗仪式。"

海奶奶捧出海螺号："凤英，你来吹响集合号。"

吴大婶把炮艇模型放好，双手捧起海螺号，第一次没吹响，目光有些惊惶，海奶奶、陈大伯及李奶奶她们都以温暖的目光看着她，吴大婶静下心来，深吸一口气，终于吹响了海螺号。悠长的号声划破荣军院上空，奶奶兵们马上排成一排排整齐的队列，曹部长、陈涌涛也排到队伍后面。

海奶奶、吴大婶、陈大伯站在队列前面，扛着国旗迈着正步走向旗杆，拴好国旗，在国歌声中，国旗徐徐升起。

25-41　姐妹连操场　日　外

操场上，面向大门口站着两个方阵，女民兵方阵与老民兵支援队方阵，韩燕站在方阵前面。此时，一辆大客车徐徐开了进来，海奶奶、吴大婶、陈大伯及李奶奶等奶奶兵们下了车。

韩燕与两个方阵的女民兵举手敬礼。

韩燕大声地：“向老一代姐妹连女民兵敬礼！向陈明亮班长敬礼！向吴凤英排长敬礼！欢迎吴凤英前辈归队！”

海奶奶、吴大婶、陈大伯及李奶奶等奶奶兵们也举手向女民兵们敬礼。

25-42　陈涌涛公司门口　日　外

陈涌涛公司已更名为“之江巡洋舰海洋产业股份有限公司”，公司门口也已换上金光闪闪的新名称。

25-43　陈涌涛公司大厅　日　内

一楼大厅挂着“之江巡洋舰公司—台北芝兰公司业务合作签约仪式”的横幅，陈涌涛与台湾芝兰公司老板马大鹏坐在长条桌前，举行羊栖菜饮料业务合作签字仪式。大厅里坐着好多员工，还有人在摄像拍照，主宾二人签好字后，双方起立握手，现场响起一片掌声。

25-44　羊栖菜饮料车间　日　内

生产自动流水线上，羊栖菜饮料快速注入易拉罐，输送到封盖处封盖，然后喷淋杀菌，再输送到包装区域。

陈涌涛陪着中年台湾客商马大鹏，穿着防菌服，戴着口罩，站在玻璃墙外看着生产流水线，不断指点介绍着。

二人走到休息区，摘下了口罩。

马大鹏："陈先生，我这次来大陆，除了与您的公司业务合作，还想请您帮忙联络一下贵地的女民兵姐妹连。前年打台风，她们救了我公司的一条渔船，我这次想当面感谢。"

陈涌涛："哦，马先生放心，我马上给您联络，不瞒您说，姐妹连连长正是我太太。"

马大鹏："真的？那我们太有缘分了。"

25-45　连长办公室　日　内

陈涌涛、韩燕、马大鹏站在姐妹连连长办公室里。

马大鹏握着韩燕的手："韩连长，太感谢您了！是你们冒着生命危险，救了我一船渔民弟兄，请接受我对您及姐妹连的敬意！"

韩燕微笑着："马先生别客气，抗台抢险，救死扶伤，也是我们姐妹连的责任义务！”

马大鹏掏出一张支票：“一点儿心意表示感谢，请韩连长收下。”

韩燕摇摇头：“马先生，您这重礼我不能收，但您的心意我收下了。”

马大鹏：“我听陈先生说，他的公司跟姐妹连是什么共建单位，请允许我的公司也做你们的共建单位吧，那么，这钱就算我公司捐给你们的。”

陈涌涛：“马先生，姐妹连的共建单位仅限于青岙本地，现在也没有与台岛企业共建的先例。”

韩燕点点头：“是的，马先生，真的不好意思了。”

马大鹏有些遗憾，想了想：“我带了一批我们自己特制的围巾作为赠品，送给这边的朋友们，也送给你们的女民兵们做个纪念，可以吧？”

韩燕微笑点头：“好！”

25-46　吴大婶杂货店　日　内

吴大婶坐在店里，捧着陈大伯送她的炮艇模型，怀想着往事。

阿兰从外面走进店里：“妈！”

吴大婶放下炮艇模型：“回来了呀，饭吃了没？”

阿兰：“吃了。”边说边从包里掏东西，“网上反季打折，我给您买了毛背心、毛裤，冬天时可以挡挡海风。”

吴大婶：“你这孩子，这东西可贵了，以后记着别买了。”

阿兰又拿出一个包装精美的盒子：“还有这个，连里发的围巾。”

吴大婶：“姐妹连还发福利？”

阿兰：“不是，前年我们抗台，救了一艘台湾渔船，渔船公司的老板现在来了，送了一批围巾给我们连队。妈，我去趟民政办，待会还要去青岙，我走了。”边说着，边走出门去。

吴大婶：“路上小心点儿。”

阿兰：“知道。”快步走远了。

阿兰走后，吴大婶收拾这些东西时，被围巾盒子上的兰花标志吸引，觉得这朵兰花似乎在哪儿看过。她打开盒子，取出围巾细看，见是一条青花布围巾，围巾一角有一朵金线绣出的兰花。吴大婶忽然想到了什么，拿起围巾，关上店门回家。

25-47　吴大婶家　日　内

吴大婶取出阿兰婴儿时的青花襁褓布，摊在桌上，与青花围巾一起对比，发现上面都有一朵金线绣出的兰花，完全一模一样，不由得神色大变，她呆了半晌，才反应过来，拿出手机打电话。

吴大婶给韩燕打电话：“燕子，我是吴凤英，那个送围巾的台湾老板还在吗？他住哪里？我……我要找他。”

25-48　海浪大酒店大堂吧　日　内

马大鹏坐在大堂吧喝茶，韩燕陪着吴大婶走进来。

马大鹏站起招呼："韩连长！"

韩燕走过去："马先生，吴大婶说有事要找你。"

马大鹏微笑着看看吴大婶："您找我什么事？"

吴大婶掏出围巾："这……这是哪来的？"

马大鹏："这是我公司自制的产品。"

吴大婶指指围巾上面的金线兰花："这个是什么意思？"

马大鹏奇怪地打量吴大婶："这是兰花呀，这个围巾的专门标志，有什么问题吗？"

吴大婶似乎在想着什么。

韩燕不解地："吴大婶，您到底想问什么？"

吴大婶拿出阿兰婴儿时的襁褓布，指指上面的金线兰花："为什么这上面也有？"

马大鹏接过襁褓布抖开细看，一下神色大变："您……您怎么会有这块襁褓布？"

吴大婶："二十三年前，在海上捡到的。"

马大鹏闭起双眼长叹："这块襁褓布……裹着我的兰儿啊！"

吴大婶一声叹息："你跟我走。"

25-49　吴大婶家　日　内

吴大婶搬出小木桶，里面还放着氧气包，一套前襟绣繁体

“兰”字的婴儿服。旁边的马大鹏看见这些东西，忍不住泣不成声，韩燕有些惊讶，一时间也没反应过来。

吴大婶：“当年我要是发现晚一点儿，这丫头就没命了。”

马大鹏眼睛一亮：“吴大婶，你是说……我的兰儿还活着？”

吴大婶：“当然活着。”

韩燕：“吴大婶，难道是阿兰？”

吴大婶点点头。

25-50　女民兵宿舍楼前　日　外

王凯男、秋霞、阿兰、叶苗苗从宿舍里出来。

王凯男：“秋霞你入连晚，住在这里，我可以帮你加强一下训练，怎么样？”

秋霞点点头。

叶苗苗：“我和阿兰也住这里吧？”

王凯男：“你们先忙自己的事，到时让一班都回来，你们也回来住。”

这时，一辆吉普车开了进来，停在不远处，从车上下来吴大婶、马大鹏、韩燕及陈涌涛。

阿兰跑了过去，拉着吴大婶：“妈，您怎么来了？”

吴大婶：“哎！”

马大鹏热泪盈眶地凝视着阿兰，阿兰十分奇怪，也看了看马大鹏。

吴大婶：“阿兰，我跟你讲过，二十三年前，我在海上捡到木桶，救了你的事，还记着吧？”

阿兰：“当然记着。”

吴大婶指指马大鹏：“阿兰，这就是你的爸爸，亲爸爸。”

马大鹏激动地：“兰儿，我的兰儿，我是你爸爸呀！”

阿兰一下蒙了，困惑地看看吴大婶与马大鹏。

马大鹏：“兰儿，你先别急，这个事一言难尽，都二十三年了，我记得你左脚脚背上有颗黑痣，能让我看一眼吗？”

阿兰惊讶地看着马大鹏，愣在那里。

韩燕提醒她：“阿兰……”

阿兰俯身脱去左脚鞋袜，左脚脚背的确有一颗小指甲大小的黑痣，马大鹏见状控制不住，哽咽着哭了。

25-51 营房草坪上 日 外

王凯男、秋霞、叶苗苗坐在草坪上。

王凯男：“真为阿兰高兴，终于找到亲爸爸了。”

叶苗苗：“阿兰有姓了，姓马，马阿兰，马兰花，马兰头。”

王凯男笑了：“马兰头？还鸡毛菜呢，还香椿炒蛋呢，净瞎扯！”

秋霞难得地露出一丝笑意。

叶苗苗：“小时候跳橡皮筋，有一句叫……马兰开花二十一，后面是什么？”

秋霞：“二八二五六，二八二五七，二八二九三十一。”

25-52　小船上　日　外

夕阳西下，小船上坐着阿兰与马大鹏，阿兰捧着一张全家福照片，照片上是年轻时的阿兰父母与襁褓中的阿兰。

马大鹏回忆着往事："当年我和你妈带着你，坐小游轮来大陆，谁知道半路上船触礁了，救援还没到，台风来了，我只好把你放进啤酒桶里，后来，你妈妈没了，我以为你也没了……"

阿兰："爸爸，我妈妈叫什么名字？"

马大鹏："汪云芝，我的公司名称叫芝兰，就是你妈妈和你的名字。"

阿兰流下眼泪："我还从来没见过我的亲妈妈。"

马大鹏："你妈妈在天上，看到我们父女团聚，她一定会高兴。兰儿，你考虑好了没有？爸爸想带你回家。"

阿兰："爸爸，这里就是我的家。"

马大鹏："你对这儿的感情爸爸懂，可你一个人在这儿，爸爸怎么放心？"

阿兰："您放心，这边有我的妈妈，吴大婶现在就是我妈妈，还有姐妹连的姐妹们，她们都是我的亲人。"

马大鹏："可是，爸爸不想再跟你分开。"

阿兰："爸爸，我们分不开的，我会经常去看您，等海峡两岸统一了，两边都是我的家。"

25-53　海滩　夜　外

阿兰站在海滩上凝望远处的渔灯，吴大婶从后面走来，站在她身边，海面上隐约响起阿兰那首《海上的女孩》——

海上飘荡的女孩，
她在寻找着海岸，
那一夜星辰熄灭，
妈妈你在哪里……

25-54　北方海洋大学校园　日　外

史茗戴着博士帽穿着博士服，站在北方海洋大学校园内拍照。

史茗的手机响了，她掏出手机接电话："阿兰，听到你的声音我太高兴了……什么？你找到你亲爸爸了……别哭，阿兰，以后我陪你去看他。我也要告诉你，我拿到博士学位了，我要回青岙了。"

25-55　连长办公室　日　内

韩燕站在办公桌前，手拿话筒，以立正姿势接电话，王凯男推门进来，韩燕连忙示意她不要出声。

韩燕："……是！司令员，保证以饱满的精神、完善的准备迎接演习任务……"然后轻轻搁下话筒，兴奋地，"凯男，省军区已批准我们的演习计划了。"

王凯男眼睛一亮：“那我们要做战前准备了？”

韩燕点点头：“通知全体女民兵归队，包括老民兵支援队，成立演习筹备指挥部。”

这时门外有人喊“报告！”

韩燕：“请进！”

史茗背着包推门进来，一个立正，向韩燕和凯男敬礼。

韩燕与王凯男惊喜地：“史茗！”

史茗：“韩燕姐，凯男姐，我已取得博士学位了，所以就……回家了。”

韩燕：“回家好，你来得正是时候。”

王凯男：“史茗，这下要叫你史博士了。”

史茗微笑着：“这次回来，我有个请求，我想做个真正的青岙人，做姐妹连真正的女民兵。”

韩燕与王凯男对视一眼。

韩燕：“同意，你编入一班，现在你得抓紧训练，让凯男给你开开小灶。”

王凯男搂住史茗肩膀：“走，先去宿舍把行李放下。”

第二十六集

26-1　一组镜头　日　内／外

（画外音，女声）：“请你三天内到姐妹连报到，准备迎接演习！”

小船上。阿兰拿着手机在接电话。

星巴克。叶苗苗拿着手机在接电话。

姐妹汤面店。郭小琴与方贝贝的耳朵都塞了一个耳机，连着手里的手机，在接电话。

养殖船上。赵彩花开着手机免提在接电话，身边围着阿丁嫂等老民兵。

各种场景中。好多女民兵在看手机屏幕，上面显示出一条信息：“请你三天内到姐妹连报到，准备迎接演习！”

26-2　姐妹汤面店　日　内

店门口挂上了“暂停营业”的牌子，郭小琴与方贝贝的行李袋都堆放在店里。

方贝贝："急死了，恨不得开着直升机飞回去。"

郭小琴："别急，小文她们马上就到了。"

这时，一辆出租车开到店门口停下，车上下来小文及两个女生，她们提着包走进店门。

郭小琴、方贝贝："小文！"

小文："小琴！贝贝！"介绍两个女生，"我妹妹小朵，我朋友小西。"

郭小琴："你们好！小文，从今天起，你就是这儿的店长。"拿起一沓资料递给她，"我没时间教你烧长寿面了，我把秘方、流程都写在上面。"

方贝贝递给小文一串钥匙："钥匙拿着，再见！"

26-3 姐妹连演习筹备指挥部 日 内

一个很大的房间，成了姐妹连的演习筹备指挥部。中间摆着一个大沙盘，上面呈现着岛屿与大海，房间一头是一排电脑，另一头是一张迷彩会议桌，一面墙上是个大屏幕，正在播放着青岙诸岛及外岛镜头。

韩燕站在沙盘上看着，外面响起女民兵的报到声——

（画外音）："女民兵王凯男报到……女民兵秋霞报到……女民兵史茗报到……女民兵阿兰报到……女民兵叶苗苗报到……女民兵郭小琴报到……女民兵方贝贝报到……女民兵春霞报到……"

26-4 姐妹连大门口 日 外

姐妹连门口，两个执枪的女民兵正在站岗，阿祥扶着春霞站在大门内，方贝贝牵着牧羊犬站在大门外。

王凯男快步过来：“春霞，你挺个大肚子怎么也来了？”

春霞：“我就想来报个到，同一班的姐妹见个面。”

王凯男点点头：“阿祥，你一定要小心保护好春霞。”

阿祥；“放心，我现在是春霞的贴身警卫员。”说后扶着春霞往宿舍楼方向走去。

王凯男往门外看了看，走了出去：“贝贝，你回来了怎么还不进去？”

方贝贝：“凯男姐，我一下车就急着跑来了，正叫人过来带走方世玉。”

王凯男：“方世玉？”

方贝贝笑着：“我的牧羊犬名字叫方世玉。”

王凯男笑了：“你的狗比你有名啊。”看着牧羊犬，“方世玉，你被征用了，暂时作为姐妹连军犬。”

方贝贝茫然地：“什么意思？”

王凯男拉着方贝贝往营房里走：“走吧！”

26-5 姐妹连演习筹备指挥部 日 内

韩燕、王凯男、一排长、二排长、三排长及赵彩花、阿丁嫂穿着作训服，站在屏幕前。韩燕拿着遥控器一按，一个岛屿在屏幕中不断放大。

韩燕："这就是无人岛，离我们这儿有50海里，全岛易守难攻，所以，我们在战术上也要另辟蹊径。"

这时，曹部长、海奶奶、李奶奶、吴大婶走了进来，李奶奶提着一笼信鸽，吴大婶则提着一网兜海螺号。

曹部长笑着："看来大家都斗志昂扬啊！"

韩燕也笑着："那必须的！"看了看海奶奶她们，又看向王凯男她们，"这次演习筹备，我们也请海奶奶、李奶奶、吴大婶来帮助我们，这信鸽、海螺号，也是当年专属我们姐妹连的武器。"

25-6 姐妹连操场 日 外

女民兵列成方阵站在操场上，王凯男站在队伍前面，韩燕、曹部长、孙副营长面向队伍站着。

王凯男"啪"地一个立正："报告连长，姐妹连女民兵107人，实到106人，老民兵支援队96人，实到94人，共计实到200人。"

韩燕点点头："姐妹们，这次登岛作战演习，将是姐妹连有史以来参与的最重要的一次演习。这次演习，我们将同海军陆战队第三旅特战营合作，进入主体作战序列并独当一面，展开登岛抢滩作战，我们必须以最饱满的精神来面对这次演习，大家有信心吗？"

女民兵们异口同声："有信心！"

韩燕："海军陆战队第三旅特战营孙副营长，将作为我们的战前新军事训练教官，请孙副营长讲话。”

孙副营长：“我与你们以前的新民兵训练教官丁刚排长出自一个连队，后来加入海军陆战队，对姐妹连十分熟悉，还参与了韩连长主导的演习计划，这一次作为你们的新军事训练教官，主要针对新军事内容，希望我们通力合作，打好这一仗！”

26-7　一组镜头　日　内 / 外

姐妹连大礼堂。孙副营长正指着大屏幕，向面前的女民兵们演示讲解。大屏幕上在播出国际国内的新军事演习，战车飞驰，战舰疾行，无人机侦察，电子战对抗，士兵借助现代化装备攻击敌方。

姐妹连电脑室。女民兵正在操作电脑，练习模拟作战模式。孙副营长与韩燕在中间穿梭，查看训练状况。

山坡上。女民兵埋下模拟地雷，练习探雷、排雷，孙副营长与韩燕在不远处观察。

海滩上。女民兵从海上冲上海滩，实行 S 形前进强攻。

26-8　姐妹连靶场　日　外

王凯男正在指导史茗与秋霞射击打靶，三人趴在地上，枪声不时响起。这时，方贝贝、郭小琴、叶苗苗、阿兰拿着枪跑来。

方贝贝：“凯男姐，你好偏心。”

王凯男笑着：“开小灶就是小灶的方式嘛，你们都来了，一块儿比比枪法。”

然后众人趴在地上一阵射击，每人都打了十发子弹。

报靶员在对面喊：“凯男姐九十九环，阿兰九十六环，秋霞九十三环，苗苗、贝贝、小琴都是九十一环，史茗八十八环。”

王凯男开心地：“很好！都不错！”

叶苗苗不开心地：“我们入连比秋霞早，还输给她了。”

秋霞：“我们都加油，不然史茗追上来了。”

26-9　姐妹连演习筹备指挥部　夜　内

韩燕独自站在沙盘前，看着沙盘上的岛屿与大海沉思。

这时陈涌涛推门进来：“燕子！”

韩燕抬起头：“涌涛，你怎么来了？”

陈涌涛举起手中的一箱羊栖菜饮料与一袋零食，打趣地：“韩将军夜披战袍废寝忘食，我特来犒劳。”

韩燕笑了：“私闯军机重地，该当何罪？”

陈涌涛：“不会罚我跪搓衣板吧？”

韩燕：“罚你去探雷，不准牺牲。”拿了一听羊栖菜饮料喝了起来。

陈涌涛笑着走到沙盘前看了起来：“这场演习，一定会在新军事上考验你们，你有何对策？”

韩燕：“扬长避短。”

陈涌涛：“怎么个扬长避短？”

韩燕：“新军事在一个新上，避开对方的新，发挥我方的新，要在想法上创新。”

陈涌涛：“无人岛的地形全部掌握了吗？”

韩燕摇摇头：“它的东、南、北三面环海，十分险峻，难以登陆，只有西面是宽阔的沙滩，地势平缓，可以登陆进攻。现在无人岛暂时成了禁区，想全面侦察地形不可能，但吴大婶经常上岛采草药，她比较熟。”

陈涌涛：“听说陈大伯对无人岛了如指掌，你也可以请教请教他。”

26-10　信鸽船上　日　外

一艘养殖船停在无人岛远处海域上，一群鸽子在起起落落，它现在暂时成了李奶奶训练信鸽的信鸽船。

韩燕、陈涌涛、陈大伯、吴大婶、李奶奶站在船头。

韩燕：“李奶奶，您的信鸽怎么样？”

李妈奶指指正从天空飞到船上鸽子笼的几只信鸽：“还行，它们已把这条船当鸽子窝了。”

韩燕：“好！”拿着望远镜观察了一会儿无人岛，“吴大婶，陈大伯，无人岛情况你们很熟吗？”

吴大婶：“我每年都有几次上岛采草药，对那里的一些小路都很了解。”

陈大伯：“我呀，知道凤英要去采药，怕她迷路出危险，就经常去那儿，转了个遍，画了路线图叫阿兰带去给她。”

吴大婶：“你这图很管用，我还没谢过你呢。”

陈大伯微笑着："我们还谢什么！"

韩燕："这图还在吗？"

吴大婶："在。"掏出路线图递给韩燕。

韩燕看着路线图："除了西面，其他地方都没法登陆？"

陈大伯："我有次误打误闯，在西面山腰树林子发现一个山洞，它通到无人岛西南面下边通海口，涨潮看不见，退潮了才会露出来。"

韩燕双眼一亮："这山洞会不会有别人知道？"

陈大伯摇摇头："不可能，我怕你吴大婶不小心进去，就把树林子里的洞口用枯树挡上了，还用泥土草皮封住。"

吴大婶感激地看了眼陈大伯，转向韩燕："这个岛，没人比明亮和我更熟悉的了。"

26-11　山坡　夜　外

王凯男带着一班女民兵在山坡上捕捉萤火虫。

叶苗苗："捉萤火虫做什么用？"

王凯男："军事机密。"

方贝贝："要不弄几个马蜂窝来，到敌方营地，用马蜂蜇他们，削弱对方战斗力。"

王凯男："你这是馊主意，演习的敌方不是真正的敌人，你好意思蜇伤人家？"

26-12 姐妹连演习筹备指挥部 日 内

会议桌上放着两张电脑制作的无人岛大幅地图，上面已标出了陈大伯画的几条已知与未知的上岛线路，以及岛上一些险要的、特别的地方，包括西南面的山洞入口与出口位置。

韩燕、王凯男、赵彩花、阿丁嫂及一排长、二排长、三排长坐在会议桌边商量部署。

韩燕："这次演习，我们姐妹连的代号是'海霞'。"

大家露出开心的笑容。

韩燕："我同孙副营长商量过了，登陆后，他们主攻中间和北侧，我们主攻南侧。"指指地图上的山洞，"我们要兵分两路。"

王凯男："给我一个尖刀班，我从山洞摸进去。"

赵彩花："你是副连长，尖刀班我来带。"

韩燕摇摇头："我有个大胆的想法，我们现在兵力有六个排多一点，我说的兵分两路，是一半人马从海滩攻入，一半人马从山洞潜入，我和凯男，各为两支队伍的指挥官。"

阿丁嫂："要是敌方在山洞设了埋伏怎么办？"

韩燕想了想："他们对地形不熟，这么短的时间，没办法把每一寸地方都搜遍，再说出入口很隐秘，这个险值得冒，我从山洞走，凯男从海滩上，你们突破海滩的第一道防线后，按我们的计划，从这条路线上岛。"指了指地图上的一条线路。

王凯男："好！那就这么定。"

韩燕："第二道防线就是模拟雷区，那里是一片开阔地，很可能是雷区，你们到了这儿要小心。”指指地图某处。

王凯男点点头。

韩燕：“那先这样，其他人回去准备，凯男留下。”

赵彩花她们起身离开。

韩燕：“筹备的事情怎么样？”

王凯男掏出一份名单：“已经把枪法好、游泳好的人遴选出来了，你交代的那些东西也都准备好了。”

韩燕：“枪法好的在两队人马里分配好，游泳好的给我，那些东西按我们的计划落实下去。”

王凯男：“现在一班的枪法在全连都能领先，阿兰最好，秋霞通过强化训练后来居上，就算史茗落在后面，开小灶时间也短，但她的准感天生不错。”

韩燕：“史茗还怕水吗？”

王凯男：“不怕了，能游了。”

韩燕：“把阿兰、秋霞、史茗给我吧。”

王凯男点点头。

26-13 姐妹连操场 夜 外

姐妹连的女民兵列成两个方阵，脸上涂了彩泥，穿着海军陆战队作训服，手臂上佩着“红军”标识，握着装了激光模拟器的冲锋枪，其中一个方阵穿着救生背心，另一方阵有少量人提着方形护盾，还有个别人提着蒙着黑布的笼子，赵彩花、阿丁嫂及几个排长的腰间还挂着海螺号，史茗与叶苗苗背着无线电台，方贝贝牵着她的牧羊犬，王凯男、赵彩花、阿兰、秋霞等人还背着狙击步枪。

海奶奶、韩燕、王凯男捧着酒碗站在队伍前。

海奶奶："预祝你们旗开得胜！"

三个酒碗碰在一起，三人一饮而尽。

26-14　军舰甲板上　夜　外

无人岛附近，停着一艘军舰，军舰甲板上搭起了军用帐篷，作为登岛作战演习一方的红军指挥部，帐篷里有一些海军陆战队人员在电脑前忙碌。

甲板前方，红军总指挥朱副旅长拿着夜视望远镜在观察无人岛，冯营长、孙副营长与韩燕站在他身后。

朱副旅长放下望远镜："蓝军是陆军合成二旅的特战营，战力很厉害，你们千万不能掉以轻心。"

冯营长、孙副营长及韩燕挺胸立正："是！"

26-15　军演观摩大厅　夜　内

青岙体育馆内，设了军演观摩大厅，正面宽阔的大墙上开着多个大型屏幕，前面坐着一排操作电脑的军方人员，演习现场情况将通过卫星与现场直播传递到这里。

大厅观摩席上坐着国防部首长、东部战区首长、东海舰队首长、集团军首长、海军陆战队首长、省军区赵司令员、军分区领导、高书记、梁县长、曹部长及海奶奶等人。

海奶奶正与赵司令员交谈着。

26-16　信鸽船上　夜　外

海上停着一艘养殖船，可以望见军舰尾部，这艘就是李奶奶训练信鸽的船。

吴大婶等老民兵，以及陈涌涛、陈大伯、春霞、阿祥、王大潮、张彬等坐在甲板上，面前立着大屏幕电视机，等着现场转播，每人手里还拿着一个望远镜，李奶奶则在船头鸽子笼边侍弄她的鸽子。

26-17　海上　夜　外

一颗红色信号弹划破夜空，提示登岛作战演习正式开始。

26-18　海滩　夜　外

数艘登陆艇、两栖装甲车及几条小型无人艇从海上迅速扑向海滩。无人艇率先抵达，抛射出大量爆炸物，炸开海滩上的铁丝网三角障，实施滩头破障，打扫出安全通道。

同时，登陆艇前舷板瞬间放下，海军陆战队士兵与姐妹连女民兵蜂拥而出，姐妹连前排女民兵均手持方形护盾，掩护后面的女民兵，海军陆战队士兵则以两栖装甲车为掩护。

这时，守岛的蓝军打出照明弹，海滩上枪声大作，红军的两栖装甲车火力大开，士兵与女民兵也猛力进攻，模拟激光在海滩上交叉喷射。一时间，红蓝方面不断有人被击中后“阵亡”，身上冒出烟雾，女民兵这边有强大护盾挡住，“阵亡”比较少。由于红军火力强大，蓝军开始撤离海滩，向岛上退去。

王凯男：“上！”

护盾兵快速向岛上挺进，后面的女民兵快速跟进，海军陆战队士兵在孙副营长的带领下，也向岛上冲去。

这时韩燕一挥手，带着那支穿着救生背心的队伍，在夜色中悄无声息地向南侧海面快速扑去。

26-19　海上　夜　外

韩燕带着女民兵游向西南面的山洞，还拖着一只橡皮艇，上面放着无线电台、信鸽笼之类。终于找到山洞口，上涨的潮水已淹没了半个山洞，韩燕她们鱼贯而入。

26-20　山洞　夜　内

山洞内漆黑一片，女民兵打亮了手电筒，点亮了火把，大家把皮筏艇放气后拖了进来，拖到一个潮水涨不到的山洞一角搁着，脱掉救生背心堆在一起，倒掉鞋里的水开始上路。

韩燕：“快走，潮水完全淹没山洞后，很可能会缺氧。”

韩燕举着火把，顺着山洞向上快速走去，女民兵们急步跟上。

26-21　模拟雷区　夜　外

王凯男领着女民兵们抵达模拟雷区附近，她挥手命令队伍停下，掏出地图细看。

王凯男："前方就是雷区，排雷！"

几个女民兵拿着排雷仪上去排雷，只听一声爆炸，一个走在前面的女民兵踩到地雷"阵亡"了，身上冒出烟雾，后面的人赶紧退了回来。

一女民兵向凯男报告："受到电磁干扰，排雷仪失效了。"

王凯男："贝贝，看你的方世玉了。"

方贝贝牵着牧羊犬，小心翼翼上前，趴在地上，用军刀把刚才已爆炸的模拟地雷挖了出来，放在牧羊犬鼻子下嗅嗅，然后拍拍狗背脊，示意它搜地雷。牧羊犬每嗅到一个，就叫一声，然后方贝贝与郭小琴匍匐过去排雷，排了十几颗地雷后，牧羊犬在这个区域已嗅不到地雷了。

方贝贝站了起来，向后挥手："没了。"

众人继续前行，忽然，郭小琴不慎滑倒，她刚站起来却不敢动了。

郭小琴："我……我好像踩到地雷了。"

王凯男立刻挥手令队伍停下。

方贝贝马上趴到郭小琴脚边排雷："小琴，千万别动！"检查了一会儿，发现没有地雷，"你没踩到地雷，连狗屎都没踩到。"爬起来推了小琴一把。

郭小琴走了两步，发现脚扭伤了，一瘸一瘸，痛得龇牙咧嘴：

“我的脚脖子扭伤了，不能走了。”

王凯男想了想：“小琴，你留在这里吧。”

郭小琴不情愿地：“你们先走，我会跟上的。”

方贝贝把狗绳交给叶苗苗：“我背小琴走。”不由分说，背起了郭小琴。

郭小琴：“贝贝……”

方贝贝：“趴好，别说话。”背着郭小琴向前走去。

26-22 山洞 夜 内

韩燕等人在山洞中急速攀行。

秋霞：“不行，氧气变少了。”

韩燕一看火把的火势已变得很弱：“加快速度！跟上！”加快步伐快速向前。

大伙儿也紧紧跟上，忽然韩燕发现没有路了，拿过一个女民兵手里事先预备的尖头工兵铲，铲了几下，露出一个小洞，氧气进来，火把瞬间旺了起来。

韩燕马上将火把灭了，其他女民兵也马上灭了火把，关掉手电筒，秋霞拿出一个装了萤火虫的瓶子给大家照明。

韩燕从蒙了黑布的鸽子笼里抓出一只鸽子，把它塞出洞口飞去，侧耳细听没有动静，才与阿兰等人一起，使劲把洞口的枯树推到旁边，山洞出口露了出来。

阿兰低声地：“韩燕姐，我先出去侦察一下。”

韩燕：“好！”

阿兰爬了出去，四周侦察一遍后回到洞口：“没情况。”

韩燕带着女民兵悄无声息地钻出山洞。

26-23 树林子 夜 外

树林子中静悄悄的，只能听到远处零星的枪声。

韩燕低声地：“通知凯男和孙副营长，我们出来了。”

史茗立即架起无线电台，调试设备：“海霞呼叫！海霞呼叫！”却发现情况不对，“不好，有强大的电磁波干扰，没法儿联系。”

韩燕想了想：“侦察兵。”

八个侦察兵围了过来。

韩燕掏出地图放在地上，拿着萤火虫瓶子照明：“你们两人一组，往南北向侦察，发现蓝军据点，记下准确地址，不要惊动他们，一小时后，在这里汇合。”指指地图的一个标志处。

侦察兵们立即分散开快速走了。

韩燕收起地图：“出树林子。”带着女民兵向树林子外摸去。

不一会儿，就出了树林子。

韩燕：“放萤火虫。”

一个女民兵打开一个黑色大塑料袋，一群萤火虫飞了出来。

26-24 无人岛上 夜 外

王凯男带着女民兵向岛上推进。

叶苗苗忽然指指远处：“有亮光。”

王凯男拿起夜视望远镜观察："是萤火虫，韩燕姐她们潜入成功了，吹号。"

赵彩花拿出海螺号，"呜——"地吹响。

另一边，孙副营长听到了海螺号，嘴角露出笑意。

孙副营长："加快速度，天亮前突破第三道防线。"撒开脚步，带领海军陆战队士兵前行。

26-25　机枪据点　夜　外

韩燕她们出了树林子后，下行了一段路，韩燕忽然举手令女民兵停下。大家静悄悄地蹲伏下来，韩燕拿起夜视望远镜观察，原来前面有个蓝军的机枪据点，五个机枪手正守着五挺重机枪。

韩燕低声地："这是凯男她们的必经之路，一定要拔掉。"然后招来十个五大三粗的女民兵，同她们耳语着。

十个女民兵悄悄靠近对方，突然扑了上去，将五个蓝军机枪手按倒在地，捂住嘴巴。韩燕带着女民兵们急忙上去，她在手枪上装了消声器，"噗噗噗"五枪，"解决"了五人。只见五股烟雾冒出，说明此五人"阵亡"了，然后女民兵才松开他们。

五个蓝军机枪手爬了起来，面对从天而降的韩燕她们，还有些发蒙。

一机枪手："你们怎么上来的？"

韩燕笑着："兄弟，你已'阵亡'了，配合一下，借你们的衣服一用。"

26-26 无人岛崖壁下 夜 外

韩燕她们在崖壁下与几个侦察兵汇合了，侦察兵将画好据点位置的纸条交给韩燕看。

史茗在一旁调试无线电台：“韩燕姐，还是没法儿联系。”

韩燕：“蓝军厉害啊！但难不倒我们。”

韩燕将侦察到的位置统一写在一张纸条上，卷成小纸卷，向阿兰示意了一下，阿兰从蒙着黑布的鸽笼子里取出一只信鸽，韩燕把小纸卷塞进信鸽脚上的小管里，然后把信鸽往空中一扬，信鸽扇动几下翅膀飞走了。

26-27 信鸽船上 夜 外

信鸽从无人岛飞来，飞到信鸽船上，落在李奶奶手上。

26-28 红军指挥部 夜 内

军舰甲板上的红军指挥部里，朱副旅长正拿着信鸽送来的纸条在看。

朱副旅长：“这韩燕有两把刷子啊！”随即下命令，“集中全部电磁力量进行反干扰，把韩燕的情报传达给冯营长、孙副营长他们。”

26-29　机枪据点　夜　外

冯营长率领队伍悄悄到了一个机枪据点附近，示意几个士兵绕圈摸去据点侧面，然后埋伏好，向机枪据点开枪。瞬间，几挺重机枪向枪声处疯狂喷射，不料，侧面突然扫来一排子弹，直接“消灭”了几个机枪手。

冯营长冒了出来，拿出夜视望远镜观察一番：“好！决战时刻到了！”

26-30　海上　日　外

天亮了，半个太阳露出了海面，如一颗鲜艳欲滴的红果子。

26-31　信鸽船上　日　外

信鸽船上正在升旗，国歌声中，陈大伯、吴大婶、李奶奶、陈涌涛、春霞、阿祥、王大潮、张彬等，以及其他老民兵，列队站在桅杆前，陈大伯缓缓拉动绳子，把国旗升到桅顶。

升旗仪式刚结束，春霞就不对劲儿了，捧着肚子叫痛。

阿祥连忙扶住春霞：“怎么啦春霞？”

春霞：“哎哟！哎哟！”

吴大婶见春霞裤子湿了，马上反应过来：“羊水破了，要生了。”

阿祥急了：“那怎么办？我们开船回去上医院。”

吴大婶："来不及了，我会接生，快把春霞抱进船舱。"

阿祥小心地抱起春霞，急步走进船舱，吴大婶、李奶奶等老民兵快步走了进去。

26-32　船舱里　日　内

春霞躺在铺了被子的长桌上，额头上大汗淋淋，咬唇使劲儿着。

李奶奶等握着春霞的手，帮她擦汗。

吴大婶正在接生："使劲儿！再使劲儿！"

26-33　信鸽船上　日　外

阿祥蹲在甲板上，神色忐忑地吸着烟，陈涌涛站在旁边陪着他，过了半晌，船舱里响起了响亮的啼哭。

里面响起吴大婶的声音："是个女儿。"

阿祥放松下来，眼圈湿润了。

一会儿，又响起一阵响亮的啼哭。

里面响起吴大婶的声音："还有个儿子，龙凤胎。"

阿祥忍不住呜呜哭了。

陈涌涛："阿祥，你本事不少，生了龙凤胎了。"掏出一瓶小二锅头递给阿祥，"庆祝一下！"

阿祥咕噜噜一口喝光，抹抹眼泪，站起来嘿嘿笑了。

26-34　步兵据点　日　外

一百多名蓝军步兵占据要隘，火力压制王凯男她们，女民兵趴在山坡上还击，“阵亡”不少。

王凯男有点儿着急了：“要是天没亮，一定能做掉他们，现在麻烦了，得硬拼了。”

叶苗苗：“召唤援兵吧。”

王凯男：“不知道韩燕她们在哪里。”

叶苗苗：“试一下。”从赵彩花手里夺过海螺号吹了起来，“呜——呜——”

不料蓝军后方也传来“呜——”的海螺号声。

只见韩燕她们突然从蓝军后面冒了出来，火力全开，打得蓝军防不胜防，一下子“阵亡”过半。

王凯男大喜：“冲！”领着女民兵向上冲去，上下夹击，很快“全歼”对方。

韩燕：“凯男，我们会师了！”

王凯男上去激动地抱住韩燕：“韩燕姐，你来得太及时了。”

阿丁嫂笑着对赵彩花讲：“这俩人，先前要死要活闹别扭，现在要死要活抱一块儿去了。”

赵彩花：“闹得有多凶，抱得就有多紧，咱姐妹连有魔力。”

这时方贝贝、叶苗苗扶着郭小琴也上来了，秋霞连忙过去给郭小琴看伤，阿兰与史茗也围了过去。

秋霞：“小琴，怎么啦？”

郭小琴：“脚扭伤了。”

阿兰：“我有吴大婶的草药，跌打损伤很有用。”拿出草药递给秋霞。

秋霞把草药敷在小琴脚腕上，包扎起来。

叶苗苗:“贝贝你属牛还是属马？背着小琴爬了半天山坡。”

方贝贝有气无力地：“我……我长寿面吃得多。”

叶苗苗：“你一说，我都掉口水了。”

郭小琴起来走了两步：“这药真灵，不痛了。”

远处传来的枪声十分激烈。

韩燕拿起望远镜观察了一下：“二排，三排，还有阿丁嫂，你们带人去支援冯营长、孙副营长他们。”

阿丁嫂、二排长、三排长：“是！”三人各自领着队伍奔向北边。

韩燕：“凯男，我们研究一下。”

韩燕拿出地图与王凯男研究起来，女民兵们除了少量在站岗警戒，全都在席地小憩。

韩燕：“我三次派侦察兵出去侦察，这个地方……”指着地图某处，“第一次没去，第二、三次，前去这儿的侦察兵全‘阵亡’了，我怀疑是蓝军指挥部，我们主攻这儿。”

王凯男疑惑地：“能两次都发现我们的侦察兵，不简单呀，对方如果是厉害的侦察兵，不可能两次都守在那儿，很可能……是狙击手。”

韩燕想了想：“让一排长带队伍随后，我们领小队先行。”

王凯男：“我们也要用狙击手对付对方，我、彩花姐、阿兰、秋霞。”

韩燕：“好！”

26-35 狙击手据点 日 外

韩燕领着王凯男、赵彩花、阿兰、秋霞、叶苗苗、方贝贝、郭小琴、史茗披着伪装的野草披风，向目标地点潜去。

王凯男忽然低声喝停："停下！看这里地势，是狙击的好地方，不能再往前了。"

王凯男等四个狙击手分散埋伏在草丛中、土坎下，韩燕带着其他人埋伏在一块大岩石后面。

王凯男通过瞄准镜，没有看到什么动静。

韩燕皱起眉头："对方不动，我们就发现不了。"

史茗指指手里的鸽子笼："我有办法。"

史茗悄悄向外移动，然后打开鸽子笼，几只鸽子扑扑飞出。

王凯男盯着瞄准镜，瞬间发现前方树枝一动，一枪击中了第一个蓝军狙击手，他身上冒出一股烟雾，说明"阵亡"了，然后凯男快速转移埋伏点。

史茗以为安全了，抬起头看了一下，被第二个蓝军狙击手一枪打中，身上冒出一股烟雾，史茗"阵亡"了，赵彩花立即射击，却因对方快速移动没有击中对方，还被第三个蓝军狙击手击中，身上冒出一股烟雾，赵彩花也"阵亡"了。

第三个蓝军狙击手的移动态被王凯男捕捉住了，她快速追踪，一会儿，双方都找到新的埋伏点埋伏下来，一下又寂静下来，双方陷入对峙中。而这时，王凯男已经布好局了，她事先预备了一顶钢盔，把它扔在埋伏点不远处，而系着这顶钢盔上的细绳，一端握在王凯男手里，等了一会儿，王凯男一边轻轻拉动细绳，一边通过瞄准镜观察，这时远处一枪打来，击中钢盔移动处，凯男马上也是一枪，击中了第三个蓝军狙击手，只见一股烟雾，对方“阵亡”了。

这样一来，王凯男马上被重点关注，第二个蓝军狙击手打来一枪，幸亏王凯男快速移动，子弹从她耳边擦过，对方也马上开始追踪。当他又瞄准王凯男时，阿兰开枪了，精准击中对方，又见一股烟雾冒出，第二个蓝军狙击手也“阵亡”了，但阿兰毕竟是新手，不敢快速转移，只是稍微挪动了埋伏点。

接下来一片静寂，王凯男与阿兰都一动也不敢动，她们知道，如果还有狙击手，眼睛一定盯着她们，时间过了半晌，还是没有动静。

叶苗苗：“韩燕姐，我去侦察一下。”

方贝贝、郭小琴：“我也去。”

韩燕：“好！分开侦察。”

叶苗苗、方贝贝、郭小琴三人分开，朝前方搜索侦察。

远处山坡树丛中一动不动埋伏着第四个蓝军狙击手，目光盯着王凯男与阿兰方向，这时，他见郭小琴正朝他的位置搜索过来，无奈之下，他开枪击中郭小琴，郭小琴身上冒出一股烟雾，“阵亡”了。王凯男与阿兰立即开枪，但蓝军狙击手快速转移滚下山坡，成功逃出了王凯男与阿兰的视线，这时秋霞一枪打来，击中对方，对方身上冒出了烟雾，第四个蓝军狙击手“阵亡”了。

不料，还有第五个蓝军狙击手，他一枪击中秋霞，身上冒出一股烟雾，秋霞“阵亡”了，当对方刚要移动转移时，只闻一声枪响，第五个蓝军狙击手身上冒出一股烟雾，他也“阵亡”了，原来是韩燕拿起赵彩花的狙击步枪击中了他。

此时，一排长带着女民兵们赶来了，展开全面搜山，但没有发现其他埋伏。

王凯男：“韩燕姐，你的枪法变好了。”

韩燕一笑：“我一直待在连队里，近水楼台，没事就温习温习枪法，也不奇怪，倒是像阿兰、秋霞，可以成为新的神枪手。”

26-36　蓝军指挥部附近　日　外

韩燕、王凯男领着队伍埋伏在一个山坡上，拿着望远镜观察，发现前方某处有个临时木桥，过桥后有片开阔地，搭着一个很大的军用帐篷，前面旗杆上飘着蓝军旗帜，后面高坡还高耸着雷达，这分明就是蓝军指挥部。但对面桥头堆着军事掩体，架着几挺机枪，还有几十名步兵，这木桥很难过去。

韩燕与王凯男相视一下，都颇有压力。

韩燕想了想：“凯男，你与阿兰埋伏在这里，重点招呼机枪手，一排长，挑五个女民兵伪装成蓝军，先过桥迷惑对方，我带队伍在后面靠近木桥，进行强攻。”

26-37　桥头　日　外

五个五大三粗的女民兵穿着前面缴获来的蓝军服装，持枪列队，大步走上木桥。

对方桥头有人喝问："喂，有什么事？"

领头的女民兵脚不停步，粗着喉咙回答："有重要情报报告。"

对方喝问："口令？！"

五个女民兵立即举枪射击，打了对方一个措手不及，但也被对方还击打中，五人都"阵亡"了。与此同时，王凯男、阿兰的狙击步枪也打中了几个机枪手，而韩燕与一排长领着队伍从后面冒了出来，强攻桥头堡，很快"消灭"了守桥蓝军，占领了木桥。

26-38　蓝军指挥部外　日　外

韩燕带领女民兵包围了蓝军指挥部。

韩燕："吹号！"

一排长拿起海螺号，"呜——呜——呜——"吹响，通知所有红军，战斗已经胜利。

方贝贝噌噌爬上旗杆，取下蓝军旗帜，插上红军旗帜。

王凯男："哟，爬杆子还挺溜的。"

方贝贝笑着："你忘了把你衣服挂树上那回？"

王凯男佯装要打方贝贝，方贝贝马上溜到一边去了。

蓝军总指挥蔡副旅长从指挥部里走了出来，脸色很不好看。

韩燕上前敬礼："蔡副旅长！"

蔡副旅长："我是你的俘虏了，你不要给我敬礼，你是姐妹连的？"

韩燕："我是姐妹连连长韩燕。"

蔡副旅长叹口气："我还重点布兵招呼老朱他们，没想到对你轻敌了。"

韩燕笑着："我运气好，如果不是演习是真打，我哪是您的对手！"

蔡副旅长笑了："这话我爱听，不过输了就是输了，你，不简单。"

这时，红军总指挥朱副旅长及冯营长、孙副营长快步走来。

朱副旅长笑着："老蔡，记着，你欠我一顿大酒。"

蔡副旅长："老朱，要是没有韩燕奇兵突袭，你我谁输谁赢还难说。"

26-39　军演观摩大厅　日　内

军演观摩大厅响起一片掌声。

赵司令员对海奶奶笑着："老姐姐，你这个接班人很不错嘛，你有功劳啊！"

海奶奶也笑着："燕子是司令员你派来的兵，你教得好！"

26-40　姐妹连操场　日　外

韩燕率领女民兵们列成方阵，精神抖擞，接受国防部首长、东部战区首长、东海舰队首长、集团军首长、海军陆战队首长、省军区赵司令员的检阅。

国防部首长："姐妹连，阿姐阿妹成为海疆长城，为你们鼓掌！"

首长们纷纷鼓掌。

韩燕领着女民兵们喊起姐妹连口号："奋斗！奉献！拼搏！传承！坚守！"

国防部首长走到韩燕面前："韩燕同志，今年的国庆阅兵式，准备调你去担任女民兵方阵教官，你有什么想法？"

韩燕"啪"地立正敬礼，激动地："报告首长，坚决服从命令！"

26-41　姐妹连食堂　夜　内

姐妹连在食堂里大会餐，庆祝演习成功，老中青三代女民兵齐聚一堂。

炊事班正在上菜，桌子还是食堂的长条桌。这时，曹部长、陈大伯、陈涌涛、阿祥、王大潮、方昌业、张彬走了进来，陈涌涛与张彬手里还各自捧着一束玫瑰花。

曹部长："韩燕，我和陈大伯带了几个女民兵家属，也来讨杯庆功酒喝。"

韩燕笑着："好，曹部，你们坐。"

陈涌涛把玫瑰花递给韩燕，低声道："燕子，你这次表现太棒了！"

韩燕接过玫瑰花，笑着白了陈涌涛一眼。

方贝贝："爸，你也来了？"

方昌业点点头："贝贝，爸爸为你骄傲！"看着郭小琴，"小琴，很抱歉，之前委屈你了，你是对的。"

郭小琴微笑着："方总，之前的事翻篇了。"

王凯男看见躲在后面的张彬："张彬，你怎么也混进来了？"

张彬连忙上前把玫瑰花塞给王凯男："我跟着大家来，就想来祝贺你演习胜利！"

王凯男没反应过来："要献花也应该献给韩连长。"

陈涌涛笑着："凯男，玫瑰花不能乱献的，韩燕只能我来献玫瑰花。"

王凯男看看手里的玫瑰花，这才反应过来，一下尴尬得红了脸，想把花还给张彬，却被叶苗苗一把拖住。

叶苗苗笑着："凯男姐，恭喜啊！"

王凯男瞪了叶苗苗一眼，把玫瑰花塞到她怀里，转身走到一边，张彬也很尴尬，一下子进退两难。

王大潮："张彬，还不过来喝酒？"

张彬连忙过去坐在王大潮旁边。

叶苗苗把王凯男的玫瑰花放好，过来坐在她边上，低声地："张彬把你爸搞定了。"

王凯男无可奈何，只好装作没听见。

众人都已坐下，菜已上齐，酒也倒好了。

韩燕举杯站了起来："这一杯酒，敬大家！"

众人也起身举杯喝酒。

韩燕："大家请坐！"

众人坐了下来。

韩燕："姐妹们，这次演习，你们都很棒，表现出色，勇于牺牲，姐妹情深，从你们身上，我看到一种爱的力量，对姐妹们的爱，对连队的爱，对我们家乡和国家的爱，能和你们并肩作战，我感到很荣幸，我爱你们！"

食堂里响起了热烈的掌声。

韩燕："今天，我们姐妹连双喜临门，演习圆满成功，而我们的女民兵春霞生了一对龙凤胎。"

现场又响起了掌声与笑声。

秋霞对一班的姐妹讲："你们做干妈了，准备好双份红包。"

史茗："没问题。你和阿兰要请客，你俩成神枪手了。"

叶苗苗："凯男姐也要请客，她看样子要脱单了。"

方贝贝："我们要做伴娘。"

王凯男涨红着脸，狠狠掐了叶苗苗与方贝贝一把，俩人痛得叫了起来。

韩燕："还有一件事要宣布，我要调去担任今年国庆阅兵式的女民兵方阵教官，所以我和曹部他们商量后，由凯男接任姐妹连连长。"

掌声又响起来，王凯男却有点儿蒙。

韩燕："凯男，起来讲两句。"

王凯男站了起来，张张嘴巴却不知要讲什么，于是"啪"地立正，向大家敬礼。

26-42　山顶岗哨　日　外

韩燕握枪站在二楼的岗哨上站岗，海奶奶从山下爬了上来。

韩燕连忙从户外铁梯上走下来：“妈，您爬到山顶，血压会升高的。”

海奶奶喘着气：“没事，你站最后一班岗，妈上来陪陪你。”

韩燕：“妈，我非常舍不得离开，但服从命令是军人的天职，这最后一班岗我得好好站。”

海奶奶点点头：“燕子，不管你走到哪里，走得多远，你都是姐妹连的人。”

这时，王凯男、阿兰、叶苗苗、方贝贝、郭小琴、秋霞、史茗也爬上山顶。

韩燕：“你们怎么来了？”

王凯男：“姐妹们来陪你一起站岗。”

韩燕欣慰地笑了：“好！”胸一挺，握着枪站得笔直。

王凯男她们列队站到韩燕与海奶奶身后，握枪挺立，目视前方海天。

26-43　荣军院大院　日　外

荣军院大院墙上，挂着一个电视大屏幕，海奶奶、李奶奶、吴大婶这帮老一代女民兵正在观看现场直播国庆阅兵式，今天大节日，她们都穿上了旧式军装。

屏幕上，韩燕走在女民兵方阵前排，正通过天安门广场。

海奶奶高兴地喊起来：“看，燕子。”

李奶奶："是燕子，好样的！"

海奶奶站起来："凤英，吹号集合，我们老姐妹们也走起来。"

吴大婶站了起来，拿起海螺号"呜呜"吹响。

26-44　天安门广场　日　外

国庆阅兵式上，英姿飒爽的女民兵方阵手握钢枪，迈着正步走来，韩燕走在方阵前列，踢腿，迈步，敬礼。

26-45　一组镜头　日　外

歌曲《七绝·为女民兵题照》的歌声响起——

飒爽英姿五尺枪，
曙光初照演兵场。
中华儿女多奇志，
不爱红装爱武装……

荣军院门外路上。海奶奶、李奶奶、吴大婶这帮老一代女民兵，在荣军院门外路上走正步，虽然年纪大了，步伐不太有力整齐，但她们走得很认真。

码头。赵彩花、阿丁嫂这帮老民兵支援队，穿着迷彩服，在码头上走着正步。

海滩。几十年前，海奶奶、李奶奶、吴大婶这帮姑娘媳妇女民兵，留着大辫子，穿着家居服，腰系武装带，拿着刺刀雪亮的步枪，举着姐妹连大旗，在沙滩上走着矫健的步伐。

姐妹连操场。新任连长王凯男领着身穿作训服的年轻女民兵们，列成方阵，手握钢枪，举着姐妹连大旗，走着整齐有力的正步。